KB020279

신데렐라를
곱게 키웠습니다

III

키아르네 장편소설

fi
ret

신데렐라를 곱게 키웠습니다 3

초판 1쇄 인쇄 2020년 8월 10일
초판 1쇄 발행 2020년 9월 21일

지은이 키아르네
발행인 오영배
편집 편집부
디자인 Mull
본문디자인 오정인
제작 조하늬

펴낸곳 (주)삼양출판사 · 피오렛
주소 서울시 강북구 도봉로 173
대표 전화 02-980-2112 / 팩스 02-983-0660
편집부 전화 02-987-9393 / 팩스 02-980-2115
블로그 blog.naver.com/dan_gul
출판등록 1999년 3월 11일 제9-00046호

ISBN 979-11-283-9877-3 (04810) / 979-11-283-9874-2 (세트)

fi͞ret 은 (주)삼양출판사의 로맨스 판타지 문학 브랜드입니다.

신데렐라를
곱게 키웠습니다

III

✦ 키아르네 장편소설 ✦

fioret

Contents

39

케이시 후작 부인

케이시 후작가의 교외 별장은 호수를 낀 언덕 위에 위치한 덕분에 풍경이 꽤 좋았다. 물론 반스가의 사람들은 풍경을 볼 상황이 아니었지만.

"길이 많이 험했던 모양이에요."

케이시 후작 부인의 말에 밀드레드는 말없이 웃었다. 마차를 타고 온 게 아니라서 길이 험했는지 안 험했는지 모른다. 그녀는 다니엘의 힘으로 이동했다고 말하려다가 말았다.

제네비브는 다니엘이 요정이라는 것을 이미 알고 있을 가능성이 높다. 그의 아들이 요정의 저주에 당첨됐으니까. 그러니 다니엘의 힘으로 이동했다고 말해도 되겠지만 릴리만 초대하려는 의중이 보이는 초대장을 떠올리면 그다지 친해질 생각이 들지 않았다.

"좀 빨리 달려서 그런가 봐요."

밀드레드는 그렇게 말하며 자세를 고쳤다. 그래도 두 번째라고 익숙해졌는지 그녀는 케이시 후작 부인과 대화가 가능하지만 아이들은 아니었다.

밀드레드의 머릿속에 손님방에 들어가 쓰러져 버린 아이들이 떠올랐다. 다니엘의 말대로 두세 시간이면 회복될 것이다. 게다가 후작가의 하녀들이 돌보고 있으니 걱정할 필요는 없겠지.

"괜히 너무 멀리까지 초대한 게 아닌가 몰라요."

"어머, 아니에요."

밀드레드는 제네비브의 말에 재빨리 부인했다. 그리고 웃으면서 덧붙였다.

"덕분에 이런 좋은 장소도 와 보고 오히려 저희가 감사하죠. 훌륭한 교외 별장이네요."

"시내는 너무 번잡해서 사교 시즌에도 종종 여기에서 머물곤 해요. 더글러스는 시내에서 멀다고 자주 들르지 않지만요. 한적하니 시간 여유가 있으면 놀러 오세요. 집사에게 이야기해 둘게요."

"케이시 경은 들르지 않는군요?"

"왕자님께서 필요하실 때 곁에 있어야 한다고 시내를 벗어나질 않아요. 책임감이 참 강한 아이라니까요."

그렇게 말하며 제네비브는 자랑스럽다는 듯 웃었다. 밀드레드는 마주 미소 지으며 고개를 끄덕였다. 그녀가 교외 별장으로 반스가를 초대한 또 다른 이유를 깨달았기 때문이다.

자랑하는 거다. 케이시가의 부와 더글러스를.

케이시 후작가는 시내에서 몇 시간 떨어지지 않은 곳에 별장을 소유하고 있는데 언제 지인들이 와서 머물러도 될 만큼 크고 훌륭한 건물이라는 거다.

호수 바람이 창문을 통해 들어오면서 얇은 커튼이 살랑였다. 좋은 집이네. 밀드레드는 창문 밖으로 탁 트인 광경을 쳐다보며 가볍게 감탄했다. 저택 뒤쪽으로는 호수가, 앞으로는 잘 꾸며진 정원이 눈에 들어온다. 여길 관리하기 위한 사용인도 한둘이 아니겠지.

이런 집이 있으면 원할 때마다 별장처럼 이용할 수도 있겠지. 그녀의 머릿속에 문득 이 별장 유지비는 어떻게 하냐는 걱정이 떠올랐다. 상주하는 관리인이 있어야 할 테고 때때로 커튼이나 이불 같은 천을 죄다 꺼내서 세탁해야 할 것이다.

주기적으로 청소도 하고 낡은 가구도 교체해야 할 테니 비용은 어마어마하게 들 거다.

"외제 차 모는 사람이 기름값 걱정하는 거 봤나."

밀드레드는 그렇게 말하며 피식 웃었다. 그녀가 걱정할 일이 아니다.

"뭐라고 했어요?"

맞은편에 앉아 있던 제네비브가 밀드레드의 혼잣말을 잘 듣지 못하고 물었다. 밀드레드는 그녀를 향해 고개를 돌리며 빙그레 웃었다.

"훌륭한 아드님을 두셔서 든든하시겠다고요."

"든든하죠. 그 애가……."

결혼만 한다면. 그렇게 말하려던 제네비브는 멈칫하고 그대로 입을 다물며 미소 지었다. 그녀는 이미 그 이야기를 밀드레드에게 한 적이 있다. 같은 말을 또 하면 케이시 후작가가 매달리는 것처럼 보일 수가 있다.

"아이리스 반스 양의 시험은 어떻게 되어 가고 있나요?"

이야기가 더글러스로 향하면 곤란하다. 제네비브는 재빨리 주제를 아이리스에게 돌렸다. 그녀는 아이리스와 밀드레드가 못 올 줄 알았지만 와도 상관없었다.

첫 번째 시험이 끝나고 국왕이 후보들을 모아 식사를 하자고 했다. 전에 준 천으로 만든 드레스를 입고 온다는 말에 제네비브는 아이리스가 어떤 드레스를 입을지 궁금해하고 있었다.

"준비는 끝났어요. 드레스도 완성됐고요."

"전에 꽃장식 드레스를 입었었죠?"

케이시 후작 부인의 말에 밀드레드는 고개를 끄덕이며 대답했다.

"데뷔탕트 때요."

꽃장식을 단 드레스를 입은 아가씨. 아이리스는 그걸로 사교계에 유명했다. 수많은 사람이 데뷔했다가 결혼하는 사교계에서 아이리스같이 아무것도 없는 아가씨는 사람들의 시선을 받았다는 것만으로도 반은 성공한 것이나 다름이 없었다.

"이번에도 놀라운 드레스를 보여 주겠네요."

케이시 후작 부인은 호기심과 흥미를 담아 말했다. 그녀는 아이리스가 입었던 꽃장식 드레스가 눈앞에 있는 아름다운 부인, 밀드레드의 작품이라고 생각하고 있었다.

그도 그럴 것이 그 후에 그녀가 입거나 사용한 것이 사교계에서 소소하게 유행했기 때문이다. 넓게 퍼지는 소매. 리본으로 장식한 스커트. 느슨하게 묶은 허리띠.

입는 것뿐만이 아니었다. 폭신폭신한 식감의 케이크와 꽃 모양으로 과일을 얹은 타르트. 토마토를 이용한 소스라거나 지난번에 그녀가 먹었던 튀긴 고기 같은 것도 귀족의 사교계를 넘어서 수도를 강타하고 있었다.

반스 부인과 친분이 있는 사람들은 누구보다 먼저 그녀의 놀라운 발명품을 접할 수 있었고 그건 사교계에서 하나의 권력이 되어 가고 있었다.

후작 부인의 관심에 밀드레드는 말없이 웃었다. 그녀가 생각해 낸 건 그녀가 아니어도 누군가 생각해 낼 것이다. 그걸 밀드레드가 좀 더 빨리 내놨을 뿐이다.

밀드레드는 찻잔을 들어 올리며 겸손하게 말했다.

"놀랍다고 말할 수 있을지는 모르겠지만 폐하께서 내려 주신 천이니까요. 최선을 다했습니다."

"항간에는 보석을 단다는 말이 있던데요."

과연 케이시 후작 부인. 밀드레드는 제네비브의 정보력에 가볍게 감탄했다. 그녀가 그렇게 말한 건 딱 한 번, 다비나의 의상실에서뿐이었다. 그게 벌써 제네비브의 귀에 들어갔다는 건 의상실에서 일하는 직원이 입이 싸거나 제네비브의 정보력이 상당히 좋다는 뜻이다.

"항간에는 많은 이야기가 돌기 마련이죠."

밀드레드의 대답에 제네비브는 가만히 그녀를 쳐다봤다. 부정도 긍정도 아닌 대답. 그래서 아이리스의 드레스에 보석을 달기로 했는지 아닌지 모르겠다.

마음 같아서는 그래서 보석을 달기로 한 거냐고 직접적으로 묻고 싶지만 아이리스의 드레스에 너무 많은 관심을 가진다는 인상을 주고 싶지 않아서 제네비브는 주제를 돌리기로 했다.

"월포드 남작도 교외에 볼일이 있었다니 우연이네요."

"이 근방에 훌륭한 조각가가 살고 있다고 하더라고요."

밀드레드는 케이시 후작 부인과 교외 별장의 사용인들에게 다니엘 월포드 남작이 직접 마차를 몰아 반스가의 사람들을 내려 주고 갔다고 이야기했다. 그리고 내일 오전에 저택에서 반스가의 사람들을 데려갈 마차가 올 거라고.

네 사람이 실제로 마차를 타긴 했으니 거짓말은 아니다. 중간에 다니엘이 마차째로 이동했지만. 그리고 내일 아침에도 마차째로 와서 네 사람을 태우고 다시 이동할 것이다.

"마차를 내주는 방법도 있을 텐데. 직접 마차를 몰아 데려다주다니, 보통 가까운 사이가 아닌 모양이에요."

이미 사교계에 다니엘과 밀드레드의 관계가 보통이 아니라는 소문이 돌고 있다. 하지만 제네비브는 모른 척하고 있었다.

그녀와는 상관없는 일이다. 어차피 케이시 후작가와 윌포드 남작은 꽤 어색한 사이다. 그러니 그가 다른 누구와 사귀거나 결혼해도 케이시 후작가로서는 알 바가 아닌 것이다.

하지만 제네비브는 밀드레드가 행동하는 것에 따라서 사람들이 그녀와 윌포드 남작의 관계를 문제 삼을 경우 밀드레드의 편을 들어줄 생각을 하고 있었다.

"남작의 집을 화재로 수리해야 해서 제집에서 머물라고 권했더니 그게 고마웠던 모양이죠."

영 안 넘어오네. 케이시 후작 부인은 이번에도 침착하게 빠져나가는 밀드레드의 태도에 찻잔을 들어 올리며 속으로 웃었다.

여기서 밀드레드가 다니엘과 가까운 사이라는 것을 인정하면 그녀가 도와주겠다고 운을 뗄 생각이었다. 대신 릴리를 설득해서 더글러스와의 결혼을 다시 한 번 생각하도록.

하지만 밀드레드는 호락호락하지 않았다. 그녀는 식은 덕분에 따뜻해진 차를 홀짝 마시고 내려놓으며 다시 입을 열었다.

"차 대접 감사해요. 괜찮다면 아이들을 살펴보러 가고 싶은데요."

"어머, 그래요. 반스 양들이 머물고 있는 방으로 안내하라고 할게요."

곧이어 케이시 후작 부인이 손짓하자 물러나 있던 하녀가 다가왔다. 밀드레드는 그녀에게 다시 한 번 인사를 하고 자리에서 일어났다.

"역시 후작가."

하녀의 뒤를 따르며 밀드레드는 작게 중얼거렸다. 더운 날씨에도 절대 차가운 차를 마시지 않는다고 하던가. 그래서인지 별장의 사용인들은 밀드레드에게 뜨거운 차를 내왔다.

후작가라면 얼음을 사용해서 차를 냉침할 재력도 시간도 있었을 테지만 그렇게 하지 않는 것이다. 그나마 이 저택이 서늘한 편이라 마실 만했지 그렇지 않았다면 꽤 고역이었을 것이다.

설마 여름에도 뜨거운 차를 마시려고 저택을 최대한 서늘하게 지었나? 밀드레드가 꽤 그럴듯한 생각을 했을 때 하녀가 아이들이 머무는 방 앞에 그녀를 안내해 주고 물러났다.

밀드레드는 노크를 하고 살그머니 문을 열었다. 벌레가 있는지 모기장이 쳐진 침대는 비어 있었다. 어라? 당황한 그녀가 안으로 들어오자 그제야 창문 앞에 앉아 있던 릴리가 고개를 돌렸다.

"어머니."

"괜찮아? 안 누워 있어도 돼?"

분명 별장에 도착하자마자 아이들의 얼굴이 하얗게 질려서 부랴부랴 손님 침실에 안내됐었는데 고작 한 시간 만에 릴리는 멀쩡하게 앉아 있었다.

"풍경이 너무 멋져서요."

그제야 밀드레드는 릴리의 손에 노트가 들려 있는 것을 발견했다. 언제 어디서나 노트와 연필을 잊지 않고 가지고 다니는 릴리답게 그녀는 여기에도 노트와 연필을 가져온 모양이었다.

"멀미는 괜찮아? 좀 더 쉬어야 하지 않을까?"

"집중하다 보니까 괜찮아졌나 봐요."

걱정스러운 밀드레드와 달리 릴리는 정말 괜찮았다. 누워 있다가 창밖의 풍경을 보는 순간 그리지 않을 수가 없었다.

푸른색으로 빛나는 동그란 호수 표면이 햇빛을 받아 마치 보석처럼 빛이 났다. 그 주변을 둘러싼 초록빛의 들판이 싱그러웠다.

"예쁘네."

밀드레드는 릴리가 내민 노트를 보고 그렇게 말했다. 잘 그렸다는 것도 알겠고 예쁘다는 것도 알겠다. 하지만 밀드레드가 아는 건 그것뿐이다. 그녀는 그림을 보는 눈이 없다.

이쪽으로는 다니엘이 더 잘 알겠지. 밀드레드는 그렇게 생각하며 한숨을 내쉬었다. 다니엘뿐 아니라 필립 케이시 경도 릴리의 재능을 인정하고 있었다.

그렇다면 그녀가 할 수 있는 건 지지해 주는 것뿐이다. 밀드레드는 그렇게 생각하며 릴리가 내민 노트를 한참을 들여다보다가 다시 돌려주었다.

"후작 부인과의 대화는 어땠어요?"

어머니에게 노트를 받아 들며 릴리가 물었다. 그녀도 약간은 신경 쓰고 있었다. 물론 이 별장의 멋진 풍경을 본 순간 까맣게 잊어버리고 그림에 몰두했지만.

케이시가는 반스가와 아무런 친분도 없다. 있다면 그건 더글러스가 릴리에게 구혼했다가 거절당했다는 정도일 것이다.

그러니 이 시점에서 후작 부인이 반스가의 사람들을 초대한다면 자신 때문일지도 모른다고 릴리는 생각하고 있었다.

"그냥 그래."

"사교계 대화였어요?"

릴리의 질문에 밀드레드는 피식 웃으며 고개를 끄덕였다. 그래. 그거였다. 사교계 대화.

릴리는 어깨를 움츠리고 얼굴을 일그러트렸다. 그녀가 가장 싫어하는 거다. 진짜 속내를 감춘 채 빙글빙글 돌리는 대화.

하지만 그녀는 그게 필요하다는 것도 약간은 이해하고 있었다.

"어머니."

가만히 노트를 만지작거리던 릴리가 밀드레드를 불렀다. 밀드레드는 자신을 쳐다보는 릴리의 얼굴이 올해 초에 비해 많이 달라졌다는 것을 깨달았다. 분명 올해 초까지만 해도 릴리의 얼굴은 눈동자 색을 제외하면 아이리스와 똑같았다.

하지만 지금 두 사람은 약간 다른 방향으로 변화하고 있었다. 둘 다 여전히 입매가 고집스러웠지만, 그 고집이 아이리스는 책임감과 의무 때문이었다면 릴리는 열정과 자유를 향해 있었다.

한배에서 나왔는데 어쩌면 이렇게 달라질 수 있을까. 밀드레드는 멍하니 릴리의 얼굴을 보며 감탄했다. 그 사이 릴리가 머뭇거리며 물었다.

"후작 부인은 제가 케이시 경의 청혼을 받아들이길 원하는 거죠?"

"크게 보자면 그렇겠지."

밀드레드는 어깨를 으쓱이며 그렇게 말했다. 케이시 후작 부인은 릴리가 자신과 결혼만 해 주면 바랄 게 없는 더글러스와 달리 그녀가 훌륭한 후작 부인이 되길 바랄 것이다.

제네비브가 이기적이거나 권위적인 사람이라서가 아니라 모든 사람이 다 그렇다. 어느 누가 자기 아들과 결혼할 여자가 하고 싶은 일만 하고 결혼할 가문의 일은 등한시하는 것을 반길까.

밀드레드는 제네비브가 나쁘다고 생각하지는 않았다. 그런 걸 잘하고 좋아하는 사람도 있겠지. 아이리스처럼.

릴리가 케이시 후작 부인이라는 자리를 욕심낸다면 밀드레드는 얼마든지 그녀를 응원하고 제네비브와 친하게 지낼 수 있었다. 하지만 릴리는 케이시 후작 부인이 아니라 릴리로 살고 싶어 하고 화가가 되고 싶어 한다.

"제가 그냥 케이시 경의 청혼을 받아들이는 게 좋을까요?"

느닷없는 릴리의 질문에 밀드레드의 눈이 커졌다. 그녀는 릴리의 맞은편에 의자를 끌어와 앉으며 물었다.

"케이시 경과 결혼하고 싶어졌어?"

"그건 아닌데요……."

아닌데? 밀드레드가 어리둥절한 표정을 지었다. 그 앞에서 고민이 가득한 얼굴을 한 릴리가 망설이다가 말했다.

"솔직히 케이시 후작가면 부족함이 없잖아요. 이렇게 부자고. 케이시 경도 제가 좋다고 하고."

틀린 말은 아니다. 밀드레드는 아무 말도 하지 않고 아무 표정도 짓지 않았다. 그저 최대한 아무 편견 없이 릴리의 이야기에 귀를 기울였다.

"그런데 전 화가가 되고 싶다고 저 좋다는 부유하고 고귀한 집안의 남자를 거절한 거고요."

조금씩 릴리의 얼굴이 어두워지기 시작했다. 사실 부유하고 고귀한 집안 뒤에는 잘생긴이라는 수식어도 붙어 있지만 그녀는 차마 어머니 앞에서 그 말만은 할 수가 없었다.

혹시라도 어머니가 더글러스의 얼굴이 잘생겨서 그녀가 고민한다고 생각할까 봐.

그것도 조금은 있지. 난 미적 기준이 높다구. 릴리는 그렇게 속으로 변명하며 고개를 숙였다. 하지만 밀드레드가 들었다면 모든 여자는 다 잘생긴 남자를 좋아한다고 웃었을 것이다.

"제가 너무 건방진 걸까요?"

결국 릴리의 입에서 그녀의 고민이 끝까지 빠져나오자 밀드레드는 한숨을 내쉬었다. 릴리는 그런 생각을 하지 않을 줄 알았는데.

하지만 릴리도 눈이 있고 귀가 있다. 그리고 생각할 수 있다. 당연히 더글러스가 자신에 비하면 훨씬 수준이 높다는 것을 알고 있었다. 그런 남자가 자신이 좋다는데 화가가 되고 싶다는 이유로 거절하고 있다는 것을 세상 사람들이 안다면 그녀가 좀 모자라거나 건방지다고 말할 것이라는 것도 알았다.

어쩌면 둘 다일 수도 있고.

"릴리. 엄마 좀 봐."

밀드레드의 말에 릴리가 고개를 들었다. 밀드레드는 창틀에 팔꿈치를 얹으며 물었다.

"지금 성에서 네게 왕자비 후보가 될 기회를 준다고 하면 할래?"

"제가요? 리안과요? 싫어요!"

"왜? 리안은 왕자고 부유하고 고귀한 집안이잖아. 거절하는 건 너무 건방진 행동 아닐까?"

무슨 말인지 알겠다. 릴리는 밀드레드의 얼굴을 물끄러미 쳐다보다가 말했다.

"하지만 리안이 절 좋아하는 건 아니잖아요."

더글러스는 그녀를 좋아한다. 그러니 리안을 거절하는 것과 더글러스를 거절하는 건 상황이 다르다.

밀드레드는 그런 릴리의 말에 고개를 기울였다. 그리고 조용히 물었다.

"네가 어떤 남자를 좋아하는데 그 남자가 널 거절하면, 그는 건방진 게 되는 걸까?"

"그건……."

아닐 거다. 아마도.

다시 릴리의 얼굴이 어두워지자 밀드레드는 한숨을 내쉬었다. 릴리가 케이시 후작가를 아까워하는 건 이해가 됐다. 그녀도 그러니까.

하지만 아까워서 더글러스와 결혼한다면 그건 반대다. 결혼은 아까워서 하는 게 아니다. 내가 쟤보다 부족하기 때문에 이득을 보려고 하는 것도 아니다.

"릴리, 네가 케이시 경이 좋아서 결혼을 한다면, 그건 좋아. 케이시 후작 부인의 자리가 욕심이 나서 결혼을 한다면, 그것도 좋아."

"그래요?"

밀드레드의 말에 애슐리가 깜짝 놀라서 물었다. 더글러스를 사랑하는 게 아니라 케이시 후작 부인의 자리가 욕심나서 결혼해도 된다고?

릴리의 반응에 밀드레드는 장난스럽게 웃었다. 아이리스와 똑같은 반응이었다. 그녀는 바람에 날리는 머리카락을 쓸어 넘기며 말했다.

"케이시 후작 부인이잖아. 이런 부유한 가문을 관리한다는 건 권리만큼이나 의무도 많기 마련이니까. 어쩌면 유명한 화가가 되는 것보다 훌륭한 후작 부인이 되는 게 더 어려울 수도 있어."

화가는 그림만 그리면 된다. 물론 화가라고 해서 힘들지 않다는 말은 아니다. 밀드레드는 그림을 그린다는 게 어떤 건지는 모르지만 그림이 안 그려질 때도 있을 수 있고 원하는 대로 손이 움직여지지 않을 때도 있을 수 있다고 생각했다.

피나는 노력으로 그린 그림이 팔리지 않을 수도 있겠지. 그래서 생활고로 고생할 수도 있고.

반대로 귀족 집안의 부인이란 자잘하게 살필 일이 많은 법이다. 가문을 이어 주기 위해 남편의 아들을 낳아 주고 가문에 딸린 영지에서 나오는 세금으로 가정 경제를 꾸려야 한다.

사교 시즌이면 수도에 와서 파티와 음악회를 열고 주변 귀족 부인들과 원만한 교우 관계를 유지해야 하며 집안에서 일하는 사용인들이 딴 생각을 하지 못하도록 단속해야 한다.

남편의 형제와 자신의 형제 중에 재정적으로 어려운 사람이 있다면 적절히 도와줘야 하고 사교계에서 말이 나오지 않을 수준으로 봉사 활동도 해야 한다.

그뿐이랴. 가문에서 가지고 있는 저택을 틈틈이 관리하고 겨울이면 손님이 올 것까지 가늠해서 식량을 비축해 둬야 한다. 가문의 격에 맞게 주기적으로 저택을 수리하거나 가구를 교체하는 것도 신경 써야 한다.

아이들의 교육 수준이 어느 정도나 됐는지도 틈틈이 확인해야 한다. 아이들을 가르치는 교사와 사용인들 사이의 분쟁을 적절하게 다스려야 하기도 한다.

이것 말고도 무수히 많다. 어느 귀족 부인이 적은 〈훌륭한 귀족 부인의 할 일〉이라는 책은 무려 600페이지에 달할 정도니까.

"나는 릴리, 네가 케이시 후작 부인이 돼도 훌륭하게 케이시 가문을 다스릴 수 있을 거라고 생각해."

밀드레드는 그렇게 말하며 손을 뻗어 릴리의 머리카락을 쓸어 넘겼다. 릴리는 할 수 있다. 성격이 좀 급하긴 하지만 눈치가 빠르고 사람들을 돌볼 줄 아니까. 고집이 좀 세긴 하지만 손이 야무지고 판단도 빠르다.

"문제는 네가 그걸로 행복하냐는 거겠지."

아이리스는 왕비가 되는 걸 원했다. 그녀는 그런 책임감을 기꺼이 받아들였고 그 지위로 얻을 수 있는 의무와 권리를 즐길 마음의 준비를 하고 있었다.

하지만 릴리는 아니었다. 할 수 있는 것과 하고 싶은 것은 다르다. 릴리는 할 수 있지만 하고 싶지는 않아 할 거라고 밀드레드는 생각했다. 그리고 그건 사람을 지치게 만들기 마련이다.

"좋아하는 일을 해도 사람은 언젠가 지치기 마련이야. 누구나 어느 날 문득 서서 뒤를 돌아보면서 이렇게 생각하거든. 내가 여기서 뭘 하는 거지?"

내가 하고 싶은 일이 이거였나? 이걸 얻기 위해 그렇게 열심히 달린 거였나?

모든 사람은 어느 순간 우뚝 멈춰 서서 그렇게 생각하게 된다. 거기서 벗어나는 사람도 있고 벗어나지 못하는 사람도 있다. 밀드레드는 릴리의 뺨을 감싸며 말했다.

"그럴 때 나는 네가 적어도 선택하지 않은 것을 후회하지 않기를 바라."

괜히 시작했다고 후회하는 건 괜찮다. 하지만 그때 그걸 선택할 걸 그랬다는 후회는 좋지 않았다. 그건 꽤 오랜 시간 릴리의 마음을 붙잡고 놓아주지 않을 테니까.

"하지만 어머니. 만약, 만약에 제가 화가가 되지 못하면요? 그러니까……."

거기까지 말한 릴리가 잠시 망설였다. 조만간 필립의 소개로 다른 화가들을 만나기로 했다. 그 생각만 하면 릴리는 기대가 됐다가도 다음 순간 절망의 구렁텅이에 빠지곤 했다.

"제 그림이 인기를 얻지 못하면 어떻게 해요? 제가 어떻게 해도 할 수 없다면요? 제 수준이 딱 화가가 되기만 할 정도의 재능이면요? 그래서 내 그림이 아무리 해도 비싸게 팔리지 않으면요?"

마치 봇물이 터진 것처럼, 릴리는 그렇게 빠르게 말을 토해 내고 잠시 숨을 몰아쉬었다. 그리고 놀란 표정의 밀드레드를 쳐다보며 조심스럽게 덧붙였다.

"차라리 케이시 경과 결혼하는 게 나았다고 생각하게 되면요?"

"그건 더 나쁘지 않을까?"

"케이시 경과 결혼하는 게요?"

"아니, 케이시 경과의 결혼을 도피 수단으로 삼는 거 말야. 네가 케이시 경을 좋아하는 것도 아니고 케이시 후작 부인 자리가 탐나는 것도 아닌데 그냥 지금 상황이 무서워서 도망치는 거잖아."

마음 같아서는 밀드레드는 더글러스에게도 못 할 짓이라고 말하고 싶었지만 참았다. 어쩐지 더글러스는 그런 이유라 해도 릴리가 자신과 결혼한다면 기뻐할 것 같았기 때문이다.

밀드레드의 지적에 릴리는 아무 말도 하지 못했다. 밀드레드는 다시 창틀에 팔을 얹으며 말을 이었다.

"후회하지 않겠어? 나중에 아이들을 기르면서 그때 내가 조금만 용기를 냈다면 화가가 됐을 텐데, 하고 후회하지 않을까?"

"하지만 화가도 못 하고 결혼도 못 하고 노처녀로 늙으면⋯⋯."

늙으면? 밀드레드는 릴리가 계속 이야기하도록 아무 말도 하지 않았다. 그녀는 밀드레드의 눈치를 한 번 살피고 기어들어 가는 목소리로 말했다.

"사람들이 절 비웃지 않을까요? 어머니와 아이리스가 절 부끄러워하지 않을까요?"

"오, 릴리."

밀드레드는 한숨을 내쉬며 릴리를 끌어안았다. 그녀가 뭘 걱정하는지 알겠다. 누구나 그런 걱정을 할 수밖에 없지만 그게 자식이 되자 가슴이 아팠다.

"나는 네가 어떻든 절대 부끄럽지 않아. 그건 아이리스도 마찬가지일 거고."

릴리는 어머니의 말에 작게 한숨을 내쉬었다. 그랬으면 좋겠다. 하지만 걱정이 되는 것만은 어쩔 수가 없었다.

아예 아무것도 몰랐을 때는 괜찮았다. 그림을 그린다는 것만으로 행복했으니까. 화가가 될 수 있으면 좋겠다고 꿈꿀 때까지도 괜찮았다.

하지만 정말 그녀의 그림을 필립에게 팔고, 그에게 인정을 받으면서 화가의 길에 한 발짝씩 내디딜수록 릴리는 겁이 나기 시작했다.

내가 화가로 성공할 수 있을까. 차라리 다른 사람들처럼 결혼하는 게 낫지 않을까. 그런 두려움에 밤을 새울 때도 있었다.

그때 마치 그녀의 고민을 읽은 것처럼 밀드레드가 말을 이었다.

"릴리, 나는 네가 내 딸이라서 사랑하는 거지 실력 있는 화가라거나 훌륭한 가문에 시집갈 거라서 사랑하는 게 아니야. 나는 네가 어디서 무엇을 하든 상관없이 사랑할 거야."

어머니의 말에 릴리는 울컥 눈물이 나왔다. 사람들이 그녀를 실력 있는 화가라고 생각해 주기를 바랐다. 그건 지금도 변하지 않았다.

그녀의 그림을 사람들이 좋아하고, 그녀의 실력을 인정해 줬으면 좋겠다. 마치 카일라의 그림이 세상에 나올 때마다 주목받고 비싼 값에 거래되는 것처럼 릴리는 자신의 그림도 그랬으면 좋겠다고 생각했다.

하지만 한편으로는 누군가 아무 이유 없이 그녀를 사랑해 주길 바라기도 했다.

아이고. 밀드레드는 릴리가 훌쩍이는 소리를 듣고 속으로 한숨을 내쉬었다. 아무렇지 않은 척, 자신 있는 척, 강한 척했지만 릴리도 사실은 겁이 났던 거다. 이러니저러니 해도 릴리도 열여덟 살밖에 되지 않았다.

당연히 자신의 능력이 얼마나 되는지 모르고 미래가 걱정될 수밖에 없다. 자신의 선택이 옳은지 불안할 수밖에 없다.

밀드레드는 릴리의 등을 쓰다듬으며 나직하게 말했다.

"릴리, 나는 그림에 대해서 하나도 몰라. 그래서 네가 화가로 성공하느나에 대해서는 말할 수 있는 게 없어. 하지만 네가 그림을 아주 잘 그린다고 생각해."

매번 릴리가 그리는 그림을 볼 때마다 밀드레드는 감탄하곤 했다. 어디서 이런 재능을 타고난 걸까. 그녀는 그림을 그리기는커녕 보는 눈도 없는데 그녀의 딸은 한눈에도 잘 그렸다는 말이 나올 정도로 그림을 잘 그렸다.

"그리고 화가로 성공 못 하고, 결혼도 못 하면 어때. 애슐리랑 나랑 셋이 같이 살면 되지. 토마토도 기르고 당근도 기르면서 살면 돼. 혹시 알아? 네 또 다른 재능을 발견할지."

밀드레드의 말에 릴리가 울다가 웃음을 터트렸다. 최근에 밀드레드가 온실에 토마토 모종을 가져다 심은 게 생각났기 때문이다. 그녀는 눈물을 닦으며 물었다.

"설마 농부가 되라는 말씀은 아니시죠?"

"못 할 거 뭐 있어? 직업에는 귀천이 없는 거야."

물론 귀족은 직업을 갖는 것 자체를 천하다고 보지만. 밀드레드는 그 부분은 쏙 빼고 이야기했다. 덕분에 릴리의 기분이 풀렸다.

유명한 화가가 못 된다고, 결혼을 못 한다고 가족들이 실망하거나 문제가 생기지는 않는다.

밀드레드는 릴리의 몸을 놓고 자리에서 일어나며 말했다.

"아이리스와 애슐리가 괜찮아졌는지 보러 가자."

지금쯤 두 사람도 회복했을 것이다. 이렇게 멋진 별장에 초대받았는데 방 안에 누워만 있기는 아깝다.

릴리는 밀드레드와 팔짱을 끼고 복도로 나가서 아이리스와 애슐리의 방을 찾아갔다.

"마님, 손님께서 호숫가에 가고 싶다고 하시는데요."

자기 방에 앉아 편지를 쓰고 있던 제네비브에게 하녀가 다가와서 말을 걸었다.

"호수?"

제네비브의 시선이 창밖으로 향했다. 이 별장은 호수를 낀 언덕 위에 있는 덕에 호수의 전경이 훤히 내려다보였다.

"산책을 하기엔 햇볕이 좀 뜨거울 텐데."

그녀도 호숫가에 가 본 적이 몇 번 있지만 전부 이른 아침이나 약간 늦은 오후였다. 산책하기엔 그 시간이 가장 알맞았기 때문이다. 제네비브의 걱정에 하녀가 조심스럽게 말했다.

"그렇게 말씀드렸는데 괜찮다고 하셔서요."

"그럼 필요한 건 뭐든 내드려."

이미 뜨겁다고 말했는데도 가겠다고 했다면 반스 부인은 직접 경험해 봐야 하는 사람인지도 모른다. 그런 사람인 거 같다. 제네비브는 피식 웃으며 다시 펜을 들었다.

지난번에 이야기를 했을 때 조금 느꼈다. 결혼할 생각이 없다는 딸을 지지해 주는 엄마라니. 그녀는 생각도 못 할 일이다.

제네비브도 어릴 때는 그런 생각을 한 적이 있었다. 결혼하지 않고 부모님과 평생 같이 살고 싶다고. 물론 그녀의 부모님이 그걸 허락할 리가 없다는 것을 알았기 때문에 입 밖으로 낸 적은 없지만.

여자는 결혼을 해야 한다. 그리고 아이를 낳아야 한다. 결혼하지 않은 여자는 찾아올 자식도, 지탱할 수 있는 남편도 없어 비참하다는 이야기를 제네비브는 어릴 때부터 들어왔다.

물론 지금은 꼭 그렇지만은 않다는 것을 알고 있다. 아버지에게 많은 유산을 물려받은 여자가 호젓하게 여행을 다니며 사는 이야기도 들었고, 고생시키던 남편이 죽자 드디어 자유로워진 부인에 대한 이야기도 들었다.

여자가 결혼하지 않으면 비참해진다는 이야기가 때때로 사실이 아니라는 것을 알 정도로 제네비브는 나이를 먹었고 조금은 딸의 비혼을 지지하는 밀드레드의 입장도 이해를 했다.

하지만 그건 최악의 상황일 뿐이다. 남편이 도박에 중독됐거나 부인에게 손찌검을 하거나 무능력한 경우. 그런 경우에는 제네비브도 차라리 혼자 사는 게 낫다는 것을 인정했다.

"더글러스와는 상관없는 일이지."

그녀는 그렇게 중얼거리며 남편에게 쓰는 편지의 맺음말을 적어 넣었다. 더글러스는 성실하고 책임감 있으며 릴리에게 반해 있다.

그녀의 아들이라서가 아니라 이런 좋은 남자가 또 있을까 싶을 정도로 훌륭한 조건이다. 잘생겼고, 집안 좋고, 약자를 보호할 줄 알며 도박은커녕 술도 과하게 마시지 않았다.

어느 여자든 그가 청혼한다면 기뻐서 체면도 잊고 환호성을 지를 거다. 제네비브는 더글러스에게 쓸 편지지를 꺼내며 빙그레 웃었다.

아들이 있다는 건 멋진 일이다. 더글러스가 그렇게 잘나지 않았더라도 제네비브는 아들의 존재만으로 마음이 든든했을 거라고 생각했다. 그리고 그런 더글러스와 결혼하는 릴리 역시 운이 좋다고 생각했다.

"가만있자. 산책하고 오면 무척 덥겠지?"

더글러스에게 편지를 쓰던 제네비브는 문득 떠오른 생각에 고개를 들었다. 한낮의 태양 아래에서 산책을 하고 나면 집으로 돌아왔을 때 상당히 더울 테니 냉방을 좀 더 세게 해 줘야겠다는 생각이 들었다.

케이시 후작의 교외 별장은 몇몇 방에 냉방을 위한 마법을 걸어 놓았다. 그게 제네비브가 여름이 되면 별장에서 머무는 이유였다.

아마 반스가의 사람들은 생각도 못 하고 있을 거라고 생각하며 제네비브는 빙그레 웃었다. 별장에 냉방 마법이라니, 어마어마한 돈이 들어간다. 어떻게 보면 이게 케이시가의 부를 보여 줄 좋은 기회기도 했다.

반스 부인과 릴리도 케이시가가 얼마나 부유한지 체감하면 마음이 바뀔지도 모른다. 제네비브가 그렇게 생각하며 하녀를 부르기 위해 자리에서 일어났을 때였다. 창문 밖에서 희미하게 웃음소리와 함께 비명 소리가 들려왔다.

"릴리!"

제네비브의 시선이 창밖으로 향했다. 훤히 내려다보이는 호수 가장자리에 네 명의 여자가 물을 튀기며 떠들썩하게 놀고 있는 게 보였다.

"어머."

반스가의 사람들이었다. 릴리가 물을 튀기는 바람에 아이리스가 기겁해서 물 밖으로 나갔다가 깔깔대며 다시 호수로 들어가는 게 보였다.

제네비브는 반스 양들이 신나게 물놀이를 하는 것을 지켜봤다. 그녀는 열 살 이후로 밖에서 물놀이를 해 본 적이 없었다. 더글러스가 어릴 때 케이시 후작과 함께 저 호수로 물놀이를 하러 간 적이 있지만 옷을 걷어붙이고 호수 안으로 들어간 건 더글러스와 케이시 후작뿐이었다.

반스가의 아가씨들은 밖에서 물놀이하기엔 나이가 좀 많았지만 제네비브의 눈에는 그것도 괜찮아 보였다. 요즘은 바다에서 수영도 한다던데 호수쯤이야.

하지만 그녀는 곧 아이들 사이에 껴서 물장난을 치는 밀드레드를 발견하고 입을 딱 벌렸다.

"세상에."

다 큰 자식이 있는 부인이 아이들처럼 스커트를 둥둥 동여매고 물장난을 치고 있다니. 제네비브는 자신이 본 사람이 밀드레드가 맞는지 확신이 들지 않아서 눈을 감았다 떴다.

"어머니! 이쪽이에요!"

밀드레드가 맞았다. 애슐리가 바위 위로 기어 올라가며 어머니를 부르는 게 보였다. 제네비브는 밀드레드의 행동을 부러워해야 할지 채신머리없다고 혀를 차야 할지 잠시 고민했다.

하지만 그녀는 곧 밀드레드가 부러워졌다. 그녀도 때때로 딸이 있으면 하고 생각할 때가 있었다. 밀드레드와 그녀의 딸들은 제네비브가 생각하고 바라던, 그런 사이좋은 모녀 관계로 보였다.

"너무 친해서 그런가?"

마음을 다스린 제네비브가 다시 자리에 앉으며 고개를 갸웃했다. 밀드레드는 딸이 결혼할 생각이 없다면 안 해도 된다고 했다. 딸과 너무 친해서 시집보내고 싶지 않은 걸까.

하지만 첫째인 아이리스는 왕자비 후보 시험 중이다. 왕자비가 되는 거니 첫째 딸만 시집보내기로 했다기엔 케이시 후작 부인이 되는 것도 왕자비 못지않게 엄청난 일이다. 케이시 후작가는 나라가 세워질 때부터 존재한 가문이다. 유서 깊음과 부유함으로 보면 왕가와 비슷하다.

왕비는 되고 후작 부인은 안 될 리가 없다. 제네비브는 턱을 괴며 한숨을 내쉬었다. 솔직히 반스 부인 수준이라면, 케이시 후작 부인이 아니라 어느 한미한 남작가라 해도 딸을 시집보낼 수 있다면 기뻐해야 한다.

릴리는 예쁜 것도 아니고 입이 떡 벌어지게 부유한 것도 아니다. 아버지가 살아 있는 것도 아니지. 남은 거라곤 친부가 남작이었다는 것과 삼촌이 백작이라는 것뿐이다.

게다가 성격도 고분고분하지 못한 것 같다는 소문이 있다. 제네비브의 머릿속에 그녀의 음악회에서 일어난 사건이 떠올랐다. 정말이지, 그때는 너무 놀라서 일주일 동안 자리에서 일어나지 못했을 정도였다.

"대체 무슨 생각이지."

고작 그런 조건으로 더글러스의 구혼을 거절하다니. 제네비브는 릴리는 물론 반스 부인도 이해가 되지 않았다. 릴리는 어리니까 그렇다 쳐도 반스 부인이라면 자기 딸이 인생 역전할 수 있는 기회인데 딸의 등짝을 때려서라도 설득해야 하는 거 아닌가?

"설마 우릴 상대로 재보는 건가."

편지지 위에 유려하게 글을 써나가던 펜이 멈췄다. 누가 봐도 기우는 조건이니 조금이라도 콧대를 높이려고 이러는 걸까? 그런 거라면 불쾌하다.

하지만 한편으로는 조금이라도 콧대를 높이고 싶어 하는 게 이해가 되기도 했다. 릴리와 더글러스라니. 너무 기운다. 더글러스에게 릴리 반스 양에게 청혼했다는 이야기를 들었을 때 케이시 후작은 할 말을 잃고 아들을 멍하니 쳐다봤을 정도다.

더글러스가 좋다는 그 많은 예쁘고 집안 좋고 부유한 아가씨들을 다 제치고 고작 고른 게 못생기고 가난하며 고분고분하지도 않은 아가씨라니.

상대할 가치도 없다는 케이시 후작을 달랜 게 후작 부인, 제네비브였다. 그녀는 아들이 반한 아가씨니 분명 장점이 있을 거라는 말로 남편을 달랬다.

그리고 일부러 반스가의 장례식에 참석했다가 릴리와 단둘이 이야기할 기회를 서둘러 잡았다.

아이리스의 입궁 날짜와 아슬아슬하게 맞물린 것은 그런 이유에서였다. 릴리와 단둘이 이야기하고 싶기도 했지만 아이리스가 입궁하면 케이시 후작과 만날지도 모르기 때문이었다. 아들이 고른 여자가 마음에 들지 않는 남편이 그녀의 언니에게 무슨 말을 하기 전에 먼저 이야기를 해보고 싶었다.

아이리스 반스 양과 반스 부인에게는 미안한 짓을 했다. 제네비브는 편지를 다 쓰고 자리에서 일어나 설렁줄을 잡아당겼다. 그리고 하인이 오기 전에 편지 위로 손부채질을 해서 잉크를 말린 뒤 접어서 봉투에 집 어넣었다.

"부르셨습니까, 마님."

"남편과 아들에게 전달해다오."

지시를 받은 하인이 고개를 꾸벅하고 뒷걸음질로 나갔다. 제네비브가 다시 창밖으로 시선을 던지자 반스가의 사람들이 물 밖으로 나오는 게 보였다.

"사이가 좋네."

제네비브는 저도 모르게 그렇게 중얼거렸다. 비단 지금처럼 사이좋은 모습을 보여서만이 아니다. 별장에 릴리만 보내지 않고 무리해서라도 가족들이 모두 함께 온 걸 봐도 그랬다.

가족이 사이가 좋은 건 좋은 일이다. 어떤 사람들은 아이리스와 밀드 레드가 멍청한 짓을 한다고 생각할지 모르지만 제네비브는 릴리를 지극 히 생각하는 반스가의 사람들의 행동이 마음에 들었다.

"재미있었어!"

"맞아."

그녀의 귀에 커다란 담요를 몸에 두르고 깔깔대며 이쪽으로 걸어오는 애슐리와 릴리의 목소리가 들렸다.

이상한 기분이 들었다. 제네비브는 멍하니 네 사람이 재미있다는 듯 크 게 웃고 떠들며 걸어오는 것을 쳐다봤다. 큰 소리로 웃었던 게 언제였지?

그녀도 젊었을 때는 저렇게 큰 소리로 웃었던 때가 있었던 것 같다. 제대로 된 숙녀라면 그렇게 큰 소리로 웃는 게 아니라고 혼이 나기 전까 지.

애슐리가 돌아서더니 뒤따라오고 있던 밀드레드에게 다가가 그녀를 끌어안았다. 밀드레드가 그녀를 밀어내지 않고 마주 끌어안아 주는 것을 보자 제네비브의 얼굴이 굳었다.

아이리스와 릴리는 애슐리와 밀드레드가 서로 끌어안고 걸어오는 것을 보고도 늘상 있는 일이라는 듯 아무 말도 하지 않았다. 큰 소리로 웃는 걸 부끄러워하지 않고 다른 사람의 시선에 구애받지 않고 애정을 표현하는 가족이었다.

제네비브는 그게 부러워졌다.

"초대해 주셔서 감사해요."

그날 저녁, 식당에 내려온 아이리스가 다시 한 번 제네비브에게 감사를 표했다. 젖은 옷을 갈아입고 목욕을 했는지 반스가의 여자들은 깨끗하고 뽀송뽀송하게 말라 있었다.

제네비브는 그녀가 반스 가족들이 호수에서 물놀이하는 것을 봤다는 말을 하지 않았다. 밀드레드와 아이들 역시 호수에서 물놀이했다는 이야기를 하지 않았다.

덕분에 제네비브는 그게 반스가에서는 당연한 일이라는 것을 확신했다. 평소에 하지 않는 일이고 그게 채신머리없는 행동이라고 생각했다면 그녀에게 부끄럽다며 양해를 구했을 것이다.

케이시 후작가는 나름대로 화목한 집안이긴 하지만 유서 깊은 후작 가문이기 때문에 반스가 정도로 자유로운 건 아니다. 더글러스가 릴리에게 반한 건 저런 집안이라서가 아닐까. 제네비브가 그렇게 생각하고 있을 때 릴리가 애슐리와 뭔가를 속삭이며 내려왔다.

문 앞까지만 해도 애슐리와 무슨 이야기를 하는지 활짝 웃고 있던 릴리의 표정이 식당으로 들어서자마자 진지해졌다. 그녀는 하인이 안내해 주는 자리에 앉아 제네비브에게 인사를 건넸다.

"초대해 주셔서 감사합니다."

릴리 역시 아이리스와 마찬가지로 자리에 앉자마자 제네비브에게 인사를 건넸다. 그녀의 행동에 애슐리도 허둥지둥 따라서 인사를 건넸다. 제네비브는 훌륭한 안주인답게 별거 아니라는 표정으로 고개를 끄덕였다. 밀드레드가 뒤따라 들어오자 하인들이 음식을 내오기 시작했다.

"반스가에서 대접받은 음식만큼은 아니지만 썩 괜찮을 거예요. 요리사 실력이 아주 좋거든요."

제네비브의 말에 밀드레드가 기대된다는 말과 함께 자신의 접시를 내려다보았다. 통으로 구워 과일 소스를 얹은 오리가 메인 요리였다. 하얀 밀빵과 함께 으깬 감자와 복숭아 파이가 나왔다.

복숭아를 꽃 모양으로 얹은 파이의 모양에 밀드레드는 눈썹을 들어올렸지만 아무 말도 하지 않았다. 제네비브 역시 밀드레드의 표정을 봤지만 아무 말도 하지 않았다. 요리사 나름대로 고안한 게 있기 때문이었다.

고기를 다 먹고 나자 하인이 다가와서 파이를 한 조각씩 잘라 접시에 얹더니 또 다른 하인이 아이스크림을 한 스쿱씩 얹어 주었다.

"와, 아이스크림이다."

애슐리가 반갑다는 듯 말했다. 아이리스와 릴리는 아무 말도 하지 않았지만 아이스크림의 등장에 반색하고 있었다.

아이스크림을 알아? 제네비브는 아이스크림을 알아보는 애슐리의 반응에 잠깐 당황했다가 반스 부인이 월포드 남작과 가깝다는 것을 떠올렸다. 요정의 샘에서 아이스크림을 판다. 거기서 먹어 본 모양이다.

문득 제네비브는 차를 마실 때 오이 샌드위치를 내놓지 않아 다행이라는 생각이 들었다. 얼마 전까지만 해도 티푸드로 가장 인기 있었던 오이 샌드위치는 어느 날 갑자기 인기 없는 음식이 되어 버렸다. 미각이 좀 있다 하는 사람들이 하나같이 오이에서 쓴맛이 나서 별로였다면서 안 먹기 시작했던 거다.

아이스크림도 아는 걸 보니 반스가의 사람들은 그녀의 생각보다 훨씬 더 아는 것도 많고 경험도 많은 모양이었다. 이미 오이 샌드위치가 한물갔다는 것도 알지도 모른다.

손님에게 실수하지 않아서 다행이다. 제네비브는 그렇게 생각하며 밀드레드에게 물었다.

"음식이 입에 맞나요?"

"오, 그럼요. 아주 맛있네요. 말씀대로 요리사 실력이 아주 훌륭한 모양이에요."

밀드레드의 칭찬에 제네비브의 기분이 좋아졌다. 그녀는 복숭아 파이를 먹는 둥 마는 둥 하며 릴리를 돌아보았다. 그리고 다시 밀드레드에게 말을 걸었다.

"제게 처녀 시절에 사용하던 리본이나 핀 같은 게 아직 남아 있거든요. 젊은 사람들이 써야 하는데 딸도 없고 조카도 없다 보니 아직도 제 서랍 속에 남아 있지 뭐예요."

그렇군요. 밀드레드가 고개를 끄덕였다. 아이리스는 제네비브가 무슨 말을 하려는지 알 것 같아서 고개를 숙였다. 보통 저럴 때는 댁의 따님들에게 좀 주고 싶다고 말하는 거다. 후작 부인이 젊었을 때 쓰던 리본이나 핀이라면 가격이 꽤 나가는 훌륭한 물건일 게 분명했다.

"저녁을 먹고 아가씨들이 살펴보면 어떨까요? 취향에 맞는 게 있다면 선물해 주고 싶은데요."

제네비브의 말에 애슐리가 눈을 빛내며 밀드레드를 쳐다봤다. 선물이라고? 기대감이 가득한 그녀의 얼굴에 밀드레드는 어쩔 수 없다는 듯 웃었다. 그리고 아닌 척하지만 아이리스와 릴리도 은근히 그걸 바라고 있다는 것을 확인했다.

"정말 관대하시군요, 후작 부인. 감사히 받겠습니다. 아이들도 기뻐할 거예요."

밀드레드의 인사에 애슐리가 반색했다. 제네비브는 그 모습을 보고 아이리스와 릴리도 기뻐하는 것을 확인했다. 릴리와 단둘이 이야기할 자리를 만들기 위해 핑계를 댄 거지만 아이들이 이렇게 기뻐하니 어쩐지 뿌듯해졌다.

그녀는 아이들에게 줘도 되는 목록에 머리핀과 리본뿐 아니라 귀걸이나 반지 같은 작은 액세서리도 추가했다.

"이쪽으로 오세요."

식사를 마치고 자러 가기 전에 하녀가 아이들을 제네비브의 개인 응접실로 안내했다. 하녀들은 제네비브가 미리 시킨 대로 젊었을 때 그녀가 사용한 리본과 머리핀뿐 아니라 귀걸이와 반지도 가져와서 아이들에게 보여 주었다.

젊은 시절에 사용한 것들이라 과하지 않고 수수하고 귀여운 것들이지만 전부 상등품이었다. 애슐리는 보석이 박힌 리본을 들어 올리며 감탄을 내뱉었다.

"세상에! 예쁘다!"

"굉장히 마음이 넓은 분이네."

아이리스는 작은 보석이 박힌 반지를 들어 올리며 중얼거렸다. 세 사람의 눈앞에 펼쳐진 물건은 상당히 많았다. 케이시가에 시집오기 전부터 사용하던 것과 시집온 뒤로 산 것까지 포함해서 제네비브가 내놓은 것은 서재의 책상과 티 테이블을 전부 덮을 정도로 많았다.

"이거 다 가져도 되는 건가?"

릴리의 질문에 아이리스가 쯧쯧 하고 혀를 찼다. 다 가지면 안 된다. 이 중에서 고르라고 했으니 몇 개만 가지라는 거겠지. 그녀는 동생들에게 가볍게 주의를 주었다.

"정말 가지고 싶은 거 한두 개만 골라. 너무 많이 고르면 욕심 많아 보이잖아."

"세 개는 안 돼?"

애슐리의 질문에 아이리스의 움직임이 멈췄다. 그러게. 한두 개까지는 괜찮을 거 같은데 세 개는 욕심 많아 보이려나?

그 틈을 타서 하녀가 릴리에게 슬그머니 다가왔다. 그녀는 아이리스와 애슐리에게 들리지 않도록 속삭였다.

"주무시기 전에 방으로 찾아가겠습니다."

"왜요?"

왜냐는 질문에 하녀는 아무 말도 하지 않았다. 그녀는 그냥 릴리에게 미리 이야기하라는 지시만 받았을 뿐이다. 남의 집에서 자는데 밤에 누군가 문을 두드리면 놀랄까 봐 미리 알려 주라는 제네비브의 배려였다.

하녀는 그녀가 말했던 대로 릴리가 잠들기 전에 찾아왔다. 그러고는 바로 두 시간 전에 릴리가 마음에 드는 액세서리를 고르던 제네비브의 개인 응접실로 그녀를 안내했다.

"밤늦게 불러서 미안해요. 놀랐죠?"

제네비브는 릴리를 기다리고 있었다. 릴리는 그녀가 손짓하는 대로 제네비브의 맞은편에 앉으며 고개를 저었다.

하녀가 찾아온다는 말이 무슨 소린지 이미 밀드레드에게 물어봤다. 제네비브가 그녀와 단둘이 이야기하고 싶어 하는 모양이라고 어머니께 들은 덕분에 릴리는 약간 각오를 하고 있었다.

"너무 늦은 시간에 불러서 미안해요. 릴리 양과 단둘이 이야기를 하고 싫었어요."

괜찮다고 해야 하나? 릴리의 머릿속에 작은 의문이 떠올랐다. 으레 이
럴 때면 괜찮다고 답변해야 하지만 릴리는 괜찮지 않았다. 구혼을 거절
한 남자의 어머니가 가족들을 초대해서 대접하고 밤늦게 그녀만 불러 이
야기를 하자고 하다니.

불편하다.

"다른 사람의 방해 없이 묻고 싶었거든. 물어봐도 될까요?"

"물어보려고 저와 제 가족들을 초대하신 거잖아요."

릴리의 대답에 제네비브는 표정이 굳었다가 풀어졌다. 좀 되바라진
대답이긴 했지만 눈치가 있다는 점은 마음에 들었다.

그녀는 허리를 곧게 펴고 앉은 릴리를 새삼 천천히 살폈다. 자세는 나
쁘지 않다. 아니, 훌륭하다. 곧게 편 허리와 반듯한 어깨. 그리고 살짝 들
어간 턱과 편안하게 다문 입술.

자세에서 집안 교육을 잘 받은 태가 났다. 제네비브의 시선을 피하지
않는 것도 마음에 들었다. 주눅이 들지 않고 당당한 표정. 그리고 경계심
과 약간의 호기심을 품은 초록색의 눈동자.

제네비브는 릴리의 머리카락이 부드러워 보이는 것과 피부가 거칠지
않고 손톱 밑이 더럽지 않다는 것을 확인했다.

입고 있는 옷도 최신 유행이나 최상품은 아니었지만 유행을 타지 않
는 심플한 디자인에 단정하고 깔끔했다. 선물할 테니 가지고 싶은 것을
고르라고 했을 때도 릴리는 초록색의 작은 보석이 박힌 귀걸이를 골랐
다고 들었다.

센스나 안목 같은 건 가르치면 된다. 하지만 어디서나 궁색하지 않고
주눅 들지 않는 당당한 태도와 마음가짐은 단기간 내에 배울 수 있는 게
아니다.

"내 아들의 청혼을 거절했다고 들었어요."

역시 그거였군. 릴리는 속으로 한숨을 내쉬었다. 그녀의 어머니가 청혼을 거절한 이유를 물어보려 할 수도 있다고 이야기해 주지 않았다면 대놓고 싫은 내색을 보일 뻔했다.

왜 다들 그걸 궁금해하는 걸까. 아무리 잘난 사람이어도 그녀가 싫으면 싫은 거다. 케이시 경이 아니라 왕자님이 와도 릴리가 싫으면 거절할 수 있다.

아이리스도 왕자비 후보에 그녀의 이름이 올라갔다는 것을 알았을 때 포기할지 받아들일지 고민했었다. 그녀는 부유한 가문의 남자와 결혼하고 싶어 했음에도 그랬다.

"네. 거절했습니다."

"반스 양의 어머니께서는 반스 양이 결혼 생각이 없다고 하던데요."

"네. 맞습니다."

사실이었군. 제네비브는 저도 모르게 한숨을 내쉬었다. 다행이다. 그녀는 긍정적이라고 생각했다. 더글러스가 싫어서 거절한 게 아니란 말이다.

"결혼을 안 하고 어떻게 살려고 그래요?"

"신전의 사제들은 결혼을 안 하고 살아요."

"사제가 될 생각이에요?"

"아뇨. 화가가 될 거예요."

제네비브의 눈이 커졌다. 그녀는 멍하니 릴리를 보다가 피식 웃으며 말했다.

"그런 농담은 별로예요, 반스 양."

"아뇨, 케이시 후작 부인. 전 진심이에요. 그림 공부를 하고 있고 제 그림을 팔고 있어요. 어머니께서도 제 그림이 팔리면 인정하시겠다고 하셨고요."

머리가 띵해서 제네비브는 저도 모르게 손으로 이마를 짚었다. 화가가 된다고? 귀족 영애가? 케이시 후작 부인이 될 여자가?

그녀는 저도 모르게 물었다.

"더글러스도 이걸 아나요?"

"네."

그제야 제네비브는 더글러스가 최근 들어 그림에 관심이 많아졌다는 것을 떠올렸다. 어쩐 일로 갤러리 초대라는 초대는 모두 마다하지 않고 참석하나 했다.

필립 케이시 경에게 작은 그림을 하나 샀다는 말도 들었다. 어쩐 일로 그림을 샀나 했더니 전부 다 눈앞의 당돌한 아가씨 때문이었던 모양이다.

"화가가 될 거기 때문에 더글러스의 청혼을 거절한 거군요?"

마음이 좀 진정되자 제네비브는 알겠다는 듯 물었다. 화가가 될 테니 더글러스에게 누가 될까 봐 거절한 모양이다. 하지만 릴리는 고개를 저으며 그녀의 말을 부인했다.

"아뇨. 아예 결혼할 생각이 없어서요. 결혼해야 할 이유를 모르겠거든요."

이건 또 무슨 소리야? 제네비브의 눈이 다시 커졌다. 그녀는 입을 딱 벌렸다가 숨이 가쁜 것처럼 입을 뻐끔거리기 시작했다.

그리고 한참 후에 목이 멘 목소리로 물었다.

"이유를 모르겠다니? 그게 무슨 소리야?"

얼마나 놀랐는지 그녀는 릴리에게 존대하는 것도 잊고 있었다. 다행히 릴리는 그 사실에 그리 신경 쓰지 않고 시원스레 말했다.

"결혼하면 그림을 그리는 데 방해가 되잖아요. 집안일을 해야 하고 남편 뒤치다꺼리도 해야 하고. 애도 낳아야 할 테고요. 처음부터 결혼을 안 하면 거기에 수반되는 귀찮은 일을 안 해도 되죠."

"무슨 그런……."

말도 안 되는 소리를! 제네비브는 그렇게 말하려다 멈췄다. 릴리가 하는 말은 결혼하기 싫다는 독신 남자 귀족들이 하는 말과 비슷했다.

결혼하면 가정을 꾸려야 하니 귀찮다고 하던가. 더글러스 또래인 그녀의 조카가 꼬박꼬박 집에 들어가서 부인을 상대하고 자식을 책임지는 게 싫다고 했다. 처음부터 결혼을 하지 않으면 그런 귀찮은 일을 하지 않아도 되는 거 아니냐는 철없는 소리에 속으로 아직도 철이 안 들었냐고 혀를 찼던 게 기억난다.

하지만 그녀의 조카는 철이 안 든 것뿐이지 멍청한 것까지는 아니었다. 부족함이 없는 남자들은 종종 그런 생각을 하곤 한다.

반면 릴리는 아니었다. 그녀는 부유한 것도 아니고 결혼하기 싫어서 안 한다고 할 정도로 조건이 좋은 것도 아니잖은가.

제네비브가 성격이 안 좋은 사람이었다면 릴리의 말에 하기 싫은 게 아니라 못 하는 거 아니냐고 비웃었을 것이다. 하지만 그녀는 그 정도로 무례하지도 못되지도 않았다.

"반스 양. 여자가 결혼하지 않고 혼자 사는 건 아주 많이 힘든 일이에요. 먼저 살아 본 선배가 하는 말이라고 생각하고 들어요. 아무리 잘난 여자라도 남자의 보호를 받아야 하는 법이에요."

제네비브의 말은 릴리의 반골 기질을 건드렸다. 아무리 잘난 여자라도 남자의 보호를 받아야 한다고? 세상에서 제일 잘난 그녀의 어머니는 남자의 보호는커녕 그 뒤치다꺼리를 다 해주고 있다.

두 번째로 잘난 그녀의 언니는 또 어떤가. 릴리는 더글러스에게 리안이 왕자란 말을 들었을 때 세상의 모든 남자들에게 실망했다.

왕자씩이나 되는 남자가 얼굴만 번드르르하고 책임감이고 뭐고 실속 하나 없는 꼴을 보라지! 솔직히 말하면 릴리가 아이리스의 왕자비 후보 시험을 아무 말 없이 도와주는 건, 그녀의 언니가 왕비가 되고 싶어 하기 때문이다.

그게 아니었다면, 아이리스가 리안을 좋아한다는 이유만으로 왕자비 시험을 보려 했다면 당장 집어치우라고 했을 것이다.

"케이시 후작가가 제가 화가가 되는 걸 도와주고 보호해 줄 수 있나요?"

울컥해서 날카롭게 말한 릴리는 곧 후작 부인이 나쁜 의도가 있어서 그렇게 말했다는 것을 깨닫고 후회했다. 좀 더 완곡하게 말했어야 했다.

케이시 후작 부인은 어느 모로 보나 릴리보다 높은 사람이었다. 나이, 지위, 부. 릴리의 행동을 불쾌해할 경우 모든 면에서 반스가에 위해를 끼칠 수 있는 사람이었다.

하지만 다행히 제네비브는 릴리의 날카로운 태도를 지적하지 않았다. 그녀는 침착하게 말했다.

"내 말은, 왜 굳이 힘든 길을 가냐는 거예요. 반스 양, 반스 양이 알겠다고만 하면 당신은 차기 케이시 후작 부인이 돼요. 내 입으로 이런 말 하기 민망하지만 우리 집안은 상당히 부유하고 반스 양이 원하는 건 뭐든 할 수 있어요."

"화가가 되는 것만 빼고 말이죠?"

그놈의 화가. 제네비브는 저도 모르게 한숨을 내쉬었다. 뭐 이렇게 앞뒤 꽉 막힌 사람이 다 있담? 그녀는 더글러스가 릴리에게 반한 이유를 알 것 같으면서도 짜증이 났다.

저렇게 어린 나이에 또박또박 자신이 원하는 것을 주장하고 관철할 수 있는 사람은 많지 않다. 더글러스는 그 기개가 마음에 들었던 거겠지.

그녀는 연장자로서의 너그러움을 이용해 한발 물러서기로 결심했다.

"그렇다면 더글러스와 약혼만 해요. 반스 양이 아쉬울 게 없잖아요? 약혼했다가 잘되면 케이시 후작 부인이 되는 거고, 반스 양에게 진정한 사랑이 생기면 진정한 사랑을 얻는 거죠."

어때요? 제네비브는 자신의 제안이 얼마나 너그러운지 릴리가 깨달을 거라 생각하고 미소를 지었다. 어느 쪽이어도 릴리에게는 이득이다.

더글러스와 약혼해서 진정한 사랑을 만나면 좋은 거고, 못 만나도 케이시 후작 부인이 된다. 이것 때문에 케이시 후작가에는 일주일에도 몇 통이나 되는 청혼서가 날아온다.

특히나 더글러스가 두 번이나 파혼한 뒤에는 더했다. 케이시 후작가가 후계자의 결혼에 몸이 달아 있을 거라 생각한 딸 가진 귀족들이 너 나 할 것 없이 청혼서를 보내기 때문이었다.

당연히 반스 양도 진정한 사랑을 원하고 있을 것이다. 제네비브는 그렇게 생각했다. 하지만 릴리는 이상한 냄새를 맡은 표정을 지으며 물었다.

"제가 왜요?"

제네비브의 움직임이 멈췄다. 그녀는 릴리가 싫다고 하는 것까지는 각오했다. 하지만 '제가 왜요?'라니, 그건 생각도 못 한 대답이었다.

"제겐 나쁘기만 한 이야기인데 왜 이득이라고 하시는 건지 모르겠어요."

릴리는 재빨리 말을 이었다. 너무 어이가 없어서 저도 모르게 나온 말이긴 하지만 '제가 왜요?'는 그녀가 생각해도 좀 건방진 것 같았기 때문이다.

그녀는 제네비브가 당황한 틈을 타서 계속해서 말했다.

"전 그림을 그리고 싶고 그림을 그리는 데 방해가 되는 건 무엇도 하고 싶지 않아요. 이런 말 들으면 화내시겠지만, 케이시 후작가는 지금 제게는 가장 큰 방해물이고요."

뭐라고? 제네비브가 울컥 화를 내려 했을 때였다. 릴리가 재빨리 손을 들어 올리며 말을 이었다.

"생각해 보세요. 제가 운 좋게 케이시 경과 결혼한다면, 화가가 될 수 있을까요? 설령 케이시가에서 제가 화가가 되는 걸 허락해 준다 해도 그게 과연 제게 좋은 일일까요?"

"좋은 일이냐니? 그게 무슨 말이지?"

"제가 케이시 경과 결혼한 후 화가가 된다면 사람들은 제가 케이시 후작가 도움으로 화가가 됐다고 떠들어 댈 거예요. 후작가는 그럴 능력이 되니까요."

그건 맞다. 제네비브의 화난 표정이 누그러졌다. 릴리는 다시 손을 내리며 말을 이었다.

"저는 제 그림 실력에 자신이 있어요. 누구의 도움도 없이 혼자 힘으로 이 능력을 발휘할 수 있어요. 그런데 왜 제가 위험 부담을 져야 할까요?"

릴리의 말이 맞다. 반박할 수 없는 논리에 제네비브는 다른 이득을 입에 올렸다.

"진정한 사랑을 찾을 수 있잖아요."

그것도 할 말이 있다. 릴리는 무거운 표정으로 제네비브에게 물었다.

"후작 부인께서는 지금 진정한 사랑을 만나고 싶으세요?"

"뭐? 난 아니지. 난 이미 결혼을 했고 아들도 있으니까요."

"지금 진정한 사랑을 만나면 곤란하시겠네요."

당연하다. 제네비브는 고개를 끄덕이려다 말았다. 릴리가 무슨 말을 하려는지 알겠다.

한참이나 어린 아가씨에게 잘못을 지적받은 느낌에 제네비브의 얼굴이 가볍게 달아올랐다. 그 민망함은 금세 분노로 바뀌었다.

고작 화가가 되고 싶어서 케이시 후작가를 거절하겠다고? 감히 너 따위가? 제네비브의 머릿속에 화가 치밀어 올랐다.

그녀는 당장 여기서 썩 나가라고 말하려다가 멈췄다. 이게 무슨 꼴이람. 그녀가 감히 이런 꼴을 당하게 한 릴리에게 화가 났고, 동시에 저따위 계집애를 좋다고 쫓아다닌 한심한 아들에게도 화가 났다.

"그만 돌아가 봐요."

그 와중에도 제네비브는 침착함을 유지하며 릴리를 내보냈다. 그녀는 릴리가 자리에서 일어나 고개를 꾸벅한 뒤 물러날 때까지 일어났다가 자리에서 벌떡 일어났다.

"한심한 놈!"

어디서 저런 계집이 좋다고! 제네비브는 치밀어 오르는 화를 참지 못해 응접실을 서성이기 시작했다. 못생긴 데다 그 여자의 어미는 두 번이나 남편이 죽을 정도로 남편 복도 없었다.

그런 여자에게 그녀의 아들이, 그리고 그녀의 가문이 거절을 당해?

결국 그날 밤새 제네비브는 잠을 이루지 못했다. 분노와 민망함 때문에 뒤척이느라 늦게 잠이 드는 바람에 그녀가 일어난 것은 점심때가 다 되어서였다.

"다행히 인사하고 갈 수 있겠네요."

옷을 갈아입고 내려온 제네비브를 맞이한 것은 집으로 출발할 준비를 마친 반스가의 사람들이었다. 그리고 그녀의 아들도.

더글러스는 새벽부터 말을 달려서 별장으로 왔다. 어제, 반스가의 사람들을 초대해 릴리가 별장에 있다는 어머니의 편지를 받았기 때문이었다.

제네비브는 릴리의 옆에 서서 싱글벙글인 아들을 쳐다보고 한숨을 내쉬었다. 지난밤에는 릴리와의 대화 때문에 화가 나서 잠을 이루지 못했지만 결국 그녀는 릴리의 말이 옳다는 것을 인정했다.

건방지고 화가 났지만 그것만은 부인할 수가 없었다.

진정한 사랑이라는 건 만능열쇠가 아니다. 그녀나 릴리처럼 원하지 않는 사람도 있다. 케이시 후작가 역시 모든 사람이 원하고 바라지는 않는다. 오히려 그 엄청난 부와 강력한 힘을 방해물로 느끼는 사람도 있을 수 있다.

"잠깐 이야기 좀 할 수 있을까요, 반스 부인?"

제네비브는 하인들에게 짐을 별장 밖으로 내가라고 지시하는 밀드레드에게 다가가 물었다. 이번엔 무슨 일일까. 이미 지난밤에 제네비브가 릴리와 대화한 것을 아는 밀드레드는 잠시 그녀를 쳐다보다가 고개를 끄덕였다.

릴리가 약간 건방지게 굴었다고 들었다. 설마 그걸로 항의하려는 건 아니겠지.

다행히 제네비브는 그런 걸로 항의할 생각은 전혀 없었다. 그녀는 밀드레드와 함께 아이들에게서 약간 떨어져서 물었다.

"어젯밤에 릴리 반스 양과 잠깐 이야기를 했어요."

"네. 릴리가 이야기하더군요."

밀드레드의 말에 제네비브는 잠시 멈칫했다가 고개를 끄덕였다. 허락 없이 그녀의 딸과 대화를 한 점에 대해서는 사과를 해야 한다. 제네비브는 솔직하게 사과를 건넸다.

"말없이 반스 양을 불러내서 미안해요. 꼭 물어보고 싶은 게 있었거든요."

"그 애가 후작 부인께 제대로 된 답을 드렸는지 모르겠네요."

줬다. 제네비브가 원한 답은 아니었지만. 그녀는 고개를 끄덕이고 물었다.

"반스 양 말로는 화가가 되고 싶다고 하던데요."

"맞아요."

"그걸 부인께서 지지하고 계시다고요."

"맞아요."

그렇구나. 제네비브는 저도 모르게 한숨을 내쉬었다. 릴리가 거짓말을 했을 거라는 생각은 하지 않았지만 밀드레드가 순순히 수긍하자 어쩐지 맥이 탁 풀렸다.

"위험하지 않을까요?"

"릴리가 화가가 되는 게요?"

"귀족이 화가가 된다는 게 사실 말이 안 되는 거죠. 반스 양은 지금 젊으니 그런 도전도 할 수 있지만 나이를 먹으면 결혼하기도 힘들어지잖아요."

딸이 노처녀로 늙어도 되냐는 완곡한 질문에 밀드레드는 물끄러미 제네비브를 쳐다봤다. 제네비브는 잠시 망설이다가 다시 말을 이었다.

"반스 부인의 결혼 생활이 순탄치 않았다는 걸 알아요. 그래서 결혼 자체를 비관적으로 보는 것도 알고요."

"아뇨, 후작 부인."

밀드레드는 제네비브의 입에서 무슨 말이 나올지 알 것 같아서 재빨리 말을 잘랐다. 그녀의 결혼이 불행했으니 아이들의 결혼도 회의적으로 바라보는 게 아니냐는 거겠지.

하지만 정말로 밀드레드는 결혼하고 싶다면 하는 것도 괜찮다고 생각하고 있었다. 사람은 누구나 사랑을 원하고 가족을 원한다. 언제 어디서라도 나를 위해 그 자리에 있어 줄 사람은 남녀노소를 막론하고 원하고 바라기 마련이다.

"전 결혼의 신성함을 믿어요. 사랑하는 남녀가 결혼해서 서로에게만 온전히 집중하고 가능하다면 평생 행복하게 함께 살길 바라요."

밀드레드는 잠시 입을 다물고 제네비브를 쳐다보다가 다시 말을 이었다.

"하지만 수명이란 신의 영역이죠. 인간은 주어진 모든 것에 최선을 다할 수밖에 없어요. 내 딸이 원하는 것을 모두 가질 수 있다면 좋지만, 그럴 수 없다면 더 원하는 것을 먼저 이루는 게 후회가 적다고 생각할 뿐이에요."

릴리가 죽을 때 결혼하지 않은 것을 후회할까, 화가가 되지 않은 것을 후회할까. 밀드레드는 후자일 가능성이 조금 더 높다고 생각했다.

제네비브는 아무 말 없이 밀드레드를 물끄러미 쳐다봤다. 그녀는 밀드레드와 릴리가 용감한 건지 아닌지 고민하고 있었다. 더글러스가 검이 아니라 요리나 그림에 관심이 있고 그걸 하고 싶어 했다면 어땠을까.

그때 밖에서 하인이 들어오며 밀드레드와 제네비브에게 말했다.

"월포드 남작님께서 오셨습니다."

반스가의 사람들을 데려가기 위해 월포드 남작이 왔다. 제네비브는 고개를 끄덕이고 밀드레드와 아이들에게 인사를 건넸다. 올 때와 마찬가지로 직접 마차를 몰고 온 다니엘은 제네비브와 더글러스에게 예의상 고개를 까딱해 보일 뿐 딱히 말을 걸지는 않았다.

"재미있었습니까?"

마차에 올라타는 밀드레드와 아이들에게 다니엘이 물었다. 애슐리와 릴리가 눈을 반짝이며 말했다.

"재미있었어요. 호수에서 물놀이도 했고요."

"좀 더 깊이 들어가고 싶었는데 아직은 물이 좀 차갑더라고요."

그래? 다니엘이 호수에서 물놀이도 했다는 말에 밀드레드를 돌아보자 그녀가 웃으며 말했다.

"물이 안 차가웠더라도 보는 눈이 있어서 더 깊이는 못 들어갔을 테지만요."

"보는 눈이 없는 호수였다면 좋았겠군요."

"그러게요."

밀드레드는 다니엘의 우스갯소리를 별생각 없이 받아치며 마차 안으로 들어갔다. 덕분에 그의 눈이 빛나는 것은 보지 못했다.

40

아이리스의 드레스

"저녁때 만나."

성에서 나온 마차에 오르며 아이리스가 손을 흔들었다. 밀드레드는 마차에 짐을 싣는 하인을 쳐다보며 걱정스러운 표정을 지었다. 저 하인은 다니엘의 하인이 아니다. 성에서 나온 하인이다.

케이시 후작가의 교외 별장에 다녀온 이튿날, 아침 식사를 마치자마자 성에서 아이리스를 데리러 사람이 왔다. 이번에는 다니엘도 없이 아이리스 혼자 가야 한다. 물론 저녁때 가족들도 입궁하기는 하지만 그 전까지는 성에서 다른 왕자비 후보들과 함께 일정을 소화해야 한다.

이것도 시험 중 하나일 거라고 밀드레드는 추측하고 있었다. 아마도 성의 생활을 왕자비 후보에게 보여 주는 것과 동시에 그 사람이 낯선 곳에서 어떻게 행동하는지를 보는 것이리라.

넓게는 성에서 만나는 사람들에게 어떻게 행동하는지부터 좁게는 걸음걸이, 말투, 버릇까지 확인하는 것일 수도 있다.

"걱정됩니까?"

멀어지는 마차를 물끄러미 지켜보는 밀드레드의 뒤로 다니엘이 다가왔다. 그녀는 그의 얼굴을 한 번 쳐다보고 한숨을 내쉬었다. 아이리스에게 행동 조심하라고 주의를 주긴 했지만 구체적으로 뭘 걱정하는지는 말하지 않았다.

"걱정되긴 하는데 아이리스를 못 믿어서 걱정하는 건 아니에요."

아이리스는 잘할 거다. 밀드레드는 한 번 더 작아진 마차를 쳐다보고 몸을 돌렸다. 아이리스를 배웅하기 위해 같이 나와 있던 집사가 하녀의 부름을 받고 안으로 들어갔다가 밀드레드에게 다가오며 말했다.

"마님, 비누를 받으러 사람들이 와서 하나씩 줘서 보냈습니다."

"알겠어요."

사람들이 가져온 기름은 주방에 옮겨 놓았다는 말에 밀드레드는 고개를 끄덕였다. 그녀의 뒤에서 다니엘이 못마땅한 표정으로 지켜보다가 짐이 다시 물러나자 나직하게 물었다.

"아직도 무상으로 주고 있는 겁니까?"

이미 비누를 무상으로 주겠다는 말은 들었다. 하지만 그게 지금까지 이어질 줄은 몰랐다. 못마땅한 듯한 다니엘의 표정에 밀드레드가 눈썹을 들어 올렸다. 그러자 다니엘의 표정이 다시 얌전하게 돌아왔다.

"무상은 아니죠. 기름을 받고 있으니까요."

"돈을 받고 팔았으면 기름을 사고도 남았을 텐데요."

"노블레스 오블리주라고 알아요?"

다니엘의 한쪽 눈썹이 올라갔다. 그는 가끔 밀드레드가 하는 말을 이해하지 못할 때가 있었다. 처음 듣는 단어라서일 때도 있었고 생각도 못

한 사상이나 기준이라서일 때도 있었다.

"그러니까, 고귀한 신분에는 그에 상응하는 책임이 있다는 거요."

"아."

무슨 말을 하는지 알겠다. 다니엘은 밀드레드의 말에 팔짱을 낀 채 고개를 끄덕였다. 귀족들의 기본 이념이다. 영주로서 영지민들을 책임져야 한다는.

"책임감 때문에 무상으로 나눠 주시는 겁니까?"

다니엘의 질문에 밀드레드는 씩 웃었다. 물론 그건 아니다. 기껏 힘들게 만든 비누를 무조건 무상으로 나눠 줄 생각은 없었다. 그녀는 그에게 따라오라고 고갯짓하고 걷기 시작했다.

"내가 책임감을 가질 필요는 없죠. 수도는 국왕 폐하의 땅이고 전 거기 살고 있는 사람일 뿐이니까요."

"그럼 뭡니까?"

"내가 살던 곳의 사람들은 가난이나 차별을 겪으면 못 살겠다고 들고 일어났거든요."

다니엘의 한쪽 눈썹이 올라갔다. 밀드레드는 피식 웃으며 말을 이었다.

"어디나 비슷하다고 생각하고 있죠?"

"네."

"그래서 하는 거예요. 들고 일어난 사람들이 제일 먼저 공격하는 건 가진 자거든요. 우리 집은 외따로 떨어져 있고 여자 넷만 살고 있으니 그런 일이 있을 때 공격받기 쉬워요."

"감히."

밀드레드의 말이 끝나기가 무섭게 다니엘이 그녀에게 손을 내밀었다. 그는 무서운 표정으로 하고 나직하게 말했다.

"감히 당신에게 손끝 하나라도 댈 수 있는 자는 없을 겁니다."

하하하. 밀드레드는 다니엘이 내민 손을 잡으며 소리 내서 웃었다. 그녀의 밝은 웃음소리에 그의 기분이 약간 좋아졌다.

"내 말은, 사람들이 기대하는 게 있다는 거죠. 그리고 나와 내 가족을 지키기 위해서라도 나눌 수 있는 건 나누는 게 좋다는 거고요."

남편을 두 번이나 잃은 여자가 혼자서 딸 셋을 외따로 떨어진 저택에서 키우려면 적절하게 다른 사람들의 비난이나 질투를 피할 수 있어야 한다. 사람은 혼자서 살 수 없다. 그녀가 릴리에게 계속해서 사람을 만나고 사회생활을 해야 한다고 말했던 것과 같은 이유로 밀드레드는 비누를 사람들에게 나눠 주고 있었다.

"하지만 비누를 만드는 게 쉬운 일은 아닐 텐데요."

다니엘의 지적에 밀드레드 씩 웃었다. 그의 말대로 비누를 만드는 건 위험하고 힘든 일이었다. 잿물이 몸에 닿으면 화상을 입었고 기름과 잿물을 데우면서 섞는 건 계속 휘저어 줘야 하기 때문에 많은 힘이 들어간다.

"괜찮아요. 요새는 하인을 시키고 있거든요."

힘이 들어가는 일은 하인을 시키고 있다. 물론 모든 과정을 밀드레드가 지켜보고 있기는 하지만. 대화를 나누는 사이 두 사람은 어느새 세탁실에 도착해 있었다.

"이걸 봐요."

밀드레드는 세탁실 한쪽의 환기가 잘되는 곳에서 말리고 있던 비누를 집어 다니엘에게 내밀었다. 그의 얼굴에 뭘 보라는 건지 모르겠다는 표정이 떠올랐다.

"비누잖습니까?"

"냄새를 맡아 봐요."

밀드레드의 말에 다니엘은 조심스럽게 비누를 받아 들어 냄새를 맡았다. 그리고 놀랍다는 표정을 지었다. 비누에서 좋은 냄새가 나고 있었다.

"향유를 넣었어요."

그래서 이렇게 좋은 냄새가 나고 있었군. 다니엘은 곁에 있는 다른 비누를 집어 들고 냄새를 맡았다. 그리고 이번 향수는 꽤 익숙하다는 것을 깨달았다.

"아, 그건 내가 쓰는 향유를 넣었어요."

"설마 이것도 사람들에게 나눠 주는 겁니까?"

"오, 아니에요. 향기가 나는 건 팔 거예요."

다니엘의 눈이 빛났다. 그는 밀드레드와 같은 향기가 나는 비누를 집어 들며 단호하게 말했다.

"그럼 제가 사죠."

"무슨 소리예요. 당신은 돈을 낼 필요가 없어요. 하나 가져가요."

"아니요, 밀드레드."

다니엘은 밀드레드와 같은 향기가 나는 비누를 몇 개 더 집어 들며 말했다.

"전부 사겠습니다."

"그거 여자용인 거 알죠?"

"무슨 상관이죠?"

어차피 그는 사용하지 않을 거다. 다니엘이 무슨 말을 하는지 깨달은 밀드레드는 어이가 없어서 입을 딱 벌렸다. 그리고 그의 손에서 비누를 빼앗으며 말했다.

"바보 같은 짓 말아요. 내가 당신에게 이걸 보여 준 건 사람들에게 팔아 달라고 하기 위해서였어요."

"얼마를 원하시든 그 두 배로 사겠습니다."

밀드레드의 눈썹이 올라갔다. 다니엘은 당장이라도 수표를 쓸 것처럼 주머니에 손을 넣으며 말했다.

"다섯 배로 하죠. 아니, 열 배로 사겠습니다."

어휴, 정말. 밀드레드는 발돋움을 해서 다니엘의 입술에 입을 맞췄다. 안주머니로 손을 뻗던 그의 행동이 멈췄다. 그녀는 다니엘의 눈이 커진 것을 확인한 뒤에 돌아서서 비누를 내려놓고 말했다.

"이건 돈 있는 사람들에게 팔 거예요. 앞으로 비누가 비싸질 테니 적당히 너무 비싸지 않게 팔아 줘요."

결국 그에게는 팔지 않겠다는 거다. 다니엘의 미간에 못마땅하다는 주름이 생겼다. 그는 손을 뻗어 자신을 향해 돌아서는 밀드레드의 허리를 잡았다.

"비누 사업이라도 시작하실 겁니까?"

"거기까진 생각 안 해 봤어요. 하지만 비누 나무가 다시 자라려면 몇 년은 걸리죠?"

"네."

"그럼 공방을 차려야 할지도 모르겠네요."

그녀 혼자서는 나라는커녕 수도의 수요조차 감당할 수가 없다. 다니엘의 머릿속에 밀드레드가 원하는 것을 이뤄 주기 위해 무엇이 필요한지 빠르게 떠올랐다.

입이 무거운 일꾼들, 공방으로 쓸 수 있는 건물. 그리고 밀드레드를 대신할 지배인까지.

"알아보죠."

다니엘은 그렇게 말하며 허리를 숙여 밀드레드의 이마에 입을 맞췄다. 그리고 슬쩍 손을 뻗어 비누를 하나 집어 들었다.

"다니엘."

그가 허리를 편 순간, 밀드레드가 눈을 반짝이며 그의 이름을 불렀다. 다니엘은 그녀가 손을 내미는 것을 보고 한숨을 내쉬며 주머니에 숨겼던 비누를 내놓았다.

한편, 성에 들어간 아이리스는 다른 후보 두 명과 함께 성을 안내받고 있었다. 성에서 내려 준 천으로 만든 옷은 입지 말고 가져오라고 했기 때문에 후보들은 다들 상당히 화려하게 꾸미고 있었다.

그 사이에서 혼자서만 데뷔탕트 때 드레스를 입은 아이리스의 옷차림은 오히려 약간 수수한 것처럼 보였다.

상관없어. 아이리스는 허리를 세우고 어깨를 편 채 안내하는 잭슨 백작 부인의 목소리에 귀를 기울였다.

"여기는 왕비님의 후원이에요. 왕비님께서 매우 좋아하시는 장소 중 하나라 개인적인 손님이 왔을 때 이 정원에서 차를 마시거나 식사를 하기도 하신답니다."

빼곡하게 심어진 화사한 꽃들이 바람에 흔들렸다. 아이리스는 눈을 빛내며 꽃을 구경했다. 왕비님의 후원을 구경할 수 있는 기회는 여러 번 오는 게 아니다. 다른 사람의 집, 정원 같은 것들을 많이 봐 둬야 이런 쪽의 센스를 기를 수 있다.

아이리스가 후원을 열심히 구경하는 사이 프리실라와 로레나는 속으로 한숨을 내쉬고 있었다. 아침 식사를 마치자마자 성으로 불러들이더니 지금까지 쉬지 않고 성을 구경시키고 있었다.

덕분에 발이 아팠다. 이렇게 오래 걸어 본 적이 없는 두 귀족 영애는 의자가 보일 때마다 앉고 싶은 충동을 누르느라 고역이었다.

"그리고 이쪽이 왕비님의 개인 수집품을 진열한 유리방이에요."

잭슨 백작 부인은 힘든 기색도 없이 긴 복도를 빠르게 걸어 커다란 문

앞에서 말했다. 하기야 그녀는 자신이 담당한 구역만 소개하면 되기 때문에 왕자비 후보들에 비하면 덜 힘들긴 했다.

대기하고 있던 시종이 문을 열자 안이 창문을 통해 반짝이는 빛으로 가득한 게 보였다. 이번에는 아무리 로레나와 프리실라라 해도 감탄할 수밖에 없는지 아이리스를 비롯한 세 명의 왕자비 후보 얼굴에 놀란 표정이 떠올랐다.

이쯤 하면 됐을까. 잭슨 백작 부인은 왕자비 후보들이 방 안을 둘러보며 색색의 유리와 도자기 공예품에 정신이 팔린 사이 슬쩍 시간을 확인했다.

점심 식사 시간이 다 됐다. 다들 힘들고 허기졌을 것이다. 그녀는 손뼉을 치며 말했다.

"시간이 이렇게 됐군요, 점심 식사를 하러 갈까요? 왕자님께서 기다리고 계실 거예요."

어찌나 힘들었는지 프리실라와 로레나의 얼굴에는 왕자님이라는 말에도 그리 기쁜 표정이 떠오르지 않았다. 상대적으로 체력을 단련한 아이리스만이 긴장하는 표정을 지었다가 재빨리 지웠을 뿐이었다.

"어서 오세요."

리안은 문이 열리고 세 명의 귀족 영애가 다가오자 얼굴 위로 떠오른 긴장을 지우고 미소를 지으며 인사를 건넸다. 그의 시선이 제일 먼저 아이리스의 얼굴을 향했다. 어땠을까.

오늘 아침, 후보들을 불러 모아 성을 안내한다는 말은 들었다. 그 중간중간 후보들의 태도나 체력 같은 것도 본다고.

그 사실을 아는 건 국왕 부부와 리안, 그리고 왕대비의 시녀뿐이었다. 후보 중 한 명의 어머니가 왕비의 시녀기 때문에 왕비의 시녀에게도 알리지 않았다고 들었다.

하지만 다들 눈치가 있으니 성에 일찍 모으는 것도 시험의 일부라는 것을 알고 있겠지. 리안은 지친 표정을 감추지 못하는 귀족 영애들을 보고 재빨리 자리를 권했다.

"앉으세요."

드디어 앉는다. 로레나와 프리실라는 반색하며 리안이 권하는 의자에 앉았다. 왕비의 유리방에서 여기까지 걸어왔기 때문에 두 영애는 의자가 아니라 나무 그루터기라 해도 사양하지 않고 앉을 준비가 되어 있었다.

테이블 한쪽에는 리안이, 반대쪽에는 세 영애가 앉았다. 리안은 베른 백작 부인과 잭슨 백작 부인이 멀지 않은 곳에 서는 것을 확인하고 짐짓 아무렇지 않은 척 세 명의 귀족 영애를 한 번씩 쳐다봤다.

로레나는 미소 비슷한 거라도 만들어 낼 수 있었지만 프리실라는 아니었다. 그녀는 너무 지쳐서 리안이 자신을 쳐다보는 것조차 깨닫지 못하고 있었다.

리안의 시선이 아이리스를 향했다. 그녀는 여유로운 표정을 짓고 있었다. 그리고 그와 눈이 마주치자 가볍게 눈인사를 했다.

그 모든 게 잭슨 백작 부인과 베른 백작 부인의 눈에 들어왔다. 두 사람의 시선이 한 번 부딪쳤지만 둘 다 아무 말도 하지 않았다.

곧, 하인들이 음식이 담긴 서빙 카트를 끌고 들어왔다.

* * *

"릴리! 옷 다 입었니?"

나는 애슐리의 방에서 릴리의 방을 향해 소리쳤다. 릴리를 단장해 주라고 애나를 보내긴 했지만 그래도 걱정되는 건 어쩔 수 없다.

아이리스라면 내가 조바심이 들기 전에 알아서 척척 단장을 하고 의자에 앉아서 기다릴 텐데 릴리나 애슐리는 꼭 한 번씩 들여다봐야 한다. 나는 애슐리의 머리 장식을 한 번 더 확인하고 하녀에게 말했다.

"카트리나, 너무 조이지 마."

최근에 애슐리가 조금 말랐는지 허리 부분이 약간 헐렁했다. 옷핀으로 애슐리의 옷을 잡고 있던 카트리나가 고개를 끄덕였다.

오히려 애슐리가 볼멘소리로 말했다.

"왜요? 허리가 가늘어 보여서 좋은데."

"사람 몸에는 내장이라는 게 있거든? 내장은 네가 음식을 먹으면 그걸 소화시켜서 네가 움직일 수 있게 해 주는 거야. 그런데 허리를 너무 조이면 그 내장이 어떻게 되겠어?"

애슐리가 눈을 깜빡이는 게 보였다. 나는 카트리나가 입을 딱 벌리는 것을 모른 척하고 말을 이었다.

"나는 네가 건강하게 오래 살았으면 좋겠어."

애슐리의 표정이 굳었다. 그녀는 아무 말도 하지 않았지만 나는 그녀가 내 말을 알아들었다는 것을 알아차렸다.

"너무 줄이지 마. 알겠지?"

마지막으로 한 번 더 카트리나에게 당부한 뒤 나는 릴리의 상태를 확인하기 위해 애슐리의 방을 나와 릴리의 방으로 향했다.

오늘 성에 함께 가기로 한 다니엘은 이미 채비를 마친 모양이었다. 그는 편지 봉투를 쥔 채 걸어오다가 나를 발견하고 물었다.

"부인, 비누를 샘플로 보내고 싶은데요. 괜찮을까요?"

"물론이에요."

내 대답에 다니엘이 만족했다는 듯 빙그레 웃었다. 어휴, 잘생겼어. 나는 깔끔하게 뒤로 넘긴 그의 머리카락 덕분에 보이는 반듯한 이마를 보고 빙그레 웃었다.

편지를 쓰다 나왔는지 다니엘은 여전히 안경을 쓰고 있었다. 내 웃는 얼굴에 그가 안경을 벗으며 물었다.

"왜 그러십니까?"

왜 그러긴 뭐가 왜 그래? 네가 잘생겨서 그렇지. 나는 손을 뻗어서 그의 머리카락을 만지고 싶은 충동을 참느라 왼손으로 오른손을 감싸 쥐었다.

가장 실력 있는 조각가가 일평생 심혈을 기울여 깎은 듯한 얼굴과 넓은 어깨. 그 밑으로 몸에 딱 맞게 재단된 셔츠와 조끼 덕분에 다니엘의 탄탄한 몸이 그대로 드러났다.

나는 역삼각형으로 좁아지는 그의 허리까지 재빨리 훑어본 뒤 아무렇지 않은 척 물었다.

"그러고 성에 갈 거예요?"

"여기에 재킷을 입을 겁니다. 뭔가 잘못된 거라도 있나요?"

그럴 리가. 하지만 나는 농담처럼 말했다.

"그냥요. 너무 잘생겨서."

당연히 웃음을 터트릴 줄 알았던 다니엘의 눈이 가늘어졌다. 그는 곧 눈썹을 들어 올리며 말했다.

"부인과 함께 가는 건데 당연히 최대한 차려입어야죠. 부인께서 부끄럽지 않도록요."

이런 대답은 예상도 못 했는데? 나는 놀라서 멍하니 다니엘의 얼굴을 쳐다봤다. 그리고 당황한 나머지 더듬거리며 말했다.

"당신은 언제나 잘생겼어요, 다니엘."

"그건 부인도 마찬가지입니다."

그는 그렇게 말하며 허리를 숙여 내 이마에 입을 맞추더니 씩 웃으며 덧붙였다.

"하지만 전 당신이 내게 계속 반해 있길 바라거든요."

"요정은 그런 마법 같은 거 못 써요? 상대방이 나한테 늘 반해 있게 하는 거요."

내 질문에 다니엘의 한쪽 눈썹이 올라갔다. 그는 가슴 앞으로 팔짱을 끼더니 약간 심드렁한 표정으로 말했다.

"잘 모르겠습니다. 아마 할 수 있겠지만, 그걸 사용할 이유가 있을까요?"

"당신이 너무 잘생겨서?"

"아뇨. 노력 없이 얻는 애정은 내 것이 아니니까요."

허. 그렇게 말할 줄은 몰랐다. 내가 의외라는 표정을 짓자 다니엘은 다시 씩 웃으며 말했다.

"그럼 비누 하나 사용하겠습니다."

아, 맞다. 성에 가야 할 시간이지. 나는 고개를 끄덕이고 허둥지둥 릴리의 방으로 향했다. 다행히 그녀는 옷을 입고 애나의 도움을 받아 머리를 빗고 있었다.

"다 끝났니?"

"머리만 하면 끝나요."

릴리 대신 애나가 대답했다. 다행이군. 그렇게 생각하며 릴리에게 고개를 돌린 나는 그녀의 불만스러운 표정을 맞닥뜨렸다.

"왜 그래?"

설마 성에 가기 싫다고 이러는 건 아니겠지? 그건 아닐 거다. 릴리도 애슐리만큼이나 성에 간다는 사실에 들떠 있었으니까.

"성에 가기 싫어?"

릴리가 아무 말도 하지 않았기 때문에 나는 다시 물었다. 그러자 그녀가 망설이며 입을 열었다.

"그건 아닌데요. 거기 가서 우린 식사만 하고 나올 거 아니에요? 성 구경도 못 하고요."

그래서였군. 나는 허리에 손을 얹으며 말했다.

"식사를 하러 가는 거니까 할 수 없지. 좀 일찍 가면 정원 구경 정도는 할 수 있을 거야."

"저만 식사를 안 하고 성 구경을 하는 건 안 되겠죠?"

당연하다. 내 표정을 본 릴리는 바로 한숨을 내쉬었다. 그리고 투덜거리듯 말했다.

"식사라고 해 봤자 어차피 쓸데없는 대화나 할 거잖아요. 바보 같아요."

얘가 무슨 소릴 하는 거야? 나는 깜짝 놀라서 릴리를 쳐다봤다가 애나도 놀라서 눈을 크게 뜨고 있다는 것을 알아차렸다.

그만큼 릴리의 생각은 철없는 생각이었다. 나는 그녀가 앉아 있는 화장대 의자 옆으로 의자를 하나 가져와 앉으며 말했다.

"그게 왜 쓸데없는 대화야?"

"그렇잖아요. 어차피 왕자비 후보의 가족들이 모이는 거니까 서로 자기 집안 자랑이나 하겠죠."

"그게 바로 자료 조사야. 사람들이 최근에 어떤 것에 관심이 있는지, 주변에서 무슨 일이 일어났는지 네가 굳이 캐내지 않아도 알 수 있잖아."

릴리의 표정이 못마땅하다는 듯 일그러졌다. 그녀는 한숨을 내쉬며 말했다.

"아이리스처럼 왕자비가 되고 싶다면 모를까, 전 화가가 될 거라서 사람들이 관심 있는 게 뭔지, 주변에서 무슨 일이 일어났는지는 알 필요가 없는걸요."

"화가가 된다면 더더욱 사람을 관찰해야지."

나는 릴리를 설득하기 위해 계속해서 말을 이었다.

"보이는 그대로 그릴 거 아니잖아. 이야기해 보지도 않고 네 편견만으로 그릴 것도 아니고. 성의 정원을 그려도 그 정원에 얽힌 이야기나 사람들의 감정 같은 걸 알게 되면 도움이 되지 않을까?"

릴리의 표정이 진지해졌다. 나는 애나의 손이 멈춰 있는 것을 발견하고 계속해서 빗으라고 눈짓했다. 그리고 릴리에게 다시 말했다.

"옛날에 내가 들은 이야긴데 말야. 어떤 화가가 있었대."

유명한 화가였던가? 잘 모르겠다. 내가 원래 살던 곳에서 들은 이야기였을 것이다. 나는 화가라는 단어만으로 릴리의 눈이 반짝이는 것을 발견하고 씩 웃었다.

"이 화가는 그림으로밖에 여자를 본 적이 없는 거야. 그래서 결혼을 하고 첫날밤에 자기 침실에서 부인을 봤는데……."

릴리는 물론 애나의 눈까지 커져 있었다. 얘들아, 이거 야한 이야기 아니란다. 나는 애나가 릴리의 머리를 빗는 것도 잊고 내 이야기에 빠져 있는 것을 보며 말을 이었다.

"세상에, 여자 몸에 털이 있는 거지! 그림 속 여자들은 털이 한 올도 없었는데 말야!"

"네에?"

애나가 말도 안 된다는 듯 입을 딱 벌린 순간 릴리도 어이없다는 비명을 내질렀다. 나는 낄낄거리며 말했다.

"그래서 그대로 도망갔대. 그리고 평생 혼자 살았다고 하더라고."

"말도 안 돼!"

"그런 한심한 사람이 있단 말이에요?"

릴리와 애나가 비명 같은 소리를 질렀다. 그리고 곧 깔깔대며 웃기 시작했다. 나는 두 사람을 바라보며 빙그레 웃었다.

말도 안 되는 거 같지? 나도 그렇게 생각한다. 나는 두 사람이 웃음을 멈출 때까지 기다렸다가 물었다.

"릴리, 그런 한심한 사람이 되고 싶니?"

"전혀요!"

한참을 웃는 바람에 숨이 가빴는지 릴리가 숨을 헐떡이며 대답했다. 그러면 됐다. 나는 애나에게 릴리의 머리카락을 마저 빗으라고 눈짓하고 릴리의 방을 나왔다.

하지만 내가 나간 뒤로도 릴리의 방 안쪽에서는 간헐적으로 웃음소리가 흘러나왔다.

"릴리 다 끝났어요?"

웃음소리 때문인지 애슐리와 카트리나가 무슨 일인가 하고 나와서 물었다. 아직 다 끝난 건 아니다. 나는 두 사람을 향해 쓰게 웃어 보이며 말했다.

"거의 다 했어. 애슐리, 준비 끝났니?"

"네. 바로 출발하면 돼요."

"그럼 릴리가 끝나기 전까지 잠깐 앉아 있어. 난 장갑만 가져올게."

"괜찮아요. 여기 서 있을게요."

다리 아플 텐데? 내가 이상하다는 듯 쳐다보자 애슐리의 얼굴이 달아올랐다. 재빨리 애나가 내게 다가와서 말했다.

"등을 잡은 핀 때문에 아까도 찔렸거든요."

"아."

무슨 일인지 알겠다. 나는 옷을 고정하는 데 쓰는 핀이 시침 핀이라는 것을 떠올렸다. 그러네. 왜 이 나라는 옷핀이 없는 거지?

지금까지 내 옷을 시침 핀으로 고정할 일이 없어서 깨닫지 못했다. 나는 빨리 깨닫지 못했다는 사실에 죄책감을 가지며 애슐리의 머리를 쓸었다.

"아팠겠네."

"괜찮아요. 앉을 때 조심하면 돼요."

그러면 안 된다. 불편한 게 있으면 고쳐나가야지. 나는 카트리나에게 모자에 달린 작은 나무 구슬을 하나 떼 오게 시켰다. 그리고 그것을 애슐리의 등을 찌르는 핀 끝에 꽂아 일시적으로 찔리지 않도록 만들었다.

"훨씬 좋아졌어요."

"일시적인 거야. 너무 격하게 움직이면 떨어져 나갈 테고."

그러니 하루빨리 옷핀을 만들어야겠다. 내 기억에는 끝부분에 뾰족한 부분을 감출 수 있는 캡이 달리고 핀 중간에서 한 바퀴 원을 그렸던 것 같은데.

그 캡 덕분에 핀의 끝이 안전했던 것 같다.

*　　*　　*

"옷 가져왔습니다."

왕자와의 식사가 끝나고 또다시 한참 성 이곳저곳을 끌려다닌 뒤, 후보들은 각각 별도의 방으로 안내돼 목욕을 받았다. 아이리스는 고개를 끄덕이며 작게 고맙다고 말했다.

피곤했다. 아침 식사를 마치자마자 불려 와서 성을 하루 종일 돌아다니게 만들더니 간신히 왕자와의 식사 시간에나 앉을 수 있었다.

당연히 리안과 제대로 된 대화를 나눌 수 있을 리가 없었다. 아이리스를 제외한 두 후보들은 너무 지쳐서 리안이 묻는 걸 제대로 듣지도 못했다.

리안과 대화다운 대화를 한 건 아이리스뿐이라 해도 과언이 아니었다. 어째서 이렇게까지 피곤하게 끌고 다닌 걸까. 아이리스의 머릿속에 후보들의 체력을 확인해 보는 게 아닐까 하는 생각이 들었다. 만약 그렇다면 오후에도 신나게 끌고 다닐 게 분명했다.

그래서 아이리스는 점심을 최대한 든든하게 먹었다. 리안과 대화하는 중간중간 그의 질문이 다른 후보를 향할 때면 눈앞의 고기와 빵을 열심히 먹어치웠다.

그리고 그녀의 예상대로 성의 사람들은 오후에도 딱 한 번 차 마시는 시간을 제외하곤 쉴 틈 없이 후보들을 끌고 다녔다.

"마사지를 해 드릴게요."

"부탁해요."

목욕을 마친 아이리스를 푹신한 가운에 감싸 긴 소파로 데려온 하녀들은 그녀를 편하게 눕히고 마사지를 시작했다. 한쪽에서는 그녀의 머리카락을 말려 주고 있었다.

잠이 솔솔 오기 시작했다. 그렇게 끌고 다녀 놓고 따듯한 물에 몸을 푹 담근 데다가 마사지까지 시작했으니 강철로 된 사람이라도 피곤해서 잠이 들 게 분명했다.

문득 아이리스의 머릿속에 뿅 하고 의심이 떠올랐다. 이제 옷만 갈아입고 가족들이 모두 모인 식당에 가서 저녁 식사를 하면 집에 돌아갈 수 있다.

일부러 만든 드레스를 가져오라는 것도 그렇고 실컷 끌고 다닌 것도 이상했다. 이것도 시험인 것 아닐까. 그렇다면 대체 어떤 시험인 걸까.

"혹시 제가 자면 마사지 끝날 때 깨워 주세요."

아이리스의 부탁에 하녀가 빙그레 웃었다.

"물론이죠."

하녀의 대답이 끝나기가 무섭게 아이리스의 눈이 감겼다. 그녀가 잠드는 것을 본 하녀들의 시선이 부딪쳤다.

같은 시각, 프리실라와 로레나 역시 마사지를 받고 있었다. 그들을 마사지해주던 하녀들의 시선도 부딪쳤다. 두 사람은 아이리스와 달리 별다른 지시 없이 잠들었다.

"반스 양, 일어나세요."

하녀들이 아이리스를 깨운 것은 그녀가 잠든 지 한 시간쯤 지난 뒤였다. 아이리스가 잠든 사이 하녀들은 그녀의 몸에 향유를 발라 마사지하고 머리카락을 말린 뒤 화장까지 끝마친 뒤였다.

"이제 머리 묶어 드릴게요."

비몽사몽 간에 눈을 뜬 아이리스는 하녀들이 시키는 대로 몸을 일으켜 세웠다. 그 사이 하녀들은 아이리스의 머리카락을 이리저리 꼬아 묶거나 땋기 시작했다.

여기가 어디지? 멍하니 생각하던 아이리스의 정신이 성이라는 것을 깨닫는 순간 확하고 돌아왔다. 그녀는 자신의 머리카락에 핀을 꽂는 하녀에게 물었다.

"저녁 식사까지 얼마나 남았어요?"

"이제 딱 한 시간 남았네요."

일부러 한 시간 전에 깨웠다. 하녀들은 재빨리 아이리스의 머리를 손봤다. 한 시간이면 그럭저럭 여유 있네. 아이리스는 안도의 한숨을 내쉬었다.

머리는 거의 끝나가니까 이제 옷만 입으면 된다. 하녀들의 도움을 받으면 십 분 정도면 끝날 것이다. 하지만 그런 그녀의 생각과 달리 아이리스의 머리 손질을 끝낸 하녀들이 하나둘 방을 빠져나가기 시작했다.

"어디 가는 거예요?"

"저희 임무는 여기까지입니다."

그게 무슨 소리야? 아이리스는 어리둥절해서 나가는 하녀를 쳐다봤다. 그러다가 퍼뜩 정신을 차려 물었다.

"옷 입혀 주는 사람이 오는 거죠?"

나가던 하녀가 곤란한 표정을 지었다. 그 표정을 본 순간 아이리스는 그게 시험이라는 것을 깨달았다. 옷을 입는 것.

설마 옷을 혼자 입어야 하는 건가? 아이리스가 아연해 하는 순간 하녀가 재빨리 밖으로 나가 버렸다.

"잠깐만요!"

불렀지만 소용없었다. 정말로 혼자서 옷을 입는 게 시험인 모양이었다.

"말도 안 돼."

아이리스는 속옷만 입은 채 멍하니 서서 입구를 쳐다봤다. 드레스를 어떻게 혼자 입는단 말인가. 평상복이면 몰라도 이런 공식적인 자리에 입고 참석할 드레스는 구조가 복잡해서 혼자서 입으려면 시간이 오래 걸린다.

하녀가 없었을 때의 반스가에서도 서로서로 옷 입는 걸 도왔을 정도다. 아이리스는 후다닥 뛰어가서 문을 열고 복도를 살폈다. 하지만 도와주지 말라는 명을 받았는지 복도에 하녀들은 보이지 않았다.

그녀는 누군가 가까워지는 것을 보고 기대를 품었지만 그가 남자라는 것을 깨닫고 후다닥 방 안으로 들어와 문을 닫았다.

"설마 부르러 오기는 하겠지?"

아이리스는 그렇게 중얼거리다가 고개를 저었다. 누군가 그녀를 부르러 오면 그때 그 사람의 도움을 받겠다는 계획은 위험하다. 그 사람이 남자일 수도 있고 아슬아슬한 시간에 부르러 올 수도 있다. 국왕 폐하와 가족들이 함께하는 식사 자리에 지각을 할 수는 없다.

"할 수 없지."

아이리스는 하녀가 두고 간 드레스를 집어 들었다. 가봉하면서 사이

즈를 재느라 몇 번이나 입어 봤기 때문에 입는 방법이나 순서는 이미 알고 있다. 손이 필요해서 그렇지.

그녀는 속바지와 속치마를 입고 드레스를 바닥에 넓게 퍼지게 놓았다. 그리고 몸이 들어갈 구멍에 들어가서 밑에서부터 드레스를 끌어 올렸다.

"거추장스러워."

소매에 팔을 꿰고 나자 아이리스는 한숨을 내쉬며 투덜거렸다. 그나마 여름용 천이라 가벼워서 망정이지 겨울용 천이었으면 무거워서 큰일 날 뻔했다.

그녀는 스커트를 들어 올린 뒤 똑같은 방법으로 크리놀린을 바닥에 놓고 그 안으로 들어갔다. 그리고 스커트 안쪽으로 크리놀린이 들어가도록 들어 올렸다.

하녀들이 있다면 크리놀린을 먼저 입고 하녀들이 손질한 머리가 망가지지 않도록 드레스를 들어 올려서 위에서부터 입혀 줬을 것이다.

하지만 혼자 입을 때 그렇게 입으면 머리가 망가진다. 하녀가 없이 지낸 덕분에 아이리스는 혼자서 드레스 입는 법을 잘 알고 있었다.

그녀는 크리놀린이 스커트 안쪽으로 잘 자리 잡도록 몇 번 털어 본 뒤 그 위로 스커트를 내렸다. 그리고 혹시라도 크리놀린이 보이는 부분이 없는지 전신 거울 앞에 서서 앞뒤를 확인했다.

이제 문제는 뒤를 잠그는 것뿐이다. 아이리스는 팔을 뻗어 등에 달린 리본을 잡았다. 이걸 적절하게 잡아당겨서 조인 뒤 보기 좋게 리본을 묶어야 한다. 그녀는 그대로 종종종 문 쪽으로 다가갔다.

"저기요."

다행히 지나가는 사람이 있긴 했다. 아이리스는 지나가는 여자의 옷차림을 보고 그녀가 하녀가 아니라는 것을 알았지만 어쩔 수 없었다.

남자가 아닌 게 어디야. 남자였다면 부탁할 수도 없었을 것이다. 지나가던 여자는 자신을 부르는 소리에 고개를 돌렸다가 문을 살짝만 열고 고개를 내민 아이리스를 발견했다.

"안녕하세요. 저는 아이리스 반스라고 해요."

처음 보는 얼굴이었지만 성안에 있고 하녀가 아니니 귀족일 것이다. 아이리스는 그런 판단에 정직하게 자기소개를 했다. 느닷없이 자기소개를 받은 여자는 당황해서 저도 모르게 말했다.

"램버트 자작 부인이에요."

"램버트 자작 부인, 잠깐 부탁 하나만 해도 될까요?"

램버트 자작 부인의 얼굴이 굳었다. 그녀는 여기서 일찍 방문한 왕자비 후보의 가족들이 왕자비 후보를 돕지 않는지 감시하기 위해 온 것뿐이다.

이 시험은 왕자비 후보들이 자기 혼자서 하기 힘든 일을 맞닥뜨렸을 때 주변 사람들에게 어떻게 도움을 요청하는지를 보기 위한 게 목적이다. 당연히 모르는 사람들에게 도움을 요청해야 한다는 조건이 걸려 있었다.

그녀는 아이리스가 하녀를 불러 달라고 한다면 최대한 늦게 불러 줄 생각이었다. 딱히 아이리스에게 악감정이 있는 건 아니었다. 크레이그 후작 부인으로부터 다른 후보들을 최대한 돕지 말아 달라는 부탁을 받았기 때문이었다.

"뭔데요?"

자작 부인이 머뭇거리며 아이리스에게 다가가자, 아이리스는 그녀가 들어올 수 있도록 문을 열며 안쪽으로 물러났다. 그리고 거울 앞으로 가서 자작 부인을 향해 리본 한쪽을 내밀었다.

"이것만 잡아 주세요."

"잡아 달라고요? 잡아 주기만 하면 되는 거예요?"

"네. 잡아 주시기만 하면 돼요."

눈앞에서 리본을 잡아 달라는데 싫다고 거절할 수도 없다. 아이리스가 그녀의 이름을 알게 된 상황에서 시험이 끝나고 램버트 자작 부인이라는 사람이 부탁을 거절했다는 말을 하기라도 하면 곤란하다.

망설이던 자작 부인은 어쩔 수 없이 아이리스가 내민 리본을 잡았다. 그러자 아이리스가 능숙하게 리본을 잡아당겨 드레스를 조이기 시작했다.

도움 없이 혼자 드레스를 입어야 한다고 해도 리본을 잡아 주는 것 정도는 괜찮겠지. 아이리스는 그렇게 생각하고 있었다. 그리고 손재주 없는 애슐리 덕분에 혼자서 리본을 만드는 데에도 익숙했다.

물론 누군가 잡아 줘야 하지만 집에서도 애슐리는 별 도움이 되지 않았기 때문에 리본을 잡고 있는 게 고작이었다.

"됐어요. 도와주셔서 감사합니다."

눈 깜짝할 사이에 리본까지 묶어 버린 아이리스가 몸을 돌려 감사를 표하자 램버트 자작 부인은 당황해서 눈을 깜빡였다. 세상에. 이 아가씨는 혼자서 드레스를 입었네?

문득 그녀의 머릿속에 아이리스 반스라는 아가씨에 대한 정보가 떠올랐다. 반스가는 그리 경제 상황이 좋지 않았다고 들었다. 딸만 셋이라고 하던가. 여자 셋의 수발을 들려면 최소 하녀 둘은 있어야 하는 법이다.

혼자서 드레스를 입는 게 능숙하다는 건 하녀의 도움 없이 드레스를 입었었다는 게 아닐까. 어쩐지 램버트 자작 부인은 아이리스가 대견하게 느껴졌다.

하녀를 고용하기 힘들 정도로 힘들게 살던 아가씨가 운 좋게 왕자비 후보로 시험을 보게 됐다. 그런 아가씨를 도와주지는 못할망정 방해하려 했다니. 자작 부인의 마음은 죄책감 반, 대견함 반으로 부드럽게 녹아내렸다.

"돌아서 봐요. 리본 다시 묶어 줄게요."

"그래도 되나요?"

"리본 정도는 괜찮아요."

자작 부인은 당황하는 아이리스 뒤로 돌아가서 그녀의 리본을 풀고 다시 예쁘게 묶어 주었다. 그리고 리본이 풀리지 않도록 자신의 머리핀을 이용해 고정해 주기까지 했다.

"솜씨가 굉장히 좋으시네요. 감사해요, 램버트 자작 부인."

예쁘게 고정된 리본을 본 아이리스가 활짝 웃으며 감사의 인사를 건넸다. 그것만으로 자작 부인의 아이리스를 향한 인상이 달라졌다.

고난을 이기고 왕자비 후보가 된 훌륭한 성품을 가진 아가씨. 램버트 자작 부인은 진심으로 아이리스가 왕자비가 됐으면 좋겠다고 생각하기 시작했다.

*　　*　　*

"아이리스 반스 양의 가족들과 추천인 다니엘 윌포드 남작입니다."

성으로 가자 기다리고 있던 시종이 우리를 식당으로 안내했다. 좀 일찍 도착하긴 했지만 릴리와 애슐리를 위해 정원을 구경하느라 결국 식당에 도착한 건 세 가족 중 우리가 가장 꼴찌였다. 나는 하인이 당겨 주는 의자에 앉으며 이미 식탁에 앉아 있는 사람들을 향해 가볍게 눈인사를 했다.

우리 가족이 수가 가장 많았다. 크레이그 후작가와 무어 백작가 모두 부부와 아들로 셋이었다.

우리 가족은 나와 다니엘, 릴리와 애슐리로 네 명이었다. 좋아. 혹시 패싸움이 일어난다 해도 일단 머릿수로는 우리가 우세하다. 여기서 후보들이 포함된다고 해도 각각 한 명씩 추가되는 거니까.

나는 그런 쓸데없는 생각을 하며 빙그레 웃었다.

"늦게 오셨군요."

무어 백작이 대뜸 내게 말을 걸었다. 그래? 나는 별생각 없이 대답했다.

"아이들에게 성의 정원을 구경할 시간을 주고 싶어서요."

"아이들에게 성을 구경시켜 주는 것보다 더 중요한 게 있을 텐데요."

이게 무슨 소리야? 나는 어리둥절해서 무어 백작을 쳐다보고 그의 부인에게 시선을 던졌다. 그리고 크레이그 후작 부부에게도.

아, 무슨 소릴 하는 건지 알겠다. 자기들도 먼저 와서 기다리고 있는데 너는 무슨 주제로 늦게 왔냐고 에둘러 비난하는 모양이다. 허. 나는 일부러 모르는 척 말했다.

"어머, 연락받은 시간보다 일찍 식사를 시작했나 봐요?"

우린 초대장에 적힌 시간보다 한 시간 먼저 도착했다. 그리고 오십 분 동안 정원을 구경한 뒤 십 분 일찍 식당에 도착했을 뿐이다.

"그게 아니라, 이런 자리에는 좀 일찍 오는 게 예의가 아니냐는 말입니다."

무어 백작은 백작 부인이 옆구리를 쿡 찔렀지만 신경 쓰지 않고 대놓고 나를 비난했다. 세상에. 나는 무어 백작의 눈치 없음에 놀라서 잠시 멈칫했다.

보통 저렇게 말하면 연락받은 시간보다 일찍 왔으니 된 거 아니냐는 뜻 아닌가? 왜 그걸 못 알아듣고 꼬투리를 잡지?

나는 빙그레 웃으며 말했다.

"연락받은 시간보다 일찍 왔다고 말한 건데, 제가 너무 어렵게 말한 모양이네요."

순간 무어 백작의 얼굴이 굳었고 백작 부인과 그 아들의 얼굴에 민망한 표정이 떠올랐다. 크레이그 후작의 아들인 크레이그 경은 풋 하고 웃음을 터트리다가 후작 부인에게 옆구리를 찔렸다.

"콜록."

다니엘이 기침하기 시작하자 무어 백작의 얼굴이 붉게 달아올랐다. 잘했어, 얘들아. 나는 웃지도, 웃는 걸 감추느라 기침하지도 않은 릴리와 애슐리에게 속으로 칭찬을 건네고 다니엘에게 냅킨을 건넸다.

"괜찮아요, 윌포드 남작?"

"괘, 괜찮습니다."

너 웃는 거 다 보인다. 다니엘은 웃는 표정을 감추는 시늉도 하지 않은 채 냅킨을 받아 들었다. 그리고 그것으로 입가를 가리며 쿡쿡쿡 하고 웃었다.

그나마 냅킨으로 가린 덕분에 기침 소리로 들리긴 한다만.

덕분에 무어 백작이 욱하는 게 보였다. 그가 내게 뭐라고 한마디 하려는 것처럼 입을 열었지만 그와 동시에 시종이 문을 열며 외쳤다.

"국왕 폐하와 왕비 전하께서 납십니다."

순식간에 모든 사람이 자리에서 벌떡 일어났다. 국왕 부부가 들어서자 그 뒤로 따라오는 아이리스가 보였다.

"앉게."

왕의 한마디에 다시 사람들이 자리에 앉았다. 백작가와 후작가 사람들의 얼굴에 어리둥절한 표정이 떠올랐다. 왕과 왕비 뒤에 아이리스만 있었기 때문이다.

"자네도 가서 앉게."

왕의 말에 아이리스가 스커트를 들어 올리며 인사를 건네고 우리 쪽으로 다가왔다. 나는 왕비의 시선이 여전히 아이리스를 향한 것을 확인하고 아이리스를 쳐다봤다.

뭐지? 다른 후보들은 왜 안 오지? 아이리스가 내 옆에 앉는 동안에도 사람들의 시선은 식당 문을 떠날 줄 몰랐다. 시간 차를 두고 순서대로 들어오는 게 아닐까? 그런 희망이 크레이그 후작가와 무어 백작가의 사람들 얼굴에 떠올라 있었다.

"다들 여기서 보게 되어 반갑네."

나는 왕의 말에 재빨리 대꾸했다.

"초대해 주셔서 감사합니다, 전하."

하지만 다른 집 사람들의 반응은 한 박자 늦었다. 언제 자기 딸이 들어오는지 문을 보느라 정신이 없었기 때문이었다.

"전하."

이상하다는 표정으로 부인과 눈치를 살피던 크레이그 후작이 입을 열었을 때였다. 갑자기 식당 문이 열리면서 시종이 들어와 말했다.

"프리실라 무어 양입니다."

"죄, 죄송합니다."

왔다. 프리실라의 등장에 무어 백작가 사람들의 얼굴에 안도하는 기색이 떠올랐다. 하지만 크레이그 후작가는 아니었다.

들어온 건 프리실라 무어뿐이었다. 로레나 크레이그는 코빼기도 보이지 않았다. 나는 무어 백작 부인이 프리실라에게 뭔가를 묻는 것을 보고 크레이그 후작 부부를 쳐다봤다. 두 사람의 얼굴은 하얗게 질려가고 있었다.

왕은 프리실라가 늦은 것에 신경 쓰지 않는 눈치였다. 이거 설마 시험이었나? 문제를 빨리 푼 순서대로 오는 건가? 아이리스에게 물어보고 싶었지만 왕비와 왕이 내게 질문을 하는 통에 도저히 그녀와 대화를 할 수가 없었다.

"반스 부인, 내 이야기 많이 들었지."

"영광입니다, 전하."

왕은 내게 말을 걸더니 턱을 쓰다듬으며 흡족한 표정으로 아이리스를 쳐다봤다. 그리고 내게 물었다.

"왕비에게 들었는데 재미있고 놀라운 것들을 많이 알고 있다면서."

그렇다. 하지만 나는 겸손한 척 고개를 숙이며 인사했다.

"과찬이십니다."

"아니야, 여기 월포드 남작에게도 들었는데. 새로운 비누를 고안했다면서."

응? 나는 다니엘을 한 번 쳐다보고 재빨리 왕에게 시선을 돌렸다. 그러고 보니 다니엘이 비누의 독점 판매권 먼저 따야겠다고 말했던 기억이 난다. 그래서 성에 오기 전에도 내게 샘플로 비누 하나 써도 되냐고 물었던 거고.

당연히 왕도 전후 사정 정도는 알고 있겠다는 생각이 들었다. 나는 재빨리 겸손한 척 말했다.

"미천한 실력일 뿐입니다."

"미천하다니. 부인 덕분에 내 큰 고민 하나가 덜어지게 생겼는데. 필요한 게 있다면 뭐든 월포드 남작을 통해 이야기하게."

"감사합니다, 전하."

인사를 하고 고개를 들자 무어 백작가와 크레이그 후작가의 사람들 얼굴에 경악에 가까운 표정이 떠올라 있었다. 하지만 그들 중 한 명이 입을 열기 전에 왕이 먼저 사람들을 향해 말했다.

"허기가 지는군. 내 요리사가 오늘 만찬을 위해 실력 발휘를 했다니, 어디 기대해 보세."

"아주 기대가 됩니다."

무어 백작이 재빨리 대답했다. 크레이그 후작과 후작 부인은 이게 어찌 된 일인지 모르겠다는 표정을 짓고 있었다. 곧이어 문이 열리고 시종들이 서빙 카트를 끌고 음식을 나르기 시작했다.

"크레이그 양 못 봤니?"

나는 시종들이 음식을 나르느라 사람들의 주의가 흐트러진 사이 재빨리 아이리스에게 물었다. 그녀는 능숙하게 냅킨을 허벅지 위에 덮다가 내게 고개를 돌렸다.

"못 봤어요."

"그럼 너 혼자 국왕 폐하를 만난 거야?"

"네."

이게 무슨 일이지? 내가 어리둥절해하는 순간 다시 문이 열렸다. 그리고 시종이 들어오며 말했다.

"로레나 크레이그 양입니다."

당연하게도 사람들의 시선은 식당 문으로 집중되었다. 로레나는 완전히 새빨개진 얼굴로 숨을 헐떡이고 있었다. 얘가 로레나구나.

붉어진 얼굴임에도 로레나는 아주 미인이었다. 금발에 푸른 눈. 애슐리가 순진한 느낌이라면 로레나는 약간 이지적인 느낌이 들었다.

물론, 지금 이 상황에서는 그 이지도 아무 빛을 발하지 못할 테지만.

"죄, 죄송합니다."

기어들어 가는 목소리로 사과를 한 뒤, 로레나는 재빨리 크레이그 후작가의 자리로 다가가 앉았다. 대체 이게 무슨 일일까.

나는 시종이 건네주는 접시 위의 음식을 먹으며 후보들에게 과연 무슨 일이 일어난 건지 알아내려 애썼다.

"드레스가 아주 예쁘군."

잠시 접시에 식기가 부딪치는 소리만 가득했던 식당 안에서 왕비가 입을 열었다. 맞다, 드레스. 그제야 나는 아이리스는 물론 다른 후보들도 검정색 천으로 만든 드레스를 입고 있다는 것을 알아차렸다.

성에서 갈아입을 수 있도록 가져오라고 했었다. 혹시라도 만들어 온 드레스를 바꿔 입기라도 하려는 건가 하고 걱정했는데 다행히 그런 일은 일어나지 않았다.

다행이지. 나는 로레나와 프리실라의 드레스를 보고 속으로 웃었다. 둘 다 가슴 쪽에 커다란 보석을 달고 있었다.

로레나는 좀 나았다. 그녀는 네크라인을 따라 똑같은 크기의 보석을 붙였다. 물론 성에서 내린 천은 대체 어디에 사용했는지 궁금할 정도로 드레스에 검정색이 거의 없었다.

흠, 설마 속치마를 검정색 천으로 만들었나?

그런 생각을 한 건 나뿐만이 아니었다. 왕은 칼로 고기를 자르며 건조하게 말했다.

"그런데 검정색 천을 사용하지 않은 사람이 둘이나 있군."

왕의 말에 프리실라의 얼굴에 미소가 떠올랐다. 정직하게 검정색 천을 그대로 사용한 건 그녀뿐이니 당연하다. 로레나와 아이리스의 얼굴이 동시에 굳었지만 아이리스는 곧 원래대로 돌아왔다.

"전하께서 내려 주신 옷감이니 당연히 사용해야지요."

기다렸다는 듯 대꾸하는 무어 백작의 말에 왕과 왕비의 시선이 그를 향했다가 다시 로레나와 아이리스를 훑었다. 나는 반대로 프리실라를 쳐다봤다.

디자인적으로 말하자면 프리실라의 드레스가 가장 별로였다. 검정색 옷감을 정직하게 사용했고 네크라인을 비롯한 가슴 부근에 보석을 붙였기 때문이다. 보석도 내 손바닥 반만 한 걸 붙여서, 잠깐. 저렇게 큰 보석이 있을 리 없는데? 설마 저거 유리인가?

프리실라의 가슴을 장식한 보석 중 큰 건 모두 색유리였다. 작은 건 그래도 진짜 보석이긴 했다. 놀라운 건 생각보다 그렇게 이상하지는 않았다는 점이다.

로레나와 아이리스의 드레스에 비해 별로여서 그렇지 커다란 색유리로 장식한 프리실라의 드레스 상의도 나쁘지 않았다.

"무어 백작은 그렇게 말하는군. 크레이그 후작은 어떻게 생각하는가?"

이간질이다, 이간질. 나는 흥미진진하다는 표정으로 앞의 음식도 잊고 크레이그 후작을 향해 고개를 돌렸다. 옆에서 다니엘이 쿡 하고 웃는 소리가 작게 들려왔다.

"물론 전하께서 내려 주신 귀한 옷감이니 사용해야지요. 딸아이는 가장 밀접하게 전하의 은혜를 느끼고자 안감으로 사용했습니다."

어쩐지 로레나의 붉은 안색이 시간이 지나도 가라앉질 않더라. 여름 드레스인데 안감을 그 천으로 만들었으면 여름에 입기는 상당히 더울 것이다. 덕분에 로레나는 앞에 놓인 차가운 물을 연거푸 마시고 있었다.

"반스 양도 안감으로 사용한 건가?"

왕의 질문이 이번에는 아이리스를 향하자 사람들의 시선이 그녀에게 집중됐다. 걱정스러운 로레나의 시선과 달리 크레이그 후작의 시선은 노골적으로 아이리스가 창피를 당했으면 좋겠다는 시선이었다.

다행히 아이리스는 크레이그 후작의 비열한 심보를 크게 신경 쓰지 않았다. 그녀는 허리를 세우고 여유롭게 대답했다.

"아닙니다, 전하. 전하께서 내려 주신 천을 그대로 사용했습니다."

"하지만 드레스의 색이……."

푸른색이다. 아이리스의 드레스는 언뜻 보면 푸른색으로 보였다. 푸른색 상의에 작은 보석과 색유리를 붙였다. 로레나나 프리실라와 비교하면 현저하게 적은 수였다. 게다가 크기가 작아서 아이리스의 움직임에 따라 빛이 반사되는 게 아니라면 거기에 보석이 있는지 알기 어려운 수준이었다.

"자수로군요."

침착한 말투로 정답을 말한 건 왕비였다. 왕비는 왕의 팔을 잡더니 신기하다는 표정으로 나를 한 번 쳐다보고 다시 왕을 향해 고개를 돌리며 활짝 웃었다.

"자수라고?"

놀라운 듯한 왕의 질문에 나는 빙그레 웃었다. 식사 중이라 앉아 있으니 다른 사람들 눈에는 아이리스의 상의만 보인다. 다들 자수라는 말에 아이리스 쪽으로 몸을 내밀었다.

아까 걸어 들어올 때 드레스의 전체 모습을 볼 기회가 있었지만 아이리스가 왕과 왕비의 뒤에 있었기 때문에 그녀의 드레스만 볼 시간은 없었을 것이다.

"아이리스가 일어나서 보여드려도 될까요?"

내 질문에 국왕이 고개를 끄덕였다. 물러나 있던 하인이 눈치 빠르게 아이리스의 의자를 잡아 빼주자 아이리스는 가볍게 감사를 표하고 자리에서 일어났다.

"오."

신기하다는 듯한 국왕의 신음과 함께 왕비가 재미있다는 듯 박수를 쳤다. 아이리스의 드레스는 푸른색 그러데이션을 보이고 있었다.

네크라인에 가까운 곳은 푸른색이었지만 밑으로 갈수록 점점 검정색이 섞였다.

전부 자수 덕분이다. 네크라인 쪽은 푸른색 실로 자수를 빽빽하게 놓았고 밑으로 갈수록 성기게 놓아서 멀리서 보면 등나무 꽃을 수놓은 것처럼 보였다.

"아름답군."

왕비는 아이리스의 드레스를 바라보며 감탄처럼 말했다. 덕분에 아이리스의 얼굴이 붉어졌다.

"꽃 같기도 하고 밤이 되는 것 같기도 해."

왕의 감상에 왕비도 고개를 끄덕였다. 그때 크레이그 후작이 물었다.

"아름답긴 한데, 보석은 어디에 쓴 건지 궁금하군요."

그걸 지적할 줄 알았다. 나는 빙그레 웃었다. 로레나와 프리실라는 성에서 받은 보석으로 목걸이를 만들거나 옷의 가슴 부분을 장식했다.

하지만 아이리스의 차림에서는 상의를 장식한 작은 보석들을 제외하면 성에서 내려온 보석은 보이지 않았다. 다들 아이리스의 차림에서 보석이 어디 있는지 찾기 시작하는 게 보였다. 그때 무어 백작이 그것 보라는 듯 말했다.

"저런, 반스가에서는 보석을 잊어버리셨나 보군요."

"그럴 리가 있나요. 반스 부인의 센스는 다들 기대하고 있는걸요."

여기서 내가 진짜로 보석을 잃어버렸다면 굉장히 곤란해질 분위기가 조성됐다. 하하. 그냥 있었다면 민망하진 않았을 텐데.

나는 이럴 때만 사이가 좋아진 무어가와 크레이그가를 향해 속으로 혀를 차며 입을 열었다.

"부끄럽네요."

그리고 아이리스에게 뒤돌아서라고 손짓하며 덧붙였다.

"폐하께서 내려 주신 보석이니 최대한 돋보이도록 사용했습니다."

아이리스가 몸을 돌리자 그녀의 뒤통수를 장식한 머리 장식이 사람들 앞에 모습을 드러냈다. 화려한 앞과 달리 머리카락을 길게 늘어트린 아이리스의 등 뒤는 상대적으로 수수했기 때문에 릴리가 디자인한 머리 장식이 아이리스의 뒤통수에서 존재감을 뽐내며 반짝이는 게 보였다.

"훌륭하군."

"고전적이면서 독특하네요."

왕과 왕비의 칭찬이 이어졌다. 내가 노린 건 이 정도로 드라마틱한 건 아니었지만, 두 가문의 시비 덕분에 아이리스의 머리 장식은 오히려 주목을 받아 버렸다.

나는 두 사람의 관심이 아이리스를 향해 집중되자 크레이그 후작과 무어 백작의 안색이 안 좋아지는 것을 보고 속으로 한숨을 내쉬었다.

그냥 있었으면 중간은 갔을 텐데.

그 뒤로 우리에게만 즐거운 식사 시간이 이어졌다. 크레이그 후작가와 무어 백작가 사람들의 표정이 안 좋아지는 걸 신경 쓸 여력도 없었다.

왕은 나와 다니엘에게 비누 공급에 대해 질문을 던졌고 다행히 그때마다 나는 긍정적인 대답을 내놓을 수 있었다. 왕비는 나와 아이리스에게 어떻게 자수를 놓을 생각을 했는지, 아이리스가 움직일 때마다 상의 쪽에 별이 반짝이는 것처럼 빛나는 건 뭔지 물었는데 열성적인 태도로 보아 곧 왕비도 자수를 놓은 드레스를 하나 만들 모양이었다.

물론 크레이그 후작가와 무어 백작가에도 왕과 왕비가 간간이 질문을 던지기는 했다. 하지만 그 딸들에게는 아무것도 묻지 않았다.

"그러고 보니 반스 양은 전에도 재미있는 티 파티를 열어 나를 즐겁게 해 주었지. 다음번에도 아주 기대가 커."

왕비의 칭찬에 아이리스의 얼굴이 다시 달아올랐다. 그사이에 나는 로레나를 힐끔 쳐다봤다.

저 아이가 로레나 크레이그로군. 여유가 생기자 다른 후보의 얼굴을 자세히 볼 수 있었다. 갈색 머리에 푸른색의 눈동자, 약간 성격이 강해 보이는 프리실라와 달리 로레나는 금발에 푸른색의 눈동자를 가진 상당한 미인이었다.

아, 물론 프리실라도 미인이고 우리 아이리스도 미인이긴 하지.

하지만 객관적으로 말하면 로레나가 후보 중에서 가장 예쁘게 생겼다. 크레이그 후작 영애에 미인이기까지 하다니. 부럽다, 부러워.

인상은 프리실라나 아이리스보다는 살짝, 아주 살짝 애슐리에 가까웠다.

그렇게 생각하는 사이 식사가 끝나고 디저트가 나왔다.

"반스 부인과 반스 양은 오이를 못 먹는다고 하던데. 사실인가?"

왕의 질문에 나는 깜짝 놀라서 그를 쳐다봤다. 그 이야기가 거기까지 들어갔다. 시야 한편에서 무어 백작 부인과 프리실라의 표정이 살짝 굳는 게 보였다.

"황공합니다, 전하. 못 먹는 건 아니고 조금 꺼리는 정도입니다."

"그래? 오이 샌드위치를 안 좋아한다고 하던데. 그래서 수도의 오이 샌드위치 유행이 끝나버렸다더군."

"과찬이십니다. 저는 수도의 유행을 끝낼 정도의 사람이 아닙니다. 그저 우연히 다른 사람들과 취향이 맞았을 뿐일 거예요."

"그런가?"

질문하는 왕뿐만 아니라 왕비의 얼굴에도 의아하다는 표정이 떠올랐다. 나는 접시에 놓인, 꽃 모양으로 과육을 얹은 복숭아 타르트를 보고 빙그레 웃었다. 그리고 왕과 왕비를 향해 말했다.

"오이에 쓴맛을 느끼는 사람들이 생각보다 많았던 게 아닐까요."

왕과 왕비의 시선이 부딪쳤다. 의외로 먼저 입을 연 건 왕이었다.

"맞아. 오이는 좀 쌉쌀하지."

"어머, 그래서 오이 샌드위치를 권해도 안 드셨던 거군요."

의외로 오이 싫어하는 사람이 많구나. 나는 아무 말 없이 그저 빙그레 웃었다. 그러자 왕비가 민망하다는 듯 웃으며 말했다.

"나는 그 쓸쓸함이 좋다네. 아삭거리는 식감도 좋고."

"오이는 식감이 아삭이는 게 참 좋지요."

재빨리 무어 백작이 맞장구를 쳤다. 허허. 나는 가만히 크레이그 후작 부인이 맞장구를 치는 것까지 기다렸다가 입을 열었다.

"쓸쓸해서 싫어하는 사람도 있지만 반대로 쓸쓸해서 좋아하는 사람도 있겠지요. 사람의 취향이란 굉장히 다양하니까요."

"그래, 자네 말이 맞아."

왕비의 대답 덕분에 분위기가 부드러워졌다. 아, 물론 이번에도 마찬 가지로 우리 집의 분위기만 말하는 거다. 크레이그 후작가와 무어 백작 가의 분위기는 다시 침체됐으니까.

거 참, 왕과 왕비도 피곤하겠다. 자기의 말 한마디에 분위기가 오락가 락하다니. 물론 왕과 왕비의 비위를 맞춰야 하는 이쪽도 피곤한 건 마찬 가지겠지만.

"전하, 샴페인입니다."

복숭아 파이를 먹고 있자니 시종이 얼음을 담은 통에 샴페인 병을 가 져와서 말했다. 왕이 고개를 끄덕이자 그는 사람들 앞에 샴페인을 한 잔 씩 따라 주기 시작했다.

"어머니."

애슐리가 사람들의 눈을 피해 작은 목소리로 나를 불렀다. 왜? 나는 그녀가 샴페인을 마셔도 되는지 묻기 위해 나를 불렀다는 것을 깨닫고 고개를 끄덕였다.

"맛만 봐."

원래 술은 어른들에게 배우는 거라는 말이 있다. 어려운 자리에서 술 을 마셔 버릇해야 주사가 나빠지지 않는다는 이유다. 그런 이유라면 아 이들이 첫 술을 마시는 자리로 지금만큼 좋은 자리는 없겠지.

내 허락에 애슐리는 물론 릴리의 표정도 밝아졌다. 한 번도 못 마셔봤으니 저러는 거겠지만 마셔보면 알겠지. 술은 별로 맛이 없다는 걸.

"꽤 맛있을 겁니다."

그때 다니엘이 마치 내 생각을 읽은 것처럼 속삭였다. 그래? 나는 깜짝 놀라서 그를 쳐다봤다. 아이들은 왕의 허락만 떨어지면 바로 잔을 들 것 같은 표정으로 왕을 쳐다보고 있었다.

"꽃 향과 달짝지근한 맛이 특징인 술이거든요."

"술이 너무 맛있으면 안 되는데요."

"아이들이 술을 좋아하게 될까 봐서요?"

"아뇨. 너무 많이 마셔서 취할까 봐서요."

집이라면 모르지만 여기서 취하면 곤란하다. 다니엘은 내 말에 피식 웃더니 다시 속삭였다.

"설마 한 잔으로 취할까요?"

"술 냄새만 맡아도 취하는 사람이 있답니다."

다니엘의 눈이 가늘어졌다. 그때 왕이 자신의 잔을 들어 올리며 말했다.

"건배하지. 시험이 훌륭하게 끝나기를 기원하며."

"감사합니다."

건배한다길래 잔끼리 부딪치는 줄 알았는데 아니었다. 사람들은 잔을 공중을 향해 가볍게 들어 올렸다가 자신의 입으로 가져갔다.

아, 이게 건배였지, 참. 나는 아이들이 잘 따라 하는지 쳐다보고 내 잔을 입에 댔다. 다니엘의 말대로 달콤한 액체가 입 안으로 들어왔다. 그리고 향긋한 꽃향기가 입 안에 맴돌았다.

맛있네. 그렇게 생각하며 다니엘을 쳐다보자 그는 나를 쳐다보고 있었다. 그러다가 나와 눈이 마주치자 빙그레 웃었다.

"그런데 전하."

그때 크레이그 후작이 입을 열었다. 아이리스와 릴리, 애슐리 외에 다른 집안의 아이들도 이런 맛있는 샴페인은 처음이었는지 자기들끼리 흥분해서 소곤대고 있었다.

"말하게."

왕의 허락이 떨어졌다. 크레이그 후작은 다른 사람들을 한 번 둘러보더니 물었다.

"이렇게 다 모여 있으니 다음 시험에 대한 전하의 깊은 생각을 아주 조금이라도 알고 싶습니다."

그러고 보니 다니엘이 시험은 세 가지에서 다섯 가지일 거라고 말했었지. 나는 크레이그 후작의 부탁에 눈을 반짝였다. 미리 알게 되면 좋지. 준비할 시간이 늘어나니까.

그렇게 생각한 건 나뿐만이 아니었는지 다들 눈을 반짝이고 있었다.

"그렇군."

왕은 턱을 쓰다듬으며 우리를 둘러보더니 왕비를 한 번 쳐다봤다. 그는 왕비가 희미하게 고개를 끄덕이자 다시 크레이그 후작을 향해 고개를 돌리며 말했다.

"여기 있는 사람들 모두가 훌륭한 인품과 그에 마땅한 여유를 가지고 있지 않은가. 왕비와 나는 그 두 가지를 볼 기회를 기대하고 있다네."

인품과 여유라고? 나는 저도 모르게 인상을 쓰다가 퍼뜩 놀라 자세를 바로 했다. 무슨 소리를 하는 건지 모르겠다. 워낙 짚이는 게 많았고 반대로 하나도 짚이지 않기도 했다.

"얼마 전에 월포드 남작이 모든 사람의 귀감이 될 만한 행동을 했다지?"

왕의 알 수 없는 말에 대한 부연 설명을 하기 위해 나선 것은 왕비였다. 그녀의 말에 사람들의 시선이 다니엘을 향했다.

다니엘은 왕비가 무슨 소리를 하는지 알겠다는 표정으로 미소를 짓고 있었다. 진짜로 알겠니? 난 모르겠는데.

"과찬이십니다."

"아니야, 아니야. 병원에서 갤러리를 열다니. 기발하고 훌륭한 생각이었어. 그 덕분에 그 병원은 향후 몇 년간의 운영자금이 모였다고 들었는데."

"모두 참석해 주신 훌륭한 분들 덕분이죠. 왕자 전하께서도 큰 도움을 주셨고요."

리안도 후원금을 냈어? 그건 몰랐다. 나는 아이리스의 얼굴에 놀라는 표정이 스치는 것을 보고 그녀도 몰랐다는 것을 깨달았다.

"남작 같은 사람이 있어 이 나라의 미래가 안심이 되고 있다네."

왕은 그렇게 말하며 다른 사람들을 한 번 둘러보았다. 마치 '들었지?'라는 느낌이라 나는 물론 다른 사람들도 그가 무슨 말을 하는지 단번에 이해했다.

그러니까 다음 시험은 자선 활동이라는 말이다. 이거 더 어려울 것 같은데.

나는 눈을 반짝이는 크레이그 후작과 무어 백작을 쳐다보며 생각했다. 자선 활동은 어디까지나 선한 의도를 가지고 하는 행동이다. 이걸 어떻게 점수를 매길 건데?

횟수? 사용한 돈? 구제받은 사람의 수?

어렵다. 돈을 아무리 많이 사용해도 그게 실질적으로 어려운 사람을 돕는 데 들어갔을지 아닌지 어떻게 아나. 이 사람이 우리의 자선 활동으로 구제를 받았다는 기준은 어떻게 세울 거고?

내 회의적인 표정에 왕비가 이상하다는 듯 물었다.

"반스 부인은 걱정되는 게 있는 모양이군?"

"아닙니다, 전하. 전하께서 결정하신 일을 제가 걱정할 리가요. 그저 기준이 어떻게 될지 생각하고 있었습니다."

"그렇군."

왕비와 왕의 시선이 부딪쳤다. 저건 무슨 의미일까. 나는 두 사람의 얼굴에 떠오른 표정을 읽어내려 애썼다. 재미있다는 표정 같기도 하고 기대가 된다는 표정 같기도 했다.

"기준은 걱정 말게. 어디까지나 그 본분에 충실하면 된다네."

자선 활동의 본분이라. 나는 옅게 미소를 지으며 고개를 끄덕였다. 본분이라면 어디까지나 구제에 있다. 그리고 어려움에 처한 사람들을 구제하는 건 왕비의 의무기도 하다.

분위기가 천천히 가라앉았다.

다들 내 질문 때문에 과연 어떤 기준으로 우승자를 가려낼지, 자선 활동의 본분이 뭔지 고민하는 눈치였다.

왕과 왕비는 그런 우리들을 미소를 지으며 지켜보다가 자리를 정리했다. 어느새 하늘은 까맣게 물들어 있었다. 아침 식사를 마치자마자 불려왔으니 아이리스는 엄청나게 피곤할 것이다.

돌아오는 마차 안에서 아이리스가 꾸벅꾸벅 조는 것을 보며 나는 과연 어떤 자선 활동을 해야 할지 고민했다. 다니엘과 의논을 하고 싶었지만 이 마차는 사인용이라 그는 다른 마차를 타고 따로 갔다.

이럴 줄 알았으면 다니엘과 같이 탈걸.

나는 끄덕이던 아이리스의 고개가 툭 떨어져 애슐리의 어깨에 기대는 것을 보고 웃었다.

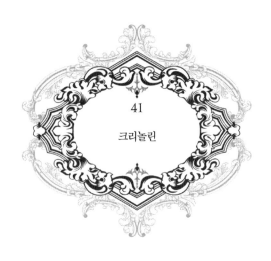

41

크리놀린

아이리스가 성에 불려갔다가 온 가족이 함께 식사를 하고 나온 날을 기점으로 날이 확 더워지기 시작했다. 그전까지는 그래도 아침에는 추워서 긴팔에 숄을 둘러야 했는데 이젠 잠옷도 반팔로 바꿨다.

그래도 공식적인 자리에 나가거나 성에 들어갈 때는 긴팔을 입어야 한다. 나는 긴팔에 얇은 재킷까지 입고 성에 다녀온 다니엘을 반쯤 감탄스러운 기분으로 맞이했다.

"안 더워요?"

루인에게 재킷을 벗어 건네는 다니엘은 찝찝한 표정이었다. 역시 그도 더운 거겠지. 그렇게 생각하며 차가운 차를 내오라고 지시하는데 다니엘이 입을 열었다.

"날씨는 괜찮습니다. 그보다……."

다니엘은 내게 팔을 내밀며 말을 이었다.

"서재에 들어가서 이야기할까요?"

현관에 서서 이야기하는 건 좀 그렇긴 하지. 나는 다니엘의 팔에 손을 얹고 일 층 서재로 향했다. 놀랍게도 꽤 더웠을 텐데 그에게서 나는 냄새는 바람 냄새와 상쾌한 향수 냄새뿐이었다.

요정이라 그런가? 나는 서재에 도착해 그의 팔에서 손을 놓자마자 더운 기운을 느끼고 고개를 갸웃했다. 그리고 다시 그의 팔에 손을 얹었다.

시원했다. 아니, 이게 무슨 일이야? 설마 다니엘이 인간 에어컨이라도 되나? 깜짝 놀라서 쳐다보자 그가 모르겠다는 표정으로 물었다.

"왜 그러십니까?"

"시원하네요?"

"뭐가요?"

"당신한테 닿으면 시원해요."

그때 하녀가 차갑게 냉침한 차를 가지고 들어와서 우리 앞에 따라 주고 나갔다. 다니엘은 찻잔을 들어 올리더니 팔을 벌리며 말했다.

"그럼 이쪽으로 오실래요?"

순간 음모론이 떠올랐다. 나를 자기 무릎에 앉히기 위해 자기 몸에 닿으면 시원하게 하는 건가? 나는 잠시 다니엘을 쳐다보다가 고개를 끄덕였다.

"그럼 사양하지 않고."

음모면 어때. 이쪽은 꿩 먹고 알 먹고인데. 나는 내 찻잔을 가지고 테이블을 돌아 그의 무릎에 앉았다. 그리고 그의 가슴에 등을 기대며 물었다.

"그런데 이거 마법이에요?"

"뭐가요?"

당연하게도 다니엘은 모르는 척했다. 뭐, 상관없나. 나는 차를 홀짝이며 말했다.

"겨울에는 따듯해졌으면 좋겠네요."

"그걸 알아보시려면 겨울에도 이렇게 있어야겠네요."

그러게. 서늘한 다니엘의 품에 안겨서 차가운 차를 마셨더니 약간 썰렁해졌다. 나는 찻잔을 내려놓으며 물었다.

"그래서, 무슨 이야기를 하려고 여기로 온 거예요?"

"시험에 관한 이야기입니다."

"결과 나왔어요?"

아이리스와 성에 갔다 온 지 며칠이 지났지만 아직도 시험 결과는 나오지 않고 있었다. 혹시 무슨 일이 있었는지 아이리스에게 물었지만 그녀도 자세히는 모르는 눈치였기 때문에 나는 더 이상 묻지 않았다.

괜히 더 물어봤다가 아이리스가 스트레스를 받게 하고 싶지 않았다. 대신 다니엘에게 알아봐 달라고 부탁했는데 지금 그 결과를 가져온 모양이다.

"아뇨. 아직도 토론 중이랍니다."

"토론이요? 왜요?"

"아이리스의 점수를 인정하느냐 마느냐로 의견이 좀 다르다더군요."

무슨 말인지 모르겠다. 내가 인상을 쓰자 다니엘은 차를 홀짝이더니 소파에 몸을 기대며 말을 이었다.

"후보들이 들어갔을 때, 만든 드레스를 입지 말고 가져오라고 했잖습니까."

"그랬죠."

"그게 시험이었다고 합니다. 수발을 들어 줄 하녀가 한 명도 남지 않은 상황에서 후보들이 어떻게 성에 있는 전혀 모르는 하녀를 부리는지 요."

뭐라고? 나는 깜짝 놀라서 다니엘을 돌아봤다. 앞부분은 이미 아이리스에게 들었다. 목욕을 하고 마사지까지 끝내자 하녀들이 머리만 묶어주고 다 나가 버렸다고 했다. 그래서 그녀는 혼자 드레스를 입었다고.

"아이리스는 드레스를 혼자 입는 게 시험인 줄 아는 모양이던데요."

"왕비가 될 사람이 혼자 드레스 입을 일은 없죠."

그렇군. 나는 그제야 아이리스가 착각했다는 것을 알아차렸다. 시험 문제는 혼자 드레스를 입는 게 아니라 자신의 임무가 아니라고 물러난 하녀들을 어떻게 부리는지였다.

그런데 아이리스는 호쾌하게 혼자서 드레스를 입어 버린 거고.

출제 의도와 완전 다른 답을 내놨으니 점수를 주기가 곤란한 모양이었다. 내 한숨에 다니엘이 위로하듯 말했다.

"정확하게 말하면 하녀를 부려 최대한 빠른 시간 안에 손님들을 기다리게 하지 않고 준비를 마치는 게 시험이었다고 합니다. 아이리스는 손님을 기다리게 하지 않는 데는 성공했죠."

그랬다. 아이리스 혼자 국왕 부부와 함께 들어왔었지. 새삼 그녀가 자랑스러워져서 나는 빙그레 웃었다. 혼자서 드레스를 입기란 쉬운 일이 아니다. 어쩌면 하녀들을 불러와서 도움을 받은 사람보다 더 오래 걸릴 수도 있었다.

하지만 아이리스는 성공했지.

나는 내 딸의 대단함에 뿌듯해져서 다시 다니엘의 가슴에 머리를 대고 웃었다. 잘했어, 아이리스. 장하다.

"기분이 좋으신 모양이군요."

다니엘이 내가 웃는 것을 보고 놀랍다는 듯 말했다. 당연히 좋지. 나는 어깨를 으쓱하고 말했다.

"당연하죠. 내 딸이 도움받은 다른 후보들보다 월등히 빠르게 시험을 해치운 거잖아요. 얼마나 대견해요?"

다니엘의 얼굴에도 옅은 미소가 떠올랐다.

"그래서 의견이 분분한 모양입니다. 가장 빠르게 준비를 마쳤다는 점에서 최고 점수를 줘야 한다는 쪽과 출제 의도를 알아차리지 못했으니 최저 점수를 줘야 한다는 쪽이 대립했거든요."

그렇겠지. 나는 한숨을 내쉬었다. 이미 아이리스는 첫 번째 시험에서 훌륭하게 높은 점수를 거머쥐었다. 이번에도 그녀가 높은 점수를 받으면 아이리스가 우승할 가능성이 높아진다.

그녀를 지지하지 않는 사람들은 반대하는 게 당연했다.

"아이리스가 이번 점수가 낮아도 세 명 중에서 공동 이 등인 거긴 합니다만."

그게 무슨 소리야. 나는 다니엘의 말에 고개를 돌려 그를 쳐다봤다. 내가 그럴 줄 알았는지 다니엘은 웃으며 말을 이었다.

"뒷말이 나오지 않도록 확실하게 우승하는 게 좋겠죠."

"당연하죠."

흥하고 콧방귀를 뀌며 나는 다시 그의 가슴에 머리를 댔다. 아이리스를 도와준 하녀가 정말 한 명도 없으려나? 문득 머릿속에 아이리스의 드레스 끈이 떠올랐다. 혼자서 등에 달린 끈을 묶었다고 하기엔 누군가 공들여서 묶어 준 형태였다.

물론 아이리스가 노력 끝에 그렇게 잘 묶었을 수도 있긴 한데. 내가 골똘히 생각에 잠겨 있자 혼자서 차를 홀짝이던 다니엘이 다시 입을 열었다.

"그리고 건물은 결정하셨습니까?"

어제 다니엘은 내게 세 채의 건물을 보여줬다. 하나는 방직 공방의 한 칸을 빌리는 거였고 다른 하나는 삼 층짜리 건물의 이 층 하나를 통째로 빌리는 거였다. 일 층이 목공소였지.

마지막은 약간 외진 곳에 있는 빈 건물이었다. 솔직히 말하면 세 번째가 가장 마음에 든다. 통풍도 잘되고 집 앞에 작은 강도 흐르고 있었거든.

문제는 세 번째 건물은 이 층짜리 건물 하나를 통째로 써야 해서 너무 크고 비싸다는 거다. 그렇다고 방직 공방의 한 칸을 빌리는 건 너무 작고.

삼 층짜리 건물의 이 층을 빌리는 게 규모 면에서 가장 마음에 들기는 하는데 거긴 시내 한복판이라 주변 환경이 걱정된다.

"아직도 고민 중인데 외곽에 있는 건물로 많이 기울었어요."

나는 한숨을 내쉬며 말했다. 외곽에 있는 건물은 세가 좀 비싸다. 시내도 아니고 외곽인데 좀만 더 싸게 해 주지! 외곽이라 더 마음에 드는 거지만. 원래는 목재소였던 모양인데 목재소는 확실히 너무 크다.

"그럼 세 번째로 계약할까요?"

"으음. 이런 쪽으로 선배니까 물어볼게요. 내가 그 가겟세를 감당할 수 있을까요?"

다니엘은 나보다 훨씬 이런 걸 많이 해 봤으니 좀 알지 않을까. 이 정도 가겟세를 감당할 수 있는지 없는지.

하지만 물어보고도 한동안 그는 아무 말도 하지 않았다. 뭐야? 고개를 돌리자 놀란 듯한 다니엘의 표정이 눈에 들어왔다.

"경우의 수가 너무 많아서 대답하기 어려워요?"

"그건 아닙니다. 당신이 만드는 비누는 분명 성공할 거예요. 가겟세 정도는 우스워질 정도로 성공할 거라고 보장하죠."

과연 그럴까. 나는 다니엘의 지지에 미소를 지었다. 이 나라는 비누 나무로 만든 비누만 쓴다. 사람들이 동물성 기름과 잿물로 만든 비누를 껄끄러워해도 이해한다.

하지만 다니엘은 내 의견을 존중했고 지지해 주고 있었다. 그건 중요한 일이다. 나는 한숨을 내쉬며 말했다.

"가끔 내가 프레드 같은 짓을 하는 게 아닐까 하는 생각이 들어요."

"프레드 같은 짓이요?"

"사업병 말이에요. 비누가 지금 당장 필요한 거긴 하지만 정말 팔릴지 모르는 거잖아요."

"당신은 프레드가 아닙니다. 방금 전에도 주저 없이 날 선배라고 여기고 의견을 물었잖아요. 프레드는 그럴 사람인가요?"

아닐 거다. 나는 머릿속에 프레드를 떠올리려다가 고개를 저었다. 그러자 다니엘이 이어서 말했다.

"그리고 당신의 비누는 팔립니다, 분명히."

"나한테 반해서 그렇게 생각하는 거 아니고요?"

"밀."

다니엘의 목소리가 진지해졌다. 나는 다시 그의 얼굴을 쳐다봤다가 그의 얼굴도 목소리만큼이나 진지하다는 것을 깨달았다. 약간 놀라서 눈을 깜빡이고 있자니 다니엘이 작게 한숨을 내쉬고 말했다.

"말도 안 되는 이야기라면, 그리고 시장성 없는 상품이라면 굳이 이렇게 제가 나서지도 않았을 겁니다. 전 당신에게 빈말을 얼마든지 할 수 있지만 그걸로 당신이 실망하는 건 보고 싶지 않거든요."

"정말로 비누가 팔릴 거라고 생각해요?"

"몇 년 지나면 비누 나무로 만든 비누를 대체할 거라고 생각하죠."

그럴까. 나는 아예 몸을 돌려 다니엘 쪽으로 돌아앉았다. 그리고 그의 진지한 얼굴을 물끄러미 쳐다봤다.

"진심입니다. 비누 나무는 나무를 기르는 시간이 필요하니까요. 지금처럼 가뭄이나 병충해로 나무가 죽으면 수량이 줄어들기도 하고요. 하지만, 당신이 만든 비누는 다르죠."

장점이 있다는 말이다.

하지만 당연하게도 단점도 있다. 나는 한숨을 내쉬며 말했다.

"이 비누는 비누 나무보다 만들기가 좀 위험하거든요. 게다가 좀 독하기도 하고요."

"독하다고요?"

"잿물이 피부에 닿으면 화상을 입을 수가 있어요."

다니엘의 표정이 일그러졌다. 그는 약간 화난 것처럼 물었다.

"다쳤습니까?"

"아, 아니에요. 안 다쳤어요."

혹시 몰라서 늘 긴팔에 장갑까지 끼고 만들었다. 날 도와주는 사용인들에게도 장갑과 긴팔을 입도록 했고. 공방을 만들면 공방 직원들에게도 긴팔과 긴 장갑 유니폼을 지급하는 게 좋겠지.

내 대답에 다니엘이 못마땅하다는 듯 말했다.

"앞으로도 만드는 건 사람을 시키세요."

"명령하는 거예요?"

내 질문에 다니엘의 표정이 가라앉았다. 그는 한숨을 내쉬더니 내 손을 잡고 손등에 입을 맞추며 말했다.

"제발요."

어차피 공방을 만들면 사람을 시켜야 한다. 나는 몸을 내밀어 다니엘의 입술에 입을 맞췄다. 그는 한 손으로 내 뒤통수를 감싸더니 곧 반대쪽 손으로 내 허리를 끌어당겼다.

"어머니."

그때 밖에서 아이리스가 문을 두드렸다. 엄마야. 나는 깜짝 놀라서 다니엘에게서 떨어지려 했지만 그가 나를 워낙 단단하게 잡고 있어서 그럴 수가 없었다.

다니엘의 짙어진 눈동자가 나를 응시하다가 천천히 갈색으로 변했다. 그는 그대로 나를 안고 일어나더니 조심스럽게 내 몸을 바닥에 내려놓았다.

"들어와."

다니엘이 허락이 떨어지자 아이리스는 약간의 간격을 두고 문을 열었다. 그리고 앉아 있는 나와 어느새 테이블 반대쪽으로 가서 서 있는 다니엘을 보고 말했다.

"케이시 경께서 오셨어요."

케이시 경? 어느 쪽 케이시 경이냐는 질문이 나오기 전에 필립이 오늘 릴리를 데리고 화가 모임에 가기로 했다는 게 떠올랐다.

맞다, 그랬지. 나는 자리에서 일어나며 고개를 끄덕였다.

"릴리를 데려가시기 전에 잠깐 이야기 좀 하고 싶다고 전해 줄래?"

"네."

"아, 그리고."

방금 전까지 다니엘과 이야기하던 게 이제야 생각났다. 나는 케이시 경을 응대하기 위해 몸을 돌리는 아이리스를 붙잡았다.

"지난번에 성에서 옷을 갈아입을 때 말야. 널 도와준 사람이 없었니?"

"도와준 사람이요?"

있다. 나는 움찔하는 아이리스의 표정에서 그녀를 도와준 사람이 있다는 것을 알아차렸다.

"사소한 거라도 좋아. 뭘 갖다 줬다거나."

"음, 정말 리본을 잡아 주기만 한 사람이 있어요."

"누구지?"

내 뒤로 다니엘이 혹 다가오며 물었다. 아이리스가 움찔하고 놀란 걸 보니 그의 표정이 심각한 모양이다. 나는 내 딸을 겁주지 말라는 의미로 팔을 뻗어 그의 등을 살살 문질렀다.

"그분이 절 도운 일로 혼나지 않았으면 좋겠어요."

놀랐지만 아이리스는 아이리스였다. 그녀는 다니엘에게 자신을 도와 준 사람이 피해를 입지 않았으면 좋겠다고 말했고 다니엘은 자신의 등을 문지르는 내 손을 잡으며 말했다.

"혼나지 않을 거야."

"램버트 자작 부인이에요. 드레스를 조일 수 있도록 리본을 잡아 줬어요. 리본도 그분이 묶어 준 거고요."

어쩐지. 내 생각대로 아이리스의 드레스를 묶은 리본은 남이 묶어 준 거였다. 나는 다니엘을 올려다보고 빙그레 웃었다. 다니엘 역시 나를 쳐다보며 웃고 있었다.

"그런데 그건 왜요?"

아이리스가 물었다. 다니엘이 괜찮다고 했어도 역시 걱정이 되는 모양이다. 나는 그녀에게 다가가 어깨를 끌어안으며 말했다.

"지난번에 성에서 있었던 시험 결과가 아직도 안 나왔대. 그래서 네가 겪은 일 중에 도움이 될 만한 일이 있나 하고 물어봤어."

"누군가의 도움을 받은 일이면 오히려 감점되는 거 아니에요?"

그 반대다. 하지만 나는 아이리스가 걱정할까 봐 두루뭉술하게 말했다.

"월포드 남작님이 적당히 상황 봐서 이야기하실 거야."

놀랍게도 아이리스는 그것만으로 안심하는 표정이었다. 다니엘을 약간 무서워하지만 그의 일 처리만큼은 믿고 있는 건가? 후자는 알겠는데 다니엘을 왜 무서워하는지는 모르겠다.

나는 아이리스와 함께 케이시 경을 안내한 응접실로 향하면서 슬쩍 물었다.

"그런데 너, 윌포드 남작이 무섭니?"

"어, 무서운 건 아닌데요……."

무서운 게 아니면 뭐야? 내가 어리둥절한 표정을 짓자 아이리스가 입술을 깨물었다. 그리고 마치 뒤에 다니엘이 있는지 확인하는 것처럼 뒤를 돌아보았다.

다니엘은 방금 나갔다. 아이리스가 램버트 자작 부인의 도움을 받았다는 이야기를 듣자 성에 가 봐야겠다며 다시 나가 버렸다.

저렇게 아이리스를 위해 노력해 주는 사람인데 무서워하면 안 되지. 아이리스가 다니엘을 무서워하는 이유를 어떻게든 고쳐야겠다는 생각이 들었다.

"남작님, 요정이시잖아요."

"그런데?"

"요정은 무슨 생각을 하는지 모르겠어요."

그게 무슨 소리야. 나는 고개를 갸웃하며 물었다.

"요정인 걸 몰랐을 때도 그가 무슨 생각을 하는지 몰랐잖아?"

어차피 다니엘은 요정이든 아니든 무슨 생각을 하는지 모르겠다. 그게 그의 매력이기도 하지만 때때로 짜증이 날 때도 있지.

"그렇긴 한데, 인간인 줄 알았을 때는 남작님이 할 수 있는 최악의 행동이 제게 소리치시는 거지만 요정일 때는 알 수가 없잖아요."

뭐라고? 나는 우뚝 걸음을 멈추고 허리에 손을 얹었다. 그리고 아이리스를 향해 말했다.

"아이리스, 누가 감히 네게 못된 말을 하거나 소리를 치면 절대로 가만히 있지 마. 걷어차서라도 그런 말을 한 걸 후회하게 해 줘."

아이리스의 눈이 동그래졌다가 곧 부드럽게 휘어졌다. 그녀는 나를 향해 배시시 웃으며 말했다.

"그럼요. 걱정 마세요."

그래. 그래야지. 나는 고개를 끄덕이며 응접실로 향했다. 릴리와 함께 마주 앉아 즐거운 듯 이야기를 하고 있던 필립은 내가 들어가자 벌떡 일어나며 인사를 건넸다.

"좋은 오후입니다, 반스 부인."

"어서 오세요, 케이시 경. 릴리를 모임에 데려가신다고요? 신경 써 주셔서 감사해요."

"아닙니다. 재능 있는 화가를 소개하는 건 제 큰 기쁨이죠. 릴리에게도 도움이 될 테고요."

그건 이견이 없다. 릴리는 더 많은 사람을 만나야 하고 더 많은 경험을 해야 하니까. 하지만 나는 고개를 끄덕이지 않고 걱정스러운 표정으로 당부했다.

"릴리를 이렇게 생각해 주셔서 정말 감사드려요. 다만, 전에 편지로도 말씀드린 것처럼 릴리의 안전을 최우선으로 생각해 주셨으면 좋겠어요."

이미 얼마 전에 릴리를 데리고 모임에 가도 괜찮겠냐는 허락을 구하는 필립의 편지에 이렇게 대답했었다. 데리고 가 주는 건 정말 고맙지만 릴리의 안전을 최우선으로 생각해 달라고.

필립을 못 믿는 건 아니다. 그저 얼마 전에 애슐리의 일도 있었으니 걱정이 되는 거다. 마음 같아서는 내가 같이 가고 싶지만 그건 릴리가 절대 바라지 않는 일일 테고.

"전 괜찮다니까요."

릴리는 불만스럽다는 듯 말했지만 필립은 아니었다. 그는 엄숙한 표정으로 손을 들어 자신의 가슴에 대더니 말했다.

"릴리의 안전을 최우선으로 여기겠다고 맹세하겠습니다."

"케이시 경께서 그렇게까지 해 주시니 마음이 좀 놓이네요. 감사합니다."

"아닙니다. 남의 집 귀한 따님을 에스코트하는 건데 당연히 이 정도는 해야지요. 집주인도 릴리를 지켜볼 테니 걱정 마십시오."

모임은 카페에서 열리는 게 아니었나? 귀족은 차를 즐기고 귀족이 아닌 지식인층은 커피를 즐긴다. 그렇기 때문에 예술가들의 모임도 카페에서 열린다고 들었다.

내가 어리둥절한 표정을 짓자 필립이 아차 한 표정으로 변명했다.

"릴리를 데려갈 모임을 바꿨는데 말씀을 안 드렸군요. 죄송합니다. 아무래도 시내의 카페보다는 더 나을 것 같아서요. 그쪽이 부인께서도 안심하실 테고요."

그게 어딘데? 내가 고개를 기울이자 필립이 재빨리 말했다.

"부이 씨의 갤러리입니다."

응? 잠깐, 부이라면 내가 카일라의 그림을 팔 때 일부러 필립과 경쟁을 붙인 그 부자잖아? 만났던 적도 있다. 필립이 갤러리에 날 초대했을 때 그도 초대했었지.

란돌프 부이. 어떻게 생겼더라? 얼굴은 기억 안 나지만 콧수염을 기르고 있었던 건 기억난다. 그리고 필립보다 키가 작았다는 것도.

"부이 씨와 친교를 맺으신 모양이군요."

내 말에 필립의 얼굴이 가볍게 붉어졌다. 그가 란돌프를 눈엣가시로 여기고 있었다는 것을 알고 있다. 하지만 지금 초대받는 것을 보니 친해진 모양이군.

아니, 아니지. 어쩌면 친해진 게 아니고 이번엔 란돌프가 필립에게 자신이 친하게 지내는 화가가 이렇게 많다는 것을 자랑하기 위해 초대한 것인지도 모른다. 지난번에 그가 자신의 갤러리에 란돌프를 초대했던 것처럼.

나는 내 말에 아무 말도 못 하는 필립을 보고 눈을 가늘게 떴다. 그러자 그가 헛기침을 하더니 내게 목소리를 낮춰 말했다.

"부끄러운 일이지만 제가 릴리를 데리고 참석하는 게 제게도 많은 도움이 될 겁니다."

과연. 나는 그가 무슨 말을 하는지 이해했다. 란돌프가 자신이 알고 지내는 화가를 자랑한다면 필립은 릴리를 자랑하겠다는 뜻이다.

이걸 화를 내야 할지 웃어넘겨야 할지 모르겠네. 나는 눈을 가늘게 뜬 채 그에게 속삭였다.

"릴리가 곤란해지는 일이 없길 바라요."

"물론이죠. 절대 그렇지 않습니다. 저는 릴리를……."

릴리를? 필립이 말을 하려다 잠깐 망설일 때였다. 옆에 앉아 있던 릴리가 벌떡 일어나며 물었다.

"시간 괜찮나요? 늦지 않을까요?"

"음? 아아, 그렇군."

필립은 재빨리 품에서 시계를 꺼내 시간을 확인하더니 내게 고개를 꾸벅 숙였다. 잠깐, 릴리를 어떻게 생각하는데? 그걸 말해 줘야지?

하지만 물어볼 틈이 없었다. 필립은 릴리에게 팔을 내밀었고 그녀가 자신의 팔 안쪽에 손을 얹자 그녀와 함께 떠나 버렸다.

설마 릴리가 케이시 가문의 남자들에게 인기가 있나? 나는 어리둥절해서 케이시 경의 마차가 떠나는 것을 물끄러미 지켜보다가 몸을 돌렸다. 그리고 때마침 내 뒤에 서 있던 짐을 발견하고 물었다.

"혹시 케이시 경과 릴리 사이에 무슨 일이라도 있었나요?"

"더글러스 케이시 경 말이십니까?"

"아뇨, 필립 케이시 경이요."

짐의 얼굴 위로 그게 무슨 소리냐는 표정이 잠깐 떠올랐다가 사라졌다. 그는 고개를 갸웃하며 말했다.

"아니요. 두 분은 나이 차가 있는 것치고는 의견 교환이 격해지는 경우가 간혹 있지만 전부 그림에 관한 이야기였습니다."

내가 괜한 생각을 하는 모양이다. 나는 혀를 차며 서재를 향해 몸을 돌렸다. 편지에 답장을 하고 비누 공방을 어떻게 할지 계획을 세워야 한다.

"릴리는 갔어요?"

서재로 들어서자 아이리스가 나를 쫓아와서 물었다. 아까 갔다고 대답하려는데 그녀의 손에 쿠키가 들려져 있었다. 어쩐지 달콤한 냄새가 난다 했다.

"방금. 케이시 경 드리려고 구운 거니?"

"네. 카페에 간다길래요."

카페에서도 쿠키를 팔지 않을까. 하지만 나는 곧 아이리스가 카페를 가 본 적이 없다는 것을 깨달았다. 그리고 나도.

다른 세상의 나는 그쪽의 카페를 가 본 적이 있다. 하지만 이쪽 세상의 카페는 가 본 적이 없었다. 어떨까. 내 기억 속의 카페를 대표하는 이미지는 분위기 좋은 조명과 불편한 의자, 그리고 많은 종류의 음료였다. 이쪽 카페도 카페니까 커피를 팔겠지.

언제 한번 다니엘과 가 봐야겠다고 생각하며 나는 책상 앞에 앉았다.

"아냐, 부이 씨의 갤러리로 장소를 바꿨대. 그 쿠키는 날 주고 가면 되겠다."

"드실래요?"

"응. 애나에게 차도 한잔 가져다 달라고 전해 줄래?"

"편지 쓰실 거예요?"

아이리스가 접시에 담긴 쿠키를 책상 위에 올려놓으며 물었다. 내가 먹기엔 양이 너무 많은데. 나는 두 개만 남기고 가져가라고 말하려다가 고개를 끄덕였다.

"네 숙모에게 편지를 좀 써야 할 것 같아."

발이 넓은 사람이 있다는 건 고마운 법이다. 그리고 산드라는 발이 넓었다. 내 말에 아이리스가 호기심을 드러냈다.

"숙모요? 뭐 만들 거 있으세요?"

산드라에게 최근에 연락한 이유가 뭘 만들기 위해서였다는 것을 생각하면 아이리스의 추측은 꽤 타당하다. 게다가 이번에도 부탁을 하려고 하는 건 맞지.

나는 편지와 함께 카스텔라도 하나 보내 줘야겠다고 생각하며 말했다.

"자선 활동 때문에. 너 자선 활동해야 하잖아."

이번 시험이 자선 활동이라는 거 잊지 않았겠지? 나는 그런 표정으로 아이리스를 쳐다봤다. 어쩐지 아이리스의 얼굴 위로 껄끄러운 표정이 떠올랐다.

왜 저런 표정이지?

나는 산드라에게서 받은 편지를 꺼내 내용을 다시 한 번 살폈다. 이미 성에서 돌아온 이튿날 산드라에게 시험 문제가 자선 활동이라는 것과 아이리스가 할 만한 자선 활동이 있을지 의논하는 편지를 보냈었다.

그 답장이 바로 이거다. 산드라의 편지에 의하면 결혼하지 않은 귀족 영애들은 주로 필요한 물품을 사서 나눠주는 활동을 한다고 한다.

결혼한 부인이나 어머니가 없어서 집안을 다스리는 아가씨라면 파티를 열어 간단한 경매로 후원금을 모으는 경우도 있는 모양이다. 산드라는 경매는 내가 하는 게 좋을 거라고 권하고 있었다. 대신 아이리스는 또래의 친하게 지내는 아가씨들을 모아서 티 파티를 열고 함께 자선 활동을 하자고 권하라는 것이다.

음, 티 파티도 나쁘지 않은데. 나는 턱을 괴고 잠시 산드라의 편지를 물끄러미 쳐다봤다. 티 파티는 괜찮은데 문제는 이 집에서 열어야 한다는 뜻이다.

정원에서 하기엔 이제는 좀 덥고. 이 김에 식당이라도 싹 리모델링을 할까.

"왜 그러세요?"

애나에게 차를 가져오라고 시킨 아이리스가 책상 맞은편에 놓인 의자에 앉으며 물었다. 나는 턱을 괸 채 말했다.

"음, 어떤 자선 활동을 해야 할까 고민 중이야."

"뭐가 있는데요?"

"네가 산드라의 자선 활동에 따라가는 게 하나 있고, 또래들과 직접 자선 활동을 하는 게 하나 있고."

또 뭐가 있을까. 생각해 보지만 사실 귀족 영애가 할 수 있는 자선 활동이라는 건 그렇게 많지 않다. 그것도 돈이 없다면 더더욱.

나는 아이리스는 무슨 생각이 있을까 싶어서 그녀를 쳐다봤다. 때마침 애나가 차를 가져왔기 때문에 아이리스는 애나에게 찻주전자와 찻잔을 받아 내게 차를 한 잔 따라주었다.

"또래들과 한다는 건 어떻게 하는 거예요?"

"산드라가 하는 것과 똑같아. 네가 친분 있는 사람들을 모아서 자선 활동을 하자고 이야기를 하고 어떤 식으로 할지 의논하는 거야."

"그건 제가 하나부터 열까지 다 준비해야겠네요?"

그렇지. 나는 고개를 끄덕이며 한숨을 내쉬었다. 그래서 가난한 집안 아가씨가 부잣집으로 시집을 가면 고생을 하는 거다. 가난한 집에서는 해 본 적이 없는 것들이 부잣집에서는 당연히 해야 하는 일인 경우가 많아서.

지금 같은 자선 활동만 해도 나는 젊은 시절에 어머니를 따라서 몇 번 했었다. 그러고 보니 결혼 전에 산드라와 함께 또래 아가씨들과 자선 활동을 주관한 적도 한 번 있다.

하지만 리베라 남작과 결혼한 뒤에는 그럴 기회가 없었다. 남작가는 여유가 있었지만 바로 아이리스를 임신했으니까.

리베라 남작이 죽지 않았다면 아이리스도 지금쯤 어른들의 자선 활동을 몇 번 따라가 보고 스스로 친하게 지내는 또래 영애들과 자선 활동을 구상하고 있었을 것이다.

내가 아이리스에게서 빼앗은 수많은 기회들이 나를 가슴 아프게 만들었다.

"한번 해 볼래요."

고맙게도 아이리스는 당당하게 나왔다. 그녀는 자신만만한 표정으로 말을 이었다.

"어차피 제가 왕비가 된다면 이런 일에 익숙해져야 하니까요. 연습할 수 있는 기회라고 생각할래요."

"아이리스, 뭐든 긍정적으로 생각하는 게 네 장점이야. 도전 정신이 있는 것도."

나는 찻잔을 들어 올리며 아이리스를 칭찬했다. 이 애는 뭐든 열심히 하고 책임감을 가진다. 그리고 긍정적으로 생각한다. 그게 그녀의 장점이다.

놀랍게도 아이리스는 내 칭찬에 가볍게 얼굴을 붉혔다. 그녀는 두 손으로 뺨을 감싸며 조심스럽게 말했다.

"가끔 너무 건방져 보이지 않나 걱정되긴 해요."

아이리스는 그게 진심으로 걱정되는 모양이었다. 나도 안다. 그게 무슨 고민인지. 내가 너무 건방지게 나서는 거 아닐까, 내가 너무 나대는 것처럼 보이지 않을까 하는 걱정들.

하지만 아이리스는 좀 더 나대야 하고 좀 더 건방져져야 한다. 그녀는, 그리고 내 아이들은 좀 더 원하는 것을 확고하게 말할 수 있어야 한다. 그래야 왕비가, 화가가 될 수 있다.

나는 빙그레 웃으며 말했다.

"네가 만약 왕비가 된다면 그때도 사람들이 널 되바라졌다고 말할까?"

아이리스의 표정이 굳었다. 그녀는 뺨에서 손을 떼며 말했다.

"아니요."

"사람이란 그런 거야."

위치에 따라 환경에 따라 똑같은 사람임에도 평가가 달라진다. 나는 서랍에서 노트를 꺼내 아이리스에게 내밀며 말했다.

"네가 직접 사람들을 불러 모아서 자선 활동을 할 거라면 계획부터 세워 봐."

누구를 초대할 건지, 누구를 도울 건지, 어떤 활동을 할 건지. 대략적으로 계획을 세우고 필요한 것을 생각해야 한다. 그래야 필요한 시간과 자금을 계산할 수 있다.

"마님."

아이리스가 내게서 노트를 받아 들었을 때 짐이 서재 문을 두드리고 나를 불렀다. 내가 고개를 들자 그가 편지를 내밀며 말했다.

"커시 부인입니다."

아는 사람이다. 나는 깜짝 놀라서 편지를 받아 뜯었다. 린다 커시 부인. 원래는 린다 커시 남작 부인이었지만 몇 년 전 남편의 사망으로 남작 작위는 남편의 동생에게 돌아갔다.

그리고 동생의 부인이 커시 남작 부인이 되면서 그녀는 그냥 커시 부인이 되었다.

내가 아이리스의 드레스에 자수를 부탁하고 정자를 감을 모기장을 바느질해 달라 부탁했던 네 명의 부인 중 한 명이다.

"누가 편지를 가져왔던가요?"

나는 커시 부인의 편지를 뜯으며 짐에게 물었다. 커시 부인의 상황은 다니엘을 만나기 전의 내 상황과 거의 비슷했다. 아닌 척하지만 사용인을 둘 여력이 없어서 하녀 한 명만 두고 생활하고 있는 모양이라고 산드라가 귀띔한 적이 있다.

"그게……."

짐이 곤란한 표정을 짓는 사이 나는 재빨리 편지를 뜯어 내용을 살폈다. 별다른 내용은 없었다. 그저 시간이 난다면 빠른 시일 내에 한번 이야기를 하고 싶다는 거였다.

하지만 그것만으로도 엄청나게 파격적인 행동이다. 지금까지 내가 도움을 요청했던 네 명의 여자들은 단 한 번도 내게 먼저 연락을 한 적이 없었기 때문이다.

그리고 그건 당연한 일이다. 그들이 내게 먼저 연락을 한다는 건 도움을 요청하는 것이나 다름이 없다. 내게 도움을 주고 필요한 것을 '선물'로 받는 상황 자체가 그들에게는 자존심 상하는 일인데 도움을 요청한다? 그 생각 자체를 비참하게 여길 것이다.

그래서 나 역시 산드라를 통해서가 아니면 따로 연락을 취하지 않고 있었다.

"부인께서 직접 오신 것 같습니다."

"커시 부인이요? 직접?"

나는 짐의 대답에 깜짝 놀라서 벌떡 일어났다. 그리고 허둥지둥 서재 밖으로 나가며 물었다.

"어디로 안내했어요?"

"아닙니다. 편지만 전해 주시고 가셨습니다."

"뭘 타고 왔던가요?"

"……그냥 걸어오신 것 같습니다."

맙소사. 나는 이 더위에 귀족 부인이 우리 집까지 걸어왔을 상황을 떠올리고 이마를 짚었다. 뭔가 절실했던 게 분명하다.

"루인!"

내 부름에 루인이 안에서 빠르게 걸어 나왔다.

"가서 커시 부인 좀 데리고 와 줘. 내가 지금 시간이 난다고 말하고. 걸어갔으니 이 근방에 있을 거야. 어떻게 생겼냐면 갈색 머리에……."

"이 정도 키에 갈색 눈을 가진 부인 말씀이시죠? 알겠습니다."

루인은 눈치 빠르게도 내가 찾는 커시 부인이 누군지 알아차리고 재빨리 밖으로 나갔다. 나는 그대로 몸을 돌려 무슨 일인가 하고 나온 애나와 아이리스와 애슐리를 발견했다.

"아이리스, 노트 들고 이 층으로 올라가. 애슐리, 너도 오늘 해야 할 거 있었지?"

뭐였는지 기억 안 난다. 애슐리가 오늘 수놓는 법을 연습하기로 했던가? 아니면 필기체 연습을 하기로 했던가?

그때 아이리스가 끼어들었다.

"애슐리는 오늘 필기체 연습하기로 했어요. 이 층 서재에 가서 저랑 같이하면 돼요."

"그래, 부탁할게. 애나, 손님이 한 분 올 거예요. 차를 준비해 줘요. 디저트도."

세 사람은 내 지시에 빠르게 흩어졌다. 나는 짐에게 돌아서며 입을 열었다.

"짐, 커시 부인은······."

"작은 응접실을 준비하고 아무도 근처에 접근하지 못하도록 하겠습니다."

우리 집 사람들이 다들 눈치가 빨라서 다행이다. 나는 짐에게 빙그레 웃어 보이고 옷매무새를 확인했다. 짐이 애슐리와 아이리스가 뒹굴던 작은 응접실을 정리하고 거쉰이 쿠키 사이에 아이스크림을 끼운 디저트를 완성했을 때 루인이 돌아왔다.

그의 옆에는 커시 부인이 긴장한 표정으로 따르고 있었다. 나는 활짝 웃으며 그녀를 맞이했다.

"어서 오세요, 커시 부인."

"갑자기 찾아와서 미안해요. 산책할 겸 편지만 전하고 가려고 했는데······."

이 집까지 산책을 하러 올 리가 없다. 하지만 나는 모른 척했다. 나도 그런 적이 있었으니까. 산책할 겸 마차를 부르러 가거나 했었지.

"알아요. 제가 마침 딱 시간이 나서 그냥 보내드리기 아쉽더라고요. 그렇지 않아도 요리사가 디저트를 만들기도 했고요. 이왕 오셨으니 맛을 봐 주십사 모셔 오라고 했어요."

커시 부인은 내 핑계를 전혀 믿지 않는 눈치였다. 오히려 내가 그 정도로 모른 척한다는 사실에 더욱 긴장해 버렸다.

일부러 긴장하게 하려고 한 건 아니었는데. 나는 그녀 몰래 혀를 차며 그녀를 작은 응접실로 안내했다.

"루인이 부인을 만날 수 있어서 다행이에요. 이 디저트의 반응이 정말 궁금했거든요."

내가 재차 디저트 핑계를 대자 커시 부인은 약간 호기심이 든 모양이었다. 그녀는 내가 권하는 대로 맞은편에 앉으며 물었다.

"무슨 디저트요?"

"아이스크림으로 만든 거예요."

내가 그렇게 말했을 때 타이밍 좋게도 루인이 차와 쿠키 샌드 아이스크림을 가지고 들어왔다. 쿠키가 겹쳐져 있는 것을 본 커시 부인의 표정이 어리둥절하게 변했다.

"차가워요."

나는 그렇게 말하며 포크와 나이프로 쿠키를 반으로 갈라 그녀에게 안을 보여 주었다. 역시 빵으로 할 걸 그랬나.

카스텔라로 하는 게 가장 이상적일 테지만 카스텔라는 대량 제작이 어려워서 식당에서 판매하기엔 좀 어려울 것 같았다.

위아래로 겹친 쿠키가 반으로 잘리면서 안에 끼운 아이스크림이 살짝 녹았다. 커시 부인은 한 조각을 포크로 찍어서 입에 넣더니 가볍게 한숨을 내쉬었다.

달콤한 것을 오랜만에 먹은 모양이다. 예전에 아이들에게 쿠키를 구워 줬을 때 애들도 딱 저런 반응이었었지. 나는 내가 쳐다보는 것을 깨닫고 당황할 커시 부인을 위해 재빨리 찻잔을 들어 얼굴을 가렸다.

"맛있네요."

한참을 눈을 감고 쿠키 샌드 아이스크림을 맛보던 커시 부인이 한숨처럼 말했다. 나는 와플 콘을 생각하고 있었다. 이곳의 와플은 내가 아는 두툼한 와플이 아니다. 얇은 과자에 가깝다.

그러니 그걸로 와플 콘을 만들 수 있을 것이다. 이제 여름이니 아이스크림이 불티나게 팔릴 테고 와플 콘을 만들어서 아이스크림콘을 만들면 어떨까.

하지만 귀족들은 돌아다니면서 음식을 먹는 것을 천박하다고 생각한다. 그리고 아이스크림을 먹을 정도의 돈을 가진 사람은 대부분 귀족이지.

대부분의 발명이 근대에 와서야 나온 이유가 있었다. 그전까지는 그걸 필요로 하는 사람은 만들어도 살 돈이 없고 살 돈이 있는 사람들은 필요로 하지 않기 때문이다.

세탁기만 해도 그렇다. 잘사는 사람들은 집에서 부리는 사용인에게 빨래를 시켰고 그것보다 조금 덜 잘사는 사람들은 따로 세탁소에 맡긴다.

맡길 돈이 없는 사람들이 집에서 빨래를 하는 거고.

당연히 대부분의 사람에게 세탁기가 필요할 리가 없다. 세탁을 집에서 하지 않으니까. 정작 세탁기가 필요한 사람은 돈이 없기 때문에 세탁기를 살 수가 없다.

"쿠키를 먹은 지 얼마나 됐는지 모르겠어요."

와플 콘과 근대의 발명에 대해 곰곰이 생각하느라 나는 커시 부인의 한숨 같은 말을 거의 놓칠 뻔했다. 뭐라고 했지? 나는 찻잔을 내려놓으며 그녀를 쳐다봤다.

커시 부인은 눈을 내리깔더니 작은 목소리로 말했다.

"어차피 찾아온 거, 자존심 챙겨서 무엇하겠어요. 전에 보내 준 설탕은 정말 요긴하게 썼어요. 덕분에 잼을 만들었죠."

우리 집에도 잼이 없었던 때가 있다. 나는 아무 말도 하지 않았다. 그렇다고 맨 빵만 먹었다는 건 아니다. 고기를 구워서 빵과 먹기도 했고 샐러드를 만들어서 먹기도 했다.

같은 무게라면 설탕이 고기보다 비싸기 때문이다.

"이 드레스도요. 새 드레스를 만든 게 얼마 만인지 몰라요."

어쩐지 쓸쓸하게 웃는 커시 부인의 앞에서 나는 저도 모르게 말했다.

"저도요. 올해 초에 처음으로 새 드레스를 만들었죠."

"알아요. 부인도……."

거기까지 말한 커시 부인은 잠시 멈칫하더니 입을 다물었다가 다시 말을 이었다.

"기발한 상품으로 큰돈을 버셨다고요."

잠시 나는 커시 부인이 말하려 했던 게 '가난하다'는 말이 아니었을까 하고 생각했다. '너도 예전에 가난했다며?'라는 말을 하려다 저렇게 바꾼 거라면 무슨 말을 하려는지 조금 알 것 같다.

"큰돈은 아니지만, 그래요. 여유가 있어졌죠."

내 말에 커시 부인이 다시 머뭇거렸다. 무슨 말을 하려는 건지 알 것 같아서 나는 입을 다물었다. 내가 카일라의 그림을 팔아서 큰돈을 벌었다는 소문이 퍼진 이후부터 다니엘의 식당에 조언을 해서 큰돈을 벌었다는 소문이 퍼지기 시작하는 지금까지, 사람들 내게 다가와서 하는 말은 비슷했다.

자기와 사업을 하자고 하거나, 사업을 하게 돈을 빌려 달라고 하거나.

식당에 어떤 조언을 했는지 물어보는 사람은 너무 많아서 셀 수도 없다. 그건 단골 대화 소재기도 했고.

나는 커시 부인에게 어떻게 하면 돈을 벌 수 있는지에 대한 질문을 받을 각오를 했다. 다른 사람이라면 몰라도 그녀에게는 솔직하게 대답해 줄 생각이었다. 커시 부인은 돈을 번다는 것 자체를 입에 올리는 것만으로도 치욕스러워하고 있을 테니까.

하지만 그녀의 입에서 나온 말은 내 생각과 좀 다른 이야기였다.

"제게 한 가지 아이디어가 있어요."

"아이디어요?"

나는 아이디어라는 말에 약간 경계하며 물었다. 설마 좋은 사업 소재가 있으니 사업을 하자는 말은 아니겠지. 다른 사람이라면 바로 거절했을 거다.

나는 이미 비누 공방을 차리려 하고 있다. 여기서 또 다른 사업을 하는 건 전혀 좋은 선택이 아니다.

어떻게 해야 할지 고민하는 내게 커시 부인은 조심스럽게 말했다.

"드레스 안쪽에 크리놀린을 입잖아요? 그걸 대체할 만한 걸 생각해 봤거든요."

크리놀린 대체할 만한 거? 머릿속에 재빨리 크리놀린이 떠올랐다. 치마 속에 입어서 치마가 종 모양으로 부풀게 만들어 주는 거다.

가벼운 나무로 만든 것도 있고 쇠로 만든 것도 있다. 보통 귀족 여성이라면 한 개씩은 꼭 가지고 있다.

예전에는 그 안에 사람 둘이 들어가도 여유로울 정도로 큰 크기를 선호했지만 지금은 그 정도는 아니다.

"크리놀린은 너무 거추장스럽잖아요. 허리를 중심으로 이렇게 펼쳐지는 거니까요."

그렇긴 하지. 내가 아무 말도 하지 않자 커시 부인은 자신감을 얻었는지 빠르게 말을 이었다.

"요새는 좀 더 얌전한 크리놀린을 선호하는 추세기도 하고요. 그래서 생각해 봤거든요."

커시 부인은 패션 쪽으로 관심이 많았구나. 나는 물끄러미 그녀를 쳐다보고 있었다. 하긴, 자수에 관심 있고 실력 있는 귀족 부인이 패션에 관심이 없기란 어렵다. 자기 재능과 실력이 그쪽이니까.

"크리놀린을 엉덩이와 골반 쪽으로만 짧게 두르도록 하면 어떨까 해요."

크리놀린을? 나는 이어진 커시 부인의 말에 눈을 크게 떴다. 그게 가능한가? 크리놀린은 동그란 원으로 만들어진 도구다. 점점 더 커지는 고리 여러 개를 순서대로 이어서 늘어뜨리면 종 모양의 뼈대가 만들어지는 거다.

거기서 앞쪽만 잘라내면 고정하기도 어렵고 모양도 별로 안 좋을 거같은데?

"벼, 별로인가요?"

내 표정이 별로였는지 커시 부인의 표정이 가라앉았다. 나는 미간에 주름을 만들지 않으려 애쓰며 물었다.

"말로 해서는 어떤 모양인지 잘 가늠이 안 돼요."

"사실, 입고 왔어요."

뭐라고? 나는 깜짝 놀라서 커시 부인의 하반신을 쳐다봤다가 재빨리 고개를 들었다. 남의 신체 한 부분을 빤히 쳐다보는 건 아주 무례한 행동이다.

"사용하고 걸어 다녀도 괜찮을지 궁금했거든요."

점점 커시 부인이 마음에 들기 시작했다. 나는 잠시 망설이다가 물었다.

"제게 보여 주실 수 있나요?"

그러자 그녀는 내가 그렇게 묻길 기다렸다는 듯 벌떡 일어나며 말했다.

"물론이죠."

그제야 나는 커시 부인의 옷매무새를 자세히 볼 수 있었다. 크리놀린이 전체적으로 스커트를 종 모양으로 잡아 준다면 커시 부인의 드레스는 앞은 상대적으로 평평했다. 대신 뒤쪽이 부풀어 있었다.

이런 걸 어디서 본 것 같은데? 나는 멍하니 커시 부인의 스커트를 보다가 곧 그걸 어디서 봤는지 떠올렸다. 여기서 본 건 아니다. 내가 살던 곳에서 서양 근대 여자들이 저런 모양의 옷을 입은 걸 봤었다.

"그게……."

뭐라고 하더라? 내가 잠시 생각하는 사이 커시 부인이 말했다.

"동그랗게 안을 채운 주머니에 끈을 달아서 허리 뒤에 매단 거예요."

커시 부인은 자랑스러워하는 표정이었다. 그녀는 나를 위해 그 자리에서 한 바퀴 돌아 보이더니 말했다.

"어때요? 요즘 유행하고도 어울리지 않아요?"

요즘 유행이 스커트가 덜 부푸는 쪽이긴 하지. 확실히 좀 더 간편할 거 같긴 하다. 게다가 가격도 훨씬 저렴해질 테고. 물론 저걸 철사로 만들면 훨씬 가볍고 모양을 만들기도 쉬울 테지만 크리놀린에 비하면 사용하는 철사가 줄어드니까 더 저렴해지는 건 마찬가지다.

내가 아무 말도 하지 않자 커시 부인의 얼굴이 어두워졌다. 그녀는 얼굴을 붉히며 물었다.

"너무 허황된 이야기인가요?"

"아니, 아니에요. 좋은 것 같아요. 좋은 아이디어예요. 그런데 이걸 왜 저한테 말하시는 건가요?"

나는 커시 부인이 뭘 원하는지 몰라서 물었다. 이 아이디어를 나한테 판다는 건지, 아니면 이 아이디어를 팔게 도와 달라는 건지.

커시 부인은 내 질문에 다시 입을 다물었다. 설마 그걸 생각 안 하고 온 건 아니겠지? 내가 그런 의심을 할 때쯤 그녀가 조심스럽게 말했다.

"소문을 들었거든요."

무슨 소문? 나는 아무 말도 하지 않고 그녀가 계속 말을 하기를 기다렸다. 우리는 여전히 테이블을 사이에 두고 서 있었다. 커시 부인은 소파 등받이를 잡고 천천히 소파에 앉았다.

그녀는 내가 자신을 따라 자리에 앉자 그제야 작은 목소리로 말했다.

"부인께서 요정 대모라고요."

뭐라고? 그 소문이 거기까지 갔어? 나는 깜짝 놀라서 입을 딱 벌렸다. 엘리자베스에게 같은 질문을 들었었다. 그때는 애들한테나 도는 그런 소문인 줄 알았는데 아니었던 모양이다.

나는 재빨리 표정과 자세를 수습하고 말했다.

"잘못된 소문이에요. 아닙니다."

이 소문 괜찮나 모르겠다. 괜히 골치 아픈 일 일어나는 거 아닌가 몰라. 나는 그렇게 생각하며 입술을 깨물었다.

커시 부인은 다행히 내가 요정 대모라고 완전히 믿지는 않은 모양이었다. 그녀의 표정이 어두워졌지만 아주 절망적으로 변한 건 아니었다. 반신반의쯤 하고 있었겠지.

"아니었군요. 아닐 수도 있다고 생각은 했어요. 그저……."

"그저?"

내가 되묻자 그녀는 얼굴을 붉히며 말했다.

"굉장히 놀라운 이야기를 들었거든요. 그리고 실제로 부인은 놀라운 것들을 많이 만들어 냈고요."

신빙성 있는 소문처럼 들렸다는 뜻이다. 나는 말없이 웃었다. 문득 올해 초에 내게 접근했던 이상한 남자들이 어느 순간 뚝 끊어진 게 이것 때문이었나 하는 생각이 들었다. 내가 그 멍청한 녀석을 깨진 유리로 협박해서 그런 줄 알았는데 어쩌면 소문 덕도 조금은 있는지도 모르겠다.

"내가 요정 대모였다면 일이 좀 더 쉬웠을 텐데요."

나는 진심으로 안타깝게 생각하며 말했다. 내가 정말 요정 대모였다면 좋았을 것이다. 그 요정 지팡이를 한 번 흔들어서 모든 사람들이 원하는 것을 줄 수 있다면, 그리고 세상을 행복하게 해 줄 수 있다면 얼마나 좋을까.

하지만 나는 요정 대모가 아니고 나와 내 딸의 앞길을 헤쳐 나가는 것만으로 버거운 사람이다.

"아니에요. 아닐 가능성도 있다고 생각했어요."

커시 부인은 그렇게 말하며 힘없이 웃었다. 그리고 재빨리 말을 이었다.

"그럼에도 찾아온 건……. 부인이 요정 대모가 아니라면 그 모든 것들이 마법이 아니라는 뜻이겠죠. 그건 마법인 것보다 더 대단한 일이고요."

그런 식으로 생각할 줄은 몰랐다. 내가 멍하니 쳐다보자 커시 부인은 찻잔을 들어 올려 입을 축이고 다시 말했다.

"이걸로 돈을 벌고 싶어요. 벌 수 있을까요?"

"판다는 뜻이에요?"

"누가 사겠다면 그것도 괜찮아요. 살 사람이 없다면 제가 직접 팔고요."

나는 커시 부인의 말에 눈을 크게 떴다. 지금 커시 부인의 말은 자신이 직접 사람들을 상대로 영업을 하겠다는 말이다. 그리고 그건 귀족 사교계에서 쫓겨날 일이다.

내가 지금까지 만든 것들로 돈을 벌었지만 문제가 되지 않았던 건 그걸로 금전적인 소득은 얻지 않거나 판매하는 사람을 따로 두고 한 다리 건너서 수익을 올렸기 때문이다. 만약 티라미수나 카스텔라를 내가 직접 식당을 차려 팔았다면 그건 귀족 사교계에서 쫓겨날 사유가 된다.

그리고 그건 아이리스가 왕자비가 되는 데 걸림돌이 됐겠지.

다시금 다니엘에게 감사하며 나는 커시 부인에게 말했다.

"크리놀린을 만드는 사람들에게 팔면 어떨까요."

그런다면 커시 부인은 귀족 사교계에 남아 있을 수 있고 돈도 벌 수 있다. 하지만 그녀는 고개를 저었다.

"저는 더 이상 커시 남작 부인이 아니에요. 자식도 없고 부모님도 모두 돌아가셨으니 사교계에 남아 있을 이유도, 유지할 여력도 없어요. 그렇다면 차라리 돈이라도 버는 게 나아요."

나는 왜 커시 부인이 커시 부인인지 잠시 생각했다. 무슨 소리냐면, 나처럼 남편이 죽어서 재혼을 한 경우에는 성이 바뀐다는 뜻이다.

하지만 커시 부인은 재혼을 하지 않았고 자식도 없다. 내 기억에 나이는 나보다 한두 살 어렸던 것 같다. 죽은 커시 남작과는 십 년을 부부로 살았지만 십 년 동안 자식이 없었다.

커시 부인이나 남편, 둘 중 한 명이 자식을 낳지 못한다는 말이겠지. 그리고 이런 이야기는 보통 여자 쪽에게 불리하다. 커시 남작이 죽고 커시 부인에게 들어오는 재혼 자리는 대부분 아들이 있는 남자의 두 번째 부인 자리였을 것이다.

아들이 있는 남자의 두 번째 부인이라는 자리는 불안정하다. 그 아들이 어느 정도 컸다면 더더욱 그렇다.

나는 커시 부인에게 왜 재혼하지 않았냐고 물어보려다 말았다. 싫었나 보지. 아들 있는 남자의 두 번째 부인이라는 자리가.

아니면 죽은 남편을 너무 사랑했을 수도 있고.

그것도 아니면 나처럼 결혼에 질렸거나.

"알아볼게요."

나는 그렇게 말하며 고개를 끄덕였다. 저걸로 어떻게 돈을 벌 수 있는지 일단 다비나와 상의해 봐야겠다. 그녀는 의상 디자이너니까 새로운 크리놀린을 어떻게 팔면 되는지 잘 알고 있겠지.

커시 부인이 떠난 뒤 얼마 지나지 않아 성으로 갔던 다니엘이 돌아왔다. 그는 여전히 혼자 상쾌하고 시원한 표정을 하고 저택으로 돌아오더니 싱글싱글 웃으며 내게 다가왔다.

"해결됐습니다."

"해결이요?"

뭐가 해결됐다는 거지? 잠시 어리둥절했던 나는 곧 그가 말하는 게 아이리스의 시험이라는 것을 깨달았다.

"해결됐어요? 어떻게요?"

내가 벌떡 일어나서 묻자 다니엘의 얼굴에 미소가 짙어졌다. 그는 내 옆으로 다가와 앉으며 내게 앉으라는 듯 소파를 톡톡 쳤다. 그리고 입을 열었다.

"램버트 남작 부인이 아이리스를 도와준 게 맞다고 말했습니다. 남작 부인도 성에서 일하고 있으니까 아이리스는 사람을 부린 게 맞죠."

나는 빙그레 웃으며 몸을 기울여 다니엘의 뺨에 입을 맞췄다. 그의 존재가 새삼 고맙게 느껴졌다. 성에 자유롭게 출입할 수 있는 권한 역시 상급 귀족의 특권이다. 다니엘은 남작이지만 왕자의 스승이기 때문에 원할 때면 언제든지 드나들 수 있고.

그는 아니라고 부인했지만 나는 아이리스가 왕자비 후보가 된 데에 그의 힘이 아주 없지는 않았을 거라 생각했다. 지금처럼 왕자비 후보에게 무슨 일이 생기면 추천인이 성을 오고 가며 중재를 하거나 변호를 해줘야 할 테니까.

성에 자유롭게 드나들 권리가 없는 하급 귀족의 추천은 걸러졌을 테지.

"아직 아이리스의 점수는 안 나왔지만 가장 빨랐고 출제 의도에 맞게 행동했으니 기대해도 될 겁니다."

그가 하는 말이니 맞을 것이다. 내가 고개를 끄덕이자 다니엘은 잠시 입을 다물었다가 물었다.

"그런데, 누가 방문했었습니까?"

"어떻게 알아요? 그런 것도 알 수 있어요?"

설마 요정의 능력 중에 그런 것도 있는 건가? 깜짝 놀라는 내게 그가 빙그레 웃으며 말했다.

"돌아오는 길에 우리 마차가 지나가는 것을 봤습니다. 릴리는 케이시 경의 마차를 타고 갔을 테고, 들어오면서 아이리스와 애슐리를 봤거든요."

다니엘이 성에 갔다 왔다고 하니 아이리스가 걱정돼서 물어본 모양이다. 그렇군. 나는 그의 타당한 추리에 눈알을 데굴 굴리느라 그가 "자기" 마차가 아니라 "우리" 마차라고 말한 것을 수정할 기회를 놓쳐 버려다.

"커시 부인이 왔었어요. 이 더위에 걸어왔다길래 당신 마차를 내줬어요."

내 말에 다니엘의 표정이 가라앉았다. 그는 내 손을 잡고 손등에 입을 맞추며 말했다.

"제 것이 당신 것이죠."

그런 말로 내가 설렐 거라 생각했다면 잘 생각했다. 나는 그대로 그의 무릎 위로 올라갔다. 그리고 그의 뺨을 잡고 입을 맞췄다.

다니엘의 입술이 휘어지는 게 느껴졌다. 그는 내 허리를 잡더니 내 입술을 빨기 시작했다.

"밀드레드."

한숨처럼 나를 부르는 다니엘의 목소리가 감미롭게 느껴졌다. 조금 여유 있게 시작했던 키스가 점차 조급해졌다. 입술을 떼어 내면 부족하다는 듯이 뒤쫓아오던 다니엘은 곧 나를 잡아먹을 것처럼 키스하기 시작했다.

"잠, 잠깐."

숨이 가빠와서 나는 그의 가슴에 손을 대며 말했다. 그러자 다음 순간 다니엘의 움직임이 뚝 멈췄다.

"잠깐만요."

숨이 부족해. 이러다 질식하겠다. 나는 숨을 헐떡이며 다니엘의 가슴에 머리를 기댔다. 그와 키스하는 건 정말로 좋지만 여기가 어딘지, 지금이 몇 시인지도 잊어버리게 된다.

지금 몇 시지? 해가 어디까지 와 있는지 내가 창문을 쳐다봤을 때였다. 다니엘이 침울한 목소리로 사과했다.

"죄송합니다."

"뭐가요?"

"잠깐 이성을 잃었어요. 잠깐 떨어져서 앉는 게 좋겠네요."

누가? 내가? 나는 어이가 없어서 그의 얼굴을 쳐다봤다가 진심이라는 것을 깨달았다. 다니엘은 나를 소파 옆자리에 조심스럽게 내려놓더니 벌떡 일어나서 반대편으로 자리를 옮겼다.

"그게 이성을 잃은 거였어요?"

다니엘의 얼굴이 붉어졌다. 이성을 잃은 게 창피한 건가? 나는 잠시 그의 얼굴을 물끄러미 쳐다보다가 씩 웃었다.

"하지만 내가 밀어내까 금세 멈췄잖아요?"

내 질문에 다니엘이 어리둥절한 표정을 지었다. 그는 이상하다는 듯 물었다.

"밀드레드, 당신이 조금이라도 불편하면 멈춰야죠?"

정론이라 오히려 할 말이 없었다. 그건 그렇지. 나는 눈알을 굴리다가 주제를 바꾸기 위해 입을 열었다.

"커시 부인이 왜 왔는지 알아요?"

"모르겠습니다."

"내가 요정 대모인 줄 알았대요."

다니엘의 눈썹이 올라갔다. 그는 한숨을 내쉬더니 내게 다시 사과했다.

"죄송합니다."

"아니, 화난 거 아니에요. 그냥 재미있어서 이야기한 거예요."

진짜로 그냥 재미있어서 한 말이다. 예전에 엘리자베스도 날 요정 대모라고 착각했었지. 왜 그런 착각을 한 건지는 알겠다. 이곳은 카메라도, 전화기도 없다. 어떤 사건이 일어나면 시간 차를 두고 사람의 입에서 입으로 퍼질 수밖에 없다는 말이다.

그리고 그러다 보면 반드시 왜곡이 일어난다.

그 왜곡이 하필이면 요정 대모라는 잘못된 소문이라 수정이 필요할 것 같긴 하지만 그래도 이번 커시 부인의 방문으로 확실히 알았다.

사람들은 요정 대모의 도움을 필요로 한다. 다니엘의 말이 맞았다. 엘리자베스가 요정 대모에게 빌려고 했던 소원과 커시 부인이 요정 대모를 찾아온 이유는 모두 내가 있던 곳이라면 사회 시스템이 해결해 줬을 문제다.

나는 한숨을 내쉬며 다시 말했다.

"그냥, 당신이 왜 요정 대모의 존재가 없어져야 한다고 말했는지 알겠어요."

"없어져야 한다고 말한 건 아닙니다. 그저, 필요가 없어져야 한다고 말했던 것뿐이죠."

그게 그거잖아. 내 얼굴에 떠오른 표정에 다니엘이 소리없이 웃었다. 그는 테이블 위로 손을 올려놓으며 다시 입을 열었다.

"그래서, 커시 부인은 요정 대모에게 어떤 소원을 빌려고 하던가요?"

"꼭 요정 대모가 아니어도 상관없는 소원이었어요."

다니엘의 얼굴에 어리둥절한 표정이 떠올랐다. 나는 그를 따라 테이블 위로 손을 올려놓으며 물었다.

"크리놀린이 뭔지 알아요?"

"여성들이 치마를 입을 때 치마의 부풀린 모양을 유지하기 위해 입는 속옷이자 도구죠."

잘 알고 있네? 그걸 대체 어떻게 아는 거야? 놀란 표정을 짓는 내게 다니엘이 재빨리 덧붙였다.

"만드는 사람을 압니다."

"오, 그래요?"

그건 몰랐는데? 어쩌면 다니엘에게도 상담을 할 수 있을지 모르겠다. 나는 재빨리 커시 부인이 내게 가져온 제품을 설명했다. 새로운 크리놀린이고 엉덩이 쪽만 부풀리도록 할 수 있는 도구라고.

그리고 목소리를 낮춰 덧붙였다.

"내가 살던 곳에도 그런 게 있었거든요."

"인기 있었습니까?"

"그랬을 거 같아요. 거의 백 년도 전에 유행하던 디자인이거든요. 그래도 유행했다는 기록이 아직도 남아 있으니 인기는 많았겠죠."

다니엘의 눈이 가늘어졌다. 그는 나를 물끄러미 쳐다보다가 툭 내뱉듯 물었다.

"백 년도 전에 유행하던 디자인이라고요?"

나는 그제야 그가 내가 살던 곳의 문화와 기술이 얼마나 발전했는지 모른다는 사실을 깨달았다. 그렇군. 그에게 전에 마차가 아니라 차를 타고 싶다고 말한 적이 있지만 다니엘은 그게 뭔지 몰랐을 것이다.

"음, 내가 살던 곳은 지금 여기보다 어느 면으로는 약간 더 발전했거든요. 물론 어떤 부분은 여기보다 발전하지 못했기도 했지만요."

"마차보다 빠르다는 차라는 것도 발전의 결과입니까?"

차가 뭐로 움직이더라? 모터였나? 나는 솔직하게 말했다.

"과학 기술은 내가 살던 곳이 좀 더 발전했어요. 말 같은 살아 있는 생명체의 도움 없이 인간이 만든 기계로 빠르게 이동할 수 있죠. 멀리 있는 사람과 실시간으로 대화를 나눌 수 있는 기술도 있고요."

문득 나는 그때까지 핸드폰을 쥐는 감각을 잊고 있었다는 것을 깨달았다. 분명 밀드레드가 되고 나서 몇 주간은 핸드폰 진동을 환청으로 들었었는데 어느새 완전히 잊어버렸다.

다니엘은 심각한 표정을 하고 있었다. 그는 가슴 앞으로 팔짱을 긴 채 나를 바라보다가 침울하게 말했다.

"불편하셨겠군요."

"놀라운 이야기를 하나 알려 줄까요?"

"괜찮습니다. 무슨 이야기를 하셔도 전 이미 충분히 놀라고 있거든요."

"내가 살던 곳의 여자들은 여기까지 드러나는 바지를 입기도 했어요. 반바지라고 하죠."

내 예상에 맞게 다니엘의 눈썹이 올라갔다. 이 나라는 남자조차 반바지를 입지 않는다. 속옷이라면 모를까. 그는 한참을 나를 뚫어져라 쳐다보더니 믿을 수 없다는 듯 눈을 문질렀다.

그리고 쉰 목소리로 물었다.

"속옷이 아니라 겉옷이라는 말씀이시겠죠?"

"네. 그리고 치마도 그 정도로 짧은 걸 입고 다녀요. 사실, 지금 여기처럼 이렇게 구두 끝만 보일 정도로 긴 치마를 입는 사람 자체가 별로 없죠."

"긴 치마는 불편하니까요."

잘 알고 있네. 내가 씩 웃으며 찻잔을 들어 올리는 것과 동시에 다니엘의 한숨 소리가 들려왔다. 그는 잠긴 목소리로 말했다.

"제가 당신께 끔찍한 짓을 저질렀군요."

그게 무슨 소린지 모르겠다. 내가 어리둥절한 표정을 짓자 다니엘이 이를 악물며 말했다.

"제가 제대로 일을 하지 않아서 가호가 당신을 이곳으로 데려왔으니까요."

아, 그거 때문에. 나는 잠시 입을 다물었다. 솔직히 말하면, 그래. 끔찍했다. 특히 처음엔 모든 게 다 끔찍했다. 바닥이 얇은 신발과 불편한 속옷, 너무 길고 치렁치렁한 옷과 숨 막히는 사회규범들.

게다가 뜬금없이 애는 셋이나 생겼지. 나이는 원래보다 좀 더 먹었던가. 나이를 더 먹었다고 억울했던 기억이 있다. 내 원래 나이는 기억 안 나지만.

"저는 솔직히, 밀드레드. 제가 당신과 같은 입장이었다면 당신처럼 잘 해 나갈 자신이 없습니다."

그런가. 나는 다니엘의 목 졸린 듯한 고백에 남의 일처럼 생각했다. 그의 말대로 나는 그냥 여기에 던져졌다. 내 머릿속은 내 기억과 밀드레드의 기억으로 뒤섞였고 내 눈앞에 어른의 손길이 필요한 여자아이 셋이 있었다.

내 상황을 투덜거리며 그대로 앉아 있을 수도 있었지만 뭔가가 나를 일으켜 세웠다. 그게 가호의 힘이 아니었을까.

"당신이어도 마찬가지였을 거예요."

그는 더 잘하지 않았을까. 하지만 내 말에 다니엘은 말도 안 된다는 듯 피식 웃더니 내 표정을 보고 진심이라는 것을 알았는지 약간 당황해서 물었다.

"진심으로 하는 말씀이었습니까?"

"네. 당신이라면 나보다 더 잘하지 않았을까요?"

"맙소사, 밀드레드. 아니요. 누가 와도 당신보다 더 잘하지는 못했을 겁니다."

사실 나도 좀 그런 생각을 하긴 한다. 물론 누가 와도 내가 더 잘할 거라는 생각을 한 게 아니라 내가 평균 이상으로 잘하고 있다고 생각한 거지만.

그래도 누군가 그렇게 생각해 준다는 게, 그리고 알아준다는 게 기쁘긴 하다. 나는 아무 말도 하지 않고 찻잔을 들어 올려 뿌듯한 미소를 감췄다.

42

각성

다니엘은 서재에 앉아 편지를 확인하고 있었다. 그의 편지 확인법은 꽤 간단하다. 편지 겉봉의 이름을 확인하고 모르는 사람과 상대하고 싶지 않은 사람이면 봉투째로 버린다. 그리고 남은 편지만 뜯어 내용을 확인하는 것이다.

물론 부유한 귀족들은 이런 일을 하는 비서를 고용하기도 하지만 다니엘은 주변에 최소한의 사람을 두는 것이 편했다. 괜한 말이 새어 나갈까 봐 조심하는 거라면 그는 루인을 믿었다. 루인에게 이 일을 맡기지 않는 건 그냥 혼자 있는 게 편했기 때문이었다.

원래 다니엘은 자신의 저택에서 요리사를 비롯한 세 명의 사용인만 두고 사는 것에 익숙했다. 그가 부리는 사용인 거윈과 루인, 모는 입이 아주 무거웠고 걸음 소리조차 내지 않는 자들이었다.

그런 그들과 살다가 둥근 지붕 저택으로 거처를 옮긴 것은 그에게는 물론 그의 사용인들에게도 상당한 변화였다.

"주인님."

램프를 든 루인이 서재 문을 두드리더니 곧 안으로 들어왔다. 그는 막 집 안의 문단속을 확인한 다음이었다.

물론 짐이 문단속을 꼼꼼하게 하기는 하지만 나이가 많아서 눈이 어두운 탓에 놓칠 수 있는 부분을 루인이 짐 몰래 확인하고 있었다.

"모는 주변을 둘러보고 방금 들어왔습니다. 더 시키실 일이 없으시다면 이만 제 방으로 돌아갈까 합니다."

루인의 허락을 구하는 말에 다니엘은 잠시 안경을 벗고 그를 쳐다봤다. 덕분에 루인은 바짝 긴장했다. 그는 다니엘이 안경을 벗고 자신을 물끄러미 쳐다볼 때가 가장 긴장되곤 했다.

다니엘은 관대하고 부유한 주인이었지만 실수에는 절대 관대하지 않았다. 루인의 머릿속에 빠르게 자신이 실수했을 법한 상황이 스쳐 지나갔다.

하지만 다니엘의 입에서 나온 질문은 전혀 다른 내용이었다.

"하녀들은 어떻지?"

하녀들? 루인은 저도 모르게 하녀들이 어떻다는 게 무슨 의미냐고 되물으려다가 재빨리 입을 닫았다. 그리고 천천히 입을 열었다.

"괜찮습니다. 아직까지 허튼소리도 하지 않고 아가씨들이나 반스 부인께 폐를 끼친 일도 없었습니다."

그를 빤히 쳐다보던 다니엘이 다시 안경을 썼다. 별다른 말이 없는 태도에 루인은 속으로 안도의 한숨을 내쉬었다. 정답이었던 모양이다.

하지만 곧 다니엘이 다시 질문을 던졌다.

"주변은?"

"요새는 조용해졌습니다."

루인의 대답에 다니엘이 고개를 끄덕였다. 그것도 마음에 드는 모양이라 루인은 이번에도 속으로 안도의 한숨을 내쉬었다.

이 집에서 카일라의 그림을 발견한 반스 부인이 그림을 팔아 상당한 돈을 거머쥐었다는 소문이 퍼지자 금세 둥근 지붕 저택 근방에 질 나쁜 사람들이 접근하기 시작했다.

짐과 밀드레드가 문단속을 철저하게 하지만 그것만으로는 충분하지 않았다. 밀드레드가 겪은 질 나쁜 자들은 고작해야 소매치기나 사기꾼일 뿐이다. 모와 다니엘이 처리한 녀석들에 비하면 애슐리를 납치하려 한 로니는 애송이였다.

"알았네. 들어가서 쉬어도 좋아."

다니엘은 그렇게 말하며 다시 책상 위에 내려놓았던 편지를 집어 들었다. 이 집에 오면서 용병을 한 명 더 구할지 말지 고민했는데 역시 필요 없었던 모양이다.

그때 누군가 다시 서재 문을 두드렸다. 루인이 몸을 돌려 문을 열자 주변을 돌아보고 방금 돌아왔다던 모도 보고를 위해 서재 문 앞에 서 있었다.

"주변을 확인했습니다. 아무것도 없었습니다."

모의 보고도 루인과 크게 다르지 않았다. 다니엘은 편지에 시선을 고정한 채 고개를 끄덕였다.

"알겠네. 들어가서 쉬어도 좋아."

모가 무표정한 얼굴로 꾸벅하고 돌아섰다. 원래 표정 변화가 없는 자다. 감정 변화 자체도 없다는 쪽이 더 맞을 것이다.

그는 용병으로 일할 때도 훌륭한 실력과 감정 변화가 적은 성격으로 유명했다. 루인은 그런 모가 어쩌다 다니엘의 하인이 됐는지 궁금했지만 한 번도 모와 그런 이야기를 한 적이 없었다.

그리고 그건 거쉰도 마찬가지였다. 밀드레드에게 건방지게 굴었지만 그가 자신의 말대로 나라에서 손꼽히는 실력자인 건 맞았다. 다니엘의 사용인으로 일하는 자들은 다들 자기 분야에서 유명한 자들이었고 돈만으로는 고용하기 힘든 사람들이었다.

루인은 모가 너는 왜 안 가냐는 표정으로 자신을 쳐다보고 서재를 나가는 것을 쳐다보다가 다시 서재 문을 닫았다. 그가 나가지 않은 것을 깨달은 다니엘이 무슨 일이냐는 듯 고개를 들었다.

"질문을 드려도 괜찮을까요?"

"어떤 질문?"

다니엘은 루인이 허튼 질문을 하지 않을 것이라는 것을 알았다. 간혹 아이리스나 릴리, 애슐리는 허튼 질문을 하곤 했다. 그 애들이 아직 어리고 순진하기 때문이다. 다니엘은 반스가의 아이들이 하는 허튼 질문 정도는 얼마든지 받아 줄 여유를 가지고 있었고, 그 여유의 대부분은 누구보다 멍청한 질문을 던져낸 리안 덕분에 생긴 거였다.

"반스 부인과 결혼하실 겁니까?"

루인의 질문에 다니엘의 눈이 가늘어졌다. 루인은 허튼 질문을 할 녀석이 아니라고 생각했는데. 그가 자신의 판단을 철회하려고 마음먹은 순간 루인이 재빨리 양손을 들어 보이며 말을 이었다.

"죄송합니다. 제 말은…… 반스 부인, 그러니까 마님과 결혼하셔서 여기서 사실 건지, 아니면 주인님의 저택에서 사실 건지를 여쭤보고 싶었습니다."

"그게 중요한가?"

"만약 여기서 사실 거라면 겨울 준비를 하고 싶습니다."

루인의 말도 일리는 있었다. 이 집은 겨울에 특히 춥다. 그러니 겨울이 오기 전에 보수가 끝나려면 지금부터 준비해야 한다. 다니엘은 다시 안경을 벗었다.

그렇군. 다니엘은 그 생각은 못 하고 있었다. 이 저택에서 계속 살려면 저 낡은 바닥이나 벽을 보수해야 할 것이다. 지붕은 말할 것도 없고.

워낙 오래전에 지은 집이라 이 층에서 뜨거운 물을 사용하려면 일일이 하인들이 물을 끓여서 옮겨야 하는 것도. 그 김에 온실도 다시 지으면 좋겠지. 한동안 폐쇄해 두긴 했지만, 그의 머릿속에 밀드레드가 애슐리를 생각하면 저길 완전히 뜯어고치고 싶다고 한 말이 생각났다.

"생각해 보지."

다니엘의 대답에 루인이 고개를 꾸벅하고 서재를 나갔다. 그대로 다니엘의 시선이 다시 편지로 향했다. 비누 공방에서 일할 사람들에 대한 간단한 보고가 담긴 편지였지만 더 이상 그의 머릿속에 들어오지 않았다.

자연스럽게 다니엘의 머릿속에 밀드레드가 떠올랐다. 검정색 머리카락을 틀어 올린, 초록색 눈동자의 아름다운 여자. 처음 만났을 때 그 미모에 눈이 가지 않았다고 말한다면 거짓말이겠지.

그는 밀드레드가 마음만 먹는다면 금세 세 번째 재혼이 가능했을 거라고 생각했다. 비록 다 큰 딸이 셋이나 딸리고 그걸 밀드레드는 물론 아이들조차도 단점으로 생각하고 있지만 그럼에도 밀드레드는 매력적이었다.

아름답고, 귀족 출신이며 수많은 재능을 가지고 있는 여성을 누가 거부할 수 있을까.

물론 다니엘처럼 젊고 부유한 남성 귀족과의 재혼은 어려울 수도 있다. 하지만 밀드레드 또래의 사별한 남성 귀족이라면 충분히 가능했을 것이다.

거기까지 생각한 다니엘은 새삼 깨달았다는 듯 손에 힘을 풀었다. 쥐고 있던 페이퍼 나이프가 그의 손안에서 두 동강이 나 있었다.

"이런."

다니엘은 혀를 차며 부러진 페이퍼 나이프를 책상 끄트머리로 밀어 버렸다. 내일 낮에 루인에게 몇 개 주문하라고 해야겠다고 생각하며 그는 다시 편지로 시선을 던졌다.

"반스 부인이 월포드 남작 부인이 될까?"

이튿날, 똑같은 질문을 왕대비에게 들은 다니엘은 저도 모르게 굳은 표정을 지었다. 이틀 동안 각각 다른 사람에게 같은 질문을 듣게 되다니, 기분이 묘할 수밖에 없다.

하지만 그의 표정을 다르게 받아들인 왕대비는 고개를 들어 다니엘을 내려보며 다시 물었다.

"내가 나이를 먹어 판단이 흐려진 걸까?"

"아닙니다. 전하의 판단이 맞습니다."

다니엘이 재빨리 대답했지만 왕대비의 표정은 풀리지 않았다. 그녀는 다니엘을 물끄러미 쳐다보며 물었다.

"뭔가 걸리는 게 있는 모양이군?"

"아닙니다. 최근에 비슷한 질문을 들어서요."

왕대비의 얼굴에 안됐다는 미소가 떠올랐다. 다들 다니엘이 진심인지 지켜보고 있었다는 뜻이다. 누가 봐도 밀드레드와 다니엘은 다니엘이 아까웠으니까.

누군가는 사교계의 쟁쟁한 귀족 영애들을 쳐다도 보지 않더니 결국 만나는 사람이 남편을 두 번이나 잃은 애 딸린 과부냐고 뒤에서 비아냥 거리기도 했다.

그리고 왕대비 역시 밀드레드보다는 다니엘과 가까운 만큼 그런 생각을 하지 않았다고는 말할 수 없었다.

"오해하지 말고 듣게."

왕대비는 식기를 내려놓고 찻잔을 들어 올리며 말했다. 오해하지 말고 들으라는 건 오해할 거리가 무궁무진하다는 뜻이다. 다니엘은 한쪽 눈썹을 들어올리며 고개를 슬쩍 기울였다. 못마땅하다는 그의 태도에 왕대비는 피식 웃고 말했다.

"나는 반스 부인이 좋아. 눈치도 있고 센스도 좋은 편이지. 혼자서 자기가 낳지도 않은 아이까지 셋을 훌륭하게 사교계 데뷔를 시켜 놨으니 그 수완에는 감탄할 정도야."

현재 사교계에서 아이리스와 릴리, 애슐리는 유명했다. 그녀들의 이름은 몰라도 반스가의 그 아가씨들이라고 하면 누구나 알아들을 정도로.

이건 절대 쉽지 않은 일이다. 대부분 귀족가의 결혼은 어느 집에 결혼 적령기의 청년이 있다는 정보로 시작된다. 존재감이 없는 미혼은 당연히 결혼 시장에 발을 디디기도 어렵다.

물론 그 존재감은 아주 좋지는 못해도 최소한 꺼림칙하지는 않아야 한다. 그 말은 행동거지는 물론이고 옷차림이나 집안에 꺼림칙한 부분이 없어야 한다는 뜻이고 반스가는 굳이 따지면 좀 꺼림칙한 쪽이었다.

하지만 밀드레드는 그 모든 악조건 속에서도 아이들의 사교계 데뷔를 성공적으로 이뤄 냈고 아이리스와 애슐리의 이미지를 긍정적으로 가꿨다. 릴리는 평이 좀 갈리기는 하지만 나쁘지 않은 수준이다.

그걸 가난한 과부가 해냈다. 왕대비는 밀드레드의 그런 점이 마음에 들었다. 처음 만났을 때의 약간 건방지다는 이미지는 어느새 여자 혼자 딸 셋을 키우려면 그 정도 성격은 돼야 한다는 우호적인 쪽으로 바뀌어 있었다.

"하지만 반스 부인은 나이가 많아. 서른다섯이라고 했던가?"

"일곱입니다."

재빠른 다니엘의 정정에 왕대비의 눈이 가늘어졌다. 이 상황에서 밀드레드의 나이가 더 많아지는 건 별로 좋은 일이 아닐 텐데도 다니엘은 여유 있게 차를 홀짝이고 있었다.

"그래, 서른일곱. 이제 결혼 준비를 해서 결혼을 한다고 해도 서른여덟에나 결혼식을 치를 수 있겠지. 그 집 첫째가 왕자비 후보 시험을 치르고 있으니까 어쩌면 몇 년 더 기다려야 할지도 모르고."

아이리스가 왕자비가 된다면 그녀도 결혼 준비를 해야 한다. 한 집에서 모녀가 같은 해에 결혼하는 건 보기 좋지 않으니 다니엘이 밀드레드와 결혼할 수 있는 건 빨라야 그녀의 나이 서른아홉 때일 것이다.

왕대비의 지적에도 다니엘은 여전히 차를 홀짝이고 있었다. 왕대비는 그런 그의 모습에 한숨을 내쉬었다.

서른이 넘도록 결혼은커녕 약혼도 안 하고, 만나보라고 권하는 여자마다 관심 없다는 태도로 일관하더니 결국 그의 눈에 들어온 게 애 딸린 과부라니.

그래, 그것까진 그럴 수 있다. 왕대비는 운명적인 사랑을 믿었고 밀드레드가 다니엘의 운명적인 사랑이라면 지지해 줄 마음의 준비도 하고 있었다.

"그러면 후계자가 너무 늦지 않을까. 마흔 넘어서 애를 가질 생각은 아니겠지?"

아예 가질 생각이 없다고 하면 왕대비가 무슨 얼굴을 할까. 다니엘은 히쭉 웃고 찻잔을 내려놓으며 물었다.

"글쎄요. 전하께서는 어떤 생각을 하고 계십니까?"

잠시 식당 안에 침묵이 흘렀다. 왕대비는 고개를 돌려 뒤에 서 있던 잭슨 백작 부인에게 눈짓했다. 그녀의 눈짓을 알아들은 백작 부인이 몸을 돌려 식당 밖으로 나가자 시중을 들고 있던 하녀와 하인들도 백작 부인의 뒤를 따라 나갔다.

왕대비의 식당에 그녀와 다니엘만 남았다. 무슨 말을 하려고 이러는 걸까. 다니엘은 눈을 가늘게 뜨고 사람들이 물러가는 것을 지켜보고 있었다.

여름용으로 꾸민 왕대비의 식당은 창문마다 레이스로 뜬 커튼이 바람 결에 나부끼고 있었다. 어디선가 새소리가 울려 퍼져 왔지만 두 사람 다 거기에 귀 기울이지 않았다.

왕대비는 잔을 들어 올려 입을 축인 뒤 내려놓았다. 그리고 다니엘을 바라보며 천천히 말했다.

"애부터 가질 생각은 없나?"

말도 안 되는 질문에 잠깐 다니엘의 눈이 커졌다가 원래대로 돌아왔다. 그는 눈앞의 노부인이 왕대비고 나이가 많다는 것을 다시 한 번 떠올렸다.

때때로 이런 사람들은 정말 원하는 것을 위해 자신의 기준마저 바꿀 때가 있다. 고지식하고 융통성 없기로는 둘째가라면 서러운, 성에서 가장 나이 많은 왕대비조차도 후계자 앞에서는 혼전 임신이라는 수치스러운 일조차 불사할 수 있는 모양이다.

다니엘은 자세를 고쳤다. 그리고 천천히 입을 열었다.

"반스 부인에게는 이미 아이들이 있지요."

"전부 여자애들이지. 여자애가 나쁘다는 건 아니야. 다만, 작위를 물려받을 수가 없잖아."

그놈의 작위. 왕대비의 말에 다니엘은 입술을 비틀며 웃었다. 그에게 작위는 그리 중요한 게 아니었다. 그는 마음만 먹는다면 당장이라도 왕에게 남작보다 더 높은 작위를 요구할 수 있었다. 그러지 않은 건 남작 정도면 충분하다고 생각했기 때문이다.

"만약 제가 반스 부인과 결혼해서 그녀가 제 아이를 낳았는데 그 애도 여자애라면요?"

기분 나쁜 상황에 왕대비의 표정이 일그러졌다. 하지만 그녀는 재빨리 표정을 폈다. 그리고 미간과 눈가를 손가락으로 문지른 뒤 말했다.

"아들을 낳아야지."

"언제까지 말입니까?"

언제까지니, 무슨 소리지? 다시 왕대비의 미간에 주름이 생겼다. 그녀의 표정에 다니엘이 다시 물었다.

"다시 낳았는데 또 여자애면요? 한 다섯 명쯤 낳았는데 전부 여자애라면 어떻게 할까요?"

그런 경우는 드물지 않다. 작위는 아들에게만 물려줄 수 있고, 아들이 없이 남편이 일찍 죽는다면 부인과 딸들의 미래가 어두워지니 많은 귀족 부부는 아들을 낳을 때까지 임신과 출산을 반복한다.

그러다 부인이 죽는다면 많은 남편은 새 부인을 들인다. 그래야 작위를 물려줄 아들을 낳을 수 있으니까.

만약 부인이 출산하기 어려울 때까지도 아들이 태어나지 않는다면 먼 방계의 남자아이를 입양하기도 한다. 아니, 차라리 친척 아이를 양자로 삼는 건 양반이다.

남편이 다른 여자에게서 아들을 낳게 해서 데려오는 경우도 종종 있었다. 어느 쪽이 덜 지옥일까. 먼 친척의 남자아이를 양자로 삼는 것과 남편이 다른 여자에게서 낳게 한 남자아이를 양자로 삼는 것 중에.

다니엘은 그 모든 일들이 어리석게 느껴졌다. 어차피 자식을 낳는 건 여자의 일이다. 자신이 낳은 아이의 아버지가 누구인지는 여자만 안다. 부인이 아닌 여자에게서 기껏 자기 아들이라고 봐서 데려왔는데 알고 보니 친자가 아니었다는 사건은 보기보다 흔하다.

"왜 그런 최악의 상황만 생각하나? 설마 둘쯤 낳으면 그중 하나는 아들이겠지."

왕대비의 날카로운 말에 다니엘은 허탈하게 웃었다. 그렇게 남의 일이라고 쉽게 말할 수 있어서 좋겠다는 말이 목구멍까지 기어 올라왔지만 그는 꾹 눌러 삼켰다.

"전하, 저는 아이가 필요 없습니다."

다니엘의 말에 왕대비의 얼굴이 다시 일그러졌다. 그녀는 물끄러미 그를 쳐다보다가 툭 내뱉듯이 말했다.

"반스 부인의 나이 때문에 걱정돼서 그러는 거라면 자네가 그녀의 소원을 들어줘도 되지 않나."

잠시 왕대비의 말이 무슨 소린가 하고 생각하던 다니엘은 피식 웃었다. 그녀는 밀드레드도 다른 사람들처럼 반드시 아들을 낳고 싶어 한다고 생각하고 있었다.

그러니 요정인 다니엘에게 밀드레드가 아들을 낳게 해 달라고 소원을 빌어 그가 그 소원을 들어주면 되지 않느냐는 말이다.

불가능한 이야기는 아니다. 일단 다니엘은 그럴 능력이 되니까. 매우 징그러운 이야기기도 했지만.

"아니요, 전하. 그녀는 더 이상 임신을 할 생각이 없습니다."

왕대비의 눈이 가늘어졌다. 다니엘은 그녀가 무슨 말을 할지 알 것 같아서 재빨리 덧붙였다.

"그리고 저 역시 마찬가지입니다. 반스 부인이 원치 않기 때문에 필요 없다고 하는 게 아니라, 애초에 전 자식을 원하지 않았기 때문에 결혼을 하지 않았던 겁니다."

그게 무슨 소리야? 왕대비는 어이가 없어서 입을 딱 벌렸다. 그리고 마치 다니엘을 처음 보는 것처럼 그를 쳐다보다가 물었다.

"그러면, 반스 부인이 자식을 원하지 않아서 마음에 들었던 건가?"

다니엘과 입장이 같기 때문에 정략적으로 만나는 거냐는 질문이다. 그건 아니다. 다니엘은 왕대비의 그럴듯한 추측에 피식 웃었다.

그가 밀드레드에게 관심을 갖기 시작한 건 분명 그녀가 둥근 지붕 저택의 주인이고 그 저택에서 가호가 누군가의 소원을 들어줬기 때문이지만 그녀에게 마음을 주기 시작한 건 다른 이유였다.

다니엘은 의자 등받이에 몸을 기대며 여유 있게 대답했다.

"그냥 저희가 천생연분이었다는 게 더 맞는 말일 겁니다."

그의 능구렁이 같은 대답에 왕대비의 눈이 가늘어졌다. 그녀는 빠르게 다니엘의 표정과 태도를 확인하고 그가 더 이상 밀드레드와 자신의 관계에 대해서는 이야기하지 않을 거라고 판단했다.

이건 말도 안 된다. 왕대비는 한숨을 푹 내쉬며 물었다.

"그러면 자네 작위는? 자네 아버지가 그리 원하던 작위와 영지가 아닌가. 그걸 남의 손에 쥐어 주겠다는 말인가?"

"전하, 제 자식도 엄밀히 말하면 남입니다."

"하지만 핏줄이지. 천륜이고."

"그렇습니까?"

다니엘의 눈이 가늘어졌다. 잠시 그의 말이 무슨 소린지 이해하지 못한 왕대비를 위해 다니엘은 입을 열었지만 곧 다시 다물었다.

왕대비의 아버지는 왕대비를 낳고 죽은 부인을 대신해서 딸을 둘 가진 평민 부인과 결혼했다. 그리고 그녀가 자신의 딸을 박대하는 것을 알면서도 모르는 척했다.

그 절망에서 왕대비를 구해 준 게 다니엘의 어머니였다. 왕자와 운명적인 사랑을 하게 된 왕대비는 바로 왕자비가 되었고 자신을 박대한 새어머니와 새언니들을 먼 지방으로 쫓아내 버렸다. 아버지는 그녀가 왕자와 만나기도 전에 죽었기 때문에 쫓아내지 않을 수 있었다.

정말 핏줄이라면, 왕대비의 아버지는 새어머니의 박대에서 딸을 지켰어야 했다. 아꼈어야 했다.

"가족은 핏줄로 되는 게 아니죠."

몇십 년 전 왕대비의 상처를 괜히 쑤시고 싶지 않아서 다니엘은 그저 그렇게 말했다. 하지만 그는 한편으로는 진심으로 그렇게 생각하기도 했다.

가족은 핏줄로 만들어지는 게 아니다. 역사적으로 수많은 부모와 자식은 서로를 죽여 왔다. 그리고 전혀 피가 섞이지 않은 친구를 위해 목숨을 내놓은 사람은 수없이 많다.

아버지가 죽고 새어머니와 언니들을 멀리 쫓아낸 왕대비는 다니엘의 어머니를 친구라 생각했다. 요정인 그녀가 인간인 왕대비를 친구로 여겼는지는 모른다. 하지만 왕대비에게 그녀는 친구였고 은인이었다.

그런 친구가 유일하게 이 세상에 남겨 놓고 간 아들이다. 왕대비가 다니엘을 극진하게 생각하는 건 어쩌면 당연했다.

"윌포드 남작. 아니, 다니엘."

왕대비는 천천히 다시 입을 열었다. 그녀는 다니엘이 어릴 때 그랬듯 그의 이름을 부르며 그의 눈을 똑바로 쳐다봤다.

어릴 때의 다니엘도 참 잘생겼었다. 그녀의 아들도 잘생겼었지만. 왕대비는 그렇게 생각하며 말을 이었다.

"그래. 네 말이 맞아. 가족은 핏줄만으로 되는 게 아니지. 내가 너를 아들처럼 여기는 것처럼 말이야."

왕대비의 뜻밖의 고백에 다니엘의 표정이 잠깐 경직됐다가 부드럽게 풀렸다. 그 역시 그녀가 자신을 친구의 아들로, 조카로 여기고 있다는 것은 알고 있었지만 아들처럼 여기는 줄은 몰랐다.

"네가 이곳에 마음을 붙이지 못한다는 걸 알고 있어."

거기까지 말한 왕대비는 잠시 입을 다물었다. 그녀가 그걸 알아차리고 있는 줄은 몰랐다. 다니엘은 눈썹을 들어 올렸지만 아무 말도 하지 않았다.

"네 어머니가 떠나기 전에 내게 널 부탁했지."

"압니다."

그때 왕대비는 어떻게 아직 성년도 맞지 않은 아들을 두고 떠날 수 있냐고 화를 냈었다. 그때 그런 그녀를 이해할 수 없다는 표정을 짓던 요정의 얼굴이 아직도 생생했다.

요정이라 그런 걸까. 왕대비는 조각 같은 다니엘의 얼굴을 잠시 물끄러미 쳐다봤다. 그래서 자식에 대한 욕심이 없는 걸까. 이 땅에 생육하고 번성하겠다는 욕망이 없는 걸까.

"나는 네게 부인과 부인 사이에서 낳은 자식이 있었으면 좋겠어. 그게 어쩌면 네가 어딘가 정착할 수 있도록 무게를 줄 수도 있겠지."

그래서였군. 다니엘은 왕대비의 말에서 그녀가 왜 자신에게 결혼과 자식을 권했는지 알았다. 철이 들자마자 그는 이 나라를 떠나 이곳저곳을 떠돌아다녔다.

그걸 걱정하는 모양이었다.

"무례하게 굴고 싶지는 않지만, 전하. 제 어머니도 남편과 자식이 있었지만 이곳에서 정착하지는 않으셨잖습니까."

그래. 그랬다. 왕대비는 다니엘의 정확한 지적에 한숨을 내쉬었다. 요정은 백 개의 소원을 이뤄 주면 자신의 세계로 돌아갈 수 있다고 했다.

하지만 다니엘은 반은 인간이니까 어쩌면 가능할지도 모른다고 생각했다.

"혹시 다니엘. 그래서 반스 부인을 좋아하게 된 거니? 네 어머니와 반대라서?"

왕대비의 머릿속에 그럴듯한 추론이 떠올랐다. 성년도 맞이하지 않은 아들을 두고 자신의 세계로 돌아가 버린 어머니와 달리 밀드레드는 자기가 낳지도 않은 두 번째 남편의 딸도 잘 키우고 있다.

그게 다니엘의 어떤 감정적인 지점을 건드린 게 아닐까.

하지만 다니엘은 왕대비의 말을 듣자마자 바로 역겹다는 표정을 지어 보였다. 밀드레드가 어머니를 연상시켜서 좋아하게 됐다고? 너무 역겨운 상상이다. 그는 바로 차갑게 대답했다.

"전혀요. 제 어머니와 그녀는 전혀 닮지 않았습니다."

"하지만 완전 반대기는 하지."

"완전 반대도 아닙니다. 제 어머니도 그녀처럼 자기 자식을 사랑했거든요."

흠. 왕대비는 테이블 위에 팔꿈치를 대고 턱을 괴었다. 그리고 피곤하다는 표정을 지으며 물었다.

"그녀의 어떤 부분이 그렇게 마음에 들었지?"

"글쎄요. 역시 미인이라서겠죠."

거짓말은 아니다. 대충 얼버무리는 다니엘의 얼굴에 가벼운 미소가 떠올랐다. 그 미소를 본 왕대비는 잠시 미간에 주름을 만들었다가 피식 웃으며 입을 열었다.

"나도 내 남편에게 첫눈에 반했었지. 그는 참 잘생겼었거든."

알고 있다. 다니엘은 죽은 왕의 초상화를 떠올리며 고개를 끄덕였다. 리안의 잘생긴 외모가 그냥 튀어나온 게 아니다. 이 나라의 왕은 대대로 잘생겨 왔다.

하긴, 그러니까 초대 요정 벨라가 영웅 제다에게 반해 그의 모험을 도와준 거겠지만.

"그런데 나중에 왕자비가 돼서 보니 내 남편만큼이나 잘생긴 남자들도 꽤 많았거든."

"그랬습니까?"

놀랍다는 듯 한쪽 눈썹을 들어 올리는 다니엘을 보고 왕대비는 유쾌하게 웃었다. 어쩌면 그녀가 정상적으로 사교계에 데뷔했다면 왕자에게 한눈에 반하는 일은 일어나지 않았을지도 모른다.

그리고 그녀의 남편 역시 처음 본 그녀의 모습에 반하지 않았을 수도 있겠지.

그래서 그녀는 운명적인 만남을, 사랑을 믿었다.

"하지만 다니엘, 너는 수많은 나라를 다녀왔고 수많은 미인을 만났지. 반스 부인은 미인이긴 하지만 네 눈에 그렇게 확 들어올 만큼 미인이던가?"

"네."

잠깐의 주저함도 없이 다니엘이 대답했다. 밀드레드는 미인이다. 별이 흐르는 새까만 밤하늘 같은 검정색의 윤기 흐르는 머리카락과 우윳빛의 하얀 피부. 그리고 열정과 의지를 품은 초록색의 눈동자.

그는 왕대비의 얼굴에 가벼운 놀라움이 떠오르는 것을 보고 피식 웃었다. 그리고 의자 등받이에 몸을 기대며 천천히 입을 열었다.

"저는 사람들이 볼 수 없는 것을 보고 느끼지 못하는 것을 느끼지요."

거짓말을 보고 절망을 느낀다. 그날. 성에서 데뷔탕트가 열리기 전날, 다니엘은 둥근 지붕 저택에서 커다란 두 개의 절망이 태어난 것을 느꼈다.

그게 누구의 것인지는 알 수 없다. 곧 두 개의 절망은 사그라졌고 이튿날 성에서 다니엘은 몇 개월 동안이나 사람들 입에 오르내린 드레스를 입은 아이리스를 봤다.

"반스가의 여자들은 모두 행복해 보이더군요."

절망을 행복으로 바꿨다. 그리고 비슷한 일이 성에서 또 일어났다.

왕대비는 고개를 끄덕이며 말했다.

"그래. 드레스의 얼룩을 마법처럼 빼내더군."

그전까지 밀드레드와 그녀의 집에서 어떤 일이 일어난 건지 알아내기 위해 관심을 가졌었다면 밀드레드라는 사람에게 관심을 두기 시작한 건 그때부터였을 것이다.

다니엘은 밀드레드가 진짜 밀드레드가 아니라는 것을 왕대비에게 밝히지 않기 위해 잠시 입을 다물었다가 다시 말했다.

"사람들을 돕는 모습이 마음에 들었습니다."

"그래?"

왕대비는 놀랍다는 표정을 지었지만 곧 수긍했다는 듯 고개를 끄덕였다. 다른 사람을 돕는 자애로운 모습에 반하는 사람은 많다. 다니엘이 그런 모습에 반할 줄은 몰랐지만 그녀는 그럴 수도 있다고 생각했다.

물론 그건 왕대비의 계속된 질문을 차단하기 위한 거짓말이었다.

"다녀오셨습니까."

왕대비와 점심 식사를 마친 뒤 다시 둥근 지붕 저택으로 돌아오자 짐이 그를 맞이했다. 다니엘은 모자와 재킷을 벗다가 잠시 응접실 쪽으로 귀를 기울였다. 딱히 요정의 힘 따위가 없이도 응접실에서 여러 명의 여자가 웃으면서 이야기하는 소리가 들려왔다.

아이리스의 티 파티. 그제야 다니엘은 오늘 아이리스가 또래의 귀족 영애들을 초대했다는 것을 떠올렸다. 시험 때문에 자선 활동을 하기 위해 함께할 사람들을 불렀다고 했다.

그중에 마샤와 패트리샤가 있는 건 이해가 됐지만 엘레나가 포함됐을 줄은 다니엘도 몰랐다.

"부인은?"

"일 층 서재에 계십니다."

"식사는?"

그야말로 부인을 지극하게 생각하는 남편의 모습이라 짐은 저도 모르게 미소를 지었다. 그는 고개를 숙이며 말했다.

"드셨습니다. 오셨다고 알릴까요?"

"아니, 내가 가겠네. 차만 내주게."

다니엘의 말에 짐이 그의 재킷과 모자를 다가온 루인에게 넘기고 차를 준비하기 위해 주방으로 향했다. 그 사이 다니엘은 밀드레드에게 자신이 왔다는 것을 알리기 위해 서재로 향했다.

사실 왔다고 알리기 위해서라는 건 거짓말이다. 그건 짐을 통해서 알려도 충분하다.

그냥 밀드레드의 얼굴이 보고 싶었다. 다니엘은 성큼성큼 걸어가 서재 문을 두드렸다.

"잠시만요."

당연히 들어오라고 할 줄 알았는데? 기다리라는 대답에 다니엘의 한쪽 눈썹이 올라갔다. 서재 안에 밀드레드 혼자 있는 게 아니라는 뜻이다.

아니나 다를까 안쪽에서 누군가 문으로 다가오는 소리가 들리더니 처음 보는 여자가 문을 열고 인사했다.

"아, 안녕하세요."

여자는 다니엘을 보자마자 얼굴을 붉혔다. 누구더라? 다니엘이 그녀가 누군지 떠올리는 사이 밀드레드가 다가왔다.

"이쪽은 제니 오스본 백작 영애예요. 오스본 양, 이쪽은 다니엘 월포드 남작이에요."

"다니엘 월포드입니다."

"제니 오스본이에요."

밀드레드의 소개에 제니와 다니엘이 재빨리 인사를 나눴다. 잘생겼네. 제니는 저도 모르게 다니엘의 얼굴을 쳐다보다가 정신을 차리고 고개를 숙였다. 다니엘은 멀리서 봤을 때는 무슨 그림이나 조각처럼 보였는데 가까이에서 보니 더 잘생겼다.

거기까지 생각한 제니의 얼굴이 달아올랐다. 내가 무슨 생각을 하는 거람. 그녀는 상기된 얼굴로 밀드레드를 돌아보고 재빨리 인사를 건넸다.

"상담해 주셔서 감사합니다."

상담이라고? 다니엘의 얼굴에 의문이 떠올랐다. 그 사이 밀드레드가 별거 아니라는 표정으로 고개를 젓자, 제니가 물러난 다니엘 덕분에 생긴 틈으로 재빨리 빠져나가 응접실로 돌아가기 시작했다.

다니엘은 뛰지 않고 저 속도로 걸어가는 게 가능한가 싶을 정도로 빠르게 멀어지는 제니를 물끄러미 쳐다보다가 다시 몸을 돌렸다.

그리고 서재 안으로 성큼성큼 들어서며 물었다.

"무슨 일입니까?"

"성에는 잘 다녀왔어요?"

밀드레드의 질문에 다니엘의 움직임이 멈칫했다. 다녀왔다는 인사를 먼저 했어야 했다. 그는 빙그레 웃으며 말했다.

"다녀왔습니다. 왕대비 전하께서 안부를 전해 달라 하시더군요."

왕대비가 전해 달라 한 건 그것보다 훨씬 사적인 질문이었지만 다니엘은 자기 선에서 적당히 잘라 버렸다. 밀드레드는 팔을 뻗어 문을 닫은 뒤 그의 볼에 입을 맞추고 말했다.

"오스본 백작 영애예요. 아이리스가 초대했죠. 음악회에서 인사한 모양이에요."

"부인께는 무슨 용건이랍니까?"

밀드레드의 어깨가 들썩였다. 그녀는 별거 아니라는 듯 말했다.

"흔한 이야기죠. 상담이요."

"상담을요? 평소 친분이 있던 사람입니까?"

"그건 아닌데요."

밀드레드는 다니엘에게 맞은편에 앉으라고 손짓하고 소파에 앉았다. 하지만 그는 기어코 그녀의 옆에 앉아서 몸을 기울였다.

"내가 요정 대모라는 소문을 들었나 봐요."

"밀드레드."

다니엘의 얼굴이 어두워졌다. 그는 한숨을 내쉬며 미안한 표정으로 말했다.

"소문을 바로잡겠습니다."

"그럴 필요 없어요. 아니라고 하면 그만이니까요. 어차피 사람들은 정말로 믿는 것도 아니에요."

그냥 그랬으면 하는 것일 뿐이다. 밀드레드에게 요정 대모냐고 물어본 모든 사람들이 아니라는 그녀의 대답에 크게 실망하지 않은 게 그 증거다.

밀드레드는 죄책감 어린 다니엘의 표정을 보고 씩 웃었다. 그리고 그의 뺨에 손바닥을 댄 채 말했다.

"오스본 백작 영애는 그냥 이야기를 하고 싶었던 것뿐이에요. 자기 연애 이야기를요."

별거 아니라는 밀드레드의 태도에 다니엘은 한숨을 내쉬었다. 그리고 그녀가 원하는 대로 이야기를 제니의 연애 상담에 맞췄다.

"뭘 묻던가요?"

"두 남자가 있대요. 한쪽은 그녀의 부모님이 마음에 들어 하고, 한쪽은 자기 마음에 든다더군요."

"그래서 뭐라고 대답해 줬나요?"

"아무것도요."

상담이라며? 밀드레드의 대답에 다니엘의 눈이 가늘어졌다. 그녀는 피식 웃으며 말했다.

"오스본 영애가 결혼할 남자잖아요. 내가 골라 줄 수는 없죠. 게다가 난 두 남자 모두 잘 모르고요."

"그럼 뭐라고 말했습니까?"

"어떤 점이 마음에 드는지, 어떤 점이 마음에 안 드는지 물어봤어요."

마음에 드는 남자는 잘생겼다고 했다. 하지만 집안이 좀 가난한 편이라고. 반대로 부모님의 마음에 드는 남자는 다른 남자보다 얼굴은 덜 잘생겼지만 부유하고 괜찮은 집안이라고 했다.

"그걸로 그녀가 만족하던가요?"

이해할 수 없다는 다니엘의 반응에 밀드레드는 소파에 등을 기댔다. 그리고 그를 물끄러미 바라보며 말했다.

"사람들은 누군가 그냥 자기 이야기를 들어 주는 것만으로 충분히 만족하거든요. 그게 자기 상황을 객관적으로 볼 수 있게 도와주기도 하고요."

반드시 자기 일을 해결해 주길 바라는 게 아니라는 말이다.

"당신도 그랬습니까?"

다니엘이 질문한 순간 짐이 차를 가지고 들어왔다. 그가 말없이 다과를 테이블 위에 올려놓는 동안 밀드레드가 물었다.

"뭐가요?"

"당신도 누군가에게 이야기하고 싶었습니까? 그……."

거기까지 말한 다니엘이 잠시 입을 다물었다. 그는 짐이 재빨리 다과를 놓고 물러날 때까지 기다렸다가 말을 이었다.

"당신의 상황을요."

그녀가 밀드레드의 몸에 들어온 상황. 이걸 누군가에게 상담하고 싶었냐는 질문이다. 밀드레드는 천천히 찻잔을 들어 올렸다.

"모르겠어요. 솔직히 말하면 난 이 몸에서 나가야 한다는 생각도 안 들었거든요. 그게 가호의 힘 때문이었는지 모르지만요."

다니엘의 얼굴에 죄책감이 떠올랐다.

"가호의 힘 때문일 겁니다."

가호는 계약자와의 계약을 우선한다. 의지를 지녔지만 그건 시스템적으로 움직이는 것에 가깝다. 다니엘이나 다른 요정처럼 감정이나 관계에 따라 융통성 있게 움직이지 않는다는 말이다.

그렇기 때문에 가호는 밀드레드가 밀드레드로서 살아가도록 하기 위해 제약을 걸었다. 그녀가 다른 생각을 하지 못하도록.

"내가 지금 이런 생각을 할 수 있는 건 당신 덕분인 거죠?"

밀드레드의 질문에 다니엘은 한숨을 내쉬었다. 좀 더 일찍 알았다면 좋았을걸. 그가 그녀의 진짜 이름을 알았다면. 그랬다면 가호와의 계약을 인수할 수 있었을 것이다.

"제가 당연히 해야 하는 일이죠."

가호와 밀드레드의 계약에서 다니엘은 조율자에 가깝다. 그는 가호가 밀드레드를 억제하려는 것을 막는다. 물론 그 억제하려는 힘을 그가 전부 받아낸다는 말을 그녀에게 하지는 않았다.

"고마워요."

밀드레드는 그렇게 말하며 다니엘의 어깨에 기댔다. 따뜻하고 작은 무게가 그의 어깨에 닿은 순간 다니엘은 아무래도 상관없다는 생각이 들었다.

억제하는 힘을 좀 받으면 어때. 밀드레드가 그에게 고마워하는데. 그거면 됐지. 다니엘은 씩 웃으며 팔을 들어 밀드레드의 어깨를 끌어안았다.

그는 밀드레드의 이마에 입을 맞추고 그대로 눈을 감았다. 문득, 가호가 다른 세계에서 누군가를 불러온 건지도 모른다는 생각이 들었을 때가 떠올랐다. 가장 가능성이 높은 사람은 밀드레드였다. 그가 모르는 새로운 것을 알고 있었기 때문이다.

"밀드레드."

다니엘은 나직하게 그녀를 불렀다. 그의 어깨에 뺨을 대고 있던 밀드레드가 고개를 드는 게 느껴졌다. 하지만 다니엘은 그녀의 얼굴을 쳐다보지 않은 채 물었다.

"내가 당신을 얼마나 좋아하는지 압니까?"

그의 품 안에서 밀드레드의 몸이 멈칫하는 게 느껴졌다. 다니엘은 고개를 들어 그녀의 얼굴을 들여다봤다. 약간은 부끄러워하는 듯하면서도 어리둥절해하는 표정이 밀드레드의 얼굴에 떠올라 있었다.

다니엘의 머릿속에 밀드레드가 처음으로 왕대비를 만났을 때가 떠올랐다. 그날 그녀는 예의 발랐지만 비굴하지 않았고 당당했지만 건방지지 않았다.

자기보다 훨씬 높은 지위와 힘을 가진 사람 앞에 서면 사람들은 종종 중심을 잡기 어려워한다. 필요 이상으로 비굴해지기도 하고 본의 아니게 건방져지기도 한다.

하지만 밀드레드는 아니었다. 그녀는 자기 자신을 지켰고 어떤 상황에서도 굴종하지 않았다. 그런 점이 다니엘의 눈에 밀드레드가 빛나는 것처럼 보였다.

가난한 과부가 딸 셋을 부족한 티가 나지 않게 기르기란 어려운 법이다. 그는 그 어려운 일을 해낸 밀드레드가 대단하게 여겨졌다.

그러면서 남의 호의를 바라지 않는다는 게, 그리고 그것을 원망하지 않는다는 게 멋있었다. 여유를 가졌다는 게, 필요 이상의 관심을 거부할 수 있다는 게 훌륭하게 느껴졌다.

"날 가두고 싶을 정도로 좋아하죠."

잠시 시간이 흐른 뒤 밀드레드가 웃으면서 대답했다. 그것도 사실이라 다니엘은 말없이 씩 웃었다.

마치 강철처럼 느껴졌던 사람이 사실은 가호에 의해 강제로 이쪽으로 끌려왔을지도 모른다는 것을 알아차린 순간, 그는 처음으로 발밑의 땅이 무너진다는 게 어떤 느낌인지 알았다.

"사실은 지금도 그래요."

다니엘은 다시 밀드레드를 끌어안으며 말했다. 어떻게 그럴 수 있을까. 그의 머릿속에 같은 입장이었다면 그도 마찬가지였을 거라던 밀드레드의 말이 떠올랐다.

그는 그렇게 하지 못했을 것이다. 놀랍게도 다니엘은 자신이 가진 것이 아주 많다는 것을 알고 있었다. 그는 부유하고 잘생겼고 귀족이었으며 훌륭한 교육을 받아 아는 것도 많았다.

키가 크고 체격이 좋다는 것도 그가 가진 장점이고 뭐든 빠르고 쉽게 습득한다는 것도 그가 가진 장점이다. 그가 요정이라는 점을 제외해도 다니엘은 이곳에서 자신이 얼마나 유리한 지점을 선점하고 있는지 알았다.

밀드레드는 그가 가진 것을 갖지 못했고 자신이 살던 곳보다 기술적으로 훨씬 떨어진 곳에 끌려왔지만 좌절하지 않았다. 그녀가 그의 눈앞에서 좌절한 건 딱 한 번. 원래의 그녀가 어쩌면 죽었을지도 모른다는 이야기를 들었을 때였다.

그는 여전히 그녀를 어딘가 가두고 싶었다. 아무도 그녀를 보지 못하고 상처를 주지 못하도록.

아이리스의 점수가 가장 높다는 것이 알려진 것은 한창 세 후보의 자선 활동이 시작된 뒤의 일이었다. 로레나와 프리실라 입장에서는 기운이 빠지는 일이 아닐 수 없었다.

하지만 아직 시험은 남았다. 게다가 성에서의 시험은 본 시험이 아니라는 말에 프리실라는 심기일전해서 하루에도 두 번씩 고아원이나 병원을 돌며 자선 활동을 이어갔다.

"본 시험이 아니라고 해서 점수를 인정하지 않는다는 말은 아니잖니."

무어 백작 부인의 말에 자선 활동을 위해 집을 나서던 프리실라의 고개가 휙 돌아갔다. 하지만 그녀가 뭐라 대꾸하기도 전에 그녀의 동생인 마이클이 끼어들었다.

"아는 사람한테 들었는데 반스 양과 왕자님이 이미 꽤 가까운 사이래요."

"어머, 크레이그 양이 아니라?"

무어 백작 부인의 머릿속에 갈색 머리카락의 아이리스가 떠올랐다. 그리 예쁜 얼굴은 아니었다. 하지만 영리해 보이긴 했지.

"왕자님께서 반스가의 행사에 전부 참석하신다더라고요."

"반스가에서 무도회를 연 적이 있었나?"

"전에 장례식이 있었잖아요. 마지막 날에 방문해서 저녁 식사도 하셨다는 말이 있어요."

무어 백작 부인의 시선이 프리실라를 향했다. 그것 봐라. 그런 말이 들어 있는 시선에 프리실라는 울컥해서 말했다.

"장례식이잖아요. 당연히 가셨겠죠. 우리 집도 장례식이 열리면 오셨을 거라고요."

"갤러리에도 참석하셨었대."

쓸데없는 소리를. 얄미운 동생의 말에 프리실라의 눈초리가 날카로워졌다. 무어 백작 부인은 딸의 표정에 혀를 차며 말했다.

"왜 마이클에게 화풀이야? 그러게 그런 자리는 다 정해져 있다고 내가 몇 번을 말했니?"

"정해져 있으면 뭐 하러 시험을 보겠어요?"

또 그런 한심한 소리를. 무어 백작 부인은 한숨을 내쉬었다. 누굴 닮아서 저렇게 욕심이 많나 몰라. 그녀는 남편이 있는 서재를 힐끔 쳐다봤다.

무어 백작이라도 딸을 말렸으면 좋으련만. 그는 자식 교육은 부인의 일이라고 생각하는 사람이었다. 왕자비 시험을 보고 싶다는 딸의 끈질긴 요청에 져서 네 마음대로 하라는 말과 함께 추천서를 써 주었지만 그 외에는 아무것도 하지 않았다.

"적당히 해, 프리실라. 네가 크레이그 양이나 반스 양처럼 특별하지 않다는 걸 잘 알잖니."

후작가의 영애이자 눈에 띄는 미모를 자랑하는 로레나나 왕자와 단번에 친분을 만든 아이리스와는 달리 프리실라는 평범하기 그지없다.

무어 백작 부인은 안타깝다는 듯 한숨을 내쉬며 몸을 돌렸다. 사람은 누구나 주어진 자리가 있는 법이다. 프리실라는 예언이 점지해 준 특별한 사람이 아니다. 그녀는 자신의 딸이 평범하다는 것을 알았다. 프리실라는 적당한 가문의 남자와 결혼해서 남들 다 하는 것처럼 자식을 낳고 조용하고 평범하게 사는 게 딱이다.

지금처럼 쓸데없는 욕심으로 왕자비 시험에 나가 시간 낭비를 하지 않고.

"아이리스, 뭐해?"

같은 시각, 그림을 그릴 도구를 가지러 이 층 선룸으로 향한 릴리는 거기서 긴 의자에 누워 있는 아이리스를 발견했다.

설마 어디 아픈가? 아이리스의 이런 모습은 오랜만이라 릴리는 잠깐 언니가 아픈 게 아닌가 하고 걱정했다. 하지만 다행히 그녀는 아픈 게 아니었다. 그저 조용히 생각을 하고 있을 뿐이었다.

"그냥, 이런저런 생각을 좀 하느라."

"여기서? 안 더워?"

그렇지 않아도 날이 더워지면서 선룸도 더워진 탓에 릴리도 그림 그리는 장소를 바꾸려 하던 참이다. 아이리스는 고개만 움직여 자신을 향해 다가오는 릴리를 쳐다보며 기운 없이 말했다.

"아무도 없는 데서 생각하고 싶어서."

응접실이나 서재는 누군가 차지하고 있다. 그녀의 침실은 하녀들이 청소를 한다, 옷을 가져다 둔다, 들락거리는 게 신경이 쓰였다.

결국 아이리스가 선택한 건 더워서 아무도 안 오는 선룸이었다.

"그렇다고 여기서 누워 있어? 그러다 쓰러져."

릴리는 한심하다는 표정으로 아이리스의 손을 잡아 일으켜 세웠다. 나 이미 쓰러져 있는데. 아이리스는 그렇게 생각하면서도 순순히 동생의 힘에 이끌려 일어났다.

"무슨 생각을 그렇게 하는데?"

"그냥. 이대로 충분한 걸까 하는 생각 말야."

이대로 충분한 걸까 하는 생각이 무슨 생각인지 모르겠다. 릴리는 도구를 가지러 온 것도 잊고 아이리스의 옆에 앉았다.

"얼마 전에 고아원에 다녀왔잖아?"

안다. 아이리스의 말에 릴리는 말없이 고개를 끄덕였다. 얼마 전에 그녀는 또래 귀족 영애들을 모아서 자선 활동을 하고 왔다.

미리 알아둔 고아원에 연락해서 어떤 게 필요한지 물어본 뒤 그걸 가져다주는 거다. 사실 귀족 부인의 자선 활동이란 대부분 이런 일이었다.

자기 용돈이나 집안의 돈으로 도움이 필요한 단체에 필요한 물품을 사서 가져다주고 고아나 환자들과 이야기를 하거나 책을 읽어 주기도 한다.

때때로 아주 열성적인 사람들은 커튼이나 침대 시트 같은 것을 세탁해 주기도 한다.

아이리스가 한 것도 그런 가장 보편적인 활동이었다.

"돌아오는데 정말 이런 걸로 괜찮은 걸까 하는 생각이 들더라고."

"이런 걸로 괜찮지 않으면?"

"그게 나쁘다는 건 아닌데⋯⋯."

아이리스는 한숨을 내쉬었다. 그녀가 한 건 하루 혹은 일주일 치의 식량을 가져다준 것에 불과하다. 물론 그것만으로도 충분히 대단한 일이라고 생각한다. 당장 필요한 거니까.

하지만 그다음엔? 일주일 뒤엔? 한 달 뒤엔? 누군가 계속 그렇게 도와줄 수 있다면 좋지만 그럴 수 없다면 어떻게 해야 하는 걸까.

"릴리, 만약 네가 당장 집도 먹을 것도 없이 있다면 뭐가 가장 필요할까?"

아이리스의 질문에 릴리의 눈이 커졌다. 글쎄. 그녀는 별생각 없이 대답했다.

"집과 먹을 거겠지."

"근데 그게 일시적인 거라면? 오늘 하루만 머물 수 있고 오늘 하루 치의 식량밖에 안 돼. 내일은 어디서 잘지, 뭘 먹을지 아무도 몰라. 그러면 어떻게 해?"

아이리스가 대체 무슨 생각을 하는 건지 모르겠다. 릴리는 가만히 언니를 쳐다보다가 말했다.

"지속적으로 살 수 있는 집과 돈이 갖고 싶겠지."

"하지만 당장 먹을 것도 집도 없는데 어떻게 가져?"

릴리의 입이 닫혔다. 그녀는 한 번도 집이 없었던 적은 없었다. 먹을 게 조악하긴 했어도 배가 고파서 굶은 적도 없었다. 입고 자랑할 드레스는 없었지만 입을 옷이 없어서 사람들 앞에 나서기 힘든 적도 없었다.

딱히 아이리스도 릴리에게 대답을 원한 건 아니었다. 하지만 그녀의 머릿속에서 의문이 계속해서 커졌다. 고아원이나 병원에 필요한 물품을 가져다주고 기부를 하는 건 훌륭한 행동이다.

하지만 그걸로 충분할까.

성에서 내려온 시험 문제가 자선 활동이라서가 아니라 아이리스는 정말로 뭔가를 하고 싶었다.

그녀는 릴리보다 가난했을 때를 좀 더 자세하게 기억하고 있었다. 머피 백작 부인에게 음식이나 옷을 만들 천 같은 걸 받은 적이 있다. 그녀가 더 이상 하지 않는 귀걸이나 머리핀 같은 것도 받았었다.

그건 고마운 일이다. 하지만 아이리스는 다른 사람의 호의에 기댄다는 게 고마우면서도 불안했다. 올해는 옷이 해결됐지만 내년엔? 내후년에도 해결이 될까?

결혼은? 사교계에 나가서 배우자감을 만나려면 그녀에게 어울리는 드레스와 보석이 필요했다. 그건 어떻게 구하지? 우리 집엔 돈이 없는데?

불안하고 또 불안해서 예민해졌었다. 사람은 여유가 없으면 시야가 좁아진다는 걸 아이리스는 그 경험으로 알았다. 그래서 애슐리가 유독 더 미웠었다.

"나도 얼마 전에 모임에 다녀와서 좀 생각하게 되더라."

잠시 생각하던 릴리가 다시 입을 열었다. 그녀는 거기서 말 그대로 새로운 세상을 봤다. 화가들의 모임이란 그녀가 생각하는 것만큼 그렇게 화려하고 멋진 게 아니었다.

사실 그건 당연한 일이다. 릴리는 부유하진 않지만 귀족 사회에 속해 있었고 그녀가 만나는 모든 사람들은 부유한 귀족이었다. 자신이 상대하는 사람에 대한 릴리의 기준이 높은 건 당연한 일이었다.

부이의 집은 괜찮았다. 케이시 경의 집 정도는 아니었지만 고급스럽고 깨끗하게 관리돼 있었고 때때로 비싼 미술품도 보였다.

하지만 거기 초대된 화가들은 아니었다. 옷차림이 초라한 사람도 있었고 멋스럽게 꾸민 사람도 있긴 했지만 귀족 영애로 자란 릴리의 눈에 그들은 귀족보다는 하인에 가까웠다. 일단 말투나 행동도 그랬다.

물론 릴리는 그런 걸로 사람을 판단하지 않으려 노력했다. 그녀가 놀랐던 건 그런 것보다 그림 도구 값이나 집세가 비싸다는 대화 때문이었다.

그림 도구가 비싸다는 건 얼추 알고 있었다. 다니엘이 물감을 마련해 주기 전까지는 그녀도 종이에 연필로 그림을 그렸으니까. 하지만 집세라는 건 생각도 못 했다. 릴리는 열여덟 살이고 태어나면서 지금까지 단한 번도 자기 집이 아닌 곳에서 산 적이 없었다.

"거기서 집세 이야기가 나오더라고."

"으음."

아이리스는 턱을 괴며 고개를 끄덕였다. 그녀도 다른 사람의 집을 빌려 살기도 한다는 것을 알고 있다.

릴리는 무릎을 끌어안았다. 그림 도구가 너무 비싸서 돈을 빌려서 샀다는 사람도 있었다. 그녀는 멍하니 말을 이었다.

"예전에 내가 파티에 가기 싫다고 하니까 어머니께서 그러셨거든. 사람을 만나야 한다고."

그때는 이해했다고 생각했다. 사람을 만나서 이런 사람도 있고 저런 사람도 있다는 것을 알아야 한다는 말이라고. 하지만 아니었다. 릴리가 모르는 완전히 다른 세상이 있었다.

"확실히 대단한 사람도 있긴 했어. 내가 모르는 기법이라거나, 요새 어떤 화풍이 인기 있는지를 꿰고 있는 사람도 있더라."

하지만 그들도 같은 불안감을 안고 있었다. 그림을 그리는 건 즐겁다. 하지만 돈 걱정을 하지 않을 수는 없다. 릴리는 어째서 어머니가 그녀가 그림으로 돈을 벌 수 있는지를 봐야겠다고 했는지 확실하게 이해했다.

"그런데 그런 사람들이 돈 걱정을 하더라고. 언제까지 그림을 그릴 수 있을까 하고."

"인류가 모두 사라질 때까지 끊이지 않는 걱정이지 않을까?"

아이리스의 말에 릴리는 피식 웃었다. 그러게.

"거기서 뭐 해?"

그때 애슐리가 선룸으로 들어오며 물었다. 릴리가 키득거리며 말했다.

"돈이 얼마가 있어야 사람들이 만족할까 하는 이야기를 하고 있었어."

애슐리의 얼굴에 그게 무슨 소리냐는 표정이 떠올랐다. 그녀는 아이리스도 자신을 바라보며 손짓하자 속으로 한숨을 내쉬었다.

사실 그녀는 두 언니가 이야기하는 것을 들었다. 하지만 워낙 진지한 이야기를 하고 있어서 쉽게 끼어들 수가 없었다. 고작 한 살과 두 살 차이인 언니들인데 진지한 이야기를 하는 게 어딘지 모르게 아주 멀어진 것처럼 느껴졌었다.

원래도 아이리스는 애슐리보다 훨씬 어른스럽고 약간은 어렵게 느껴지긴 했다. 하지만 그런 아이리스와 릴리가 대화하는 것을 엿듣다 보니 릴리도 평소보다 어른스럽고 멀게 느껴졌다.

"돈이 얼마가 있어야 만족할 건데?"

애슐리의 질문에 아이리스가 음하고 생각에 잠겼다. 하지만 릴리는 주저 없이 대답했다.

"평생 그림만 그리면서 살 수 있을 정도면 돼."

그건 지금도 가능하지 않을까? 애슐리가 그렇게 생각하는 사이 아이리스가 대답했다.

"모든 사람들이 안정적으로 먹고살 수 있을 정도의 돈이 있었으면 좋겠어."

세상에. 릴리가 어이없다는 듯 핀잔처럼 말했다.

"그건 돈이라기보다는 기적에 가깝지 않아?"

"남작님한테 빌어도 안 될 거 같긴 해."

다시 아이리스와 릴리의 얼굴에 웃음이 떠올랐다. 아이리스는 자신이 너무 허황됐다고 생각했다. 하지만 애슐리는 아이리스의 그릇이 아주 크다고 생각했다.

그녀는 이대로 있어도 되는 걸까. 애슐리의 표정이 어두워졌다. 왕자비가 되기에 충분한 아이리스와 화가가 되기 위해 후작가의 청혼마저 거절한 릴리. 두 언니는 어느새 저만치 빠르게 나아가고 있는데 자기 혼자만 멍청하게 그 자리에 남아 있다는 생각이 들었다.

43

단계적으로

"와 줘서 고마워요."

내 인사에 커시 부인은 긴장한 표정으로 고개를 끄덕였다. 나는 일단 그녀의 긴장을 풀어 주기 위해 차를 권했다. 오늘 곁들인 디저트는 생크림을 얹은 카스텔라로, 아이리스가 가지고 가야 해서 좀 많이 구웠다. 물론 내가 구운 건 아니고 거쉰이 구운 거지만.

"지난번에 내게 보여 준 속옷 때문에 이야기를 하려고 오시라고 했어요."

나는 커시 부인이 카스텔라를 반쯤 먹을 때까지 날씨 이야기나 요새 사교계에 유행하는 것들에 대해 이야기를 하다가 본론을 꺼냈다. 당연하게도 지난번에 그녀가 가져온 속옷을 이야기하자마자 그녀의 움직임이 긴장으로 굳는 게 보였다.

"윌포드 남작과 이야기를 해 봤는데요."

내가 입을 열자마자 커시 부인의 얼굴에 깜짝 놀란 표정이 떠올랐다. 나는 그녀를 안도시키기 위해 재빨리 덧붙였다.

"걱정 말아요. 어떤 건지는 말하지 않았으니까요. 그냥 당신이 획기적인 여성 옷을 떠올렸는데 그걸 팔려면 어떻게 하는 게 좋을지 상담한 것뿐이에요."

그제야 그녀의 얼굴에 안도가 떠올랐다. 그녀는 작게 한숨을 내쉬더니 내게 속삭이듯 말했다.

"윌포드 남작님이시라면 사업에 대해 잘 알고 계시겠지요."

그럴 거다. 그래서 그에게 물어봤으니까. 물론 다비나에게도 슬쩍 떠봤다. 좀 가벼운 크리놀린이 인기가 있을 것 같냐고.

나는 잠깐 이야기하고 싶다는 내 말에 바로 우리 집으로 달려온 다비나를 떠올리며 피식 웃었다.

지난번 아이리스의 드레스 사건 이후로 그녀는 말이 오고 가는 것에 조심하는 모양이었다. 그녀로서는 충격적이었겠지. 자기 가게에서 일하던 직원이 손님이 주문한 드레스 정보를 다른 곳에 팔아 치우다니.

크레이그 후작 영애와 무어 백작 영애의 드레스에 커다란 보석이 붙어 있었다는 소식을 들은 다비나는 깜짝 놀라서 나를 찾아왔다. 드레스 가슴 쪽에 커다란 보석을 붙이자던 내 농담을 기억한 거다.

자기 직원이 정보를 팔아넘긴 정황에 어쩔 줄 몰라 하는 그녀에게 나는 이번 한 번은 넘어가겠다고 말했다. 누구나 한 번은 실수를 한다. 다비나의 가게는 이제 막 성장하기 시작했고 그녀는 사람을 써 본 경험이 없으니 실수도 할 수 있다.

— 직원은 바로 해고할게요.

— 당신 가게고 당신 직원이니까 당신 마음대로 해요.

직원을 해고하겠다는 말에 나는 다비나에게 마음대로 하라고 말했다. 그녀의 가게지 내 가게가 아니니까. 내가 잘라라 말아라 하는 건 주제넘은 짓이다.

하지만 믿을 수 없는 직원을 두는 건 가게의 평판에도 큰 영향을 끼친다. 이번에는 나는 아무 말도 안 하겠지만 크레이그 후작가와 무어 백작가는 어떨지 모르지.

다비나는 바로 해당 직원을 해고했고 새로 믿을 수 있는 직원을 구할 때까지 혼자서 꽤 힘들게 일을 했다.

"윌포드 남작은 부인의 옷으로 독점 판매권을 따는 게 어떻겠느냐고 하더군요."

나는 찻잔을 들어 올리며 다니엘의 권유를 커시 부인에게 제안했다. 내 비누도 독점 판매권을 따려고 하고 있다. 그는 커시 부인의 새로운 의상 도구가 그렇게 획기적인 거라면 독점 판매권을 따는 것도 괜찮을 거라고 말했다.

물론 판매는 다른 사람에게 맡기는 조건으로.

"독점 판매권이요?"

"쉽게 말하면 일정 기간 동안 부인만 그걸 팔아서 이득을 볼 수 있는 거예요."

그걸 독점 규정이라 한다. 내가 살던 곳으로 따지면 특허겠지. 문제는 그게 법으로 몇 년인지 정해진 게 아니라 어디까지나 국왕의 판단에 따라 달라진다는 점이다.

국왕에게 많은 돈을 주면 독점 기간도 길어지는 게 아닐까. 나는 그런 생각을 하며 웃었다.

"일정 기간 동안 저만 판다고요? 좋은 일이긴 한데……."

한데? 내 설명을 들은 커시 부인의 표정이 어두워졌다. 그녀는 분명 좋은 소식임에도 그리 즐거워하지 않는 모양이었다. 내가 왜 그러냐는 표정을 짓자 그녀가 목소리를 낮춰 말했다.

"그 정도로 거창한 게 아니라서요. 독점 판매권이라니. 너무 일이 커지는 것 같아요."

이게 무슨 소리야? 나는 어이가 없어서 얼굴을 찡그렸다. 그 정도로 거창한 게 아니라니? 크리놀린은 여자들이 거의 늘 입는 속옷이다.

그게 거창한 게 아니면 대체 뭐가 거창하다는 거야? 나는 몸을 내밀며 공격적으로 말했다.

"커시 부인, 지금 치마 밑에 뭘 입고 있죠?"

"치, 치마 밑에요? 속옷이죠?"

"크리놀린 입고 있지 않아요?"

"네, 그, 그렇긴 한데요."

"크리놀린을 안 입을 때가 언제예요?"

커시 부인의 얼굴에 이상하다는 표정이 떠올랐다. 그녀는 나를 물끄러미 쳐다보다가 작은 목소리로 대답했다.

"잘 때요. 그리고, 사실 집에서 종종 벗고 있기도 해요."

불편하니까. 나도 그런다. 나는 숨을 크게 들이쉬고 다시 물었다.

"그럼 하루에 반은 크리놀린을 입고 생활하는 거네요."

"그, 그렇죠."

"그런데 어째서 그게 거창한 게 아니에요? 모든 여자가 하루의 반 이상을 입는 건데요."

어느 날 갑자기 모든 사람이 크리놀린을 입지 않아도 된다면 모를까, 어쨌든 이 나라에서, 이 세계에서 살려면 크리놀린을 입어야 한다. 그 말은 일 년에 몇 번은 새 크리놀린을 사야 한다는 말이다.

이건 정말 어마어마한 시장이다.

내 설명에 커시 부인의 얼굴에 놀라움이 떠올랐다. 그녀도 자신이 어떤 시장을 개척했는지 몰랐던 모양이라 나는 말없이 웃었다.

그러고 보니 나도 예전에 그랬었지. 리본으로 꽃을 만드는 걸 대단하지 않게 생각했었다. 하지만 그게 돈이 된다. 여기는 돈이 되는 곳이다.

"독점 판매권을 따는 걸 도와줄게요."

나는 아직도 놀라 있는 커시 부인을 쳐다보며 말했다. 아, 물론 독점 판매권을 내가 딸 수 있는 건 아니다. 성에 드나들고 국왕이 면담을 허락하는 사람이라면 모를까.

나는 재빨리 덧붙였다.

"정확히 말하면 제가 아니라 월포드 남작이 도와줄 거예요. 그에게 약간의 수익을 나눠 줘야겠지만요."

"그것뿐인가요?"

커시 부인이 믿을 수 없다는 듯 물었다. 수익을 나눠주기 싫다면 도와줬으니 보답을 해야 하겠지만 지금 커시 부인이 다니엘에게 줄 수 있는 게 있을 리가 없다.

나는 한숨을 내쉬고 작은 목소리로 말했다.

"수익을 나누는 게 마음에 안 드는 건 이해해요. 원한다면 월포드 남작과 만나서 다시 한 번 이야기해 봐요."

"아니, 그게 아니라요."

커시 부인의 태도가 급해졌다. 나는 그녀가 다니엘과 만나서 이야기해야 한다는 사실에 불편해한다는 것을 깨닫고 눈을 가늘게 떴다.

왜 다니엘과 대화하는 걸 불편해하는 걸까. 그렇게 잘생긴 얼굴을 눈앞에서 감상하는 건데.

"제가 묻고 싶은 건, 부인은요? 부인께는 뭘 해 드리면 될까요?"

"저요?"

나한테 뭘 해 주겠다고? 나는 어리둥절해서 잠시 그녀를 쳐다보다가 으음 하고 가슴 앞으로 팔짱을 꼈다. 글쎄. 여기서 내가 하는 일이 없는데 뭘 받을 이유가 있나?

내가 망설이는 것을 커시 부인은 다르게 받아들인 모양이었다. 그녀는 나를 바라보다가 눈을 크게 뜨더니 앗 하고 입을 가렸다. 그리고 미안하다는 듯 말했다.

"미안해요. 내가 주제넘었어요. 남작님과 반스 부인은 아주 가까운 사이죠."

응? 이건 또 무슨 소리야? 나는 저도 모르게 인상을 썼다가 재빨리 표정을 고쳤다. 그리고 재빨리 말했다.

"잠깐, 윌포드 남작과 전 별개예요. 제가 방금 망설인 건, 저는 뭘 받을 만큼 뭔가를 하지 않았기 때문이에요."

"하지만 남작님이 제 일을 도와주시는 건 반스 부인께서 요청하셨기 때문이잖아요?"

으음. 그것도 그러네.

커시 부인이 괜찮은 크리놀린을 생각해냈다고 하자 그는 그게 인기를 끌 거 같냐고 물었다. 내가 살던 곳에도 한참 인기를 끌었으니 여기도 그렇지 않을까.

다시 생각해 보니 다니엘이 커시 부인의 사업 아이템에 독점 판매권을 따기를 권한 건 꼭 내가 요청해서만은 아니었다. 그게 인기를 얻을 게 확실했고 돈이 된다고 판단했겠지.

나는 고개를 저으며 말했다.

"그렇지만은 않아요. 그는 친분 때문에 사업에 투자하는 사람은 아니거든요."

내 말에 커시 부인이 믿을 수 없다는 표정을 지었다. 그녀는 나를 물끄러미 쳐다보더니 작은 목소리로 말했다.

"하지만 남작님께 상담을 할 수 있을 만큼 가까운 사람도 부인뿐이죠."

"하하. 설마요."

상담 정도는 누구나 할 수 있겠지. 고작 그 정도를 할 수 있을 만큼 가까운 게 나뿐일 리가 없다. 당장 필립 케이시 경도 있고.

하지만 커시 부인은 그렇게 생각하지 않는 모양이었다. 그녀는 한숨을 내쉬며 말했다.

"그래도 남작님과 가깝게 지내시다니, 정말 대단하시네요."

"그런가요?"

"남작님은, 잘생겼지만……."

잘생겼지만? 나는 커시 부인의 다음 말을 기다렸다. 잠시 찻잔으로 시선을 던졌던 그녀는 나를 쳐다보더니 재빨리 말했다.

"죄송해요. 부인과 친한 분에 대해 이런 식으로 이야기하면 안 되는 건데."

친하다고? 나는 그가 오늘 오전에 나가기 전에 내게 키스했던 것을 떠올렸다. 그걸 단순히 친하다고 하면 안 될 것 같은데. 곧 커시 부인도 얼굴을 붉히며 덧붙였다.

"그냥 저는 조금 어려웠어요. 사실, 저뿐만이 아니었죠. 그분을 어려워한 여자는요. 하지만 이렇게 부인과 가까운 것을 보니 역시 사람의 인연은 있는 모양이에요."

그럴까. 나는 말없이 웃어 보였다. 그가 다른 여자들에게 꽤 냉정했다는 것을 알고 있긴 하다. 예전에 릴리에게 하는 것도 그렇고 거스 양에게 하는 것도 그랬지.

나는 잠시 다니엘을 떠올렸다. 그는 늘 내게 친절하고 다정하지만 생각해 보면 다른 여자들에게는 필요 이상으로 무뚝뚝했다. 어쩌면 그게 그가 발휘할 수 있는 최대한의 친절인지도 모르지.

마음도 없는 이성에게 친절을 발휘해서 괜한 희망을 품게 하지 않는 게.

그런 면에서 다니엘이 새삼 대단하다는 생각이 들었다. 나는 내게 호의를 보이는 사람에게 그렇게 냉정하게 굴 수가 없다. 내가 물러서일 수도 있고 그가 요정이라서 그럴 수도 있겠지.

요정인 그는 절망에 빠진 사람을, 도움을 요청하는 사람을 나보다 더 많이 봤을 거고 그 사람들을 모두 도와줄 수 없다는 것을 알아차렸으니 차라리 냉정해지길 택한 게 아닐까.

그에 비해 그런 경험이 적은 나는 누군가 도움을 요청하면 쉽게 냉정해지지 못하는 거고.

내가 사람들을 도울 수 있는 힘이 있다면, 그 힘이 무한하다면 과연 어떻게 될까. 끝도 없이 밀려드는 사람들의 도움 요청. 거기에 자신이 매몰되지 않으려면 다니엘처럼 행동하는 게 현명한지도 모른다.

"다음번엔 월포드 남작도 함께 이야기해야겠네요."

나는 그렇게 이야기하며 자리를 정리했다. 독점 판매권을 어떻게 딸 건지, 어떻게 판매할 건지를 이야기하려면 다니엘과 다비나를 불러 회의하는 게 좋을 것 같았다.

그러자 자리에서 일어나려던 커시 부인이 엉거주춤하게 말했다.

"뭔가 드리고 싶어요."

"아직 제가 한 건 하나도 없어요. 독점 판매권을 딸 수 있을지도 모르는 거고, 부인의 크리놀린이 잘 팔릴지도 모르는 거니까요."

"하지만 절 도와주려 하셨잖아요. 뭐든 필요한 거나 제가 해 드릴 수 있는 게 있다면 말씀하세요."

커시 부인의 말은 진실하게 들렸다. 나는 자리에서 일어나려다 다시 소파에 앉아서 그녀의 얼굴을 쳐다봤다.

내가 그녀의 크리놀린을 상품화하는 걸 돕는 이유는 두 가지였다. 첫 번째는 커시 부인이 혼자 일어설 수 있기를 바라서였고 두 번째는 이 거지 같은 크리놀린이 사라지길 바라서였다.

하지만 이 나라의 모든 여자가 입는 크리놀린이 어느 한순간 뿅 하고 사라질 수는 없다. 다니엘에게 부탁해 없애준다 해도 뭔가가 그 자리를 대체하겠지.

그가 다섯 살 때 없앤 모든 욕이 샤발이나 샤바가 된 것처럼.

"나는 크리놀린이 없어졌으면 좋겠어요."

내 조용한 말에 커시 부인의 표정이 어리둥절하게 변했다. 그녀가 만든 크리놀린을 상품화하는 게 어떻게 크리놀린을 없애려는 거냐는 표정에 나는 다시 말을 이었다.

"모든 사람이 사용하는 어떤 물건이 어느 순간 한꺼번에 사라지기는 어렵죠. 시간이 지나면서 사용하는 게 줄어들면서 사라지기 마련이에요."

그리고 커시 부인이 만들어온 새로운 크리놀린은 지금 내가 사용하는 것보다 훨씬 작고 간소화된 버전이다.

"당장은 안 될 거예요. 어쩌면 내가 살아 있는 동안에도 어려울지도 모르죠."

하지만 일단 내가 시발점을 만들어 놨으니 언젠가 내 아이들의 아이들의 아이들이 태어날 때쯤이면 사라질 수도 있을 거다.

내가 살던 곳도 크리놀린은 백 년도 전의 물건이었으니까.

"알았어요. 내가 살아 있는 동안 이게 최대한 사라지도록 노력해 볼게요."

커시 부인의 다짐에 나는 빙그레 웃었다. 그게 그녀의 돈벌이 수단인데 사라지게 만들겠다는 다짐이 아이러니하면서도 고맙게 느껴졌다.

"하지만 커시 부인, 당신은 그걸로 돈을 벌어야 하잖아요."

"괜찮아요. 평생 이걸로 돈을 벌 생각은 없어요. 당신도 많은 것들을 만들어 냈잖아요. 살다 보면 또 다른 좋은 생각이 떠오르겠죠."

그럴지도 모른다. 나는 자리에서 일어나며 커시 부인을 향해 손을 내밀었다. 그녀가 만든 크리놀린으로 많은 돈을 벌었으면 좋겠다. 그리고 나와 그녀가 늙어서 죽을 때쯤엔 이게 사라졌으면 좋겠다.

*　　*　　*

"어서 오게."

성에서 나온 마차를 타고 아이리스가 도착한 곳은 왕비의 다실이었다. 아이리스는 마차에서 나오자마자 왕비가 자신을 맞이하기 위해 나온 것을 보고 깜짝 놀라서 멈췄다.

"초대해 주셔서 감사합니다, 전하."

아이리스는 서둘러 허리를 숙여 인사를 건넸다. 하지만 헤더는 빙그레 웃으며 그녀의 손을 잡았다.

"됐어. 오늘 산책을 안 했더니 몸이 찌뿌둥해서 겸사겸사 나온 거니 괘념치 말아."

그렇다 해도 왕비가 직접 마중을 나온 거나 다름이 없다. 아이리스는 부담스럽다는 표정을 짓지 않기 위해 애를 썼다. 그때 왕비의 뒤에 한 걸음 물러나서 서 있던 로완 후작 부인이 다가왔다.

"그건 전하께 드릴 선물인가?"

"네. 카스텔라예요. 생크림을 얹어도 괜찮고 과일 콤포트를 얹어도 괜찮아요."

다시 한 번 카스텔라를 먹고 싶다던 왕비의 말을 잊지 않고 기억한 아이리스가 거쉰에게 부탁해 만들어 달라고 한 것이다.

최대한 많은 사람이 먹을 수 있도록 몇 판을 구워서 가장 잘 구워진 부분만 잘라 가져왔다. 덕분에 거쉰은 이튿날 팔이 떨어질 정도로 아프겠지만 왕비님께 진상했다는 기쁨에 만족할 것이다.

아이리스가 내민 바구니를 받아드는 로완 후작 부인을 향해 하녀들의 시선이 모였다가 재빨리 흩어졌다. 그들도 카스텔라라는 게 인기 있다는 것을 알고 있다.

요정의 샘에서 팔고 있기는 하지만 대량 생산이 어려운 만큼 예약한 사람에게만 팔기 때문에 아직은 못 먹어 본 사람이 더 많은 디저트다. 그런 희소성에 먹어 본 소수의 사람과 밀드레드에게 선물 받은 운 좋은 몇몇 사람들의 입에서 입으로 소문이 나서 성에서 일하는 사람들도 한 번쯤은 먹어 보고 싶어 하던 차였다.

"전에 맛봤던 그 케이크군."

왕비가 흡족한 표정으로 말하며 고개를 끄덕이자 로완 후작 부인은 아이리스가 가져온 바구니를 하녀에게 넘겼다.

"가지. 내 괜찮은 차를 준비해 놨거든."

그렇게 말하며 고갯짓하는 왕비에게 아이리스가 얌전한 태도로 고개를 끄덕였다. 헤더는 다시 봐도 아이리스의 자세가 우아하다는 것을 확인하고 흡족하게 미소 지었다.

다른 후보들에 비해 눈에 띄게 아름다운 외모도 아니었고 부유한 티가 나는 옷차림은 아니었다. 하지만 아이리스는 눈길을 끄는 부분이 있었다.

여러 사람 사이에 섞여 들어가 있으면 유독 감탄이 나올 정도로 곧은 자세라거나 우아한 태도 같은 게 그랬다. 행동거지가 예의 발랐지만 당당했고 자신감이 있어 보였다.

또래의 젊은 사람들은 얼굴이나 유머 감각에 끌릴지 몰라도 연상의 사람들에게는 아이리스의 이런 태도가 인기가 있었다. 외모는 언젠가 나이를 먹으면 사라지기 마련이고 옷차림은 돈이 있으면 해결이 된다.

하지만 자세나 태도, 말투 같은 건 꽤 많은 시간을 들여 교정해야 한다.

왕비는 그런 면에서 아이리스가, 그리고 그런 아이리스를 키운 밀드레드가 마음에 들었다.

"전하."

헤더와 아이리스가 미리 준비된 자리에 앉자 로완 후작 부인이 직접 카스텔라를 잘라 가져왔다. 헤더는 아무것도 얹지 않은 카스텔라를 보고 눈썹을 들어 올렸지만 아무 말도 하지 않았다.

그녀가 예전에 먹었을 땐 생크림과 색이 고운 과일을 몇 개 얹었었다. 하지만 이 날씨에 생크림은 가져오는 사이에 녹을까 봐 거쉰이 미리 준비하지 않았던 것이다.

분명 전해 주면서 아이리스가 과일 콤포트나 생크림을 얹으면 괜찮다고 말했지만 로완 후작 부인이 신경 쓰지 못한 게 분명했다.

할 수 없지. 헤더는 속으로 웃으며 잔을 들어 올렸다. 로완 후작 부인도 나이가 들었다. 사람은 누구나 나이를 먹으면 깜빡깜빡하기 마련이다.

아니나 다를까. 로완 후작 부인은 곧 자신의 실수를 깨닫고 얼굴을 붉혔다. 그때 아이리스가 재빨리 말했다.

"제 어머니께서도 집에서 다과를 즐기실 때 이렇게 아무것도 얹지 않고 드시는 걸 더 좋아하세요. 그게 카스텔라의 식감을 가장 잘 즐길 수 있다고 하시더라고요."

"그렇군."

"한번 이렇게 드셔 보시고 어느 걸 곁들이는 게 가장 입맛에 맞는지 찾아가는 방법도 좋은 것 같아요. 제 동생은 이걸 초콜릿에 찍어 먹는 걸 좋아하거든요."

헤더는 아이리스의 말에 빙그레 미소를 지었다. 어느 동생을 말하는 걸까. 그녀의 머릿속에 케이시 경이 짝사랑한다는 릴리와 사교계에서 미인으로 소문난 애슐리가 떠올랐다.

"이걸 초콜릿에 찍어 먹으면 금세 젖어서 흐물거릴 것 같은데?"

헤더의 반문에 아이리스의 얼굴에 웃음이 떠올랐다. 그녀는 어깨를 움츠리며 말했다.

"그래서 저랑 릴리는 질색해요."

초콜릿을 찍어 먹는다는 동생이 애슐리였던 모양이다. 맙소사. 헤더는 저도 모르게 소리 내어 웃음을 터트렸다. 재미있는 집안이네.

왕비가 소리 내서 웃자 로완 후작 부인은 물론 하녀들도 깜짝 놀라서 쳐다봤다. 그녀가 이렇게 크게 웃는 일은 흔하지 않다. 그 사실을 모르는 아이리스가 헤더와 함께 웃고 있었다.

"자네는 자매들과 사이가 좋군."

"어머니께서 늘 말씀하시기를, 자매만큼 가장 친한 친구도 없다고 하셨거든요."

그렇군. 헤더의 눈이 가늘어졌다. 그녀는 자매가 없다. 형제뿐이다. 하지만 로완 후작 부인을 볼 때면 자매가 있어서 부럽다는 생각이 들곤 했다.

"맞아. 로완 후작 부인도 자매가 있지."

"셜리 그레고리 백작 부인입니다, 전하."

재빨리 로완 후작 부인이 끼어들었다. 그레고리 백작 부인이라는 말에 아이리스의 얼굴이 잠깐 어두워졌지만 재빨리 원래대로 돌아왔다.

물론 헤더는 그 모습을 봤다. 그녀는 왜 아이리스의 얼굴이 어두워졌는지 알아차리지 못하고 이상하다고 생각하며 이사벨에게 물었다.

"백작 부인은 잘 지내고 있나?"

"네, 전하. 덕분에 잘 지내고 있습니다."

그제야 헤더의 머릿속에 그레고리 백작 부인이 왜 본가로 돌아가서 지내고 있는지가 떠올랐다. 그녀의 아들이 로완 후작 부인의 음악회에서 어느 아가씨를 때렸다고 들었다. 그리고 그게 바로 눈앞에 앉아 있는 아이리스의 동생, 릴리 반스 양이었지.

이런. 주제를 잘못 선택했다는 생각에 헤더의 표정이 가볍게 굳었다. 하지만 그때 로완 후작 부인이 아이리스를 한 번 쳐다보더니 말했다.

"그렇지 않아도 얼마 전에 반스 양과 패트리샤가 함께 자선 활동을 하고 왔다는 소식을 전했답니다."

패트리샤가 누구더라. 헤더는 잠시 생각하다가 곧 그레고리 백작가의 영애 패트리샤 그레고리를 떠올렸다. 그레고리 영식이 자기 동생을 때렸는데 그레고리 영애와는 자선 활동을 함께했다고?

헤더의 얼굴에 잠시 놀랍다는 표정이 스쳤다. 이게 어떻게 된 상황이지? 동생을 때린 남자의 동생과 친분을 유지하는 건가?

놀란 헤더와 달리 아이리스의 얼굴에 미소가 떠올랐다. 그녀는 로완 후작 부인을 향해 예의 바르게 말했다.

"저희 모임을 후원해 주셔서 정말 감사드려요, 후작 부인."

"후원?"

헤더의 질문에 이사벨의 얼굴에 흐뭇한 미소가 떠올랐다. 그녀는 자랑스럽다는 듯 말했다.

"패트리샤와 마샤가 반스 양과 자선 활동을 한다기에 약간의 후원을
해 줬답니다."

"마샤?"

"아, 마샤라고. 제 오랜 친구의 딸이에요. 원래 동생이 돌봐주고 있었
는데……"

그레고리 백작 부인이 불명예스러운 일로 본가로 돌아가면서 로완 후
작 부인이 돌봐주고 있다는 말이다. 헤더의 머릿속에 그녀가 최근에 생
긴 손자와 맡게 된 조카 일로 성을 나가고 싶다는 의견을 내보였던 게 떠
올랐다.

그렇군. 헤더는 어느새 이야기의 주제가 아이리스가 영애들과 함께한
자선 활동으로 옮겨간 것을 깨닫고 빙그레 웃었다.

로완 후작 부인의 장점이다. 세세한 부분을 잊어버리기는 하지만 그
녀는 불편한 주제를 자연스럽게 다른 주제로 바꾸는 데 탁월한 실력을
가지고 있었다.

"자선 활동을 했다고?"

헤더는 빙그레 웃으며 물었다. 그렇지 않아도 성에서 내린 왕자비 후
보 시험이 자선 활동이라 후보들이 저마다 자선 활동을 하고 있다는 소
식을 들었다. 어떤 자선 활동을 하고 있냐는 왕비의 질문에 아이리스가
조심스럽게 말했다.

"얼마 전에 다른 친분 있는 사람들과 고아원에 다녀왔어요."

"좋은 일을 했군."

자선 활동을 하는 것도 왕비의 의무 중 하나다. 헤더가 만족스럽다는
표정으로 고개를 끄덕이자 아이리스의 표정이 어두워졌다.

역시 성에서 원한 건 그 정도였던 모양이다. 또래 귀족들과 고아원이
나 병원 등을 다니며 필요한 물품을 건네주는 것.

그게 나쁘다는 건 아니다. 아이리스는 그 행위도 충분히 훌륭하다고 생각했다. 고아원이나 병원은 위생이 좋지 않기 때문에 얼마든지 그런 곳을 다니다가 병이 옮을 수 있다.

게다가 고아원이 있는 곳은 치안이 그리 좋지 못한 곳이 대부분이다. 귀족 영애처럼 좋은 옷을 입은 아가씨들만 돌아다니기엔 안전하지 않다.

그런 위험을 무릅쓰고 하는 활동이다. 당연히 용기가 필요한 일이고 대단한 일이다.

하지만 아이리스는 좀 더 장기적인 일을 하고 싶었다. 그녀는 용기를 내서 말했다.

"고아원에 필요한 물건을 가져다주는 일 말고 다른 일도 있을까요?"

"다른 일?"

"다양한 자선 활동을 해 보고 싶어요. 물론 고아원에 다녀오는 일도 충분히 훌륭하다고 생각하지만 다른 일이 있다면 그것도 해 보고 싶어요."

왕비와 로완 후작 부인의 시선이 부딪쳤다. 두 사람은 아이리스의 말이 어떤 의미인지 생각하기 시작했다. 자선 활동은 단순한 경험 같은 게 아니다. 그건 봉사 활동이고 귀족이라는 가진 자가 해야 하는 의무에 가까웠다.

"다른 일을 하고 싶다는 게 무슨 말이지?"

왕비의 질문에 아이리스는 잠시 입을 다물었다. 그녀는 왕비와 로완 후작 부인을 쳐다보다가 천천히 다시 입을 열었다.

"고아원이나 병원에 필요한 물건을 가져다주는 건, 훌륭한 일이라고 생각해요. 하지만 그건 단기적인 일이잖아요."

아이리스는 그날 한 번 좋은 일을 했다고 생각하고 뿌듯해하면 끝이지만 고아원은 아니다. 그들은 계속해서 살아야 하고 아이리스와 그녀의 친구들이 가져다준 물품은 길어도 일주일이면 소진된다.

아이리스는 좀 더 장기적으로 책임감이 필요한 일을 하고 싶었다.

"저는, 그러니까 저희 집은 작년까지 조금, 아주 조금이지만 어려웠거든요."

거기까지 말한 아이리스의 얼굴이 붉게 달아올랐다. 열아홉 살의 아가씨가 다른 사람 앞에서 자기 집이 어려웠다고 말하는 건 아주 많은 용기가 필요하다.

그 상대가 미래의 시어머니가 될 왕비라면 더더욱 그렇다.

하지만 아이리스는 자신이 어떤 자선 활동을 하고 싶은지 왕비와 후작 부인을 이해시키려면 그녀가 처했던 상황을 이야기해야 한다고 생각했다.

"물론 지금은 아주 좋아졌지만요."

재빨리 그렇게 덧붙인 아이리스는 저도 모르게 크게 숨을 내쉬었다. 동시에 붉었던 그녀의 얼굴색도 돌아왔다.

"그때 느꼈던 게, 불안감이었어요. 먼 미래가 아니라 당장 가까운 일 년 뒤도 어떻게 될지 알 수가 없었으니까요."

사람의 시야가 좁아진다는 건, 무서운 일이다. 합리적인 판단을 내릴 수가 없다. 오늘 먹을 빵보다 한 권의 책을 읽는 게 장기적으로 더 낫다는 판단조차 굶어 죽을 것 같은 공복으로는 내릴 수가 없다.

아이리스는 다른 사람들은 이런 경험을 하지 않기를 바랐다. 고아원에서 사람의 애정을 갈구하면서도 밀어내는 아이들을 보니 더 그랬다.

그녀는 고개를 들어 왕비를 쳐다봤다. 그리고 천천히 말했다.

"좀 더 장기적으로 사람들을 돕고 싶어요."

헤더와 이사벨의 시선이 다시 부딪쳤다. 아이리스의 이야기가 무슨 말인지 알겠다. 하지만 확인을 위해 이사벨이 물었다.

"얼마나 장기적인 걸 말하는 거지?"

"모르겠어요. 최소한 십 년이요. 고아원의 모든 아이들을 훌륭한 어른으로 자랄 수 있도록 돕는다면 십 년도 부족할 거라고 생각해요. 어쩌면 제 평생 동안 해야 할 수도 있고요."

평생이라고? 헤더의 표정이 심각해졌다. 그녀는 조심스럽게 물었다.

"반스 양, 자선가가 되고 싶은 건가?"

아이리스의 미간에 주름이 생겼다. 자선가라고? 생각해 본 적 없다. 하지만 필요하다면 자선가가 돼도 괜찮다는 생각이 들었다.

"필요하다면 자선가가 되는 것도 좋을 것 같아요."

아이리스의 대답에 헤더는 흠 하고 소파에 등을 기댔다. 그녀는 잠시 아이리스를 쳐다보다가 물었다.

"왕자비가 아니라 자선가가 되고 싶은 건가?"

왕비의 질문에 아이리스의 눈이 커졌다. 로완 후작 부인은 아이리스가 뭐라고 대답할지 흥미진진한 심정으로 지켜보기 시작했다.

왕자비가 아니라 자선가가 되고 싶냐고? 아이리스의 표정이 천천히 가라앉았다. 그녀는 단호한 표정으로 말했다.

"둘 다 하고 싶어요."

헤더의 얼굴에 가벼운 미소가 떠올랐다. 그녀는 찻잔을 들어 올리며 말했다.

"욕심이 많은 아가씨군."

아이리스는 물론 로완 후작 부인도 멈칫했다. 하지만 아이리스는 멈추지 않았다. 그녀는 조용히 말했다.

"저는 리안을, 아니, 왕자님을 좋아해요. 왕자님이 아닌 그도 좋아하고요. 동시에 왕자비가 되고 싶기도 하고 사람들을 돕고 싶기도 해요."

아이리스는 천천히 숨을 내쉬었다. 그리고 왕비를 향해 말을 이었다.

"맞아요, 전하. 저는 아주 욕심이 많아요."

그리고 그게 틀리지 않았다는 말을 어머니에게 들었다. 아이리스는 자신이 있었다. 그녀는 틀리지 않았다. 사람이 살면서 욕심이 많을 수도 있지. 밀드레드는 그녀에게 남에게 피해를 주는 게 아니라면 그건 아주 좋은 거라고 말해 줬었다.

"그렇군."

차를 마신 왕비가 찻잔을 내려놓으며 입을 열었다. 그녀는 아이리스를 바라보며 빙그레 웃었다.

"마음에 들어. 이 나라의 왕비가 되려면 그 정도 욕심은 가지고 있어야지."

*　　　*　　　*

왕비를 만나고 돌아온 아이리스는 기분이 꽤 좋아 보였다. 무슨 이야기를 한지는 몰라도 나쁘지 않았던 모양이다.

나는 빵을 뜯으며 슬쩍 아이리스의 눈치를 살폈다. 최근, 늘 생각에 잠겨 있던 아이리스의 모습이 오늘은 좀 더 생생해 보였다. 릴리와 애슐리의 대화에도 끼어들었고 오늘 하루 어떻게 지냈냐는 내 질문에도 대충 얼버무리지 않았다.

뭔가 생각할 일이 있었던 모양이라고 생각하고 그냥 내버려 뒀는데 그게 답이었던 모양이다. 아니면 왕비와의 만남에서 답을 얻은 건지도 모르고.

나는 새삼 아이리스가 많이 자랐다는 생각에 저도 모르게 한숨을 내쉬었다. 물론 내 기억 속의 아이리스는 아주 어린 아기부터 시작하지만 다시 한 번 기억을 더듬으면 내가 그녀를 제대로 만난 건 올해 초부터였다.

이건 어쩔 수가 없다고 들었다. 가호는 나를 밀드레드로 만들려 했고 내가 완전히 밀드레드라고 세뇌되기 전에 다니엘이 끼어들었다. 덕분에 나는 별생각 없이 기억을 떠올리면 밀드레드의 기억을 먼저 떠올리지만 좀 집중하면 그게 내 기억이 아니라고 분리할 수 있었다.

나쁜 것만은 아니다. 나는 좀 긍정적으로 생각하고 있었다. 어차피 나는 밀드레드로 살아야 한다. 괜히 말실수할 일이 생기는 것보다는 어쩌면 이쪽이 더 나은지도 모른다.

다니엘은 자신이 조금만 더 늦었다면 내 원래 세상에 대한 기억까지 모두 잊어버렸을지 모른다고 말했고 그건 큰일이니까. 내가 여기서 돈을 버는 모든 건 내 원래 세상에서 보거나 경험한 것들 덕분인데 그걸 잊어버리면 안 된다.

그러니까 이 정도가 딱 적당한지도 모른다.

"어머니, 그리고 남작님."

내가 올해 초에 봤던 아이리스와 지금의 아이리스를 머릿속으로 비교하는데 아이리스가 입을 열었다. 올해 초의 아이리스는 불만이 좀 있었고 표정이 약간 뚱했다. 좀 이기적이기도 했지.

지금도 아이리스는 약간은 이기적인 편이다. 하지만 그건 좋은 쪽으로 이기적이었다. 사람은 누구나 자기 자신을 위해 생각하고 행동하다 보면 이기적일 수밖에 없으니까.

오히려 애슐리가 걱정이다. 이 애는 아직도 자신이 뭘 하고 싶은지, 뭘 좋아하는지 찾지 못한 모양인지 대부분의 기회를 아이리스와 릴리에게 양보하려 하곤 했다.

"드릴 말씀이 있어요. 식사가 끝나고 잠깐 이야기를 할 수 있을까요?"

나와 다니엘의 시선이 부딪쳤다.

"그래."

나는 그렇게 대답하고 샐러드를 입에 넣었다. 그리고 아이리스의 상태를 힐끔힐끔 쳐다보기 시작했다.

애슐리와 릴리도 힐끔힐끔 아이리스의 눈치를 살피는 게 보였다. 나는 마지막으로 다니엘에게 시선을 돌려 그는 아이리스에게 아무 관심이 없다는 표정으로 고기를 썰고 있는 것을 확인했다.

"뭔가 다른 걸 하고 싶어요."

저녁 식사가 끝난 뒤, 서재로 옮기자마자 아이리스는 그렇게 말했다. 얘가 무슨 소리를 하는 걸까. 나는 고개를 기울이며 물었다.

"뭔가 다른 거라니? 뭘?"

설마 왕자비가 되는 걸 때려치우고 싶다는 말은 아니겠지. 솔직히 리안에 비하면 아이리스가 백배쯤 아깝지만 왕자비 후보 시험을 때려치우는 것보다는 그냥 떨어지는 게 더 쉬울 것 같다.

만약 아이리스가 왕자비 후보 시험을 그만두고 싶다고 한다면 그만두지 말고 차라리 시험을 이상하게 봐서 떨어지자고 설득하려는데 아이리스가 다시 말했다.

"자선 활동 말이에요. 지금 하는 거 말고 다른 걸 하고 싶어요."

나와 다니엘의 시선이 부딪쳤다. 그도 나와 비슷한 생각을 했던 모양인지 표정에 안도가 들어 있었다. 나는 다시 아이리스를 쳐다보며 물었다.

"뭘 하고 싶은데?"

지금 하는 거라고 해도 귀족 영애들을 모아 고아원에 다녀온 것뿐이다. 그거 한 번밖에 안 했는데 다른 걸 하고 싶다고 하는 건 좀 시기상조가 아니냐는 생각이 들었지만 일단 아이리스가 무슨 말을 하는지 들어봐야겠지.

"오늘 왕비님께도 같은 질문을 드렸었거든요."

왕비에게 그런 걸 물어봤어? 나는 반사적으로 다니엘을 쳐다봤어. 그런 걸 물어봐도 되나? 다행히 다니엘은 심각한 표정이 아니었다. 그는 재미있다는 표정으로 아이리스를 쳐다보고 있었다.

음, 생각해 보니 왕비는 아이리스의 롤 모델 같은 거잖아? 그러니까 아이리스가 왕비가 될 거라면 그녀의 선생이 되어 줄 사람은 왕비와 왕대비뿐이다.

그러니 왕비에게 질문하는 건 어쩌면 아주 당연한 일인지도 모른다.

"전하께서는 뭐라고 하셨는데?"

내 질문에 아이리스가 잠깐 입술을 깨물었다가 다시 입을 열었다. 그리고 나와 다니엘을 한 번씩 쳐다보고 말했다.

"재단을 세우면 어떻겠냐고 하셨어요."

재단? 법인재단 같은 거? 나는 흠 하고 소파에 몸을 기대며 가슴 위로 팔짱을 꼈다. 옆을 보니 다니엘 역시 소파에 몸을 기대며 다리를 꼬고 있었다.

"괜찮은 생각이네."

다니엘의 말에 아이리스의 얼굴이 조금 부드러워졌다. 그녀는 곧 내 대답이 걱정된다는 듯 나를 쳐다봤다. 나는 잘 모르겠다. 재단이라는 건 어떤 목적을 가지고 돈을 벌거나 쓰는 기관을 말하는 거 아닌가?

그런데 아이리스가 말하는 건 사람들을 돕는 거잖아? 버는 게 아니라 쓰는 것밖에 안 될 텐데?

"안 될까요?"

내가 아무 말도 하지 않자 아이리스가 자신이 사라진 표정으로 물었다. 나는 고개를 기울이며 물었다.

"재단을 세워서 그걸로 사람들을 돕겠다는 거잖아?"

"네."

"그럼 그 사람들을 돕는 돈은 어떻게 구할 건데? 돈을 쓰는 건 재단이 쓴다지만 어디서 돈을 벌어?"

아이리스의 얼굴에 곤란하다는 표정이 떠올랐다. 그녀는 다니엘을 한 번 쳐다보더니 천천히 입을 열었다.

"돌아오면서 생각해 봤는데요. 남작님께서 갤러리를 병원에서 열면서 후원을 받으셨잖아요."

"병원이 받았지."

재빨리 다니엘이 아이리스의 말을 정정했다. 그게 중요한 게 아닐 텐데. 나는 그를 한 번 쳐다보고 다시 아이리스에게 고개를 돌렸다. 그녀는 무릎 위에 올려놓은 자신의 손을 깍지를 끼더니 말을 이었다.

"처음엔 후원을 받으면 어떨까 해요. 그리고 그걸로, 음······."

그걸로 뭘? 나와 다니엘은 아이리스가 계속 말을 할 수 있도록 아무 말도 하지 않았다. 그녀는 나와 다니엘의 눈치를 살피더니 다시 입을 열었다.

"남작님께서 제게 돈 버는 법을 알려 주셨으면 좋겠어요. 아니면······."

아니면? 내가 고개를 기울이는 것과 동시에 다니엘이 낮은 목소리로 물었다.

"아니면?"

"어머니께서 비누 공방을 차리려고 하시잖아요. 거기에 제가 할 수 있는 일을 하고 재단에 후원을 해 주시면 어떨까 싶어요."

아하. 나는 그제야 아이리스가 무슨 말을 하고 싶어 하는지 이해했다. 하하하. 귀여운 생각을 했네. 나는 빙그레 웃으며 물었다.

"비누 공방에 뭘 도와줄래?"

"음, 계산하는 건 잘할 수 있어요. 편지를 쓰는 것도 할 수 있고요. 제 지인들에게 비누를 홍보하는 것도 할 수 있어요. 그리고……."

그리고? 나와 다니엘은 아이리스의 귀여운 부탁에 가만히 입을 다물고 다음 말을 기다렸다. 곧 아이리스의 얼굴이 확 달아오르더니 그녀가 작은 목소리로 말했다.

"제가 왕자비가 되면, 어머니의 비누 공방에 도움이 되지 않을까요?"

맙소사. 나는 웃음을 터트리지 않기 위해 입술을 꽉 깨물었다. 아니, 아이리스의 말이 너무 황당무계해서 웃음이 나오는 게 아니었다. 그녀의 계획이 꽤 그럴듯하면서 귀여워서 그렇다.

곁에서 다니엘이 콜록콜록하고 기침하는 소리가 들렸다. 어허, 웃으면 안 되지. 나는 슬쩍 팔꿈치를 내밀어 그의 옆구리를 쿡 찔렀다. 그리고 아이리스를 향해 말했다.

"좋은 생각인 거 같아, 아이리스. 하지만 문제는 내 공방은 아직 시작도 안 했다는 점인데. 네 시험 점수에 도움이 되기엔 너무 늦을 수도 있어."

놀랍게도 아이리스의 표정이 진지해졌다. 그녀는 허리를 곧게 세우더니 말했다.

"이건 시험과는 아무 관계없어요. 제가 하고 싶은 일이에요."

그 순간, 다니엘의 기침이 뚝 멈췄다. 그는 자세를 바로 하더니 아이리스를 가만히 쳐다봤다. 그리고 한숨을 내쉬며 말했다.

"리안이 네 반의반만 닮았으면 좋겠는데."

그의 느닷없는 한탄에 나는 물론 아이리스까지 웃음을 터트렸다. 리안이 좀 걱정스러운 부분이 있긴 하지. 그래도 좋아하는 남자라고 아이리스가 변명처럼 말했다.

"아니에요. 리안도 노력하고 있어요."

"뭐, 요새는 좀 나아졌다만."

그렇게 말하면서 다니엘은 자신의 턱을 쓸었다. 그래도 썩 마음에 차지는 않는다는 태도라 나는 피식 웃었다.

리안이 좀 철딱서니 없는 도련님 타입이긴 하지.

"재단을 세우는 건 알아볼게."

나는 그렇게 말하며 아이리스에게 그만 나가 봐도 좋다는 표시를 내보였다. 생각을 좀 해 봐야겠다. 아이리스가 어른스러운 생각을 하긴 했지만 이 나라에서 그걸 어떻게 세우고 운영하는지, 그리고 그게 나와 아이리스에게 어떤 영향을 미치는지 알아볼 시간이 필요했다.

"긍정적으로 생각해 주시는 건가요?"

마지막까지도 아이리스는 고집스럽게 물었다. 당연하지. 나는 고개를 끄덕였다.

"고집은 안 닮았으면 좋겠는데요."

아이리스가 나가자마자 다니엘이 그렇게 말했다. 뭐를? 내가 어리둥절한 표정을 짓자 그가 빙그레 웃으며 덧붙였다.

"리안 말입니다. 아이리스의 고집은 안 닮았으면 좋겠다고요."

"음, 부부는 닮는다던데요. 둘이 결혼하면 닮지 않을까요."

다니엘이 멈칫하더니 미소를 지었다. 왜? 부부는 닮는다는 말이 이 나라에는 없나? 어리둥절해하는 내게 그가 고개를 숙이며 말했다.

"그렇군요."

"반스 양."

릴리가 갤러리에서 막 나왔을 때 그녀를 기다리고 있던 것은 원래 그녀를 데리러 오기로 한 케이시 경이 아닌 다른 케이시 경이었다.

필립 케이시와 만나기로 했던 릴리는 기다렸다는 듯 나서는 더글러스를 보고 멈칫하고 멈췄다. 그러자 더글러스가 재빨리 손을 내밀며 말했다.

"숙부님께서 급한 일이 생겨서 절 대신 보내셨습니다. 가시는 곳까지 바래다드리겠습니다."

릴리는 재킷까지 갖춰 입은 더글러스의 모습을 눈을 가늘게 뜨고 쳐다봤다. 어딜 갔다 오는 길인지 그는 퍽 잘 차려입은 모습이었다. 물론 더글러스는 지금까지 집에 있었고 필립의 전갈을 받자마자 릴리를 만난다는 기쁨에 이렇게 차려입고 나온 거다.

설마 나 때문에 이렇게 차려입은 건 아니겠지. 릴리는 그렇게 생각하며 말했다.

"그럼 화방에 가려고 하는데 그 거리까지만 태워다 주시겠어요?"

원래는 필립과 함께 가려고 했다. 그리고 차를 마시고 전람회에 대해 이야기를 할 예정이었다. 최근 릴리는 갤러리에 그림을 몇 점 맡겼다.

물론 여기서 말하는 갤러리는 부자나 귀족이 가지고 있는 예술품을 전시하는 방이 아니라 판매하는 곳을 말한다.

릴리 반스가 아닌, 그냥 릴리라는 이름으로 갤러리에 판매를 부탁한 그녀의 그림은 최근 한 점이 팔렸다는 소식을 들었다. 다른 두 점도 관심을 보이는 사람이 있다는 소식에 릴리의 기분은 날아가기 직전이었다.

필립은 그런 릴리에게 그의 갤러리에서 데뷔를 하고 전람회에 작품을 전시하는 것도 노리자는 이야기를 할 예정이었다.

"아닙니다. 숙부님께서 무사히 댁까지 모셔다드리라고 하셨으니 오늘 하루는 제가 에스코트하겠습니다."

융통성 없는 더글러스의 말에 릴리는 못마땅한 표정을 지으며 고개를 끄덕였다. 좀 불편한데. 온실에서의 그 일 이후 더글러스를 직접 만난 건 처음이다.

물론 그 사이사이, 더글러스가 릴리에게 꽃이나 책 같은 걸 보내기는 했다. 릴리는 생각난 김에 감사 인사를 건넸다.

"지난번에 보내 주신 책, 감사했어요. 아주 재미있게 읽었어요."

"마음에 드실지 걱정했는데 재미있으셨다니 다행입니다."

"애슐리도 재미있었대요."

더글러스는 애슐리도 재미있게 읽었다는 말에 고개를 끄덕였다. 그는 릴리만 재미있게 봤으면 됐다고 생각했다. 아이리스나 애슐리는 솔직히 말하면 그의 알 바가 아니었다.

물론 아이리스와 애슐리는 릴리의 자매니까 그들에게 재미없는 것보다는 재미있는 게 더 낫지만.

"그리고 꽃도. 감사합니다."

"아닙니다."

그 대화를 끝으로 마차 안에 침묵이 가라앉았다. 릴리는 슬쩍 더글러스의 얼굴을 쳐다봤다가 그가 자신을 향해 바른 자세로 앉아 있는 것을 보고 재빨리 시선을 피했다.

참 단정하긴 하다. 릴리는 다니엘이나 리안과는 다른 더글러스의 모습에 한숨을 내쉬었다. 그녀가 보기에 더글러스는 철없는 부잣집 도련님 같은 리안이나 속을 알 수 없는 어른 남자라는 느낌이 드는 다니엘의 딱 중간쯤에 있는 남자였다.

어른 남자긴 했지만 다니엘보다는 무슨 생각을 하는지 보였고 리안보다는 사려 깊고 어른스러웠다.

"셋 다 잘생겼다는 공통점은 있네."

한숨을 내쉬며 중얼거리는 릴리의 말에 더글러스가 눈썹을 들어 올렸다.

"뭐라고 했습니까?"

"아뇨, 아무것도."

타오르는 듯한 붉은 머리카락과 약간은 날카로워 보이는 초록색의 눈동자. 오뚝한 콧날과 깎은 듯한 턱 같은 게 더글러스는 퍽 잘생긴 남자였다.

하지만 릴리는 그보다 더글러스의 몸이 얼마나 완벽한지 알았다. 그와 춤을 췄을 때 곧게 뻗은 그의 목과 거기서 이어지는 어깨가 얼마나 반듯한지, 그 밑으로 넓은 가슴이 얼마나 단단한지 만져 봤다.

한 번쯤은 이렇게 잘난 남자를 그려 보고 싶은데. 릴리는 속으로 한숨을 내쉬었다. 그녀의 가족들을 그리는 것도 재미있지만 이렇게 잘생기고 몸 좋은 남자도 그려 보고 싶다.

물론 그녀가 사는 둥근 지붕 저택에는 더글러스만큼이나 몸 좋고 잘생긴 남자가 한 명 살고 있다. 다니엘 월포드라고, 릴리가 절대 '제 모델이 되어 주시겠어요?'라는 질문을 던질 수 없는 사람이다.

한번 물어보기라도 할지 몇 번 망설이긴 했다. 하지만 릴리는 다니엘이 절대 허락하지 않을 거라는 걸 알았고 스승으로 생각하는 만큼 약간은 그가 어려웠다.

"그런데, 화방은 무슨 일로 가시는 겁니까?"

긴 침묵을 깨고 더글러스가 물었다. 릴리는 멍하니 창밖을 쳐다보다가 퍼뜩 고개를 돌렸다.

"아, 붓을 새로 사려고요. 얼마 전에 다른 화가한테 새 붓 장인 이야기를 들었거든요."

최근 젊은 붓 장인이 등장했다는 이야기를 들었다. 아직 젊고 경험이 적어 그리 비싸지도 않으면서 훌륭한 붓을 팔고 있다는 말에 릴리는 이번에야말로 직접 화구를 사러 갈 기회라고 생각했다.

지금까지 그녀는 혼자서 화구를 사 본 적이 없었다. 대부분의 도구는 다니엘이 갖춰 준 데다가 전에 화방에 갔을 때도 다니엘이 동행해 줬기 때문에 그가 권하는 대로 샀다. 아니, 그걸 샀다고 하면 안 되지. 릴리가 다른 화구에 정신이 팔렸다가 계산하려고 가 보니 이미 다니엘이 계산을 마친 상태였으니까.

그래서 그녀는 이번에야말로 직접 구매할 예정이었다. 지난번에 화가들과 대화하다 보니 자신은 화구가 얼마나 비싼지도 모르고 있었다는 것을 깨달았다.

"그러고 보니 숙부님께서 당신을 화가 모임에 소개했다고 하시더군요."

더글러스의 말에 릴리는 고개를 끄덕이며 말했다.

"네. 재미있었어요. 케이시 경께서는 정말 친절하세요."

그녀의 말에 더글러스는 저도 모르게 숙부님이 원망스러웠다고 말하려다가 멈췄다. 릴리에게 다른 남자들을 소개해 주다니. 처음 그 이야기를 들었을 때 그는 조카를 도와주지는 못할망정 방해를 하면 어떻게 하냐고 투덜거렸었다.

하지만 지금 릴리가 눈을 반짝이며 재미있었다고 말하는 걸 보니 차마 숙부님이 원망스럽다는 말을 할 수가 없었다.

그는 릴리가 즐거워하는 걸 보는 게 좋았다. 자신에게는 보여 주지 않는 기뻐하는 표정이라거나 재미있어하는 표정이 릴리의 얼굴에 떠오를 때면 그녀의 눈동자 색이 약간 연해지면서 연두색으로 변하는 게 좋았다.

릴리가 그런 표정을 짓는 게 다른 남자 때문이 아니라 자신 때문이라면 좋을 텐데. 더글러스는 그렇게 생각하며 속으로 한숨을 내쉬었다.

"동료가 늘어나는 건 좋은 일이죠."

더글러스의 말에 릴리는 활짝 웃으며 맞장구쳤다.

"맞아요. 말이 통하는 사람과 대화한다는 건 참 즐거운 일이에요."

더글러스의 머릿속에 그가 수채화와 유화도 구분하지 못했던 순간이 떠올랐다. 확 군는 그의 표정을 본 릴리가 재빨리 물었다.

"경도 검을 이야기할 수 있는 동료와 대화할 때 즐겁지 않나요?"

"저는……."

릴리와 함께 있는 게 더 좋다. 더글러스는 릴리의 얼굴만 봐도 몇 시간이고 지루하지 않을 것 같았다. 하지만 그가 그렇게 말하기 전에 마차가 멈췄다.

"어떻게 오셨습니까?"

한 남자와 대화를 하고 있던 화방 주인은 한 쌍의 남녀가 들어오는 것을 보고 재빨리 물었다. 그는 더글러스와 릴리의 옷차림을 보고 단번에 귀족임을 알아차렸을 뿐만 아니라 두 사람이 커플일 거라고 미뤄 생각했다.

남자 쪽이 취미로 그림을 그릴 수 있다고 호언장담한 모양이지. 어쩌면 여자에게 초상화를 그려 주겠노라고 큰소리를 탕탕 친 건지도 모른다.

그렇다면 이런 손님이야말로 주인에게는 가장 고맙고 값진 손님이었다. 최대한 바가지를 씌울 수 있을 테니까.

하지만 그의 예상과 달리 먼저 입을 연 건 여자 쪽이었다.

"최근에 에밀이라는 장인의 붓이 괜찮다는 소식을 들었어요."

주인의 맞은편에 서 있던 남자가 릴리의 말에 그녀를 쳐다보는 게 보였다. 더글러스는 저도 모르게 릴리의 뒤로 바짝 붙었다.

"에밀의 붓 말입니까?"

주인은 그렇게 물으며 맞은편에 서 있는 남자를 힐끔 쳐다봤다. 왜 이래? 릴리와 더글러스가 어리둥절해하는 사이 주인은 재빨리 카운터 뒤에 있는 서랍장에서 종이로 싸인 붓을 꺼내며 물었다.

"몇 호로 드릴까요?"

몇 호? 붓에 호도 있어? 더글러스가 어리둥절해하는 사이 릴리는 자신이 필요한 크기의 붓을 이야기했다. 그 광경을 가만히 지켜보고 있던 남자가 대뜸 물었다.

"아가씨가 쓸 거야?"

남자의 질문에 당황한 건 릴리가 아니라 더글러스였다. 하지만 그가 욱해서 입을 열기도 전에 릴리가 대뜸 말했다.

"알아서 뭐하게?"

릴리의 반응에 남자와 주인의 얼굴에 당황이 떠올랐다. 남자는 더듬더듬 말했다.

"아, 아니. 여자치고는 붓 보는 눈이 높다고 생각해서."

더글러스의 눈이 가늘어졌다. 이 멍청한 놈이 지금 뭐라고 하는 거지? 하지만 이번에도 릴리가 먼저 말했다.

"왜? 네 주변 여자들은 눈이 없어?"

"뭐? 그게 아니라 이 정도로 수준 높은 붓을 볼 줄 아는 게 대단하다고 칭찬한 거야."

그게 어디가 칭찬이야? 더글러스의 표정이 일그러졌다. 당장 반스 양에게 사과하라고 그가 호통치려 했을 때였다. 릴리가 피식 웃으며 말했다.

"시장에 나온 지 얼마 되지도 않은 붓을 이 정도로 수준 높다고 하다니, 댁이 이 붓을 만든 사람이라도 돼?"

정답이었다. 릴리의 빈정거림에 남자는 물론 주인까지 크게 당황했고 더글러스는 당황하는 두 사람을 보고 눈을 크게 떴다.

에밀은 당황해서 더듬더듬 말했다.

"어, 어, 맞아. 내가 에밀이야."

릴리의 표정이 확 일그러졌다. 그녀는 못 볼 것을 봤다는 표정으로 에밀을 쳐다보더니 가게 주인에게 고개를 돌리며 말했다.

"자기 제품이 시장에 나온 지 얼마 안 된 사람이 저렇게 기고만장한 걸 보니 그 붓, 못쓰겠네요. 포장하지 마세요."

"뭐?"

릴리의 말에 주인이 당황해서 포장하던 손을 멈췄다. 포장하지 말라는 건 안 산다는 거다. 에밀 역시 입을 딱 벌렸다.

주인은 멍하니 에밀과 릴리를 번갈아 보다가 릴리에게 물었다.

"아가씨, 안 사는 겁니까?"

"네. 그거 말고 그냥 쓰던 거 주세요."

쓰던 거라는 말에 주인은 그제야 릴리가 전에 왔던 것을 떠올렸다. 월포드 남작과 함께 왔던 여자. 그때 사 갔던 도구가 월포드 남작이 사용하려는 게 아니었던 모양이다.

주인은 입을 딱 벌리고 릴리의 얼굴을 쳐다봤다. 문득 루머라고 생각했던 소문이 떠올랐다. 월포드 남작이 어떤 여자애를 가르치고 있다는 소문.

다들 말도 안 된다고 코웃음 치며 잊어버린 소문이었다.

"아니, 아가씨, 잠깐만……."

당황한 에밀이 릴리에게 다가오며 그녀의 팔을 잡으려 했다. 릴리는 고개를 돌려 그가 허락 없이 자신의 몸에 손대는 것을 차가운 표정으로 물끄러미 쳐다봤다.

그때 결국 참다못한 더글러스가 나섰다.

"무례하군."

분위기가 확 전환됐다. 에밀과 가게 주인은 더글러스의 위압적인 모습에 저도 모르게 움찔했다. 그리고 그건 릴리도 마찬가지였다.

늘 그녀가 타오르는 것 같다고 생각한 더글러스의 붉은색 머리카락은 정말로 활활 타오르는 것처럼 보였다. 그는 분노를 감출 생각도 하지 않고 말했다.

"살면서 돈 쓰겠다는 손님에게 이렇게 무례하게 구는 가게는 처음이군."

정확히 말하면 가게가 아니라 에밀이 무례하게 군 거지만 덩달아 가게 주인의 얼굴도 하얗게 질렸다. 더글러스는 가게 주인과 에멜을 못마땅하다는 표정으로 쳐다보고 품에서 금화를 꺼내 카운터 위에 탁 소리가 나도록 내려놓았다.

그리고 릴리에게 말했다.

"가시죠. 숙부님께 다른 가게를 소개해 달라고 하겠습니다."

릴리는 네가 뭔데 가자 말자 하는 거냐고 말하려다가 더글러스의 얼굴을 보고 그가 화를 참고 있다는 것을 깨달았다. 놀랍게도 이 남자는 지금 이게 최대한 참는 거였다. 화난 게 분명한 얼굴과 차가운 목소리가.

그녀는 더글러스를 물끄러미 쳐다보다가 가게 주인이 막 꺼낸, 그녀가 원래 사용하던 상표의 붓을 집어 들었다. 그리고 한숨을 내쉬며 말했다.

"알았어요. 하지만 케이시 경이나 남작님께는 이야기하지 마세요."

필립 케이시 경과 다니엘 윌포드 남작을 말하는 게 분명한 대화에 주인의 얼굴에 경악하는 표정이 떠올랐다. 에밀은 릴리가 말한 케이시 경이 그 유명한 필립 케이시 경을 말하는 건지 놀라서 눈을 크게 떴다.

두 사람은 릴리가 더글러스와 함께 가게 밖으로 나가는 것을 멍하니 쳐다보다가 시선을 부딪쳤다.

"우리 가게도 자네 제품은 앞으로 못 받겠네."

가게 주인은 그렇게 말하며 재빨리 에밀이 만든 붓을 모두 꺼내 카운터 위에 올려놓았다. 가격 대비 품질이 괜찮은 붓을 만든다고 다들 잘한다, 잘한다 해 준 게 잘못이었다.

주인은 윌포드 남작이나 케이시 경의 미움을 사지 않기 위해서가 아니라 정말로 반스 양의 말이 맞다고 생각했다. 에밀의 붓을 팔기 시작한 지 이제 겨우 한 달이 조금 지났다. 고작 이 정도로 경거망동하는 자라면 분명 금세 사고가 터질 것이다. 그러기 전에 주인은 자신의 가게와 선을 긋고 싶었다.

주인의 의도가 확실한 행동에 에밀은 망연자실한 표정을 짓다가 주인이 내놓은 붓을 집어 들고 후다닥 뛰어나갔다. 다행히 릴리와 더글러스는 막 마차에 올라타고 있었다.

케이시 후작가의 마차. 그는 그제야 자신이 건방지게 군 상대가 누군지 깨달았다.

"아가씨, 아가씨, 잠시만요."

릴리를 먼저 마차에 들여보내는 더글러스의 뒤로 에밀이 달려와서 소리쳤다.

"감히."

더글러스는 대뜸 덤벼들려는 에밀의 어깨를 잡아서 막았다. 화가 나서 세게 잡은 탓에 에밀은 악 소리도 못 지르고 멈췄다. 어깨가 으스러질 것 같다. 그는 새하얗게 질린 얼굴로 더글러스의 팔을 잡으며 애원했다.

"사, 사과하려고요. 그러니 제발……."

이것 좀 봐 달라는 태도에 더글러스는 릴리의 허락을 구하듯 그녀를 돌아보았다. 충직한 호위 기사 같은 태도에 릴리의 눈이 동그래졌다. 그녀는 더글러스와 에밀을 번갈아 보다가 고개를 끄덕였다.

"죄, 죄송합니다. 아가씨. 높은 분인지 모르고 그만……."

"내가 높은 사람이 아니었다면 사과하지 않았을 거라는 말인가요?"

릴리의 날카로운 지적에 에밀의 입이 닫혔다. 사과하면 그냥 받으면 되지 뭘 또 까칠하게 지적하고 난리야. 그는 그렇게 생각했지만 고개를 저으며 말했다.

"그게 아니라, 어쨌든 죄송하다고 사과하고 싶어서…… 사과의 표시로 제가 만든 붓을 드리고 싶습니다."

릴리의 시선이 에밀과 그가 내민 붓을 향했다. 그녀는 가만히 쳐다보다가 더글러스에게 들어오라는 듯 고갯짓했다. 그리고 에밀에게 말했다.

"사과만 받을게요. 붓은 됐어요."

"그럼 선물로 드리죠."

에밀의 말에도 릴리의 태도는 변하지 않았다. 그녀는 고개를 저으며 말했다.

"필요 없어요. 당신이 만든 붓이 그 정도로 가치가 있는지도 모르겠고요. 하지만 사장님께 제가 사과를 받았다고 말해서도 돼요."

그거면 충분하다. 에밀은 자세를 바로 했고 그걸 본 더글러스의 눈초리가 예리해졌다. 그가 원한 게 뭐였는지 알 것 같았기 때문이다.

좀 더 화를 내도 됐을 텐데. 더글러스는 마차 문을 닫고 릴리 맞은편에 앉았다. 그리고 마차가 움직이기 시작하자 조용히 입을 열었다.

"그 정도로 용서해도 되는 겁니까?"

"그럼요?"

"좀 더 화를 내도 됐을 텐데요."

"더 화를 내면 화풀이잖아요."

그건 그렇지만. 더글러스는 물끄러미 릴리를 쳐다보다가 한숨을 내쉬었다. 왜 군이 숙부님이 그에게 릴리와 함께 다녀오라고 했는지 알 것 같았다. 그저 조카의 사랑을 위해 신경 써 준 것만은 아니었던 모양이다.

"그런 일이 자주 있습니까?"

더글러스의 질문에 릴리가 고개를 갸웃했다. 더글러스는 릴리가 눈을 깜빡이며 고개를 갸웃하는 모습에 저도 모르게 자신의 옷을 부여잡았다.

귀여워 죽겠다.

"무슨 일이요?"

"아까 그 남자 같은 일 말입니다. 그렇게 무례한 일이 자주 일어납니까?"

더글러스의 질문에 릴리가 픽 웃었다. 그녀는 놀리는 듯한 표정으로 물었다.

"여자 화가 본 적 있어요?"

더글러스의 눈이 데굴 굴렀다. 그의 머릿속에 그가 필립의 집에 갔을 때 스쳐 지나간 몇몇 화가들이 떠올랐지만 그중에 여자는 없었다.

지금까지 생각하지 못한 사실에 그의 눈이 커졌다. 그러네. 그는 여자 화가라는 존재 자체를 릴리로 처음 알았다.

"아니요."

"여자 검사는요?"

가끔 보긴 했다. 용병 중에 아주 가끔 있었다. 그들은 귀족인 더글러스가 보기에 깜짝 놀랄 정도로 거친 언행을 일삼곤 했다.

"봤습니다."

"그들에게 여자치고 검을 잘 다룬다고 말하거나 생각한 적 있나요?"

릴리의 질문에 더글러스의 표정이 확 굳었다. 그랬다. 말한 적은 없지만 그렇게 생각했다. 그리고 그걸 칭찬이라고 생각했다. 왜냐면 여자들은 약하고 검처럼 위험한 것을 들지 못하니까.

굳은 더글러스의 표정을 본 릴리가 잔인하게 물었다.

"이제 다시 물어볼래요? 그런 무례한 일이 자주 있냐고."

더글러스는 차마 릴리의 얼굴을 볼 수가 없어서 고개를 숙였다. 잠시 그의 머릿속에 억울하다는 생각이 들었다. 여자들은 힘이 약하니 검을 다루기 어렵다. 그러니 그런 여자들 중에서 검사가 된 사람들을 여자치고는 대단하다고 생각하는 게 당연하지 않은가.

하지만 곧 그는 릴리에게 그런 변명이 전혀 통하지 않을 거라고 생각했다. 여자 화가에게 여자치고 잘한다는 말이 칭찬이 아니라면 여자 검사에게도 마찬가지다.

순식간에 기가 죽은 더글러스를 본 릴리는 저도 모르게 한숨을 내쉬었다. 더글러스가 그녀에게 호의보다 더한 감정을 가지고 있다는 것을 알고 있다. 그런 그에게 필요 이상으로 잔인하게 굴고 싶지 않았다.

"아까 내 대신 계산해줘서 고마워요. 돈은……."

집에 가서 드릴게요. 그녀가 그렇게 말하려는 순간 더글러스가 재빨리 대답했다.

"주지 마십시오."

릴리의 눈이 커졌다가 원래대로 돌아왔다. 그가 안 받으려 할 거라는 건 알았다. 그건 더글러스가 귀족이기 때문이다. 남을 위해 내준 돈을 다시 돌려받는다는 건 귀족에게 호의를 거절당한 거라 모욕이나 다름이 없었다.

그래도 릴리는 돌려주고 싶었다. 더글러스가 보내는 꽃이나 책도 그녀는 부담스러웠다. 내민 게 금화만 아니었어도 지금 바로 줄 수 있을 텐데.

"화내서 미안해요."

릴리는 한숨을 내쉬며 사과했다. 그녀의 사과에 당황한 더글러스가 한쪽 눈썹을 들어 올렸다.

"아까 내가 좀 욱해서 못되게 말했어요. 미안해요."

여자 검사에게 여자치고 검을 잘 다룬다고 말하거나 생각한 적 있는지를 물어본 걸 말하는 거다. 릴리의 사과에 더글러스는 어찌할 바를 몰랐다. 그의 언행이 잘못됐던 거다. 그걸 릴리가 사과할 줄은 몰랐다.

하지만 릴리도 더글러스에게 욱해서 화낸 것에 죄책감을 느끼고 있었다. 그녀가 화를 내야 할 상대는 더글러스가 아니라 에밀이다. 에밀에게 화를 내지 않은 건 그는 상대할 가치가 없는 작자였기 때문이고 더글러스는 화를 내면 알아듣기 때문이었다.

그게 릴리는 죄책감이 들었다. 알아듣는 사람이라면 더 잘해 줘야 한다. 화를 내는 게 아니라.

"괘, 괜찮습니다."

더듬거리는 더글러스를 물끄러미 바라보던 릴리는 작게 한숨을 내쉬었다. 그가 자신에게 해 주는 모든 게 부담스럽고 미안하게 느껴졌다. 객관적으로 봤을 때 더글러스는 릴리의 상대를 할 만한 사람이 아니었다.

더글러스는 후작이 될 남자고 왕자님의 스승이기도 하다. 이런 남자는 배우자가 필요할 것이다. 결혼 생각이 없는 릴리는 결혼 생각이 없다는 것만으로 더글러스와 가까이 지내는 게 옳지 않다는 생각이 들었다.

"그리고 앞으로 꽃이나 책 같은 걸 안 보내셨으면 좋겠어요."

릴리의 조용한 부탁에 더글러스는 고개를 번쩍 들었다. 그는 뭐라 말하려고 입을 열었다가 무슨 말을 해야 할지 모른다는 것을 깨닫고 입을 다물었다.

그리고 다시 조심스럽게 입을 열어 물었다.

"마음에 안 드셨습니까?"

"그게 아니에요."

꽃은 예뻤고 책은 재미있었다. 전에 보내 준 초콜릿도 맛있었다. 하지만 릴리는 그녀가 보답할 수 없는 구혼을 하는 더글러스에게 미안했다. 자신이 보답할 수 없다는 것을 알면서도 모른 척 그의 호의를 받아들이는 게 죄책감이 들었다.

"전에, 그러니까 제가……."

거기까지 말한 릴리의 얼굴이 확 하고 달아올랐다. 처음 보는 그녀의 모습에 더글러스의 눈이 동그래졌을 때 릴리가 더듬거리며 다시 말을 이었다.

"제가 경께 그러니까, 입을 맞춘 건, 분위기에 휩쓸렸을 뿐이에요. 혹시라도 그걸로 오해를 하신다면……."

그제야 더글러스의 얼굴도 달아올랐다. 그는 왼손으로 얼굴을 가린 채 오른손을 들어 릴리의 말을 막았다. 그리고 재빨리 말했다.

"오해 안 합니다. 걱정 마세요."

"그, 그렇다면 어째서 제게 선물을 보내시는 건데요?"

"전에 말했잖습니까. 저는 릴리, 당신이 좋다고요."

"하지만 전 결혼 생각이 없다고 말했는데요."

더글러스는 그제야 얼굴을 가린 손을 떼고 릴리를 쳐다봤다. 그의 초록색 눈동자가 묘한 열기를 띠고 빛나고 있었다.

마치 시선이 잡힌 느낌이라 릴리는 멍하니 더글러스의 얼굴을 쳐다봤다.

"좋아하는 사람에게 선물을 하는 게 뭐가 나쁩니까?"

"보답받을 수 없다고 해도요?"

"당신은 누군가에게 보답을 받을 거라는 확신이 있어야 호의를 보입니까?"

이번에는 릴리가 한 대 맞았다. 그녀는 멈칫했다가 얼굴을 붉혔다. 그리고 작은 목소리로 말했다.

"하지만 지금 이건 그냥 호의 같은 게 아니잖아요. 당신은 내게 구, 구혼을 하고 있는 거고요."

더글러스의 눈썹이 무슨 소린지 모르겠다는 듯 올라가더니 곧 그의 얼굴에 미소가 떠올랐다. 그는 릴리를 향해 몸을 숙이고 씩 웃으며 말했다.

"릴리, 저는 남녀 관계에서는 굉장히 고지식하고 융통성이 없는 사람입니다. 내가 당신에게 구혼을 한다면 선물하는 건 고작 꽃이나 책이 아닐 겁니다."

릴리의 얼굴이 확하고 달아올랐다. 그녀가 고개를 휙 돌리자 더글러스는 자신도 부끄러운 표정을 지으며 고개를 숙였다.

사실은 꽃이나 책보다 더 좋은 걸 보내고 싶었다. 이미 그는 릴리의 눈동자 색과 똑같은 보석을 사 놨다. 그걸로 목걸이와 귀걸이, 팔찌 세트를 만들어서 보내고 싶었다.

하지만 릴리가 부담스러워할 거라 생각해서 꽃과 책에서 멈춘 거다. 그리고 지금 그녀의 반응을 보니 그의 판단이 옳았다는 생각이 들었다.

그사이, 마차는 어느새 둥근 지붕 저택에 가까워져 있었다. 마차가 멈추자 더글러스는 재빨리 마차에서 내려 릴리에게 손을 내밀었다.

"오늘 태워 주셔서 정말 감사했어요. 화방에서도 제 편을 들어주셔서 감사했고요."

"당연한 일을 했을 뿐입니다."

릴리의 감사에 더글러스는 무표정하게 말했다. 집에 태워다 주는 거나 화방에서 편을 들어주는 건 릴리가 아니었더라도 했을 것이다. 그러니 그는 그런 걸로 감사 인사를 받을 이유는 없다고 생각했다.

하지만 릴리는 그렇게 생각하지 않았다. 밀드레드는 딸들에게 도움을 받았으면 반드시 감사의 표시를 해야 한다고 가르쳤다. 그녀는 더글러스에게 안에 들어와 차를 마시고 가라고 권해야 할지 망설이다가 말했다.

"붓값도 내주셨고 선물도 보내 주셨으니 뭔가 드리고 싶은데 해 드릴 수 있는 게 없어요."

더글러스의 표정이 가라앉았다. 그는 릴리를 만나기 전에 하고 싶었던 말을 떠올렸다. 어쩌면 지금이 그 기회인지도 모른다.

"하나 있습니다."

릴리의 얼굴에 경계심이 떠올랐다. 결혼해 달라는 거라면 할 수 없다. 하지만 다행히 더글러스가 바란 건 그런 게 아니었다.

그는 숨을 내쉬고 너무 절박하게 보이지 않도록 천천히 말했다.

"부모님께서 얼마 전에 제게 초상화를 그려야 하지 않겠냐고 하시더군요."

부유한 사람들은 초상화를 그려 간직한다. 역대 가주와 가족의 초상화를 갤러리에 전시하기도 한다. 더글러스는 릴리와 가까워질 좋은 핑계라고 생각했다.

"그림값은 지불할 테니……."

"아뇨."

더글러스가 더 말하기 전에 릴리가 재빨리 입을 열었다. 거절하는 건가? 당황하는 그에게 그녀가 말을 이었다.

"그래요. 초상화 그려드릴게요."

통했다. 기쁜 더글러스의 얼굴이 환해졌다. 만약 그때 집사가 나타나지 않았다면 그는 릴리의 손을 덥석 잡았을지도 모른다.

"다녀오셨습니까, 릴리 아가씨. 마님께서 케이시 경께 식사를 하고 가시면 어떠실지 여쭤보라고 하셨습니다."

릴리가 도착했는데도 들어오지 않자 무슨 일인지 알아보라고 한 밀드레드가 더글러스가 함께 왔다는 소식에 저녁 식사에 초대한 것이다.

그는 기쁜 마음을 감추기 위해 무표정한 얼굴로 고개를 끄덕였다.

"감사히 받아들이겠습니다."

알겠습니다. 짐은 고개를 끄덕이고 두 사람이 들어올 수 있도록 문을 열었다. 더글러스는 마부에게 저녁 식사 후에 다시 오라고 지시한 뒤 싱글거리지 않기 위해 입술을 깨물며 안으로 들어갔다.

"릴리, 네 과녁에 있는 화살 두 개는 내 거야!"

그때, 안쪽에서 나타난 애슐리가 릴리를 발견하고 그렇게 소리쳤다가 우뚝 멈췄다. 그녀의 옆에 선 더글러스를 이제야 발견한 것이다.

"두 개나 내 과녁에 맞았으면 그중 한 개는 내 화살로 쳐야 하는 거 아냐?"

싱글거리며 하는 릴리의 말에 애슐리가 저도 모르게 대꾸했다.

"그런 게 어딨어! 화살은 내 건데!"

이게 무슨 소리지? 더글러스는 어리둥절한 표정으로 릴리 옆에 서 있었다. 그는 애슐리에게 인사를 해야 할지, 릴리와 애슐리의 대화에 끼어들어야 할지 망설이고 있었다.

하지만 다행히 애슐리가 먼저 눈치를 보며 인사를 건넸다.

"아, 안녕하세요. 케이시 경."

"오랜만입니다, 반스 양."

애슐리의 얼굴이 붉게 달아올라 있었다. 창피하다. 그녀가 어쩔 줄 몰라 하며 이 층으로 올라가 버리자 릴리가 쿡쿡대며 웃었다.

"무슨 이야기입니까?"

결국 참다못한 더글러스가 물었다. 릴리는 그를 응접실로 안내하며 가볍게 대꾸했다.

"요새 활을 연습하고 있거든요."

"활이요?"

그가 아는 활 말고 또 다른 활이 있나? 어리둥절해하는 그에게 릴리가 부연 설명했다.

"남작님께서 검하고 활 다루는 법을 가르쳐 주셨거든요. 애슐리는 활 쪽이 더 재미있는 모양이에요."

"검, 말입니까?"

"네. 아이리스는 검이 더 재미있대요. 전 둘 다 별로지만요."

더글러스의 머릿속에 우아한 자세의 아이리스가 떠올랐다. 영리하고 똑 부러지는 귀족 아가씨의 표본 같은 모습의 아이리스가 검을 휘두른다는 게 그는 상상이 되지가 않았다.

물론 릴리가 검을 휘두르는 것도 상상이 되지 않기는 마찬가지였다. 그는 작고 사랑스러운 릴리가 커다란 검을 드는 걸 떠올렸다가 걱정스러운 표정으로 물었다.

"그럼, 당신은 안 하는 겁니까?"

"음, 가끔은 해요. 아이리스가 상대해 달라고 하면요. 원래는 윌리엄이 아이리스 상대였는데 걔가 다른 데로 가서."

윌리엄? 모르는 남자의 이름이 릴리의 입에서 나오자 더글러스의 눈썹이 올라갔다. 하지만 릴리는 윌리엄이 누군지 말하지 않고 주제를 활로 바꿨다.

"활 쏘는 것도 가끔 저렇게 애슐리랑 내기를 해요. 아까 과녁도 그래서 저런 거예요."

무슨 소린지 알겠다. 더글러스는 호기심이 풀렸지만 또 다른 호기심에 답답해 죽을 지경이었다. 윌리엄이 누구지? 왜 릴리가 친밀하다는 듯 입에 담는 거지?

안타깝게도 그가 릴리에게 윌리엄이 누구냐고 묻기 전에 두 사람은 응접실에 도착했다. 이미 응접실에 앉아 서류를 보고 있던 밀드레드가 더글러스를 맞이했다.

"어서 와요, 케이시 경. 같이 저녁 식사를 하면 좋을 것 같아서 물어봤는데, 바쁘지 않나요?"

"아닙니다. 초대해 주셔서 감사합니다."

그 사이, 릴리는 씻고 옷을 갈아입어야겠다며 이 층으로 올라가 버렸다. 그녀의 뒷모습을 아쉽다는 듯 바라보는 더글러스의 표정에 밀드레드는 피식 웃었다.

"릴리가 오늘 필립 케이시 경과 화방에 다녀오는 줄 알았는데요."

하인이 차를 가져오자 밀드레드가 물었다. 더글러스는 찻잔을 들어 올리다가 자세를 바로 하며 말했다.

"아, 네. 그런데 숙부님께서 오늘 아침에 계단에서 내려오다가 허리를 삐끗하셔서요."

"저런."

"덕분에 제가 오늘 릴, 반스 양을 만날 수 있게 되었습니다."

더글러스의 미소에 밀드레드의 얼굴에도 미소가 떠올랐다. 그녀는 찻잔을 들어 올리며 다시 물었다.

"경이 릴리에게 구혼한다는 걸, 케이시 후작님과 후작 부인께서는 어떻게 받아들이시던가요?"

어떻게 받아들이고 말고도 없다. 더글러스는 경직된 자세로 대답했다.

"아무 말씀도 안 하시지만 수긍하셨을 겁니다."

"정말요?"

찻잔 너머로 밀드레드의 초록색 눈동자가 빛났다. 더글러스는 어리둥절한 표정으로 물었다.

"정말이라니, 무슨 말씀이신지 모르겠습니다."

"상식적으로 생각해 볼까요? 과연 경의 부모님이 릴리를 마음에 들어 할까요?"

당연히 들어 하겠지. 더글러스의 표정이 굳었다. 그의 부모님은 그가 어떤 여자를 데려와도 기쁜 마음으로 받아들여 주실 것이다. 물론 귀족이 아니거나 유부녀거나 결혼 경력이 있다면 난색을 표할 거라는 건 그도 알았다.

하지만 릴리는 미혼이고 귀족이다. 이 정도면 훌륭해서 차고 넘친다.

하지만 밀드레드의 생각은 달랐다. 그녀는 이미 케이시 후작 부인이 릴리만 별장에 부르려 했던 것을, 그리고 그녀와 이야기를 나눴다는 것을 알고 있었다.

케이시 후작가는 좋은 집안이다. 명망 있고 부유한 귀족 가문이니까. 만약 애슐리나 아이리스의 상대라면 밀드레드는 걱정하지 않았을 것이다.

하지만 더글러스가 사랑에 빠진 건 릴리였고 케이시 후작 부인을 만나 본 이상, 밀드레드는 케이시 후작가가 릴리에게 그리 좋지만은 않을 것이라 생각했다.

"케이시 경, 릴리는 결혼할 생각이 없어요. 만약 경이 어떻게 릴리의 마음을 돌려서 결혼한다고 해도 경의 부모님께서는 그 애가 화가로 활동하는 걸 그냥 두고 보실까요?"

"그건 제가 잘 설득할 겁니다."

"설득한 게 아니라 설득할 거군요."

밀드레드는 그렇게 말하며 찻잔을 탁하고 내려놓았다. 그 소리에 더글러스는 정신이 번쩍 들었다. 그는 지금 자신이 시험을 보고 있다는 것을 깨달았다.

"걱정하지 않으셔도 됩니다, 반스 부인. 제 부모님께서는 이미 제 파혼 두 번으로 저와 결혼해 준다면 그녀가 무슨 일을 하더라도 감사할 겁니다."

"정말요?"

밀드레드의 눈이 차갑게 반짝였다. 그 순간 더글러스는 저도 모르게 다니엘을 떠올렸다. 방금 밀드레드의 눈동자는 다니엘과 비슷했다.

그녀는 너무 냉소적이지 않도록 노력하며 말을 이었다.

"경, 경의 어머니는 후작 부인으로 거의 평생을 사셨어요. 게다가 이렇게 훌륭한 아들을 키워내셨죠."

"가, 감사합니다."

더글러스의 감사에 밀드레드는 작게 웃었다. 빈말이 아니다. 더글러스는 이 나라에서 손꼽히는 남편감이다. 잘생긴 외모와 훌륭하게 가꾼 몸. 나라에서 손꼽히는 검술 실력자에 왕자의 스승. 후작 후계자이기까지 하다.

성격도 좀 융통성이 없고 답답하긴 하지만 이 정도면 나쁜 건 아니었다.

당연히 아들을 향한 케이시 후작 부인의 기대치는 높았을 것이다. 그게 비록 요정의 저주로 두 번이나 무산되긴 했지만 사람은 누구나 기본 기대치라는 게 있다.

"아들을 둔 어머니는 누구나 아들의 부인이 자기 아들에게 훌륭한 부인이 되길 바라요. 후작 부인이라면 훌륭한 부인일 뿐 아니라 후작가를 위해서 노력해 주길 바라겠죠. 그 기대치에 못 미치는 릴리가 그분 눈에 찰까요?"

"눈에 차지 않는다고 반스 양을 미워하거나 괴롭히실 분은 아닙니다."

"오, 물론 후작 부인쯤 되는 분이 임신한 며느리를 불러다가 구첩반상을 만들게 시키지는 않겠죠."

더글러스의 표정이 일그러졌다. 그는 가만히 밀드레드를 보다가 물었다.

"구첩반상이 뭡니까?"

밀드레드의 눈이 데굴 굴렀다. 쉽게 말하면 밥과 국, 김치를 제외한 반찬 수가 아홉 개인 상차림을 말하는 거지만 이 세계에 그런 단어가 있을 리가 없다.

그녀는 대충 얼버무렸다.

"내 말은, 릴리는 고작 반대하지 않는 수준이 아니라 적극적인 지지가 필요하다는 거예요. 경이 왕자님의 스승이 되고, 검을 배울 때처럼 말이에요."

더글러스의 눈이 가늘어졌다. 그는 릴리를 지지한다. 자신이 검을 사랑하는 것처럼 릴리도 그림을 사랑한다는 것을 알았으니까.

하지만 그의 부모님도 릴리가 화가로 활동하는 것을 지지할까. 더글러스는 그 의문에는 회의적인 대답을 할 수밖에 없었다. 가장 호의적인 반응이 반대도 지지도 하지 않는 것이다.

밀드레드는 굳은 더글러스에게 다시 말을 이었다.

"경의 부모님이 나쁘다는 게 아니에요. 그분들은 그분들 자리에서 바라는 게 있고 나와 릴리는 우리 자리에서 바라는 게 있다는 말이죠."

그건 어쩔 수가 없는 일이다. 누가 나쁘거나 이기적이어서가 아니다. 밀드레드의 말에 더글러스의 표정이 어두워졌다. 그는 조심스럽게 물었다.

"그럼, 반대하시는 겁니까?"

밀드레드는 냉정하게 대답했다.

"그걸 왜 나한테 물어봐요? 경의 부모님을 설득하는 게 먼저잖아요."

44

가족을 위해

다니엘이 비누에 대한 독점 판매권을 따왔을 때 나는 애슐리와 함께 사람들에게 비누를 나눠주고 있었다.

찾아오는 사람은 많은데 내가 만들 수 있는 비누는 수가 한정적이라 못 받고 그냥 돌아가야 하는 사람의 수가 워낙 많았다.

이건 어떻게 할 수가 없다. 처음엔 고작해야 한 손에 꼽을 정도로만 왔던 사람들이 지금은 몇십 배로 늘어났기 때문이다.

"엄청나게 많네요."

애슐리가 하인들에게 그만 돌아가라는 안내를 받는 사람들을 쳐다보며 말했다. 나는 허리에 손을 얹으며 대답했다.

"비누 가격이 엄청나게 올랐거든."

"얼마나요?"

"평소 가격의 오십 배까지 올랐다던데."

애슐리의 입이 딱 벌어지는 게 보였다. 제일 비싸게 파는 가게가 평소 가격의 오십 배라고 들었다. 그나마 제일 덜 비싸게 파는 데는 열 배였던가 스무 배였던가.

덕분에 나는 마음이 급했다. 그리 멀지 않은 곳에서 콜록콜록하고 기침하는 사람들이 보였기 때문이다. 이 상황에서 전염병이라도 돌면 끝장이다.

"전 무료라서 이렇게 많이 왔다고 생각했는데 너무 비싸서였군요."

"무료라서 온 것도 있겠지."

어떻게 보면 지금 내가 하는 건 샘플을 뿌리는 행동이기도 했다. 조만간 공방을 세워 비누를 만들기 시작하면 여기서 비누를 받아 써 본 사람들의 십 분의 일 정도는 사서 쓰지 않을까.

그때 약간 떨어진 곳에서 소란이 일어났다.

"그냥 가라고? 여기까지 왔는데?"

고개를 돌려보니 어떤 남자가 화를 내고 있는 게 보였다. 남자의 고함 소리에 놀란 애슐리가 내 팔을 끌어안았다.

저런 사람도 있다. 자기가 받지 못하면 그게 무료거나 유료거나 상관없이 화를 내는 사람.

마치 남자의 분노가 버튼이라도 되는 것처럼 그의 주위에서 다른 남자들도 화를 내기 시작했다.

"너무하잖아! 사람 가지고 놀리는 것도 아니고!"

"이거 들고 오기가 쉬운지 알아?"

저마다 커다란 통을 하나씩 들고 있었다. 안 쓰는 기름을 가져온다면 비누로 바꿔 주겠다는 말에 가져온 모양이었다.

하지만 저건 좀 많은데. 일반 가정이 저렇게 많은 기름을 모을 수가 있나? 그렇게 생각하는 사이 루인과 모가 남자들을 진정시키기 위해 다가가는 게 보였다.

"들어가자, 애슐리."

나는 더 험한 광경을 보기 전에 애슐리를 다독여 집 안으로 들어가려 했다. 하지만 루인과 모가 고함치는 남자들에게 채 다가가기도 전에 남자들의 주변에 있던 사람들이 한마디씩 던지기 시작했다.

"그만해. 일부러 안 주는 것도 아니고 없어서 못 주는 거라잖아?"

"맞아! 그게 불만이면 다른 데 가서 사든가!"

주변에 있던 사람들이 한마디씩 하자 불만을 토하던 남자들의 기세가 한풀 꺾이는 게 보였다. 나는 애슐리의 얼굴을 한 번 들여다보고 그녀와 함께 집 안으로 들어갔다.

"저런 사람들도 있네요."

"어디나 불만 있는 사람은 있기 마련이지."

"그게 아니라, 우리 편을 들어주는 사람들이요."

아, 그쪽. 나는 어깨를 으쓱해 보였다. 그리고 농담처럼 말했다.

"인류가 유지되는 이유가 아닐까?"

애슐리의 눈이 동그래졌다. 무슨 소린지 이해를 못 하려나. 잠깐 걱정하는데 그녀가 곧 배시시 웃으며 말했다.

"맞아요. 저런 사람들이 있어서 희망이 생기는 거 같아요."

애슐리가 거기까지 이해하다니. 나는 뿌듯한 마음에 그녀를 꽉 끌어안았다. 그녀에게 도와 달라고 하길 잘했다는 생각이 들었다.

사실, 애슐리가 아니면 도와줄 사람이 없기도 했다. 아이리스는 다른 집안 소녀들과 자선 활동을 하러 갔고 릴리는 허리를 삐끗한 필립의 문병을 갔거든.

"마님, 남작님께서 돌아오셨습니다."

그때 집사가 다가와서 다니엘이 돌아왔음을 알렸다. 알린다기보다는 같이 왔다는 거에 더 가깝지 않을까. 나는 짐의 바로 뒤에 다니엘이 서 있는 것을 보고 눈썹을 들어 올렸다.

"다녀왔습니다."

오늘 국왕과 독점 판매권에 대한 마지막 면담을 한다고 들었다. 내가 기대 어린 표정으로 쳐다보자 다니엘은 그 특유의 여유 있는 미소를 지으며 말했다.

"따냈습니다."

"얼마나요?"

다니엘이면 당연히 독점 판매권을 땄겠지. 그가 충분히 가능하다고 말했고 그 정도 능력이 있는 사람이니까. 문제는 그 기간이 얼마냐 하는 거다.

그는 내게 알아맞혀 보라는 표정을 지었다. 이런 경우는 보통 십 년 정도라고 들었다. 이 나라에서 오직 나만 팔 수 있는 거니까.

"글쎄요, 한 십 년?"

"삼십 년입니다."

뭐라고? 나는 깜짝 놀라 다니엘을 쳐다봤다. 그는 뿌듯한 표정을 짓고 있었다. 세상에. 나는 그에게 다가가서 물었다.

"어떻게요?"

"아이리스 덕분이죠. 재단을 세워서 자선 활동 쪽으로 수익의 일부를 사용하겠다고 했거든요."

"그것만으로요?"

만약 우리가 그랬다가 재단을 안 세우면? 아, 물론 우린 확실히 자선 활동을 위한 재단을 세울 거지만 말로만 그래놓고 안 세우는 사람도 있을 거 아냐?

내 놀란 반응에 다니엘이 품에서 종이봉투를 꺼냈다.

"재단 허가도 같이 받았습니다."

철두철미하기도 하다. 하기야 국왕도 그랬으니 삼십 년이나 허가를 한 거겠지. 나는 웃으며 다니엘을 끌어안고 그의 뺨에 입을 맞췄다.

"대표는 아이리스 이름을 적었는데, 괜찮을까요?"

자연스럽게 다니엘이 내 허리에 팔을 감으며 물었다. 어떤 대표? 나는 눈을 가늘게 뜨며 물었다.

"자선 재단이요?"

"네."

"잘했어요."

내 기억에 왕비님도 자선 재단의 대표로 이름을 올리고 있다. 천재지변이나 재해로 피해를 입은 귀족을 도와주는 재단이었던 걸로 기억한다. 이걸 기억하는 이유는 간단하다. 어거스트가 죽었을 때 재단 이름으로 꽃다발이 왔었거든.

물론 프레드의 장례식에는 안 왔다. 그는 귀족이 아니니까.

"아이리스는 왕자비 시험 중인데 재단 대표가 되어도 되는 거예요?"

그때 곁에 있던 애슐리가 물었다. 나는 다니엘의 허리를 끌어안은 채 그녀를 돌아보고 다시 다니엘을 쳐다본 뒤 말했다.

"응. 자선 재단은 노동을 하는 게 아니니까."

후원을 받거나 자기 수익에서 나온 이득을 가지고 자선 활동을 하는 거라 그렇다. 왕비님뿐 아니라 아버지에게 여유로운 재산을 물려받은 귀족 여성들 중 자선 활동에 관심이 많은 사람들은 그런 식으로 재단을 만들어 자기 영지의 영지민들을 보살피기도 한다.

"그러면요."

애슐리가 머뭇거리며 입을 열었다. 뭔데? 내가 가만히 다음 질문을 기다리자니 그녀가 조심스럽게 물었다.

"그럼 공방은요? 그거 사장은 누가 해요?"

이번에도 나는 다니엘을 한 번 쳐다봤다. 재단 이야기가 나오기 전까지는 다니엘에게 믿을 만한 사람을 소개받아 그를 사장으로 세울 생각이었다.

그 생각 그대로 진행해야 하지 않을까. 자선 재단의 대표가 되는 것과 공방의 사장이 되는 건 다르다. 다니엘이 요정의 샘을 소유하고 있긴 하지만 운영은 다른 사람에게 맡긴 것처럼.

이 나라는 좀 웃긴 구석이 있다. 귀족은 노동을 할 수 없기 때문에 가게의 사장 같은 게 될 수 없다. 하지만 다니엘처럼 요정의 샘을 소유하고 있지만 운영은 다른 사람이 하고 있다면 그건 괜찮다.

물론 운영하는 사람이 믿을 수 있는 사람이어야 한다는 문제가 있다. 그리고 어디나 그렇지만 그 믿을 수 있는 사람은 소개에 소개를 받아야 한다. 사용인을 고용할 때 소개나 추천서를 받는 게 그 이유다.

여성 귀족이 가게를 소유하기 어려운 이유는 돈 같은 문제가 아니라 이렇게 대신 운영해 줄 사람을 구하기 어렵기 때문이다. 재산을 불리는 건 남성 귀족의 일이고, 귀족 중에 돈을 벌겠다는 나 같은 여성 귀족을 상대해 주는 사람은 없으니까.

새삼 나는 운이 좋았다는 생각이 들었다. 다니엘이 있으니까. 나는 빙그레 웃으며 다니엘을 쳐다봤다. 그 역시 빙그레 웃으며 나를 쳐다보고 있었다.

"마님."

그때 짐이 우리 쪽으로 다가오며 릴리가 돌아왔음을 알렸다.

"릴리 아가씨께서 돌아오셨습니다."

"다녀왔습니다."

짐의 뒤로 표정이 이상한 릴리가 다가와서 인사를 했다. 왜 저러지? 나는 얼른 다니엘에게서 빠져나와 릴리에게 다가가며 물었다.

"무슨 일 있어?"

릴리의 표정은 굳어 있었다. 그러면서 눈동자는 꿈을 꾸는 것처럼 보이기도 했다. 필립과 무슨 일이 있었나?

문득, 전에 필립이 우리 집에 왔을 때 릴리에 대해 무슨 말을 하려다 말았던 게 생각났다. 그가 릴리에게 나쁜 짓을 했을 거라는 생각은 들지 않지만 나는 걱정이 돼서 릴리의 뺨을 감싸며 다시 물었다.

"왜 그래? 케이시 경과 안 좋은 일이라도 있었어?"

"그게 아니라요……."

릴리의 눈동자가 꿈에서 깨어난 것처럼 나를 쳐다봤다. 그녀는 나와 내 뒤의 다니엘을 쳐다보고 애슐리를 보더니 다시 내게 시선을 돌리며 속삭였다.

"드릴 말씀이 있어요, 어머니. 그리고 남작님도요."

이런 일이 전에도 있었는데. 나는 불안한 표정으로 다니엘을 쳐다봤다.

"일단 서재로 가죠."

다니엘의 제안에 나는 릴리와 함께 일 층 서재로 향했다. 애슐리에게 같이 있으라고 해도 될지 안 될지 모르겠어서 나는 일단 그녀에게 가서 할 일을 하라고 말했다.

잠시 후, 짐이 차를 가지고 오자 릴리가 입을 열었다.

"오늘 필, 아니, 케이시 경의 문병을 다녀왔는데요."

애 지금 케이시 경을 필립이라고 부르려고 한 건가? 내 시선이 다시 다니엘을 향했다. 그리고 다니엘이 놀란 표정을 짓지 않는 것을 보고 마음을 다잡았다.

"제게 필립 아저씨라고 부르라고 하시더라고요."

응? 그냥 필립이 아니라 필립 아저씨? 내가 어리둥절해하는 사이 다니엘이 말했다.

"가까운 사이니까 그 정도 호칭이 적당하겠지. 케이시 경은 너무 격의 있는 호칭이고."

"네. 그리고, 음……."

릴리와 필립의 관계는 그녀가 필립을 아저씨라고 부를 만큼 친해진 모양이었다. 두 사람 사이가 꽤 친한 건 알고 있었지만 아저씨라고 불러 달라고 할 줄은 몰랐는데.

나는 가만히 앉아서 릴리가 할 말을 기다렸다. 그녀는 혼란스러운 표정으로 나와 다니엘을 번갈아 보면서 다시 입을 열었다.

"계단을 내려오다가 삐끗하셨잖아요. 그때 제 생각이 나셨대요. 제가, 그, 아저씨의 조카와 결혼했으면 좋겠지만, 돈 때문에 결혼하길 바라지는 않는다고 하셨거든요."

머릿속에 필립이 더글러스와 릴리의 사이를 응원하던 게 떠올랐다. 경마장에 릴리를 초대한 게 그 시작이었지.

하지만 릴리가 돈 때문에 더글러스와 결혼하기를 바라지는 않는다니. 필립이 다시 보였다. 그는 정말 좋은 사람이지만 릴리를 아주 많이 생각해 준다는 게 느껴졌다.

"그래서, 음……."

다시 릴리가 망설이기 시작했다. 나는 그녀가 무슨 이야기를 하려고 망설이는지 몰라 고개를 기울였다.

다니엘은 그녀가 무슨 말을 하려는지 아는 것처럼 평온한 표정이었다. 릴리는 나와 다니엘을 번갈아 보더니 마치 숨을 뱉어내는 것처럼 말했다.

"아저씨께서 저를, 그러니까 제게, 재산의 일부를 상속해 주고 싶다고 하셨어요."

나는 깜짝 놀라서 입을 딱 벌렸다. 상속해 주고 싶다고? 자기 재산을? 릴리에게?

물론 그런 일이 전혀 없는 건 아니다. 먼 친척이 죽으면서 재산을 자신에게 상속해 준 덕분에 갑자기 부자가 됐다거나 귀족이 됐다거나 하는 이야기는 간간이 들려오니까.

하지만 릴리가 그런 일을 겪을 줄은 몰랐다. 내가 아무 말도 하지 못하자 릴리가 불안한 표정을 지으며 물었다.

"거절하는 게 옳은 걸까요?"

"아니."

다행히 나보다 다니엘이 먼저 입을 열었다. 그는 말도 안 된다는 표정으로 릴리를 쳐다보며 말을 이었다.

"케이시 경은 자식이 없으니 그 재산을 네가 좀 물려받는다고 해도 문제가 되지 않아."

"하지만 케이시 후작가가 있잖아요."

"후작가에서 케이시 경이 자기 재산을 네게 조금 준다고 불쾌해할 거 같지는 않은데."

다니엘의 말에 릴리가 나를 쳐다봤다. 그렇군. 나는 릴리가 뭘 걱정하는지 깨달았다. 케이시 후작가에서 그녀를 비난할까 봐 걱정이 되는 거다.

나는 그녀를 안심시키기 위해 한숨을 내쉬며 말했다.

"다니엘 말이 맞아. 자식이 없는 사람이 자기 재산을 조카나 친하게 지내는 친구에게 물려주는 일은 드물지 않거든."

"후작가에서 뭐라고 하지 않을까요?"

"그 정도는 케이시 경이 생각해 둔 게 있겠지."

나는 어깨를 으쓱하며 말했다. 그리고 여전히 불안한 표정의 릴리를 보고 재빨리 덧붙였다.

"내가 케이시 경과 이야기해 볼게."

릴리의 얼굴에 안도가 떠올랐다.

아마도 필립이 릴리를 조카처럼 아끼는 거겠지만 엄마로서 그와 이야 기는 한번 해 봐야 할 거다. 정말 고마운 일이지만 그걸 받아도 될지는 그와 이야기를 해 보고 결정하는 게 좋을 것 같았다.

재산을 물려주는 대신 조건 같은 게 있을 수도 있고.

* * *

이튿날, 나는 아이들을 데리고 계약한 건물로 향했다. 목재소로 사용 되던 곳이라 건물 뒤쪽으로 숲이 우거져 있었다. 아이리스는 질색을 했 고 릴리와 애슐리는 신기하다는 듯 주변을 돌아보기 시작했다.

"여기예요?"

어쩔 수 없다는 표정으로 건물을 둘러본 아이리스가 물었다. 그래, 여 기다. 내가 고개를 끄덕이자 처음에 질색했던 표정과 달리 그녀는 꽤 만 족한 표정으로 말했다.

"좋네요. 너무 넓은 거 같지만요."

"식당이나 휴식실도 만들어야 할 걸 생각하면 이 정도쯤은 넓어야 할 지도 몰라."

주방을 만든다면 식당과 휴식실이 별도인 게 좋겠지만 아직은 주방까 지 만들 여력이 없다. 한동안 여기서 일하는 사람들은 도시락을 싸 와야 하겠지.

시내에서 멀기 때문에 식사를 해결할 방법이 도시락을 싸 오는 방법밖에 없을 것이다. 나는 규모가 커지면 주방을 만들고 요리사를 고용할 생각도 하고 있었다.

"엄청 넓네요."

그때 한참을 구경한 릴리와 애슐리가 돌아와서 말했다. 너무 넓어서 한동안은 일부 공간만 사용해야 할지도 모른다.

"사람은 다 구했어요?"

"으음. 반 정도."

가능하면 경력자가 좋지만 내 방법대로 만드는 비누를 만들어 본 경력자가 있을 리가 없다. 물론 아예 모르는 사람보다는 기존 비누를 만드는 사람들이 더 도움이 될 테지만 안타깝게도 그들은 대부분 일자리를 거절했다.

그들이 거절한 이유도 이해가 된다. 지금이야 비누 나무가 말라 죽었다지만 몇 년이 지나면 다시 자랄 테고, 그러면 비누 공방이 제대로 돌아갈 테니까.

내가 만드는 비누가 계속 팔릴지는 미지수다. 몇 년 후에 비누 나무가 충분히 자라면 안 팔릴지도 모르는데 원래 공방을 떠나는 위험을 안고 싶지는 않았겠지.

"하지만 그 사람들은 지금 돈을 전혀 못 벌고 있을 거 아니에요?"

옆에서 내 설명을 들은 애슐리가 이해가 안 된다는 듯 물었다. 그렇게 생각하면 그렇다. 당장 기존 비누 공방은 돈을 벌 수가 없는데 거기에 남아 있는 게 답답하게 보일 수도 있겠지.

"그런데 길드는 또 다르거든. 그쪽 공방을 떠나서 우리 공방으로 오는 걸 배신했다고 여길 수 있어."

길드. 쉽게 말하면 조합이다. 아무래도 그쪽은 나를 라이벌로 생각할 수도 있겠지. 비누 나무가 가뭄으로 말라죽은 지금 하필이면 내가 새로운 비누를 만들었으니까.

"그럼, 길드만 아니면 우리 쪽으로 오겠네요?"

애슐리의 말에 나는 가슴 앞으로 팔짱을 꼈다. 꼭 그렇지만은 않다.

"길드가 무서운 사람도 있지만 동료를 배신할 수 없다고 생각하는 사람도 있거든. 그리고 우리 쪽이 미래가 불확실하다고 생각할 수도 있고."

"복잡하네요."

아이리스가 코끝을 찡그리며 중얼거렸다. 복잡하지. 나는 먼지 쌓인 건물 안을 돌아보며 작게 웃었다. 사람 마음이라는 게 그렇다.

똑같은 거절이어도 이유는 다르다.

"사람이 적으면 공방이 안 돼요?"

릴리의 질문에 나는 고개를 저었다. 상관없다. 비누는 나 혼자서도 만들 수 있는 거니까. 사람이 많으면 더 많이 만들 수 있는 거다.

"아냐, 여길 정리하고 바로 모아진 사람만이라도 고용해서 시작할 거야."

"그럼 전 뭘 하면 될까요?"

아이리스의 질문에 나는 빙그레 웃으며 그녀의 어깨를 끌어안았다. 할 일이야 많지. 계산하는 걸 도와줄 수도 있고 주변 사람들에게 사용을 부탁하는 편지를 쓸 수도 있다. 어떤 비누를 만들지 내게 아이디어를 낼 수도 있고.

"어머니, 여기 건물 뒤, 공터 말인데요. 혹시 쓸 일이 있나요?"

아이리스에게 뭘 도와주면 될지 이야기하는데 애슐리가 다가와서 물었다. 공터? 나는 좀 떨어진 곳이 숲인 건물 뒤를 떠올렸다.

목재소라 숲 바로 근처에 건물을 세웠던 모양이다. 그래서 건물 뒤는 좀 어두웠다. 들짐승의 접근을 막기 위해 울타리를 세워 놨지만 별로 쓸 일은 없다.

"한동안은 쓸 일이 없을 거 같은데. 왜?"

"그럼 어머니와 아이리스가 여기에 올 때 저도 같이 와서 공터에서 활을 쏴도 될까요?"

"활? 상관은 없는데. 재미있니?"

그러고 보니 애슐리가 최근에 활쏘기에 푹 빠져 있던 게 떠올랐다. 처음 다니엘에게 배우고 나서는 이튿날 팔이 안 올라간다고 울상을 지었었는데.

"네. 집 정원은 거리가 짧아서요."

그랬나? 생각해 보니 긴 쪽은 시내 쪽이라 쏘지 말라고 했던 게 기억난다. 나는 최대한 엄한 표정으로 말했다.

"내 시야에 있어야 해."

울타리를 쳐 놓긴 했지만 그래도 애슐리 혼자 떨어져 있는 건 걱정된다. 애슐리 역시 내 걱정을 알아차렸는지 진지한 표정으로 대답했다.

"네. 그건 걱정 마세요."

상관없겠지. 나는 고개를 끄덕였다. 귀족 사회의 여성이 활을 쏜다는 건 절대 장점이 아니지만 그걸 생각했으면 릴리가 그림 그리는 걸 허락했을 리가 없다.

릴리가 그림을 그릴 수 있다면 애슐리도 활을 쏠 수 있다.

"이제 갈까요?"

주변을 둘러보고 온 다니엘이 내게 다가오며 물었다. 계약을 마무리하러 가야 한다. 다니엘이 구해 준 공방 사장이 되어 줄 사람도 함께 만나기로 했다.

우리는 다시 마차를 타고 중간에 릴리를 내려 주었다. 노상 찻집에 앉아서 지나가는 사람들을 스케치하고 싶다나 뭐라나. 노상 카페에서 많은 화가들이 하는 연습이라는 말에 나는 아무 말도 하지 않았다.

"애슐리, 너는 어떻게 할래?"

"전 어머니랑 갈래요. 아무것도 안 가져와서 릴리 옆에서 할 게 없거든요."

우리는 릴리와 애나를 내려 주고 다시 마차를 달렸다. 마차는 금세 요정의 샘에 도착했다.

"익숙한 얼굴이 있군요."

요정의 샘에 들어서는 순간, 다니엘이 낮은 목소리로 말했다. 뭐가? 내가 그를 쳐다보자 다니엘은 지배인에게 눈짓하며 말을 이었다.

"저쪽 바에 앉은 사람들 말입니다. 길드 쪽 사람들입니다."

나는 바 쪽을 바로 쳐다보지 않기 위해 애슐리와 아이리스를 돌아봤다. 두 사람은 어떤 디저트를 먹을지 신이 나서 이야기하고 있었다. 카스텔라는 한정이라 이미 다 떨어졌을 거라는 아이리스의 말에 애슐리가 복숭아 파이 위에 아이스크림을 얹고 싶다고 말하는 게 들렸다.

"우연일까요?"

"글쎄요."

내 질문에도 다니엘은 침착했다. 그는 지배인을 따라 작은 방으로 우리를 안내했다. 열 명 정도가 앉으면 딱 맞을 방에는 이미 그랜트 백작과 그의 비서가 앉아 있었다.

나는 안으로 들어가면서 바 쪽으로 시선을 던졌다. 과연, 다니엘의 말대로 식당에 어울리지 않는 남자들이 앉아 있는 게 보였다.

어울리지 않는다는 게 옷차림이나 외모를 말하는 게 아니다. 이런 식당에 오는 사람들은 다들 어느 정도는 들떠 있기 마련이다. 이 식당은 분위기가 좋고 맛있고 세련된 음식이 나온다. 데이트일 수도 있고 회식일 수도 있다.

하지만 바에 앉아 있는 남자들은 전혀 들떠 있지 않았다. 그들은 어딘지 모르게 불쾌하다는 표정으로 우리 쪽을 응시하고 있었다. 그러다가 나와 눈이 마주치자 재빨리 아무렇지 않은 척 주변을 둘러보는 게 더 어색했다.

"아이리스와 애슐리를 내보내는 게 좋을까요?"

내 질문에 다니엘이 씩 웃었다. 그는 애슐리와 아이리스를 안쪽에 앉으라고 손짓하며 말했다.

"제가 있는데 감히 반스가의 사람들에게 손댈 수 있을 리가요."

나는 눈을 가늘게 뜨고 다니엘을 쳐다봤다. 예전엔 이게 허세라고 생각해서 귀엽다고 생각했는데 허세가 아니라는 것을 알게 된 지금도 귀엽다.

다니엘은 왜 그러냐는 표정으로 나를 바라보며 미소 지었다. 귀엽다, 귀여워. 나는 그를 한 번 꽉 끌어안고 싶은 심정을 참으며 맞은편에 앉은 사람들에게 인사를 건넸다.

"다시 뵙게 되어 반가워요. 이쪽은 제 첫째와 셋째인 아이리스와 애슐리예요."

그랜트 백작은 이미 다니엘에게 소개를 받았다. 그는 공방 허가를 내주는 일을 하는데 언뜻 게리를 닮았다. 게리보다는 키가 좀 크지만.

다니엘은 그랜트 백작이 마음에 드는 눈치였다. 그의 상당히 꼼꼼한 성격이 마음에 든다고 했다. 대부분의 귀족은 무보수로, 명예라는 이유만으로 성의 일을 한다. 그리고 같은 이유로 일을 대충하는 사람이 많았다.

하지만 그랜트 백작은 아니라고 했다. 그는 모든 일을 꼼꼼하고 철저하게 했으며 자기 일에 자부심을 가지고 있었다.

"만나서 반갑습니다."

그랜트 백작이 양쪽으로 갈라진 수염을 꼬며 아이리스와 애슐리에게 인사를 건넸다. 나는 약속 시간 훨씬 전에 이미 도착해 있는 것만 봐도 그가 얼마나 자기 일에 철저한지를 깨달으며 허리를 세웠다.

처음에 다니엘을 통해 비누 공방을 하고 싶다는 이야기를 했더니 사업 계획서는 물론 고용할 사람들의 신원 확인서까지 모두 확인했다. 사업을 유지할 능력이 되는지 확인하기 위해 초기 자금을 어디서 조달할지도 물었었지.

그래서 나는 약간 긴장해 있었다. 그랜트 백작은 아주 바쁘고 철저하게 일을 하는 사람이다. 이 약속도 최대한 빨리 잡은 게 일주일이나 지난 오늘이다.

이번에 어그러져서 새로 약속을 잡아야 한다면 오늘로부터 일주일이 될지, 한 달이 될지 모른다.

"공방 사장은 어디 있습니까?"

곧이어 그랜트 백작이 물었다. 그러고 보니 사장이 아직 안 왔다. 이상한데. 나는 시계를 꺼내 시간을 확인했다. 우리도 좀 일찍 도착하긴 했지만 공방 사장은 미리 와 있어야 했다.

"곧 오겠죠."

다니엘이 빙그레 웃으며 주제를 바꾼 덕분에 분위기가 조금 가벼워졌다. 곧 직원이 우리를 위한 차와 아이리스와 애슐리가 주문한 아이스크림을 얹은 복숭아 파이를 가지고 들어왔다.

"늦는군요."

날씨 이야기나 최근 감기에 걸린 사람이 늘어났다는 이야기가 끝날 때까지 공방 사장은 도착하지 않았다. 나는 그랜트 백작이 불쾌하다는 표정을 짓는 것을 보고 입술을 깨물었다.

"이상하군요."

다니엘 역시 표정이 굳어 있었다. 그는 내게 고개를 숙이더니 속삭였다.

"사람을 시켜 집에 가 보라고 했습니다. 이렇게 아무 말도 없이 늦거나 안 올 사람이 아니거든요."

다니엘이 구한 사람이니 그렇겠지. 공방 사장에게 무슨 일이 일어난 게 아닐까 하고 걱정하는 차에 그랜트 백작이 못마땅한 표정으로 말했다.

"아무래도 오늘 일은 없었던 일로 해야겠군요."

"죄송해요, 백작님. 사람을 보냈으니……."

"반스 부인. 모든 일에 약속이 가장 중요한 겁니다. 가장 중요한 사장이 약속을 지키지 않았는데 뭘 믿고 허가를 내줘야 합니까."

맞는 말이다. 나는 한숨을 내쉬었다. 그랜트 백작 역시 나를 쳐다보더니 한숨을 내쉬며 말했다.

"사람을 잘못 보신 모양이군요. 새 사람을 구한 뒤 다시 약속을 잡으시는 게 좋겠습니다."

어떻게 해야 하지? 나는 저도 모르게 다니엘을 쳐다봤다. 다니엘의 표정도 굳어 있었다. 그가 마법으로 사장을 불러오면 안 되나? 근데 만약 다쳐서 못 오는 거라면? 사인을 못 할 정도로 다친 거라면?

다니엘이 사람을 잘못 봤을 리가 없다. 날아가는 새가 하늘에서 떨어질 수는 있겠지. 하지만 다니엘은 아니다.

그때 애슐리가 작은 목소리로 물었다.

"누가 안 온 건데요?"

나는 그랜트 남작에게 시선을 고정한 채 애슐리에게 속삭였다.

"공방 사장. 사장으로 서류에 사인을 해야 할 사람이 오기로 했는데 안 온 거야."

애슐리의 표정이 굳었다. 그녀가 보기에도 상황이 별로 안 좋아 보였나 보다.

"그럼, 이만."

그랜트 백작이 불쾌한 표정으로 자리에서 일어났다. 그러자 애슐리가 벌떡 일어나며 말했다.

"공방 사장이 있으면 되는 거죠?"

모든 사람의 시선이 애슐리를 향했다. 존재감이 흐릿했던 그랜트 백작의 비서도 놀란 표정으로 그녀를 쳐다보고 있었다.

"하지만 없잖니."

백작은 침착한 표정으로 말했다. 그는 애슐리에게 대답하고 우리를 돌아본 뒤 다시 입을 열었다.

"여기 있는 사람 중 공방 사장이 될 수 있는 사람도 없고."

일단 다니엘은 안 되지. 아이리스도 왕자비 시험 중이다. 절대로 안 된다. 그럼 내가 한다고 할까? 내가 망설이는데 애슐리가 다시 입을 열었다.

"저요. 제가 할게요."

뭐라고? 나는 깜짝 놀라서 눈을 크게 떴다. 그랜트 백작의 표정도 나와 별반 다르지 않았다. 그는 나를 보고 다니엘을 보더니 애슐리를 돌아보며 말했다.

"말도 안 되는 소리 마라."

"사장이 되려면 조건이 있나요? 나이가 많아야 하나요? 아니면……."

애슐리의 목소리가 점점 작아지더니 그녀가 자신 없는 목소리로 나를 돌아보며 물었다.

"여자는 안 돼요?"

그런가? 나는 다니엘을 돌아봤다. 그는 흥미롭다는 표정으로 애슐리를 쳐다보고 있었다. 내 시선을 알아차린 다니엘이 씩 웃으며 말했다.

"그건 아니야."

사장이 되는 것 자체는 별문제가 없는 모양이다. 하긴, 돈을 버는 게 법적으로 금지됐거나 하는 건 아니다. 다비나도 자기 가게의 사장이자 디자이너니까.

하지만 애슐리는 사교계에 데뷔한, 귀족에 편입이 가능한 위치였다. 귀족이 가게의 사장을 하겠다는 건 사교계를 떠나겠다는 뜻이나 다름이 없다. 그리고 한동안 사교계에 정신 나간 짓을 한 귀족으로 이름이 오르락내리락하겠지.

나는 애슐리를 말려야겠다는 생각에 그녀를 향해 고개를 돌렸다. 하지만 내가 입을 여는 것보다 먼저 애슐리가 다시 말했다.

"그럼 제가 할게요. 어차피 서명만 하면 되는 거잖아요."

그랜트 백작의 표정이 굳었다. 그는 못마땅한 얼굴로 말했다.

"반스 양, 그렇게 쉬운 일이 아니야. 공방의 대표로 반스 양의 얼굴을 내세우는 거야. 말도 안 되는 소리 말게."

그랜트 백작이 계속 말도 안 되는 소리라고 말하는 것도 당연하다. 진짜로 애슐리가 사장이 되면 사교계는 발칵 뒤집어질 테고 애슐리의 혼처는 물 건너간 거나 다름이 없다.

어쩌면 나와 아이리스에게도 딸과 자매가 불명예스러운 짓을 했다는 손가락질이 향할지도 모른다. 거기까지 생각하자 애슐리를 말리는 게 과연 옳은 일일지 의문이 들었다.

어차피 우리 집은 릴리가 화가가 되기로 결심한 순간, 사교계의 구설수에 올랐다. 딸을 어떻게 키운 거냐는 손가락질이 나를 향하겠지.

물론 그건 내 알 바 아니다. 내게 손가락질하는 인간들은 릴리가 불행하든 행복하든 아무 상관없을 테니까. 그 인간들은 아이리스와 애슐리가 웹스터와 결혼해서 맞고 살아도 지들 눈에만 안 보이면 내게 결혼 잘

시켰다고 할 사람들이다.

내가 걱정하는 건 내가 비난받는 게 아니었다. 애슐리의 가능성을 빼앗을까 봐서였다.

릴리가 화가가 되는 것을 허락한 건 그 애가 확고했기 때문이다. 결혼에 관심이 없다는 것도 화가가 되고 싶다는 것도 릴리는 내게 증명해 보였다.

하지만 애슐리는 아니다. 이 애는 자신이 무엇을 하고 싶은지는커녕 뭘 잘하는지조차 이제야 찾고 있는 단계다. 내가 애슐리의 가능성을 차단하게 될까 봐 두려웠다.

"애슐리."

나는 조용히 애슐리를 불러 앉혔다. 그리고 그 애에게 몸을 내밀어 속삭였다.

"나는 네가 공방 사장이 되는 것도 괜찮다고 생각해. 하지만 만약 그렇게 되면 앞으로 네가 진짜 하고 싶은 게 생겼을 때 그걸 못 하게 될 수도 있어."

"제가 진짜 하고 싶은 거요?"

"공방 사장이 되면 사교계에 발을 딛기 힘들 거야. 그래서 나도 나 대신 사장이 되어 줄 사람을 찾았던 거고. 결혼이 힘들지도 몰라."

내 설득에 오히려 애슐리의 표정이 다부져졌다. 그녀는 나를 똑바로 쳐다보며 말했다.

"전 아이리스처럼 왕비가 되고 싶지도 않고 릴리처럼 하고 싶은 게 있는 것도 아니에요. 가족들의 도움이 된다면 그걸로 충분해요."

맙소사. 나는 애슐리의 선함에 한숨을 내쉬었다. 가족 좋지. 가족에게 도움이 되는 것도 좋지. 그런데 그게 희생이 되면 그건 제대로 된 가족이 아니다. 한 명의 희생으로 쌓아 올려진 화목함이라는 건 이기적인 거다.

나는 애슐리를 설득하기 위해 입을 열었다.

"난 싫어. 네가 행복하길 바란 거지 도움이 되길 바란 거 아냐."

애슐리의 눈이 커졌다. 그녀는 이해할 수 없다는 표정으로 나를 쳐다보다가 말했다.

"전 어머니에게 도움이 되면 행복해요."

"그렇게 생각하는 거지."

온전히 손해만 안고 남의 도움만 된 사람이 행복할 리가 없다. 본인과 주변이 그게 편하니까 행복하다고 생각하는 거지. 나는 애슐리가 행복했으면 좋겠다. 좀 피곤하고 다쳐도 자신이 원하는 길을, 행복을 거머쥐길 바란다. 남의 행복을 보고 행복해하는 것뿐 아니라 자신의 행복도 손에 쥐고 행복해했으면 좋겠다.

그때 다니엘이 끼어들었다.

"임시로 하죠."

"임시요?"

방 안의 모든 사람들의 시선이 다니엘을 향했다. 그는 테이블에 팔을 올리며 말했다.

"일단 임시 사장을 애슐리로 두고 허가를 받으면 어떨까요. 우린 당장 공방을 세울 필요가 있고 애슐리가 계속 사장 자리에 있어야 할 필요는 없으니까요. 한두 달쯤 후에 새 사람을 구하면 애슐리가 자리를 인계하는 걸로요."

그래도 되나? 나는 어리둥절해서 그랜트 백작을 쳐다봤다. 그는 다니엘의 말이 못마땅한 것처럼 우리를 쳐다보다가 물었다.

"마음이 급한 건 알겠습니다만, 한두 달 정도는 기다려도 되지 않습니까? 굳이 오늘 이렇게…… 크흠. 반스 양의 이름을 올리면서까지 허가를 받을 필요는 없을 텐데요."

"아이리스는 시간이 없어요."

애슐리가 불쑥 입을 열었다. 그랜트 백작은 그녀의 말에 어리둥절한 표정으로 아이리스를 쳐다봤다. 그의 시선을 받은 아이리스가 민망한 표정을 지었다.

"여기 아이리스 반스 양이 왕자비 후보 시험을 치르고 있잖습니까."

그 사이 다니엘이 재빨리 끼어들었다. 그는 능숙하게 아이리스에게서 그랜트 백작의 시선을 돌리며 말을 이었다.

"이번 시험 문제가 자선 활동이거든요. 이왕 반스 부인이 공방을 차릴 거라면 그 공방의 수익으로 아이리스가 자선 재단을 만들면 어떨까 해서 말입니다."

놀랍게도 다니엘의 말에 그랜트 백작의 표정이 진지해졌다. 그는 다시 봤다는 표정으로 애슐리를 쳐다보더니 자리에 앉았다. 그리고 양옆으로 갈라진 콧수염을 만지작거리며 아이리스와 애슐리를 번갈아 보더니 피식 웃었다.

무뚝뚝하고 만사가 못마땅해 보이던 그의 얼굴에 미소가 떠오르자 놀랍게도 무서웠다. 그의 얼굴은 평소 웃을 일이 없어서 전혀 웃지 않은 사람답게 좀 일그러졌고 억지로 웃는 것처럼 보였다.

그래도 미소는 미소다. 마음에 든다는 미소에 기분이 좀 나아졌다. 백작은 자신의 미소를 보고 얼어붙은 애슐리와 아이리스에게 입을 열었다.

"형제자매가 사이가 좋다는 건 좋은 일이지."

우리 애들이 사이가 좋긴 하지. 나는 아무 말도 하지 않고 그랜트 백작이 다음에 할 말을 기다렸다. 그는 우리를 둘러보더니 지금까지 존재를 잊고 있던 비서를 돌아보았다.

"서류."

그의 말에 아무리 봐도 자기 자신도 자신의 존재감을 잊고 있었던 것 같은 비서가 화들짝 놀라더니 가방에서 서류를 꺼냈다. 그는 가방 안에서 펜과 잉크까지 꺼내 책상 위에 올려놓았다.

그리고 서류를 넘겨서 손가락으로 어느 지점을 짚으며 말했다.

"서명할 곳은 여기, 여기, 그리고 여기입니다."

"잠깐만요."

비서가 시키는 대로 애슐리가 펜을 들어 올리자 나는 문득 이걸 꼭 애슐리가 해야 할 필요는 없다는 것을 깨닫고 몸을 내밀었다.

그랜트 백작이 무슨 일이냐는 듯 나를 쳐다보는 게 보였다. 나는 다니엘에게 물었다.

"어차피 한두 달 정도라면 애슐리가 아니라 내가 하는 게 낫지 않겠어요?"

조금이라도 사교계의 구설수에 오를 수 있다면 그건 내가 되는 게 낫다. 내 딸이 아니라.

하지만 다니엘의 의견은 다른 모양이었다. 그는 아이들과 그랜트 백작의 얼굴을 살피더니 내게 몸을 기울이며 말했다.

"애슐리가 낫습니다. 무슨 일이 있어도 애슐리는 아직 어렸다는 핑계가 먹히니까요."

어려서 뭘 몰랐다는 말로 넘어갈 수 있다는 거다. 그게 과연 옳을까. 어려서 실수한 사람이라는 이미지가 생기는데. 반대하려는 내 팔을 애슐리가 잡으며 부탁했다.

"제가 할래요. 어머니. 하고 싶어요."

나는 못마땅한 마음에 애슐리를 돌아보았다. 그러자 그녀가 놀라운 말을 했다.

"생각해 보세요. 제가 언제 사장님이나 대표가 되어 보겠어요? 해 보고 싶어요."

그렇게 말하면 반대할 수가 없다. 마음이 기우는데 다니엘이 옆에서 속삭였다.

"게다가 언니를 위해 나섰다는 미담도 애슐리의 이름에 따라붙을 거고요."

내면의 천사와 악마가 형상화된 기분이다. 물론 천사는 애슐리고. 나는 한숨을 내쉬며 고개를 끄덕였다. 그리고 가슴 앞으로 팔짱을 낀 채 소파에 등을 기댔다.

"여깁니다."

비서가 다시 서류에 손가락을 대며 말했다. 그가 짚어 주는 부분에 애슐리가 긴장한 표정으로 서명을 하기 시작했다. 이제 보니 애슐리의 자세가 아주 많이 좋아진 게 보였다. 물론 글씨 연습도 열심히 한 덕에 서명 역시 아주 훌륭했다.

서명이 금세 끝나고 애슐리는 홀가분한 표정으로 우리를 돌아보았다. 그와 동시에 아이리스가 그녀를 끌어안았다.

"임시죠?"

나는 그랜트 백작과 악수를 하고 방을 나서며 다니엘에게 속삭였다. 임시여야 한다. 애슐리가 나중에 귀족과 결혼하고 싶을 수도 있고 사교계에 남아 있고 싶을 수도 있으니까.

"그럼요."

다니엘은 유쾌하다는 표정으로 나와 아이들을 돌아보더니 내게 고개를 숙였다. 그리고 다른 사람들에게 들리지 않을 정도의 크기로 속삭였다.

"기껏해야 한두 달 정도입니다. 애슐리라면 이 정도는 사교계에서 큰 흠으로 보지도 않을 겁니다."

부디 그랬으면 좋겠다. 나는 한숨을 내쉬며 그랜트 백작에게 인사를 건넸다. 문득 생각이 나서 고개를 바 쪽으로 돌려보니 길드에서 나온 사람들이 우리의 표정이 밝은 것을 보고 인상을 구기며 자리를 떠나는 게 보였다.

"방문하셨는데 이렇게 맞이해서 정말 죄송합니다."

이튿날, 밀드레드는 릴리와 약속대로 필립 케이시 경의 저택을 찾았다. 허리를 삐끗한 탓에 그는 비스듬하게 누워서 손님을 맞이하는 수밖에 없었다.

밀드레드는 아무 상관하지 않았지만 필립은 이런 꼴로 손님을 맞이하는 걸 부끄럽게 여겼다. 하지만 그는 밀드레드가 왜 자신을 찾아왔는지 알았기 때문에 그녀의 방문을 받아들였다.

"아니에요. 다치셨다는데 당연히 와 봐야죠."

밀드레드가 침대 옆에 놓인 의자에 앉으며 걱정스러운 표정으로 말했다. 손님을 위해 하인을 시켜 가져온 의자였다. 그 옆에 손님과 필립의 다과를 놓을 수 있도록 간이 테이블도 놓았다.

"릴리뿐 아니라 부인께도 부끄러운 모습을 보여드리는군요."

"전혀 부끄러운 모습이 아니에요. 걱정 마세요."

밀드레드의 위로에도 부끄럽다는 필립의 생각은 바뀌지 않았다. 자기 집 계단에서 내려오다가 삐끗한 건 부끄러운 일이다. 그는 그 계단을 최소한 수천 번은 밟았을 테니까.

부끄러워하는 필립을 본 밀드레드는 그가 쉴 수 있도록 최대한 빨리 용건만 묻고 떠나야겠다고 생각했다. 하지만 그보다 먼저 필립이 릴리의 안부를 물었다.

"릴리는 잘 지내고 있습니까?"

"그럼요. 어제도 노상 찻집에 앉아서 스케치를 했어요."

"크로키요?"

움직이는 사물을 빠르게 포착해서 스케치하는 거다. 많은 화가들이 카페나 경마장, 무대 뒤편에서 크로키를 하곤 한다.

흔한 거였구나. 밀드레드는 필립이 단박에 릴리의 행위를 알아차리자 안도하며 고개를 끄덕였다.

그 사이, 하인이 간이 테이블에 다과를 내려놓고 나갔다.

"릴리 때문에 오신 거죠?"

유산 때문이겠지. 필립은 밀드레드가 먼저 말하기 부담스러울 것을 알고 입을 열었다. 그의 질문에 그녀가 고맙다는 표정을 짓더니 천천히 단어를 골라 말했다.

"네. 릴리 말이, 경께서 그 애에게 놀라운 선물을 주기로 하셨다고 하더군요."

필립의 얼굴에 미소가 떠올랐다.

나이 차가 상당하다고는 하나, 필립은 미혼이다. 결혼 적령기의 딸을 둔 어머니가 걱정하는 건 당연했다. 그는 그런 밀드레드의 걱정을 덜어 주기 위해 재빨리 말했다.

"네, 맞습니다. 부인께서는 릴리의 어머니시니, 제가 무슨 생각인지 걱정되어 오신 것도 이해가 됩니다."

"케이시 경. 관대한 제안에 정말 감사드려요. 하지만 릴리가 그런 엄청난 선물을 받아도 될지 모르겠어요."

"물론 받아도 됩니다. 받아도 되고말고요. 저는 릴리를……."

릴리를? 필립이 말을 흐리자 밀드레드가 어리둥절한 표정을 지었다. 그는 릴리의 어머니 앞에서 이런 말을 해도 될지 망설이고 있었다.

하지만 그가 릴리를 이성으로 생각한다는 오해를 받는 건 더 끔찍하다. 그에게 릴리는 이제 겨우 핏덩이를 벗어난 어린 소녀일 뿐이다.

"릴리의 어머니 앞에서 이런 말을 하긴 좀 그렇지만, 제 딸처럼 생각하고 있습니다."

딸이 있으면 이랬을까 싶을 정도로 필립은 릴리가 마음에 들었다. 그의 형님이 처음 더글러스가 검에 소질을 보였을 때 펄 듯이 기뻐하며 술에 취해 찾아왔던 날이 떠올랐다.

별 쓸데없는 걸로 기뻐한다고 속으로 빈정거렸었는데 지금은 알겠다. 그에게 딸이 있다면, 그 딸이 릴리라면 그도 술에 취해 형님을 찾아서 릴리가 얼마나 대단한지 밤새도록 떠들어 댔을 것이다.

"너무 과분하게 예뻐해 주셔서 뭐라고 말씀드려야 할지 모르겠네요."

"아닙니다. 릴리를 보면 제가 어릴 때가 생각나거든요."

"그래요?"

전혀 다르지 않나? 밀드레드는 고개를 갸웃했다. 일단 가정환경도 다르고 성격도 좀 다를 텐데. 아니, 성격이 좀 불같은 건 비슷한가?

하지만 그녀는 곧 카일이 여자라는 것을 밝혔을 때 필립이 펄펄 뛰며 달려왔던 것을 떠올렸다. 릴리도 좀 그런 불같은 구석이 있다. 그리고 둘 다 속정이 깊다.

"사실 릴리가 부럽기도 합니다. 제가 릴리 나이에 릴리처럼 행동했으면 어땠을까 하고요."

불가능했다는 것을 알면서도 필립은 그렇게 말했다. 그가 열여덟 살에 화가가 되겠다고 끝까지 주장했다면 그의 부모님은 그를 어느 신전에 처박았을 것이다.

하지만 그는 릴리 역시 그와 상황만 다를 뿐이지 힘들 것이라는 것을 알았다. 릴리는 화구를 사는 것조차도 화구상이나 다른 화가들에게 쓸데없는 참견을 받을 것이다. 사교계에서 쫓겨나는 것은 말할 것도 없다.

필립은 릴리의 용기가, 그녀를 지지해 준 밀드레드라는 울타리가 부러웠다.

"경과 릴리는 상황이 다르죠."

밀드레드가 필립을 위로하기 위해 말했다. 그녀는 케이시 후작 부인을 떠올리고 있었다.

아무리 더글러스가 릴리를 위해 노력한다고 해도 그 집안사람들은 릴리를 반길 리가 없다. 그 분위기가 필립이 어릴 때는 더하면 더했지 덜하진 않았겠지.

"맞습니다. 상황은 다르죠. 하지만 거기에 제 돈이 더해진다면 릴리에게 조금이라도 도움이 되지 않을까 싶었습니다."

"케이시 경, 경이 있어서 얼마나 저와 릴리에게 도움이 되는지 몰라요."

밀드레드는 한숨을 내쉬며 말했다. 이건 진심이다. 그녀는 화가도 아니고 그쪽 생리도 모른다. 그림 도구가 비쌀 거라는 것만이 그녀가 알고 있는 유일한 지식이었다.

"하지만 그 도움이 재정적인 부분까지 가도 될지는 모르겠어요. 저는 경과 릴리의 우정을 지지하지만 경의 제안이 릴리와의 우정을 망가트릴까 봐 걱정돼요."

어쩌면 필립은 릴리를 이해해 주는 유일한 사람일지도 모른다. 현재로서는 어쩌면이 아니라 확실하게 유일한 사람이고.

밀드레드는 릴리가 그녀와 공감하고 이해를 나누는 동료를 잃지 않기를 바랐다.

"반스 부인, 저는 여유가 좀 있는 편입니다. 자식도 없고요."

필립이 침울한 표정으로 그렇게 말하더니 슬쩍 밀드레드의 눈치를 살피며 덧붙였다.

"솔직히 말하면 릴리를 제 양녀로 들이고 싶은 심정입니다. 하지만 그건 릴리에게도, 부인께도 무례한 행위겠지요."

남이 잘 키우고 있는 딸을 양녀로 달라는 건 무례한 행동이다. 밀드레드가 경제적으로 허덕인다거나 릴리를 다른 집에 양녀로 보내고 싶어 한다면 모르지만 지금 그녀는 그럴 생각이 없다.

필립은 밀드레드가 불쾌해하지 않는 것을 확인하고 한숨을 내쉬었다. 그리고 다시 말을 이었다.

"그렇다면, 제가 죽은 뒤 제 돈이 릴리에게 도움이라도 되었으면 좋겠습니다. 물론 릴리에게 도움이 될 만큼 돈이 남을지는 그때 가 봐야 알겠지만요."

필립의 우스갯소리에 밀드레드의 얼굴에 미소가 떠올랐다. 하지만 그녀는 곧 진지하게 물었다.

"하지만 경, 그걸 후작가에서도 납득했나요? 경께는 훌륭한 조카가 있잖아요."

훌륭한 조카라고 말한 순간 필립은 저도 모르게 한심하다는 표정을 지었다. 그렇지 않아도 얼마 전에 더글러스가 그를 찾아와서 고민을 상담했다.

그의 어머니가 릴리를 마음에 들어 할지 모르겠다는 거다. 물론, 케이시 후작 부인이 릴리를 마음에 들어 하거나 말거나 크게 상관은 없다. 하지만 릴리가 화가가 되는 것을 부모님이 이해할지가 걱정이라고 했다.

그는 당연히 더글러스가 그 점은 그의 부모님의 이해를 받은 줄 알았다. 이 답답한 녀석. 크게 호통친 뒤 필립은 조만간 형님 부부를 만나 더글러스를 도와주겠다고 약속했다.

물론 이렇게 다치는 바람에 더글러스는 돕는 일은 무기한 연기됐지만.

"케이시 후작가는 부유하니까요. 더글러스는 제 돈이 아니어도 걱정 없을 겁니다. 제 형님과 형수님이 제 돈을 원할 것 같지도 않고요."

그건 모르는 거지. 밀드레드는 그렇게 말하려다 멈췄다. 필립의 재산은 그가 독립할 때 죽은 선대 케이시 후작이 떼어 준 돈을 스스로 이만큼 불린 것이다. 다 까먹는 녀석들이 있다는 것을 생각하면 재산을 유지하는 것만으로도 훌륭하니 필립은 그 백배쯤 더 훌륭한 셈이지만, 그게 다른 사람에게 넘어가는 걸 후작가에서 그냥 두고 볼지도 모르는 일이다.

필립은 여전히 걱정스러운 밀드레드의 표정을 보고 찻잔을 들어 올리며 말했다.

"만약 형님 부부가 제 유산을 원한다면 삼등분하면 됩니다."

"삼등분이요?"

"네. 재산을 삼등분해서 릴리와 더글러스에게 나눠주고 남은 돈은 화가를 위한 재단을 만들 생각입니다."

이런 생각을 한 것도 엄밀히 말하면 밀드레드 덕분이다. 그는 밀드레드를 바라보며 빙그레 웃었다. 카일이 카일라라는 것을, 그녀가 병으로 혼자 병원에서 죽었다는 것을 밀드레드 덕분에 알았다.

필립은 그런 재능 있는 화가가 그렇게 어렵게 살다가 죽었다는 게 가슴이 아팠다. 밀드레드가 허락하지 않았다면 릴리도 그렇게 될 수도 있다는 사실에 그의 심장이 철렁 내려앉았다.

"하지만 삼등분까지는 하지 않도록 할 생각입니다. 재산의 반을 재단을 세우는 데 쓰고 릴리를 재단 대표로 앉히는 것도 괜찮은 방법이겠지요."

필립이 거기까지 생각하고 있을 줄은 몰랐다. 밀드레드는 가만히 그를 쳐다보다가 입을 열었다.

"릴리가 케이시 경의 조카와 결혼하길 바라지만 돈 때문에 결혼하는 않길 바란다고 하셨다면서요."

필립의 얼굴에도 힘없는 미소가 떠올랐다. 그는 찻잔을 내려다보더니 다시 밀드레드를 쳐다보며 입을 열었다.

"제가 왜 결혼을 포기했는지 아십니까?"

"요정의 축복 때문인 걸로 아는데요."

"오, 아닙니다. 요정의 저주가 있어도 결혼하는 건 사람만 잘 고르면 가능합니다. 귀족은 가문을 유지하기 위해 돈이 필요하니까요."

어디나 돈이 필요한 사람은 널리고 널렸다. 몰락한 귀족 가문의 아가씨가 부자와 결혼하는 이야기는 흔하다.

귀족 사교계에서는 그리 비난받거나 이상한 이야기도 아닐 정도로.

"아마 세 번째 약혼이었을 겁니다. 두 번의 파혼 끝에 제 부모님은 저를 위해 신붓감을 고르고 골랐죠."

필립은 그렇게 말하며 다시 웃었다. 아주 가난한, 몰락 귀족의 딸이었다. 어느 부자의 두 번째 부인이 되느냐, 가정교사가 되느냐의 기로에 선 아가씨였으니 케이시 후작가의 둘째 아들은 거의 기적에 가까운 행운이었으리라.

"약혼을 하고, 결혼까지 꽤나 일사천리로 진행이 됐던 기억이 납니다."

처음 한 달은 앞서 두 번의 파혼처럼 약혼녀가 파혼해 달라고 쫓아올까 봐 불안해서 식사도 제대로 하지 못했다. 하지만 두세 달이 지나자 필립도 안정이 되기 시작했다.

"결혼식을 일주일 앞둔 날이었습니다. 그때까지 약혼녀는 아무 내색도 하지 않았기 때문에 저도 안심했습니다. 사실, 요정의 저주가 끝났을지도 모른다는 생각까지 하고 있었죠."

요정의 축복이나 저주는 그렇게 쉽게 풀리지 않는다. 지금 생각해 보면 말도 안 되지만 그때의 필립은 정말 그렇게 생각했다.

그는 웃다가 한숨을 내쉬었다. 그리고 말을 이었다.

"약혼녀와 식사를 하고 있는데 제 친구가, 아, 친한 녀석은 아니었습니다. 아카데미 동기였거든요."

그는 오랜만에 만난 필립에게 인사를 하기 위해 테이블에 다가왔다. 그리고 친구와 약혼녀의 눈이 마주친 순간, 필립은 두 남녀가 사랑에 빠지는 장면을 목격했다.

"그건, 말로 설명할 수가 없는 장면이었습니다. 두 사람의 세상에 서로를 제외한 모든 것이 사라지는 게 제 눈에도 보였거든요."

늘 조용하고 무채색이라고 생각했던 약혼녀의 표정이 환해졌다. 그녀의 눈동자가 빛나는 것을 본 필립은 자신의 친구도 똑같은 표정이라는 것을 발견했다.

"물론 친구도, 약혼녀도 저 몰래 만나거나 하지는 않았습니다. 그건 확실합니다."

그게 더 상처였다. 차라리 그 몰래 만났다면 비웃었을 것이다. 진정한 사랑이란 도덕도 부끄러움도 모르는 거냐고. 하지만 약혼녀와 그의 친구는 필립의 생각을 읽은 것처럼 두 사람의 관계를 깨끗하게 유지했다.

진정한 사랑이란 그런 거다. 그 사랑이 더럽혀질까 봐 두려운 거.

"저는 제 인생에 존재하지 않을 게 그림을 그리는 것 외에 또 하나 더 있다는 것을 인정하지 않을 수가 없었습니다."

약혼녀는 그의 좋은 약혼녀가 되려고 노력했고 친구는 자신을 만나지 않으려 했다. 수척해지는 약혼녀와 친구를 본 필립은 결국 부모님에게 파혼하겠노라 말했다.

"전 릴리가 더글러스와 결혼했으면 좋겠습니다. 상대가 더글러스가 아니라면 그 애가 바라는 대로 혼자 그림을 그리며 행복하게 살길 바랍니다. 그 애의 행복에 돈이 방해가 되지 않길 바랍니다."

무슨 말인지 알겠다. 밀드레드는 필립을 물끄러미 보다가 자리에서 일어나 조심스럽게 그를 끌어안았다.

"당신은 정말 좋은 사람이에요, 케이시 경."

"필립이라고 불러 주세요."

릴리를 딸로 둘 수 없다면 최소한 조카로 두고 싶었다. 그리고 필립은 릴리가 화가가 되는 것에 관대한 밀드레드가 마음에 들었다. 이성적으로가 아니라 친구로.

사이가 좋은 반스가의 사람들을 보면 그도 가족의 일원이 되고 싶었다. 반스가의 사람들에게 아저씨가 되는 것도 좋을 것 같았다. 지금처럼 릴리가 규칙적으로 놀러 와서 그림 이야기를 할 수 있다면.

45

공방의 사장님

"여기까지 할까요?"

시간이 점심 식사 시간을 가리키자 릴리가 붓을 놓으며 말했다. 벌써? 더글러스는 멍하니 릴리를 바라보다가 깜짝 놀라 고개를 들었다.

"벌써 말입니까? 더 할 수 있는데요."

그렇게 말했지만 가만히 앉아 있느라 더글러스는 온몸이 쑤셨다. 그는 릴리가 자리에서 일어나 몸을 쭉 펴는 것까지 물끄러미 쳐다보고 있었다.

한낮이 되면서 빛이 너무 강하게 들어와서 커튼을 친 덕에 릴리가 화실로 사용하는 이 층의 음악실은 부드러운 빛으로 가득 차 있었다.

자기 몸만 한 이젤 앞에서 몸을 쭉 펴는 릴리의 모습 위로 커튼을 투과한 녹색 빛이 얹혀졌다. 더글러스는 어쩐지 릴리의 심정이 아주 조금은 이해가 됐다.

그에게 그림 실력이 있다면 지금 릴리의 모습을 그렸을 것이다.

"점심 식사 시간이잖아요. 배 안 고파요?"

그제야 더글러스는 허기를 느끼고 자리에서 일어났다. 릴리가 자신을 뚫어져라 쳐다보면서 그림을 그리는 걸 보느라 배고픈 것도 못 느꼈다.

검술 연습을 할 때도 이 정도는 아니었는데. 더글러스는 쓰게 웃으며 재킷을 벗고 릴리처럼 크게 기지개를 폈다. 그 덕분에 그의 몸집이 순식간에 커졌다.

"와."

그때 릴리가 가볍게 감탄사를 토했다. 응? 더글러스는 멈칫해서 그녀를 쳐다봤다가 릴리가 자신을 뚫어져라 바라보는 것을 깨닫고 멈칫했다.

"왜, 왜 그러십니까?"

릴리는 더글러스의 잘 짜여진 몸에 감탄하고 있었다. 재킷을 벗은 덕분에 더글러스의 근육이 얇은 셔츠 아래로 도드라졌다.

이런 몸을 그리고 싶은데. 가능하면 조끼까지 벗고 셔츠만 입은 채 나른하게 있는 걸 그리고 싶다. 머리카락도 좀 흐트러진 상태로.

거기까지 생각한 릴리의 얼굴이 달아올랐다. 내가 무슨 생각을 하는 거람. 절대로 더글러스에게 물어볼 수 없는 부탁이다.

"아, 아니에요. 식사하고 가실래요?"

릴리는 재빨리 도구를 정리하며 주제를 바꿨다. 그녀가 오늘 점심이 뭐였는지 떠올리는 사이 더글러스는 천천히 릴리에게로 다가왔다. 그리고 방금까지 릴리가 달라붙어 있던 이젤 위의 그림에 몸을 숙였다.

"이게 접니까?"

더글러스는 캔버스 위에 그려진 남자를 보고 감탄하며 물었다. 아직 그려진 것보다 그려지지 않은 부분이 더 많았지만 그림 속의 남자는 얼핏 보기에도 선이 굵고 남성적인 느낌이 들었다.

"왜요? 아닌 거 같아요?"

릴리가 눈을 동그랗게 뜨고 돌아보며 물었다. 더글러스는 머리를 쓸어 올리며 말했다.

"그냥, 신기해서요. 남이 보는 제가 어떤 모습인지 생각해 본 적이 없었거든요."

이런 모습이었구나. 약간 거만해 보였다. 내가 이렇게 거만해 보인단 말이야? 당황하는 더글러스와 달리 릴리는 느긋했다. 그녀는 허리에 손을 얹은 채 어깨를 으쓱해 보이며 말했다.

"아직 얼굴을 안 그려서 좀 달라요. 완성되면 똑같을걸요?"

그랬으면 좋겠다. 더글러스는 릴리에게 고개를 돌리며 빙그레 웃었다.

그의 생각이었지만 훌륭한 생각이었다. 릴리에게 자신의 초상화를 부탁하는 건 그녀와 단둘이 있을 수 있는 시간을 만드는 것과 동시에 그가 멍하니 릴리의 얼굴을 봐도 이상하지 않다는 장점을 가지고 있었다.

"점심, 드시고 가세요. 점심 먹고 저희도 바로 나가 봐야 하지만요."

"어디 가십니까?"

"공방이요. 오늘 오픈식이거든요."

아, 그거. 더글러스의 얼굴에 알겠다는 표정이 떠올랐다. 그도 들었다. 반스 부인이 새로운 비누 제조법을 발견했다는 것을. 그걸로 공방을 만들어 나라에 비누를 공급할 거라는 소문도 들었다.

그리고 기존 비누 공방 사람들이 크게 반발하고 있다는 것도.

"괜찮습니까?"

"뭐가요?"

"그, 비누 말입니다. 라이벌이 있는 모양이던데요."

라이벌? 릴리의 얼굴 위로 어리둥절한 표정이 떠올랐다가 사라졌다. 무슨 말인지 알겠다. 그녀는 괜찮다는 듯 웃으며 말했다.

"그렇지 않아도 기존 비누 공방 쪽에서 방해를 하려고 했어요. 원래 공방 사장이 돼 줄 사람이 따로 있었는데 못 오게 막는 바람에 허가를 못 받을 뻔했거든요."

"그런 일이 있었습니까?"

더글러스의 눈이 가늘어졌다. 그의 얼굴에 떠오른 못마땅하다는 표정에 릴리는 깔깔대고 웃었다.

"괜찮아요. 임시로 애슐리가 사장이 됐거든요. 공방 쪽은 남작님이 경고를 했대요."

경고만으로 되는 거야? 더글러스의 얼굴 위로 떠오른 못마땅한 표정은 지워질 줄 몰랐다.

물론 그 경고란 관련자 전부 제명했다는 뜻이고 공방에서 제명됐다는 건 그쪽에서 일을 할 수가 없다는 말이다. 하지만 릴리는 윌포드 남작님이 어련히 알아서 잘했을 거라 믿고 있었고 더글러스는 자신도 공방 쪽에 항의를 할 방법이 없는지 생각했다.

"오픈식이면 사람들을 초대했겠네요?"

더글러스가 물었다. 그가 아는 오픈식이란 후원금으로 지어진 건물이나 재단을 공개할 때 후원한 사람과 지인을 모아 간단한 식사나 차를 대접하는 행사다.

하지만 릴리가 말하는 오픈식은 달랐다. 그녀는 아차 하고 재빨리 설명했다.

"공방에서 일할 직원들과 인사하는 자리예요."

"그런 것도 합니까?"

"애슐리가 사장이라서요."

무슨 말인지 알겠다. 더글러스는 빙그레 웃으며 자신도 함께 가도 되는지 물어보려 했다. 하지만 그보다 먼저 오늘 오후에 약속이 있다는 게 떠올랐다.

왓슨 자작 부인의 티 파티에 어머니를 에스코트하기로 했다. 그는 아쉽다는 표정으로 말했다.

"다음번엔 저도 초대해 주십시오."

그건 문제없다. 릴리는 고개를 끄덕였다. 조만간 아이리스의 자선 재단 오픈식을 할 거다. 그건 둥근 지붕 저택에 사람들을 초대해야 해서 저택을 청소하느라 하인들이 다들 바빴다.

"진짜 활을 가져왔어?"

그날 오후, 공방으로 향하는 마차 안에서 아이리스는 애슐리의 짐을 보고 어이없다는 듯 물었다. 건물 뒤에서 활 쏘는 연습을 해도 되냐고 부탁하는 건 그녀도 들었다.

하지만 오늘 같은 날 가져올 줄은 몰랐다.

"어차피 사람들한테 인사하고 언니랑 어머니는 일을 할 거잖아."

그동안 할 일이 없으니 활을 쏘겠다는 거다. 아이리스는 뭐라고 한마디 하려다가 입을 닫았다. 귀족 영애가 활을 쏘다니 말도 안 된다고 하기엔 엄밀히 말하면 애슐리는 친아버지가 귀족이 아니다. 게다가 반스가에는 이미 릴리라는, 귀족 영애라면 하지 않을 일을 하는 사람이 있다.

"취미가 있다는 건 좋은 거지."

애슐리의 말을 들은 밀드레드가 그렇게 말하자 애슐리의 얼굴에 미소가 떠올랐다. 아이리스가 말도 안 된다는 표정을 짓자 밀드레드는 킬킬거리며 덧붙였다.

"애슐리가 화살로 마음에 안 드는 사람을 쏘겠다면 말리겠지만."

"어머니!"

마차 안에 아이리스의 고함과 밀드레드와 릴리의 웃음소리가 울려 퍼졌다.

어느새 마차는 수도 외곽으로 접어들고 있었다. 건물 앞에 팔렸음을 알리는 표지판 너머로 사람들이 서 있는 게 보였다. 아이리스는 사람들의 수를 대강 세보고 말했다.

"생각보다 많네요."

직원을 구하기가 어려웠던 것에 비해 공방에 온 사람은 많았다. 아이리스의 말에 창밖을 내다본 밀드레드의 얼굴이 굳었다.

딱 봐도 그녀가 고용한 사람의 두 배는 넘어 보인다. 소개소에 더 일할 사람이 있다면 함께 와도 된다고 말하긴 했지만 이렇게 많이 왔다는 건 느낌이 좀 이상했다.

느낌이 안 좋은 건 밀드레드뿐만이 아니었다. 아이리스와 릴리의 표정도 긴장으로 굳었다. 애슐리는 언니들의 표정이 군자 따라 긴장해서 물었다.

"사람이 많으면 좋은 거 아니에요?"

"그렇긴 한데……."

그녀는 그렇게 말하며 벽을 쳐서 마차를 멈췄다. 기분이 싸할 때는 자신의 감을 믿는 게 좋다. 그녀는 마차 문을 열기 전에 애슐리에게 고개를 돌려 말했다.

"애슐리, 활 챙겨."

같은 시각, 더글러스는 어머니인 케이시 후작 부인과 함께 왔슨 자작 부인의 티 파티에 참석해 있었다.

"말씀 많이 들었어요."

그의 옆자리에 앉게 된 왓슨 양이 인사를 건넸다. 더글러스는 설마 하고 떠오르는 생각을 애써 무시하며 미소를 지었다.

"부디 좋은 이야기였으면 좋겠습니다."

"오, 아주 좋은 이야기였답니다. 왕자님의 스승이시라면서요?"

"검술 스승입니다."

단호한 더글러스의 대답에 왓슨 양의 얼굴이 잠깐 굳었다가 풀어졌다. 그 모습을 본 케이시 후작 부인의 얼굴에 못마땅한 표정이 떠올랐다.

저 멍청한 녀석.

그녀가 일부러 더글러스를 데려온 건 사교계에 여자는 릴리 반스 말고도 많다는 것을 알려 주기 위해서였다. 릴리 반스처럼 고집 센 여자에게 시간을 허비하느니 그에게 호감을 가진 여자를 만나는 게 더 낫지 않겠는가.

하지만 놀랍게도 그녀의 아들은 어머니의 속셈을 알아차린 모양이었다. 이 녀석이 이렇게 눈치가 빠른 녀석이 아닌데? 제네비브는 테이블 아래로 아들의 정강이를 세게 걷어찼다.

"윽."

움찔한 더글러스가 무슨 일이냐는 듯 제네비브를 쳐다봤다. 후작 부인은 빙그레 웃으며 말했다.

"더글러스, 왓슨 양에게 왕자께 무엇을 가르쳐드리는지 이야기하지 그러니?"

제네비브의 말에 왓슨 양의 표정이 밝아졌다. 더글러스는 곤란한 표정으로 어머니와 왓슨 양을 번갈아 쳐다보다가 리안과 있었던 이야기 중 리안이 칭찬받을 만한 이야기를 하기 시작했다.

"참, 그 이야기 들었어요?"

한창 더글러스가 왓슨 양에게 리안의 칭찬을 하고 있을 때, 멀지 않은 곳에 앉아 있던 부인이 입을 열었다. 그녀는 제네비브에게 고개를 돌리며 말했다.

"반스 부인이 또 뭔가 특이한 걸 하는 모양이더군요."

"또요?"

케이시 후작 부인이 관심을 보이자 말을 꺼낸 부인이 신이 나서 말을 이었다.

"공방을 차렸대요."

"아, 그 이야기라면 저도 들었어요."

급기야 더글러스와 그리 멀지 않은 곳에 앉은 부인도 대화에 끼어들었다. 그는 왓슨 양에게 리안 칭찬을 하는 것도 잊고 부인들의 대화에 귀를 기울였다.

"비누 공방을 차렸다더군요. 새로운 비누 제조법을 발견했다고 해요."

"그거 좋은 일이네요."

약간 떨어져 있던 부인까지 끼어들었다. 제네비브는 중립적인 입장을 취하고자 감정 없이 말했다.

"하지만 직접 공방을 차리다뇨. 채신머리없는 행동이네요."

"그러게요. 이런저런 유행을 시작하긴 했지만 사업에 관심을 보일 줄은 몰랐어요. 이런 게 유행이 되지는 않아야 할 텐데 말이에요."

"어째서입니까?"

결국 어머니와 부인들의 대화에 참지 못한 더글러스가 끼어들었다. 그의 질문에 제네비브가 눈을 동그랗게 떴다.

"어째서라니? 무슨 말이니, 더글러스."

"사업이 유행이 되면 안 되는 이유가 궁금해서요. 아버지도 사업에 손을 대고 계시잖아요."

이게 무슨 멍청한 소리람. 제네비브는 어이없다는 듯 주변을 돌아보며 웃었다. 어휴, 우리 애가 아직 이렇게 부족하답니다. 그런 태도에 사업하는 게 유행이 되지 말아야 한다고 말한 부인의 표정이 풀어졌다.

제네비브는 손을 저으며 아들에게 말했다.

"사업에 끼어들다니, 말도 안 되는 소리지."

더글러스도 예전이라면 어머니와 같이 생각했을 것이다. 귀족 부인이 사업에 끼어든다? 말도 안 된다. 뭐 하러 그런단 말인가.

애초에 남자들이 끼워 주지도 않을 테지만, 보통의 귀족 부인이라면 남편의 재산을 잘 관리해서 나오는 돈으로 영지와 집안을 잘 관리하는 게 의무다.

게다가 더글러스는 지금까지 여자들은 저택을 잘 꾸미고 파티를 열며 사교 활동을 하는 걸 더 좋아한다고 생각하며 살았다. 릴리를 만나기 전에 어느 부인이 사업에 손을 댔다는 말을 들었다면, 그는 누군지 몰라도 그 남편이 어지간히 무능력하다고 생각했을 것이다.

하지만 지금 그는 반스 부인을 만났고 릴리를 알게 되었다.

"반스 부인이 직접 운영하는 것도 아니고 비누가 부족한 지금, 비누 공방을 차리는 것도 괜찮은 것 같은데요."

더글러스의 말에 그의 곁에 앉아 있던 왓슨 양이 눈을 가늘게 떴다. 그녀의 얼굴에 떠오른 믿을 수 없다는 표정에 제네비브는 최대한 중립적으로 말했다.

"그런 건 남자들에게 맡기면 되잖니."

"하지만 반스 씨는 얼마 전에 장례식을 치렀는데요."

애가 대체 왜 이러는 거야? 제네비브의 눈이 왓슨 양을 따라 가늘어졌다. 그리고 눈이 가늘어진 건 두 사람뿐만이 아니었다.

"케이시 경이 반스가에 자주 드나든다더니 많이 친해진 모양이에요."

"맞아요. 듣기로는 거기 둘째 딸에게 마음이 있다고 하던데. 진짠가 봐요."

수군거리는 사람들의 소리를 들은 제네비브의 마음이 급해졌다. 그녀는 더글러스에게 다른 여자를 만나게 하려고 데려온 거다.

여기서 더글러스가 릴리에게 마음이 있다는 소문이 더 강해지면 곤란하다. 그녀는 재빨리 왓슨 양에게 시선을 돌리며 말했다.

"왓슨 양, 왓슨 자작 부인께 들었는데 어릴 때 이 집에 자주 초대를 받았다면서요."

"아, 네. 이모님께서 감사하게도 자주 불러 주셨어요."

"그럼 정원을 우리 더글러스에게 안내해 주면 어떨까요?"

메리 왓슨은 케이시 후작 부인이 무슨 말을 하는지 알아들었다. 이 자리에서 더글러스를 데리고 나가라는 거다. 하지만 동시에 더글러스와 단둘이 이야기를 할 수 있는 기회를 주는 거기도 했다.

"기꺼이요."

왓슨 양이 기쁨을 감추며 그렇게 말하자 더글러스도 어떻게 할 수가 없었다. 다니엘이라면 그럴 생각 없다고 거절했을 것이다. 하지만 더글러스는 숙녀를 에스코트하는 것은 신사의 의무라고 교육받으며 자랐고, 여전히 자신보다 약한 사람은 반드시 지키고 보호해야 한다고 생각하는 남자였다.

그는 어머니와 왓슨 양을 번갈아 쳐다보다가 속으로 한숨을 내쉬며 일어났다.

"감사합니다, 왓슨 양."

더글러스가 팔을 내밀며 말하자 메리의 얼굴에 미소가 떠올랐다. 그녀는 정원이 있는 쪽으로 그를 안내했다.

"저런, 후작 부인은 반스가와 혼인을 맺을 생각이 없나 본데요."

제네비브가 솜씨 좋게 아들을 메리와 함께 내쫓는 것을 본 부인이 속삭였다. 왓슨 자작 부인은 조카가 더글러스와 함께 정원으로 나가는 것을 지켜본 다음에야 그녀에게 속삭였다.

"반스가의 사람들이 매력적이긴 하지만 사건이 끊이질 않으니까요. 그건 그 집안 잘못이 아니지만 이번 공방 일은 확실히 반스 부인의 잘못이죠."

"그러게요. 공방이라니, 기존 길드에서 가만히 있지 않을 텐데요."

"그렇지 않아도 한차례 부딪쳤던 모양이에요."

"저런."

부인의 얼굴에 안됐다는 표정과 흥미롭다는 표정이 동시에 떠올랐다. 남의 사건 사고는 뭐든 재미있는 법이다. 근처에 앉은 덕분에 그 이야기를 들은 사람들의 얼굴에도 흥미롭다는 표정이 떠올랐다.

"어떻게 생각해요, 무어 양?"

프리실라도 그 자리에 있었다. 반스가와 무어 백작가가 왕자비 자리를 두고 후보로 시험을 보고 있다는 것을 아는 사람들이 흥미롭다는 듯 그녀에게 고개를 돌렸다.

물론 이 정도로 당황할 프리실라 무어가 아니다. 그녀는 무어 백작가의 영애고 사람들의 시선에 익숙했다.

"제가 뭐라 말을 해도 되는 이야기인지 모르겠네요. 반스 부인은 저보다 어른이시니까요."

지난 티 파티 때 한번 당한 적이 있는 덕에 그녀는 무난하게 사람들의 관심에서 벗어났다. 어차피 그녀가 가만히 있어도 반스가의 사람들이 구설수에 올랐다. 프리실라는 괜히 나설 필요는 없다고 생각했다.

그때 라슨 부인이 끼어들었다.

"하지만 그거 좋은 일이잖아요?"

사람들의 시선이 라슨 부인에게로 향했다. 그녀는 찻잔을 들어 올리다가 사람들의 시선을 맞닥트리고 놀란 표정으로 다시 말했다.

"지금 비누가 모자라서 가격이 치솟고 있잖아요? 반스 부인이 새로운 비누 가공법을 알고 있고 그걸 시장에 공급한다면 비누 가격이 안정될 거 아니에요?"

"어머, 라슨 부인. 지금까지 알려지지 않았던 방식으로 만든 걸 어떻게 믿고 쓰겠어요? 안 그래요?"

"이미 쓴 사람들이 있던걸요?"

라슨 부인은 침착하게 찻잔을 내려놓았다. 그녀의 시어머니인 라슨 백작 부인으로부터 밀드레드 반스에 대해 들었다. 윌포드 남작의 마음을 사로잡은 아름다운 부인이라는 것뿐만 아니라 그녀가 놀라운 재능을 가지고 있다는 것도.

그녀의 며느리인 이멜다 라슨은 지난번 무어가의 티 파티에서 프리실라의 편을 들어 아이리스를 공격하려 했지만 라슨 부인의 생각은 달랐다.

그녀는 밀드레드를 재미있는 사람이라고 생각했고 반스가에 호의를 가지고 있었다.

"제 하녀의 친구가 써 봤다더군요. 마음 넓게도 반스 부인은 시제품을 가난한 사람들에게 무료로 나눠준 모양이에요."

"어머, 그래요?"

사람들의 마음이 밀드레드를 향해 호의로 돌아섰다. 라슨 부인은 빙그레 웃으며 덧붙였다.

"하녀 말로는 기존 비누보다 때가 더 잘 빠진대요."

"때가 잘 빠진다니, 우리와는 아무 상관이 없는 거네요."

프리실라의 말에 사람들 사이에서 웃음이 터져 나왔다. 그녀의 말이 맞다. 여기 모인 사람들은 여유가 있는 사람들이다. 빨래는 하녀를 시킨다.

하지만 라슨 부인의 이야기를 듣고 있던 다른 부인이 어깨를 으쓱하며 끼어들었다.

"전 괜찮은 것 같아요. 우리와는 상관없지만 사용인들이 더러운 옷을 입고 돌아다니는 건 정말⋯⋯."

거기까지 말한 부인이 '이해하시죠?'라는 표정으로 사람들을 돌아보았다. 사용인들의 차림새가 지저분하면 주인의 수치다. 사람들은 그 말도 맞다고 생각했다. 게다가 비누 가격이 올라가면 사용인들이 봉급 대신 비누를 달라고 할지도 모르니 누군가 새로운 비누를 공급할 수 있다면 환영이다.

"하지만 그래도 공방을 운영한다니, 믿을 수가 없네요. 게다가 그 집 막내딸이 공방 사장이라면서요?"

그래? 케이시 후작 부인의 귀가 쫑긋했다. 그 집은 둘째만 문제가 아니었던 모양이다. 그녀는 믿을 수 없다는 듯 끼어들었다.

"세상에, 그 집 첫째가 지금 왕자비 후보 시험 중이죠?"

다시 사람들의 시선이 프리실라를 향했다. 프리실라는 아무 말도 하지 않았다. 하지만 속으로는 반스가의 이미지가 나빠지고 있다는 사실에 기분이 좋았다.

"그거 임시라고 들었어요."

하지만 다시 멀리 떨어진 어느 영애가 끼어들었다. 그녀는 찻잔을 들어 올리며 무덤덤하게 그녀가 알고 있는 사실을 말했다.

"아이리스 양이 비누 공방에서 나오는 수익으로 자선 재단을 차리고 싶다고 했나 봐요. 이번 왕자비 시험이 자선 활동이라면서요?"

영애의 질문에 프리실라는 저도 모르게 고개를 끄덕였다. 케이시 후작 부인은 그게 대체 무슨 상관인가 하는 마음에 영애를 쳐다봤다. 엘레나 거스. 거스 남작의 딸이었다.

"아까 기존 비누 공방의 반발이 있다고 했잖아요? 원래 사장이 될 사람을 기존 공방 사람들이 막아서서 허가받는 자리에 못 왔다고 하더군요. 그래서 애슐리 양이 자신이 하겠다고 나섰다고 들었어요."

"세상에, 아무리 임시라지만 공방 운영이라니……."

애슐리의 행동을 들은 사람들이 말도 안 된다는 듯 신음을 흘렸다. 하지만 이야기를 꺼낸 엘레나는 아무렇지 않은 표정이었다. 그녀는 우아하게 차를 홀짝인 뒤 소리 내지 않고 찻잔을 받침 위에 내려놓으며 말했다.

"허가를 받기 위한 임시방편일 뿐이겠죠. 사업 허가가 나는 데 시간이 꽤 오래 걸리니까요. 그래도 애슐리 양이 참 착해요. 임시라곤 해도 언니를 위해서 그런 희생을 하다뇨."

잠시 테이블 위에 침묵이 흘렀다. 언니를 위해 공방 허가를 받을 수 있도록 사장이 되기로 한 소녀라니. 사람들의 머릿속에 애슐리의 아름다운 얼굴이 떠오르자 반스가를 향한 호감은 더욱 강해졌다.

큰일이다. 프리실라는 엘레나의 이야기를 듣자 심장이 쿵 하고 내려앉았다. 잘못하면 아이리스만 돋보이게 생겼다. 그녀는 사람들의 이야기 주제가 바뀌자 살그머니 자리에서 일어났다.

"에벌린."

응접실에서 나와 손님이 데려온 사용인들이 대기하는 대기실로 향한 프리실라는 자신의 하녀를 불러냈다. 그녀는 어리둥절해하는 에벌린을 데리고 정원으로 나갔다.

그리고 재빨리 말했다.

"해야 할 일이 있어."

"뭔데요? 뭐 놓고 온 거 있으세요?"

"나 대신 가서 만날 사람이 있어."

프리실라의 진지한 말과 표정에 에벌린의 표정도 심각해졌다. 프리실라는 지갑에서 금화를 하나 꺼내 에벌린에게 건네며 말했다.

"길드 거리가 어디 있는지 알지?"

프리실라의 질문에 에벌린의 표정이 일그러졌다. 얼마 전에 비누 공방의 길드장이 찾아와서 프리실라와 모종의 계약을 맺었었다는 게 에벌린의 머릿속에 떠올랐다.

"설마, 아가씨……."

"아냐, 이번엔 그런 거. 가서 거래는 없었던 일로 하겠다고만 전해. 돈은 그대로 주겠다고 하고."

이게 바로 프리실라가 주기로 했던 돈이다. 에벌린은 프리실라가 내민 돈을 받아 든 채 어떻게 해야 할지 고민하기 시작했다.

"걱정 마, 에벌린. 그쪽이 원한 건 돈뿐이야. 거래는 없었던 일로 하겠다고 해도 돈은 그대로 주면 아무 불만도 없을 거야."

"하지만 아가씨, 어차피 돈을 줄 건데 뭐 하러 거래를 없었던 일로 하려고 하시는 건데요?"

프리실라의 입에서 한숨이 흘러나왔다. 그녀가 길드장과 거래를 했을 때는 애슐리가 공방 사장이 됐다는 이야기를 막 들었을 때였다.

비누 공방의 길드장은 프리실라를 찾아와 이번 시험도 아이리스 반스가 이길 거라고 말했다.

그게 무슨 소리냐고 발칵 화를 내는 그녀에게 길드장이 말했다. 이번 왕자비 후보 시험 문제가 자선 활동인 것을 알고 있다고. 아무리 프리실라가 이곳저곳 돌아다니면서 자선 활동을 해도 자선재단을 세우려는 아이리스의 점수가 높을 것이라는 것도.

자선 재단은 생각도 못 했다. 아연해 하는 그녀에게 길드장은 한 가지 제안을 제시했다.

― 반스 부인이 진행하는 공방만 방해하면 됩니다. 사람도 다치지 않을 겁니다. 용병을 고용해서 겁만 줄 거거든요.

그 대가가 용병을 고용할 자금이었다. 그때 생각하기로는 괜찮았다. 사교계 특성상 공방이 공격을 당해도 사장이 애슐리 반스라는 것을 알게 되면 사람들은 그러게 귀족 영애가 뭐하러 그런 짓을 했느냐고 애슐리를 비난했을 테니까.

하지만 방금 거스 영애의 발언으로 상황이 좀 달라졌다. 공방 사장은 일시적인 자리고 언니를 위해 나섰다는 소문이 퍼지면, 공방이 공격당할 경우 많은 사람들이 반스가를 동정할 것이다.

얼른 거래부터 취소해야 한다. 돈은 얼마가 들어도 상관없다. 처음부터 그런 자들과는 얽히지 않는 게 좋았지만 어쩔 수 없었다. 프리실라는 한숨을 내쉬며 에벌린에게 말했다.

"반스 부인의 공방이 공격을 당했는데 거기에 내 이름이 얽혀 있으면 곤란해. 어서 다녀와."

"그건 안 될 것 같습니다만."

그때, 에벌린과 프리실라 곁으로 커다란 남자가 다가오며 무뚝뚝하게 말했다.

초록색 눈동자가 새빨간 머리카락만큼이나 타오르는 것처럼 보였다. 더글러스의 모습에 에벌린은 물론 프리실라도 놀라서 멈칫했다.

"무슨 이야기입니까?"

"케이시 경."

당황한 프리실라가 주제를 바꾸기 위해 인사를 건넸으나 소용없었다. 더글러스는 프리실라에게 위협적으로 다가가며 다시 물었다.

"반스 부인의 공방이라니, 제가 생각하는 그게 맞습니까?"

침착한 목소리와 달리 표정은 무시무시했다. 프리실라와 에벌린은 당황해서 한 발짝 뒤로 물러났다. 프리실라의 머릿속에 케이시 후작가의 음악회에서 릴리 반스 양을 때린 어느 남자를 케이시 경이 기절할 정도로 때려눕혔다는 소문이 떠올랐다.

"케이시 경, 뭔가 오해가 있었던 모양인데……."

프리실라는 더글러스를 안정시키기 위해 손을 내밀며 말했다. 하지만 더글러스가 손을 들어 그녀의 접근을 막으며 말했다.

"사실대로 말씀해 주시면 신고하지는 않겠습니다."

프리실라의 눈이 커졌다. 그녀의 행동이 범법 행위긴 하다. 하지만 감히 무어 백작 영애를 범죄자로 만들겠다고 협박할 수 있는 사람은 없었다.

그녀는 허리를 세우고 더글러스를 노려보며 말했다.

"지금 절 협박하시는 건가요?"

예전의 더글러스였다면 협박이라는 말에 멈칫했을 것이다. 하지만 지금 그는 릴리 걱정으로 눈앞에 보이는 게 없었다. 설령 그의 앞에 서 있는 게 프리실라가 아니라 리안이라 해도 그는 똑같이 행동했을 것이다.

더글러스는 프리실라와 에벌린을 향해 몸을 숙이며 공격적으로 말했다.

"릴리 양의 머리카락 한 올이라도 다치면……."

"다치면요?"

설마 국왕 폐하께 이르겠다는 말을 하려는 건 아니겠지? 프리실라의 그런 태도에 더글러스는 이를 악물었다. 물론 그는 국왕 폐하께 고할 것이다.

"무어 백작가는 국왕 폐하가 아니라 저를 먼저 만나야 할 겁니다."

원색적인 협박에 프리실라의 눈이 커졌다. 방금 더글러스의 말은 프리실라를 범죄자로 만들 뿐 아니라 그가 먼저 손을 대겠다는 뜻이었다. 설마 그녀를 때리지는 않겠지만, 무어 백작가에 압력을 행사할 수도 있다.

"아, 아가씨……."

더글러스의 협박에 에벌린은 덜덜 떨며 프리실라를 쳐다봤다. 프리실라는 백작 영애니 감금 정도로 끝날지 몰라도 에벌린은 아니다.

범죄에 가담했다는 이유로 모든 죄를 뒤집어쓰고 죽거나 감옥에 갇히는 사용인들은 드물지 않았다.

"조용히 해, 에벌린."

프리실라는 겁먹은 에벌린에게 입 닥치라는 의미로 나직하게 소리쳤다. 그리고 다시 더글러스를 쳐다봤다.

그가 이렇게까지 나올 줄은 몰랐다. 그녀는 더글러스의 심각한 표정을 보고 작은 목소리로 말했다.

"사람을 다치게 하지는 않는다고 했어요."

"아무도 다치지 않는다고 맹세하실 수 있습니까?"

그건 할 수 없다. 프리실라의 얼굴이 어두워졌다. 그녀도 누군가가 다치길 원하는 건 아니다. 그냥 아이리스가 시험을 망치길 바랄 뿐이다.

시험에서 이기고 싶다는 프리실라의 욕심 때문에 뒤로 미뤄 놨던 양심이 존재감을 과시하기 시작했다. 그녀는 따끔거리는 가슴을 누르며 말했다.

"공방으로 갔어요. 거기가 어딘지는 몰라요."

공방에 직원들을 불러 모아 오픈식을 한다는 말에 용병들을 데리고 공방으로 간다고 했다. 사람들 앞에서 깽판을 치면 좀 조용해지지 않겠냐는 남자의 말을 떠올리며 프리실라는 손을 들어 하인을 불렀다.

"자작 부인께는 내가 말씀드릴 테니 케이시 경께 가장 좋은 말을 한 필 내드려."

더글러스는 고맙다고 말하려다 말았다. 어차피 프리실라는 자신이 저지른 일을 수습하려는 것뿐이다. 그가 고맙다고 할 필요는 없다.

곧 하인이 커다란 말을 한 필 끌고 오자 더글러스는 뒤도 돌아보지 않고 말에 올라타 달리기 시작했다. 그 뒤에 남은 건 프리실라를 포함한 세 명의 여자뿐이었다.

"미안해요, 왓슨 양. 저 때문에 파트너를 잃으셨네요."

프리실라는 혼자 남겨져 버린 메리를 돌아보며 사과했다. 릴리의 일에 정신이 팔려 파트너를 버리고 떠나 버린 더글러스의 행동은 무례한 행동이다.

하지만 메리는 그리 기분 나빠 보이지 않았다. 그녀는 쓰게 웃으며 프리실라에게 말했다.

"릴리 반스 양 때문이죠?"

"네. 저 때문이니 제가 사과할게요."

"괜찮아요. 어차피 케이시 경이 반스 양에게 마음이 있다는 걸 알고 있었거든요."

그래? 프리실라는 메리를 이상하다는 듯 쳐다봤다.

메리는 더글러스와 자리를 마련해 주려는 어른들의 도움을 거절하지 않았다. 이미 그가 다른 여자에게 마음이 있다는 것을 알면서도 후작 부인이 시키는 대로 케이시 경을 안내한다는 건 그가 욕심났기 때문이 아닌 걸까.

프리실라는 이해할 수 없다는 듯 물었다.

"그럼 왜 케이시 경에게 정원 안내를 하겠다고 나섰어요?"

"오, 왜냐면 저 정도로 잘생긴 남자는 흔치 않으니까요."

잘생긴 남자와 단둘이 정원을 산책할 수 있는 기회도 그렇게 흔하게 오는 게 아니다. 메리의 대답에 프리실라는 입을 딱 벌렸다.

그 반응에 메리는 유쾌하다는 듯 웃었다. 그리고 농담처럼 말을 덧붙였다.

"제 취향은 왕자님 쪽에 더 가깝지만요."

"그럼 왕자비 후보에 지원하지 그랬어요?"

"어머, 아니에요. 전 왕자비가 되고 싶은 건 아니거든요. 왕자님은 좋아하지만 왕자비가 되고 싶은 건 아니에요."

프리실라와는 완전히 반대 입장이었다. 그녀는 메리의 말에 잠시 입을 다물었다. 프리실라가 아버지에게 부탁해 왕자비 후보가 된 건 오로지 왕비 자리가 탐이 났기 때문이었다.

그녀는 리안을 좋아하지도 않았고, 솔직히 말하면 잘생겼다고 생각은 하지만 왕자가 아닌 리안은 관심이 없었다.

그때 메리가 다시 입을 열었다.

"사과하실 건가요?"

"뭘요?"

"반스 양에게요."

거기까지 말한 메리는 잠시 머뭇거리다가 사과했다.

"미안해요. 제가 너무 주제넘었네요."

그녀의 말이 맞다. 왓슨 양은 주제넘었다.

프리실라는 아무 말도 하지 않고 몸을 돌렸다. 그녀는 왕비 자리가 탐이 났고 그걸 위해서 아이리스에게 피해를 주려고 했다. 진심으로 사과할 수 있을 리도, 그걸 아이리스가 받아 줄 리도 없다.

"아가씨."

굳은 표정으로 돌아서는 프리실라를 따라온 에벌린이 조심스럽게 입을 열었다.

"사과하면 어떨까요? 그러면 폐하께서 조금은 봐주실 수도 있잖아요."

폐하보다 더 무서운 사람이 있지. 프리실라의 머릿속에 월포드 남작이 떠올랐다.

*　　*　　*

"애슐리."

밀드레드가 애슐리의 이름을 부르는 것과 동시에 활에서 화살이 쏘아져 나갔다. 그러자 히죽히죽 비웃던 남자들의 얼굴에 깜짝 놀란 표정이 떠올랐다.

"내 딸이 활을 좀 쏘거든. 오른쪽 눈과 왼쪽 눈 중 어디가 필요 없는지 말해 주면 거길 쏘라고 하지."

밀드레드의 말에 얼굴이 하얗게 질린 건 오히려 남자들보다 애슐리였다. 그녀는 눈을 깜빡이며 자신이 쏜 화살을 쳐다봤다. 화살은 가장 가까이 있는 남자의 양발 사이 땅바닥에 정확하게 꽂혀 있었다.

"잠깐……."

남자들 중 한 명이 밀드레드에게 말을 걸면서 다가왔다. 하지만 그 순간 밀드레드가 다시 애슐리의 이름을 불렀다.

"애슐리."

반사적으로 애슐리가 화살을 뽑아 활시위에 얹었다. 그녀가 시위를 힘껏 잡아당기는 모습에 남자가 움찔하고 멈추자 밀드레드가 다시 말했다.

"말로 할 때 떠나."

"잠깐……."

남자가 다시 입을 열자 애슐리가 밀드레드를 쳐다봤다.

"쏴요?"

"어느 쪽 눈이 필요 없는지 물어보고."

밀드레드의 대답에 남자의 얼굴이 핼쑥해졌다. 그는 어떻게 말해야 할지 잠시 망설이다가 다시 입을 열었다. 하지만 그와 동시에 마차 뒤로 요란한 소리를 내며 한 남자가 말을 타고 달려왔다.

"반스 양!"

익숙한 목소리에 애슐리 뒤에 서 있던 릴리의 눈이 커졌다. 그건 밀드레드와 아이리스, 애슐리도 마찬가지였다. 네 사람이 고개를 돌리자 번개 같은 속도로 말을 타고 달려오는 더글러스의 붉은색 머리카락이 보였다.

눈 깜짝할 사이에 남자들과 반스가의 사람들 사이에 도착한 더글러스는 그대로 말에서 뛰어내렸다. 그리고 큰 소리로 외쳤다.

"릴리 양의 머리카락 하나라도 건드리면 가만두지 않겠다!"

사람들의 눈이 커졌다. 이 남자가 지금 뭐라고 하는 거야? 릴리의 얼굴이 새빨갛게 달아올랐다. 동시에 밀드레드와 아이리스의 입이 딱 벌어졌다.

그리고 그 순간.

휙 하고 애슐리의 활에서 화살이 쏘아져 나갔다.

"꺄악!"

애슐리의 비명과 함께 화살이 앞으로 나오던 남자의 오른쪽 발 바로 앞에 꽂혔다. 남자는 그대로 얼어붙었고 애슐리는 남자에게 다가가며 소리쳤다.

"어머! 미안해요! 괜찮아요?"

조금만 각도가 올라갔으면 큰일 날 뻔했다. 놀라서 남자에게 사과하는 애슐리를 보며 릴리가 아이리스에게 속삭였다.

"쟤 지금 우리가 저 사람들 협박하는 중이라는 거 잊은 거 아냐?"

협박 중이라고? 더글러스는 깜짝 놀라서 릴리를 돌아보았다. 그가 걱정했던 것과 달리 릴리는 평온했다. 겁을 집어먹거나 패닉 상태도 아니었다.

"괜찮습니까?"

그는 남자들에게서 몸을 돌려 릴리에게 물었다. 다행히 그녀는 멀쩡해 보였다. 오히려 더글러스에게 여길 왜 왔냐는 표정을 짓고 있었다.

"괜찮아요."

어쩐지 민망한 듯한 표정으로 릴리가 대답했다. 더글러스의 얼굴에도 안도하는 표정이 떠올랐다. 그렇다면 됐다. 그는 다시 사람들을 향해 고개를 돌렸다.

어머니와 함께 티 파티에 다녀오느라 무기가 될 만한 것은 가지고 오지 않았다. 그는 무기가 될 만한 것을 찾아 주위를 둘러보다가 굴러다니는 나뭇가지를 집어 들었다.

이걸로 베거나 찌르지는 못하지만 적어도 눈앞에 별이 보일 정도로 때릴 수는 있다.

"반스 부인, 반스 양. 마차 안으로 들어가시는 게 좋겠습니다."

더글러스의 말에 밀드레드의 얼굴에 놀란 표정이 떠올랐다가 미소로 바뀌었다.

"오, 고마워요, 케이시 경. 하지만 우리는 괜찮아요."

거기까지 말한 밀드레드는 다시 행패를 부리던 남자들을 향해 고개를 돌리며 말을 이었다.

"저들도 이렇게 많은 사람 앞에서 우리에게 손대진 못할 테니까요."

그러니 저렇게 직원들 사이에 껴서 행패를 부리고 있는 것이다. 반스가의 사람들은 귀족이다. 귀족에게 행패를 부리고 수도에서 멀쩡히 지낼 수 있을 리가 없다.

"마지막 기회야."

밀드레드는 허리에 손을 얹으며 말을 이었다.

"지금 당장 안 떠나면 내일부터 오른쪽 눈으로만 세상을 보게 해 주지."

남자들의 시선이 애슐리가 쥐고 있는 활을 향했다. 그들은 애슐리가 정확하게 발 앞에 화살을 쏘아 맞추는 것을 봤다. 그게 설령 요행이었다고 해도 다른 화살에 맞지 않을 거라는 보장이 없었다.

남자들이 서로를 쳐다보다가 주춤주춤 물러나기 시작했다. 굳어 있던 직원들은 남자들이 움직이자 우르르 모여들었다.

"썩 꺼져!"

그제야 용기가 났는지 안쪽에 있던 남자가 떠나는 남자들을 향해 소리쳤다. 그러자 다른 사람들도 남자들을 향해 고함을 치기 시작했다.

"다시는 오지 마!"

"나쁜 자식들!"

허. 더글러스는 반전된 분위기에 입을 딱 벌렸다. 하지만 곧 릴리를 향해 다가갔다.

"괜찮습니까?"

"괜찮아요. 다치지 않았으니까."

"맞아요. 머리카락 한 올까지 멀쩡하죠."

아이리스의 장난에 릴리가 그녀를 노려보았다. 덕분에 더글러스의 얼굴은 새빨갛게 달아올랐다. 맙소사. 밀드레드는 한숨을 내쉬었다. 이럴 때 보면 영락없이 십 대 소녀다.

"케이시 경, 와 줘서 고마워요."

아무래도 오늘 오픈식을 하기는 다 틀린 것 같다. 오픈식이라고 해 봤자 사람들에게 건물을 안내하고 비누 만드는 법을 교육하는 것뿐이지만.

오늘은 다들 놀랐을 테니 일찍 보내야겠다고 생각하며 밀드레드는 애슐리를 불렀다. 사람들과 인사는 해야 한다. 그리고 공방의 일을 돕기로 한 아이리스도 소개하고.

새로운 사장이 올 때까지 애슐리도 공방을 드나들 수 있으니 애슐리도 소개해야 한다.

"시간 괜찮으면 조금만 기다려 줄래요? 우릴 도와줬으니 차라도 대접하고 싶은데요. 여기서 잠시 릴리와 기다려 줘요."

릴리와 둘이 있는 건 더글러스가 바라 마지않는 일이다. 그가 진지한 표정으로 고개를 끄덕이자 밀드레드는 애슐리와 아이리스만 데리고 사람들에게 다가갔다.

"정말 괜찮습니까?"

밀드레드가 사람들에게 인사를 하고 애슐리를 임시 사장으로, 아이리스를 재단 대표로서 공방 일을 도울 것이라는 점을 설명하는 사이 더글러스가 다시 물었다. 릴리는 눈살을 찌푸렸다가 한숨을 내쉬며 말했다.

"진짜로 괜찮아요. 그 사람들은 우리 쪽으로 다가오지도 않았거든요."

더글러스의 표정이 가라앉았다. 같은 질문이지만 아까 그가 물은 것과 지금 물은 건 좀 달랐다. 아까는 몸이 다친 곳이 없는지 물은 거라면 지금은 놀라지 않았는지 물은 거다.

하지만 더글러스는 이번에도 릴리가 놀라지 않았다고 대답할 것임을 알았다.

놀라지 않았을 리가 없다. 하지만 릴리와 부딪치면서 조금은 그녀에게 적응한 그는 릴리가 놀랐어도 놀랐다고 인정하지 않을 것이라는 사실을 알았다. 그리고 자신이 그녀를 걱정한다는 걸 자존심 상해 할 것이라는 사실도.

"가자."

공방 직원들과 인사를 하고 이튿날 같은 시간에 다시 와 달라고 부탁한 밀드레드가 말없이 서 있는 더글러스와 릴리에게 다가오며 말했다.

무어 양에게 빌린 말은 이튿날 가져다줘도 되겠지. 정확히 말하면 무어 양의 이름으로 빌려 왔슨 자작가의 말이지만.

더글러스는 그렇게 생각하며 빌린 말을 타고 반스가의 마차를 따라 둥근 지붕 저택으로 향했다.

"그런데, 어떻게 거길 왔어요?"

밀드레드는 집에 도착하자 더글러스를 응접실에 안내하며 물었다. 어떻게 갔냐고? 대답하기 어려운 질문에 할 말이 궁색해지자 더글러스는 어떻게 말해야 할지 고민하기 시작했다.

그때, 놀랍게도 생각하지도 못한 구원자가 나타났다.

"밀드레드, 괜찮습니까?"

응접실에 불쑥 나타난 다니엘이 밀드레드에게 다가오며 물었다. 분명 다섯 사람은 방금 저택에 도착했는데 다니엘은 밀드레드가 무슨 일을 겪었는지 아는 태도였다.

"아무 일 없었어요. 여기 케이시 경이 필요할 때 등장했거든요."

밀드레드가 자신을 가리키며 그렇게 말하자 더글러스는 깜짝 놀라서 허리를 세웠다. 다니엘도 방금 집에 돌아왔는지 외출복 차림이었다.

"그렇습니까?"

다니엘의 얼굴이 더글러스를 향했다. 리안의 교육이 아니었다면 밀드레드가 공방에 갈 때 그도 같이 갔을 것이다. 하지만 더글러스라도 그 자리에 있어서 다행이었다.

그는 더글러스를 향해 손을 내밀며 말했다.

"고맙군."

마치 남편 같은 태도에 더글러스는 눈을 크게 뜨면서도 반사적으로 다니엘의 손을 잡았다. 다니엘은 그의 손을 꽉 잡고 씩 웃었다. 그리고 손을 놓은 뒤 다시 밀드레드에게 말했다.

"필요하면 사용하라고 했을 텐데요."

"필요하지 않았으니까요."

밀드레드는 품에서 남자 반지를 꺼내며 그렇게 말했다. 다니엘의 반지였다. 그가 그녀를 처음 만났을 때 건넸던 반지는 당연하게도 밀드레드에게 컸지만 다니엘은 여전히 돌려받지 않고 있었다.

그 대신 그는 언제든지 반지를 품에 지니고 다닐 것을 요구했다.

"그게 뭡니까?"

결국 호기심을 참지 못한 더글러스가 물었다. 다니엘은 반지를 다시 밀드레드의 손에 밀어 넣으며 말했다.

"보호 마법을 걸어 놨습니다."

더글러스가 릴리와 계속 함께 있고 싶다면 그가 알아 두는 것도 괜찮을 것이다. 저 반지는 밀드레드가 사용하는 순간 그녀의 주변으로 실드가 펼쳐진다.

하지만 다니엘의 설명에 더글러스는 고개를 저으며 다시 물었다.

"그게 아니라, 그 반지 말입니다."

"그냥 반지입니다만."

다니엘이 너무 당연하다는 듯 말해서 하마터면 더글러스도 그냥 넘어갈 뻔했다. 그는 고개를 갸웃하며 물었다.

"하지만 그건……."

"아, 그런데 경은 그 자리에 어떻게 가신 거죠?"

너무 뻔한 주제 돌리기였지만 응접실에 있는 사람들에게는 잘 먹혔다. 밀드레드는 고개를 끄덕이며 물었다.

"그러게요. 어떻게 알고 찾아왔어요?"

"아, 그게……."

더글러스의 얼굴에 곤란한 표정이 떠올랐다. 그는 저도 모르게 아이리스를 돌아보았다.

프리실라에게 국왕 폐하께 고할 거라고 협박하긴 했지만 반스가의 응접실에서 이야기하자니 마치 자신이 이르는 것처럼 느껴졌다. 그는 망설이다가 밀드레드에게 말했다.

"반스 부인, 잠깐 이야기 좀 할 수 있을까요?"

"물론이죠."

"단둘이서만요."

다니엘의 눈썹이 올라갔고 릴리의 이마에 주름이 생겼다. 밀드레드는 이게 무슨 일인가 하고 서로를 쳐다보는 아이리스와 애슐리까지 쳐다본 뒤 다니엘을 돌아보았다.

"다니엘도 함께 들었으면 좋겠는데요."

반스 부인과 단둘이 이야기하는 것보다 누군가 한 명이 더 있는 게 나을지도 모른다. 그게 월포드 남작이라는 건 그리 마음에 들지 않지만.

더글러스는 밀드레드의 안내를 받아 다니엘과 함께 서재로 향했다. 그리고 그곳에서 자신이 어떻게 공방에 이변이 있음을 알게 됐는지, 어떻게 공방까지 왔는지를 털어놓았다.

"말을 빌려줬다고요?

다니엘의 질문에 더글러스는 고개를 끄덕이며 말했다.

"무어 양을 두둔하는 건 아닙니다. 하지만 저는 무슨 일인지 말해 주면 폐하께 고하지 않겠다고 말했으니 폐하께 말씀하시는 건 두 분의 몫입니다."

밀드레드는 말없이 더글러스의 이야기를 듣고 있었다. 그녀는 다니엘이 억지로 쥐여 준 그의 반지를 만지작거리며 자신의 생각이 옳았음을, 그리고 다니엘의 생각도 옳았음을 알았다.

공방에 행패를 부리러 온 남자들은 밀드레드의 생각대로 반스가의 사람들에게는 손을 댈 생각이 없었다. 그들은 공방을 여는 것을 방해하는 것만이 목표였던 거다.

하지만 다니엘의 주장대로 마법이 걸린 그의 반지를 가져가는 것도 옳았다. 더글러스의 이야기대로라면 행패를 부린 남자들은 용병이었다는 말이 되니까.

용병이 수가 틀리면 어떻게 나올지 모른다. 물론 법을 지키는 용병도 있을 테지만 지키지 않는 용병이 더 많기 때문이다. 수도에서 일어나는 범죄의 상당한 부분을 그들이 차지하고 있다는 것을 생각하면 반지를 가져가라고 우긴 다니엘의 판단이 옳았다.

"제가 말하죠."

다니엘은 가슴 앞으로 팔짱을 끼며 말했다. 그렇지 않아도 그는 이미 길드장이 그의 경고에도 불구하고 이상한 짓을 하는 걸 알아차리고 있었다.

오히려 잘됐다. 비누 공방 사람들이 밀드레드의 공방에 해를 끼치려 했다면, 그리고 거기에 무어 백작가 엮여 있다면 일거양득이다.

프리실라 무어는 왕자비 후보에서 탈락될 것이고 기존 비누 길드는 폐쇄될 것이다. 그 자리를 차지하는 건 새로운 비누 제조법으로 비누 공방을 세운 밀드레드다.

"전하께 고할 수는 없어도 증인이 되어 줄 수는 있겠죠, 케이시 경?"

다니엘의 질문에 더글러스는 굳은 표정으로 말했다. 무어 양이 오늘 정원에서 하녀에게 무슨 말을 했는지 증언해 주는 건 어렵지 않다.

"네. 저 말고도 들은 사람이 있습니다."

왓슨 양과 함께 정원을 산책하다 우연히 들었다. 거기까지 생각한 더글러스의 얼굴이 핼쑥해졌다. 그의 눈이 튀어나올 것처럼 커지자 깜짝 놀란 밀드레드가 물었다.

"괜찮아요? 무슨 일이에요?"

큰 실례를 저질렀다. 양해도 구하지 않고 파트너를 버리고 가다니. 엄청나게 무례한 행동이다. 더글러스는 한 손으로 머리카락을 쓸어 올리며 말했다.

"아, 제가 그, 무례를 저질렀습니다. 어떤 여성분과 산책 중이라는 것을 잊고 있었습니다."

"어떤 여성분이요?"

"메리 왓슨 양이라고……."

거기까지 말한 더글러스는 퍼뜩 정신을 차렸다. 그는 재빨리 변명하기 시작했다.

"왓슨 양과는 아무 사이도 아닙니다. 정원을 안내해 줬을 뿐이고요."

밀드레드는 피식 웃으며 다니엘을 돌아봤다. 그녀에게 변명할 필요는 없다. 다니엘 역시 어이없다는 듯 웃고 있었다. 그녀는 다시 더글러스를 돌아보며 말했다.

"저한테 말할 필요는 없어요. 경은 미혼이고 아무 약속도 하지 않았으니까요."

더글러스의 표정이 잠깐 안도하는 듯하다가 일그러졌다. 안도할 내용이 아니다. 그는 뭐라고 말해야 할지 몰라 밀드레드를 쳐다봤다가 그녀의 곁에서 다니엘도 똑같은 표정을 짓고 있는 것을 발견했다.

"어머니, 차가 준비됐어요."

그때 아이리스가 서재 밖에서 세 사람을 불렀다. 무슨 이야기를 하는지 궁금한 모양이다.

"차 마시고 가요. 왓슨 양에게 사과하러 갈 게 아니라면 저녁 식사도 하고요."

왓슨 양에게는 사과의 편지를 보내면 된다. 더글러스는 감사히 먹겠다고 말하며 서재 밖으로 나왔다.

문 앞에서 서 있던 아이리스와 애슐리의 눈이 마주치더니, 두 사람이 키득거리며 달려가 버렸다. 덕분에 릴리만 남아 버렸다.

"식사하고 가실 건가요?"

어쩔 줄 몰라 하던 릴리가 할 수 없이 물었다. 오늘 점심도 함께 먹었다. 하루의 두 끼나 같이 먹을 수 있다니. 더글러스는 기쁨을 감추며 대답했다.

"주신다면요."

"저희를 도와주려고 오셨는데 당연히 드려야죠."

약간은 쌀쌀맞은 말투임에도 '당연히'라는 단어 하나만으로 더글러스의 기분이 치솟았다. 결국 그는 웃음을 감추지 못하고 싱글거리며 릴리를 향해 팔꿈치를 내밀었다.

"밀."

더글러스가 나가자마자 다니엘은 뒤따라 나가려는 밀드레드를 불러 세웠다. 그는 그녀가 돌아서자 재빨리 팔을 뻗어 서재 문을 닫았다.

이게 무슨 짓이야? 밀드레드의 얼굴에 떠오른 표정이 그런 말을 하고 있었다. 하지만 다니엘은 걱정스러운 표정으로 물었다.

"괜찮습니까?"

"방금 케이시 경이 릴리와 단둘이 걷는 걸 묻는 거라면 괜찮을 것 같은데요."

"그게 아니라 공방에서 말입니다. 다치지 않았다는 건 압니다만."

무슨 말을 하는지 알 것 같아서 밀드레드의 얼굴에 미소가 떠올랐다. 그녀는 팔을 뻗어 다니엘의 목을 끌어안으며 말했다.

"당신이 나한테 마법이 걸린 반지를 줬잖아요."

"그게 제가 되는 건 아니니까요."

"하지만 당신이 날 보호해 준다는 증거잖아요."

다니엘의 얼굴에도 미소가 떠올랐다. 그것만으로는 부족하다. 그는 밀드레드의 허리를 끌어안으며 말했다.

"그 증거를 제 반지가 아니라 당신 반지로 할 생각은 없습니까?"

"반지 돌려줄까요?"

"아니, 반지를 돌려 달라는 말이 아닙니다. 제 반지는 당신한테 크니까요. 손가락에 끼고 다니는 게 편하지 않느냐는 거죠."

"반지는 이미 하나 받았잖아요."

꿍. 다니엘은 신음을 삼켰다. 밀드레드에게 반지를 하나 더 주겠다는 원대한 계획은 수포로 돌아갔다. 그는 한숨을 내쉬며 말했다.

"그럼 최소한 제 반지를 언제 어디서나 품에 지니고 있겠다고 약속해 주세요."

"보호 마법 때문에요? 알겠어요. 밖에 나갈 때는 가지고 갈게요."

그거면 됐다. 다니엘은 밀드레드의 어깨에 얼굴을 묻었다. 그 반지에는 보호 마법 외에도 또 다른 마법이 하나 더 걸려 있다. 밀드레드의 근처에 반스가의 사람이 아닌 사람이 접근하는 순간 알아차릴 수 있는 마법.

그는 그 사실은 밀드레드에게 밝히지 않을 생각이었다.

"귀걸이는 어때요?"

여전히 밀드레드의 어깨에 얼굴을 묻은 채 다니엘이 속삭이듯 물었다. 키 차이 때문에 그가 몸을 꽤 숙이고 있어야 했지만 상관없었다.

"귀걸이요?"

"반지는 하나 있으니까 됐다면서요. 그럼 귀걸이는 상관없겠죠?"

그가 끌어안은 밀드레드의 몸이 흔들리기 시작했다. 곧 그녀가 어이없다는 듯 웃는 소리가 들려왔다.

46

왕자님의 키스

"프리실라 무어 백작 영애입니다."

며칠 뒤, 프리실라가 둥근 지붕 저택을 찾아왔다는 말에 밀드레드는 피식 웃었다. 더글러스가 공방으로 달려온 이튿날, 다니엘이 바로 성에 항의했기 때문이다.

공식적인 항의는 아니었다. 다니엘은 증인이 있으며 무어 백작가에서 수긍하지 못한다면 증인을 대동하고 공식적으로 항의하겠다고 말했다.

비공식적인 항의와 공식적인 항의는 처리 방법이 다르다. 공식적으로 항의를 하면 재판까지 갈 수 있고 그건 가문의 수치다.

국왕은 무어 백작가에 윌포드 남작의 항의가 사실인지 물었고 무어 백작은 크게 당황했다. 그리고 집에 돌아가자마자 프리실라를 꾸짖었다.

"응접실로 안내해 주세요."

"바깥쪽 말씀하시는 거죠?"

짐의 질문에 밀드레드는 잠시 생각하다가 고개를 저었다. 이럴 때는 행동을 조심해야 한다. 프리실라는 왕비가 사과하라고 명령하기 전에 사과하러 왔다.

괜히 그녀를 홀대해서 무어 백작가에 할 말을 만들어 줄 필요는 없다.

"누가 왔다고요?"

주방에서 쿠키를 훔쳐 먹던 릴리가 깜짝 놀라서 달려 나왔다. 짐은 그녀의 입가에 묻은 쿠키 부스러기를 모른 척하며 말했다.

"프리실라 무어 양입니다."

"무어 양이요? 왜요?"

짐은 자신이 아는 것을 릴리에게 말해야 하나 하고 잠시 고민했다. 공방에 행패를 부린 용병들을 고용한 돈이 프리실라 무어에게서 나왔다는 이야기는 이 집에서도 어른들만 알고 있는 이야기다.

더글러스가 밀드레드와 다니엘에게만 이야기했고 아이리스와 릴리는 생각도 못 하고 있었기 때문이었다.

그는 망설이다가 자신이 말할 이야기가 아니라는 생각에 완곡하게 돌려서 말했다.

"마님께 드릴 말씀이 있다고 오셨습니다."

어머니께? 릴리는 미간을 찡그리며 물었다.

"아이리스도 그걸 알아요?"

짐의 시선이 일 층 서재를 향했다. 그녀는 애슐리와 함께 공방에서 비누를 만들어 판매할 거라는 홍보용 편지를 쓰느라 오늘 오전부터 부산했다. 편지와 함께 미리 밀드레드가 만들어 숙성이 끝난, 허브를 넣은 비누도 작게 잘라 보낼 예정이었다.

"모르는군요."

눈치 빠른 릴리의 말에 짐은 아무 말도 하지 않았다. 왜 온 걸까? 릴리는 알겠다고 말하고 서재로 뛰어갔다.

저런, 저런. 짐은 릴리에게 뛰지 말라고 말하려다가 손님을 안내해야 한다는 사실을 깨닫고 몸을 돌렸다.

"아이리스! 무어 양이 왔대!"

"무어 양? 프리실라 무어?"

한참 편지지에 글을 쓰고 있던 아이리스가 깜짝 놀라서 고개를 들었다. 필기체를 한 자, 한 자 심혈을 기울여 또박또박 쓰고 있던 애슐리 역시 고개를 들었다.

"프리실라 무어가 여길 왜?"

"어머니께 드릴 이야기가 있다고 했대."

어머니께? 애슐리와 아이리스의 얼굴에도 릴리의 얼굴에 떠오른 것과 같은 표정이 떠올랐다. 세 사람은 누가 먼저랄 것도 없이 재빨리 서재를 나갔다. 그리고 살금살금 걸어 응접실로 향했다.

"사과드리려고 왔어요."

프리실라는 자리에 앉자마자 용건부터 말했다. 밀드레드의 얼굴에 미소가 떠올랐다. 프리실라의 표정은 사과하러 온 사람의 표정이 아니었다.

밀드레드는 이미 진심으로 사과하러 온 사람의 얼굴을 본 적이 있다. 스튜워드 백작 부인은 자신이 저지른 짓을 진심으로 사과하기 위해 달려왔고 그 행동이 어떤 피해를 끼쳤는지 알고 진심으로 미안해했다.

하지만 프리실라는 아니었다. 밀드레드는 그녀의 표정에서 그녀가 사과를 하는 이유가 죄책감 때문이 아니라 이 상황을 무마하기 위한 것임을 읽었다.

"어떤 일로요?"

"공방을 망치려 해서요. 죄송해요, 반스 부인."

"어떻게 망치려 했는데요?"

이어지는 밀드레드의 질문에 프리실라의 표정이 일그러졌다. 이 사람 왜 이래? 그녀는 자신이 사과를 하면 밀드레드가 사과를 받아들이거나 화내거나 둘 중 하나일 거라고 생각했다.

어느 쪽이든 상관없다. 그녀는 사과를 했고 그걸로 할 만큼 했다. 상대방이 사과를 받아들이거나 말거나 상관없었다. 성에서 꾸짖으면 이미 사과를 했다고 말하면 되니까.

하지만 밀드레드는 그녀가 원하는 대로 행동하지 않았다. 프리실라는 밀드레드의 질문에 잠시 당황하다가 더듬거리며 말했다.

"기, 길드장이 제게 찾아왔어요. 부인이 공방을 열지 못하도록 할 테니 조금만 도와 달라고요. 그래서…….

거기까지 말한 프리실라의 목소리가 작아졌다. 그녀는 멈칫하고 밀드레드의 얼굴을 쳐다봤다.

"그래서?"

밀드레드는 아무 감정이 실리지 않은 목소리로 물었다. 계속 말하라는 신호에 프리실라의 표정이 굳었다. 혼나는 기분인데 반스 부인이 화난 표정이 아니어서 지금 자신을 혼내는 거냐고 따질 수도 없었다.

물론 화난 표정이라고 해도 따질 상황은 아니었지만.

"용병을 고용할 수 있는 돈이 필요하다고 몇 번이나 부탁해서 할 수 없이 줬어요."

프리실라는 허리를 세우고 일부러 당당하게 말했다. 그녀가 먼저 아이리스를 방해해 달라고 부탁한 게 아니다. 길드장이 먼저 제시했고 그녀는 그걸 받아들였을 뿐이다.

밀드레드는 프리실라의 태도에서 그걸 읽었다. 단순히 돈만 준 것과 처음부터 공모한 건 처분 자체가 다르다.

"하지만 중간에 그만두려고 했어요. 그만두라는 말을 전하라고 하녀에게 시키는 걸 케이시 경이 들었기 때문에 결과적으로 부인께 달려간 거고요."

프리실라의 당당한 태도에 밀드레드의 미간에 주름이 생겼다. 그녀는 아무 말 없이 찻잔을 들어 올렸다. 그리고 천천히 차를 마셨다.

밀드레드가 아무 말도 하지 않자 프리실라는 다시 조바심이 들었다. 화를 내든가 용서를 하든가 빨리 결정하란 말이야.

하지만 그녀는 입 밖에 내지 않고 얌전히 밀드레드가 차를 다 마시기를 기다렸다.

"그럼 무어 양은 용병을 고용할 돈을 준 거군요?"

잠시 후 밀드레드가 그렇게 묻자 프리실라는 자신의 실수를 깨달았다. 길드장이 무슨 일에 쓰려 했는지 몰랐다고 말했어야 한다.

그녀는 재빨리 말했다.

"네. 하지만 부인이나 반스 양들에게 절대 해를 끼치지 않겠다고 약속했기 때문에 준 거예요."

"그럼 어떻게 공방을 못 열게 하겠다고 하던가요?"

"그, 그건 저도 모르죠."

밀드레드의 눈초리가 차가워졌다. 직원들을 괴롭혀 달아나게 하면 공방을 열 수 없겠지. 그녀는 과연 그 사실을 몰랐을지 생각하느라 잠시 프리실라를 물끄러미 쳐다봤다.

몰랐다고 해도 문제고, 알았다고 해도 문제다. 그 정도로 생각이 짧은 사람이 높은 자리에 앉아서는 안 된다. 그 정도로 타인의 고통을 가볍게 여기는 자가 높은 자리에 앉아서도 안 된다.

"무어 양, 왜 왕자비가 되려고 하는 거예요?"

생각하지 못한 질문에 프리실라는 멍하니 밀드레드를 쳐다봤다. 왜냐니? 하나뿐인 왕자의 부인이다. 몇 년 후면 나라에서 가장 높은 왕비가 되는 자리다.

왕자비가 되고 싶다는 말에 프리실라의 부모님마저도 욕심이 많다거나 주제넘지 않냐고 말했을 뿐, 왜 되고 싶냐고 묻지는 않았다.

그녀는 입을 벌리고 밀드레드를 쳐다보다가 쉰 목소리로 말했다.

"왕비가 될 수 있으니까요."

"왜 왕비가 되고 싶은데요?"

프리실라는 차츰 반스 부인이 좀 이상한 게 아니라 약간 모자란 게 아닌가 하는 생각을 하기 시작했다. 그녀는 이해가 안 된다는 듯 말했다.

"왜 왕비가 되고 싶냐뇨? 왕비잖아요."

"왕비가 뭔데요?"

"세상에서 가장 높은 자리죠. 아무도 무시하지 못하고 모든 사람이 우러러봐 주는 그런 자리요."

흠. 밀드레드는 소파 등받이에 등을 기대며 작게 한숨을 내쉬었다. 내심 프리실라가 사람들을 잘 다스리고 싶다거나 훌륭한 나라를 만들고 싶어서 왕비가 되고 싶은 건 아니라는 것은 눈치채고 있었다.

하지만 아무도 무시하지 못하고 모든 사람이 우러러봐 주는 그런 자리를 원한다니. 그녀의 머릿속에 아이리스와 함께 참석했던 무어 백작 부인의 티 파티가 떠올랐다.

딸의 라이벌을 티 파티에 초대하고 밀드레드에게 딸의 흉을 보던 무어 백작 부인. 무어 백작 부인은 그게 딸의 흉을 본 거라는 생각조차 하지 않았을 것이다.

백작 부인이 타인 앞에서 그렇게 행동했다면 무어가의 사람들도 평소에 프리실라를 어떻게 대하는지 뻔하다. 그녀의 오빠나 아버지는 더하면 더하지 덜하지 않을 것이다.

"무어 양."

밀드레드는 천천히 입을 열었다. 남의 집안 사정이다. 그녀가 끼어들 이유도, 필요도 없다. 하지만 그녀는 프리실라가 조금 안타까웠다.

"왕비가 되면 과연 아무도 당신을 무시하지 않고 우러러볼까요?"

당연하다고 말하려던 프리실라는 저도 모르게 멈칫했다. 과연 그럴까? 그녀가 왕비가 되면 그녀의 어머니가, 아버지와 오라버니가 더 이상 욕심이 과하다거나 주제넘다는 말을 하지 않을까?

그녀가 하고 싶은 일을 하려고 할 때, 왜 그런 쓸데없는 짓을 하려는 거냐고 비웃지 않을까?

그렇지 않을 거라는 생각이 프리실라의 머릿속을 스치고 지나갔다. 그녀도 안다. 그렇지 않을 거라는 걸.

"적어도 짜증 나는 사람들에게 입 닥치라고 말할 수는 있죠."

귀족 영애치고는 과격한 언사에 밀드레드의 눈이 커졌다가 원래대로 돌아왔다. 그녀는 피식 웃으며 물었다.

"짜증 나는 사람들에게 한마디 하기 위해 왕비가 되고 싶은 건가요? 그 사람이 왕이면요? 왕대비 전하면요?"

프리실라의 표정이 굳었다. 그녀는 천천히 말했다.

"반대로 말하면 절 짜증 나게 만들 수 있는 사람이 그 두 명만으로 줄 어든다는 말이죠."

맙소사. 밀드레드는 그대로 웃음을 터트렸다. 프리실라 무어가 몇 살이었지? 그녀는 곧 프리실라가 아이리스보다 한 살 어리다는 것을 떠올렸다.

릴리와 동갑이다. 왕자비 후보 시험 중인 백작 영애라고 해도 결국은 십 대다. 밀드레드는 나름대로 합리적인 프리실라의 생각에 쿡쿡대며 감탄했다.

고작 그런 이유로. 하지만 고작 그런 이유로도 그녀는 왕자비 후보가 됐고 시험을 봤다.

"행동력 하나는 대단하네요, 무어 양."

밀드레드는 왕자비 후보가 됐다는 소식에 의기소침하고 자신감 없어 하던 아이리스를 떠올리며 프리실라를 칭찬했다. 그녀의 어머니가 그녀를 어떻게 대하는지 생각해 보면 프리실라는 대단한 거다.

자신을 지지해 주지 않는 가족들 사이에서 원하는 것을 위해 움직인다는 건 생각하는 것보다 훨씬 더 어려운 법이다.

"그럼 용서해 주실 건가요?"

밀드레드의 분위기가 누그러지자 프리실라는 용기를 내어 물었다. 반스 부인이 용서해 준다면 성에서도 그녀를 왕자비 후보에서 제외하지 않을 것이다.

하지만 밀드레드는 웃는 표정 그대로 단호하게 말했다.

"오, 그건 아니에요."

"하지만 방금 행동력이 대단하다고 칭찬하셨잖아요."

"칭찬은 칭찬이고 혼날 건 혼나야죠."

프리실라의 표정이 굳었다. 그녀는 그럴 줄 알았다는 듯 말했다.

"좋은 사람인 척하실 필요 없어요, 반스 부인. 전 반스 양의 라이벌이니 저를 탈락시키고 싶으시겠죠."

"뭐, 그것도 틀린 말은 아니에요."

밀드레드는 찻잔을 들어 올리며 프리실라의 말에 수긍했다. 어쨌든 아이리스가 왕자비가 되려면 다른 두 명의 후보가 탈락해야 한다.

그러니 자기 스스로 무덤을 판 프리실라의 행동은 아이리스와 밀드레드에게는 행운이었다.

그녀는 차를 한 모금 마시고 말을 이었다.

"하지만 좋은 사람인 척하려고 한 말은 아니에요, 무어 양. 나는 정말로 당신이 대단하다고 생각해요."

프리실라의 몸이 굳었다.

밀드레드는 자신이 무슨 말을 하는 건지 이해하지 못하는 그녀를 위해 천천히 설명했다.

"아이리스는 리, 왕자님을 좋아해요. 왕비가 되고 싶기도 하고 왕비가 되어 하고 싶은 일도 있어요. 하지만 처음 왕자비 후보가 됐을 때 욕심을 부려도 될지 망설였거든요."

바보 같은 애네. 프리실라는 아이리스를 그렇게 판단했다. 그녀는 왕자비 후보가 되기 위해 아버지께 몇 날 며칠을 부탁했다. 왕자를 좋아하는 것도 아니었고 왕비가 되어 뭘 어떻게 하고 싶다는 것도 없었다.

그냥 이 나라에서 그녀가 가질 수 있는 가장 높은 자리라 탐을 냈다.

"하지만 무어 양은 짜증 나는 사람을 줄이기 위해 왕비가 되려고 하고 있죠."

"멍청한 이유라고 비웃으려면 비웃으세요."

"오, 아니에요. 난 지금 당신을 칭찬하고 있는 거예요."

밀드레드는 빙그레 웃으며 그렇게 말했다. 그녀는 정말로 프리실라를 대단하다고 생각하고 있었다.

욕심과 행동력. 두 가지를 가진 프리실라 같은 여자는 쉽게 나쁜 여자로 오해받는다. 하지만 밀드레드는 그녀의 아이들이 그 두 가지를 갖길 바랐다. 특히 애슐리가.

"난 당신이 욕심을 가져서 좋다고 생각해요. 그걸 이루기 위해 행동하는 것도 훌륭하다고 생각하고요."

"하지만 제가 혼나길 바라시잖아요."

"잘못했으면 혼나야죠."

끙. 프리실라는 입을 다물었다. 누군가 그녀에게 잘못했다고 지적한다면 수긍하는 수밖에 없다.

프리실라는 잠시 가만히 앉아 있었다. 그녀를 위해 내놓은 차는 이미 차갑게 식었지만 그녀는 손도 대지 않은 상태였다.

"정말로 제가 욕심을 가진 걸 좋다고 생각하세요?"

"그럼요."

조금의 머뭇거림도 없이 밀드레드가 대답했다. 그녀는 정말로 프리실라의 욕심이나 행동력이 대단하다고 생각하며 말했다.

"솔직히 말하면 난 내 딸들도 당신처럼 욕심을 가지고 행동했으면 좋겠어요."

이 집에서 욕심을 가진 사람은 릴리와 아이리스지만 그걸 위해 거침없이 행동하는 건 릴리뿐이다. 그래서 밀드레드는 그나마 한 가지도 갖지 않은 애슐리가 가장 걱정이었다.

밀드레드는 아이리스를 위해 공방 사장이 되겠다고 나선 애슐리를 떠올리며 한숨을 내쉬었다. 그 모습을 보던 프리실라가 조심스럽게 물었다.

"저희 집에 항의하실 건가요?"

밀드레드의 얼굴에 미소가 떠올랐다. 그녀는 고개를 기울이며 말했다.

"물론이죠."

어머니와 엄청나게 싸워야겠군. 프리실라는 그렇게 생각하며 한숨을 내쉬었다. 어쩌면 평소에 관심 없던 아버지도 그만두라고 할지도 모른다.

그녀는 좀 이상한 사람이라고 생각했던 밀드레드를 다시 한 번 쳐다보고 자리에서 일어났다. 욕을 먹을 거라 생각했다. 운이 아주 나쁘면 그녀를 후보에서 탈락시켜 달라고 성에 항의할지도 모른다고도 생각했다.

하지만 각오한 것과 달리 이상하게 기분이 그렇게 무겁지 않았다. 집 안에 항의한다 했으니 그녀가 두 번째로 끔찍하게 생각한 상황이 닥치게 생겼는데도 그랬다.

"알겠습니다."

프리실라가 순순히 수긍하고 인사를 하자 밀드레드는 고개를 끄덕였다. 머리가 나쁜 애는 아닌 모양이군. 마음씨가 못된 아이가 아닌지는 아직 모르겠지만.

"반스 양."

응접실 문을 열고 나오자마자 프리실라는 문 앞에 서 있던 세 반스 양을 맞닥뜨렸다. 애슐리는 후다닥 도망갔으나 릴리와 아이리스는 남았다.

화가 난 나머지 초록색 눈동자를 이글이글 불태우고 있는 릴리와 달리 아이리스는 창백한 표정으로 프리실라를 노려봤다. 자신이 한 일을 알고 충격받은 모양이라고 생각하며 프리실라는 피식 웃었다.

"남의 이야기를 엿듣는 건 부끄러운 행동이지 않나요?"

프리실라의 얄미운 지적에 아이리스의 얼굴이 달아올랐다. 그 순간, 릴리가 덤벼들 듯 소리쳤다.

"누가 할 말을!"

덕분에 아이리스의 머리가 식었다. 그녀는 릴리의 손을 잡아서 그녀를 말렸다. 그리고 다시 프리실라를 노려보며 말했다.

"다른 사람을 괴롭히기 위해 돈을 주고 용병을 고용하는 것보다 더 부끄러울까요?"

"난 왕비가 되기 위해 내 손을 더럽힐 준비도 했거든요."

"그 피가 당신이 다스릴 사람들의 피인데도요?"

아이리스의 말에 프리실라가 멈칫했다. 이게 무슨 소리야? 미간을 찡그리는 그녀에게 아이리스가 허리에 손을 얹으며 말했다.

"우리 가족에게는 해 끼치지 않기로 했다고요? 그럼 거기 있던 사람들은요? 다른 사람들은 다치든 말든 상관없다는 말이었어요?"

프리실라의 표정이 굳었다. 거기까진 생각하지 않았다. 비단 프리실라만이 아니다. 대다수의 귀족들은 귀족이 아닌 사람들을 걱정하지 않는다.

하지만 그렇다고 아이리스에게 그들이 어떻게 되든 무슨 상관이냐고 받아칠 정도로 프리실라는 멍청하지 않았다. 대신 그녀는 아이리스를 노려보면서 그녀가 착한 척한다고 생각했다.

"날 방해하고 싶으면 나만 공격해요, 무어 양. 죄 없는 다른 사람들을 괴롭히지 말고."

아이리스의 이어진 공격에 프리실라는 욱해서 소리쳤다.

"착한 척하지 마. 당신도 어차피 그런 사람들까지 신경 안 쓰잖아."

"착한 척?"

아이리스의 눈에 분노가 떠올랐다. 그녀는 오른손을 들어 프리실라를 삿대질하며 소리쳤다.

"그걸 어떻게 착한 척이라고 할 수 있어? 신경 안 써도 써야 하는 게 그 자리 아냐? 그 정도 책임감도 없이 왕자비가 되려고 했어?"

정곡을 찔리자 프리실라의 얼굴이 굳었다. 그녀는 아이리스를 노려보다가 낮은 목소리로 말했다.

"당신은 얼마나 책임감이 있을지 궁금하군요, 반스 양."

"난 적어도 그걸 착한 척이라고 생각하지 않아요."

"그럼 뭐라고 생각하는데요?"

아이리스의 얼굴에 침착한 표정이 떠올랐다.

"고귀한 신분에는 그에 상응하는 책임이 있죠."

프리실라의 얼굴이 일그러졌다. 그녀도 알고 있는 이야기다. 어릴 때 가정교사에게 들은 적이 있었다. 하지만 지금까지 잊고 있었던 이야기였다.

이상한 기분이 들었다. 프리실라는 새삼스러운 시선으로 아이리스를 쳐다봤다. 같은 왕자비 후보가 됐지만 자신이 더 수준이 높다고 생각했다. 아이리스에 비하면 훨씬 좋은 집안이고 더 미인이고 무어 백작가 쪽이 비교도 못 할 정도로 부유하니까.

로레나 크레이그는 몰라도 아이리스 반스보다는 자신이 훨씬 낫다고 생각했다. 하지만 정말 그럴까?

프리실라는 아이리스의 무언가가 자신보다 훨씬 낫다는 것을 깨달았다. 이런 생각과 태도를 가진 사람이었어? 그런 깨달음에 그녀는 멍하니 아이리스를 쳐다봤다.

그녀는 왕자비나 왕비가 돼서 뭔가 하고 싶은 게 있는 것도 아니었다. 사실 대부분이 그렇지 않나? 마치 산이 거기 있기 때문에 오르는 것처럼 왕비라는 자리는 모든 귀족 영애들의 꿈의 자리 아니었나?

하지만 프리실라는 적어도 아이리스에게만은 그게 단순한 꿈의 자리가 아니라는 것을 깨달았다. 자존심이 상했다. 자신이 생각 없이 사는 것처럼 느껴졌다.

그녀는 그대로 휙 돌아서서 둥근 지붕 저택을 빠져나갔다.

"짜증 나!"

아이리스의 침착한 표정이 어쩐지 자꾸만 머릿속에 떠올랐다. 그리고 고귀한 신분에는 그에 상응하는 책임이 있다는 말도.

* * *

"무어 백작가에서 왕자비 후보를 기권하겠다더군요."

이튿날, 성에 다녀온 다니엘은 밀드레드와 나란히 앉아 빙수를 먹으며 말했다. 얼음을 갈아 과일과 아이스크림을 얹은 거다. 단순히 얼음을 갈아서 시럽을 뿌린 것은 이전에도 있었지만 밀드레드는 거기에 과일 졸인 것과 과자, 아이스크림을 얹었다.

"폐하께서 아무 말도 없었는데 기권한 거예요?"

놀란 밀드레드의 말에 다니엘은 고개를 끄덕였다. 아직 밀드레드는 무어 백작가에 항의하는 편지도 보내지 않았다.

"무어 백작이 억지로 기권시켰나 보네요."

"아닙니다. 무어 양이 직접 기권하겠다고 왔다더군요."

"그래요?"

밀드레드의 눈썹이 모아졌다. 스스로 기권했다고? 그럴 사람으로는 보이지 않았는데. 무슨 심경의 변화라도 있는 걸까. 그녀는 다니엘의 어깨에 머리를 기대며 물었다.

"무어 백작은 뭐래요?"

다니엘은 어깨를 으쓱하려다 재빨리 대답했다.

"그는 자식에게 별로 관심을 보이는 자가 아니거든요."

"아무 반응도 없어요?"

"폐하께는 용서를 빌었다고 합니다만."

다니엘에게는 아무 말도 없었다. 그건 밀드레드와 아이리스에게도 마찬가지라 밀드레드는 다시 미간을 찡그렸다. 적어도 그 딸이 더 낫군.

그녀의 시선이 오랜만에 론 하키를 하는 아이들을 향했다. 성에 다녀온 다니엘이 리안을 달고 온 덕에 네 아이들은 오랜만에 편을 지어 하는 게임을 할 수 있었다.

"애슐리 실력이 좀 나아졌군요."

"리안은 좀 몸이 굳었네요."

"요새 책상 앞에 앉아 있는 시간이 늘었거든요."

"저런."

밀드레드는 전혀 안됐다는 표정이 아닌 표정으로 그렇게 말하고 짐이 가져온 차를 홀짝였다. 다니엘은 그런 밀드레드를 쳐다보다가 남의 일처럼 말했다.

"그래서 두 번째 시험 말입니다."

프리실라가 기권했으니 아이리스와 로레나만 남았다. 둘 다 자선 활동을 꽤 열심히 했지만 횟수를 보면 로레나가 좀 더 많았다. 다니엘이 말하기 어려운 결과를 입에 올리느라 머뭇거리고 있을 때 애슐리가 쳐낸 공이 건물 쪽으로 날아들었다.

다음 순간, 다니엘은 밀드레드를 끌어안아 그녀의 몸을 보호하고 있었다. 하지만 공은 두 사람에게서 아주 멀리 떨어진 벽으로 날아갔다. 고개를 든 밀드레드가 피식 웃으며 말했다.

"고마워요."

이어서 공을 친 애슐리가 손을 들어 올리며 소리쳤다.

"죄송해요!"

"내가 갈게."

리안이 건물 뒤로 날아가 버린 공을 찾기 위해 달려나갔다. 아이리스가 그 뒤를 따라가는 것을 본 밀드레드의 눈이 오래 아이들의 뒷모습을 좇았다. 다니엘은 찻잔을 들어 올리며 물었다.

"아이리스를 부를까요?"

"됐어요."

밀드레드의 별거 아니라는 태도에 다니엘은 피식 웃으며 물었다.

"리안을 믿으시는 겁니까?"

"그건 아니고요."

아니라고? 다니엘의 한쪽 눈썹이 올라갔다. 밀드레드는 그런 그를 모른 체하며 말을 이었다.

"너무 둘만 있는 걸 막는 게 티가 나면 좋지 않은 것 같아서요."

"아이리스와 리안이 단둘이 있는 걸 막고 있었습니까?"

"그럼요. 이 더위에 굳이 밖에서 게임을 하자고 한 이유가 뭐겠어요?"

"애슐리가 하고 싶어 해서인 줄 알았죠."

"오, 그것도 틀린 말은 아니에요."

장난스러운 밀드레드의 말에 다니엘은 저도 모르게 헛웃음을 지었다.

"찾았어!"

건물 뒤로 날아간 공을 향해 달려갔던 리안은 재빨리 공을 집어 들고 외쳤다. 그리고 자신을 따라오는 아이리스를 향해 되돌아갔다.

"금방 찾았네?"

"저 꽃 앞에 있더라."

리안이 가리킨 곳을 쳐다본 아이리스는 고개를 끄덕였다. 애슐리가 씨를 뿌린 곳이다. 새싹이 나오기 시작할 때부터 그녀가 얼마나 신기하다며 좋아했는지 모른다.

"정원이 예뻐졌네."

리안의 말에 아이리스의 얼굴이 달아올랐다. 처음 그를 이 집에 데려왔을 때가 생각났기 때문이다. 그때는 잡초를 뽑는 것만도 최선이었다.

"응. 애슐리랑 꽃을 심었거든."

봤다. 리안은 아이리스와 애슐리가 꽃씨를 뿌리는 것을 떠올리고 피식 웃었다. 그리고 곧 얼굴을 굳히며 말했다.

"시험 말인데."

"자선 활동?"

"응. 발표가 났는데……."

리안이 무슨 말을 하려는지 안다. 아이리스는 침착한 표정을 지었다. 그녀의 자선 활동 횟수는 부족했다. 프리실라가 가장 많았고 그다음이 로레나였다.

아이리스는 밀드레드와 공방 준비를 하느라 자선 활동을 그리 많이 하지 못했다. 시간이 좀 더 있어서 공방의 자선 재단이 활성화가 됐다면 그것도 점수에 들어갔을 테지만 할 수 없다.

"괜찮아."

"괜찮다고?"

의연한 아이리스의 태도에 리안은 깜짝 놀라서 물었다. 당연히 분해할 줄 알았다. 그런 그의 표정을 본 아이리스도 재빨리 입을 열었다.

"분하긴 하지만 괜찮아. 그 정도 각오는 하고 자선 활동이 아니라 재단 쪽에 더 신경을 쓴 거니까."

게다가 아직까지는 아이리스가 앞서고 있다. 그녀는 빙그레 웃으며 덧붙였다.

"그리고 마지막 시험은 내가 이길 거야."

자신만만한 아이리스의 태도에 리안은 저도 모르게 안도의 한숨을 내쉬었다. 그는 손에 쥔 공을 한 번 쳐다봤다가 그녀에게 다가가며 물었다.

"내가 뭐 도와줄 거 없어? 필요한 게 있으면 뭐든 말해."

없다. 아이리스는 그렇게 말하려다 얼굴을 굳혔다. 그리고 입을 한 번 열었다가 다시 다물고 고개를 숙였다.

"아이리스?"

리안은 망설이는 듯한 아이리스의 태도에 무슨 일인가 하고 그녀에게 바짝 다가갔다. 어쩐지 고개 숙인 아이리스의 모습이 수줍어하는 것 같다고 느껴졌다.

"저기, 그러면……."

아이리스는 망설이면서 입을 열었다. 그녀는 눈을 질끈 감고 말했다.

"키스해 줘."

"뭐?"

공기가 멈춘 것처럼 느껴졌다. 아이리스가 괜한 소리를 했다고 후회한 순간 리안이 그녀의 손을 잡으며 물었다.

"해도 돼?"

전부터 하고 싶었다. 하지만 아이리스가 굳게 결심하고 노력하는 지금 키스해도 되냐는 질문을 하는 건 너무 철없게 느껴져서 차마 물어볼 수가 없었다.

"어?"

아이리스는 리안의 질문에 깜짝 놀라서 고개를 들었다가 그의 표정이 진지한 것을 깨달았다. 다시 그녀의 얼굴이 달아올랐다.

"으, 응."

리안은 아이리스가 마음을 바꿔 하지 말라고 할까 봐 재빨리 고개를 숙였다. 그리고 그녀의 얼굴 앞에서 잠깐 머뭇거렸다가 아이리스가 눈을 감는 것을 보고 조심스럽게 그녀의 입술에 입을 맞췄다.

* * *

"무어 백작 영애께서 오셨습니다."

짐의 말에 책을 읽고 있던 아이리스가 눈을 동그랗게 떴다. 그녀는 주변을 돌아보고 자신과 애슐리뿐이라는 것을 확인한 뒤 물었다.

"절 찾아온 거예요? 어머니가 아니라?"

"네. 아이리스 반스 양을 만나고 싶다고 했습니다."

짐의 대답에 아이리스는 무슨 일인지 몰라 눈을 깜빡였다. 프리실라 무어가 왕자비 후보에서 기권했다는 말은 들었다. 곧 수도를 떠날 거라는 말도.

그녀가 프리실라의 친구라면 수도를 떠나기 전에 만나러 왔다고 생각할 수 있지만 아이리스는 프리실라와 그리 사이가 좋지 않다. 심지어 마지막에 만났을 때는 그녀가 프리실라를 비난하기까지 했다.

설마 수도로 내려가기 전에 내 뺨 한번 때리고 가야겠다는 건 아니겠지. 아이리스는 그렇게 생각하며 짐을 따라 프리실라를 안내한 서재로 향했다.

"반스 양."

프리실라는 소파에 앉아 있다가 아이리스가 들어오자 자리에서 일어나며 고개를 까딱했다. 마음 같아서는 무슨 일로 왔냐고 묻고 싶지만 아이리스는 최대한 예의를 차려 인사를 건넸다.

"날이 많이 덥지요? 잘 지냈어요?"

"네. 이맘때쯤이면 늘 좀 더웠죠. 다행히 제가 갈 외가댁은 여름에도 많이 덥지 않아요."

수도를 떠나 간다는 곳이 거기였나? 아이리스는 처음 듣는 소식이었지만 고개를 끄덕이고 프리실라에게 앉으라고 손짓했다. 하지만 그녀는 고개를 저으며 말했다.

"괜찮아요. 금방 갈 거니까. 외가댁에 가기 전에 꼭 하고 싶은 말이 있어서 들렀어요."

드디어 나오는 건가! 아이리스는 바짝 긴장해서 고개를 끄덕였다. 프리실라는 숨을 한 번 내쉬더니 그녀를 똑바로 쳐다보며 이야기를 시작했다.

"지난번에 반스 양과 이야기하고 돌아가서 생각해 봤어요. 좀 기분이 상하긴 했지만요."

그건 아이리스도 마찬가지다. 하지만 그녀는 아무 말도 하지 않았다. 프리실라는 한숨을 내쉬고 다시 말을 이었다.

"고귀한 신분에는 그에 상응하는 책임이 있죠. 그거 모르는 사람은 없어요."

누가 뭐래? 아이리스의 눈초리가 날카로워졌다. 하지만 그녀가 뭐라고 말하기 전에 프리실라가 재빨리 말을 이었다.

"문제는 나는 그날 반스 양한테 듣기 전까지는 그걸 생각도 안 하고 있었다는 점이겠죠. 당신 말이 맞아요. 왕자비라는 자리는 그런 걸 늘 생각해야 하는 자리예요. 나는 생각하지 않았고요."

그런 건 관심이 없었다. 프리실라가 원한 건 그녀가 오를 수 있는 가장 높은 자리일 뿐이었다.

그녀는 아마도 자신이 왕비가 돼도 왕비로서의 의무를 무리 없이 해낼 수 있을 거라고 생각했다. 십팔 년을 백작 영애로 살았고 교육받았다. 자신이 있냐고 묻는다면 그건 아니지만 못할 것 같지는 않았다.

하지만 집에 돌아가서 아이리스와의 대화와 밀드레드와의 대화를 다시 생각해 보니 의문이 떠올랐다. 그녀는 정말 왕비가 되고 싶은 걸까.

"우리는 어차피 귀족 부인으로 살겠죠. 운이 좋으면 좀 더 수준이 높은 집으로 시집을 갈 거고요. 모든 사람이 더 좋은 집으로 시집가길 바라죠. 그건 나도 마찬가지고요."

프리실라의 말에 아이리스는 굳은 표정으로 고개를 끄덕였다. 그건 그녀도 마찬가지였다.

"그렇다면 왕자비가 되고 싶었어요. 나는 아직도 그게 잘못됐다고는 생각 안 해요."

당당한 프리실라의 말에 아이리스는 어머니의 말을 떠올렸다. 어차피 사람은 더 높은 곳을 바라기 마련이다. 귀족 영애가 가질 수 있는 가장 높은 자리가 왕비라면, 그걸 바라는 건 당연한 일이다.

"나도 무어 양이 왕자비 자리를 원하는 걸 잘못했다고 생각하지 않아요."

아이리스는 소파 등받이에 손을 대며 그렇게 말했다. 로레나와 프리실라를 라이벌이라고 생각했지만 방해물이라고 생각하지는 않았다. 어차피 심사는 성에서 본다. 그녀가 자격이 있음을 보여야 할 대상은 두 사람이 아니라 성이었다.

"하지만 내가 너무 욕심을 부렸다고 생각하겠죠."

프리실라는 그렇게 말하며 힘없이 웃었다. 그것을 본 아이리스의 눈이 커졌다. 그녀는 재빨리 몸을 내밀며 소리쳤다.

"아뇨!"

갑자기 큰 소리를 낸 탓에 서재 안에 정적이 찾아왔다. 프리실라는 물론 아이리스도 놀랐다. 그녀는 입을 다물고 고개를 돌려 누군가 놀라서 문을 열고 들어오는 게 아닌지 확인했다.

다행히 무슨 일인가 하고 들어오는 사람은 없었다. 아이리스는 한숨을 내쉰 뒤 프리실라에게 고개를 돌려 다시 말했다.

"그렇게 생각하지 않아요. 내가 왕비가 되길 바란다면, 무어 양도 그럴 수 있죠."

프리실라의 얼굴에 희미한 미소가 떠올랐다가 사라졌다. 짜증 나는 애네. 그녀는 아이리스가 마음에 들지 않았다. 하지만 동시에 마음에 들었다.

"반스 양, 당신이 왕비가 되길 바랄게요."

그렇게 말하며 프리실라는 더워서 벗어 뒀던 장갑을 다시 끼기 시작했다. 그리고 고개를 들어 아이리스를 쳐다보며 덧붙였다.

"얼마나 훌륭한 왕비가 될지 두고 보죠."

아이리스의 얼굴에도 미소가 떠올랐다. 그녀가 왕자비가 된다고 해도 왕비가 되려면 아직 한참이나 남았다. 아이리스는 프리실라를 위해 서재

문을 열며 물었다.

"외가댁으로 간다고요?"

"네. 아버지께서 시집을 가든지 수도원으로 들어가든지 선택하라고 하셨거든요."

"그런데 외가댁으로 가네요?"

"난 단 한 번도 순종적인 딸이었던 적이 없거든요."

그렇게 말하는 프리실라의 얼굴에 자신만만한 미소가 떠올랐다. 아이리스는 훨씬 더 편안해 보이는 그녀의 얼굴에 따라서 미소를 지었다. 그러다가 수도를 떠나는 그녀에게 한 가지 선물을 해 주고 싶다는 생각이 떠올랐다.

"잠깐만요."

현관 앞에서 프리실라를 잠시 세워 둔 아이리스는 재빨리 안으로 들어가 샘플용으로 포장해 둔 비누를 하나 들고 돌아왔다.

"선물이에요."

"비누예요?"

"네. 당신이 방해하려 했던 그 공방에서 만든 비누죠."

프리실라의 얼굴이 가볍게 달아올랐지만 그녀는 아무 말 없이 비누를 받아 들었다. 귀족들에게 보낼 샘플이라 고급스럽게 포장한 포장지 위로 아름다운 여자의 옆모습이 그려져 있었다.

"당신 동생이군요."

"네, 애슐리예요. 릴리가 그렸죠."

아이리스는 릴리가 샘플용 포장지 하나하나를 다 그리느라 팔이 떨어질 것 같다고 투덜거리던 것을 떠올리며 미소 지었다. 프리실라는 비누를 한참을 들여다보다가 하인용 대기실에서 기다리고 있던 자신의 하녀에게 넘기며 인사했다.

"고마워요. 잘 쓸게요."

"혹시 추가로 사고 싶으면 어디로 연락하면 되는지 알죠?"

시기적절한 홍보까지 겸한 아이리스의 인사를 뒤로하고 프리실라는 무어 백작가의 마차를 타고 떠나 버렸다. 그리고 며칠 뒤, 프리실라 무어 양이 조용히 수도를 떠났다는 소문이 아이리스의 귀에까지 들려왔다.

"내일, 혹시 약속 있으십니까?"

그날 저녁, 밖에서 돌아온 다니엘은 공방의 장부를 정리하는 밀드레드에게 물었다. 재료비와 직원 임금으로 얼마나 나가는지 정리하고, 추가적으로 나갈 비용까지 계산하느라 머리가 복잡한 탓에 밀드레드는 제대로 알아듣지 못하고 되물었다.

"네? 내일 뭐라고요?"

다니엘은 밀드레드가 종이에 펜으로 계산식을 써내려 간 것을 보고 한쪽 눈썹을 들어 올렸다. 그리고 책상 위로 몸을 기울이며 물었다.

"계산기가 고장 났습니까?"

"오, 아니에요. 꺼내기 귀찮아서요. 이거 하나만 계산하면 되거든요."

다니엘은 잠시 밀드레드가 종이 위에 펜을 톡톡 쳐가며 계산하는 것을 지켜봤다. 그는 밀드레드가 일부러 이런 식으로 계산하는 걸 보는 게 좋았다.

"뭐라고 했죠?"

밀드레드는 계산 끝에 나온 숫자를 장부에 적어 넣고 고개를 들며 물었다. 그때까지 책상에 기대고 서서 기다리고 있던 다니엘은 미소를 지으며 말했다.

"내일 시간이 있으신지 물었습니다."

"당신을 위한 시간이라면 언제든지 있죠."

"하루 종일 비워 두실 수도 있나요?"

하루 종일? 밀드레드의 얼굴에 어리둥절한 표정이 떠올랐다. 그녀는 의자에서 일어나 책상을 돌아나가며 물었다.

"왜요? 어디 가게요?"

"네. 하루 정도면 될 겁니다."

"어딜 가는데요?"

하루라면 그리 멀지 않은 곳일 거다. 밀드레드는 근처 호수로 소풍을 가자고 할 거라고 예상하며 다니엘을 따라 책상에 몸을 기댔다.

다니엘은 가슴 앞으로 팔짱을 끼며 웃었다. 그리고 천천히 말했다.

"우선은 제 작업실로 가죠."

"이 집에 있는 당신 작업실을 말하는 거예요?"

다니엘의 작업실은 두 개 있다. 그가 원래 사용하던 작업실과 이 집으로 거처를 옮기면서 밀드레드가 내준 작업실. 그는 두 작업실을 모두 사용하고 있었지만 최근에는 둥근 지붕 저택의 작업실을 더 자주 사용하고 있었다.

"네."

고개를 끄덕이며 다니엘은 손을 내밀었다. 잡으라는 태도에 밀드레드는 고개를 기울이며 시간을 확인했다. 저녁 식사를 마치고 아이들은 모두 잠자리에 들었다. 그녀도 씻고 내려와서 장부를 한 번 더 본 뒤에 침실로 돌아갈 생각이었다.

"이 시간에 가도 될지 모르겠네요."

신중한 밀드레드의 말에 다니엘의 고개가 기울어졌다. 그는 이해한다는 표정으로 말했다.

"불편하시면 안 가셔도 됩니다."

"불편한 건 아닌데."

잠시 고민하던 밀드레드는 고개를 끄덕이고 다니엘의 손을 잡았다. 그는 그녀의 심각한 표정을 보고 웃음을 터트리며 말했다.

"걱정 마세요. 불편하시면 언제든지 나가실 수 있으니까요."

"내 집이니 그건 걱정하지 않아요."

"당신 집이 아니더라도요."

그건 또 무슨 소리야? 어리둥절해하는 밀드레드를 데리고 다니엘은 자신의 작업실로 향했다. 복도 끝에 위치한 그의 작업실은 불을 켜 놨는지 희미한 빛이 문틈으로 흘러나오고 있었다.

하지만 문을 열자 밀드레드는 그 빛이 램프에서 새어 나온 빛이 아니라는 것을 깨달았다. 작업실 한가운데에 세운 이젤 위에 커다란 그림이 한 점 놓여 있었다. 빛은 거기서 흘러나오고 있었다. 천으로 덮었음에도 천 안쪽이 밝은 것을 본 밀드레드의 눈이 커졌다.

"뭐예요?"

"제 그림이 보고 싶다고 하셨잖습니까."

예전에 그런 말을 했던 기억이 난다. 다니엘은 밀드레드를 그림 앞으로 안내한 뒤 그림에 덮은 천을 잡아당겼다. 거대한 캔버스 위에 어떤 광경이 그려져 있었다.

"어디예요?"

밀드레드는 그림 속의 광경을 보고 속삭이듯 물었다. 창문을 통해 보는 광경을 그린 그림이었다. 창문 너머로 호수가 보였다. 훌륭한 솜씨였다. 호수는 정말로 바람에 물살이 이는 것처럼 보였고 커다란 달이 수면 위로 반사돼 있었다.

마치 꿈같은 장면이었다. 별이 하나도 보이지 않을 정도로 환한 달빛이 드리운 호수가 내려다보이는 창문. 밀드레드는 멋진 곳이라고 감탄한 순간 방 안을 밝히는 빛이 호수에 비친 달빛이라는 것을 깨달았다.

어떻게 이럴 수 있지? 깜짝 놀란 밀드레드가 다니엘을 돌아보았다. 그는 여전히 그녀의 손을 잡은 채 곁에 서 있었다.

"이것도 마법이에요?"

"비슷하죠."

다니엘이 그렇게 말한 순간 그림 안에서 반딧불이 나타났다. 마치 누군가 재빨리 그린 것처럼 모든 게 그대로인데 반딧불만 뿅하고 나타났다.

"어, 어?"

밀드레드가 작게 신음하는 순간 반딧불은 그림 밖으로 빠져나와 그녀와 다니엘이 서 있는 작업실 안을 날아다니기 시작했다. 작은 불빛이 깜빡이며 방 안을 날아다니다가 밀드레드의 눈앞으로 다가왔다.

다니엘은 웃으며 그녀의 반응을 살피고 있었다. 감탄하는 표정, 당황하는 표정, 깜짝 놀라는 표정. 그는 밀드레드의 얼굴 위로 다채로운 표정이 떠오르는 것을 즐거운 마음으로 지켜보다가 물었다.

"들어가 볼까요?"

"가, 갈 수 있어요?"

"그럼요."

"다시 나올 수 있어요?"

"당신이 원하면 언제든지요."

그렇다면. 밀드레드는 다시 다니엘이 내민 손을 잡았다. 그리고 그가 발을 내딛는 것을 본 순간 저도 모르게 눈을 꼭 감았다.

다음 순간 시원한 바람이 얼굴에 스치는 게 느껴졌다. 둥근 지붕 저택과 바람 냄새가 달랐다. 조금은 습기를 머금은 듯한 바람이 얼굴과 머리카락을 쓸고 지나가자 조심스럽게 눈을 뜬 밀드레드는 자신이 어느 저택의 침실에 서 있는 것을 발견했다.

"세상에."

그림 속에 그려진 것과 똑같은 창문이 눈앞에 있었다. 하얀 커튼이 바람에 휘날리고 창문 너머로 흔들리는 물살이 달빛을 받아 금색으로 출렁이는 호수가 보였다.

별장을 사는 건 어렵지 않았다. 별장 근처에 호수가 있고 그게 침실에서 내려다보인다는 조건이 걸리긴 했지만 그건 돈을 좀 쓰면 해결될 일이다.

다니엘이 가장 많은 시간을 쏟은 것은 그림을 그리는 거였다. 그는 완벽한 별장을 찾아냈고 밀드레드에게 보여 줄 가장 완벽한 그림을 그렸다.

"마음에 들어요?"

"뭐가요?"

그림이? 아니면 그림 속에 와 있다는 게? 아니면 이 침실이? 아니면 창문 밖으로 보이는 광경이?

어리둥절해하는 밀드레드를 바라보며 다니엘은 다시 미소를 지었다. 그는 고개를 기울이며 말했다.

"여기가요."

"네. 멋져요."

밀드레드는 창밖으로 몸을 내밀며 대답했다. 달빛을 받은 호수와 호수 주변을 에워싼 나무들.

그리고 그녀가 있는 저택으로 향하는 길을 닦은 돌이 달빛을 받아 반들반들 빛이 났다.

"신기하네요."

밀드레드는 다시 한 번 감탄을 내며 다니엘을 쳐다봤다. 몸을 돌려보니 등 뒤로 커다란 침대가 놓인 침실이 보였다. 오래되고 고풍스러운 둥근 지붕 저택과 달리 침실은 새로 지은 티가 났다.

"뭐가요?"

다니엘이 그녀의 손을 잡으며 물었다. 밀드레드는 달빛 덕분에 밝은 침실을 둘러보며 말했다.

"이거 당신이 상상한 거예요? 난 좀 둥근 지붕 저택과 비슷한 걸 생각할 줄 알았어요."

"둥근 지붕 저택과 비슷하길 바랍니까?"

"오, 아뇨. 이것도 좋아요. 완벽해요."

그림 속인데 실제처럼 느껴졌다. 밀드레드는 창틀에 몸을 기대 손바닥으로 창틀을 매만졌다. 단단한 나무의 감각이 손바닥에 감기듯 느껴졌다.

"진짜 같네요."

그제야 다니엘은 어째서 밀드레드가 아까부터 이렇게 감탄을 금치 못하는지 이해했다. 그는 쿡쿡 웃으며 말했다.

"진짜예요."

"네? 진짜라고요?"

"네. 진짜 있는 집이에요. 여기서 둥근 지붕 저택까지 마차로 일주일 정도 걸려요."

밀드레드의 입이 딱 벌어졌다. 그녀는 몸을 휙 돌려 창밖을 쳐다보고 어째서 여름임에도 서늘하게 느껴졌는지 깨달았다.

"하, 하지만 멀미를 하지 않았는데요?"

"그림을 통해서 왔으니까요."

다니엘은 창틀에 몸을 기댄 채 고개를 기울이며 대답했다. 그가 그린 모든 그림을 불태우고 그림을 그리지 않는 이유다.

요정이 그린 그림은 힘을 갖게 된다. 새를 그리면 진짜 새가 돼서 날아가고 공간을 그리면 그 공간으로 이동할 수 있게 된다.

"초상화를 그리면 어떻게 돼요?"

밀드레드는 믿을 수 없는 다니엘의 말에 저도 모르게 물었다. 창틀에 기댄 채로 그는 어깨를 으쓱해 보이며 말했다.

"늙지 않는 남자 이야기 알아요?"

그게 무슨 이야기야? 밀드레드가 어리둥절해하자 다니엘은 침착하게 입을 열었다.

"어느 젊고 아름다운 청년이 자신의 초상화가 자신 대신 늙고 자신은 그대로 영원히 젊기를 바라죠."

"어떻게 되는데요?"

"그리 좋은 결말은 아닙니다."

밀드레드의 미간에 주름이 생겼다. 이야기만 들어도 별로 좋은 결말을 맞이할 것 같지는 않다. 영원한 젊음이란 거기서 오는 장점보다 단점이 훨씬 더 많은 법이다.

밀드레드는 다시 한 번 주변을 살피고 다니엘을 돌아보았다. 이게 진짜 있는 집이라니. 게다가 그녀의 집에서 마차로 일주일이나 걸린다고?

거기까지 생각한 밀드레드의 머릿속에 한 가지 의문이 떠올랐다. 그녀는 전에도 비슷한 일을 경험한 적이 있다.

"설마, 샀어요?"

다니엘의 얼굴에 미소가 짙어졌다. 그는 한쪽 무릎을 꿇고 앉으며 물었다.

"밀드레드, 나와 결혼해 줄래요?"

믿을 수가 없네. 밀드레드의 입이 세 번째로 딱 벌어졌다. 그녀는 어이가 없어서 물었다.

"반지가 아니라 집으로 청혼하는 거예요?"

"반지도 준비했어요."

그렇게 말하며 다니엘은 품에서 반지를 꺼냈다. 이번에도 별은 아니겠지? 의심스러워하는 그녀의 손을 잡으며 그가 다시 물었다.

"반지를 끼워도 될까요?"

그가 내미는 반지는 평범한 보석처럼 보였다. 밀드레드는 의심스럽다는 듯 다니엘이 내민 반지를 쳐다보고 그의 얼굴을 들여다본 뒤 한숨을 내쉬었다.

"좋아요."

다니엘의 얼굴이 환해졌다. 그는 조심스럽게 반지를 밀드레드의 왼쪽 손가락에 끼우고 벌떡 일어났다. 그리고 그녀에게 키스해도 되냐고 물어보려 했을 때였다.

"키스해도 돼요?"

밀드레드는 다니엘의 목을 끌어안으며 물었다. 자연스럽게 그의 손이 그녀의 허리를 감쌌다.

"그럼요, 얼마든지요."

밀드레드가 발돋움을 하는 것과 동시에 다니엘이 그녀를 들어 올렸다. 그는 그녀를 창틀에 올려놓고 자신의 팔 안에 가둔 뒤 장난치는 것처럼 입술을 맞췄다.

서늘한 바람이 다시 불어오기 시작했지만 밀드레드는 추운 줄 몰랐다. 두 사람이 키스를 멈추고 눈을 떴을 때 밀드레드는 구름이 달을 가려 사위가 어두워진 것을 발견했다.

하지만 다니엘의 금발과 금색 눈동자가 그녀의 눈앞에서 반짝이고 있었다.

"그림을 통하면 언제든지 집으로 돌아갈 수 있다고요?"

"당신이 원한다면 언제든지요."

"멀미도 없이?"

"멀미도 없이."

마음에 든다. 밀드레드는 키득거리며 다시 한 번 다니엘의 입술을 훔쳤다. 그리고 그의 어깨 너머로 보이는 침실을 한 번 쳐다본 뒤 물었다.

"내일 가도 돼요?"

"당신이 원한다면, 뭐든지요."

이튿날 아침, 아이리스와 릴리는 주방에서 나오는 다니엘을 보고 무슨 일인가 하고 서로를 쳐다봤다. 그는 피크닉 바구니에 위에 과일을 얹은 팬케이크와 약간의 샐러드, 주스와 홍차를 담아 나오고 있었다.

"남작님?"

릴리가 어리둥절해서 그를 불렀다. 웬 피크닉 바구니? 이렇게 이른 아침부터 어딜 가는 거지?

아이리스의 얼굴에도 똑같은 의문이 떠올랐다. 다니엘은 두 사람이 어리둥절해하는 것을 알면서도 일부러 모르는 척 무표정한 얼굴로 말했다.

"무슨 일이지?"

"어, 어디 가세요?"

"음. 잠깐."

다시 아이리스와 릴리의 시선이 부딪쳤다. 이번에는 아이리스가 걱정스러운 표정으로 물었다.

"아침을 나가서 드시려고요?"

그럴 거면 하인들에게 발코니에 있는 테이블에 차려 달라고 하면 될 텐데? 아이리스와 릴리의 머릿속에 똑같은 의문이 떠올랐다. 그때 짐이 식당 앞에 선 세 사람을 발견하고 인사를 건넸다.

"좋은 아침입니다, 남작님. 아가씨들."

"좋은 아침이에요."

아이리스가 경쾌하게 인사하자 식당 안을 살펴본 짐의 얼굴에 당황한 표정이 떠올랐다. 그는 다시 한 번 아이리스와 릴리, 다니엘을 쳐다본 뒤 물었다.

"마님 못 보셨습니까? 방에 안 계신다던데요?"

밀드레드의 아침 시중을 들기 위해 방으로 향했던 애나가 빈 침대를 발견한 것이다. 아이리스와 릴리의 시선이 동시에 다니엘을 향했다. 그는 무표정하게 말했다.

"산책 가셨네. 내가 아침 식사를 가져다드리지."

산책이라고? 이렇게 이른 아침에? 아이리스와 릴리의 시선이 다시 부딪쳤다. 하지만 다니엘은 신경 쓰지 않고 바구니를 든 채 집 밖으로 나가 버렸다.

"그래서 이렇게 젖어 있는 거예요?"

침대에 앉아 다니엘이 가져온 아침 식사를 먹으며 밀드레드는 소리 높여 웃었다. 본의 아니게 산책을 해야 했던 다니엘의 몸은 그가 밟은 잔디와 이슬 덕분에 풀 냄새가 났고 촉촉했다.

"산책 갔다고 해 놓고 곧장 작업실로 들어갈 수는 없으니까요."

스스로 생각해도 어이없다는 듯한 다니엘의 목소리에 밀드레드는 다시 웃음을 터트렸다. 그녀는 손을 뻗어 그의 턱을 잡고 쪽 하고 입을 맞췄다.

"날 위해 일부러 아침 식사를 가져다주고 멀리 돌아 와 줘서 고마워요."

다니엘의 입술이 부드럽게 곡선을 그렸다.

"뭐든지, 언제든지요."

47

뜻밖의 증인

"중단이요?"

지난번 시험 이후로 성에서는 아이리스를 부르지 않았다. 무슨 일인
걸까. 아이리스뿐만이 아니라 로레나도 부르지 않았다는 소식에 조금은
안심하고 있었는데 오늘 성에 다녀온 다니엘이 심각한 표정으로 한동안
후보 시험이 중단됐다는 소식을 전했다.

"곧 전령이 올 겁니다."

다니엘은 어두운 표정으로 그렇게 말하고 내 옆에 앉은 아이리스와
릴리를 돌아보았다. 그리고 애슐리까지 쳐다본 뒤 덧붙였다.

"남부 지방이 전염병으로 피해를 입었다고 합니다. 그 피해가 점점 확
산되고 있고요."

무슨 말인지 알겠다. 나는 어두운 표정으로 고개를 끄덕였다. 이 나라

는 예전에 전염병의 피해를 크게 봤다. 아이리스와 릴리의 아버지가, 애슐리의 어머니가 전염병으로 죽었지.

다들 전염병에 대한 공포를 가지고 있다.

"마님."

불안한 표정을 짓는 아이들을 안아 주는데 짐이 응접실 문을 노크하고 들어와서 나를 불렀다. 그리고 각오하고 있던 이야기를 건넸다.

"성에서 전령이 왔습니다."

전령이 전한 말은 다니엘이 먼저 우리에게 알려 준 이야기와 크게 다르지 않았다. 나라가 전염병으로 힘든 이때 왕자비 후보 시험을 계속하는 건 옳지 않다는 판단에 일시적 중단을 결정했다는 말에 나는 저도 모르게 물었다.

"그럼 시험이 또 남아 있다는 말인가요? 전염병이 끝나면 시험이 재개되는 건가요?"

"그건 상황이 정리된 다음에 다시 결정될 이야기입니다."

무슨 말인지 알겠다. 머릿속이 싸늘하게 식었다. 성에서 시험을 중단한 건, 나라가 혼란스러우니 자중해야 한다는 이유도 있겠지만 전염병으로 누가 죽을지 알 수 없기 때문이기도 할 것이다.

혹시라도 결정된 왕자비가 약혼 기간 동안 전염병으로 죽는다거나 하는 그런 상황이 성에서는 달갑지 않은 거겠지.

"알겠습니다."

내가 더 이상 묻지 않고 물러나자 전령은 안도하는 표정을 지으며 물러났다.

"거쉰, 앞으로 가열하지 않은 음식은 내놓지 말아요. 이 집에 사는 사람은 모두 반드시 가열한 음식만 먹어야 해요."

나는 그 자리에서 당장 주방으로 달려가서 외쳤다. 땀을 삘삘 흘리며 잼을 만들고 있던 거쉰이 어리둥절한 얼굴로 물었다.

"가열이요?"

"우유, 생크림, 얼음. 전부 금지예요."

"아이스크림도요?"

무슨 일인가 하고 뒤따라왔던 애슐리가 비명을 지르듯 물었다. 당연하다. 나는 그녀를 한 번 쳐다보고 다시 거쉰에게 말했다.

"아이스크림도 금지예요. 물은 모두 팔팔 끓여서 사용하세요. 요리할 때 손은 반드시……."

거기까지 말한 나는 거쉰의 눈동자가 번뜩이는 것을 보고 입을 다물었다. 그는 자기 직업에 자부심을 가지고 있는 훌륭한 요리사다. 그런 사람에게 요리할 때 손을 깨끗이 씻으라고 충고하는 건 무례한 행동이다.

"거쉰뿐만이 아니에요."

나는 몸을 돌려 내 뒤를 따라온 아이들과 다니엘을 향해 말했다. 그리고 무슨 일인가 하고 따라온 짐에게 다른 사용인들도 불러 달라고 부탁했다.

"전염병이 확산되고 있다고 해요. 나는 아무도 아프지 않았으면 좋겠어요. 그러니 지금 이 순간부터 반드시 지켜야 하는 규칙을 세울 거예요."

모여든 사용인들은 전염병이라는 말에 표정을 굳혔다. 아이리스와 릴리의 아버지와 애슐리의 어머니를 죽인 전염병과 같은 병인지, 아니면 다른 병인지 모른다.

같은 병이라면 운이 좋게 그 시기를 보낸 사람들은 면역력이 생겼을 수도 있다. 하지만 다른 병이라면 위험하다.

"모든 사람은 밖에서 집으로 들어오자마자 비누로 손을 닦아요. 귀찮다고 대충, 빠르게 닦는 건 안 돼요."

나는 그렇게 말하고 사람들에게 손을 닦는 방법을 시범 보였다. 손가락 하나하나, 손톱 밑까지 삼십 초 정도 꼼꼼하게 씻어야 한다.

물론 삼십 초를 잴 수 없으니 속으로 삼십까지 숫자를 세라고 했지만.

그리고 이튿날. 우리 집 뒷마당에 꽤 진풍경이 펼쳐졌다.

"마녀라는 소문이 돌겠는데요."

나는 아침 식사를 마치자마자 뒷마당에 걸어놓은 커다란 솥을 바라보며 다니엘에게 인사 대신 말했다. 산책을 하고 온 건지 정원 저쪽에서부터 걸어온 그는 빙그레 웃으며 나를 쳐다보다가 내 말에 한쪽 눈썹을 들어 올렸다.

"마녀요?"

"커다란 솥을 세 개나 걸어 놨잖아요?"

전부 안에서 물을 펄펄 끓이고 있다. 마실 물, 씻을 물, 세탁물이란다. 거기까진 생각을 못 했는데 짐이 잘 처리해 줬다. 나는 사람 한 명이 들어가도 될 만한 솥 세 개가 나란히 걸려 있는 것을 복잡한 기분으로 쳐다보고 있었다.

"아, 솥을 걸어 놨군요?"

다니엘은 그제야 솥을 발견했다는 표정을 지었다. 장난치는 거지? 나는 어이가 없어서 말했다.

"이렇게 큰데 설마 몰랐다는 건 아니죠?"

"안 보였습니다."

다니엘은 그렇게 말하며 내 손을 잡고 손등에 입을 맞췄다. 나는 그가 무슨 소리를 하는지 몰라 인상을 쓰다가 곧 웃음을 터트렸다.

날 보느라 솥을 못 봤다는 말인가 보다. 하여간 말도 안 되는 농담을 기분 좋게 하는 데 재능이 있다니까.

"비누 쪽은 어때요?"

내 질문에 다니엘의 고개가 기울어졌다. 무슨 비누냐는 표정에 나는 다시 물었다.

"다른 대륙에서 비누를 수입해 오려고 했잖아요? 그건 어떻게 됐어요?"

"아, 네. 지금 오고 있습니다. 아직⋯⋯."

거기까지 말한 그의 시선이 하늘을 향했다. 얼마나 걸릴지 계산하는 모양이다.

"일이 주 정도 걸릴 테지만요."

"일이 주 후에는 수입한 비누가 도착한다는 말이죠?"

"네. 하지만 전국으로 유통이 되려면 시간이 좀 걸립니다. 그리고 그렇게 많은 물량도 아니고요."

일주일 정도 팔면 다 팔릴 거라는 말에 내 얼굴이 굳었다. 비누 나무가 다시 자라는 데 얼마나 걸리지? 가뭄이라고 모조리 말라죽은 건 아닐 테지만 이번 해 수확량은 예년에 비하면 터무니없다고 들었다.

그렇다면 비누 나무가 다시 자라기 전까지 부족한 수량만큼을 어디선가 보충해야 한다. 그 보충을 과연 내 공방에서 할 수 있을까.

나는 지금쯤 출근 준비를 하고 있을 공방의 직원들을 떠올렸다. 직원을 더 구하면 제작 수량을 더 늘릴 수는 있겠지.

일할 사람이 있을지 모르겠지만.

"밀드레드."

펄펄 끓는 가마솥을 멍하니 지켜보며 생각에 잠겨 있자니 다니엘이 나를 불렀다. 내가 쳐다보자 그는 심각한 표정으로 물었다.

"필요한 게 있으면 뭐든 말씀하세요."

"음, 세계 평화?"

다니엘의 한쪽 눈썹이 올라갔다. 그는 진심이냐는 표정을 짓더니 곧 심각하게 고민하기 시작했다. 뭐야, 설마 진짜로 세계 평화를 어떻게 해야 이룰 수 있는지 고민하는 거야?

나는 깜짝 놀라서 그의 팔을 잡으며 말했다.

"농담이에요."

"아, 그렇습니까?"

"그런 게 가능할 리가 없잖아요."

"하지만 당신이 원하는 거라면 이뤄야죠."

진심으로 하는 말인가? 나는 어이가 없어서 다니엘을 빤히 쳐다봤다. 불가능한 것도 내가 원한다면 이루겠다고?

문득 그의 팔을 잡은 내 손이 보였다. 거기 낀 반지도.

반지는 여전히 투명하게 빛이 나고 있었다. 하긴, 누가 저게 별이라고 생각하겠어. 나는 한숨을 내쉬며 말했다.

"세계 평화 같은 건 별로 필요 없어요. 그러니 고민하지 않아도 돼요."

"그럼 뭘 하면 될까요?"

글쎄. 나는 잠시 그를 쳐다봤다. 내 손 안에서 그의 단단한 팔이 느껴졌다. 길고 탄탄한 팔이 내게 잡힌 채 긴장을 풀고 있는 걸 느낀다는 건 꽤 이상한 기분이었다.

거대한 짐승이 내게 온전히 몸과 마음을 맡기고 있는 느낌이라 나는 그의 허리를 끌어안고 그의 가슴에 머리를 댔다.

"요정은 병 같은 거 안 걸리죠?"

"모르겠습니다."

다니엘은 그렇게 말하더니 곧 내가 무슨 말을 하고 싶은지 알아차린 것처럼 작게 신음을 내뱉었다. 그리고 나를 끌어안으며 다정하게 말했다.

"세상에서 병을 사라지게 할까요?"

"욕처럼 말이죠?"

내 반문에 다니엘이 작게 한숨을 내쉬었다. 그게 불가능하다는 건 그도 알고 나도 안다. 그리고 내가 원하는 건 그런 게 아니다.

나는 고개를 들어 그의 가슴에 턱을 대고 말했다.

"당신이 아프지 않았으면 좋겠어요."

다니엘의 한쪽 눈썹이 올라갔다. 그는 믿을 수 없다는 표정으로 물었다.

"저 말입니까?"

"이 집에서 가장 활동적인 사람은 당신이잖아요. 병에 걸릴 가능성도 가장 높죠."

오히려 한정된 사람만 만나는 나와 아이들에 비하면 다니엘은 사업이나 무역 때문에 다른 지역 사람들도 만날 수밖에 없다. 워낙 체력이 좋고 튼튼한 데다 요정이기 때문에 자신은 병에 걸릴 리 없다는 자신감을 품고 있을 수도 있다.

나는 다시 다니엘의 가슴에 뺨을 대며 말했다.

"당신이 아프지 않았으면 좋겠어요."

내 부탁이 뜻밖이었는지 다니엘의 몸이 잠깐 굳었다가 풀어졌다. 그는 한숨을 내쉬더니 곧 나를 향해 고개를 숙였다.

"알겠습니다. 무슨 일이 있어도 아프지 않겠습니다."

"그게 가능해요?"

"당신이 원하는 거라면 그게 뭐든 해야죠."

말도 안 된다. 나는 어이가 없어서 웃었다. 다니엘이 요정인 건 알지만 그렇다고 해도 요정도 할 수 있는 게 있고 없는 게 있다.

그래도 내 기분을 풀어 주려는 그의 행동에 기분이 좋아졌다. 나는 발돋움을 해서 재빨리 그의 입술에 입을 맞췄다.

"밀드레드."

당연히 이어서 내게 키스할 줄 알았던 그가 심각한 표정으로 나를 불렀다. 나는 그의 허리를 끌어안은 채 왜 그러냐는 표정으로 쳐다봤다.

"전 지금 당장이라도 당신과 결혼하고 싶어요. 하지만 당신은 아니라는 걸 압니다."

응? 나는 다니엘이 하는 말을 일순 이해하지 못하고 멍하니 그를 쳐다봤다. 뭘 어쩐다고?

차츰 머릿속에 그가 무슨 말을 하는지 흘러들어오기 시작했다. 다니엘은 나를 가만히 들여다보다가 다시 입을 열었다.

"그러니 대신이라고 하는 것도 우습지만, 당신만 괜찮다면 아이들에게 우리가 약혼했다는 걸 알리고 싶습니다."

애들에게 우리가 약혼했다는 걸 알린다고? 어라? 애들이 모르나? 나는 고개를 기울이며 물었다.

"아이들이 모를까요?"

내 손에는 본 적 없는 반지가 끼워져 있다. 아이들도 눈치채고 있지 않을까? 하지만 다니엘은 다른 의도였던 모양이다. 그는 빙그레 웃으며 말했다.

"하지만 우리가 확실하게 말해 주는 것과 아닌 건 다른 문제니까요. 가능하다면 주변에도 우리의 약혼을 밝혔으면 좋겠고요."

주변에? 머릿속에 산드라와 게리가 떠올랐다. 그리고 왕대비 전하도. 내가 잠시 생각에 잠기자 다니엘이 재빨리 덧붙였다.

"아니면 혼인 신고를 해도 괜찮고요. 결혼식은 나중에 하더라도 말이죠."

혼인 신고? 어, 그러니까 나랑 부부가 되고 싶다는 말이지? 내가 밀드레드 월포드가 된다는 말이다. 그리고 아침마다 이 얼굴을 본다는 뜻이기도 하고.

그 순간 저도 모르게 얼굴이 확하고 달아올랐다. 내 얼굴이 달아오른 것을 본 다니엘의 눈썹이 올라갔다. 그는 곧 씩 웃으며 장난스럽게 말했다.

"물론 부인이 원하지 않는다면 침실도 따로 쓰겠습니다."

얘가 날 놀리네. 나는 일부러 부인이라고 부른 그의 의도를 알아차리고 눈을 흘겼다. 이런 걸로 내가 부끄러워할 거라고 생각했다면 정답이다.

하지만 나는 티 내지 않고 말했다.

"약혼부터 알리죠."

*   *   *

며칠 후, 나와 다니엘은 사람들에게 우리의 약혼을 알리는 편지를 보냈다. 왕대비는 다니엘이 직접 가서 전하기로 했다. 그리고 나는 산드라와 게리를 초대했다.

"약혼이라고?"

약혼을 알리자 게리는 음식을 입에 넣다 말고 물었다. 그러더니 어리둥절한 표정으로 다시 물었다.

"지금까지 약혼한 게 아니었어?"

"게리."

재빨리 산드라의 팔꿈치가 게리의 옆구리에 꽂혔다. 나는 애슐리와 릴리가 그것을 보고 웃음을 참느라 입술을 깨무는 것까지 확인한 뒤 침착하게 대답했다.

"한 지 며칠 됐어요. 슬슬 사람들에게 알리는 게 좋지 않을까 이야기가 나왔고요."

"며칠이라고? 윽!"

이번에는 산드라가 게리의 발을 밟은 모양이다. 게리가 인상을 쓰며 팔을 식탁 밑으로 내리는 게 보였다. 하긴, 옆구리는 살이 많아서 산드라가 아무리 찔러 봐야 별로 안 아플 것 같다.

"잘됐네. 잘됐어, 밀."

남편이 그러거나 말거나 산드라는 내 약혼을 축하해 주었다. 저런 눈치 없는 오라버니를 지금까지 데리고 살아 줘서 내가 더 고맙다.

애슐리는 결국 참지 못하고 접시에 얼굴을 묻은 채 킬킬거리기 시작했다. 나는 아이리스에게 애슐리를 말리라고 눈짓한 뒤 인사를 건넸다.

"고마워요. 월포드 남작이 아니었으면 사람들에게 알릴 생각도 못 했을 거예요."

"하긴. 지금 상황이 좀 그렇긴 하지. 결혼은 상황이 안정되면 할 생각이야?"

"잘 모르겠어요. 아이리스 일도 있으니까요."

전염병이 가라앉으면 왕자비 후보 시험도 재개될 테니 아이리스의 일이 먼저다. 내가 쳐다보자 애슐리를 살피고 있던 아이리스가 얼굴을 붉히며 허리를 세웠다.

산드라는 그런 나와 아이리스를 돌아보고 알겠다는 듯 고개를 끄덕였다. 하지만 게리는 아니었다.

"상황이 안정될 때까지 기다리긴! 그냥 빨리해 버려."

"게리."

"초혼도 아니잖으냐. 거창하게 결혼식 치를 필요도······."

"게리!"

결국 참다못한 산드라가 게리에게 호통을 친 다음에야 그의 말이 멈췄다. 나는 아이들이 눈을 동그랗게 뜨고 게리를 쳐다보는 것을 확인하고 한숨을 내쉬었다.

게리는 나쁜 사람은 아니다. 하지만 생각이 짧고 말을 함부로 한다는 단점이 있다. 그걸 산드라가 보완해 주는 게 얼마나 고마운지 모르겠다.

"아이리스, 다 먹었으면 디저트는 너희끼리 올라가서 먹을래?"

내 말에 아이리스가 굳은 표정으로 고개를 끄덕였다. 릴리와 애슐리는 못마땅한 표정으로 게리를 쳐다봤지만 다행히 아무 말도 하지 않았다.

아이들이 자리에서 일어났을 때에야 게리는 자신의 실수를 깨달은 모양이었다. 그의 얼굴이 분홍빛으로 물들었다. 소시지 같군.

별로 화가 나지는 않았다. 게리의 저런 성격은 익숙하니까. 하지만 애들 앞에서 초혼 어쩌고 하는 건 좀 너무했지.

"미안하다, 밀."

게리는 문어 소시지 같은 얼굴로 내게 사과를 건넸다. 나는 침착한 표정으로 대답했다.

"괜찮아요, 오라버니. 하지만 아이들 앞에서는 조심해 주세요."

게리의 얼굴에 민망하다는 표정이 떠올랐다. 자신이 부끄러운 짓을 했다는 건 아는군. 나는 작게 한숨을 내쉬었다. 그는 정말로 미안하다는 표정으로 입을 열었다.

"조심하마. 다시는 이런 일 없을 거다."

그러길 빈다. 내가 아무 말도 하지 않자 산드라가 내 눈치를 살피며 분위기를 바꾸려는 듯 말했다.

"맞아요. 아이리스가 왕자비가 된다면, 당신은 정말로 조심해야 할 거예요."

"그래, 맞아. 맞는 말이야. 아이리스가 왕자비가 된다면 정말 조심해야지."

게리가 조심할 수 있을까. 나는 잠시 의심스러운 눈으로 게리를 쳐다 봤다. 괜찮겠지. 그는 최소한 누구처럼 사업병에 걸려서 집안을 홀랑 말 아먹지는 않았다. 말실수를 하기는 하지만 그걸로 필요 이상으로 남의 미움을 사지도 않았고.

나는 혹시라도 그가 다니엘에게 말실수를 할까 싶어 재빨리 말했다.

"월포드 남작은 결혼을 하고 싶다고 했어요. 약혼을 알리는 걸로 끝내 자고 한 건 내 의견이었고요."

게리의 얼굴에 왜 그런 짓을 했냐는 표정이 떠올랐지만 아무 말도 하 지 않았다. 나는 한숨을 내쉬고 덧붙였다.

"그가 아니었다면 사람들에게 알릴 생각도 하지 못했을 거라는 것도 사실이에요. 그가 먼저 결혼을 하거나 사람들에게 약혼을 알리고 싶다 고 했거든요."

"오."

놀랍게도 산드라의 얼굴에 감동한 표정이 떠올랐다. 왜? 내가 어리둥 절한 표정을 짓자 그녀가 손을 내밀어 내 손을 잡으며 말했다.

"정말 다정한 사람이야. 아이들을 위해 그런 제안을 해 주다니. 정말 좋은 사람을 만났어. 그렇죠, 게리?"

나는 잠시 산드라가 무슨 말을 하는 건가 하고 멍하니 그녀를 쳐다봤 다. 그러다가 곧 그녀가 무슨 말을 하는 건지 깨달았다.

산드라의 말이 맞았다. 지금 이 시점에서 약혼을 알리는 건 내가 아니 라 아이들을 위한 행동이었다.

"그렇군요."

나는 한숨을 내쉬며 산드라의 손을 맞잡았다. 전염병이 돌고 있고 내 아이들은 각각 아버지와 어머니를 병으로 잃었다. 여기서 나까지 병에 걸릴지도 모른다는 두려움을 갖지 않기란 어려울 것이다.

내가 죽어 버리면 내 아이들은 완전히 고아가 돼 버린다. 하지만 여기서 다니엘이 나와 결혼을 하거나, 나와의 약혼을 알린다면 그에게 내 아이들을 돌봐줘야 할 책임이 생긴다.

물론 나와 다니엘은 내가 죽을 거라고 생각해서 약혼을 알린 건 아니다. 하지만 아이들에게는 혹시라도 내가 사라질 경우 다니엘이라는 버팀목이 남아 있다는 안정감을 줄 수는 있겠지.

다니엘에 대한 애정이 샘솟았다. 진짜로 좋은 사람이다. 그는 오직 나를 위해 그런 제안을 해 준 거다. 그리고 내 아이들을 위해서.

"디저트입니다."

잠시 감동적인 시간이 흐르고, 짐이 우리에게 디저트와 차를 가져다주었다. 새로운 디저트를 만들어봤다. 만들기는 쉽지만 손은 훨씬 많이 가는 걸로.

"크레이프 케이크예요."

얇은 크레이프를 크림을 발라가며 얹은 거다. 위에 바른 설탕물 덕분에 표면이 반짝반짝 빛이 났다. 손이 많이 가지만 한 판을 만들어서 한 조각씩 잘라서 팔면 되니까 오히려 가정에서 만드는 것보다 식당에서 파는 게 더 나을지도 모른다.

놀랍게도 크레이프 케이크는 게리보다 산드라의 마음에 든 모양이었다. 산드라는 평범하게 먹어도 되지만 한 층씩 벗겨 먹어도 된다는 내 설명에 눈을 빛내며 케이크를 먹기 시작했다.

"그나저나, 비누를 무료로 나눠준다며?"

그리 달지 않은 맛이 별로였는지 게리는 심드렁하게 물었다. 물론 그러면서도 그의 손은 여전히 케이크를 향하고 있었다.

"네, 몇몇 사람들에게만요."

"몇몇 사람들이 아니던데. 그냥 팔지 뭐 하러 그런 짓을 하는 건지 모르겠다."

"파는 건 제대로 팔고 있어요."

진짜로 파는 건 확실하게 돈을 받고 있다. 오히려 원래 팔려고 했던 것보다 훨씬 비싸게 팔고 있으니 절대 손해는 아니다.

하지만 게리는 여전히 못마땅한 표정이었다. 그는 케이크를 우물우물 먹은 뒤 다시 말했다.

"쉽게 주어지면 가치를 모르는 법이야."

"모두가 어려운 상황에서 필요 이상으로 탐욕을 부리면 언젠가 대가가 돌아오는 법이기도 하고요."

사람들은 잊지 않는다. 자신이 어려울 때 도와준 사람과 오히려 더 착취한 사람을 기억한다. 그리고 당장은 아무 짓도 하지 않을지 몰라도 돌을 던질 수 있는 기회가 온다면 주저하지 않고 던질 것이다.

애를 써서 남의 사랑을 받으려 노력할 필요는 없지만 미움을 받지 않기 위해 노력할 필요는 있다.

"밀, 게리가 주제넘게 참견하긴 했지만 그의 말이 틀리진 않아."

디저트까지 먹고 난 뒤, 마차에 올라타며 산드라가 말했다. 응? 나는 게리가 어떤 참견을 했는지 머릿속에 떠올렸다. 그는 늘 주제넘게 내게 참견한다. 그건 그가 내 오라버니기 때문이겠지.

그게 내 삶에 참견할 권리를 준 건 아니지만 게리는 내 오라버니고 결혼하지 않은 귀족 여성의 삶이 기구한 이 나라 특성상 내게 참견할 수 있다고 생각할 것이다.

익숙한 일이고 화가 나는 건 아니지만 그렇다고 내가 거부해서는 안 될 일도 아니다. 나는 내가 원하지 않는 참견을 거부할 권리가 있다.

"어떤 게 말이에요?"

나는 산드라의 손을 잡으며 물었다. 미리 만들어 둔 크레이프 케이크를 짐이 마차에 싣는 게 보였다. 산드라는 게리가 마부와 이야기하는 것을 보더니 내게 고개를 돌려 작은 목소리로 말했다.

"어떤 계층에게는 비누를 비싸게 팔면서 어떤 계층에게는 무료로 나눠주고 있는 게 다른 사람들에게 어떻게 보일지 생각해 봤어?"

산드라가 무슨 말을 하는지 알겠다. 다른 귀족들이 못마땅해할 거라는 말이다. 그들은 비싼 비누를 마음껏 살 수 있는 부를 가지고 있음에도.

물론 그들이 못마땅해하는 건 자신들이 비누를 비싸게 산다는 부분이 아닐 것이다. 나는 산드라를 따라 목소리를 낮춰 말했다.

"특히 크레이그 후작이 그렇겠죠."

아이리스와 로레나가 왕자비 후보로 시험을 보다가 중단됐는데 내가 사람들의 호의를 사고 있으니 크레이그 후작은 그게 마음에 들지 않겠지.

산드라는 내 대답에 한숨을 내쉬더니 알고 있어서 다행이라는 표정을 지었다. 그리고 내 손을 꽉 쥐며 말했다.

"크레이그 후작이 그냥 손 놓고 있지만은 않을 거라는 말이 있어."

그렇겠지. 나는 알고 있다는 표정을 지었다. 하지만 그가 할 수 있는 일은 기껏 해 봐야 국왕에게 이야기하는 것뿐이다. 그리고 설령 국왕에게 이야기한다고 해도 대체 뭐라고 이야기할 건데?

시험이 중단됐는데 우리가 아직도 자선 활동을 하고 있다고? 자선 활동은 귀족의 업무에 가까운 일이다. 그걸로 뭐라고 할 수는 없지.

하지만 한 가지 걸리는 부분이 있긴 했다. 나는 떠나는 산드라를 한 번 더 안으며 말했다.

"걱정 말아요, 샌. 나도 생각해 둔 게 있거든요."

귀족들이 트집을 잡을 거라는 건 이미 알고 있었다. 어디나 시기하는 사람은 있기 마련이다. 그게 자신에게 어떤 피해를 주지 않는다 해도, 그냥 마음에 안 든다는 이유로 다른 사람의 험담이나 루머를 만들어 내는 사람들이 있다.

"필요한 게 있으면 언제든 말해."

산드라는 그렇게 말하며 게리와 함께 마차를 타고 떠났다. 머피 백작 부부 중 적어도 한 명은 믿음직스러우니 다행이다.

나는 이 층 서재로 올라와서 커시 부인의 크리놀린 사업을 검토했다. 커시 부인의 아이디어를 토대로 다비나가 디자인을 손봤고 크리놀린을 만드는 공방에 제작 주문을 넣었다.

시제품으로 나온 것을 나와 커시 부인이 사용해 봤는데 확실히 전에 쓰던 크리놀린보다 훨씬 편하다.

"저를 찾으셨다고요?"

왕대비와 만나고 온 다니엘은 짐에게 전달을 받았는지 집에 도착하자마자 서재로 찾아왔다. 나는 자리에서 일어나 그를 맞이하며 물었다.

"왕대비 전하께서는 어떠세요?"

"평소와 같죠."

정정하시다는 말이다. 나는 피식 웃고 다시 물었다.

"편지를 보셨나요?"

내 질문에 다니엘의 얼굴에 미소가 떠올랐다.

그는 품에 손을 넣어 수표를 한 장 꺼냈다. 그리고 내게 다가와 내 허리를 끌어안으며 말했다.

"답장을 받아왔습니다."

상당한 금액이 수표 위에 적혀 있었다. 이거면 충분하다. 나는 팔을 뻗어 다니엘을 끌어안았다.

밀드레드 반스 부인이 비누 공방을 차려 가난한 사람들에게 비누를 무료로 나눠준다는 소문이 퍼졌다. 물론 모든 가난한 사람들에게 나눠주는 건 아니었다. 일정 소득 이하인 사람에게, 그것도 한정적인 수량이었지만 그것만으로도 수도에 좋은 소문이 퍼지기엔 충분했다.

그 소문은 반스 부인의 이름으로 돌아다니는 여러 일화와 그녀가 요정 대모일지도 모른다는 소문과 결합돼 더욱 부풀려졌고 사람들 사이에서 반스 부인과 그녀를 돕는 반스 양들의 인기가 높아졌다.

반스 부인의 첫 번째 딸인 아이리스 반스 양이 왕자비 후보 자리를 두고 시험을 보고 있다는 소식에 사람들이 아이리스를 응원하기 시작한 것은 말할 것도 없었다.

그리고 결국 그 이야기는 크레이그 후작의 귀에까지 들어갔다.

"이게 그 반스 부인의 비누인 모양이군."

클럽 안에서 신문을 보던 토마스에게 에릭이 말을 걸었다. 신문 한쪽에 실린 비누 광고를 본 모양이었다. 반스 비누라는 이름과 함께 세정력이 좋다는 홍보 문구가 들어가 있었다.

"사람들에게 무료로 나눠준다면서? 이익이 나기는 하는 거야?"

토마스가 의아하다는 듯 묻자 말을 건 에릭이 한심하다는 듯 대꾸했다.

"없어서 못 팔지! 지금 수도에서 팔리는 비누가 이것뿐이잖아!"

생각도 못 한 사실에 신문을 보던 토마스의 눈이 휘둥그레졌다. 그는 자신이 쓰는 비누가 어떤 건지도 모르고 있었다. 당연히 반스 부인이 비누를 무료로 나눠준다는 이야기만 들었을 뿐, 그걸로 얼마나 돈을 버는지는 모르고 있었다.

"잠깐, 그거 윌포드 남작 사업 아니었어?"

근처에서 신문을 보고 있던 또 다른 남자까지 끼어들자 이야기는 더욱더 활발해졌다. 에릭은 신이 나서 자신이 아는 이야기를 꺼냈다.

"공방 사장이 반스 부인의 셋째잖아."

"잠깐, 셋째면 누구지? 왕자비 후보?"

"오, 아니야. 제일 예쁜 아가씨 말이야."

덕분에 사람들의 머릿속에 애슐리의 얼굴이 또렷하게 떠올랐다. 확실히 사교 시즌이 시작되는 순간 충격적일 정도로 아름다운 외모 덕분에 사람들에게 몇 번이나 회자되었던 아가씨.

그런 아가씨가 상대적으로 예쁘지 않은 언니들에 밀려 지금은 말도 몇 번 나오지 않는다는 사실을 다들 신기하게 여기고 있었다.

"왕비님도 첫째를 마음에 들어 하신다면서?"

"얼마 전에 따로 불러서 이야기를 하셨다더군."

"그 정도면 이미 결정된 거나 마찬가지 아냐?"

마침 클럽 안으로 들어오던 크레이그 후작의 귀에 그 대화가 날아와서 꽂혔다. 그는 못마땅한 표정으로 수다를 떠는 남자들을 쳐다보다가 그대로 휙하고 몸을 돌렸다.

우리 집이 뭐가 부족해서! 사람만 보면 로레나가 훨씬 미인이다. 크레이그 후작가라면 어느 집안에 견줘도 부족함이 없고.

그럼에도 크레이그 후작은 그의 딸이 아니라 반스가의 아이리스가 더 유력한 후보라는 사실을 믿을 수가 없었다.

그 여자가 뭔가 이상한 짓이라도 하는 게 아닐까. 크레이그 후작은 불쾌한 기분으로 다시 집으로 돌아가며 생각했다. 그가 모르는 사악한 마법이라도 쓰는 게 아닐까.

크레이그 후작의 머릿속에 밀드레드와 다니엘이 떠올랐다. 두 사람이 뭔가를 한 게 아닐까. 윌포드 남작에 대한 소문은 다양하다. 그는 그중에서 가장 자신의 입맛에 맞는 것을 골라잡았다.

"그런데 공방 사장이라고? 귀족 영애가?"

한편, 크레이그 후작이 들어왔다가 나갔다는 것을 모르는 사람들은 여전히 반스가에 대한 이야기를 나누고 있었다. 제임스의 지적에 토마스가 흥 하고 콧방귀를 뀌며 말했다.

"진짜 사장이겠어? 그냥 이름만 걸어 둔 거겠지."

"내 말은, 왜 이름을 걸었냐는 거야. 보통 그럴 땐 적당한 사람을 구하잖아."

"모르는 일이지. 반스 양이 생각보다 머리 나쁘고 허영심만 찬 여자일수도 있고."

그 얼굴이면 머리가 나쁜 것도 이해가 간다만. 토마스의 덧붙임에 남자들의 얼굴에 허탈하다는 표정이 떠올랐다. 하지만 그때, 안쪽에서 한 남자가 걸어 나오며 말했다.

"헛소문 퍼트리지 말게."

"그, 그랜트 백작님."

옹기종기 모여서 애슐리의 이름에 흠집을 내리던 남자들은 그랜트 백작의 등장에 깜짝 놀라 자세를 바로 했다.

한심한 놈들. 그랜트 백작은 기껏 클럽에 와서 남의 뒷이야기나 퍼트리는 청년들에게 경멸 어린 시선을 감추지 않은 채 말했다.

"애슐리 반스 양은 자기 언니를 위해 그런 희생을 한 걸세. 제대로 알지도 못하면서 헛소문이나 퍼트리다니. 부끄러운 줄 알아야지."

그랜트 백작의 일갈에 클럽 안이 조용해졌다. 그는 흥 하고 콧방귀를 내뿜고 몸을 돌려 클럽 밖으로 나가 버렸다.

"희생이라고?"

그랜트 백작이 나가고 나자 클럽 안은 한바탕 소동이 일어났다. 사업을 허가해 주는 그랜트 백작이 직접 애슐리의 행동은 언니를 위한 희생이었다고 말한 거다.

다른 방향으로 소문이 나기에 충분했다.

며칠 뒤, 국왕은 밀드레드를 성안으로 불러들였다. 초대가 없으면 성에 들어갈 수 없는 밀드레드에게 왕의 초대는 어마어마한 영광이다.

하지만 그녀는 국왕의 초대가 꼭 긍정적인 것만은 아닐 수도 있다고 생각했다.

이유는 다양했다. 둥근 지붕 저택으로 비누를 받으러 오는 사람의 수가 너무 많아진 것도 그 이유 중 하나였다. 비누를 나눠주는 장소를 공방으로 옮겼지만 찾아오는 사람의 수는 전혀 줄지 않았다. 시내에서 공방까지의 거리가 꽤 멀지만 사람들은 개의치 않았던 것이다.

오히려 공방의 직원들이 일하는 것을 보고 직원으로 채용해 달라고 찾아오는 사람의 수가 늘어난 덕에 밀드레드의 비누 사업은 전보다 훨씬 더 활기를 띠고 있었다.

뿐만 아니라 저잣거리에 다음 왕자비는 아이리스가 되어야 한다는 노래가 떠돌기 시작했다. 갈색 머리의 다정하고 현명한 갈색 눈동자를 가진 그 아가씨가 왕자비가 되어야 한다는 노래는 아이리스의 이름이 들어가지는 않았지만 둥근 지붕 저택에 산다거나 셋 중 첫째라는 부분이 누가 들어도 아이리스를 지목하고 있었다.

"밀드레드 반스 부인입니다."

시종이 밀드레드를 안내해 주는 것과 동시에 문 앞에 서 있던 또 다른 시종이 그렇게 외치며 밀드레드의 도착을 알렸다. 그녀는 허리를 세우고 열린 문으로 들어갔다.

국왕과 독대를 하는 건 처음이다. 긴장이 안 될 수가 없었다.

하지만 놀랍게도 안에 있는 건 왕뿐만이 아니었다. 크레이그 후작 역시 왕의 맞은편에 앉아 있었다.

"부르심을 받아 도착했습니다."

밀드레드의 인사에 왕은 고개를 끄덕이며 자리를 권했다. 그리고 밀드레드에게 크레이그 후작을 소개했다.

"이미 알고 있겠지만 이쪽은 크레이그 후작일세."

"오랜만에 뵙네요."

크레이그 후작은 밀드레드의 인사에도 고개만 까딱하고 말았다. 덕분에 밀드레드는 국왕이 그녀를 부른 이유를 크레이그 후작이 제공했음을 깨달았다.

크레이그가와 반스가는 왕자비 후보 자리를 두고 다투고 있다. 비록 전염병 때문에 중단되긴 했지만 아직 두 집안의 아가씨 모두 건강하니 전염병이 가라앉으면 시험은 재개될 것이다.

하지만 수도에서 아이리스의 인기가 높아지는 게 마음에 들지 않은 거겠지. 밀드레드는 성에서 부른다는 말을 들었을 때 떠올렸던 자신의 가설이 맞을지도 모른다는 생각에 씩 웃었다.

"크레이그 후작이 얼마 전 내게 왕자비 시험이 중단된 게 아니냐고 묻더군."

왕이 입을 열었다. 그런데? 밀드레드는 아무 말도 없이 그가 계속 말하는 것을 기다렸다. 왕자비 시험은 중단됐다. 중단됐다고 성에서 사람이 나와서 알렸으니 확실하다.

하지만 크레이그 후작이 일부러 국왕에게 물었다는 건 시비를 걸려는 목적인 게 분명했다.

"후작 말이 반스 부인, 자네가 아직 시험 중인 것처럼 행동한다고 하던데. 사실인가?"

"죄송합니다, 폐하. 제가 아둔하여 무슨 말씀을 하시는지 모르겠습니다."

국왕은 밀드레드의 말에 미소를 지었다. 진짜 그녀가 자신이 아둔하다 생각해서 그렇게 말하는 게 아니다. 왕은 밀드레드에게 좀 더 부드럽게 설명했다.

"크레이그 후작이 자네가 사람들에게 아직도 자선 활동을 하고 있다고 하더군."

"자선 활동이 문제가 아닙니다, 폐하."

왕의 설명에 크레이그 후작이 끼어들었다. 자선 활동 자체는 문제가 없다. 그건 귀족이라면 누구나 해야 할 일이니까.

하지만 밀드레드의 자선 활동은 아이리스가 왕자비가 되어야 한다는 여론으로 이어진다는 게 문제다. 그는 침착하게 말을 이었다.

"반스 부인이 자선 활동에 아이리스 반스 양을 내세우고 있는 게 문제입니다."

그게 뭐가 문제야? 밀드레드는 어리둥절한 표정으로 크레이그 후작을 쳐다봤다. 그리고 국왕을 쳐다봤다가 그가 재미있다는 표정을 짓는 것을 알아차렸다.

국왕도 크레이그 후작의 주장이 말도 안 된다는 것을 알고 있었다. 그럼에도 그의 말을 들어주는 척 밀드레드를 부른 건, 크레이그 후작이 후작이기 때문이었다.

아무리 말도 안 된다 해도 후작의 말을 무시할 수는 없다. 게다가 아이리스가 왕비가 된다면 반스가는 크레이그 후작가를 포함한 다른 귀족 집안의 시비를 받게 될 것이다.

국왕은 지금 이 자리에서 밀드레드가 다른 집안의 공격을 적절히 피하거나 반격할 수 있는지 알고 싶었다.

"제 아이가 자선 활동을 하는 게 문제인 줄은 몰랐습니다만."

밀드레드의 지적에 크레이그 후작이 울컥 화를 냈다. 하지만 그는 국왕의 앞이라는 것을 깨닫고 화를 눌러 참으며 말했다.

"자선 활동을 하는 건 문제가 아니오. 하지만 이 시기에 굳이 왕자비 후보인 아이리스 반스 양이 재단을 만들었다는 게 문제라는 말입니다."

"오, 후작님. 재단은 시험 기간에 만들었던 거예요. 안타깝게도 활동을 하기 전에 시험이 끝나버렸지만요."

"그렇다면 활동을 하지 말았어야 하는 거 아니오?"

뭐라는 거야? 밀드레드의 얼굴에 세상에서 가장 멍청한 사람을 보는 표정이 떠올랐다가 재빨리 사라졌다. 그녀는 이해가 되지 않는다는 듯 물었다.

"기껏 만든 재단을 시험에 도움이 되지 않는다고 활동을 하지 않는다고요? 그거야말로 폐하께서 내린 시험과 상반되는 행동 아닌가요?"

크레이그 후작의 얼굴이 새빨갛게 달아올랐다. 국왕의 얼굴에도 미소가 떠올랐지만 그는 후작이 자신을 쳐다보는 순간 재빨리 웃음을 지우고 근엄하게 말했다.

"듣고 보니 틀린 말은 아니군."

굳이 들을 것도 없는 이야기지만 국왕은 어쩔 수 없지 않냐는 표정으로 밀드레드의 말에 맞장구를 쳤다. 크레이그 후작은 못마땅한 표정으로 밀드레드를 쳐다봤다.

그는 왕자비 시험을 시작할 때까지만 해도 별 어려움 없이 그의 딸인 로레나가 왕자비가 될 거라 믿어 의심치 않았다.

집안도, 외모도 빠지는 데가 없는 그의 딸이다. 장애물이 있다면 무어 백작가일 거라 했지 반스가일 줄은 꿈에도 생각을 못 했다.

하지만 첫 번째 시험부터 단추가 잘못 끼워지듯 어긋나기 시작했다.

후작은 잠시 밀드레드를 쳐다보다가 다시 국왕을 향해 말했다.

"그것뿐만이 아닙니다, 폐하. 반스 부인이 파는 비누는 이 나라에서 유일하게 판매되는 비누라 해도 과언이 아닙니다. 그 비누를 너무 비싸게 팔고 있다는 비난도 일고 있습니다."

그래? 국왕은 크레이그 후작의 주장에 아무 의견도 없지 않고 그대로 밀드레드를 쳐다봤다. 알아서 반박해 보라는 태도에 밀드레드는 피식 웃었다.

"그거야말로 말도 안 되는 주장이군요. 기존 비누와 헷갈리신 게 아닐까요?"

밀드레드의 말에 국왕 역시 피식 웃었다. 기존 비누는 원래 가격에서 최대 오십 배까지 가격이 치솟았다. 그에 비하면 밀드레드의 반스 비누는 훨씬 저렴했다.

그러니 비난이 인다면 반스 비누가 아니라 기존 비누가 먼저 일어야 할 것이다.

"다른 비누는 없어서 팔지도 못하는데 가격이 얼마든 무슨 상관이란 말이오!"

크레이그 후작의 호통에도 밀드레드는 눈썹 하나 까딱하지 않았다. 물론 '어디서 감히?'라는 표정을 짓긴 했다. 하지만 그녀는 허리를 세우며 받아쳤다.

"없어서 못 파는 건 저희도 마찬가지입니다만."

"하지만 무료로 나눠줄 정도로 많이 만들고 있지!"

결국 크레이그 후작이 하고 싶은 건 그 이야기였다. 남에게 무료로 나눠줄 정도로 많이 만들어 내면서 비싸게 판다는 것.

그는 그렇게 호통을 친 뒤 자신이 승기를 잡았다는 생각에 뿌듯하게 웃으며 왕에게 말했다.

"보십시오, 전하! 반스 부인은 사람들에게 무료로 나눠줄 정도로 많은 수량을 만들어 내면서도 귀족들에게 비싸게 팔아넘기고 있습니다. 이게 다 무슨 꿍꿍이겠습니까?"

"무슨 꿍꿍이라고 생각하나?"

모른 척하는 국왕의 반문에 크레이그 후작은 자신의 무릎을 찰싹 내려치며 소리쳤다.

"폐하와 귀족들에게 가는 인기를 반스가에서 독점하려는 겁니다! 이 얼마나 위험한 생각입니까!"

뭐라는 거야. 밀드레드는 크레이그 후작의 말에 입을 딱 벌렸다. 하지만 국왕은 재미있다는 듯 웃을 뿐이었다.

밀드레드의 입장에서는 말도 안 되는 소리지만 크레이그 후작의 입장에서는 확실히 불만스러운 부분이다. 아직 왕자비가 결정되지도 않았는데 반스가가 인기를 얻는다는 건, 아이리스의 왕자비 결정으로 이어질 수 있다.

크레이그 후작은 기세를 이어 열정적으로 왕에게 말했다.

"폐하! 처음부터 이상했습니다. 아무것도 모르는 여자가 사업이라니요! 반스 부인과 월포드 남작이 보통 사이가 아니라지요?"

이젠 밀드레드의 뒤에서 다니엘이 음모를 꾸미고 있다는 식으로 이야기를 진행할 모양이었다. 밀드레드는 멍하니 크레이그 후작을 쳐다보며 뭐라고 말해야 할지 고민하기 시작했다.

다니엘이면 쓸데없이 음모를 꾸미지 않아도 이 나라 정도는 차지할 수 있다고? 이건 오히려 저 크레이그 후작을 펄펄 뛰게 만들 것 같다. 밀드레드가 잠시 망설이는 사이 국왕은 그녀가 뭐라고 반격을 할지 기대한다는 표정을 지었다.

물론 왕이 다니엘이 이 나라를 집어삼키려 한다는 음모론 따위는 전혀 믿지 않기 때문에 가능한 일이었다.

"우선, 폐하, 그리고 후작님."

"아직도 할 말이 남았나 보군?"

밀드레드가 입을 열자 크레이그 후작이 빈정거렸다. 그녀는 눈썹을 들어 올리며 국왕을 쳐다봤고 왕은 즉각 후작에게 경고를 던졌다.

"후작, 내 앞에서 감히 무례하게 굴지 말게."

후작의 얼굴이 붉게 달아올랐다. 서로에게 논리적으로 공격을 하는 건 상관없지만 인신공격을 하거나 빈정거리는 건 용납할 수 없다.

그게 국왕 앞이라면 더욱 그랬다. 예의를 지키라는 국왕의 지시에 크레이그 후작은 붉은 얼굴로 우물우물 사과를 건넸지만 밀드레드는 들은 척도 하지 않고 입을 열었다.

"비누를 이용해서 폐하와 귀족에게 갈 인기를 독점한다는 건 말이 안 됩니다. 이 땅은 폐하의 것이고 백성들은 그것을 이미 잘 알고 있지요. 고작 비누로 사람들의 인기를 얻을 수 있다고 진심으로 믿으시는 건 아니겠지요?"

밀드레드의 지적에 국왕의 얼굴에 미소가 떠올랐다. 그래. 사실 그도 그게 기분 나쁘던 참이었다.

크레이그 후작은 단순히 밀드레드와 다니엘을 공격하려 했던 거지만, 그가 이야기하는 사람은 밀드레드뿐만이 아니라 국왕도 있다.

국왕 앞에서 사람들의 너를 향한 충성은 고작 비누로 빼앗을 수 있다고 말하는 거나 다름이 없는데 국왕이 기분이 좋았을 리가 없다.

"두 번째로, 크레이그 후작의 말대로 정말 비누로 인기를 얻을 수 있다면, 누구나 그걸 이용할 수 있습니다."

"말도 안 되는 소리 말게! 비누는 반스가에서만 독점하고 있지 않나!"

크레이그 후작의 호통에 밀드레드는 오히려 씩 웃었다. 그렇게 말할 줄 알고 이미 손을 써 놨다. 그녀는 국왕을 쳐다보며 말했다.

"폐하, 일주일 전에 왕대비 전하께서 사람들에게 비누를 나눠주라면서 돈을 보내셨습니다. 저는 충직하게 왕대비 전하 이름으로 사람들에게 나눠줬고요."

크레이그 후작의 얼굴이 굳었다. 밀드레드가 하는 말은 명확했다. 정말 비누로 사람들의 인기를 얻을 수 있다면 돈을 써서 자신의 이름으로 사람들에게 나눠주면 된다는 말이다.

"그리고 세 번째로."

밀드레드는 손가락을 세 개 꼽으며 말을 이었다. 또 있어? 당황하는 크레이그 후작을 아랑곳하지 않고 그녀는 국왕을 쳐다보며 말했다.

"귀족에게만 비싸게 판다는 건 억울한 누명입니다. 전 비누를 나눠주는 데 계급 차이를 두지 않았거든요. 비누를 사는 게 부담스러울 정도로 사정이 어려운 사람에게는 누구나 나눠줬으니까요."

"감히 어디라고 거짓말을!"

크레이그 후작의 얼굴에 득의양양한 표정이 떠올랐다. 그는 밀드레드가 확실하게 거짓말을 한다는 생각에 국왕을 향해 외쳤다.

"제가 확인했습니다! 귀족 중에 반스 부인의 비누를 받은 사람은 아무도 없습니다!"

"오, 정말 없다고 확신하시나요?"

밀드레드는 눈썹 하나 까딱하지 않고 받아쳤다. 그녀는 고개를 기울이며 안됐다는 듯 말했다.

"저라면 후작님 같은 사람에게 비누를 무료로 받았다는 말은 하고 싶지 않을 것 같거든요."

자신의 가정 상황을 말하고 싶은 사람과 절대로 말하고 싶지 않은 사람이 있다. 밀드레드가 보기에 크레이그 후작은 확실하게 후자였다.

후작의 얼굴에 분노가 떠올랐다. 그는 발칵 화를 내려다 자신이 국왕

앞에 있다는 것을 가까스로 떠올리고 이를 악물고 말했다.

"그렇다면 받은 사람을 데려와 보시지."

"데려올 필요가 없죠. 전 귀족은 주지 않겠다고 말한 적이 단 한 번도 없으니까요. 오히려 당신이 받고 싶었지만 못 받은 귀족을 데려와 보시지."

"뭐라고? 건방지게······."

"크레이그 후작."

발칵 화를 내려는 크레이그 후작을 막은 건 국왕이었다. 그는 턱을 괴고 앉아 후작에게 다시 한 번 경고했다.

"먼저 말을 놓은 건 자네일세."

은근슬쩍 화가 난다는 핑계로 크레이그 후작은 밀드레드에게 말을 놓고 있었다. 밀드레드와 크레이그 후작이 매우 친밀한 사이가 아니라면, 아무리 작위가 있다 해도 후작이 밀드레드에게 말을 놓는 건 무례한 행동이다.

국왕의 지적에 크레이그 후작의 얼굴에 민망하다는 표정이 떠올랐다. 밀드레드는 그것 보라고, 누가 너 같은 인간한테 자기 사정이 어렵다는 이야기를 하고 싶겠냐고 말하려다 말았다.

그때, 문밖에서 시종이 조용히 들어와서 국왕에게 말했다.

"윌포드 남작이 면담을 요청하고 있습니다."

국왕의 얼굴에 재미있다는 표정이 떠올랐다. 과연 무슨 일일까. 그는 다니엘이 분명 밀드레드가 크레이그 후작 때문에 여기 와 있다는 것을 알고 있을 거라고 생각했다.

그렇다면 밀드레드를 도우려는 거겠지. 국왕은 거기까지 생각하고 고개를 끄덕이며 말했다.

"들이게."

잠시 후, 시종들이 다니엘을 위한 의자를 준비하자 그가 들어왔다. 여유로운 태도로 방 안에 들어온 다니엘은 제일 먼저 국왕에게 인사를 건넸다.

"면담을 허락해 주셔서 감사합니다."

"앉게."

일이 재미있게 돌아가는군. 국왕은 못마땅한 표정을 짓는 크레이그 후작과 똑같이 못마땅한 표정을 짓는 밀드레드를 쳐다보며 미소 지었다.

크레이그 후작이 못마땅해하는 건 이해가 되는데 반스 부인은 왜 저런 표정을 짓는지 모르겠다. 다니엘은 밀드레드가 못마땅한 표정을 짓는 것을 보고 씩 웃었다.

그는 그녀가 왜 못마땅해하는지 안다. 혼자서 알아서 잘할 수 있으니 도와줄 필요가 없다는 거겠지. 그도 밀드레드가 알아서 잘할 수 있다는 것을 알았다. 하지만 그렇다고 물러나서 지켜보기만 하는 건 그의 성미에 맞지 않았다.

"크레이그 후작께서 반스 비누가 너무 비싸게 팔린다는 말씀을 드린다는 이야기를 들었습니다."

그런데? 국왕은 표정 변화 없이 다니엘을 쳐다봤다. 그 이야기는 이미 반스 부인이 반론했다. 그는 월포드 남작은 어떤 반론을 할지 궁금했다.

"그런데 얼마 전에 제가 비누 길드에서 흥미로운 사실을 들어서 말입니다. 여기 계신 크레이그 후작께서 비누 공방의 투자자라고 하시더군요."

알고 있는 이야기다. 하지만 국왕은 일부러 몰랐다는 표정으로 크레이그 후작을 쳐다봤다. 당연히 후작의 얼굴이 달아올랐다.

"투자자라고?"

짧은 말이었지만 국왕의 말투는 마치 나라를 위한 걱정은 거짓말이고 자기 사업을 막을까 봐 크레이그 후작이 억지를 부린다는 것처럼 들렸다.

후작은 재빨리 변명처럼 말했다.

"맞습니다, 폐하. 하지만 전 투자자일 뿐입니다. 그에 비해 여기 반스 부인의 비누 공방은 사장이 심지어 그녀의 딸이라고 하더군요."

그것 역시 왕은 알고 있었지만 짐짓 모르는 척 놀란 표정을 지었다. 그 표정을 본 후작은 다시 득의양양해서 말했다.

"제가 걱정하는 건 바로 그겁니다, 폐하! 이 여자는……."

그 순간, 크레이그 후작이 움찔하고 멈췄다. 그는 저도 모르게 다니엘을 돌아보고 새파랗게 질린 얼굴로 국왕을 쳐다봤다. 그리고 더듬거리며 말을 이었다.

"여기 있는 반스 부인은 둘째 딸을 공방 사장으로 앉히고 첫째 딸은 왕자비 후보 자리에 앉혔습니다. 음험한 꿍꿍이가 있는 게 분명합니다."

"셋째예요."

"뭐? 아니, 네?"

"둘째가 아니라 셋째라고요. 공방 사장으로 앉은 건 셋째인 애슐리랍니다."

밀드레드의 지적에 크레이그 후작은 제정신이냐는 표정을 지었다가 다시 다니엘의 눈치를 살폈다. 그리고 작은 목소리로 자신의 주장을 수정했다.

"아, 네. 둘째가 아니라 셋째요."

"그리고 후작님, 아까 전에는 아무것도 모르는 여자가 사업을 할 리가 없다고 하지 않으셨나요? 제 뒤에 월포드 남작이 버티고 있다고 하셨는데, 방금 전에 한 말과 말이 안 맞는다고 생각하지 않으세요?"

다시 크레이그 후작의 얼굴이 달아올랐다. 다니엘은 후작의 말이 일부 맞다고 말해야 할지 고민하기 시작했다. 밀드레드의 뒤에 그가 버티고 있는 건 맞다. 하지만 그 버티고 있는 방식은 후작이 생각하는 그런 방식이 아닐 것이다.

그때, 국왕이 다시 입을 열었다.

"뭐, 누가 꿍꿍이가 있는지는 별로 중요하지 않겠지. 반스 부인과 월포드 남작은 아주 가까운 사이니까 말이야."

"맞습니다, 폐하!"

뜻하지 않게 왕이 자신의 편을 들어주는 것 같자 후작은 뛸 듯이 기뻐하며 맞장구를 쳤다. 이 모든 음모의 뒤에 반스 부인이 있는지 월포드 남작이 있는지 뭐가 중요하단 말인가.

그는 월포드 남작과 반스 부인 둘 다 꿍꿍이가 있으니 반스 양을 왕자비 후보에서 떨어트리는 것은 물론, 국왕도 두 사람과 너무 가까워지면 안 된다고 말하고 싶었을 뿐이다.

하지만 국왕 역시 후작의 그런 생각을 꿰뚫고 있었다. 그는 다니엘을 쳐다보며 말했다.

"그리고 여기 크레이그 후작의 비누는 어느 누구에게도 싸게 팔거나 무료로 나눠주지 않았으니 여기서 논의할 것은 반스 부인이 비누를 무료로 나눠준 데에 어떤 의도가 있는가 하는 거겠지."

"맞습니다, 폐하! 아주 훌륭하신 지적입니다!"

승기가 후작의 편으로 기울어지는 듯했다. 다니엘은 신이 나서 다시 의기양양한 후작을 힐끔 쳐다보고 쓰게 웃었다. 그리고 국왕에게 말했다.

"제가 비누를 나눠주는 데 어떤 계급 간의 차이도 없었다는 것을 증명할 증인을 데려왔습니다."

증인을 데려왔다고? 후작은 물론 밀드레드의 얼굴도 굳었다. 다니엘은 두 사람을 무시하고 국왕에게 요청했다.

"이 자리에 그 증인의 동석을 허락해 주셨으면 합니다."

"증인이라고?"

국왕은 재미있다는 표정으로 물었다. 분명 방금 전까지 크레이그 후작과 반스 부인은 서로 증인을 데려오라고 싸우고 있었다. 크레이그 후작은 비누를 무료로 받은 귀족을 데려오라고, 반스 부인은 달라고 했으나 받지 못한 귀족을 데려오라고 주장했다.

둘 다 증인이 없기 때문에 상대방에게 떠넘긴 거라 생각했는데 아니었던 모양이다. 그는 다니엘에게 다시 물었다.

"그자를 부르기 전에 그자가 어떻게 증인이 되는지 알려 주게."

"간단합니다. 반스가에서 보낸 비누를 받았으니까요."

"귀족이오?"

크레이그 후작이 끼어들어서 물었다. 다니엘은 한쪽 눈썹을 들어 올리며 차갑게 말했다.

"아니라면 증인이 아니지 않습니까?"

크레이그 후작이 모래 씹은 표정을 짓는 것과 동시에 국왕은 증인을 들이라고 명령했다. 그 말에 시종이 밖에서 대기하고 있던 사람을 안으로 들이며 외쳤다.

"린다 커시 부인과 레지나 헨리 자작 부인입니다."

둘 다 기억이 가물가물할 정도로 존재감이 없는 사람들이라 국왕의 미간에 주름이 생겼다. 헨리 자작은 알고 있다. 선대 헨리 자작이 몇 년 전에 사망하고 그의 세 아들 중 첫째 아들이 헨리 자작이 됐지만 형제 간에 사이가 좋지 않았다.

하지만 헨리 자작 부인이 누구였더라? 그는 가까스로 헨리 자작 부인이 예전 전염병이 돌 때 사망했다는 것을, 그래서 죽은 헨리 자작이 자기보다 열 살이나 어린 두 번째 부인을 맞이했었다는 것을 떠올렸다.

"이 두 분이 증인입니다."

시종들이 부리나케 준비한 의자 앞에 두 명의 귀족 부인이 두 손을 모으고 반듯하게 섰다. 다니엘의 소개에 두 사람의 얼굴에 긴장이 떠올랐다. 둘 다 국왕과 이렇게 가깝게 서 있는 건 처음이었다.

헨리 자작 부인은 저도 모르게 입술을 깨물었다가 화들짝 놀라 멈췄다. 그것을 본 밀드레드의 표정이 어두워졌다.

둘 다 그녀가 비누를 보내 준 사람들이다. 물론 밀드레드가 보낸 건 비누뿐만이 아니었다. 국왕은 반스 부인의 얼굴이 어두워진 것을 보고 이상하다고 생각하며 헨리 자작 부인에게 물었다.

"반스 부인에게 뭔가를 받았다고 들었는데."

"폐하, 제가 반스 부인에게 받은 것은 아주 많습니다."

그래? 국왕의 얼굴에 놀랍다는 표정이 떠올랐다. 그는 밀드레드를 한 번 쳐다보고 계속 말해 보라는 듯 헨리 자작 부인을 향해 고개를 끄덕였다.

자작 부인은 국왕의 허락이 떨어지자 저도 모르게 심호흡을 한 뒤 다시 입을 열었다.

"반스 부인은 친절하게도 제게 많은 선물을 보내 줬습니다. 차나 초콜릿 같은 선물은 물론이고, 최근에는 비누도 사용해 보라며 보내 줬답니다."

비누를 보내 줬다는 말에 국왕은 다시 밀드레드를 쳐다봤다. 그녀는 허리를 꼿꼿이 세우고 그를 쳐다보고 있었다. 하지만 그 얼굴에는 뿌듯함이나 자랑스럽다는 표정은 전혀 보이지 않았다.

이상한 일이군. 국왕은 커시 부인에게로 고개를 돌렸다.

"커시 부인이라고 했나."

"네, 폐하. 제임스 커시 남작이 제 남편입니다."

제임스 커시 남작이라고 하니 국왕의 머릿속에 그제야 가물가물하게 떠올랐다. 마차 사고로 죽었던가? 아니면 병으로 죽었던가? 잘 기억 안 나지만 젊은 사람이 갑자기 사망하는 바람에 안타까워했던 기억이 있다.

"아, 그래. 커시 남작 부인."

이제는 커시 부인이다. 하지만 린다는 국왕이 자신을 기억한다는 사실에 희미하게 미소를 지었다. 이미 재혼한 줄 알았다. 하지만 아직 성이 그대로라는 건 재혼하지 않았다는 말이겠지.

국왕은 저도 모르게 물었다.

"어떻게 지냈지?"

커시 부인의 표정이 살짝 굳었다가 풀어졌다. 그녀는 밀드레드를 한 번 쳐다보고 말했다.

"폐하께서 신경 써 주신 덕분에 잘 지냈습니다."

거짓말이다. 동시에 예의 바른 대답이기도 했다. 왕은 그녀가 밀드레드를 쳐다봤던 것을 떠올리고 피식 웃었다. 그리고 다시 물었다.

"그래, 자네도 반스 부인에게 선물을 받았나?"

"네, 폐하."

흠. 국왕은 그대로 의자에 몸을 기댔다. 그리고 책상 위에 올려둔 손을 깍지를 끼며 크레이그 후작에게 물었다.

"자네가 원한 증인이 나온 것 같은데. 어떻게 생각하나, 후작?"

"이들은 모두 반스 부인과 친분이 있는 사람 아닙니까?"

국왕에게 그렇게 말한 크레이그 후작은 고개를 획 돌려 밀드레드에게 말했다.

"친분이 있는 사람에게 선물한 것을 증거라고 가져오는 건 부끄럽지 않소?"

하지만 증인이라고 데려온 사람은 밀드레드가 아니라 다니엘이다. 다니엘은 자신이 데려온 거라고 말하려 했다. 하지만 그보다 먼저 헨리 자작 부인이 굳은 표정으로 말했다.

"아뢰옵기 황공하오나, 폐하. 제 명예를 걸고 저는 반스 부인과 친하지 않다고 맹세할 수 있습니다."

국왕의 눈썹이 올라갔다. 분위기가 얼어붙자 그는 다니엘을 한 번 쳐다보고 이번에는 커시 부인에게 물었다.

"자네도 반스 부인과 친하지 않다고 말할 건가?"

"오, 폐하, 저는 음, 잘 모르겠습니다. 반스 부인께 많은 도움을 받았고 그녀를 아주 좋아하지만 제가 반스 부인을 친구라고 말해도 될지는요."

이게 대체 무슨 상황이람. 국왕은 눈썹을 들어 올린 채 커시 부인과 헨리 자작 부인을 쳐다봤다. 그리고 크레이그 후작에게 말했다.

"이걸로 충분할 것 같은데. 그렇지 않나?"

당연하게도 크레이그 후작은 아무 말도 할 수가 없었다. 그의 얼굴이 새빨갛게 달아오른 것을 본 다니엘이 무뚝뚝하게 말했다.

"필요하다면 더 데려올 수 있습니다."

반스 부인에게 선물을 받은 귀족이 더 있다는 말이다. 국왕은 눈앞의 다섯 명을 한 명 한 명 살펴본 뒤 크레이그 후작에게 말했다.

"더 알려 줄 이야기가 없다면 그만 나가도 좋네, 크레이그 후작."

더 할 말이 있을 리가 없다. 패배만을 손에 쥔 채 크레이그 후작은 굳은 표정으로 물러났다. 국왕은 이번에는 책상에 몸을 기대며 밀드레드를 쳐다봤다.

그녀는 크레이그 후작만큼이나 굳은 표정으로 꼿꼿하게 앉아 있었다.

"적을 물리쳤는데 별로 기뻐 보이지 않는군, 반스 부인."

국왕의 말에 밀드레드의 눈이 커졌다. 그녀는 다니엘을 한 번 돌아보고 국왕에게 고개를 돌렸다. 그리고 한숨을 내쉬며 말했다.

"아뢰옵기 황공하오나, 폐하. 저는 크레이그 후작을 적이라 생각하지도 않습니다. 여기 있는 사람 모두 이 나라의 백성이고 폐하의 충성스러운 신하니까요."

모범 답안이 따로 없다. 국왕은 빙그레 웃었고 다니엘은 손을 들어 입을 가렸다. 왕은 밀드레드에게 다시 말했다.

"하지만 왕자비 자리를 두고 경쟁하는 자식을 둔 입장으로는 승리를 했으니 기분이 좋겠지."

그렇지는 않다. 밀드레드는 전혀 아니라고 말하려다 입을 다물었다. 그녀는 아이리스를 두고 다른 집과 경쟁을 하는 게 아니다. 아이리스가 이루고 싶은 꿈을 위해 도와주고 있는 것뿐이다.

밀드레드는 한숨을 내쉬었다. 꼿꼿했던 그녀의 자세가 무너졌다.

"폐하, 여기 온 두 부인은 저를 돕기 위해 수치심을 무릅쓰고 폐하 앞에 나왔습니다."

밀드레드의 말에 왕의 시선이 커시 부인과 헨리 자작 부인을 향했다. 두 사람 다 밀드레드의 말에 얼굴을 붉히고 있었다.

커시 부인은 아니라고 말하려 했지만 결국 아무 말도 할 수가 없었다. 다니엘이 찾아오지 않았다면 반스 부인을 도와줘야 한다는 생각도 못했을 것이다.

그리고 그건 레지나도 마찬가지였다.

레지나는 하필이면 다니엘이 자신을 찾아온 것을 신기하다고 생각하고 있었다. 그녀는 머피 백작 부인을 통해 밀드레드의 일을 도와줄 수 있나는 부탁을 받았지만 거절했다. 그 대신 선물을 주겠다는 제안이 그녀는 부도덕하고 명예롭지 못하다고 생각했기 때문이었다.

하지만 그 후에도 반스 부인은 종종 레지나에게 선물을 보냈다. 아무것도 도와주지 않겠다고 했는데도.

대가가 아닌 선물이라면 상관없다고 생각한 걸까. 아니면 언젠가 오늘 같은 날이 올 거라 생각한 걸까. 어느 쪽일지 궁금했지만 레지나는 다니엘의 이야기를 듣고 흔쾌히 반스 부인을 돕기로 결심했다.

"그렇군."

국왕은 밀드레드의 말에 다시 커시 부인과 헨리 자작 부인을 쳐다봤다. 반스 부인은 분명 비누를 사는 게 부담스러울 정도로 사정이 어려운 사람이라면 계급과 관계없이 나눠줬다고 했다.

그 말은, 그의 눈앞에 있는 두 사람이 비누를 사는 게 부담스러울 정도로 사정이 어렵다는 뜻이다.

과연. 국왕은 밀드레드의 말을 떠올리고 커시 부인과 헨리 자작 부인의 모습을 살폈다. 깔끔하고 단정한 차림새긴 했지만 궁에 들어올 때 사람들이 차려입는 것에 비하면 별 볼 일 없었다.

"자작 부인."

국왕은 헨리 자작이 지금 자신의 양어머니가 여기 온 것을 알고 있을지 궁금해하며 물었다

"아까 반스 부인과 친분이 전혀 없다고 했는데, 어째서 증인으로 나섰나?"

"그녀가 제게 준 것을 갚아야 한다고 생각했습니다."

"반스 부인이 무엇을 줬지?"

레지나는 잠시 밀드레드를 쳐다봤다. 그 표정에는 커시 부인과 달리 친애나 감사한 표정은 들어 있지 않았다. 그녀는 무표정하게 밀드레드

를 쳐다본 뒤 다시 국왕에게 고개를 돌리며 말했다.

"아까 말씀드린 것처럼 반스 부인은 제게 많은 것을 보냈습니다. 차나 케이크 같은 것을 보낸 적도 있었고, 비누 가격이 올라가자 일주일에 한 번 비누도 보냈지요."

거기까지 말한 헨리 자작 부인은 생각났다는 듯 덧붙였다.

"최근에는 왕대비 전하께서 내리신 거라는 핑계로 비누를 하나 더 보내 주기도 했고요."

"오, 그건 진짜 왕대비 전하께서 내리신 거예요."

깜짝 놀란 밀드레드가 재빨리 말했다. 그래? 레지나는 밀드레드를 쳐다보고 다시 국왕을 향해 말했다.

"폐하, 분명 반스 부인의 도움은 제가 원하거나 요구한 게 아니었습니다. 하지만 확실히 필요한 것이긴 했지요. 그리고 월포드 남작은 제게 있는 그대로의 사실만 말하면 된다고 했고요."

이번에는 사람들의 시선이 다니엘을 향했다. 그는 허리를 세우고 앉은 채 아무것도 모른다는 표정을 짓고 있었다.

레지나는 허리를 꼿꼿하게 세우고 말을 이었다.

"그렇다면 있는 그대로의 사실을 말하는 것 정도는 해야 한다고 생각했을 뿐입니다."

이런 사람이군. 밀드레드는 레지나가 어떤 사람인지 확실하게 이해했다. 그동안 차나 케이크 같은 걸 몇 번 보냈지만 그녀는 단 한 번도 고맙다거나 잘 쓰겠다는 답장을 쓴 적이 없었다.

어렴풋하게 밀드레드도 그게 자존심 때문일 거라고 생각하고 있었다. 옷감이나 설탕, 식재료 같은 건 정중하게 거절했기 때문이었다. 헨리 자작 부인은 지인 관계에서 주고받을 수 있는 수준의 선물만을 받았고 단 한 번도 밀드레드에게 따로 연락을 한 적이 없었다.

그래서 그녀는 이 자리에 레지나가 왔다는 게 놀라웠다. 누구에게도 밀드레드의 도움을 받았다는 것을 긍정하지 않을 줄 알았다.

하지만 오히려 지금 국왕에게 하는 말을 보니 알겠다. 레지나는 케이크와 차 정도가 그녀가 언젠가 자존심을 구기지 않고 갚을 수 있는 빚이라 생각했던 거다. 그리고 그 빚을 갚을 기회를 놓치지 않은 거고.

"그렇군."

왕은 그렇게 말하며 고개를 끄덕였다. 친분 때문에 도우려고 나온 게 아니라는 이야기에 그는 더더욱 반스 부인이 마음에 들었다.

하지만 동시에 반스 부인이 비누를 사기 어려운 사람들에게만 비누를 보냈다는 이야기가 떠올랐다. 그는 레지나에게 물었다.

"어머니를 돌봐 줘서 헨리 자작이 반스 부인에게 고마워했겠군."

레지나의 얼굴이 굳었다. 그녀의 아들 셋은 아버지가 사망한 뒤 젊은 양어머니를 나 몰라라 했다. 그들은 작은 별장에 레지나를 보낸 뒤 그녀의 존재 자체를 무시하고 있었다.

그나마 셋째만이 가끔 용돈 수준의 돈을 보내고 있을 뿐이다.

"헨리 자작은 아마 모르고 있을 겁니다, 폐하. 그는 바빠서 제 사교 관계까지 알기 어려울 테니까요."

레지나의 말에 국왕의 눈이 가늘어졌다. 하지만 그는 곧 모르는 척 고개를 끄덕이며 말했다.

"그렇군. 이야기가 끝났으니 돌아가도 좋네. 월포드 남작은 나와 좀 더 이야기를 하고 가지."

그만 돌아가라는 왕의 말에 세 여자가 자리에서 일어났다. 다니엘 역시 밀드레드를 배웅하기 위해 자리에서 일어나며 말했다.

"제 마차를 가져가세요. 저는 부인께서 타고 오신 마차를 타면 됩니다."

다니엘이 타고 온 마차는 사인용이니 다른 부인들을 데려다주라는 뜻이다. 그의 배려에 밀드레드가 미소를 지었다.

"아, 그리고 왕자를 데려오게."

시종이 세 사람을 안내하기 위해 문을 열고 들어오자 국왕이 다시 지시를 내렸다.

리안을? 밀드레드의 시선이 다니엘을 향했다. 그녀의 머릿속에 한 가지 가설이 떠올랐다.

48

각자의 포상

　무섭게 확산되던 전염병은 수도에서도 빠르게 퍼지는가 싶더니 어느 순간 주춤했다. 그리고 서서히 기세가 꺾이기 시작했다.

　다행이다. 밀드레드는 찻잔을 들어 올리며 한숨을 내쉬었다. 오늘 오전에도 병원에 가서 환자들의 상태를 살피고 왔다. 확실히 환자의 수가 지난주에 비해 줄었다는 건 좋은 현상이다.

　"그래서 어머니께서 아이리스에게 감사의 표시를 하고 싶다고 하셨습니다."

　밀드레드의 맞은편에서 리안이 기쁜 기색을 감추지도 않고 말했다. 너무 이른 것 아닌가? 밀드레드가 그렇게 생각한 순간, 마치 그녀의 생각을 읽은 것처럼 리안이 다시 말했다.

　"너무 이르다고 생각하신다는 거, 압니다. 아직 상황이 완전히 종료된 것도 아니니까요. 하지만 모든 병원에 마스크를 제공하는 건 확실히 좋은 생각이었다는 게 저희 쪽 입장입니다."

리안의 말에 아이리스의 얼굴이 달아올랐다. 모든 병원에 환자와 의료 관계자를 위한 마스크를 제공하면 어떻겠느냐는 건 아이리스의 생각이었다.

그녀는 제일 먼저 밀드레드에게 자신의 생각을 말했고 밀드레드는 반스가에서 감당하기엔 너무 큰 액수라고 설명했다. 하지만 아이리스는 거기서 멈추지 않았다.

"후원금을 모아주신 건 왕비 전하셨지."

아이리스는 부끄럽다는 표정으로 지적했다. 어머니에게 어렵다는 말을 들은 그녀는 왕비에게 편지를 썼다. 그녀의 어머니는 병이 오염된 물이나 타액으로 전염된다고 말했다. 그렇기 때문에 물은 반드시 끓여야 하고 손을 깨끗하게 닦아야 한다고.

병원에서도 물을 끓이고 손을 닦는다. 하지만 환자들은 기침을 하고 그 와중에 타액이 튈 수밖에 없다. 그렇다면 환자들에게 마스크를 쓰게 하면 어떨까.

간단하고 단순한 생각이었지만 환자들에게 입을 막는 마스크를 제공하자는 건 새로운 발상이었다. 그동안 병원에서는 의료 관계자들에게 위험 물질이 입이나 코로 들어가는 것을 막기 위해 마스크를 지급했지만 환자들에게는 지급하지 않았기 때문이었다.

"하지만 제안을 한 건 너였잖아."

리안은 그렇게 말하며 아이리스의 손을 잡았다. 그는 아이리스가 자랑스럽고 사랑스럽다는 표정을 짓고 있었다. 그 모습을 밀드레드는 찻잔을 들어 올림으로써 못 본 척해 주었다.

"로저스 양 덕분이야."

아이리스는 재빨리 덧붙였다. 온전히 그녀의 생각은 아니었다. 병원에서 봉사하는 엘리자베스가 투덜거린 덕분에 알게 된 사실이다.

마스크가 의료 관계자에게 지급된다고는 하지만 그 의료 관계자는 의사로만 한정돼 있다는 게 엘리자베스의 불만이었다. 그녀처럼 의사가 아님에도 봉사하는 사람들이나 수도사들은 마스크를 따로 준비해야 했다. 하지만 준비하는 것도 어렵고 적은 인력으로 환자를 돌봐야 하는 간호인들이 마스크를 준비하고 매번 세탁한다는 건 쉬운 일이 아니다.

아이리스는 바로 병원장인 엘리자베스의 아버지를 만나 환자와 간호인들에게 마스크를 지급해 줄 테니 세탁만 책임져 달라고 부탁했다.

그리고 왕비에게 도움을 호소하는 편지를 썼다. 그게 전염병의 확산을 막을 거라는 말과 함께.

"알았어. 로저스 양에게도 상을 달라고 이야기할게."

아이리스의 말에 리안은 어깨를 으쓱해 보이며 말했다. 그는 아이리스가 뭘 원하는지 알았다. 혼자 상을 받고 싶지 않다는 거겠지. 여기 온 건 전염병의 확산을 막은 공로로 상을 주고 싶다는 성의 의견을 전하고 받고 싶은 게 있는지 비공식적으로 묻기 위해서였다.

물론, 아이리스의 얼굴을 보고 싶어서이기도 했지만.

"로저스 양이 뭘 원하는지는 내가 알아."

아이리스는 빙그레 웃으며 말했다. 엘리자베스는 여전히 의사가 되고 싶어 한다. 전염병 소식에 제일 먼저 병원으로 달려간 것도 그녀였다.

"다음 달에 다시 연락을 드릴 겁니다."

성에서 다음 달에 밀드레드와 아이리스에게 상을 주기 위해 부른다는 말이다. 밀드레드는 고개를 끄덕이며 말했다.

"그때까지 뭘 받고 싶은지 생각해 두지."

꽤 비싼 것을 달라고 해도 될 것이다. 리안은 그렇게 말하려다가 어차피 윌포드 남작이 알려 줄 거라고 생각하고 입을 다물었다.

그리고 아이리스를 한 번 쳐다본 뒤 다시 입을 열었다.

"그리고 한 가지 더 말씀드릴 게 있습니다."

"뭔데?"

아이리스의 질문에 리안은 빙그레 웃었다. 아이리스와 관련된 일은 아니다. 하지만 밀드레드와는 관련이 있다.

"헨리 자작 부인의 일입니다."

헨리 자작 부인은 둘이 있다. 예전에 국왕의 집무실에서 밀드레드의 증인으로 나와 준 레지나와 그녀의 양아들과 결혼한 자작 부인.

엄밀히 말하면 남편이 사망한 레지나는 헨리 자작 부인이 아니지만 아들이 헨리 자작이기 때문에 예의상 헨리 자작 부인으로 불러 준다. 리안은 어느 쪽 헨리 자작 부인을 말하는 거냐는 밀드레드의 표정에 재빨리 덧붙였다.

"레지나 헨리 자작 부인입니다."

"그분에게 무슨 일이라도?"

"그분에게는 아무 일도 없습니다. 아니, 앞으로는 있겠네요."

설마. 밀드레드의 눈이 가늘어지자 리안은 조용히 웃었다. 지난번, 밀드레드와 크레이그 후작이 국왕과 만난 이후 국왕은 다니엘과 리안을 불러 지시했다.

레지나 헨리 자작 부인의 양아들들이 자신의 양어머니에게 합당한 대우를 하고 있는지 확인하라고.

레지나는 헨리 자작의 정부 따위가 아니다. 세 아들을 낳은 아내가 사망한 뒤 얻은 부인이었고 아버지의 사망 후 작위를 승계한 헨리 자작에게는 자신을 키워 준 양어머니였다.

아무리 비누의 가격이 치솟았다고 해도 일반 여염집도 아닌 자작가에서 어머니께 비누를 살 돈을 주지 않는다는 건 말도 안 된다. 그 정도로 헨리 자작가가 가난해졌다면 국왕은 이유를 알아야 했다.

국왕은 리안과 다니엘에게 헨리 자작가가 재산을 탕진한 건지, 아니면 양어머니를 등한시한 건지 알아보고 만약 양어머니를 등한시한 거라면 헨리 자작가와 같은 후안무치한 짓을 하는 가문이 또 있는지 확인할 것을 지시했다.

"헨리 자작과 비슷한 짓을 하는 가문이 또 있더군요."

리안의 말에 아이리스의 얼굴이 일그러졌다. 어머니를 저버리는 나쁜 놈들이 또 있다고? 동시에 밀드레드는 한숨을 내쉬었다.

레지나는 양어머니였지만 친어머니를 저버리는 녀석도 있다. 여동생이나 딸이라면 다른 집안과의 관계를 돈독하게 만들기 위해 시집을 보낼 수 있다. 하지만 어머니는 시집을 보낼 수 있는 것도 아니고 생활비가 나가는 게 아까운 거다.

그나마 레지나는 자기 소유의 집이 있으니 조금 나은 편이다. 적어도 헨리 자작이 집세를 내줄 수 없다고 버티거나 쫓아내지는 못했으니까.

"많아? 그런 집이?"

아이리스의 질문에 리안은 머뭇거리며 말했다.

"많은 건 아냐. 헨리 자작 말고 세 집 정도. 그중 하나는 정말 음, 사정이 안 좋은 집이고."

생각보다 그리 많은 건 아니다. 그 정도로 몰염치한 사람이 있다는 게 놀랍긴 하지만. 사교계에서도 수치스러운 일이니 그 정도로 몰염치하게 구는 사람도 없기 때문이다.

레지나나 다른 부인들의 경우는 몇 가지 악조건이 겹쳤다. 보통 첫째가 몰염치하게 굴어도 그 밑의 동생들이 말린다. 하지만 리안이 찾아낸 세 집은 외동이거나 다른 동생들도 똑같은 인간이라 말리는 사람이 없었다.

그리고 피해를 입은 부인들이 가깝게 지내는 친인척이 없었던 것과 남의 도움을 거부했다는 점에서 이런 일이 벌어졌다.

　"다른 사람의 도움을 받았다면 좋았을 텐데요."

　아이리스의 안타까운 말에 밀드레드는 고개를 저었다.

　"아이리스, 너도 네 일을 혼자 알아서 하려고 하잖아. 그분들도 똑같은 거야."

　남의 도움을 받는 것을 수치스럽다고 여기는 사람도 있다. 그건 사람의 성향이고 정말 힘든 사람이라면 요정이 나타나서 도와줄 거라는 이 나라의 오랜 전설도 한몫했다.

　다니엘의 말이 맞았다. 밀드레드는 이 나라에 요정이 사라져야 한다는 그의 말을 떠올렸다. 어려운 사람을 돕는 건 사회의 시스템이 되어야지 요정 하나여서는 안 된다.

　"남을 돕는다니까 생각났는데요."

　찻잔을 들어 올리며 리안이 다시 입을 열었다. 그는 어두워진 분위기를 돋우기 위해 일부러 즐거운 표정으로 말했다.

　"아이리스의 칭찬이 자자하더군요."

　"나?"

　아이리스의 얼굴이 달아올랐다. 리안은 성에서 사람들에게 들었던 이야기를 떠올리며 말했다.

　"재단도 잘 운영하고 있고 자선 활동도 열심히 한다고 칭찬하던걸."

　"아냐, 난 그냥 내가 할 수 있는 일을 하는 것뿐이야."

　"그게 대단한 거지."

　부끄러워하는 아이리스와 그런 그녀를 자랑스러워하는 리안을 보며 밀드레드는 빙그레 웃었다. 그녀는 리안과 아이리스의 대화에 끼어들려다가 마음을 바꾸고 살그머니 일어났다.

이 정도 대화를 했으면 두 사람이 단둘이 있을 수 있는 시간을 주는 게 좋을 것 같다.

"밀드레드."

밀드레드가 응접실을 빠져나와 계단을 향해 걷기 시작했을 때 마침 다니엘도 외출을 마치고 들어오고 있었다. 그는 하인에게 손 씻을 물과 비누를 방으로 가져가라고 말한 뒤 밀드레드에게 다가가며 물었다.

"마차가 두 대 서 있던데요."

둘 다 그가 아는 마차다. 무슨 일이냐는 질문에 밀드레드는 그와 함께 계단을 올라가며 대답했다.

"케이시 경은 초상화 때문에 와 있고 리안은 성에서 상을 준다는 소식을 전하러 왔어요."

"그거 잘된 일이군요."

이 층에 올라간 밀드레드와 다니엘은 릴리의 작업실을 슬쩍 살폈다. 혹시 몰라서 작업실 문을 열어 놓고 애나에게 틈틈이 살피라고 했지만 밀드레드는 그동안의 경험으로 더글러스가 릴리에게 허튼짓을 하지 않을 거라는 믿음이 있었다.

물론 그녀의 예상대로 더글러스는 여전히 재킷까지 갖춰 입고 의자에 앉아 있었고 그 맞은편에서 릴리가 그림을 그리고 있었다.

"릴리가 전람회에 그림을 전시하는 걸 아십니까?"

"오, 네. 들었어요. 그게 영광스러운 일이라면서요?"

"네. 릴리 같은 신인에게는요."

엄청나게 영광스러운 일이다. 다니엘은 릴리의 그림을 국왕이 살 수도 있다고 말하려다 밀드레드에겐 그게 그리 대단한 일이 아니라는 것을 떠올리고 멈췄다.

대신 그는 그가 알고 있는 또 다른 이야기를 입에 올렸다.

"그리고 북서부 쪽에 성녀가 나타났다더군요."

"성녀요?"

"물론 진짜 기적을 일으키는 그런 성녀는 아닙니다. 전염병에 걸린 사람들을 열성적으로 보살폈다더군요. 그래서 사람들이 성녀라고 칭찬하는 모양입니다."

"신기하네요. 보통 그런 사람들은 요정이나 요정 대모라고 부르지 않나요?"

밀드레드의 질문에 다니엘의 얼굴에 미소가 떠올랐다. 그는 하인이 가져다 둔 물과 비누로 손을 씻고 수건에 물기를 닦으며 별거 아니라는 듯 말했다.

"이 나라에는 이미 요정과 요정 대모가 있으니까요."

그게 무슨 소리야? 잠깐 어리둥절해하던 밀드레드는 곧 다니엘이 무슨 소리를 하는지 이해했다. 그녀는 알겠다는 표정으로 말했다.

"아, 당신과 나 말하는 거군요."

"아닙니다."

깨끗하게 손을 닦은 다니엘은 밀드레드에게 돌아서서 그녀의 손을 잡았다. 그는 빙그레 웃으며 고개를 기울였다.

"당신과 당신의 아이들을 말하는 거죠."

*   *   *

어느새 하늘이 어둑어둑해졌다. 작업실 안을 살피던 애나가 램프에 불을 피우는 것도 모르고 그림에 열중해 있던 릴리는 한참을 캔버스를 응시하다가 한숨을 내쉬었다.

뭐가 문제일까. 그림을 진지한 표정으로 지켜보는 릴리를 쳐다보던 더글러스는 그녀의 한숨에 저도 모르게 긴장했다. 하지만 다음 순간 릴리가 붓을 내려놓으며 말했다.

"고생하셨어요."

끝인가? 더글러스는 엉거주춤하게 자리에서 일어나며 오늘 작업을 시작할 때 릴리가 했던 말을 떠올렸다. 오늘까지 하면 초상화가 완성될 것 같다고 말했다.

오늘로 끝인 걸까. 그건 너무 아쉽다. 더글러스는 재킷을 벗으며 릴리에게 다가갔다.

"끝입니까?"

"네. 이제 케이시 경이 할 일은 없어요."

마지막으로 좀 더 손봐야 하지만 더 이상 더글러스가 모델을 해야 할 필요는 없다는 말에 더글러스의 얼굴이 어두워졌다.

그렇다면 이제 릴리와 주기적으로 단둘이 있을 수 있는 시간이 사라진다는 뜻이다. 그는 릴리에게 초상화가 완성돼도 찾아와서 이야기를 나눠도 되냐고 물어볼지 고민했다. 릴리는 뭐하러 그러냐고 할 것 같다.

하지만 그때 릴리가 그를 쳐다보며 물었다.

"보실래요?"

"봐도 됩니까?"

스케치 작업을 하던 초반에는 더글러스도 호기심에 한두 번 보려고 했지만 릴리가 부끄러워해서 그다지 보지 않았다. 릴리는 더글러스를 위해 그림 앞에서 살짝 물러나며 말했다.

"거의 완성됐으니까요. 원래는 의뢰인이 중간중간에 보면서 컨펌을 한다고 하더라고요."

하지만 릴리는 초상화를 제대로 그리는 게 이번이 처음인 데다 상대가 그녀에게 약한 더글러스라 그의 컨펌 없이 그림을 완성할 수 있었다.

물론 이 그림을 무료로 그려 준 것도 한몫했고.

"아, 맞아요. 초반에 옷을 몇 번 바꾸면서 그리기도 하고 색을 지정하기도 하죠."

더글러스는 그렇게 말하며 릴리의 곁으로 다가왔다. 어떤 옷이 가장 그림으로 그렸을 때 보기 좋은지 옷을 갈아입어 가면서 스케치를 하기도 하고 장소를 바꾸거나 소품을 사용하기도 한다.

하지만 릴리는 단순했다. 그녀는 더글러스가 정장 차림이면 충분하다고 말했고 장소도 그녀의 작업실이었으며 소품도 그가 앉은 의자 하나뿐이었다. 그리고 그게 더글러스의 성격에도 맞았다.

그가 릴리의 곁으로 다가가자 훅하고 오일 냄새가 풍겨왔다. 하지만 곧 부드럽고 상쾌한 릴리의 냄새가 뒤따랐다. 더글러스는 릴리가 너무 불편해하지 않을 정도로만 가까이 다가가서 캔버스로 시선을 돌렸다.

"이게 접니까?"

더글러스는 그림 속의 자신을 닮은 미남을 보고 깜짝 놀라서 물었다. 왜 재킷을 입으라고 했는지 알겠다. 그의 붉은색 머리카락과 대비되는 진한 초록색의 의자와 그가 입은 재킷 덕분에 색의 대비가 또렷했다.

"네. 아닌 거 같아요?"

릴리는 더글러스의 놀란 반응에 불안한 표정으로 물었다. 아닌 거 같나? 그녀는 똑같이 그렸다고 생각했다. 하지만 더글러스의 반응을 보니 그의 마음에 안 드는 것 같아서 두려웠다.

하지만 아니었다. 더글러스는 입을 딱 벌리고 캔버스 안의 자신의 모습을 쳐다보다가 얼굴을 바짝 대고 관찰했다.

그리고 이번에는 한 걸음 뒤로 물러나서 전체적으로 확인한 다음 릴리에게 말했다.

"너무 잘생기게 그려 주신 거 아닙니까?"

그 순간 릴리의 얼굴이 확 하고 달아올랐다. 너무 잘생겼다고? 그녀는 그림을 한 번 쳐다본 뒤 다시 더글러스의 얼굴을 쳐다봤다.

그리고 눈을 깜빡이며 말했다.

"똑같이 그린 건데요?"

이번에는 더글러스의 눈썹이 올라갔다. 그는 릴리를 쳐다보고 다시 그림으로 시선을 던졌다. 그가 이렇게 잘생겼나?

어디 가서 못생겼다는 말은 안 들어 봤다. 물론 케이시 후작가의 후계자를 어느 누가 감히 못생겼다고 하겠느냐마는. 하지만 대놓고 잘생겼다는 말도 못 들어 봤다.

그에게 잘생겼다고 말하는 사람들은 다들 친인척들이었고 여자들의 멋있다는 말은 인사치레라고만 생각했다. 더글러스는 릴리가 자신을 이렇게 잘생기게 그렸다는 사실에 어리둥절해서 멍하니 그림을 쳐다보고 있었다.

혹시 릴리도 나한테 마음이 있나? 희망이 더글러스의 마음속에 피어올랐다. 그는 여전히 얼굴을 붉힌 채 그림을 응시하는 릴리를 쳐다보다가 불쑥 물었다.

"혹시 또 다른 그림에도 모델 필요하십니까?"

릴리의 눈동자가 흔들렸다. 그녀도 더글러스의 초상화를 그리며 그를 모델로 좀 더 그리고 싶다는 생각을 하던 차였다.

이런 정장 차림 외에 셔츠만 입거나 검을 들고 있는 것도 그리고 싶었다. 하지만 더글러스에게 그런 걸 부탁해도 될지 몰라 망설이던 차였다.

"필요 없으시면……."

릴리가 아무 말도 하지 않자 머쓱해진 더글러스가 그만 돌아가 보겠다고 말하려 하는 순간 릴리가 비명을 지르듯 대답했다.

"필요해요!"

깜짝 놀란 나머지 더글러스는 뒤로 물러서다가 릴리가 앉아서 그림을 그리던 의자를 넘어트렸다. 다행히 더글러스는 의자가 요란한 소리를 내며 바닥에 부딪치기 전에 그것을 잡을 수 있었다.

"어, 피, 필요하시다고요?"

릴리가 앉아 있던 의자를 들어 올린 채 더글러스가 물었다. 내가 지금 꿈을 꾸고 있나? 멍한 표정의 더글러스에게 릴리가 바짝 다가가며 다시 말했다.

"네. 모델 필요해요."

"저기, 그럼…… 제가 그 모델이 되어드릴까요?"

믿을 수 없는 제안에 릴리의 입이 딱 벌어졌다. 더글러스 케이시 경이 그림의 모델이 되어 준다고? 그녀는 그녀에게 찾아온 기적을 어떻게 받아들여야 할지 몰라 얼떨떨한 표정으로 서 있었다.

그러다가 간신히 떠올린 게 모델료였다. 화가들은 그림의 모델이 되어 주는 사람에게 모델료를 지불한다. 아름다운 몸을 가지고 있거나 어려운 포즈를 끈질기게 유지할 수 있는 모델은 더 높은 돈을 받을 수 있었다.

하지만 더글러스는 귀족이 아니던가. 그에게 모델을 해 주는 대신 돈을 준다고 할 수는 없다. 거기까지 생각한 릴리가 더글러스에게 물었다.

"케이시 경, 모델료는 어떻게 하실래요? 돈을 드릴 수는 없을 테니까요."

당연하다. 더글러스는 아무것도 받을 생각이 없다고 말하려다 퍼뜩 떠오른 생각에 입을 다물었다. 그는 릴리와 일정 시간을 함께 보낼 수 있다는 것만으로 이미 만족하고 있다.

하지만 모델이 되는 대신 뭔가를 받아야 한다면.

"이름을 불러 주세요."

"이름이요?"

"그걸로 모델료는 갈음하도록 하겠습니다."

릴리의 입이 딱 벌어졌다. 모델료 대신 자신의 이름을 부르라는 제안에 그녀는 말도 안 된다고 말하려다 조심스럽게 물었다.

"다른 건 안 되겠죠?"

"네. 이름을 부르는 걸로만 하겠습니다."

릴리의 눈동자가 흔들렸다. 이름 정도쯤은 괜찮지 않냐는 마음과 앞으로 이렇게 하나씩 요구하면 어쩔 거냐는 마음이 그녀의 안에서 거세게 부딪쳤다.

하지만 역시 더글러스를 그리고 싶다는 욕망이 이겼다. 단정한 초상화가 아니라 느슨하게 풀어진 모습이나 거칠게 흐트러진 모습도 그려보고 싶었다.

"좋아요, 케, 아니, 더글러스."

끔찍하게 길게만 느껴졌던 시간이 흐르고, 릴리가 대답하자 더글러스는 저도 모르게 한숨을 내쉬었다. 서서히 그의 머릿속에 릴리가 자신의 이름을 불렀다는 기쁨이 떠오르기 시작했다.

하지만 다음 순간, 릴리가 다시 말했다.

"그럼 다음번에 당신이 검 훈련을 할 때 불러 주세요."

"네? 언제요?"

"훈련할 때요. 검을 휘두르는 걸 크로키하고 싶거든요."

안타깝게도 더글러스는 릴리가 하는 말의 반밖에 이해하질 못했다. 검을 휘두를 때 부르라는 건 이해했는데 왜 부르라는 건지, 크로키가 뭔지도 알아듣질 못했다.

그는 멍청한 표정을 짓지 않기 위해 애쓰며 다시 물었다.

"제가 훈련할 때 뭘 하고 싶으신 겁니까?"

"그려 보고 싶어요. 전부터 궁금했거든요."

그렇게 말하며 신이 난 릴리는 한쪽으로 달려가 자신의 크로키북을 꺼냈다. 그리고 애슐리를 그린 것을 보여 주며 말했다.

"검을 휘두르는 것도 이렇게 그려 보고 싶어요."

더글러스의 시선이 릴리의 크로키 북으로 향했다. 그 안에는 활을 든 애슐리의 모습이 여러 각도와 자세로 그려져 있었다.

무슨 말을 하는지 알겠다. 하지만 활을 쏘는 것과 검을 휘두르는 건 좀 다를 텐데. 활은 한 장소에 서서 호흡을 조절해서 쏘는 정적인 활동이고 검은 계속 다리를 움직이는 동적인 활동이다.

그런 더글러스의 지적에 릴리가 활짝 웃으며 대답했다.

"그래서 그려 보고 싶은 거예요. 저는 케, 아니 더글러스가 검을 휘두르느라 흐트러진 모습도 그려 보고 싶거든요."

더글러스의 눈이 가늘어졌다. 하지만 그는 아무 말도 하지 않았다.

*　　*　　*

전염병이 가라앉으며 사람들의 사교 활동도 활발해지기 시작했다. 그러면서 제일 먼저 나온 이야기는 성에서 몇몇 귀족들에게 벌을 내릴 거라는 소문이었다.

"헨리 자작? 무슨 죄로요?"

남편의 질문에 부인이 작은 목소리로 대답했다.

"자작의 어머니가 있잖아요. 어머니를 소홀히 했다더군요."

"헨리 자작 부인?"

남자는 어리둥절한 표정을 지으며 레지나의 이름과 얼굴을 떠올리려 했지만 쉽지 않았다. 그 정도로 그녀가 사교계에 두문불출했기 때문이었다.

여자는 남편의 모습에 그것 보라는 표정으로 말했다.

"그렇지 않아도 다들 말을 안 해서 그렇지 얼마나 안됐는지 몰라요. 기껏 아들을 셋이나 키워 줬는데 셋 다 양어머니라고 모른 척하다니. 천벌받을 것들!"

아들이 셋이나 있는데 양어머니를 돌봐 준 사람이 아무도 없었다는 말에 남자의 입이 딱 벌어졌다. 자존심 강한 레지나 헨리 자작 부인은 누구의 도움도 받지 않았고 조용히 살았다.

남자는 그녀의 사정을 어떻게 국왕이 알게 됐는지도 궁금했다.

"당신 말이 맞아요. 천벌을 받아야지! 아주 큰 벌을 받았으면 좋겠군."

남편의 말에 부인이 미소 지었다. 그녀는 남편의 뺨에 입을 맞추고 한숨을 내쉬었다.

"다들 그래서 무슨 벌을 받을지 궁금해하고 있어요."

남자도 헨리 자작이 무슨 벌을 받을지 궁금해졌다. 양어머니를 돌보지 않은 벌이라니. 꽤 큰 금액의 벌금형 정도가 아닐까.

그는 부인의 뺨에 입을 맞추며 그렇게 생각했다.

그리고 이튿날, 헨리 자작에게 내려진 벌은 사교계를 발칵 뒤집어 놓기에 충분했다.

"작위를 몰수한다고요?"

"정확히 말하면 작위를 셋째 동생에게 주는 겁니다."

다니엘의 침착한 설명에 밀드레드는 눈을 동그랗게 떴다. 양어머니를 등한시한 죄로 국왕은 헨리 자작의 작위를 빼앗았다. 그리고 그 작위를 그나마 양어머니에게 소정의 용돈을 보냈던 셋째에게 주었다.

"그래도 되는 거예요?"

"그럼요. 역사적으로 전례가 없는 일도 아니고요."

첫째가 감히 반역을 저지르려 했다는 이유로 작위가 둘째에게 간 경우도 있다. 그런 경우에 비하면 약간 파격적이긴 하지만 불가능한 일은 아니다.

"그거 꽤 고소하긴 한데, 아무도 반발을 안 해요?"

밀드레드의 질문에 다니엘은 책상에 몸을 기댔다. 그게 재미있는 부분이다. 보통 때였다면 반발하는 사람도 있었을 것이다.

양어머니를 돌보지 않은 헨리 자작이 나쁘긴 하지만 그걸로 작위를 박탈까지 하는 건 너무 과하다는 의견이 국왕의 책상 위로 우르르 올라왔겠지.

하지만 지금은 상황이 좀 달랐다. 몇 주 전까지만 해도 전염병이 창궐했고 가뭄 때문에 비누 나무가 말라 죽어서 기존 비누의 공급이 불안정했다.

그런 상황에서 레지나를 등한시한다는 건 그녀가 전염병에 걸려 죽거나 굶어 죽기를 바란다는 행위나 마찬가지다.

"지금 같은 상황에서 감히 누가 헨리 자작을 옹호할 수 있을까요?"

다니엘의 말에 밀드레드는 한숨을 내쉬었다. 레지나를 생각하면 잘된 일이다. 그리고 레지나와 비슷한 상황에 놓였지만 알려지지 않은 다른 사람들을 생각해도 그랬다.

국왕은 작위를 헨리 자작가의 셋째에게 주면서 그에게 주는 이유를 명확하게 밝혔다. 셋 중에서 그나마 어머니에게 신경을 썼기 때문이라고.

"다들 긴장을 하겠죠. 부모를 제대로 모시지 않으면 자신도 저렇게 될 수도 있다는 본보기를 확실하게 보인 거니까요."

"게다가 그 작위를 다른 사람이 아니라 동생에게 줬으니 어쨌든 가문에게 돌아간 거고요."

맞다. 밀드레드의 덧붙임에 다니엘은 빙그레 웃었다. 헨리 자작 개인
에게는 엄청나게 과한 벌이지만 헨리 자작 가문으로서는 큰 피해가 아니
다. 어쨌든 양어머니를 등한시한 건 사실이고 공식적으로 꾸중을 듣긴
했지만 작위는 여전히 그 가문의 것이니까.

"하지만 앞으로 장자들은 혼자된 어머니를 등한시하지는 못할 겁니
다."

"그래 봤자 몇십 년이에요."

세대가 바뀌면 기억은 희미해지기 마련이다. 한숨을 내쉬는 밀드레드
를 보고 다니엘이 빙그레 웃었다. 그는 그녀를 향해 고개를 숙이며 나직
하게 속삭였다.

"그렇지 않을 겁니다. 배은망덕한 자식이 언제나 있는 것처럼 형의 실
각을 바라는 아우 역시 언제나 있을 테니까요."

배은망덕한 사람의 동생이 형을 존경할까? 전혀 그렇지 않을 것이다.
다니엘의 시니컬한 대꾸에 밀드레드는 저도 모르게 피식 웃었다.

"세상을 더 낫게 만드는 게 반드시 좋은 감정 때문만은 아니라는 말이
죠?"

"질투나 증오도 인간을 발전시키는 원동력이니까요."

다니엘은 거기까지 말하고 멈칫했다. 그는 진심으로 그렇게 생각한
다. 사회를 움직이는 건 사람들의 감정이고 좋은 감정이라고 해서 반드
시 사회를 좋은 쪽으로 움직이게 만드는 건 아니다.

하지만 밀드레드도 그렇게 생각하는지는 알 수 없다. 그는 머뭇거리
며 그녀에게 물었다.

"혹시 제 말 때문에 불쾌하셨다면……."

"아니에요."

밀드레드는 재빨리 고개를 저으며 그의 걱정을 불식시켰다. 그녀 역시 그렇게 생각한다. 질투는 그게 남을 해하려는 쪽으로만 가지 않으면 훌륭한 원동력이다.

문득 밀드레드의 머릿속에 좋은 생각이 떠올랐다. 그녀는 팔을 뻗어 다니엘의 허리를 끌어안았다. 그리고 그의 가슴에 턱을 대며 빙그레 웃었다.

"덕분에 좋은 생각이 났어요. 고마워요."

"질투나 증오도 인간의 원동력이라는 부분에서 말입니까?"

어리둥절한 다니엘의 반응에 밀드레드는 발돋움을 해서 그의 턱에 입을 맞췄다. 그리고 기분 좋은 목소리로 말했다.

"네. 최근에 고민이 하나 있었는데 당신 덕분에 답을 떠올렸거든요."

다니엘의 눈이 가늘어졌다. 그는 밀드레드의 허리를 끌어안아 자신의 몸에 바짝 붙였다. 그리고 엄숙하게 말했다.

"밀드레드, 말씀하셨으면 제가 해결해 드렸을 텐데요."

심각한 표정에 밀드레드는 다시 웃음을 터트렸다. 다니엘이 해결해 줄 수 있을까? 그녀는 그게 과연 가능할지 생각하다가 고개를 저으며 말했다.

"괜찮아요. 성에서 준다는 상을 뭘 받을지 고민하고 있었거든요."

다니엘의 한쪽 눈썹이 올라갔다. 그 역시 얼마 전에 리안이 찾아와서 성에서 상을 줄 거라고 알린 것은 알고 있다. 하지만 그 후로 밀드레드가 무슨 상을 요구해야 할지 계속해서 고민하는 줄은 몰랐다.

하지만 생각해 보면 그녀가 고민하는 이유가 당연했다. 돈은 필요 없다. 비누를 무료로 나눠주느라 손실이 났지만 고급 비누를 부유한 사람들에게 비싸게 판 덕분에 큰 손실은 아니었다.

앞으로도 그녀의 비누 사업이 이어진다면 손실은 금세 메울 거고 그녀뿐 아니라 그녀의 아이들까지도 돈 걱정 없이 살 수 있겠지.

"뭘 요구하실 겁니까?"

다니엘은 밀드레드를 안아 들어 책상 위에 앉을 수 있게 도와주며 물었다. 덕분에 두 사람의 시선 높이가 가까워졌다.

"그게 고민이었어요. 난 딱히 필요한 게 없다고 생각했거든요."

밀드레드의 말에 다니엘의 고개가 옆으로 기울어졌다. 그녀의 몸을 자신의 팔 안에 가두며 물었다.

"그렇습니까?"

"그럼요. 아이들이 있고 돈도 별로 부족함이 없죠. 내 집도 있고요."

"하나 빠진 것 같은데요."

눈을 가늘게 뜨며 다니엘이 지적하듯 말했다. 모른 척하던 밀드레드는 그의 표정에 결국 참지 못하고 소리 내어 웃었다. 그리고 다니엘의 턱에 입을 맞춘 뒤 그가 원하는 대답을 내주었다.

"잘생긴 약혼자도 있죠."

"곧 남편이 될 약혼자죠."

"그래요. 곧 남편이 될 약혼자요."

밀드레드의 대답에 다니엘의 표정이 부드러워졌다. 그는 밀드레드의 손을 잡고 손등에 입을 맞췄다.

"무엇을 상으로 요구하실 겁니까?"

다니엘의 질문에 밀드레드의 표정이 단호해졌다. 그녀는 마치 싸움을 하러 가는 표정을 지으며 입을 열었다.

*　　　*　　　*

"괜찮습니다, 폐하. 모두가 힘들 때니 서로 도와야죠."

며칠 후, 성으로 초대되어 국왕으로부터 원하는 것이 있느냐는 질문을 받은 로저스는 바짝 긴장한 채 그렇게 말했다. 그의 주변에는 그와 마찬가지로 전염병 사태를 맞이해서 수고한 사람들이 앉아 있었다.

국왕은 로저스의 말에 고개를 끄덕이며 그의 옆에 앉아 있는 엘리자베스를 쳐다봤다. 늘 약간은 뚱한 표정을 짓고 있던 그녀도 국왕 앞에서는 긴장해서 허리를 꼿꼿이 세우고 앉아 있었다.

"아가씨 이름이 뭐지?"

국왕의 시선이 엘리자베스를 향했다. 전염병이 확산되자 병원에서 살다시피 한 소녀라며 칭찬이 자자한 엘리자베스 역시 그녀의 아버지와 함께 성에 초대되었다.

어쩌면 귀족의 눈에 띄어 귀족가에 딸을 시집보낼 수 있을지도 모른다는 기대에 로저스는 딸에게 최대한 비싸고 좋은 드레스를 입혔다. 하지만 이 드레스 한 벌이면 약을 얼마나 살 수 있는지 아는 엘리자베스의 기분은 그리 좋지 않았다.

"에, 엘리자베스 로저스입니다."

"로저스의 딸이로군."

"맞습니다, 폐하."

로저스가 재빨리 끼어들어서 동의했다. 이 자리에는 가족이나 동반자 없이 오직 수고한 사람만 불렀기 때문에 딸을 대동할 수 있을 리가 없다. 로저스의 딸이라는 말에 사람들은 엘리자베스는 어떤 일을 한 건지 궁금해하며 고개를 돌렸다.

"사람들의 칭찬이 자자하더군."

국왕의 칭찬에 엘리자베스의 얼굴이 달아올랐다. 그는 부끄러워하는 엘리자베스를 보다가 불쑥 물었다.

"원하는 것을 말해 보게. 들어줄 수 있는 거라면 내 들어주지."

국왕의 말에 엘리자베스의 사고가 정지했다. 의사가 되고 싶다. 그렇게 말하고 싶었다. 하지만 이 자리에 초대된 사람들이 모두 그녀를 응시하고 있었다.

의사가 되고 싶다고 하면 다들 그녀를 비웃는 게 아닐까. 엘리자베스가 그렇게 생각하며 망설일 때였다. 그녀의 아버지가 재빨리 대답했다.

"그야 물론 좋은 가문에 시집가는 거지요. 제 딸이지만 괜찮은 아가씨임에도 부끄럽게도 아직 혼처 자리도 없습니다."

"그래?"

국왕의 시선이 로저스를 향했다가 다시 엘리자베스에게로 돌아갔다. 그녀는 그게 아니라는 표정으로 아버지를 쳐다보고 있었다. 하지만 국왕 앞에서 아버지에게 틀렸다고 말할 용기가 없었다.

"생각해 보지."

국왕의 대답에 로저스는 환희에 찬 표정을 지었고 엘리자베스의 얼굴은 어두워졌다. 자식과 부모가 원하는 건 늘 다른 법이다. 국왕은 로저스 부녀의 엇갈리는 표정을 재미있다는 듯 쳐다보고 다른 사람에게로 넘어갔다.

다들 별다르지 않은 소원을 말했다. 국왕과 식사를 하고 싶다는 깜찍한 야심을 드러낸 백작도 있었고 성에 자신이 키운 농작물을 납품할 기회를 얻고 싶다는 농장주도 있었다.

이뤄 주기 어렵지 않은 것들이다. 국왕은 평탄하게 흘러가는 분위기 속에서 밀드레드에게 시선을 던졌다. 그녀에게는 일부러 가장 늦게 질문을 하려고 미뤄 뒀다.

그는 반스 부인에게 어떤 기대가 있었다. 좋은 쪽이든 나쁜 쪽이든 밀드레드는 상황을 복잡하게 만들 것이라는 기대가. 그리고 그게 무엇일지 궁금했다.

"반스 부인은 바라는 게 있는가?"

국왕의 질문에 사람들의 시선이 밀드레드를 향했다. 그녀 역시 국왕이 일부러 자신에게 가장 늦게 질문을 던졌다는 것을 알았다.

밀드레드는 일부러 주변을 돌아보지 않고 국왕을 똑바로 쳐다봤다. 그리고 어깨를 펴며 말했다.

"작위를 주세요."

그 순간 방 안이 얼어붙었다. 국왕은 물론 그 옆에서 차를 마시며 사람들의 이야기를 듣고 있던 왕비의 움직임도 멈췄다. 작게 소곤대던 사람들과 방 밖에서 걸어 다니며 부족한 게 없는지 확인하던 시종들의 움직임마저 멈춰버렸다.

"지금, 반스 부인이 뭐라고 한 거죠?"

밀드레드에게서 멀리 떨어져 있던 노부인이 곁에 앉은 젊은 귀족에게 속삭이며 물었다. 밀드레드의 대답에 굳어 있던 귀족은 노부인에게 더듬거리며 속삭였다.

"자, 작위를 달라고 했습니다."

내가 잘못 들은 게 아니었군. 노부인은 눈을 깜빡이며 밀드레드를 쳐다봤다. 하지만 밀드레드는 여전히 허리를 세운 채 국왕을 쳐다보고 있었다.

"작위라고?"

드디어 국왕이 믿을 수 없다는 듯 내뱉자 테이블에 가벼운 소란이 일어났다. 얼어붙어 있던 사람들이 저마다 소곤거리기 시작한 것이다.

"작위라고요?"

"여자가? 뭐 하려요?"

"남편에게 작위를 달라는 거겠죠."

"반스 부인은 남편이 없잖아요?"

사람들의 시선이 밀드레드의 옆에 앉은 다니엘을 향했다. 다니엘 윌포드 남작. 반스 부인과 약혼했다고 들었다. 그러니 결혼하면 윌포드 남작에게 더 높은 작위를 달라는 말이 아닐까.

"반스 부인, 누구에게 작위를 달라는 거지?"

국왕의 질문에 다시 방 안에 침묵이 내려앉았다. 사람들은 부디 밀드레드가 다니엘에게 더 높은 작위를 달라고 한 것임을 바라는 사람과 건방지게 어디서 여자가 작위를 요구하냐고 비웃는 사람으로 나누어졌다.

하지만 밀드레드는 그 모든 사람을 비웃듯 미소를 지으며 말했다.

"제게요. 폐하, 저는 작위를 가진 자의 부인이 아니라 작위를 가진 자가 되고 싶어요."

마치 뭔가가 폭발하는 것처럼 얼어붙었던 방 안에서 어떤 나이 든 백작이 자리에서 벌떡 일어나며 소리쳤다.

"감히!"

"제랄드 백작."

그 순간 다니엘이 백작의 이름을 불렀다. 그는 제랄드 백작 쪽은 쳐다도 보지 않고 있었다. 사람들의 시선이 다니엘을 향했지만 그는 관심 없다는 듯 찻잔을 들어 올리며 말했다.

"앉으시죠."

다니엘의 말에 제랄드 백작의 얼굴이 새빨갛게 달아올랐다. 어린놈이 감히. 그는 화난 표정으로 국왕을 바라보며 말했다.

"폐하, 말도 안 됩니다! 어디 여자가 감히 작위를 바란단 말입니까? 나라의 근간이 흔들리는 건방지고 위험한 요구입니다!"

"호들갑 떨지 말게, 제랄드 백작."

국왕은 어이없다는 표정으로 턱을 괴며 말했다. 그의 말에 백작이 멈칫했다가 어이없다는 듯 다시 입을 열었다.

"폐하, 그렇게 느긋하게 생각하시면 안 됩니다. 얼마나 위험한 요구인지 모르셔서……."

"왜요? 나라가 망하기라도 합니까?"

다니엘이 불쑥 끼어들었다. 그의 말에 제랄드 백작이 반색하며 소리쳤다.

"맞습니다! 나라가 망할지도 모르는 위험한 제안이란 말입니다!"

"오, 그래? 짐이 나라를 위해 수고한 여자 하나 작위를 준다고 이 나라가 망한다고 생각한단 말인가?"

국왕의 대꾸에 제랄드 백작의 표정이 굳었다. 그 모습을 지켜보던 사람들의 얼굴도 일그러졌다.

"저 백작은 왜 호들갑을 떨고 저런대요?"

"그러게요. 폐하 앞에서 나라가 망한다는 소리를 하다니, 노망이 들었나……."

사람들의 수군거림과 함께 제랄드 백작의 얼굴에서 천천히 핏기가 사라졌다. 그는 그제야 자신이 무슨 망언을 한 건지 깨달았다. 그런 백작을 쳐다보던 국왕이 불쾌하다는 듯 가슴 앞으로 팔짱을 끼며 의자에 등을 기댔다.

아무 말 없이 차를 마시고 있던 왕비 역시 불쾌하기는 마찬가지였다. 탁 하고 찻잔이 테이블에 부딪히는 소리가 났다. 왕비가 테이블에 일부러 소리를 내어 찻잔을 내려놨다는 사실만으로 사람들은 국왕 부부가 제랄드 백작에게 얼마나 화가 난 건지 깨달았다.

"말조심을 하게, 백작. 감히 여기가 어디라고……."

왕비의 핀잔에 백작은 스르르 무너지듯 자리에 앉았다. 끝났다. 그의 넋을 잃은 표정에 사람들이 다시 입을 다물었다. 그 와중에도 밀드레드는 백작에게 관심이 없다는 듯 허리를 세우고 국왕만을 쳐다보고 있었다.

"반스 부인, 자네 주변은 늘 소란이 일어나는군."

잠시 시간이 지나자 기분이 풀어진 국왕이 밀드레드에게 말했다. 여전히 꼿꼿한 자세로 앉아 있던 밀드레드가 미소를 지으며 말했다.

"제가 부덕한 탓이라 몸 둘 바를 모르겠습니다."

전혀 자신이 부덕하다고 생각하지 않는 표정과 태도로 부덕해서 죄송하다는 말에 국왕은 어이가 없어서 피식 웃었다. 그는 문득 밀드레드의 그런 태도가 다니엘과 비슷하다고 생각했다.

국왕의 시선이 왕비를 향했다. 그는 이런 사람들이 좋았다. 어디서나 당당하고 여유가 있으며 예의를 잊지 않는 사람. 그러면서 자기 일을 확실하게 하는 사람.

"작위라."

국왕의 반응이 긍정적으로 변하자 동석하고 있던 사람들의 안색이 달라졌다. 말도 안 된다는 반응이었던 사람들은 저마다 각자의 입맛에 맞게 상황을 점치기 시작했다.

초대 여귀족이 나오는 걸까. 그게 아니라면 웃기는 소리라며 무시할 것인가.

"가장 가능성이 높은 건 월포드 남작과 결혼시키고 남작에게 높은 작위를 주는 거겠죠."

어영부영 자리가 파하고 집으로 돌아가며 사람들이 속삭였다. 아무리 그렇다 해도 여자에게 작위를 줄 리가 없다. 사람들은 대부분 그렇게 생각했다.

"백 보 양보해서 반스 부인에게 작위를 준다고 해도, 그 작위를 물려받을 아들도 없잖아요?"

"그렇다면 줄 수도 있겠네요. 줘도 작위를 이어받을 아들이 있는 것도 아니고. 반스 부인이 죽으면 다시 왕궁으로 돌아올 작위와 땅이니까요."

사람들의 의견은 체면치레용으로 줄 수도 있다는 파와 그럴 리 없다는 파로 나뉘었다. 그리고 그럴 리 없다는 의견을 피력하는 아버지를 둔 엘리자베스는 돌아오는 마차 안에서 내내 입을 다물고 있었다.

"역시 이상한 여자였어. 그렇지 않으냐? 작위를 달라니. 아들도 없는 여자가 무슨."

콧방귀를 뀌는 아버지를 보며 엘리자베스는 자신이 실수를 했다는 것을 깨달았다. 그 자리에서, 국왕에게 의사가 되고 싶다고 말을 했어야 했다. 반스 부인처럼 원하는 것을 당당하게 요구해야 얻을 수 있을까 말까다.

엘리자베스는 아버지에게 결혼이 아니라 의사가 되고 싶다고 말하려다가 입을 다물었다. 다년간의 경험으로 그녀는 어차피 자신의 아버지가 무시하거나 헛소리 말라고 화를 낼 것임을 알았다.

그렇다면 차라리 국왕에게 직접 말하는 방향으로 가야 할 것이다. 하지만 어떻게?

엘리자베스의 머릿속이 복잡하게 움직였다.

* * *

성에 다녀온 이튿날, 게리와 산드라가 우리 집에 쳐들어왔다. 내가 다니엘과 결혼해도 이렇게 불쑥 쳐들어오려나. 슬슬 그만두라고 말해야겠다.

나는 응접실에 앉아서 신문을 읽다가 머피 백작 부부가 방문했다는 짐의 보고에 고개를 끄덕였다.

"밀! 그게 사실이야?"

"게리, 무례하게 굴지 말아요!"

뭐가? 나는 두 사람을 맞이하기 위해 자리에서 일어났다가 어리둥절한 표정을 지었다. 그리고 곧 게리가 무슨 말을 하는지 깨달았다.

내가 상으로 작위를 달라고 한 이야기가 벌써 퍼진 모양이다. 빠르기도 하다. 나는 다시 소파에 앉으며 심드렁하게 말했다.

"다들 하루 종일 수다만 떠나 봐요?"

"클럽에서 들었다! 네가 전하께 작위를 달라고 했다면서?"

"그 클럽 이름을 수다 클럽으로 바꿔야 하지 않겠어요?"

"밀드레드!"

아, 왜 이래. 나는 고개를 들고 게리를 노려봤다. 그리고 들고 있던 신문으로 테이블을 탁 치며 말했다.

"오라버니, 여긴 제집이니 예의를 지켜주시죠."

그제야 게리가 움찔하는 게 보였다. 남의 집에 연락도 없이 쳐들어왔으면 최소한의 예의는 지키란 말이다. 게리가 내 친오라버니니까 이 정도가 용납이 되는 거다.

"밀드레드 머, 반스. 네가 전하께 작위를 달라고 했다는 게 사실이냐?"

내 지적에 숨을 고른 게리가 침착하게 물었다. 그 와중에도 그가 나를 반스가 아니라 머피로 부를 뻔했다는 게 어쩐지 웃음이 나왔다. 여전히 게리에게 나는 두 번 결혼한 반스 부인이 아니라 머피 백작가의 밀드레드인 모양이다.

"맞아요. 작위를 달라고 했어요."

"맙소사, 밀!"

이번에는 산드라가 이마에 손을 짚더니 소파에 주저앉았다. 그녀는 짐이 가져온 찻잔을 들어 올려 입을 축이더니 믿을 수 없다는 듯 물었다.

"왜, 왜 그랬어? 왜 하필 작위를 달라고 한 거야?"

"왜라뇨?"

나야말로 모르겠다. 나는 어깨를 으쓱해 보이고 반대로 물었다.

"그럼 내가 뭘 요구했어야 하는데요?"

"많잖아. 돈이라거나."

"돈은 충분해요."

"보석이나."

"오, 오라버니. 제 약혼반지 보실래요? 윌포드 남작이 청혼하면서 준 건데요."

나는 그렇게 말하며 내 왼손을 내밀었다. 내 왼손에는 두 개의 반지가 끼워져 있다. 둘 다 다니엘이 내게 선물한 거지만 네 번째 손가락에 낀 게 약혼반지다.

게리는 내 태도에 끙하고 신음을 내뱉더니 산드라의 옆에 앉았다. 그리고 답답하다는 듯 말했다.

"차라리 윌포드 남작에게 백작 위를 달라고 하지 그랬어?"

"그게 왜 제 상이 되죠?"

"네가 백작 부인이 될 거 아니냐."

한심한 소리를 하네. 나는 왼손을 잡아당겨 내 무릎 위에 얹었다. 그리고 한숨을 내쉬며 말했다.

"그럼 오라버니가 머피 백작 남편이 되시고 산드라가 머피 백작이 되면 되겠네요."

"농담하지 마라, 밀."

"진심이에요. 난 왜 반스 남작이나 자작이나 백작이 되면 안 되는데요?"

"그야……."

"여자라서요?"

내가 공격적으로 나오자 게리의 말문이 막혔다. 그는 나를 물끄러미 쳐다보다가 한숨을 내쉬며 말했다.

"전례가 없었으니까."

"오라버니, 이 나라도 몇백 년 전에는 없었어요. 용사 제다가 전례를 깨고 나라를 세운 거고요."

"제다는 용사였잖아."

"전례를 깨는 게 반드시 용사여야 할 필요는 없죠."

"아니, 내 말은……."

게리는 거기까지 말하더니 입을 다물었다. 그리고 다시 한숨을 내쉬며 소파에 몸을 기댔다.

그러자 그 옆에서 나와 게리의 말다툼을 지켜보고 있던 산드라가 찻잔을 테이블에 내려놓고 끼어들었다.

"밀, 게리의 말은 네가 그 전례를 깨는 게 걱정된다는 거야."

"왜요? 내가 용사가 아니라서?"

내 날카로운 질문에 산드라의 표정이 어두워졌다. 그녀는 내게 몸을 기울이며 조용하게 말했다.

"우리는 네가 다칠까 봐 걱정이 돼."

순간 저도 모르게 욕이 튀어나올 뻔했다. 게리와 산드라는 그냥 나를 걱정했던 것뿐이다. 하지만 어제 일로 날카로워져 있는 탓에 내가 예민하게 굴었던 거고.

죄책감이 밀려왔다. 나는 한숨을 내쉬고 솔직하게 말했다.

"날카롭게 굴어서 미안해요. 그것 때문에 어제 어떤 남자가 공격적으로 굴어서 예민해졌었나 봐요."

게리와 산드라의 시선이 부딪쳤다. 두 사람은 고개를 끄덕이며 말했다.

"알아. 제랄드 백작이 무례하게 굴었다면서?"

"그렇지 않아도 클럽에서도 멍청한 짓을 했다고 욕을 먹고 있더구나."

그래? 게리가 가는 클럽에서도 제랄드 백작을 멍청하다고 욕할 줄은 몰랐는데. 아마도 내가 생각하는 것과는 다른 이유로 멍청하다고 하는 거겠지만.

나는 찻잔을 들어 올려 목을 축였다. 그리고 게리와 산드라를 향해 다시 입을 열었다.

"작위를 요구한 건 아까 말한 그대로예요. 그것 외에는 바라는 게 없으니까요. 요구할 수 있다면 요구하는 게 맞죠."

"하지만 사람들이 널 욕할 텐데."

"오라버니. 난 남편을 두 번이나 잃었고 세 번째 결혼을 앞두고 있어요. 오라버니 말대로 다니엘이 윌포드 백작이 된다고 해도 그건 내게 아무 이득도 되지 않아요."

게리의 얼굴에 그게 무슨 소리냐는 표정이 떠올랐다. 하지만 산드라만은 이해하는 표정을 지었다.

이것 봐. 나는 게리와 산드라의 극명한 차이에 한숨을 내쉬었다. 그리고 게리를 이해시키기 위해 다시 입을 열었다.

"다니엘이 백작이 돼도 내가 그 백작 위를 이어받을 아들을 낳지 못하면 아무 소용이 없다고요. 오라버니, 난 서른일곱이에요. 몇 달 후면 서른여덟이 되겠죠. 이 나이에 아들을 낳는다는 도전을 할 수는 없어요."

설령 할 수 있다고 해도 할 생각도 없다. 내게는 이미 세 명의 훌륭한 딸이 있으니까. 그러자 입을 벌리고 나를 멍하니 쳐다보던 게리가 퍼뜩 정신을 차린 것처럼 물었다.

"하지만, 그래도 윌포드 백작 부인이 될 거 아니냐?"

그렇게 남의 일처럼 생각할 수 있어서 좋겠다. 나는 두 번이나 남편과 사별한 여동생을 두고도 자기 일이 아니라고 쉽게 생각할 수 있는 게리의 지적 능력에 감탄했다.

그리고 찻잔을 내려놓으며 물었다.

"만약 다니엘이 나보다 먼저 죽으면요? 나는 또 윌포드 부인이 되겠죠. 그때도 오라버니가 날 재혼 시장에 내놓으실 건가요?"

응접실에 침묵이 찾아왔다. 이 나라는 몇백 년이나 이런 구조로 흘러왔다. 그런데 아무도 아들을 낳지 못한 채 남편을 잃은 귀족 부인이 어떻게 되는지 생각을 안 해 봤단 말이야?

49

정당한 자리

전염병이 가라앉았으니 이제 마지막 시험을 보겠다는 공문이 성으로부터 내려왔다. 어차피 이번이 마지막이다. 나는 루인을 통해 전령에게 약간의 수고비를 건네며 차를 권했다.

"여기까지 오셨는데 차 한잔하세요."

"오, 아닙니다."

전에 왔을 때도 차를 권했지만 그는 거절하며 돌아갔다. 시험 기간에 후보자 가문과 친분을 만들면 안 되기 때문이겠지.

나는 이해한다는 표정을 지으며 말했다.

"그렇다면 과자라도 가져가세요. 오전에 요리사가 구웠거든요."

"괜찮습니다, 정말로요. 사실은……."

시종은 곤란한 표정을 지으며 뒤통수를 긁었다. 설마 과자를 싫어한다는 건 아니겠지? 내가 왜 그러냐는 표정을 짓자 그가 목소리를 낮춰 말했다.

"전에 차를 권유받아 들어갔다가 실수를 좀 했거든요. 부디 기분 상하시지 않으셨으면 좋겠습니다. 저도 반스 저택에 정말 들어가 보고 싶거든요."

실수라고? 대체 무슨 일이 있었던 건지 궁금하다. 하지만 물어봐도 알려 주지 않겠지. 하는 수 없이 나는 씩 웃으며 말했다.

"시험이 끝나면 꼭 한번 놀러 오세요."

"꼭 초대해 주세요. 둥근 지붕 저택은 수도에서도 가장 오래된 저택 중 하나라서 안에 꼭 들어가 보고 싶거든요."

그건 맞다. 나는 내 집을 칭찬하는 말에 빙그레 웃었다. 진짜로 둥근 지붕 저택은 수도에서 상당히 오래된 저택 중 하나다. 덕분에 겨울에 좀 춥고 일조량이 부족하다는 단점이 있긴 하지만.

그래도 전령 덕분에 겨울 준비를 해야겠다는 생각이 떠올랐다. 나는 짐에게 겨울 준비가 어떻게 되어 가는지 물어봐야겠다고 생각하며 전령을 배웅했다.

"마지막 시험은 뭐야?"

다시 응접실로 돌아오니 아이들이 전령이 가져온 두루마리를 펼치고 옹기종기 모여 있었다. 릴리의 질문에 아이리스가 두루마리를 훑으며 대답했다.

"으음, 요리? 연회 준비를 하라는데."

"요리? 진짜? 마지막 시험씩이나 되는데 고작?"

말도 안 된다는 게 역력한 말투에 아이리스가 인상을 쓰며 릴리를 쳐다봤다. 그리고 엄한 목소리로 말했다.

"성에서 뭔가 생각이 있겠지. 그렇게 말하지 마."

맙소사. 한 열 살은 더 먹은 듯한 말투였다. 나는 웃음을 참으며 안으로 들어갔다. 그러자 아이들이 나를 보고 벌떡 일어났다.

"다녀오셨어요?"

잠깐 성에서 나온 시종을 배웅한 것뿐이다. 그렇게까지 인사할 필요는 없지 않냐고 말하려 했을 때였다. 이상한 기분이 들어서 뒤돌아보니 다니엘이 내 뒤에 서 있었다.

어유, 놀라라. 그가 따라오는 줄도 몰랐다. 다니엘은 재킷을 벗어 짐에게 건네고 있었다. 그리고 내게 빙그레 미소를 지으며 말했다.

"다녀왔습니다, 부인."

그의 미소를 보자 순간 머릿속이 텅 비었다. 이제는 익숙해진 줄 알았는데 아니었던 모양이다. 나는 그의 미소에 홀렸다는 것을 티 내지 않기 위해 고개를 끄덕이며 침착하게 소파에 앉았다. 그리고 루인이 가져온 물과 비누로 손을 닦는 다니엘을 쳐다봤다.

천천히 머릿속에 그가 오늘 몇 가지 일을 처리하고 온다고 했던 게 생각났다. 성에 가서 리안의 교육을 하고 클럽에 가서 점심 식사를 하고 온다고 했던가. 나는 그가 소파에 앉자 재빨리 물었다.

"성에 다녀온다고 했죠?"

"네. 왕자님 교육 문제로 잠깐 이야기를 했습니다."

"오늘 마지막 시험이 내려왔거든요."

내 말에 아이리스가 재빨리 두루마리를 내밀었다. 그것을 받아드는 다니엘의 눈이 가늘어졌다. 그는 빠르게 내용을 훑더니 다시 아이리스에게 내밀며 말했다.

"식사 준비를 하기로 했군요."

"무슨 시험을 보기로 한 지 몰랐어요?"

"네. 시험 문제는 별로 중요하지 않거든요."

"문제가 중요하지 않다뇨? 그럼 뭐가 중요한데요?"

내 질문에 다니엘이 시선이 아이들을 향했다. 그는 다시 내게 고개를 돌리더니 낮은 목소리로 말했다.

"잠깐 자리를 옮길까요?"

"저희가 올라갈게요."

아이리스와 릴리가 벌떡 일어나며 말했다. 나는 애슐리가 뒤늦게 언니들을 따라 일어나는 것을 보고 손을 내밀며 말했다.

"괜찮아. 우리가 자리를 옮길게."

세 명보다는 두 명이 움직이는 게 낫겠지. 나는 다니엘과 함께 다시 서재로 자리를 옮겼다. 그는 서재 안으로 들어와 문을 닫더니 다시 나를 보며 빙그레 웃었다. 그리고 장난스럽게 물었다.

"키스하고 싶은데 이야기를 끝내고 해도 될까요?"

뭐라는 거야. 나는 어이가 없어서 피식 웃으며 말했다.

"지금 해도 상관없어요."

"지금 하면 할 이야기를 까먹을 것 같거든요."

그건 나도 동감이다. 내가 고개를 끄덕이자 다니엘은 내게서 한 걸음 물러나더니 방어적으로 가슴 앞으로 팔짱을 꼈다. 그리고 조용하게 이야기를 시작했다.

"성에서는 이미 내부적으로 아이리스를 왕자비로 결정한 모양입니다."

"그래요?"

"가장 훌륭했으니까요. 사실 더 이상의 시험은 의미가 없기도 하고요."

내가 생각해도 그렇긴 하다. 아이리스는 대부분의 시험을 가장 좋은 성적으로 통과했다. 그리고 전염병도 무사히 지나갔고. 크레이그 후작의 말에 의하면 사람들 사이의 평도 좋다고 했다.

"그럼 왜 또 시험을 보는 건데요?"

내 질문에 다니엘이 입을 다물었다. 설마? 나는 그의 가라앉은 표정에 머릿속에 불쑥 떠오른 생각을 입에 옮겼다.

"나 때문이에요? 내가 작위를 요구해서?"

"그건 아닙니다."

다행히 다니엘은 재빨리 부정하고 나섰다. 그는 팔짱을 풀더니 두 손을 들어 올렸다. 그리고 한숨을 내쉬며 말했다.

"당신 때문이 아닙니다. 크레이그 후작 때문이죠."

여기서 크레이그 후작의 이름이 나올 줄은 몰랐는데. 나는 눈을 가늘게 뜨고 그의 다음 말을 기다렸다. 다니엘은 못마땅한 표정으로 말했다.

"며칠 전에 크레이그 후작이 항의를 했다더군요. 전염병 사태가 잠잠해지면 한 번 더 시험을 보기로 했으니 지켜야 한다고요."

그랬나? 나는 시험이 중단된다는 소식을 들었을 때를 떠올렸다. 그때 나도 전염병이 가라앉으면 시험을 보는 거냐고 했는데 전령은 모르겠다고 말했다.

잠깐, 혹시 크레이그 후작한테는 또 시험을 볼 거라고 말했나? 그래서 후작이 그걸로 성에 항의를 한 거고?

나는 전령이 차를 마시고 가라는 권유를 거절한 것을 떠올리고 신음을 내뱉었다. 그가 한 실수라는 게 아마 그거였던 모양이다.

크레이그 후작가에 들어가 차를 마셨다가 말려들어서 전염병이 가라앉으면 또 시험을 볼 거라고 대답해 버린 모양이지.

"그래서요?"

나는 손을 뻗어 다니엘의 허리를 잡으며 물었다. 탄탄하고 단단한 허리가 손안에 만져졌다. 그는 빙그레 웃더니 내 손을 잡으며 말했다.

"크레이그 후작은 마지막으로 한 번 더 기회를 달라고 했답니다. 사실 기회를 준다고 해도 결과는 달라지지 않겠지만요."

"그래요?"

내 질문에 다니엘이 고개를 숙였다. 그는 내 이마에 자기 이마를 대더니 다시 허리를 세우며 말했다.

"그럼요. 이미 왕궁은 아이리스로 기울었습니다. 하지만 크레이그 후작의 요청도 있으니 왕자비를 결정하는 자리의 연회 준비를 두 사람에게 맡기기로 한 겁니다."

아, 무슨 말인지 알겠다. 크레이그 후작의 요청을 무시할 수도 없었겠지. 성에서는 그의 요청대로 로레나와 아이리스에게 한 번 더 시험을 볼 기회를 줬지만 그 시험은 결과에 크게 영향을 끼치지 않을 것이다.

다른 것도 아니고 왕자비를 결정하는 자리다. 최소한 그 전날, 누가 왕자비가 될지 결정돼 있을 것이다.

"흠, 크레이그 후작이 알면 기분 나쁘겠는데요."

"알 겁니다."

그래? 나는 다니엘의 허리를 잡은 채 그를 올려다봤다. 그렇다면 크레이그 후작은 그럼에도 여전히 자기 딸이 왕자비가 될 가능성이 있다고 생각하는 건지도 모른다.

혹은.

"아이리스에게 흠을 내려는 거군요."

내 말에 다니엘이 다시 미소 지었다. 어떤 방식으로 할지는 모르겠다. 하지만 아이리스의 얼굴에 먹칠을 하려는 거겠지.

"주의 깊게 살피겠습니다."

다니엘의 말에 나는 발돋움으로 그의 입술에 입을 맞췄다. 그가 주의 깊게 살피겠다면 별로 걱정되지 않는다. 하지만 아이리스에게도 주의를 줄 필요는 있겠지.

입술을 떼고 눈을 뜨자 어쩐지 못마땅한 듯한 다니엘의 얼굴이 보였다. 왜 그러지? 내가 눈을 동그랗게 뜨자 그가 불만스럽다는 듯 말했다.

"제가 하려고 했는데요."

하하하. 나는 팔을 들어 다니엘의 목을 끌어안았다.

"하면 되죠."

그의 눈동자 색이 짙어졌다.

* * *

"왕대비께서 오셨습니다."

왕비와 함께 차를 마시고 있던 왕에게 연락도 없이 왕대비가 찾아왔다. 왕과 왕비는 놀라서 서로를 쳐다보고 자리에서 일어났다. 왕실 예절상 일어나는 건 왕비뿐이면 충분하지만 다른 사람도 아닌 어머니기 때문에 왕도 자리에서 일어났다.

왕대비는 약간 불쾌한 표정을 짓고 있었다. 그녀가 저렇게 굳은 표정인 일은 흔하지 않다. 왕과 왕비는 다시 한 번 서로를 쳐다보고 어머니께 인사했다.

"말씀하셨다면 제가 방문했을 텐데요."

"무슨 일이라도 있으십니까?"

며느리와 아들의 말에 왕대비의 표정이 약간 풀어졌다. 그녀는 아들이 권하는 대로 의자에 앉아 두 사람을 쳐다보다가 입을 열었다.

"반스 부인이 작위를 달라고 했다면서요?"

어머니의 입에서 나온 말은 그녀의 등장만큼이나 예상하지 못한 거였다. 왕은 다시 왕비를 한 번 쳐다보고 어머니께 공손하게 대답했다.

"네, 맞습니다. 어머니."

"그래서 어떻게 할지 고민 중이라 들었는데, 맞습니까?"

그것도 맞다. 왕은 그 이야기가 어떻게 왕대비에게까지 전해졌는지 별로 궁금해하지 않았다. 그만큼 반스 부인의 요청은 파격적이었고 사교계를 발칵 뒤집어 놓았으니까.

그녀의 말대로 그는 많은 사람들을 불러 의견을 묻고 있었고 법적으로나 사회적으로 문제가 없는지 검토하고 있었다.

"네, 맞습니다."

아들의 공손한 대답에 왕대비의 표정이 다시 한차례 풀렸다가 다시 굳었다. 그녀는 왕비를 한 번 쳐다보고 다시 왕에게 시선을 던졌다.

그리고 침착하게 말했다.

"내 의견이 전하께 그리 중요하지 않다는 건 알고 있어요."

쉽게 말하면 그녀에게 의견을 묻지 않아 기분이 상했다는 말이다. 왕은 재빨리 대답했다.

"아닙니다, 어머니. 당연히 어머니께도 의견을 구할 생각이었습니다."

왕대비의 표정이 부드러워졌다. 그래야 할 것이다. 그녀는 두 사람을 돌아보며 물었다.

"그렇다면 내 의견도 물어볼 생각이었다는 말이지요?"

왕은 긴장한 표정을 지었다. 그는 자신의 어머니를 잘 알고 있다. 분명 절대 안 된다고 할 것이다.

사람들의 의견은 반스 부인에게 단승 작위를 주는 것 정도는 고려해 봐야 한다는 의견과 절대 안 된다는 의견이 반반이었다.

"물론입니다, 어머니."

국왕의 긴장 어린 표정에 왕대비는 만족스럽게 웃었다. 그녀는 곧 허리를 세우고 턱을 잡아당겼다. 그리고 단호하게 말했다.

"주세요. 가능한 좋은 것으로."

방 안에 침묵이 내려앉았다. 왕과 왕비는 생각하지 못한 왕대비의 말에 당황해서 서로를 쳐다봤다. 당연히 반대할 줄 알았다. 그런데 오히려 가장 좋은 작위를 주라니.

국왕은 자신이 지금 꿈을 꾸는 건가 하고 생각하다가 물었다.

"반스 부인이 작위를 받길 바라시는 겁니까?"

"당연하죠. 지금 그렇게 말하고 있잖아요?"

아무래도 그의 어머니는 진심이었던 모양이다. 이번에는 왕비가 나섰다.

"반대하실 줄 알았는데요."

왕대비는 헤더의 얼굴을 돌아보며 미소 지었다. 그녀도 두 사람이 왜 이렇게 놀라는지 안다. 다른 사람이라면 반대했을 것이다. 아니면 아예 신경을 쓰지 않았거나.

하지만 반스 부인이라면 다르다.

"잘 생각해 봐요. 반스 부인이 지금까지 어떤 영향력을 끼쳤지요?"

영향력? 왕대비의 말에 왕과 왕비의 시선이 부딪쳤다. 전염병의 확산을 막는 데 그녀의 비누 공방이 기여를 한 것만은 확실하다.

하지만 그것 외에 또 무엇이 있지? 왕이 잠시 생각하는 사이 왕비가 조용히 대답했다.

"그녀가 만드는 건 모두 사교계에서 유행했죠. 먹는 것뿐 아니라 입는 것까지요."

티라미수나 카스텔라 같은 디저트뿐 아니라 고기를 한입 크기로 잘라 튀긴 뒤 새콤달콤한 소스를 입힌 탕수육이나 토마토를 이용한 소스 같은 것도 인기를 끌었다.

드레스 역시 마찬가지. 스커트를 장식한 꽃장식은 이미 유행이 아니라 스테디한 인기가 되어 있었고 그녀가 최근 입고 다니기 시작한 작은 크리놀린은 주문이 몰려서 없어서 못 입는 지경이다.

물론 밀드레드나 릴리의 행보를 비난하는 사람도 있기는 했다. 귀족 아버지를 둔 영애가 화가가 되려 한다는 사실에 부끄러운 줄도 모른다고 비난하는 사람도 있었고 그런 동생을 두고도 뻔뻔하게 왕자비가 되려 한다며 아이리스를 고깝게 보는 사람도 있었다.

하지만 그런 이야기를 들으면서도 반스가의 여자들은 당당했고 여유를 잃지 않았다. 화가가 되려는 릴리의 행보를 관심을 받으려는 거라고 비웃던 사람들도 그녀가 케이시가의 구혼을 몇 번이나 거절하자 입을 다물기 시작했다.

사람들의 태도는 점차 달라졌다. 남편을 잃은 뒤 사교계에 모습을 보이지 않던 과부들이 사람들과 교류를 하기 시작했고 미혼의 아가씨들은 하고 싶은 일에 대해 이야기하기 시작했다.

별것 아닌 변화였지만 변화는 변화였다. 그런 왕비의 말에 왕대비는 고개를 끄덕이며 말했다.

"그렇다면, 전하. 생각해 보세요. 그런 영향력을 가진 여자가 그냥 반스 부인인 것과 반스 백작인 것 중에 어느 쪽이 더 왕실에 도움이 되겠어요?"

그런 쪽으로는 생각해 보지 않았다. 국왕의 얼굴에 놀라움이 떠올랐다. 확실히 반스 부인은 귀족 사교계뿐 아니라 수도 전체에 영향력을 끼치고 있었다.

그녀가 요정 대모라는 소문은 물론이고 딸이 왕자비가 되어야 한다는 여론까지. 확실히 그런 영향력을 가진 사람이 일개 부인인 것보다 귀족인 쪽이 왕실과 귀족들에게는 더 나을 것이다.

"그렇군요."

국왕은 진지하게 고개를 끄덕였다. 어머니의 말이 맞다. 그는 감탄한 표정으로 왕대비에게 말했다.

"역시 어머니께서는 현명하십니다. 그쪽으로는 전혀 생각해 보지 못했습니다."

아들의 감탄에 왕대비의 얼굴에 흐뭇한 미소가 떠올랐다.

*　　*　　*

빠르게 시간이 흘러 어느새 예정된 연회 날이 찾아왔다. 연회에 차려질 음식을 준비하라는 게 시험 문제이기는 했지만 아이리스나 로레나가 직접 음식을 할 일은 없었다.

두 사람은 왕궁의 요리사를 만나 어떤 요리를 할 건지 의견을 나누었고 몇 가지 아이디어를 제공했으며 음식을 내놓는 순서나 테이블 장식에 손을 댔을 뿐이다.

다니엘의 말대로 이미 왕자비는 결정된 것이나 다름이 없었다. 왕궁은 물론 사교계에서도 사람들은 누가 왕자비가 되느냐보다는 어떤 왕자비가 될지에 대해 이야기를 나누기 시작했다.

"왕자님이 그렇게 좋아하신다던데."

"거기서 이미 결정된 거나 마찬가지 아니야? 우리나라 왕과 왕비는 늘 사이가 좋다며."

"아, 그거 요정의 축복 덕분이지."

음식 준비가 어느 정도 됐는지 확인하기 위해 걸음을 옮기던 로레나의 속도가 복도 바깥쪽에서 들리는 이야기에 저도 모르게 느려졌다.

그녀는 고개를 두리번거리다가 열린 창문을 통해 복도 바깥쪽 정원에서 하녀들이 이야기를 하는 것을 발견했다. 아마도 청소를 하는 하녀들인지 한 손에 대걸레를 들고 한 손에는 양동이를 들고 있었다.

"요정의 축복?"

"몰라? 왕실에 축복이 전해지잖아. 나라의 왕이 될 자와 그 배우자는 사이가 아주 좋을 거라고."

그런 축복이 있었어? 처음 듣는다는 듯 눈을 동그랗게 뜬 하녀도 있었지만 알고 있었다는 듯 고개를 끄덕이는 하녀도 있었다. 케이시 가문의 저주만큼이나 아는 사람만 아는 축복이다.

리안의 아버지인 현왕도 그렇지만 지금은 사망한 선왕도 그랬다. 이 나라의 왕과 왕비는 늘 사이가 좋았고 서로 사랑했다.

그렇기 때문에 왕자비 후보의 가족들은 리안이 아이리스를 좋아한다 해도 별로 걱정하지 않았다. 일단 결혼하고 나면 리안의 애정은 자신의 왕비에게로 옮겨간다는 게 그들의 생각이었다.

실제로 역사적으로 연인이 있었지만 정치적인 이유로 다른 여자와 결혼한 왕이 배우자와 사이가 좋았다는 기록이 있다.

하녀들 역시 그 부분을 지적했다.

"하지만 그러면 다른 분이 왕비가 돼도 사이가 좋아질 거라는 말 아냐?"

"그렇긴 한데, 어차피 왕자비는 반스 양이 되지 않을까?"

하녀의 말에 로레나의 얼굴이 굳었다. 그녀도 안다. 시험 결과는 반스 양이 훨씬 좋았다는 것을.

로레나는 허리를 세우고 그 자리를 벗어나기 위해 다시 걷기 시작했다. 혹시라도 그녀가 자신들의 대화를 들은 것을 하녀들이 알까 봐 두려웠다.

왕자비가 되지 못하는 건 괜찮다. 그녀는 언젠가 이 나라에서 가장 높은 지위를 가진 여성이 될 거라는 말을 들으며 자랐고 그에 합당한 교육을 받았다.

하지만 어릴 때부터 로레나는 자신과 결혼할 왕자님이 그다지 상상이 되지 않았다. 왕비가 된 자신은 상상이 됐지만 왕자님과 부부가 된 자신은 상상이 되지 않았다.

사실 로레나가 왕자비 시험에 참여한 건, 평생 그렇게 살아야 한다고 이야기를 들으며 살아왔기 때문이다. 왕자비나 공작 부인, 혹은 후작 부인이 되지 않을까. 로레나는 어렴풋하게 자신의 미래를 그렇게 생각하고 있었다. 공작가에는 지금 그녀와 결혼할 만한 사람이 없지만.

어느 지체 높은 귀족가에 시집가서 그 귀족 가문을 다스리겠지. 그녀의 어머니가 그랬던 것처럼.

왕자비 후보 시험에 참여한 것도, 성실하게 시험에 임한 것도 그런 이유였다. 그녀는 그렇게 교육받았고 그렇게 살아야 한다고 이야기 들었으니까.

"이게 뭐죠?"

로레나가 주방에 들어선 순간 아이리스의 날카로운 목소리가 울려 퍼졌다. 로레나는 깜짝 놀라서 몸을 움츠렸다가 주방 안으로 고개를 내밀었다.

아이리스가 가득 쌓인 재료들 앞에서 허리에 손을 얹고 화를 내고 있었다. 그녀의 앞에 식품을 납품하는 남자가 허리를 숙이고 어쩔 줄 몰라 하는 게 보였다.

"지금 이걸 가져온 거예요? 이렇게 다 시든 걸?"

"남은 게 그것밖에 없어서……."

"그걸 지금 변명이라고 하는 거예요?"

말도 안 된다. 아이리스는 펄쩍펄쩍 뛰고 싶은 심정을 눌러 참았다. 다른 곳도 아니고 왕궁에 납품하는 채소가 다 시들어서 축 늘어졌고 심지어 누렇게 떴다. 이런 걸 납품하는 건 오히려 업체의 수치나 다름이 없다.

"분명 주문할 때는 문제없다고 했잖아요? 어제 확인했을 때도 예정대로 배달해 준다고 했던 걸로 기억하는데요?"

대체 무슨 상황인 걸까. 로레나는 문 뒤에 숨어 화를 내는 아이리스와 그녀의 맞은편에서 어쩔 줄 몰라 하는 상인을 지켜보고 있었다. 갑자기 일이 어그러진 모양이다. 그녀는 이 상황을 아이리스가 어떻게 벗어날지 궁금했다.

그때 상인과 로레나의 눈이 마주쳤다. 아이리스는 입술을 깨물고 상인이 가져온 재료를 살피다가 한숨을 내쉬었다.

"일단 이것부터 다듬어야겠네요."

그대로 몸을 돌린 아이리스는 뒤에 서서 어쩔 줄 몰라 하는 주방 하녀들과 요리사에게 말했다. 못 쓰는 부분은 잘라내고 쓸 수 있는 부분만 남겨서 요리를 해야 한다. 어쨌든 연회가 몇 시간 뒤에 시작될 테니까.

"디저트는 미리 만들어 놨죠? 뭐가 부족한지 알려 줘요."

요리사에게 그렇게 지시한 아이리스는 다시 몸을 돌려 식재료를 납품한 상인을 쳐다봤다. 이게 무슨 일인 걸까. 그녀의 머릿속에도 의문이 떠올랐다.

감히 왕실의 연회에 사용될 재료를 이렇게 엉망인 것을 가져온다고? 말도 안 된다. 그녀는 상인을 노려보며 물었다.

"누가 시키던가요?"

"네? 시, 시키다뇨? 아닙니다. 정말로 재료 관리를 잘못해서……."

몇 번 더 채근해 봤지만 상인의 태도는 굳건했다. 아이리스는 잠시 그를 노려보다가 낮은 목소리로 말했다.

"조사하면 당신이 누구 지시를 받고 감히 이런 짓을 했는지 알 수 있어요. 그래도 모르겠다고 할 건가요?"

아이리스의 위협에 상인의 얼굴이 하얗게 질렸다. 하지만 그는 침을 한 번 삼키고 떨리는 목소리로 대답했다.

"저, 정말로 제가 관리를 잘못해서……."

"그렇다면 온전히 당신의 잘못이라는 말이군요. 알았어요. 이 죄는 연회가 끝난 후 물을 테니 지금은 돌아가요."

아이리스의 말에 상인은 얼어붙은 듯 가만히 서 있었다. 그러다가 그녀가 몸을 돌리자 부들부들 떨며 주방을 가로질러 로레나가 있는 문으로 빠져나왔다.

세상에, 뭐 이런 일이 다 있어? 로레나는 재빨리 상인에게서 시선을 피했다. 감히 왕궁에서 주문한 물건을 저렇게 가져오다니, 이 남자는 큰 벌을 받을 것이다. 그녀가 그렇게 생각한 순간 주방 밖으로 완전히 빠져나온 상인이 로레나에게 속삭였다.

"시키신 대로 했으니 약속은 지키셔야 합니다."

"뭐?"

로레나의 눈이 커졌다. 그녀가 깜짝 놀라 상인을 쳐다보자 그는 여전히 하얗게 질린 표정으로 재빨리 덧붙였다.

"보셨잖습니까. 후작님께도 제가 시키신 대로 했다고 전해 주세요."

이번에는 로레나의 얼굴이 하얗게 질렸다. 하지만 상인은 그녀의 얼굴을 보기도 전에 두 사람이 대화를 나누는 것을 누군가 볼까 싶어 재빨리 떠나 버렸다.

후작님께 전해 달라고? 로레나의 머릿속이 혼란스러워졌다. 그녀는 주방에서 일어난 사건을 보며 아이리스가 운이 나빴다고 생각했다. 하필이면 일을 못하는 상인과 계약하는 바람에 연회를 망치게 생겼다고, 그렇게 생각했다.

하지만 상인이 일을 못한 건 의도적으로 만들어진 일이었다. 그 배후에 그녀의 아버지가 있었다.

"맙소사."

로레나의 핏기가 사라진 얼굴이 다시 달아오르기 시작했다. 비참하고 자존심이 상했다. 그녀는 입술이 피가 나도록 꽉 깨물었다.

그녀는 크레이그 후작가의 영애다. 훌륭한 가문에 시집갈 몸이다. 그렇게 되기 위해 교육을 받았고 몸가짐을 올바르게 했다. 아랫사람에게 정당하게 대했고 윗사람에게 예의를 지켰다.

그 모든 것들이 방금 전, 상인의 말 한마디에 박살이 났다.

누군가에게 도움은 줬을지언정 아무에게도 피해를 주지 않고 정당하게 대하며 살아왔다고 생각했는데, 방금 그 상인은 그녀의 가문이 비열한 짓을 했다고 말했다. 직접 손을 쓴 것도 아니고 명령하면 들을 수밖에 없는 아랫사람을 이용해서 그녀보다 못한 집안의 아가씨에게 못된 짓을 했다.

그 충격에 로레나의 몸이 부들부들 떨려왔다. 그녀는 사람들이 자신을 보고 '온실 속의 꽃'이라고 말하기도 한다는 것을 알았다. 그건 좋은 의미로든 나쁜 의미로든 사실이었다. 그렇다면 가장 훌륭한 꽃이 되어 주겠다고 다짐했다. 남에게 피해를 주지 않고 정당하게 싸워서 진다면, 그걸로 로레나는 당당할 수 있었다.

"반스 양."

크게 심호흡을 한 뒤, 로레나는 주방으로 들어가 아이리스를 불렀다. 정신없이 상태가 안 좋은 재료를 확인하고 필요한 것을 정리하던 아이리스는 상기된 표정으로 고개를 들었다가 어딘지 모르게 화난 듯한 로레나의 얼굴과 부딪쳤다.

"크레이그 양."

"제 재료를 쓰세요."

"네?"

예상하지 못한 로레나의 제안에 아이리스는 물론 재료를 다듬던 하녀와 요리사까지 깜짝 놀라서 고개를 들었다. 다들 아닌 척했지만 상인의 배후에 크레이그 후작가가 있을 거라고 어림짐작하고 있었다.

로레나는 억지로 주변을 돌아보지 않았다. 대신 아이리스를 똑바로 쳐다보며 다시 말했다.

"제 재료를 가져오라고 말할게요. 부족한 건 그걸 쓰세요."

"하지만 크레이그 양은……."

아이리스가 너는 어떻게 할 거냐고 묻자 로레나는 입술을 깨물었다. 비열한 짓을 하고 이기느니 당당하게 지는 게 낫다. 그녀가 다시 괜찮다고 말하려 했을 때였다.

갑자기 주방의 사람들이 허리를 세우기 시작했다. 로레나는 아이리스의 얼굴이 밝아지는 것을 보고 뒤를 돌아보았다. 주방 입구에 어느새 밀드레드가 나타나서 들여다보고 있었다.

"어머니."

"무슨 일이야?"

밀드레드는 소란스러운 주방 안을 살피며 들어와서 물었다. 아이리스의 맞은편에 로레나가 서 있는 게 언뜻 보기에는 두 사람이 싸우는 것처럼 보였다. 아이리스는 재빨리 뒤로 한 발짝 물러나며 말했다.

"상인이 재료를 잘못 가져왔는데 크레이그 양이 친절하게도 자기 재료를 써도 된다고 했어요."

로레나의 얼굴에 희미한 미소가 떠올랐다. 그녀의 얼굴을 쳐다본 밀드레드는 곧 아이리스의 옆에 쌓인 재료를 발견하고 가볍게 인상을 썼다.

그녀가 인상을 쓰는 것을 보자 로레나의 심장이 철렁 내려앉았다. 하지만 밀드레드는 곧 로레나를 바라보며 미소 지었다.

"고마운 제안이네요. 하지만 괜찮아요. 혹시 몰라서 여분으로 좀 더 주문했거든요."

"여분으로요?"

질문은 로레나가 아니라 아이리스에게서 나왔다. 밀드레드는 고개를 끄덕이며 말했다.

"만약에 대비해서 다른 가게에도 주문해 놨지. 이리로 가져오라고 할게."

그러면 됐다. 활짝 핀 아이리스의 얼굴과 달리 로레나의 얼굴은 더욱더 어두워졌다. 밀드레드가 하는 말은 명확했다. 그녀는 크레이그 후작이 비열한 짓을 할 줄 예상했고, 미리 대비를 했다는 거다.

"그러면 되겠네요. 고마워요, 크레이그 양."

아이리스의 인사를 받은 로레나는 우물우물 주방 밖으로 빠져나왔다. 그녀의 집안이 정당하게 행동했다면 반스 부인이 미리 준비했다고 했을 때 그녀도 웃으면서 준비성이 좋다고 칭찬할 수 있었을 것이다.

하지만 크레이그 후작가는 정당하지 않았고 로레나는 차마 아이리스와 반스 부인 앞에서 준비성이 좋다고 시치미를 떼고 칭찬할 정도로 뻔뻔하지도 못했다.

"제가 편견을 가지고 있었나 봐요."

로레나가 떠나자 아이리스가 밀드레드에게 다가가 속삭였다. 응? 밀드레드가 그게 무슨 소리냐는 듯 쳐다보자 그녀는 다시 재빨리 속삭였다.

"크레이그가에서 상인을 포섭해서 나쁜 재료를 보냈다고 생각했거든요. 그런데 크레이그 양은 오히려 자기 걸 주려고 하는 걸 보니 아닌 모양이에요."

"크레이그가에서 상인을 포섭했을 수도 있지."

밀드레드는 하녀를 시켜 그녀가 미리 준비한 여분의 요리 재료를 가져오라고 지시한 뒤 다시 아이리스를 돌아보았다. 그리고 아무 감정도 실리지 않은 표정으로 침착하게 말했다.

"크레이그 후작가에서 손을 썼지만 그걸 크레이그 양은 모를 수도 있지."

아이리스의 얼굴에 놀라운 표정이 떠올랐다. 그럴 수도 있나? 딸에게 알리지 않고 남을 해할 수 있을까. 아이리스의 표정이 단단해졌다. 그녀는 굳은 표정으로 말했다.

"크레이그 양은 왕자비가 될 수도 있으니 모르게 하려는 건가 봐요."

"그럴 수도 있지만……."

밀드레드는 손을 뻗어 아이리스의 뺨을 감쌌다. 그리고 웃으며 말했다.

"자기 딸에게는 나쁜 것을 보여 주고 싶지 않을 수도 있지."

생각도 못 한 지적에 아이리스가 다시 놀란 표정을 지었다. 밀드레드는 그런 딸에게 다시 덧붙였다.

"사람은 다면적이니까. 다른 사람에게 잔인한 사람이 자식에게는 지극정성일 수도 있지."

아이리스의 머릿속에 무어 백작 부인과 프리실라가 떠올랐다. 그리고 크레이그 후작과 로레나의 얼굴도. 이상한 기분이 들었다. 밖에서 보이는 모습과 집 안에서 보이는 모습은 다를 수도 있지만, 그 정도로 다를 수도 있다는 게 신기하게 느껴졌다.

　　　　＊　　　＊　　　＊

　"앉게."

　몇 시간 뒤, 연회가 시작되자 제일 늦게 들어온 왕과 왕비가 두 사람을 맞이하기 위해 자리에서 일어난 사람들을 돌아보며 말했다.

　왕자비가 결정되는 자리이기도 했지만 전염병 사태가 정리된 뒤 처음으로 열린 공식적인 자리였다. 귀족 대부분을 초대했기 때문에 그 수가 꽤 많았다.

　왕비는 아이리스와 로레나가 부족함이 없이 준비한 것을 확인하고 미소 지었다. 요리나 장식 같은 것까지 왕비가 하지는 않는다. 진행하는 사람은 따로 있고 왕비는 그것을 확인만 할 뿐이다.

　그렇기 때문에 이번 연회에서 큰 문제만 없다면 아이리스가 왕자비가 될 것이라는 게 그녀와 왕의 입장이었다.

　"다들 건강해 보여 다행이군."

　국왕의 말에 사람들의 얼굴에 미소가 떠올랐다. 덕분에 건강하다고 대답하는 사람도 있었고 폐하께서도 건강하셔서 기쁘다고 말하는 사람도 있었다.

　덕분에 약간의 소란이 일어나자 그사이 국왕은 천천히 방 안에 있는 사람들의 얼굴을 살폈다. 원래대로라면 가장 밑에 있는 테이블에 자리가 마련되었을 반스가의 사람들이 왕자비 후보의 가족이기 때문에 왕과 같은 테이블에 배정된 것이 보였다.

　재미있는 여자다. 무슨 짓을 한 건지 몰라도 그녀가 작위를 요구한 이후로 수많은 사람들이 그를 설득하려 했다. 물론 그의 어머니처럼 직접 찾아와서 작위를 줘야 한다고 설득한 건 아니었다. 하지만 다들 안부 편지를 보내거나 작은 선물을 보냈고 말미에는 마치 우연히 생각났다는 것처럼 덧붙인 말이 적혀져 있었다.

- 아, 참. 그런데 폐하. 반스 부인이 요구한 작위 말입니다. 제 생각엔 주는 것도 괜찮을 것 같습니다. 그녀는 작위를 받을 만한 일을 했으니까요.

대체 사람들에게 무슨 마법을 건 걸까. 국왕의 얼굴에 흥미롭다는 미소가 떠올랐다. 헨리 자작이나 커시 부인처럼 반스 부인 덕분에 이득을 본 사람들이 그러는 건 이해가 된다. 그리고 오스본 백작 영애와 엘레나 거스 남작 영애처럼 젊은 사람이라면 여자도 작위를 받아야 한다고 생각할 수도 있겠지.

하지만 편지를 보낸 또 다른 그룹이 있었다. 스튜워드 백작이나 램버트 자작 부인, 니콜스 남작 부인처럼 반스 부인과 아무 접점도 없어 보이는 사람들도 그녀에게 작위를 주는 게 그렇게 나쁜 생각은 아니라고 말했다.

게다가 왕이 신기하다고 생각한 이유가 또 있었다. 이 모든 사람들이 그가 물어보지도 않았는데 일부러 편지를 보내서 반스 부인이 작위를 받아야 한다고 주장했다는 점이다.

"반스 부인, 자네는 정말로 요정 대모인지도 모르겠어."

왕의 말에 사람들의 속삭임이 멈췄다. 다들 밀드레드와 그 옆에 앉은 다니엘을 놀란 표정으로 쳐다보기 시작했다. 다니엘이 요정이라는 것을 아는 사람들은 그가 어떻게 반응할지 궁금해서, 그리고 모르는 사람들은 그 소문이 진짜인지 확인할 수 있다는 사실에 기대감을 품었다.

"과찬의 말씀이십니다. 전하. 요정 대모라니요. 저는 그저 평범한 사람일 뿐이랍니다."

완곡한 부정의 말에 국왕의 표정에 미소가 떠올랐다. 그도 반스 부인이 요정 대모가 아니라는 것을 안다. 그는 다니엘의 얼굴에서 미소가 지워지지 않은 것을 확인하고 시선을 돌렸다.

"크레이그 양과 반스 양이 아주 훌륭한 연회를 준비했군."

이어진 왕비의 말에 사람들의 시선이 로레나와 아이리스로 향했다. 부끄럽다는 표정을 지은 아이리스와 달리 로레나의 표정이 딱딱하게 굳었다. 하지만 사람들은 긴장해서 그렇다고 생각했을 뿐 이상하다고 생각하지는 않았다.

"이렇게 훌륭하게 연회 준비를 마치다니, 누가 왕자비가 되어도 걱정이 없겠군."

국왕의 칭찬에 사람들이 얼굴에 미소가 떠올랐다. 크레이그 후작 부인이 자랑스럽다는 듯 딸의 어깨를 쓰다듬었다. 하지만 로레나는 하나도 기쁘지가 않았다.

그녀는 무슨 짓을 한 거냐고 아버지를 비난하고 싶은 심정을 꾹 참으며 앉아 있었다. 여기서 이겨도 전혀 기쁘지 않을 것이다. 그리고 진다면 더더욱 비참해지겠지.

어쩌면 겸허하게 패배를 받아들이는 게 그녀에게 주어진 시련일지도 모른다. 로레나가 그렇게 생각하며 주먹을 쥐었을 때였다. 크레이그 후작이 몸을 내밀며 말했다.

"폐하, 우승자를 결정하셨으리라 생각합니다만 발표 전에 연회를 준비하면서 일어난 작은 사건에 대해 말씀을 드려도 괜찮겠습니까?"

사람들의 시선이 크레이그 후작가를 향했다. 무슨 말을 하려는 걸까. 사람들의 얼굴 위로 떠오른 호기심과 똑같은 감정이 로레나에게도 떠올랐다. 하지만 그녀는 곧 아버지가 아이리스를 쳐다보는 것을 보고 그가 무슨 말을 하려는지 알아차렸다.

"주방에서 반스 양의 준비에 약간 문제가 있었다더군요."

그 순간 아이리스의 얼굴보다 로레나의 얼굴이 훨씬 더 새하얗게 질렸다. 그녀는 자신의 옆에 앉은 남자가 정말 자신의 아버지가 맞는지 멍하니 쳐다봤다.

늘 품위를 지키라고 가르치셨던 아버지는 어디로 간 거지? 그녀는 왕자비 자리 때문에 아버지가 이런 짓까지 할 수 있다는 게 믿기지가 않았다.

"문제?"

국왕이 그게 무슨 소리냐는 표정을 지었다. 그가 보기에 연회는 완벽했다. 물론 조금 미흡한 부분도 있지만 그건 어디까지나 허용 가능한 수준이 아니던가. 무슨 일이든 약간의 문제는 있기 마련이다.

크레이그 후작은 아이리스를 한 번 쳐다보고 그녀가 얼마나 끔찍한 실수를 했는지 이야기하려 했다. 신뢰할 수 없는 상인에게 의뢰를 했다. 그러니 상인은 제대로 일을 처리했을 것이다.

이제 남은 건 후작이 사람들에게 상인에게 주문 하나 제대로 못 한 사람이 왕자비로서 성을 이끌어 갈 수 있겠냐는 합리적인 의심을 던지는 것뿐이다.

하지만 그가 이야기하기 전에 로레나가 먼저 나섰다.

"아주 사소한 문제였습니다, 폐하."

사람들의 시선이 이번에는 로레나에게로 향했다. 크레이그 후작이 딸이 무슨 말을 하려는 건지 몰라 당황한 표정을 짓자 로레나는 아버지가 자신을 막기 전에 재빨리 말을 이었다.

"하지만 반스 양과 반스 부인이 순식간에 수습했고요. 아주 감탄스러울 정도로 훌륭한 솜씨였어요."

그래? 국왕의 얼굴이 다시 밀드레드와 아이리스를 향했다. 로레나는 아이리스를 향해 억지로 미소를 지어 보였다.

얘가 왜 이래? 크레이그 후작과 후작 부인은 딸의 뜬금없는 행동에 놀라 입을 벌리다가 재빨리 수습했다. 설마 반스가와 무슨 일이라도 있었나? 후작 부인은 로레나가 아이리스와 친분이 생긴 게 아닌가 하는 의심을 품었다.

로레나는 심호흡을 하고 다시 입을 열었다. 평소라면 생각도 못 했을 행동을 지금 그녀는 하려 하고 있었다.

"그걸 보고 저는 누가 왕자비에 더 어울리는지 알았어요."

"로레나?"

깜짝 놀란 크레이그 후작 부인이 옆에서 로레나의 이름을 불렀지만 그녀는 흔들리지 않았다. 로레나는 똑바로 국왕을 쳐다보며 말했다.

"저는 왕자 전하를 향한 마음이나 이 나라를 향한 충성심은 누구에게도 지지 않는다고 생각합니다. 하지만 왕자비 자리는 그것만으로 충분하지 않은 자리겠죠."

크레이그 후작의 눈이 커졌다. 그는 자리에서 벌떡 일어나려다 후작 부인이 자신의 손을 잡는 것을 느끼고 멈췄다. 그녀 역시 경악한 표정으로 로레나를 쳐다보고 있었다.

연회장에 모인 모든 사람들이 로레나를 쳐다보고 있었다. 그녀가 무슨 말을 하려는지 모르는 사람도, 알아차린 사람도 모두 똑같은 표정을 짓고 있었다.

쟤 왜 저래?

"왕자비라는 자리는 제 욕심만으로 할 수도, 해서도 안 되는 자리니까요."

"로레나 크레이그."

이번에는 크레이그 후작이 로레나를 불렀다. 그 옆에서 후작 부인은 로레나의 소매를 잡고 그녀를 앉히려 애를 쓰고 있었다.

하지만 로레나는 테이블을 짚은 채 버티고 서서 말을 이었다.

"저보다 아이리스 반스 양이 더 왕자비에 적격이라고 생각합니다."

"로레나!"

크레이그 후작이 깜짝 놀라 소리쳤지만 사람들의 웅성거리는 소리 덕분에 그의 비명이 묻혀 버렸다. 국왕은 가만히 앉아서 애써 무표정한 얼굴을 유지하는 로레나와 놀란 아이리스를 번갈아 쳐다보고 있었다.

왕비는 굳은 로레나의 얼굴을 보고 흠 하고 신음을 내뱉었다. 왕자비 시험을 시작하고 무어가와 크레이그가에서는 저마다 조금씩 자기들에게 시험이 유리하도록 손을 쓰긴 했다.

정해진 예산으로만 티 파티를 열어야 한다는 시험에서 예산에 잡히지 않도록 돈을 쓴 것도 그렇고, 다른 집안에서 어떤 드레스를 만드는지 의상실 직원을 포섭한다거나 하는 게 그렇다.

물론 그런 점에서는 반스가도 자유로울 수는 없다. 그리고 왕실도 그 부분은 충분히 인지하고 있었다. 왕비가 될 사람이다. 가문이 너무 한미하면 곤란하다.

왕실에서는 세 가문이 저마다 약간씩 손을 쓰는 건 알고 있었지만 모르는 척하고 있었다. 그게 시험의 공평성에 문제가 될 정도가 아니라면 넘어간다는 게 왕과 왕비의 판단이었다.

"크레이그 양은 몰랐던 모양이군요."

왕비의 속삭임에 왕은 조용히 고개를 끄덕였다. 왕자비 시험이 시작되고 가장 집안의 힘을 많이 사용한 건 크레이그 후작가였다.

왕은 크레이그 후작가에서 저질렀던 아무 쓸모 없는 뒷공작을 떠올리며 다니엘을 쳐다봤다. 크레이그 후작은 시험 문제를 먼저 알아내기 위해 왕궁에서 일하는 사람들을 포섭하기도 했고 다른 후보자들에 대한 안 좋은 소문을 내려 한 적도 있었다.

전부 윌포드 남작의 선에서 중단됐지만.

크레이그 후작도 윌포드 남작의 선에서 막혔다는 것을 알아차렸을 것이다. 이미 왕자비는 결정이 됐을 거라는 걸 알면서도 마지막이라며 연회에서 한 번 더 시험을 치르게 해 달라고 한 게 그 증거다.

고작 이번 한 번으로 자기 딸이 시험을 뒤집을 수 있을 거라 생각했을 리가 없다. 왕과 왕비는 밀드레드와 다니엘이 한 것과 똑같은 생각을 하며 크레이그 후작의 요청을 받아들였었다.

이번 연회 준비에서 크레이그 후작은 반스가에 흠집을 내려는 거겠지.

"오늘 아침에, 반스 양이 주문한 재료가 잘못 왔다더군요."

왕비의 말에 왕은 가만히 고개를 끄덕였다. 연회 준비가 미진하면 준비한 후보는 비난을 받을 것이고 그 후보가 왕자비가 된다면 과연 그런 사람이 왕자비가 돼도 괜찮겠냐는 의견이 나올 수 있다.

크레이그 후작은 그걸 노린 거다.

국왕은 로레나를 앉히기 위해 애를 쓰는 크레이그 후작 부인과 새하얗게 굳은 표정으로 딸을 노려보는 후작을 쳐다보다가 물었다.

"그렇다면, 크레이그 양은 기권인가?"

"네, 맞습니다. 폐하."

"로레나!"

후작 부인의 비명 같은 외침이 흘러나왔다. 하지만 로레나는 여전히 꼿꼿하게 서서 말을 이었다.

"나라를 위해, 그리고 왕자 전하를 위해 더 나은 분이 왕자비가 되어야 합니다."

거기까지 가자 크레이그 후작 부인은 도와 달라는 듯 왕비를 쳐다봤다. 헤더는 후작 부인의 시선을 받고 예의상 물었다.

"크레이그 양, 지금 왕자비 후보는 자네와 반스 양뿐이라는 걸 알고 있겠지?"

"네, 전하."

"자네가 기권하면 반스 양이 왕자비가 된다는 것도?"

알고 있다. 로레나가 그렇게 말하려는 순간 크레이그 후작이 외쳤다.

"전하, 제 딸이 조금 긴장해서 그러는 모양입니다."

사람들의 시선이 크레이그 후작을 향했다. 로레나는 아니라고 말하려 했다. 긴장한 건 사실이지만 긴장해서 기권하겠다고 말하는 게 아니었다.

왕과 왕비는 무표정한 얼굴로 로레나와 크레이그 후작을 쳐다봤다. 그리고 잔을 들어 올리며 말했다.

"지금 기권할 게 아니라면, 식사를 먼저 한 뒤에 이야기를 듣도록 하지."

크레이그 후작과 후작 부인은 안도의 한숨을 내쉬었고 시종의 신호에 따라 악단이 음악을 연주하기 시작했다.

대체 무슨 일일까. 사람들은 대체 로레나가 무슨 짓을 하려 한 건지 속닥이기 시작했지만 차례대로 음식이 나오자 곧 주제를 바꿨다.

"크레이그 양은 무슨 일일까요?"

연회가 무르익자 식사를 거의 마친 아이리스가 밀드레드에게 속삭였다. 뭐가? 어리둥절해하던 밀드레드는 아이리스가 로레나가 기권 운운한 것에 대해 묻고 있다는 것을 깨닫고 입을 열었다.

하지만 그보다 먼저 릴리가 끼어들었다.

"자기가 질 거 같으니 먼저 기권한 거 아냐?"

"릴리."

말조심을 해야지. 밀드레드의 지적에 릴리는 씩 웃고 잔을 들어 음료를 마셨다. 그 사이 아이리스가 다시 물었다.

"릴리 말대로 질 것 같아서 기권을 했다면 소란스럽게 여기서 기권하는 게 아니라 나중에 조용히 의사를 표현하는 게 나았을 텐데요."

"글쎄."

모르겠다. 밀드레드는 어깨를 으쓱해 보였다. 오늘 있었던 변화라면 로레나가 어쩌면 부모님이 아이리스를 방해하고 있었다는 것을 이제야 알게 됐을 수도 있다는 것뿐이다.

하지만 그것 때문에 기권까지 할까? 밀드레드는 의문을 떠올렸지만 곧 고개를 저었다.

그녀라면 기권하지 않을 거다.

"진짜 기권하려나 봐."

그때 릴리가 다시 속삭였다. 무슨 소리야? 어리둥절한 밀드레드와 아이리스는 릴리의 시선을 따라갔다가 로레나가 슬쩍 자리를 떠나는 장면을 목격했다.

"화장실 가려는 걸 수도 있지."

애슐리가 그렇게 말했을 때였다. 로레나의 뒤를 따르듯 크레이그 후작과 후작 부인도 조용히 일어나서 연회장 밖으로 나가는 게 보였다.

"로레나!"

크레이그 후작은 로레나를 따라 연회장 밖으로 빠져나왔다. 그리고 주변에 사람이 없다는 것을 확인한 뒤에야 딸의 이름을 불렀다.

대체 무슨 일이 일어난 거지? 그는 연회장에서 있었던 사건을 믿을 수가 없었다. 온 가족이 로레나를 왕자비로 만들기 위해 그렇게 노력했는데 그의 딸은 국왕 앞에서 기권하겠다는 이야기를 하다니!

"무슨 짓이냐!"

크레이그 후작은 화가 나서 소리쳤다. 그때까지 미동도 없이 부모님께 등을 보이고 있던 로레나가 휙 하고 돌아섰다.

"로레나, 이리 오지 못해?"

후작 부인까지 한마디 하자 로레나는 입술을 꽉 깨물었다. 어떻게 이럴 수가 있어? 그녀는 자신의 부모님이 너무 생소해서 무슨 말을 해야 할지 생각나지 않았다.

그녀의 아버지는 늘 크레이그 후작가가 얼마나 명망 있는 집안인지, 그런 집안에서 태어난 것을 그녀가 얼마나 자랑스러워해야 하는지, 그리고 그런 집안의 영애로서 어떻게 행동해야 하는지를 이야기하곤 했다.

어머니도 마찬가지였다. 어디 가서 부끄럽지 않도록, 행동거지는 물론 차림새 하나하나까지 신경 써야 한다고 이야기하곤 했다.

그런 두 분이 남들 몰래 뒤에서 그런 수치스러운 짓을 하다니. 로레나는 꽉 깨문 입술을 벌려 부들부들 떨며 말했다.

"어떻게 그러실 수가 있어요?"

얘가 무슨 말을 하는 거지? 크레이그 후작과 후작 부인의 시선이 부딪쳤다. 로레나는 소리를 지르고 싶은 충동을 참기 위해 깊게 심호흡을 했다. 그리고 또박또박 말했다.

"반스 양을 방해하셨죠? 일부러 그녀가 재료를 주문한 상인을 포섭하셨어요. 맞죠?"

"로, 로레나."

그제야 크레이그 후작의 얼굴이 하얗게 질렸다. 그는 로레나가 그 사실을 알았다는 것보다 누가 로레나의 말을 들을까 봐 걱정되는 표정으로 주변을 돌아보았다.

"로레나, 목소리를 낮춰."

크레이그 후작 부인의 당부에 로레나의 시선이 어머니를 향했다. 어머니도 알고 있었던 거다. 그녀의 머릿속에 성에서 나온 검정색 천으로 드레스를 만들 때 후작 부인이 반드시 가슴에 보석을 박아야 한다고 주장하던 게 떠올랐다.

그리고 아이리스 반스 양의 자수를 넣고 자잘하게 보석을 박은 우아한 드레스도.

로레나의 얼굴이 다시 하얗게 질렸다. 그녀는 자신이 떳떳하다고 생각했다. 아무런 부정도 저지르지 않았고 누구에게도 잘못하지 않았다고 그렇게 생각했다.

하지만 그녀의 뒤에서 그녀의 부모님이 그러고 있었던 거다.

"저는 왕자비가 되면 안 되는 사람이네요."

로레나의 말에 크레이그 후작과 후작 부인의 얼굴에 놀라움이 떠올랐다. 두 사람은 허둥지둥 로레나에게 달려가 그녀를 붙잡고 물었다.

"무슨 소리야? 네가 왜 왕자비가 되면 안 돼?"

"왜냐면 부모님께서 제 뒤에서 저보다 훨씬 사정이 안 좋은 라이벌을 방해하셨으니까요."

"그건……."

사실이다. 하지만 사실이 아니기도 했다. 크레이그 후작과 후작 부인의 시선이 부딪쳤다. 아이리스 반스가 로레나에 비하면 훨씬 사정이 안 좋다는 건 맞다. 그녀를 방해한 것도 맞았다. 하지만 그렇기 때문에 로레나가 왕자비가 되면 안 된다는 건 말도 안 된다.

"제가 왕자비가 되면, 어머니와 아버지는 또 비슷한 일을 하시겠죠? 저를 위해서요."

이어진 로레나의 말에도 크레이그 후작 부부는 아무 말도 할 수가 없었다. 부모님이 할 말을 찾지 못하는 모습에 로레나의 눈에서 눈물이 흘러나왔다.

"어떻게 이러실 수가 있으세요?"

"로레나……."

후작 부인이 로레나를 달래려는 듯 그녀를 불렀다. 그렇게 울면 화장이 망가진다. 화장이 망가진 얼굴로 사람들 앞에 모습을 드러내면 딸이 얼마나 수치스러워할지 크레이그 후작 부인은 잘 알았다.

하지만 로레나는 더 이상 그녀의 화장이 문제가 아니었다. 그녀는 주먹을 꽉 쥔 채 말했다.

"저는 로레나 크레이그예요. 크레이그 후작가의 사람이라고요. 어떻게 두 분이 그러실 수가 있으세요?"

"어떻게라니? 당연히 널 위해서지. 로레나, 네가 아니면 누가 왕자비가 된단 말이냐?"

아버지의 실토나 다름없는 대답에 로레나의 얼굴에 충격이 번졌다. 그녀는 입술을 한 번 깨물고 침통하게 말했다.

"제가 왕자비가 되면요? 로레나 크레이그 후작 영애는 자기보다 훨씬 못한 반스 영애 하나 못 이겨서 비열한 방법으로 그녀를 떨어트리고 왕자비가 된 거네요?"

"로레나! 말조심하지 못해?"

크레이그 후작 부인이 소리쳤지만 로레나는 멈추지 않았다. 그녀는 어머니의 손을 뿌리치며 말했다.

"제가 시험에서 떨어지면 어떻게 될까요? 크레이그 후작가는 비겁한 수를 써 놓고도 떨어진 거예요! 어떻게 이러실 수가 있어요! 어떻게, 어떻게 저를, 우리 집안을 이렇게 비참하게 만들 수가 있어요!"

로레나의 고함에 크레이그 후작 부부의 몸이 굳었다. 그녀의 말이 맞았다. 뒤로 아이리스를 떨어트리기 위해 더러운 수를 사용했다. 그러고 이긴다면 그렇게 해야 간신히 이긴 게 되는 거고 진다면 그렇게까지 하고도 진 게 된다.

크레이그 후작가의 명예는 물론 로레나의 자존심까지 후작 부부 둘이서 낚아채서 진흙탕에 던진 뒤 자근자근 밟은 꼴이다.

"로, 로레나. 나는, 우리는 네가 왕비가 됐으면 해서……."

"안 되면 어떻게 되는데요? 전 로레나 크레이그예요. 이 나라에서 가장 훌륭한 집안의 사람이라고요. 그렇게 더러운 짓을 하면서까지 왕비가 되지 않아도 전 이미 크레이그 영애예요!"

조용히 흐르던 로레나의 눈물이 왈칵하고 터져 나왔다. 그녀는 눈물을 펑펑 흘리면서도 원통하다는 표정으로 부모님을 쳐다봤다.

"우리 집안은 제가 왕비가 되지 않아도 이미 충분히, 충분히 훌륭한 집안이에요. 저도……."

울컥하고 넘어온 감정에 로레나의 말이 멈췄다. 그녀는 두 손에 얼굴을 묻었다가 다시 말했다.

"왕비가 되지 않아도 이미 충분히 잘하고 있잖아요. 저는 왕비가 될 만큼 훌륭한 거지, 왕비가 돼야만 훌륭해지는 게 아니잖아요."

로레나가 무슨 말을 하는지 알겠다. 크레이그 후작과 후작 부인의 시선이 부딪쳤다. 로레나는 왕비가 될 만한 자격을 가진 거지 왕비가 돼야만 자격을 얻게 되는 게 아니다.

오히려 크레이그 후작과 후작 부인이 아이리스를 방해함으로써 그런 로레나의 자격에 흠집을 내는 거나 다름이 없었다.

"어, 어떻게 절 이렇게 비참하게 만드실 수가 있으세요?"

로레나의 원통한 질문에 크레이그 후작 부인이 움직였다. 그녀는 부모님에 의해 가장 높은 곳에 올려둔 자존심이 끌어내려진 딸을 끌어안았다.

"로레나."

로레나가 그렇게 상처받을 줄은 몰랐다. 후작은 멍하니 서서 딸과 아내를 쳐다봤다. 딸에게 가장 좋은 것을 주고 싶었을 뿐이다.

누군가 왕자비 자리에 앉는다면 그건 응당 그의 딸이 되어야 한다고 생각했다. 이 나라에서 가장 아름답고 가장 고귀한 혈통을 지녔으며 똑똑하고 배려심 깊은 여자를 고르라면 그는 고민 없이 로레나를 지목할 것이다. 그건 로레나가 그의 딸이라서가 아니었다. 크레이그 후작은 로레나가 자랑스러웠고 진심으로 그녀가 이 나라에서 가장 훌륭한 여성이라고 생각하고 있었다.

"미, 미안하다, 로레나."

크레이그 후작은 머뭇머뭇 로레나에게 다가가서 그녀의 어깨에 손을 얹었다. 로레나의 심정은 이해가 됐다. 왕자비 자리가 로레나의 것이 되지 않는다는 게 안타깝긴 했지만 이해는 됐다.

그는 한숨을 내쉬고 로레나와 자신의 부인을 끌어안았다.

*　　*　　*

곧 수도에 로레나 크레이그가 기권을 했다는 소문이 돌기 시작했다. 사람들은 어차피 질 것 같으니 마지막 자존심이라도 지키기 위해 기권한 거 아니냐고 떠들어대기도 했고 어디선가는 비열한 방법으로 상대방을 방해하다가 왕자에게 들켜서 자의 반 타의 반으로 기권했다고 떠들어대기도 했다.

둘 다 진실일 수도 있고 거짓일 수도 있다. 하지만 크레이그 후작가는 물론 반스가와 왕궁, 그 어느 곳에서도 그 소문에 대해 아무 말도 하지 않았다. 덕분에 소문이 사그라들었을 무렵, 성에서는 아이리스를 불러들였다.

"어서 오게."

물론 아이리스만 부른 건 아니었다. 반스가의 사람들과 그녀를 추천한 월포드 남작도 함께 초대했다. 국왕과 왕비는 안내를 받아 들어오는 다섯 명을 빙그레 미소를 지으며 맞이했다.

특히나 왕비는 아이리스가 마음에 들었다. 시험에 가장 훌륭하게 통과했다는 점도 마음에 들었지만 그것보다 그녀는 아이리스가 생각하는 것과 행동하는 게 마음에 들었다.

약간 철이 없는 그녀의 아들을 훌륭하게 이끌어 준 아가씨다. 왕자비로서 이 정도로 필요한 능력이 또 있을까. 신분 정도는 좀 낮다고 해도 상관하지 않았을 것이다.

"초대해 주셔서 감사합니다."

아이리스가 대표로 인사를 하고 가지런히 손을 모았다. 그 완벽한 자세에 왕비의 얼굴에 다시 미소가 떠올랐다. 그녀는 반스가와 월포드 남작을 돌아본 뒤 준비된 자리를 향해 손을 뻗으며 말했다.

"앉게. 왕자비를 발표하기 전에 잠깐 이야기를 하고 싶어서 초대했네."

왕비의 말에 반스가의 사람들과 다니엘이 자리에 앉았다. 그러자 마치 그게 신호라도 된 것처럼 한쪽 문에서 하인들이 음식을 가지고 들어왔다.

"딸을 아주 잘 길렀군, 반스 부인."

식사를 하며 제일 먼저 왕이 건넨 말은 칭찬이었다. 투명한 잔에 담긴 음료를 마시던 밀드레드의 눈이 동그래지더니 그녀는 곧 여유롭게 웃으며 대답했다.

"칭찬 감사합니다, 폐하."

"아주 훌륭한 딸을 뒀어. 곧 왕자비도 될 테니 바랄 게 없겠군."

국왕의 말에 밀드레드의 눈이 가늘어졌다가 재빨리 원래대로 돌아왔다. 하지만 그녀는 아무 말도 하지 않았다. 바랄 게 없다는 말이 함정처럼 느껴졌기 때문이다.

말없이 웃기만 하는 밀드레드의 행동에 왕의 얼굴에도 미소가 떠올랐다. 그는 밀드레드의 이런 눈치 있는 점이 좋았다. 그녀가 많은 돈을 벌었다는 소문을 들었다. 그리고 옆에 앉은 월포드 남작의 마음을 사로잡았다는 건 소문을 듣지 않아도 알 수 있다.

굳이 조사하거나 묻지 않아도 왕은 반스 부인이 많은 돈을 벌고 월포드 남작의 마음을 사로잡은 이유를 알 것 같았다.

"전에 내게 작위를 달라고 했지."

잠시 사이를 둔 왕은 다시 입을 열어 그렇게 말했다. 그 말에 아이리스와 릴리, 애슐리의 손이 멈췄다. 하지만 아이리스는 언제 그랬냐는 듯 아무렇지 않은 표정으로 음식을 먹기 시작했고 릴리는 재빨리 잔을 들어 얼굴을 가렸다.

저런. 왕비는 혼자 어쩔 줄 몰라 하는 애슐리를 발견하고 빙그레 웃었다. 아이리스보다 고작 두 살 어릴 뿐인데 애슐리는 막내티가 났다. 그녀는 혹시라도 국왕이 어머니에게 화가 났을까 봐 걱정하는 게 역력한 표정을 짓고 있었다.

"네, 폐하."

"그 소원은 아직도 유효한가?"

"주신다면 감사히 받겠습니다."

밀드레드의 대답에 국왕의 얼굴에 미소가 떠올랐다. 그는 손을 들어 턱을 쓸다가 다시 물었다.

"자네의 딸은 곧 왕자비가 될 테고 자네 옆에는 이 나라에 큰 영향력을 가진 남자가 있네. 그것만으로는 부족한가?"

국왕의 질문에 밀드레드의 움직임이 멈췄다. 그녀는 허리를 세우고 턱을 들었다. 그리고 국왕을 바라보며 천천히 입을 열었다.

"제 딸이 왕자비가 된다면 크나큰 영광이지요. 제 남자가 나라에 큰 영향력을 가지고 있다면 그건 운이 좋은 거고요. 하지만 폐하, 이 둘은 제 것이 아닙니다."

"아니라고?"

밀드레드의 대답에 왕은 물론 왕비와 아이들의 얼굴에도 어리둥절한 표정이 떠올랐다. 밀드레드는 다니엘과 아이들을 돌아보고 미소를 지었다. 그리고 다시 왕과 왕비를 쳐다보며 입을 열었다.

"폐하, 저는 두 번의 결혼으로 남작의 부인이었고 사업가의 부인이었습니다. 하지만 둘 다 죽은 지금, 제게 남은 건 무엇이 있나요?"

없다. 아무것도 없다. 밀드레드는 리베라 남작 부인 자리도, 반스라는 사업체도 가지고 있지 않다. 그녀가 가지고 있는 건 그녀의 능력으로 얻은 것뿐이다. 돈, 가족, 존경과 애정까지.

모든 것이 그녀의 능력으로 얻은 거였다. 밀드레드는 테이블 위에 손을 얹어놓았다. 그리고 단호하게 말했다.

"폐하, 저는 제 것을 가지고 싶습니다. 가족의 죽음이나 절연으로도 제게서 빼앗아 갈 수 없는 것. 제가 원한다면 죽어서까지 제 것일 것을요."

밀드레드 반스라는 이름 뒤에 붙을 누군가의 부인이 아닌 작위 그 자체. 그녀는 그것을 원했다.

만약 다니엘이 죽는다면 더 이상 밀드레드는 월포드 남작 부인이 아닐 테고 아이리스가 죽는다면 더 이상 그녀는 왕자비의 어머니가 아닐 것이다.

누군가의 죽음과 관계없이 온전히 자신의 힘을 가지고 싶은 거다.

밀드레드의 말에 국왕과 왕비의 표정이 굳었다. 두 사람은 서로를 쳐다봤다가 다시 동시에 아이리스를 쳐다봤다. 그리고 아이리스에게 물었다.

"반스 양, 자네의 어머니가 작위를 원하는 거에 대해 어떻게 생각하지?"

그걸 물어볼 줄은 알았지만 이렇게 면전에서 물어볼 줄은 몰랐던 아이리스의 얼굴이 당황으로 붉어졌다. 그녀는 어머니를 한 번 쳐다보고 침착하게 말했다.

"사실 저는 왕자비 후보가 됐다는 말을 들었을 때 거절해야 할지 망설였어요."

어머니의 요구에 어떻게 생각한다는 답이 아닌 전혀 다른 이야기가 아이리스의 입에서 흘러나왔다. 왕과 왕비는 다시 서로를 쳐다봤지만 아이리스가 계속 이야기하도록 내버려 두기로 했다.

"그래?"

"제가 왕자비 후보가 될 자격이 없다고 생각했거든요. 저는 리, 왕자님을 정말 좋아하지만 왕자비가 되기에 좋은 조건을 가지고 있는 건 아니니까요."

그러고 보니 그렇다. 왕비는 그제야 아이리스가 다른 후보들에 비해 조건이 조금 떨어졌다는 것을 떠올렸다. 시험을 너무 훌륭하게 통과해서 이제는 완전히 잊어버린 부분이었다.

"그때 고민하는 제게 어머니께서 뭐라고 말씀하셨냐면, 사람은 더 나아지기 위해 욕심을 가져야 한다고 하셨어요. 그게 남에게 피해를 주는 게 아니라면 당연한 거고, 좋은 거라고요."

왕과 왕비는 그제야 아이리스가 무슨 말을 하려는지 눈치를 챘다. 아이리스는 약간 편안해진 표정으로 말을 이었다.

"어머니께서 작위를 원하시는 걸 이해해요. 그리고 존경하고요."

국왕의 눈이 가늘어졌다. 그는 아이리스를 향해 몸을 내밀며 물었다.

"그렇다면 반스 양, 자네가 왕자비가 되고 언젠가 왕비가 된다면, 내 나라에 작위를 받는 여자들이 생길 수도 있다는 말이군?"

순간 식당 안이 얼어붙었다. 시중을 들던 하인들은 물론 릴리와 애슐리마저 눈을 크게 뜨고 아이리스를 쳐다보기 시작했다. 두 사람은 너무 긴장한 나머지 숨 쉬는 것조차 잊어버렸다.

긴장한 건 아이리스도 마찬가지였다. 하지만 그녀는 그 질문에 대해 이미 고민에 고민을 거듭한 뒤였다. 아이리스는 숨을 들이쉬고 어깨를 편 뒤 빙그레 웃으며 말했다.

"그럴 수도 있어요."

그래? 국왕은 아무 말도, 표정도 짓지 않았다. 긍정도 부정도 아닌 태도에 애슐리는 저도 모르게 릴리의 손을 잡았다. 그 사이 아이리스가 다시 입을 열었다.

"하지만 최초의 여귀족을 임명해 역사서에 길이 남을 사람은 폐하시겠죠."

아이리스의 말에 얼어붙어 있던 식당 밖의 하인들이 서로의 얼굴을 쳐다봤다. 맞나? 맞을 것이다. 이 나라는 역사적으로 여자에게 작위를 준 전례가 없다. 당연히 기록될 것이고 국왕의 이름 역시 어떤 이유로든 먼 미래에까지 알려질 것이다.

그때 시종이 주인과 손님이 이용하는 문을 열며 말했다.

"쥬세페 아드리안 왕자 전하께서 오셨습니다."

그러고 보니 이 자리에 리안만 빠져 있었다. 릴리와 애슐리는 서로를 쳐다봤고 밀드레드와 아이리스가 일어나려는 순간 국왕이 말했다.

"앉아 있게. 쥬세페는 일이 있다길래 다 끝내고 오라고 했네."

일부러 늦게 불렀다는 말이다. 리안이 없는 자리에서 방금 전의 질문을 하고 싶었다는 거나 다름없는 말에 아이리스의 눈이 커졌다. 그리고 그건 리안도 마찬가지였다.

그는 테이블로 걸어오며 저도 모르게 아이리스를 쳐다봤다. 괜찮냐고 묻는 표정에 아이리스는 빙그레 웃었다. 그사이 애슐리와 릴리는 왕과 왕비가 리안을 쥬세페라는 이름으로 부른다는 사실에 킬킬대고 있었다. 촌스러워.

"네 아버지께서 최초로 여귀족을 임명한다면 역사에 어떻게 남을지를 이야기하고 있었다."

왕비의 설명에 다니엘이 눈썹을 들어 올렸다. 그런 그를 돌아본 밀드레드가 빙그레 웃자 다니엘의 얼굴에도 미소가 떠올랐다.

"좋게 남겠죠."

자리에 앉으며 리안이 대답했다. 그래? 왕은 흥미롭다는 표정을 지었고 왕비는 눈을 가늘게 떴다. 오히려 놀란 건 릴리와 애슐리였다. 두 사람은 리안이 그렇게 대답할 줄 몰랐기 때문에 눈을 동그랗게 떴지만 역시 아무 말도 하지 않았다.

"어떻게 말이냐?"

아버지의 질문에 리안은 목을 축이기 위해 마신 물컵을 재빨리 테이블에 내려놓았다. 그리고 여유로운 태도로 대답했다.

"아버지 이후로도 여자에게 작위를 준다면 아버지는 시대를 앞서나간 선구자가 되시겠죠."

왕의 눈썹이 올라갔다. 그는 흥미롭다는 듯 턱을 괴며 물었다.

"이후로 작위를 받는 여자가 없다면?"

리안은 눈썹 하나 까딱하지 않고 대답했다.

"아버지께선 남녀 가리지 않고 마땅히 받아야 할 상을 내린 공평한 왕으로 기록되겠죠."

어디선가 박수 소리가 나기 시작했다. 리안의 대답에 감탄하고 있던 아이리스는 소리를 따라 고개를 돌렸다가 감탄한 표정으로 박수를 치는 애슐리와 릴리를 발견했다.

"죄, 죄송해요."

사람들의 시선을 받은 애슐리가 얼굴을 새빨갛게 붉히며 손을 내렸다. 하지만 창피해 죽겠다는 표정인 그녀와 달리 릴리는 당당했다.

내가 뭘? 그녀는 그런 표정을 짓고 다시 리안을 향해 엄지를 들어 올려 보였다.

헤더는 애써 모른 척하는 아이리스까지 살펴본 뒤에야 피식 웃으며 남편을 향해 몸을 기울였다.

"역시 재미있는 집안이에요."

이튿날, 공식적으로 아이리스 반스가 시험을 통과했으며 왕자비로 결정됐다는 소식이 수도에 알려졌다. 둥근 지붕 저택에도 마지막으로 아이리스가 왕자비로 결정됐음을 알리는 전령이 도착했다.

"리안?"

성에서 온 마차를 보고 나온 아이리스는 마차에서 내린 남자를 보고 깜짝 놀라서 외쳤다. 당연히 늘 오던 전령이 온 줄 알았다.

하지만 늘 오던 전령이 아니라 리안이었다. 잘 차려입은 그는 정말로 왕자님처럼 보였다. 물론 왕자님이 맞지만.

"안녕하십니까, 아이리스 반스 양."

리안은 장난스러운 미소를 지으며 가슴에 손을 댔다. 그리고 아이리스를 향해 예의 바르게 인사를 한 뒤 말을 이었다.

"쥬세페 아드리안 챠클레어입니다."

"리안, 뭐해?"

어이없다는 표정으로 아이리스가 물었지만 리안은 대꾸하지 않았다. 그는 대신 품에서 이제는 아이리스에게 익숙해진 두루마리를 꺼내더니 그녀의 앞에서 한쪽 무릎을 꿇었다.

"리안?"

너 뭐 하는 거야? 어리둥절해하던 아이리스는 리안의 얼굴에 떠오른 진지한 표정에 입을 다물었다. 지금 그의 행동은 장난 같은 게 아니었다. 지금 이 순간까지 리안의 머릿속에서 몇 번이나 시뮬레이션해 본 장면이었다.

"아이리스 반스 양, 이 나라의 왕자비가 되어 주시겠습니까?"

그 순간 아이리스의 입이 딱 벌어졌다. 성에서 전령이 왔다고 생각해서 아이리스의 뒤를 따라온 릴리와 애슐리도 마찬가지였다.

두 사람은 입을 딱 벌리고 리안을 쳐다보다가 서로를 쳐다보더니 바로 몸을 돌려 집 안으로 뛰어 들어가며 외쳤다.

"어머니!"

덕분에 아이리스는 정신이 들었다. 놀란 그녀의 표정이 곧 활짝 웃는 표정으로 바뀌었다. 세상에. 그가 이렇게 물어봐 줄 줄은 몰랐다. 그냥 왕자비가 된 걸 축하한다고 말할 줄 알았다.

아이리스는 리안이 쥔 두루마리를 잡았다. 하지만 그녀에게 그것을 건네주기 전에 리안이 다시 입을 열었다.

"아이리스, 네가 나와 결혼해 줬으면 좋겠어."

응? 아이리스의 얼굴에 다시 어리둥절한 표정이 떠올랐다. 그녀는 리안을 물끄러미 쳐다보다가 물었다.

"왜 또 물어보는 거야?"

리안의 얼굴이 가볍게 달아올랐다. 그는 자리에서 일어나며 말했다.

"왜냐면 내가 전에 네게 물어봤을 때로부터 시간이 지났으니까. 네 마음이 변했을 수도 있잖아."

"안 변했어."

"그럼 나와 결혼해 줄래?"

진지한 표정으로 하는 리안의 질문에 아이리스의 얼굴이 달아올랐다. 그녀는 어느새 처음 만났을 때보다 훌쩍 자란 리안의 얼굴을 쳐다봤다. 새삼 처음 만났을 때보다 그가 많이 변했다는 생각이 들었다.

"물론이지."

아이리스의 대답에 리안의 얼굴에 안도가 떠올랐다. 하지만 그는 곧 다시 진지한 표정으로 말했다.

"앞으로도 나는 계속 네 의견을 물어볼 거야. 혹시라도 나한테 하고 싶은 말이 있다면 언제든지 말해 줘."

리안에게 아이리스의 의견이 중요하다는 말에 아이리스의 얼굴에 미소가 떠올랐다. 그가 그녀를 생각한다는 게 좋았다. 아이리스는 그대로 몸을 내밀어 리안의 뺨에 입을 맞췄다.

그 모습을 릴리와 애슐리의 부름에 달려 나왔던 밀드레드가 조용히 지켜보고 있었다. 아이고, 소꿉놀이 같네. 그렇게 생각하는 그녀의 얼굴에도 미소가 떠올랐다.

아이리스가 할 수 있다면, 하고 싶다면 그걸로 충분하다. 그녀는 곧 아직 또 다른 딸이 필요 없는 짐을 짊어지고 있는 것을 떠올리고 몸을 돌려 안으로 들어갔다.

"공방이요?"

갑자기 서재로 따라오라는 어머니의 지시에 바짝 긴장했던 애슐리는 공장 사장을 바꾸자는 말에 멍하니 물었다. 밀드레드는 애슐리의 머리를 쓰다듬으며 다정하게 말했다.

"정신이 없어서 잊고 있었어. 미안해. 아직 사람들 말 나오기 전이니까 최대한 빨리 사람 구해서 바꾸도록 하자."

"제가 사장 자리에서 내려오는 거죠?"

"그렇지."

그리고 그 자리에 다니엘에게 소개받은 믿을 수 있는 사람을 앉힐 거다. 어머니의 설명에 애슐리는 잠시 망설이다가 말했다.

"그냥 제가 하면 안 될까요?"

덕분에 밀드레드의 눈이 커졌다. 그녀는 곧 표정을 바꿔 애슐리를 쳐다보다가 소파에 앉으며 말했다.

"계속하고 싶어?"

앉으라는 어머니의 손짓에 애슐리도 엉거주춤 그녀의 맞은편에 앉았다. 계속하고 싶은 건 아니다. 아무리 대부분의 일을 어머니와 윌포드 남작님이 처리한다고 해도 서류 검토나 사장으로서 필요한 대외적인 활동은 그녀가 해야 한다.

일은 어려웠고 사람들의 시선은 무서웠다. 그녀는 허둥지둥할 때마다 사람들이 자신을 비웃을까 봐 두려웠다. 하지만 이대로 그만두고 싶지는 않았다.

"잘 모르겠어요. 계속하고 싶진 않아요. 하지만 저는 이제 일을 배우고 있는 거잖아요."

그렇지. 밀드레드는 다리를 꼰 채 애슐리의 말에 고개를 끄덕였다. 이제 고작 열일곱 살이다. 스물일곱 살이 사장이 돼도 그녀처럼 허둥댈 것이다. 그래서 밀드레드는 애슐리에게 큰 기대를 하지 않았고 덕분에 애슐리는 기대보다 잘하고 있었다.

"지금 제가 그만두면, 저는 일을 엄청나게 못한 어설픈 사장으로 기억되지 않을까요?"

무슨 소리를 하는 걸까. 밀드레드는 애슐리의 말에 어리둥절한 표정을 지었다. 어차피 그녀는 귀족이고 애초에 공방의 사장직을 맡을 이유가 없었다.

일을 못한 사장으로 기억된다고 해도 애슐리의 사회적 지위나 명성에 해를 끼치지는 못할 것이다. 밀드레드는 잠시 그녀를 쳐다보다가 문득 떠오른 생각에 물었다.

"지난번에 성에서 아이리스가 폐하께 이야기한 거 때문에 그러니?"

만약 국왕이 밀드레드에게 작위를 준다면 최초로 여성에게 작위를 준 왕으로 역사에 기록될 거라고 대꾸하던 걸 말하는 거다.

"조금은요."

애슐리는 고개를 끄덕이며 말했다. 그전까지 그녀는 자신이 어딘가에 기록된다는 것을 생각도 한 적이 없었다. 오히려 기록이 되지 않았으면 했다. 그녀의 아버지가 어떤 사람이었는지, 그녀가 어떻게 살았는지 아무도 몰랐으면 했다.

하지만 아이리스와 릴리가 행동하는 것을 보자 의문이 들었다. 둘 다 자신이 원하는 것을 얻기 위해 치열하게 싸우고 있다. 그녀는 그 정도로 뭔가를 얻기 위해 치열하게 노력한 적이 있을까.

"제가 어디까지 할 수 있는지 알고 싶어요."

"공방에서?"

"뭐든지요."

애슐리는 자리에 앉은 채 허리를 세우고 다시 입을 열었다.

"언니들은 잘하는 걸 하나씩 찾았잖아요. 그걸 하고 싶어 하기도 하고요. 저도 찾고 싶어요. 어쩌면, 어쩌면 제가 회사 경영을 잘할지도 모르잖아요."

그렇게 말한 애슐리의 태도가 흐트러졌다. 그녀는 저도 모르게 밀드레드의 눈치를 살피고 있었다. 그럴 리 없지만 혹시라도 어머니가 '네가?'라며 놀라거나 비웃을까 봐 두려웠다.

하지만 밀드레드는 여전히 진지한 표정이었다. 그녀는 잠시 생각하다가 애슐리에게 물었다.

"공방을 경영하는 게 재미있니?"

"잘, 모르겠어요."

애슐리의 얼굴이 달아올랐다. 공방 경영이 재미있는 것도, 하고 싶은 것도 아니다. 하지만 언니들이 뭔가를 이루고 있는데, 그것도 저렇게 큰일을 해내고 있는데 그녀만 아무것도 하지 않는 건 오히려 조바심이 들었다.

"애슐리, 네가 하고 싶다면 상관없어. 네 미래를 생각해서 해야겠다고 생각한다면, 그것도 좋아. 하지만 눈치가 보여서 하는 건 그러지 않아도 돼."

애슐리의 눈이 커졌다가 원래대로 돌아왔다. 눈치가 보여서 하는 건 아니다. 아니, 그런 건가? 머릿속이 복잡해지자 애슐리의 어깨가 축 처졌다.

아이고, 이런. 밀드레드는 기가 죽어 버린 애슐리를 보고 속으로 한숨을 내쉬었다.

사람은 돈을 쥐고 있어야 한다. 언니가 왕자비가 되고 어머니가 부유한 남작과 재혼을 한다고 해도 애슐리에게는 언제든지 믿을 구석이 필요하다.

그래서 공방 사장 자리에서 내려오고 싶지 않다고 한다면 밀드레드는 이해할 수 있었다. 공방을 경영하는 게 재미있어서 더 하고 싶다면 그것도 그녀는 이해할 수 있었다.

하지만 언니들이 뭔가 하나씩 이루고 있으니 애슐리도 집에 도움이 되어야 한다고 생각해서 이러는 거라면 그럴 필요가 없다고 말하고 싶었다. 하지만 애슐리가 기가 죽어서야 소용이 없다.

"애슐리, 나는 네가 하고 싶은 거라면 그게 뭐든 해도 좋아."

밀드레드는 테이블 너머 애슐리를 향해 몸을 내밀며 말했다. 반스가에 여유가 없다면 어려울 테지만 지금은 여유가 있다. 아이리스와 릴리가 어떻게 살지 결정했으니 애슐리는 좀 여유 있게 선택했으면 하는 게 밀드레드의 생각이었다.

그녀는 애슐리가 천천히 모든 가능성을 살펴보고 결정하기를 바랐다. 무엇을 좋아하는지, 무엇을 잘하는지 모르는 만큼 애슐리에게는 많은 시간이 필요했다.

"그럼, 좀 더 공방 경영을 해 볼래요."

잠시 생각한 뒤에 애슐리가 말했다. 그녀는 자신이 공방을 경영한다고 말하기 어렵다는 것을 알았다. 중요한 결정은 어머니와 남작님이 내리고 그녀는 실행만 하고 있을 뿐이니까.

그렇다면 최소한 경영했다고 말할 수 있는 수준까지는 해 보고 그만두고 싶었다.

"애슐리."

밀드레드는 조심스럽게 애슐리를 불렀다. 그녀가 꼭 공방 경영을 하고 싶은 게 아니라면 슬슬 사장직에서 물러나야 한다. 그래야 사교계에서 말이 나오지 않을 테니까.

아직까지는 사람들이 잊고 있으니 괜찮을지 몰라도 아이리스가 왕자비가 되었으니 곧 애슐리가 공방의 사장이라는 것을 떠올리는 사람이 있을 것이다. 어쩌면 이미 떠올렸는데 입을 다물고 있는 건지도 모른다.

"알아요, 무슨 말씀 하시려는지."

다행히 애슐리는 밀드레드가 무엇을 걱정하는지 알고 있었다. 그녀는 긴장한 나머지 구겨진다는 것도 잊고 치맛자락을 꽉 움켜잡으며 말을 이었다.

"사교계의 소문 때문에 걱정하시는 거죠?"

애슐리의 질문에 밀드레드는 아무 말도 하지 않았다. 애슐리가 사교계의 평판을 걱정한다는 건 좋은 일이다. 그동안 그녀는 사교계와 관련되지 않으려 했으니까. 평판을 걱정한다는 건 자신도 사교계에 소속될 의지가 있다는 뜻이다.

하지만 애슐리가 걱정하는 건 자신의 평판이 아니었다. 그녀는 가만히 있다가 물었다.

"하지만 릴리가 화가가 되는 건 허락하셨잖아요."

"애슐리, 공방 사장이 꼭 하고 싶은 일이니?"

어머니의 질문에 애슐리의 표정이 굳었다. 그건 아니다. 그녀가 아무 말도 하지 않자 밀드레드가 다시 입을 열었다.

"릴리는 모든 것을 포기해서라도 화가가 되고 싶다고 했거든. 결혼이나 사교계 평판 같은 거 말이야. 하지만 애슐리, 너도 그럴 각오를 하고 경영을 하려는 거니?"

그럴 각오는 했다. 애슐리는 어차피 결혼 같은 건 하고 싶지도 않다고 말하려다 멈췄다. 그녀는 아이리스도, 릴리도 대단하다고 생각했다. 한쪽은 평판 관리를 해야 하는 왕자비가 되기로 했고 한쪽은 평판을 포기한 화가가 되기로 했으니까.

하지만 그녀는 둘 다 아니었다. 아이리스처럼 그렇게 완벽하게 평판 관리를 할 자신도, 릴리처럼 평판을 아예 무시할 수도 없었다.

그녀는 얌전히 앉아서 생각하다가 어머니에게 물었다.

"저보다 언니들의 생각이 더 중요한 거 아닐까요? 제가 계속 공방 경영을 한다면 사람들의 비난이 언니들에게 갈 수도 있잖아요. 특히 아이리스요. 어머니는 아이리스에게 피해가 갈까 봐 걱정하시는 거죠?"

밀드레드의 얼굴에 충격이 떠올랐다. 그녀는 입을 벌린 채 자신의 막내딸을 쳐다보다가 약간 상처받은 표정으로 물었다.

"애슐리, 내가 네게 생각해 보라고 하는 게 네 언니들에게 피해가 갈까 봐 그러는 거 같니?"

"그건 아니에요!"

애슐리는 깜짝 놀라서 손을 저었다. 하지만 그 움직임은 곧 느려졌다. 어머니가 그녀를 덜 사랑한다고 느껴서 그런 생각을 하는 건 아니다.

밀드레드는 애슐리가 시무룩해져서 손을 내리는 것을 말없이 지켜보고 있었다. 그녀에게 애슐리는 늘 가장 아픈 손가락이었다. 애슐리를 다른 아이들보다 더 사랑해서가 아니라 아이리스와 릴리는 알아서 자기 길을 잘 찾아가는데 애슐리만 찾지 못하는 게 눈에 보였기 때문이다.

"왜냐면, 아이리스는 왕자비가 될 거잖아요. 그러면 제가 아이리스에게 도움이 될지언정 피해가 되면 안 되는 거잖아요."

"사교계의 구설수를 생각하는 거라면 릴리가 이미 화가가 되었잖아."

"하지만 릴리는 케이시 경이 좋다고 쫓, 아니, 구혼하고 있잖아요. 저는 그렇지 않고요."

"애슐리, 릴리는 릴리고 너는 너야. 얼마나 많은 대단한 사람이 네게 구혼을 하고 말고는 아무 상관이 없어. 그게 네 가치를 좌지우지하지는 않아."

자신의 가치는 자신이 만드는 거다. 밀드레드는 그렇게 말하면서도 애슐리가 무엇 때문에 망설이는지 깨달았다.

릴리는 사교계의 반항아라는 이미지를 얻었지만 사교계에서 잘 지내고 있다. 그녀가 그림을 그린다는 게 사람들에게 신기한 행동이나 가십거리가 되기는 하지만 그것 때문에 아이리스가 왕자비가 되는 데 제약이 생기지는 않았다.

릴리의 뒤에 필립 케이시라는 케이시 후작의 동생과 더글러스 케이시라는 케이시 후작의 아들이 버티고 있기 때문이겠지.

애슐리가 걱정하는 건 그거였다. 그녀는 사교계에서 그녀의 편이 되어 줄 사람이 어머니밖에 없다. 애슐리가 공방 사장으로 남아 있는다면 릴리의 일로 반스가를 비난하고 싶어 하던 사람들에게 좋은 빌미를 주는 게 된다. 그리고 그 피해는 왕자비가 된 아이리스에게 가장 크게 가해질 테고.

그런 걱정까지 할 수 있게 됐다는 게 밀드레드는 뿌듯하면서 한편으로는 안쓰러웠다. 위의 언니들 때문에 자신이 하고 싶은 걸 하기는커녕 찾는 것조차 움츠러들어야 한다는 게.

"애슐리, 지금 당장은 네가 원하는 일을 하자. 나나 네 언니들을 걱정하는 것보다 네가 하고 싶은 일을 찾는 거야."

"하지만 전 딱히 하고 싶은 게 없는걸요. 대단한 것도 아닌데 저 때문에 아이리스나 릴리가 피해를 입으면……."

"애슐리, 네 인생에서 주인공은 너야. 아이리스나 릴리의 인생에 들러리 서는 조연이 아니라. 오히려 네 인생의 들러리는 아이리스나 릴리, 내가 되는 거야. 알겠니?"

밀드레드의 말에 애슐리의 입이 딱 벌어졌다. 그런 식으로는 생각도 안 해 봤다. 그녀는 멍하니 어머니를 쳐다보다가 물었다.

"그러다가 제가 언니들한테 피해를 주게 되면요?"

릴리는 남에게 피해 주는 걸 생각하지 않고 나서더니 애슐리는 필요 이상으로 남에게 피해 주는 걸 겁내고 있었다. 밀드레드는 두 아이의 전혀 다른 태도에 안타까운 표정을 지었다.

"자매끼리 서로 피해도 주고 도움도 주고 하는 거지."

"하지만, 하지만 전 언니들한테 피해 주기 싫어요."

애슐리의 자신 없는 태도에 밀드레드의 표정이 누그러졌다. 그녀는 손을 뻗어 애슐리의 뺨을 감싸며 물었다.

"공방 경영은 계속해 보고 싶니?"

"네."

"그럼 이렇게 하자. 우리 둘 다 네가 사장이라는 걸 잊어버린 거야. 누군가 지적하면, 그래서 문제가 될 것 같으면 그때 다시 의논하자. 피해가 얼마나 될지, 계속해도 될지."

어떻게 보면 무책임한 듯한 대답에 다시 애슐리의 입이 딱 벌어졌다.

"그래도 돼요?"

"우리 둘 다 좀 생각이 짧은 사람이 되면 되지, 뭐."

역시나 무책임한 대답이었지만 애슐리의 얼굴에 미소가 번졌다.

"좋아요."

마음이 놓였는지 애슐리는 웃으며 밀드레드를 한 번 끌어안고 서재 밖으로 나갔다. 그 뒤를 이어 다니엘이 애슐리와 바통 터치하듯 서재 안으로 들어왔다.

"공방 때문입니까?"

그는 밀드레드가 무엇 때문에 애슐리와 이야기했는지 알고 있다는 표정으로 물었다. 그도 슬슬 애슐리를 공방 사장직에서 내려오게 해야 한다고 생각하고 있었기 때문이다.

아직 사교계에서 말을 꺼내는 사람은 없지만 아이리스가 왕자비가 되면 반스가의 모든 언행은 사교계의 주시를 받게 될 테니 미리 조심하는 게 좋긴 하다.

"누가 지적하기 전까지 잊어버린 척하기로 했어요."

그게 무슨 소리야? 다니엘은 잠시 멈칫했다가 곧 빙그레 웃으며 물었다.

"애슐리가 계속하고 싶다고 했군요?"

"한번 해 보고 싶대요."

그것도 괜찮지. 다니엘은 가슴 앞으로 팔짱을 낀 채 벽에 몸을 기대며 생각했다. 재미있군. 그는 애슐리가 얌전하게 집에서 신부 수업을 받다가 적당한 남자를 만나 결혼할 가능성이 크다고 생각했다.

하지만 아니었던 모양이다. 하기야 그렇게 생각하면 아이리스와 릴리도 그의 예상에서 벗어나기는 마찬가지지만. 그는 아이리스와 릴리도 적당한 집안으로 시집갈 줄 알았다. 왕자비가 되고 화가가 되는 게 아니라.

"그런데 무슨 일이에요?"

삐뚜름하게 서서 피식피식 웃고 있는 다니엘에게 밀드레드가 물었다. 일부러 애슐리와 이야기가 끝날 때까지 기다렸다가 교체하듯 서재에 들어왔다는 건 그도 밀드레드에게 할 말이 있다는 뜻이다.

하지만 다니엘은 부러 밀드레드의 손을 잡으며 물었다.

"일 없이 들어오면 안 되나요?"

밀드레드의 얼굴에 미소가 떠올랐다.

"경이라면 언제든지 환영이죠."

그녀는 그렇게 말하며 다니엘의 손등에 입을 맞췄다. 놀란 다니엘의 눈이 커졌다가 원래대로 돌아왔다. 그는 남은 손으로 밀드레드의 허리를 끌어안았다.

"마음 같아서는 진짜로 일 없이 들어왔다고 하고 싶습니다만."

다만? 밀드레드의 눈썹이 올라갔다. 다니엘은 진심으로 안타깝다는 표정으로 한숨을 내쉬고 말을 이었다.

"저와 잠깐 성에 가셔야겠습니다."

밀드레드의 심장이 빠르게 뛰기 시작했다. 성에서 그녀를 부를 이유 라면 하나밖에 없다.

"작위를 주기로 결정했네."

그날 저녁, 다니엘과 함께 찾아온 밀드레드를 기다리는 것은 국왕뿐 만이 아니었다. 테이블의 한쪽에 크레이그 후작과 케이시 후작이 앉아 있었다.

이 두 사람은 밀드레드가 작위를 받는 것을 반대할 사람들이다. 그런 사람들이 이 자리에 있다는 건 또 다른 이야기가 있다는 거겠지.

"단, 조건이 있어."

그럴 줄 알았다. 밀드레드는 국왕의 말에 아무 표정도 짓지 않았다. 상관없다.

개의치 않는다는 밀드레드의 표정에 국왕은 잠시 입을 다물었다. 전 례가 없던 일이다. 두 후작이 찾아와서 반드시 조건을 걸어야 한다고 주 장했다.

"작위는 오직 자네의 딸에게만 물려줄 수 있네."

그건 당연하다. 밀드레드는 딸밖에 없으니까. 그녀가 고개를 끄덕이 자 왕은 다시 한 가지 조건을 덧붙였다.

"그리고 그 딸이 서른까지 미혼이어야 하고."

"폐하."

다니엘이 말도 안 된다는 듯 입을 열었지만 왕이 손을 들어 막았다. 그는 밀드레드와 다니엘이 불만을 가질 줄 알았다는 표정으로 다시 말했다.

"이건 자네의 후계자를 위해서기도 해."

"작위를 노리고 결혼하는 남자들을 피할 수 있다는 말씀이시군요."

국왕의 얼굴에 미소가 떠올랐다. 하지만 밀드레드의 말은 거기서 끝나지 않았다. 그녀는 두 후작을 쳐다보며 말을 이었다.

"그리고 반대하는 사람들을 설득할 수도 있겠고요."

"그게 우리의 조건이었소."

크레이그 후작의 말에 케이시 후작 역시 아무 말 없이 고개를 끄덕였다. 당연히 두 사람은 작위를 노리고 덤비는 남자들에게서 밀드레드의 후계자를 지키려는 게 아니다.

"조건을 받아들일 수 없다면요?"

밀드레드가 물었다. 그러자 케이시 후작이 대꾸했다.

"작위도 없습니다."

밀드레드는 잠시 입을 다물고 국왕을 쳐다봤다. 그는 어느 쪽이어도 상관없다는 표정을 짓고 있었다. 그리고 그게 사실일 것이다.

밀드레드가 거부한다면 그는 그녀에게 작위를 주려 했지만 그녀가 싫다고 한 거고 그녀가 받아들인다면 두 후작의 주장을 받아들인 게 되니까 국왕은 둘 다에게 면목이 선다.

"좋아요."

놀랍게도 밀드레드는 흔쾌히 대답하며 고개를 끄덕였다. 서른까지 미혼이어야 한다고? 이 남자들은 뭔가 단단히 착각하고 있다.

"괜찮겠습니까?"

방을 빠져나가며 다니엘이 물었다. 그는 그녀가 마음에 들지 않는다고 한다면 오늘 저녁에라도 두 후작을 처리해야겠다고 생각하고 있었다.

"저들이 무슨 생각인지 알 것 같아요."

"그렇습니까?"

다니엘이 내미는 팔에 손을 얹으며 밀드레드는 어이없다는 듯 웃었다.

"여자들은 작위보다는 결혼을 선택할 거라고 생각하는 거겠죠."

정답이다. 다니엘은 케이시 후작과 크레이그 후작이라면 그렇게 생각하고도 남을 거라고 생각했다. 그는 못마땅한 어조로 말했다.

"그렇다 해도 작위에 조건을 거는 건 비열한 짓입니다."

"맞아요. 비열한 짓이죠. 하지만 난 그들이 비열하기보다는 멍청한 짓을 했다고 생각해요."

다니엘의 한쪽 눈썹이 올라갔다.

"그렇습니까?"

비열한 게 아니라 멍청한 짓이라고? 어리둥절해하는 그에게 밀드레드가 씩 웃으며 대답했다.

"저 사람들은 이 작위가 내 대에서 끝날 거라 생각하는 모양인데 전혀 아닐걸요? 내기해도 좋아요. 내 작위는 아주 오래 이어질 거예요."

세상엔 작위를 가진 자와 결혼하고 싶어 하는 사람만큼이나 작위를 가진 자가 되고 싶어 하는 여자가 있기 마련이다.

그리고 그 조건은 작위를 가진 자가 되고 싶어 하는 여자들이 있다는 증거가 되겠지. 밀드레드는 상관하지 않았다. 어쨌든 그녀가 작위를 받았으니까.

"물론 다른 여자들한테도 이런 멍청한 조건 따위는 붙이지 못하게 해야겠지만요."

아무 힘이 없는 반스 부인일 때는 어려운 일이 작위를 가진 반스 경이 되면 가능하다. 다니엘은 밀드레드를 위해 문을 잡으며 물었다.

"다른 여자들도 작위를 요구할 거라고 생각하십니까?"

"오, 그럼요. 가질 수 있다는 게 증명됐는데 왜 보고만 있겠어요?"

그렇게 말한 밀드레드는 그녀를 위해 문을 잡은 그에게 발돋움으로 입을 맞췄다. 며칠 후, 사교계에 성에서 밀드레드 반스 부인에게 작위를 수여한다는 소문이 퍼졌다.

밀드레드 반스 백작. 최초의 여백작이었다.

〈완결〉

외전 1
전람회

성에서 반스 부인에게 작위를 내린다는 소문에 사교계는 발칵 뒤집어졌다. 어느 정도였냐면 그녀의 첫째 딸이 왕자비가 됐다는 소문과 둘째 딸이 전람회에 그림을 전시하기로 했다는 소문을 묻어 버릴 정도로 파급력이 컸다.

사교계의 사람들은 모이기만 하면 대체 무슨 작위를 받을지, 반스 부인이 무슨 짓을 했길래 여자 몸으로 작위를 받는 건지 이야기를 했고 그건 사교계뿐만이 아니었다. 귀족이 아닌 일반 사람들도 모이면 그런 이야기를 하곤 했다.

물론 남자 귀족들만 모인 클럽에서도 마찬가지였다.

"딸에게만 물려줄 수 있다던데."

"허, 아들이 아니라? 물려받을 딸이 누군지 몰라도 혼삿길은 걱정 없겠어."

"또 모르지. 작위를 가진 부인이라니, 어떤 남자가 좋아하겠어? 부담스러워서 원. 나보고 애 키우라고 하면 어떻게 해?"

너스레를 떠는 데일의 말에 곁에 있던 친구가 어이없다는 듯 말했다.

"꿈 깨게, 이 친구야. 반스 부인의 첫째 딸은 왕자비야."

"아이리스 반스? 잠깐, 그럼 작위는 어떻게 되는 거야?"

"둘째한테 가겠지. 이름이 뭐였지? 무슨 꽃이었는데?"

두 글자였다. 뭐였지? 로즈? 릴리? 이름을 떠올리는 남자들 곁으로 키가 큰 남자가 소리 없이 다가왔다. 그는 가슴 앞으로 팔짱을 낀 채 툭 내뱉었다.

"릴리."

"그래, 릴리! 릴리 반스였어."

"그럼 둘째 딸이 다음 작위를 이어받는 건가?"

"다행이지, 뭐. 그 여자 좀 이상한 여자더라고. 그림을 그린다나 뭐라나. 작위라도 있으니 노처녀로 늙어 죽진 않겠어."

그렇게 말하며 킬킬거리는 데일 옆에서 친구는 굳은 표정으로 입을 다물었다. 그들 곁으로 다가온 키가 큰 남자를 알아봤기 때문이다.

하지만 데일은 아랑곳하지 않고 덧붙였다.

"예쁘기라도 하면 또 몰라. 성격이 괴팍해서 시집은 어떻게 가려나 했는데 다행이군."

"그, 그렇게 성격이 괴팍한지는 모르겠는데."

친구의 자신 없는 반박에도 데일은 고개를 저으며 말했다.

"전람회에 그림을 전시한다더군. 말도 안 되는 소리지."

전람회에 그림을 전시한다는 건 명예로운 일이다. 하지만 그건 화가에게 명예로운 일이지 귀족 여성에게? 그 역시 전례가 없는 일이다.

그렇기 때문에 친구도 릴리의 전람회 전시는 황당하다고 생각하고 있었지만 아무 말도 하지 않았다. 분위기가 싸늘하게 얼어붙는데도 데일은 생각 없이 떠들어댔다.

"케이시 경도 나이가 먹더니 판단이 흐려진 모양이야. 어디 그런 여자를 화가로 만들겠다고……."

"데일."

결국 참다못한 친구가 데일을 말리기 위해 입을 열었다. 하지만 그는 여전히 눈치 없이 릴리와 필립 욕을 해댔다.

"케이시 경도 너무하지. 그게 어린 여자 꼬드겨서 혼삿길 막는 짓이라는 걸 아나 몰라."

"데일."

남자는 눈치도 지능에 속하는 건지 진지하게 고민하며 데일의 어깨를 툭 쳤다. 그는 자신의 친구가 평소에도 눈치가 없고 남 말하길 좋아하는 가벼운 녀석이라고 생각하긴 했지만, 그게 자신의 발목까지 잡을 줄은 꿈에도 몰랐다.

그래서 그의 부모님이 데일과 너무 어울리지 말라고 충고했던 건지도 모른다. 데일은 친구의 굳은 표정을 보고 그제야 어리둥절한 표정을 지었다.

"내가 뭐 틀린 말 했어?"

대답은 그의 뒤에서 나왔다. 겨울처럼 싸늘한 목소리였다.

"다른 사람 혼삿길을 걱정하다니 꽤 여유가 있는 모양입니다, 데일 앨버튼 경."

그제야 데일은 왜 친구의 표정이 이렇게 굳어 있는지 깨달았다. 그는 삐걱삐걱 고개를 돌려 어느새 자신의 뒤에 서 있는 더글러스를 발견했다.

"케, 케이시 경……."

"경의 혼삿길은 얼마나 탄탄대로일지 기대가 되는군요."

그렇게 말하며 더글러스는 데일의 어깨를 꽉 잡았다. 헉 하는 소리와 함께 데일의 다리가 풀렸지만 그는 쓰러지지 않았다.

"아아악!"

다음 순간, 데일이 비명을 지르는 것과 동시에 더글러스가 그를 뿌리치듯 손을 뗐다. 그는 깜짝 놀라서 주춤 물러나는 데일의 친구에게 별것 아니라는 듯 말했다.

"치료비는 케이시가로 청구하십시오."

치료비라고? 친구는 어리둥절해서 데일을 쳐다봤다. 그는 바닥에 쓰러진 채 벌벌 떨며 더글러스에게 잡힌 어깨를 부여잡고 있었다.

"미친 거 아냐?"

더글러스가 그대로 몸을 획 돌려 떠나 버리자 데일이 중얼거렸다. 자신의 말을 들은 더글러스가 돌아와서 반대쪽 어깨뼈도 부러트릴까 봐 두려웠는지 목소리는 곁에 있는 친구만 들을 수 있을 정도로 작았다.

멍청한 놈. 친구는 혀를 차며 데일에게 말했다.

"미친놈은 너지, 몇 달 전에 릴리 반스 양을 때린 남자 하나가 코뼈가 부러질 정도로 맞았다는 이야기를 나한테 전한 게 너였잖아."

코뼈만 부러졌으면 다행이지. 이도 몇 개 빠졌다고 들었다. 가십을 좋아하는 사람답게 데일은 그 이야기도 신이 나서 떠들고 다녔다.

데일의 얼굴이 벌겋게 달아올랐다. 이걸로 입조심 좀 하겠군. 친구는 그의 멀쩡한 어깨를 부축하며 그렇게 생각했다.

"더글러스, 일찍 왔구나."

집에 돌아온 더글러스를 맞이한 것은 드물게도 케이시 후작 부부였다. 그는 이 시간에 아버지가 집에 있는 것을 이상하다고 생각하며 인사를 건넸다.

"다녀왔습니다."

그의 기억에 따르면 오늘 그의 어머니는 크레이그 후작 부인의 다과회에 참석하기로 했다. 아버지는 별다른 말이 없었던 걸로 보아 평소와 같은 일정이었을 테고. 즉, 성에 갔다가 클럽에 가서 저녁 식사를 하고 귀가하는 일정이었을 거라는 말이다.

무슨 일이라도 있었나? 더글러스는 할 말이 있다는 듯한 어머니의 표정에 발걸음을 멈췄다.

"너……."

그렇게 운을 뗀 제네비브는 잠시 입을 다물었다. 릴리 반스를 향한 아들의 태도가 얼마나 확고한지 아는 이상 그녀도 쉽게 이야기해서는 안 된다. 그녀는 왓슨 자작 부인의 조카 메리 왓슨 양에게 더글러스가 어떻게 대했는지 떠올렸다.

그날 그녀의 아들은 정원에 그녀를 그냥 두고 떠나 버렸다! 그 무례한 태도를 제네비브가 얼마나 사과를 했는지 모른다. 물론 후에 더글러스도 직접 메리를 찾아가 사과하긴 했지만 제네비브가 창피한 건 창피한 거다.

"이리 와서 앉아 보렴."

이리 와서 앉아 보라는 부모님의 말처럼 자식들을 긴장시키는 말이 또 있을까. 어머니의 말에 더글러스는 바짝 긴장했다. 그는 자신이 무슨 잘못을 했는지 필사적으로 떠올리며 응접실에 들어가 제네비브의 맞은편에 앉았다.

"얼마 전에 스튜워드 백작 부인의 다과회에 참석했었다면서."

그건 또 어떻게 아신 걸까. 더글러스는 눈동자를 굴리지 않기 위해 애를 쓰며 대답했다.

"잠깐 들른 것뿐입니다."

"흠, 백작 부인을 보려고 말이냐?"

당연히 아니다. 하지만 더글러스는 아무 대답도 하지 않는 것을 선택했고 아들이 아무 말도 하지 않자 답답해진 제네비브가 견디다 못해 물었다.

"아직도 반스 양의 뒤를 쫓아다니고 있는 거니?"

어머니의 질문에 결국 더글러스의 눈동자가 데굴 굴렀다. 뒤를 쫓아다니고 있냐고? 최근엔 같이 마주 앉아 차를 마실 정도로 관계가 진전했다. 물론 그 정도는 친구 사이에서 하는 거지만.

여전히 아들이 묵묵부답이자 제네비브는 저도 모르게 한숨을 내뱉었다. 대체 뭐가 문제인 걸까.

그녀의 아들은 완벽하다. 사람마다 자식에 대한 기준이 제각각일지 모르지만 제네비브는 자신이 아니라 다른 사람의 기준으로 봐도 더글러스는 완벽할 거라고 생각했다.

잘생겼지, 집안 좋지, 성격 무던하지. 이 정도면 완벽하지 않나? 게다가 알코올 중독도 아니고 도박에 빠진 것도 아니며 여자에게 손을 올리지도 않는다. 그녀의 아들은 완벽 그 이상이었다.

그런 아들이 어쩌다가 그런 이상한 여자애에게 빠진 걸까. 제네비브는 정말 이해할 수가 없었다.

차라리 다른 부인들처럼 그 계집애가 순진한 우리 아들을 꼬여 낸 거라고 투덜거릴 수라도 있다면 좋으련만. 얄밉게도 릴리는 결혼에 관심이 없으며 더글러스는 자신의 앞날에 방해물일 뿐이라고 못 박았다.

"네 어머니에게 들었는데 아직도 반스가의 둘째를 따라다닌다면서."

이번에는 케이시 후작이 나섰다. 그의 말에 더글러스는 하는 수 없이 고개를 끄덕였다. 아들의 태도에 제네비브는 참다못해 한숨을 내쉬었고 케이시 후작은 음 하고 못마땅한 신음을 내뱉었다.

덕분에 응접실 안의 분위기가 가라앉았다. 후작은 입을 다물고 꼿꼿하게 앉아있는 아들을 쳐다보다가 다시 입을 열었다.

"더글러스, 설령 우리가 그 아가씨를 허락한다고 가정해 보자."

아주 만에 하나, 케이시 후작 부부가 릴리를 후작가의 며느리로 허락한다면. 아버지가 무엇을 문제 삼는지 알 것 같아서 더글러스는 재빨리 대답했다.

"그녀는 여전히 그림을 그릴 겁니다. 화가로 활동할 거고요."

후작의 눈이 가늘어졌다. 그는 아들만큼이나 말이 별로 없는 자였고 아들보다 더 이런 상황에서 어떻게 말해야 할지 몰랐다.

사실 그건 후작이기 때문에 가능한 일이기도 했다. 말을 돌려서 한다는 건 상대방의 기분이 상하지 않도록 배려한다는 뜻이고, 지위가 높고 힘을 가진 사람일수록 그럴 필요가 없어지니까.

"아니, 그거 말고."

후작은 그렇게 말하고 더글러스를 향해 몸을 기울였다. 그는 진지한 표정으로 이어 물었다.

"만약 우리가 반스 양과 네 결혼을 허락한다고 쳐도 약혼 후에 그녀가 어떻게 될지 아무도 모르지 않느냐."

"프레드릭."

제네비브가 재빨리 남편의 이름을 불렀지만 그가 한 말은 이미 더글러스의 귀에 들어간 뒤였다. 아버지의 말이 맞다. 더글러스는 침착하게 고개를 끄덕였다.

그는 바보가 아니다. 두 번이나 약혼했다가 파혼한 경험은 그렇게 가벼운 게 아니다. 더글러스는 릴리와 약혼해도 그녀가 자신이 아닌 다른 진실한 사랑을 찾을 수 있다는 것을 알고 있었다.

"아버지 말씀은 반스 양이 저와 약혼해서 다른 남자와 사랑에 빠질 수도 있다는 말씀이시죠?"

더글러스의 말에 제네비브는 저도 모르게 남편의 손을 꽉 쥐었다. 그녀의 완벽한 아들이 두 번이나 여자에게 거절당하는 것을 본다는 건 그리 유쾌한 일이 아니다.

제네비브는 더글러스가 필립처럼 아예 결혼을 포기할까 봐 두려워했고 그가 어느 아가씨에게 마음을 뒀다는 것을 알게 되자 뛸 듯이 기뻤다.

그게 하필이면 후작 부인 자리가 방해물이라는 아가씨만 아니었다면 좋았을 것이다.

"그래."

프레드릭 케이시는 더글러스의 질문에 고개를 끄덕였다. 그리고 다시 물었다.

"반스 양이 그럴 가치가 있는 아가씨냐?"

어차피 누구와 약혼을 해도 그녀는 더글러스가 아닌 다른 진정한 사랑을 찾을 것이다. 아주 운이 좋다면 더글러스가 진정한 사랑이 될 수도 있겠지.

케이시 후작 부부의 생각은 그거였다. 어차피 안 된다면 그의 아들이 이렇게까지 애를 써야 할 필요가 있을까.

차라리 어느 왕국의 공주님 정도로 수준 높은 여자라면 최선을 다했다고 위로할 수라도 있지, 릴리 반스는 일반적으로 봤을 때 괴팍한 성정의 이상한 아가씨다. 다행히 그녀의 언니가 왕자비가 되기는 했지만 그녀의 어머니는 여자 몸으로 작위를 요구한 뻔뻔하고 괴팍한 성정의 여자였고, 그런 여자와 약혼해 봤자 끝이 안 좋을 게 뻔했다.

"네."

하지만 더글러스는 생각할 시간도 없이 단호하게 대답했다. 가치가 있냐고? 아무것도 안 하고 앉아서 쳐다만 보는 건 그렇다면 무슨 가치가 있을까.

그는 자신의 부모님이 이토록 부족한 생각을 할 수 있다는 사실에 내심 놀라고 있었다.

"더글러스."

그때 제네비브가 나섰다. 그녀는 아들을 향해 몸을 내밀며 조심스럽게 말했다.

"네가 그 아가씨를 좋아하는 건 알아. 하지만 잘돼 봤자 우리 가문은 불성실한 후작 부인을 얻는 거잖니."

그런데? 더글러스의 얼굴 위로 어리둥절한 표정이 떠올랐다. 아들의 표정을 본 제네비브는 차마 더 말을 잇지 못하고 망설이기 시작했다.

더글러스는 케이시 후작이 되어 케이시가를 다스릴 것이다. 그렇다면 가문을 위해 부인을 선택해야 하지 않느냐는 질문을 할 차례였지만 그녀는 아들에게 차마 그렇게 말할 수가 없었다.

"그게 우리 가문을 위해 과연 좋은 일이라고 생각하는지 묻는 거다."

아버지의 말에 그제야 더글러스는 어머니가 무슨 말을 하려고 한 건지 깨달았다. 그러니까 두 분은 가문을 위해 그의 사랑을 포기하라고 말하는 것이다.

사실 그건 그리 드문 일이 아니다. 귀족의 결혼은 가문의 결합에 가까웠고 서로 자기 가문에 맞는 상대를 찾으려 하니까.

그리고 그렇게 결혼하는 쪽이 오히려 사이가 좋았다. 왕과 왕비가 그랬고 케이시 후작가나 크레이그 후작가가 그랬던 것처럼.

비슷한 환경에서 자란 사람들은 사고관도 비슷하기 마련이다.

제네비브가 걱정하는 건 그거였다. 릴리와 더글러스는 관심사도 자라 온 환경도 너무 달랐다. 더글러스가 아무리 릴리를 좋아한다 해도 그가 릴리에게 맞춰 주는 건 한계가 있다. 어쨌든 릴리가 그와 결혼하기로 결심한다면 릴리의 성은 반스가 아니라 케이시가 되는 거니까.

"저는 지금까지 우리 가문을 위해 좋은 일을 했다고 생각했습니다."

그때 더글러스가 무겁게 입을 열었다. 그는 부모님의 말에 약간 화가 나서 얼굴이 굳어 있었다. 부모님이 원하는 대로 두 번이나 약혼했고 검술 명가라는 케이시가의 이름에 먹칠을 하지 않기 위해 검을 단련했으며 왕자의 스승이 되었다.

생각해 보면 그는 자신이 뭘 원하는지 생각해 본 적이 별로 없었다. 그게 당연한 거였고 그래야 하니까 했던 거다. 운이 좋아서 그가 해야 하는 것들에 재능이 있었던 거고.

그는 그런 점에서 릴리가 대단하다고 생각했다. 그는 그의 재능을 발견하기도, 키우기도 쉽고 편한 환경에서 자랐다. 하지만 릴리는 자신에게 그림이라는 재능이 있다는 것을 알아차리기도, 그 재능을 키우기도 어려운 환경에서 소중하게 재능을 키워냈다.

"그러니 한 번쯤은 제가 정말 원하는 걸 하고 싶습니다."

이어진 더글러스의 말에 제네비브와 프레드릭의 시선이 부딪쳤다. 아들의 말이 맞다. 더글러스는 지금까지 문제를 일으키기는커녕 남들의 부러움을 살 정도로 완벽한 아들이자 후계자였다.

"그게 결혼이냐?"

아버지의 질문에 더글러스의 얼굴에 미소가 떠올랐다. 그는 말도 안 된다는 표정으로 말했다.

"아니요, 구애요. 결혼은 제가 원한다고 할 수 있는 게 아니니까요."

"흠."

다시 프레드릭의 입에서 무거운 신음이 흘러나왔다. 그는 릴리 반스가 마음에 들지 않았다. 여자가 고분고분하지 않다는 건 큰 흠이다. 얌

전하게 집안을 살피는 거에 관심이 없다는 것도 큰 흠이다.

하지만 아들이 살면서 한 번쯤은 자신이 원하는 걸 하고 싶고 그게 구애라는데 그것까지 반대할 생각은 들지 않았다.

"생각해 보마."

그만 나가 보라는 아버지의 말에 더글러스는 고개를 꾸벅하고 자리에서 일어났다. 드디어 어려운 자리에서 벗어났지만 자신의 방으로 돌아가는 그의 발걸음은 전혀 가볍지 않았다.

태어나서 처음으로 부모님의 의견에 반대했다는 게, 그리고 그게 그가 좋아하는 여자에 대한 일이라는 게 그의 발걸음을 무겁게 만들었다.

"어떻게 생각해요?"

더글러스가 나가자마자 프레드릭은 제네비브에게 물었다. 한숨을 내쉬며 이마를 짚고 있던 그녀는 남편의 질문에 고개를 들고 대답했다.

"답답해요."

"더글러스 말고 그 여자애 말이오. 릴리 반스던가."

릴리 반스. 남편의 말에 제네비브는 다시 릴리를 떠올렸다. 갈색 머리카락을 가진 평범하기 이를 데 없는 아가씨였다. 사실 평범에서 약간 부족한 아가씨였지.

그녀는 릴리를 그렇게 판단하다가 고개를 젓고 말했다.

"솔직히 말해도 될까요?"

"그럼요."

남편의 말에 제네비브는 힘없이 웃었다. 당당하고 거침이 없던 아가씨. 약간은 되바라진 릴리 반스.

"조금은 그 아가씨가 마음에 들어요."

"그래요?"

프레드릭의 눈썹이 올라갔다. 제네비브는 남편의 놀랍다는 반응에 몸을 기울여 그의 팔에 손을 얹었다.

"당신도 알죠? 나는 저 애가 마음에 들어 하는 여자라면 누구든지 상관없다고 했던걸."

그랬지. 프레드릭은 그래서 릴리 반스를 마음에 들어 하는 거냐고 물으려 했다. 하지만 그보다 먼저 제네비브가 다시 말을 이었다.

"하지만 오히려 반스 양은, 더글러스와 상관없었다면 마음에 들어 했을 거예요."

다른 인연으로 케이시가나 더글러스와 상관없이 릴리를 만났다면 제네비브는 분명 그녀를 마음에 들어 했을 거라고 생각했다.

화가가 되고 싶다는 것도 그렇다. 그녀는 그녀의 집과 상관없다면 응원까지는 아니어도 용감하다고 생각할 수는 있을 것이다. 어쩌면 릴리를 위해 그녀의 그림을 한두 점 정도 사 줄 수도 있겠지.

하지만 케이시가와 이어진다면 제네비브는 그녀가 돌보는 집안을 제일 먼저 생각할 수밖에 없다. 화가 며느리라니. 말도 안 된다.

"당신 마음에 들었다면 사람 자체는 괜찮은 모양이군."

프레드릭의 말에 제네비브는 빙그레 웃었다. 그래, 사람 자체는 괜찮았다. 아버지 없이 여자만 있는 집안에서 약간 괴팍한 홀어머니 밑에서 자랐고 화가가 되고 싶어 하는 귀족 영애라는 악조건 속에서도 릴리는 괜찮은 아가씨였다.

"하지만 그 아가씨가 잘못 생각하는 게 있어요."

이어진 남편의 말에 제네비브가 무슨 말이냐는 표정을 지었다. 프레드릭은 반대쪽 손을 들어 자신의 팔 위에 얹은 제네비브의 손 위에 얹으며 말했다.

"화가는 많지만 케이시 후작 부인은 하나뿐이라는 거."

*　　*　　*

"릴리, 편지가 왔는데."

다음 날, 둥근 지붕 저택의 이 층, 릴리의 작업실에 애슐리가 들어와서 말을 전했다. 그녀는 소파에 늘어져 있는 더글러스와 맞은편의 릴리를 번갈아 보더니 곧 킥킥거리기 시작했다.

덕분에 더글러스의 얼굴이 벌게졌지만 릴리는 애슐리가 왜 웃는지 모르겠다는 표정이었다. 그녀는 붓을 든 채 애슐리에게 물었다.

"편지?"

"응. 에밀한테서 왔네."

어디서 들은 이름인데. 더글러스가 그렇게 생각하는 순간 릴리의 얼굴이 일그러졌다. 그녀는 붓을 내려놓고 자리에서 일어나더니 더글러스에게 말했다.

"잠깐 쉬었다가 할까요?"

그렇지 않아도 좀이 쑤시던 차라 더글러스는 그대로 벌떡 일어났다. 그리고 재빨리 벗어 둔 재킷을 걸치며 물었다.

"에밀이 누굽니까?"

익숙한 이름인데 도통 어디서 들은 이름인지 기억이 나지 않는다. 릴리가 대답해 주기 위해 입을 열었지만 그보다 먼저 애슐리가 대답했다.

"릴리를 따라다니는 남자예요."

릴리를 따라다닌다고? 더글러스의 눈이 동그래졌다. 그는 깜짝 놀라서 릴리를 쳐다보고 물었다.

"어떤 자, 아니 누굽니까?"

덕분에 애슐리의 얼굴에 흥미롭다는 표정이 떠올랐다. 하지만 정작 릴리는 짜증 난다는 표정이었다.

"전에 당신도 본 사람이에요. 붓 만드는 남자."

그제야 더글러스의 머릿속에 에밀이 누군지 떠올랐다. 필립 대신 릴리를 화방으로 안내했을 때 만났던 기분 나쁜 자였다.

그때 그 남자가 릴리에게 사과의 표시로 붓을 주겠다고 했지만 그녀가 받지 않았던 것까지 기억났다. 더글러스는 생글생글 웃는 애슐리를 한 번 쳐다보고 여전히 별일 아니라는 듯 붓을 정리하는 릴리에게 물었다.

"그런 짓을 하고 당신에게 구애를 하는 겁니까?"

"네?"

깜짝 놀란 릴리가 고개를 번쩍 드는 바람에 그녀가 정리하던 붓에 묻은 물감이 튀어 버렸다. 덕분에 릴리와 애슐리의 신경은 모두 더러워진 더글러스의 옷으로 향했다.

"어머, 어떻게 해!"

"애슐리, 가서 수건 가져와!"

더글러스가 괜찮다고 말할 틈도 없었다. 그는 에밀이 어떻게 릴리에게 구애하는지 물을 겨를도 없이 수건을 가져온다, 하녀를 불러 온다, 하며 나가 버린 릴리와 애슐리 덕분에 덩그러니 혼자 작업실에 남겨졌다.

"정말로 괜찮습니다."

결국 더글러스가 괜찮다는 말을 한 것은 소동을 들은 밀드레드가 달려온 다음의 일이었다. 그녀는 더글러스의 셔츠를 살피더니 곧 기름을 이용해 셔츠에 묻은 유화물감을 닦아 내 주었다.

그래도 약간의 흔적이 남았기 때문에 밀드레드는 셔츠를 하나 새로 사 주겠다고 제안했지만 더글러스가 거절했다.

"미안해요. 좀 더 조심하라고 주의를 줄게요."

"아닙니다. 정말로 반스 양의 잘못이 아니었습니다."

더글러스는 양손을 펼쳐 보이며 말했다. 진짜로 릴리의 잘못이 아니었다. 그보다 그는 에밀의 구애에 대해 릴리가 어떻게 생각하고 있는지 궁금해 죽을 지경이었다.

설마 긍정적으로 보고 있는 건 아니겠지? 그럴 리가 없다. 그가 마지막으로 본 에밀은 비열한 자였고 릴리는 그를 매우 싫어했으니까.

하지만 그는 지금까지 에밀이 릴리에게 구애하고 있다는 것을 모르고 있었다. 그러니 그사이에 무슨 일이 있었어도 그는 몰랐다는 말이 된다.

대체 무슨 일이 있었던 걸까. 그가 모르는 사이에 에밀이 릴리를 만나러 오기라도 한 걸까. 그런 초조한 생각 탓에 더글러스는 머릿속이 꽉 차서 밀드레드가 무슨 말을 하는지도 모르고 있었다.

"케이시 경?"

"네? 네."

반사적으로 대답한 뒤에야 더글러스는 자신이 무슨 질문에 대답했는지도 모른다는 것을 깨달았다. 당황한 그를 향해 밀드레드가 미소를 지으며 말했다.

"그렇군요. 당연히 어머니와 함께 가겠죠."

뭘? 더글러스의 얼굴에 어리둥절한 표정이 떠올랐다. 그의 표정을 본 밀드레드가 재빨리 설명했다.

"전람회 말이에요. 어머니와 함께 간다면서요."

정확히 말하면 밀드레드는 케이시 후작 부인과 함께 갈 거냐고 물었고 더글러스는 '네.'라고 대답했다.

그거였구나. 더글러스는 재빨리 고개를 끄덕였다. 어머니를 모시고 갈 거다. 아마도. 그의 아버지는 관심이 없을 테니 어머니를 모시고 가는 건 그의 일이다.

더글러스가 고개를 끄덕이자 밀드레드는 찻잔을 들어 올리며 말했다.

"나도 아이들과 전람회를 가려고 했는데 다른 아이들은 일이 있어서 애슐리와 둘이 다녀와야 할 것 같아요."

"릴리 반스 양도 전람회에 가지 않나요?"

"전 좀 일찍 가거든요."

그때 옷을 갈아입은 릴리가 응접실에 들어서며 대답했다. 밀드레드는 더글러스가 자리에서 벌떡 일어나는 것을 보고 속으로 웃었다.

"일찍이요?"

"전시 준비를 해야 하니까요. 미리 가서 확인해야 해요. 아마 거기서 어머니와 애슐리를 만나지 않을까 싶어요."

더글러스는 릴리가 자리에 앉는 것을 확인한 다음에야 자신의 자리에 앉았다. 그리고 재빨리 물었다.

"그럼 제가 에스코트해도 괜찮을까요?"

"어딜요?"

"전람회에요. 좀 일찍 가신댔으니 제가 마차를 끌고 와서 전람회에 모셔다드리겠습니다."

"하지만 케이시 경, 어머니와 함께 간다면서요."

아차. 더글러스는 그제야 자신의 실수를 깨달았다. 어머니를 모시고 전람회에 가려면 그 전에 집에 있어야 한다. 그는 재빨리 머리를 굴렸다. 지금 그의 머릿속에서 이뤄지는 계산 속도를 그의 어릴 적 가정교사가 본다면 할 수 있는데 왜 안 했냐고 한탄할 정도의 속도였다.

"괜찮습니다. 모셔다드리고 다시 집으로 돌아가면 됩니다."

마차를 아주 빠르게 몰아야겠지만. 더글러스의 말에 밀드레드는 눈썹을 들어 올렸지만 아무 말도 하지 않았다. 릴리는 잠시 어머니를 쳐다보다가 어깨를 으쓱하며 말했다.

"정말 고맙지만, 괜찮아요. 절 데려다주고 다시 집으로 돌아가려면 바쁘게 가야 하잖아요. 어차피 필립 아저씨께 부탁하려고 했어요."

필립 케이시 경은 릴리의 부탁에 아주 기뻐하며 받아들일 것이다. 어쩌면 그는 오히려 릴리가 자신이 아닌 다른 사람과 함께 전람회에 가는 것을 섭섭해할 수도 있다.

더글러스는 한 번 더 자신이 에스코트하겠다고 주장할까 하다가 말았다. 그는 릴리를 바래다주고 싶지만 너무 귀찮게 굴면 릴리가 싫어할 것 같았다.

"그럼 전람회에서 뵙겠습니다."

더글러스는 그렇게 인사하고 떠났다. 곧 전람회다. 릴리는 전람회를 떠올리자 긴장과 기대감으로 손끝이 차가워지는 것을 느끼고 자신의 손을 맞잡았다.

"케이시 경을 이름으로 부르고 있다며."

문득 밀드레드가 찻잔을 들어 올리며 물었다. 가만히 앉아서 차가워진 손끝을 문지르던 릴리는 깜짝 놀라서 고개를 들었다.

"어느 쪽이요?"

둘 다 케이시 경이다. 밀드레드는 자신의 실수에 웃으며 말을 고쳤다.

"더글러스 케이시 경 말이야."

"알아요. 사실 둘 다 이름으로 부르고 있긴 하죠."

필립 케이시는 필립 아저씨라고 부르고 더글러스 케이시는 더글러스라고 부른다. 릴리의 고백에 밀드레드는 피식 웃었다. 그녀는 더글러스를 긍정적으로 생각하는 거냐고 릴리에게 물어보려다가 말았다.

릴리도 고민하고 있을 것이다. 케이시 후작 부인이라는 자리는 얻는 것만큼 잃는 것도 많다. 이제 막 화가로 세상에 나선 릴리에게는 짐뿐인 자리고.

고작 약간의 호감으로 감수할 만한 자리가 아니다.

"좀 걱정이에요."

그녀와 같은 생각을 하고 있던 릴리가 입을 열었다. 릴리는 밀드레드가 무슨 일이냐는 표정으로 쳐다보자 조심스럽게 입을 열었다.

"더글러, 케이시 경과 가까워지는 게요. 이래도 되는 걸까 하는 걱정이 들어요."

밀드레드는 릴리가 무슨 걱정을 하는지 알 것 같았지만 일부러 모르는 척 물었다.

"뭐가 이래도 되는 걸까 한다는 거니?"

"전 결혼 생각이 없잖아요. 하지만 케이시 경은 결혼을 해야 하고요. 그런데 이렇게 친하게 지내는 게 과연 옳은 일일까요?"

"릴리, 케이시 경에게 네가 결혼 생각이 없다고 말했니?"

"네."

"그럼에도 불구하고 그는 너와 친해지길 결정한 거고?"

"음, 그렇겠죠?"

"그렇다면 네가 왜 걱정해야 하는 거니?"

어머니의 질문에 릴리의 입이 벌어졌다가 다시 닫혔다. 그녀의 말이 맞다. 더글러스는 릴리가 결혼 생각이 없다는 것을 알면서도 그녀의 곁에 남았다. 그의 선택이었고 결정이었다.

하지만 그래도 릴리는 죄책감이 들었다. 그의 마음에 답해 주거나 모진 말로 쫓아내야 할 것 같은 그런 죄책감.

마치, 그가 그녀를 좋아한다는 이유로 그의 인생이 조금이라도 잘못되면 그녀의 책임이 될 것 같은 그런 죄책감이 들었다.

밀드레드는 릴리가 가진 죄책감에 대해 어느 정도 이해하고 있었다. 내게 호의를 보이는 사람이라면, 그리고 내가 호의를 가지고 있다면 그런 죄책감이 생기기 마련이다. 그녀는 찻잔을 감싸 쥔 채 잠시 생각하다가 물었다.

"릴리, 케이시 경이 좋니?"

조심스러운 질문에 릴리의 얼굴이 달아올랐다. 그녀는 밀드레드의 눈을 피해 찻잔으로 시선을 떨어트렸다가 고개를 들며 말했다.

"조금은요."

"하지만 결혼하고 싶은 정도는 아니고?"

"정확히 말하면 화가가 되는 걸 포기할 정도는 아니에요."

"좋은 일이네."

"그래요?"

"그럼, 뭔가가 확고하다는 건 좋은 일이지."

사람들은 그런 확고한 것을 찾기 위해 노력한다. 밀드레드는 열여덟 살에 자신의 확고한 것을 찾은 릴리가 대견했다.

그녀는 차를 홀짝인 뒤 릴리를 쳐다봤다. 어린 나이에 자신이 무엇을 하고 싶은지, 무엇에 재능이 있는지 찾은 건 대단한 일이다.

그리고 더글러스 케이시라는 매력적인 조건 앞에서 여전히 자신이 무엇을 더 강하게 원하는지 안다는 것도 대단한 거고.

그녀는 딸의 고민을 덜어주기 위해 입을 열었다.

"릴리, 케이시 경이 몇 살이지?"

"어, 음. 스물다섯이던가? 그럴 거예요."

그제야 밀드레드의 머릿속에도 처음 그녀가 더글러스에게 나이를 물을 때 그가 필사적으로 나이를 깎으려 했던 게 떠올랐다. 밀드레드는 킥킥 웃으며 말했다.

"그럼 너보다 일곱 살은 더 많은 거네."

"네, 그렇죠."

"그렇다면 설령 네가 결혼할 생각이 있다고 해도 이래도 되는지에 대한 고민은 네가 아니라 케이시 경이 해야 하는 거 아닐까?"

그런가? 릴리의 얼굴에 놀랍다는 표정이 떠올랐다. 밀드레드는 어깨를 으쓱하며 덧붙였다.

"물론 너는 아무 고민 하지 말라는 말은 아냐. 네 인생이니까 너도 고민해야지. 하지만 지금 네가 고민하는 건 너보다 나이 많은 케이시 경의 인생이잖아."

릴리는 더글러스가 고려해야 할 모든 것을 알려줬다. 그녀가 결혼 생각이 없다는 것, 화가가 될 거라는 것. 그럼에도 릴리의 곁에 남겠다는 선택을 한 건 더글러스다.

하지만 밀드레드의 말에도 릴리의 표정은 밝아지지 않았다.

이론적으로 어머니의 말이 맞다는 것을 그녀도 안다. 하지만 마음이라는 건 그렇게 쉽게 정리가 되는 게 아니다. 머릿속으로 더글러스도 다 알고 있고 그녀는 아무 책임이 없다고 해도 그녀는 여전히 더글러스에게 약간의 책임감을 느꼈다.

밀드레드 역시 자신이 아무리 말을 해도 릴리에게서 책임감을 완전히 없애지는 못한다는 것을 알았다. 그리고 그건 그녀도 어떻게 할 수 없는 부분이었다.

"착해서 그렇습니다."

그날 저녁, 밀드레드에게 릴리의 고민에 대한 이야기를 들은 다니엘이 나른한 표정으로 단호하게 말했다. 그래? 밀드레드는 잠시 다니엘을 쳐다보다가 그의 팔에 머리를 기대며 말했다.

"우리 애들이 다 착하긴 하죠."

"좀 못되게 굴어도 되는데 말입니다."

"그건 상대가 케이시 경이라 그러는 거예요?"

밀드레드의 질문에 다니엘이 그게 무슨 소리냐는 표정을 지었다. 하지만 그녀는 그의 얼굴은 쳐다보지도 않고 이어서 물었다.

"당신하고 케이시 경, 사이가 별로 안 좋잖아요."

"안 좋은 건 아닙니다."

"둘만 있으면 찬바람이 쌩하고 불잖아요?"

"딱히 따뜻한 분위기를 만들 일은 없으니까요."

왜 이렇게 말을 피하는 거야? 밀드레드는 벌떡 일어나서 그를 쳐다봤다. 덕분에 침대 위에 길게 누워 있던 다니엘도 그녀의 눈치를 보지 않을 수가 없었다.

"저주 때문인 건 아니죠?"

밀드레드는 허리에 손을 얹으며 물었다. 전부터 궁금했다. 왜 더글러스와 단둘이 있을 때면 분위기가 그렇게 차가워지는지.

요정의 저주 때문에 사이가 껄끄럽다고 한다면 정작 필립과 친하게 지내는 건 설명할 수가 없다. 그래서 이해가 안 되는 거다. 똑같은 케이시가인데 한쪽은 친하고 한쪽은 껄끄럽다는 게.

"사실 그게 맞습니다."

다니엘은 여전히 누운 채 밀드레드의 손을 잡으며 말했다. 밀드레드는 놀라서 물었다.

"하지만 필립 케이시 경과는 사이가 괜찮잖아요?"

"그와도 처음부터 사이가 좋은 건 아니었습니다."

무척 흥미로운 이야기다. 밀드레드의 눈이 빛나기 시작했다. 다니엘은 쿡쿡 웃으며 그녀의 손을 잡아 당겼다.

"이야기해 줄 거예요?"

"다시 누우면요."

밀드레드의 표정이 엄해지자 다니엘이 재빨리 덧붙였다.

"추워서요."

그럴 리가 없다. 초가을 날씨긴 하지만 밀드레드가 춥지 않으니 다니엘은 더더욱 춥지 않을 것이다. 하지만 그녀는 어쩔 수 없다는 표정으로 다시 누웠다.

"케이시가의 사람들은, 특히 남자들은 제가 누군지 아는 순간 태도가 바뀌는 편입니다."

비단 필립이나 더글러스뿐 아니라 케이시 후작 역시 다니엘이 요정이라는 걸 아는 순간 태도가 변했다. 그를 위아래로 훑어봤고 하고 싶은 말이 있는 표정이었지만 곧 껄끄러운 분위기를 풍기며 떠나갔다.

"당신이 몇 살이었는데요?"

"열 살쯤이었을 겁니다."

그의 어머니가 아직 이곳에 있을 때였으니까. 그는 케이시 후작의 태도를 이해했다. 자신의 동생이 무슨 일을 겪었는지 봤으니 따지고 싶은 것도, 묻고 싶은 것도 많았겠지.

하지만 상대는 고작 열 살짜리 어린애였고 따질 수도, 물어볼 수도 없으니 그냥 떠난 것이다.

"그다음에 만난 게 필립이었습니다. 그 몇 년 뒤에 더글러스 케이시 경을 만났죠."

필립과는 별다른 접점이 없었다. 그때 다니엘은 십 대였고 필립도 케이시 후작과 비슷한 태도를 보였다. 그리고 몇 년 뒤 더글러스를 만났을 때, 그제야 다니엘은 왜 케이시가의 남자들이 그에게 이상하게 굴었는지 알았다.

"잠깐, 그럼 그때까지 케이시가에 요정의 축복이 걸려 있다는 걸 몰랐어요?"

"정확하게 어떤 축복인지는 몰랐습니다. 그 집 가계에 대대로 요정의 힘이 얹혀 있다는 건 알았지만요."

그래서 다니엘은 어렴풋하게 케이시가의 남자들이 자신을 껄끄러워하는 이유를 알고 있었다. 정확한 이유는 더글러스가 공격적인 태도를 취하고 난 다음이었지만.

"싸웠어요?"

그렇지는 않았다. 다니엘은 어이가 없어서 물었다.

"저와 케이시 경의 나이 차가 몇 살인지 아십니까?"

"릴리와 케이시 경의 차이만큼 나죠."

그만큼 어린 소년과 싸울 수 있을 리가 없다. 다니엘은 새삼 더글러스가 패씸하다고 생각하며 밀드레드를 쳐다보았다. 그가 더글러스를 처음 만났을 때는 지금의 더글러스보다 좀 더 어렸다.

그때의 더글러스 역시 지금의 릴리보다 좀 더 어렸고. 그래도 이십 대인 다니엘이 고작 십 대인 더글러스가 기분 나쁜 소리 좀 했다고 싸우는 건 우스운 일이다.

"케이시 경이 뭐라고 했는데요?"

밀드레드의 질문에 다니엘은 몸을 돌려 옆으로 누웠다. 그리고 팔꿈치로 턱을 괸 채 말했다.

"자신은 그런 멍청한 저주 같은 건 믿지 않는다고 하더군요."

그런 말을 했단 말야? 밀드레드의 눈썹이 올라갔다. 그녀는 잠시 다니엘을 쳐다보다가 킬킬거리며 말했다.

"근처에 케이시 경의 부모님이 없었던 모양이군요."

"있었다면 호되게 혼이 났을 겁니다."

밀드레드의 머릿속에 지금의 정중한 더글러스의 모습이 떠올랐다. 그는 릴리에게, 그리고 그녀에게 충분히 신사적으로 굴고 있다. 그런 더글러스도 어릴 때는 사고뭉치 같은 구석이 있었던 모양이다.

"그 혼내는 사람이 당신은 아니었군요?"

연장자로서 더글러스를 혼내지 않았냐는 질문에 다니엘의 얼굴에 미소가 떠올랐다. 그에게 남의 집 자식이 제대로 자라도록 도와줄 의무는 없다. 있다고 해도 그는 무시했을 테지만.

하지만 다니엘은 예의 바르게 대답했다.

"제가 혼내지 않아도 언젠가 다른 사람에게 혼날 테니까요."

그리고 그게 늦어질수록 더글러스에게 맞아서 얼굴이 망가진 프리스톤처럼 되겠지. 적당한 훈육과 칭찬은 아이를 키우는 데 아주 중요하다. 둘 중 하나가 부족하면 프리스톤처럼 되는 법이다.

밀드레드는 타인에게 필요 이상으로 냉담한 태도를 취하는 다니엘을 물끄러미 쳐다보다가 물었다.

"그걸로 끝이었어요? 그런데 아직도 케이시 경과 그렇게 분위기가 냉담한 거예요?"

"아, 그 후로도 가벼운 사건이 몇 번 있었습니다."

"가벼운 사건?"

"가장 최근에 있었던 사건은 왕자님이 검술 교사로 절 지목하신 거죠."

그랬어? 밀드레드의 눈이 커졌다. 당연히 검술은 더글러스에게, 그 외의 지식은 다니엘에게 배우기로 결정된 줄 알았다. 왕족이나 귀족들은 어릴 때 수학, 역사, 사회, 예절 같은 교육을 받는다.

그리고 십 대 후반이 되어 그 교육이 끝날 때쯤이면 가까운 곳에서 조언을 해 주고 사회 지식을 알려 줄 다니엘 같은 사람을 고용한다. 보통은 작위를 받지 못하는 먼 친척이 맡게 되지만 리안은 왕자다 보니 더글러스와 다니엘 같은 귀족이 조언자가 된 거다.

"당신의 검술 실력이 케이시 경 정도일 줄은 몰랐어요."

"시합이 아니라 전투가 된다면 제가 그보다 더 나을 겁니다."

무슨 소린지 모르겠다. 밀드레드가 어리둥절한 표정을 짓자 다니엘은 천천히 말을 골라서 설명했다.

"똑같은 조건을 가지고 누가 이기냐는 것만을 결과로 두고 시합을 하는 거라면 케이시 경을 이길 수 있는 사람은 이 나라에 없을 겁니다. 그는 예의 바른 검술 실력을 가졌거든요."

"그렇다면 당신은요?"

다니엘의 눈이 휘었다. 그는 재미있다는 듯 웃으며 손을 뻗어 밀드레드의 허리를 감싸 쥐었다.

"전 뒷골목 싸움 쪽이죠. 어떤 수를 쓰더라도 살아남는 게 목표라면 제가 케이시 경보다는 나을 겁니다."

설마. 이번에는 밀드레드의 눈이 가늘어졌다. 그녀는 엎드린 채 고개만 들어 다니엘을 들여다보며 물었다.

"결투했어요?"

"네. 케이시 경이 검술 스승의 자리를 두고 결투로 결정하자고 하더군요."

"그리고 당신이 이겼군요?"

다니엘은 대답 대신 미소 지었다. 더글러스는 치사하다고 말했지만 그는 그것도 하나의 방법이라고 생각했다. 더글러스나 케이시가는 검술을 수양으로, 검을 친구로 생각하는 모양이지만 다니엘에게 무기란 도구일 뿐이기 때문이다.

하지만 그는 리안에게 체력 단련으로 검술 훈련이 도움이 될 테니 더글러스에게 수업을 받는 게 좋을 거라고 권했다. 물론 정말 그렇게 생각해서라기보다는 왕이 될 리안에게 케이시 후작이 될 더글러스와의 친분이 필요할 거라고 생각했기 때문이지만.

"그런 재미없는 이야기 말고 좀 더 재미있는 이야기를 하죠."

다니엘은 그렇게 말하며 밀드레드의 어깨에 입을 맞췄다. 밀드레드는 그와 더글러스의 이야기를 재미없는 이야기라고 말하는 것에 어이가 없어서 픽 웃었다가 어깨에 닿는 간지러운 느낌에 깔깔거리며 몸을 비틀었다.

"난 충분히 재미있는 이야기였는데요."

"그보다 더 재미있는 이야기가 있죠."

침대에 등을 대고 누운 밀드레드가 다니엘을 올려다보며 물었다.

"뭔데요?"

"우리 결혼식이요."

"오."

이제야 깨달았다는 태도에 다니엘의 한쪽 눈썹이 올라갔다. 그는 그녀를 향해 고개를 기울이며 물었다.

"생각 안 해 봤습니까?"

"오, 아뇨. 생각해 봤죠. 당연히요."

밀드레드가 부랴부랴 대답했지만 이미 늦었다. 다니엘은 약간 뻐딱한 표정으로 말했다.

"저는 청혼도 했는데요."

"그리고 나는 받아들였고요. 사람들에게 우리 약혼 사실도 알렸죠."

"그렇다면 결혼식은 어떻게 할까요?"

아이리스가 왕자비로 결정됐고 릴리는 전람회에 그림을 전시함으로써 화가로 한 발짝 내딛기 직전이다. 애슐리는 여전히 공방 사장으로 남아 있겠다고 판단했으니 다니엘이 보기엔 더 이상 밀드레드와 그의 결혼식을 미룰 이유는 없어 보였다.

"당신은 어떻게 하고 싶어요?"

이번에는 역으로 밀드레드가 다니엘에게 물었다. 그녀는 솔직히 말하면 결혼식을 어떻게 하겠다는 생각은 해 본 적이 없었다. 이미 다니엘은 그녀의 집에서 그녀와 함께 살고 있으니 말이다.

다니엘의 얼굴에 미소가 떠올랐다. 그는 물끄러미 밀드레드를 쳐다보다가 말했다.

"저는 사람들에게 당신과 결혼했다는 것을 알릴 수 있는 방법이라면 뭐든 상관없습니다."

"성대하게 결혼식을 열고 싶지는 않아요?"

"당신은요, 밀? 성대한 결혼식을 원하는 거라면……."

다니엘이 당장이라도 결혼식을 열 기세였기 때문에 밀드레드는 재빨리 손을 내밀어 그의 팔을 잡았다. 성대한 결혼식 같은 건 별로 원하지 않는다.

"내 말은, 난 이미 두 번이나 해 봤잖아요."

둘 다 꽤 성대했다. 한 번은 머피 백작가와 리베라 남작가의 결합이었고 다른 한 번은 상당한 자산가인 반스와의 결혼이었으니 일부러 더 성대하게 열기도 했다.

그래서 밀드레드는 성대한 결혼식에 그다지 미련도, 환상도 없었다. 그녀가 물어본 이유는 단 하나. 다니엘은 결혼이 처음이었기 때문이었다.

그녀는 천천히 다니엘의 팔을 쓸며 덧붙였다.

"그러니 이번 결혼은 당신이 원하는 대로 하면 어떨까 싶어요."

"밀드레드."

다니엘의 목소리가 낮아졌다. 동시에 그의 눈동자가 황금색으로 빛나는 것을 본 밀드레드는 저도 모르게 숨을 들이켰다.

"당신이 원하는 게 내가 원하는 거예요."

"하고 싶은 결혼식 없어요?"

없다. 다니엘은 말없이 씩 웃었다. 그는 사람들에게 그녀와 자신이 결혼했다는 것을 알릴 수단이라면 뭐든 상관없었다. 편지로 알리는 것도 상관없었다.

솔직히 말하면 다니엘은 당장 밀드레드에게 키스하고 싶어 죽을 지경이었다. 그는 밀드레드의 어깨와 뺨에 입을 맞추며 속삭였다.

"결혼식보다는 신혼여행 쪽에 바라는 게 있죠."

간지러운 키스에 밀드레드가 킥킥거리며 물었다.

"어디 가고 싶은 데 있어요?"

"어디가 아니라 얼마나입니다."

최대한 오래 신혼여행을 즐기고 싶다. 단둘이서만. 그녀를 혼자서 독점하고 싶다는 욕심을 드러내는 말에 밀드레드는 저도 모르게 한숨을 내쉬었다. 그리고 팔을 뻗어 다니엘의 목을 끌어안으며 말했다.

"최대한 길게 가요."

"괜찮겠습니까? 지금은 아이리스도 여유가 없잖습니까."

늘 밀드레드가 자리를 비우면 릴리와 애슐리가 사고를 치지 않도록 잡아주는 게 아이리스다. 그런 아이리스가 왕자의 약혼녀 일로 바쁜 지금, 과연 괜찮겠냐는 질문에 밀드레드는 다시 한숨을 내쉬었다.

"언제까지나 다른 아이들이 아이리스나 나와 함께 사는 게 아닐 테니까요. 이런 경험도 해 봐야죠."

밀드레드의 말에 다니엘의 얼굴에 미소가 떠올랐다. 그는 장난스럽게 대꾸했다.

"그래요. 설마 집을 불태우진 않겠죠."

"당신처럼 말이죠?"

밀드레드의 질문에 다니엘이 시치미를 떼고 대답했다.

"제집은 사고였습니다."

타이밍 좋은 사고였지. 그 후로 다니엘이 어영부영 그녀의 집에 눌러앉은 것까지 생각하면 더 그렇다. 밀드레드는 며칠 전에 지나가면서 본 다니엘의 집을 떠올렸다.

내부가 어떤지는 보지 못해서 모르지만 겉은 깨끗했다. 그리고 귀족이 혼자 살기에 좋아 보였다. 그렇게 혼자 한적하게 사는 게 그녀의 꿈이었는데.

어쩐지 지금 상황이 그녀가 꿈꿨던 것과 완전 반대라 웃음이 나왔다. 밀드레드는 킬킬거리며 물었다.

"원래 계획은 애들을 다 결혼시키고 혼자 한적하게 사는 거였는데 말이에요."

"저랑 한적하게 살면 되죠."

"그게 가능할지 모르겠어요."

한숨을 내쉬는 밀드레드의 말에 다니엘 역시 조용히 웃었다. 그녀가 한적하고 조용하게 살려면 꽤나 노력이 필요할 것이다. 여전히 그녀를 필요로 하는 사람이 있으니까.

다니엘은 밀드레드를 끌어안으며 물었다.

"원한다면 당신이 한적하게 살도록 해 줄 수 있습니다."

"당신의 힘으로 말이죠?"

"힘이 아니더라도 모든 걸 다 버리고 멀리 떠나는 방법도 있죠."

아주 잠깐, 밀드레드는 놀란 표정으로 다니엘을 쳐다봤다. 모든 걸 다 버리고 멀리 떠난다고? 그가 가지고 있는 재산, 작위까지 모두 다?

과연 그럴 수 있을까. 그녀는 다니엘의 뺨을 감싸며 말했다.

"무슨 소리예요, 그건 너무 아깝잖아요. 기껏 열심히 일해서 작위도 받고 부유해졌는데."

"전 당신만 있으면 되거든요."

"내가 원하면 다 버리고 나와 함께 떠나겠다고요? 정말로?"

다시 다니엘의 눈이 황금색으로 변했다. 그것만으로 밀드레드는 그가 진심이라는 것을 깨달았다.

기분이 좋으면서 약간은 부담스러웠다. 하지만 그녀는 미소를 지으며 그의 뺨에 입을 맞췄다. 다니엘은 한숨을 내쉬며 물었다.

"혹시라도 당신이 다른 곳에 가서 산다면 내가 같이 있어도 됩니까?"

"어딜 갈 생각은 없지만, 그럼요. 우린 결혼할 테니까요."

"결혼한 상태가 아니더라도요?"

이상한 질문을 하네. 밀드레드는 그렇게 생각했다. 그녀가 결혼식에 회의적으로 굴어서 그런 걸까. 거기까지 생각한 그녀는 재빨리 대답했다.

"결혼식 할 거예요. 그러니 너무 신경 쓰지 말아요."

다니엘의 표정이 잠시 멈칫했다. 하지만 그는 곧 다시 미소를 지으며 말했다.

"허락하신 걸로 알겠습니다."

*　　　*　　　*

전람회 오픈식은 화려했다. 전람회 홀에서 초청받은 왕자와 그의 약혼녀 아이리스 반스 양이 개최를 축하하는 연설을 했고, 악단과 무용수의 화려한 공연이 초대받은 사람들의 눈과 귀를 즐겁게 만들어 주었다.

초대받은 사람들 중에는 제네비브 케이시 후작 부인도 있었다.

"생각보다 사람이 많네."

사람이 많은 전시장 복도를 걸으며 제네비브가 혼잣말처럼 말했다. 첫째 날과 둘째 날은 초대받은 사람에게만 개방하는 날이라 사람이 적을 거라고 기대했는데 전혀 아니었던 모양이다.

"후원자와 전시에 참가한 예술가들을 모두 초대했으니까요."

더글러스는 별생각 없이 그렇게 대답했다. 첫째 날과 둘째 날은 전람회를 여는 데 후원해 준 사람들과 전시에 참가한 예술가들을 초대해 먼저 관람할 수 있는 기회를 주었다.

물론 셋째 날부터는 일반인에게 개방이고 당연히 들어올 때 입장료를 내고 입장권을 사야 한다. 그럼에도 셋째 날부터는 발 디딜 틈 없을 정도로 북적일 것이 뻔했기 때문에 제네비브와 더글러스도 오늘 크리스털 궁을 찾은 것이다.

"이래서야 뭘 보는지도 모르겠구나."

어머니의 기분이 나빠지는 것 같자 더글러스의 표정이 굳었다. 그는 이럴 때 어떻게 어머니의 기분을 달래야 하는지 모른다. 제일 먼저 더글러스의 머릿속에 떠오른 것은 역시 어머니의 몸종을 데려왔어야 한다는 생각이었다.

하지만 다음 순간, 더글러스는 고개를 저었다. 그러면 안 된다. 그의 어머니다. 하녀나 누군가가 그의 어머니를 달래 주길 바라서는 안 된다.

"마실 것을 좀 사 올까요?"

더글러스의 질문에 제네비브의 표정이 잠깐 밝아졌다가 다시 어두워졌다. 안전을 위해 전람회는 둘째 날까지 크리스털 궁 내에 상인의 출입을 금하고 있었다. 그 말은, 목이 마르면 안쪽 정원까지 나가서 음료를 사 와야 한다는 뜻이다.

"너무 멀잖니."

그렇긴 하다. 별생각 없이 그렇다고 대답하려던 더글러스는 어머니가 '아니'라고 말한 게 아니라는 것을 깨달았다. 그는 정신을 번쩍 차리고 대답했다.

"금방 다녀올게요. 잠깐 이쪽에 앉아 계세요."

"괜찮아. 갈 거면 같이……."

"아니에요, 어머니. 잠깐만 계세요."

어휴. 제네비브는 그녀를 남겨 두고 재빨리 떠나 버리는 아들을 쳐다보며 한숨을 내쉬었다. 목이 좀 마르긴 했다.

내가 아들을 참 잘 키웠지. 제네비브의 얼굴에 미소가 떠올랐다. 눈 깜짝할 사이에 더글러스가 저 멀리까지 간 게 보였다. 훤칠하니 잘생겼지, 배려심도 있지. 누가 봐도 그녀의 아들은 일등 신랑감이었다.

"어머, 후작 부인."

그때 저쪽에서 볼드윈 백작 부인이 인사를 건네며 다가왔다. 평소 친하게 지내던 이웃의 등장에 제네비브는 기분이 좋아서 빙그레 웃었다.

"오랜만이에요, 백작 부인. 잘 지냈어요?"

아주 예전에 볼드윈 백작 부인의 딸과 더글러스를 결혼시키려 한 적이 있다. 약혼 이야기가 오가기 전에 백작 부인의 딸이 넬슨 남작과 사랑에 빠지지 않았다면 더글러스와 약혼했을지도 모른다.

"덕분에요. 후작 부인도 잘 지냈죠?"

아니, 약혼하지 않아서 다행인지도 모른다. 제네비브는 백작 부인의 손을 잡으며 고개를 끄덕였다. 더글러스와 약혼했던 집안과는 모두 껄끄러워지거나 소원해졌다. 딸이 더글러스와 약혼 후 다른 남자를 사랑하게 됐다는데 케이시가에 고개를 들 수 있을 리가 없다.

당시에는 백작 부인의 딸을 놓친 것 같아 안타까웠는데 지금 돌아보면 잘된 일인지도 모른다는 생각이 제네비브의 머릿속에 떠올랐다. 만약 볼드윈 백작가와 약혼했다면 지금 제네비브는 친구를 하나 잃었을지도 모르니까.

"에이미는 어떻게 지내요?"

제네비브의 질문에 백작 부인의 얼굴에 잠깐 놀란 표정이 떠올랐다가 곧 미소로 바뀌었다. 그녀는 맞잡은 제네비브의 손을 토닥이며 자랑스럽게 말했다.

"얼마 전에 둘째를 임신했어요. 오늘 여기에 오고 싶어 했는데 결국 못 오게 됐죠."

"저런……. 하지만 임신이라니, 잘됐네요."

벌써 둘째라니. 제네비브의 머릿속에 결혼 전 에이미의 모습이 가물가물하게 떠올랐다. 누구는 결혼해서 벌써 애가 둘이라는데 그녀의 아들은 아직 약혼도 못 했다.

한참을 볼드윈 백작 부인에게 첫째 손녀가 얼마나 귀여운지에 대해서 들은 제네비브는 그녀가 떠나자마자 얼굴을 굳혔다.

이제 이런 이야기를 아무렇지 않은 척 듣는 것도 못 해 먹겠다. 그녀의 나이쯤 되면 모일 때마다 사위가 왔다 갔다, 며느리와 식사를 했다, 손자가 말썽을 피우지만 귀엽다 같은 이야기가 나온다. 그럴 때마다 제네비브는 아무 말도 할 수가 없었다.

때때로 그녀는 그런 자신의 모습이 한심스러우면서도 울화가 치밀곤 했다. 내가 뭐가 부족해서! 그리고 내 아들이 뭐가 부족해서 남들 다 하는 결혼도 못 한단 말인가.

그녀보다 더 못한 집안도 잘만 약혼하고 결혼했다. 그녀의 아들보다 훨씬 못한 남자도 잘만 결혼했다.

"내 잘못인가."

제네비브의 생각은 순식간에 그녀의 잘못이라는 곳까지 날아갔다. 그녀가 괜한 고집을 부린 걸까. 어쩌면 케이시가로 날아 들어오는 그 수많은 혼담 중에서 아무거나 하나 골라잡았어야 하는지도 모른다. 괜한 자존심 세우지 말고.

"어머, 여기서 뵙네요."

문득 익숙한 목소리가 제네비브의 귓가에 파고들었다. 깜짝 놀라서 고개를 든 그녀는 저만치 간 볼드윈 백작 부인에게 그녀도 아는 어느 부인이 인사를 건네는 것을 발견했다.

만나면 늘 사위 자랑, 며느리 자랑을 하는 부인이다. 그녀는 아무 잘못도 없지만 지금은 가장 이야기하고 싶지 않은 상대라 제네비브는 벌떡 일어나 허겁지겁 사람이 적은 복도로 도망쳐 버렸다.

몸이 안 좋은 사람들을 위해 놓아둔 의자에 앉아 한숨 돌린 뒤에야 제네비브는 자신의 꼴이 꽤 우습다는 것을 깨닫고 힘없이 웃었다. 그놈의 자식 결혼이 뭐라고 지인들까지 피해서 도망친단 말인가.

"자식이 아니라 웬수지."

낳아 놓고 키워 놨는데 이젠 결혼까지 마음 졸이며 고민하게 만들다니, 웬수라는 말이 딱이다. 제네비브는 손바닥 뒤집듯 변해 버린 아들을 향한 마음에 어이가 없어서 피식 웃었다.

문득 그녀의 머릿속에 릴리가 떠올랐다. 어쩌면 그녀가 현명한 건지도 모른다. 결혼을 포기하고 하고 싶은 일을 한다는 게. 결혼하면 후계자인 아들을 낳으려 전전긍긍할 테고 낳으면 제대로 키우느라 또 전전긍긍한다. 자식이 결혼할 나이가 되면 또 그 애의 결혼으로 지금의 그녀처럼 걱정하겠지. 무사히 결혼하면? 후계자인 손자 문제로 골머리를 썩일 것이다.

릴리를 만나고 나서, 그녀의 가족들을 보고 나서 제네비브는 때때로 자신이 결혼을 하지 않았다면 어땠을지를 생각하게 됐다. 그동안은 케이시 후작 부인이라는 자리에서 후작 부인으로 사느라 생각하지 않았었다. 그럴 필요가 없기도 했고.

하지만 아무리 생각해도 그녀는 자신이 후작 부인이 되지 않았다면 지금보다 더 나은 삶을 살았을 거라는 생각은 할 수가 없었다. 그녀는 귀족 영애로, 어느 집안을 돌볼 귀족 부인으로 키워졌다. 결혼하지 않으면 그녀가 대체 무엇을 한단 말인가.

"집에 앉아서 자수나 했겠지."

제네비브는 그렇게 중얼거리며 벽에 걸린 작품을 멍하니 쳐다봤다. 그녀가 도망치듯 들어온 공간은 유명한 기성 작가의 작품이 걸린 곳이 아닌 신인 작가의 작품을 전시하는 공간이었다.

제네비브의 눈앞에 훌륭한 태피스트리가 보였다. 굉장한 실력이었다. 약간 신기한 기분이 들어서 그녀는 자리에서 일어나 태피스트리에 가까이 다가갔다.

벽 하나를 메울 정도로 커다란 태피스트리에는 용감한 용사 제다가 벨라의 손을 잡고 불을 뿜는 용을 향해 검을 겨누는 장면이 그려져 있었다.

사실, 제다와 벨라의 이야기에 대해 조금이라도 잘 알고 있는 사람이라면 이게 얼마나 허황된 장면인지 알 것이다. 이미 제다가 태어난 시대에 용은 멸종했으니까. 하지만 제네비브는 허황된 상상력보다 훌륭한 실력의 태피스트리를 구경하느라 시간 가는 줄 몰랐다.

태피스트리는 베틀로 짜는 거라 그녀는 해 본 적이 없었다. 아주 어릴 때 베틀로 태피스트리를 만들어 보고 싶다고 부모님께 말씀드려 봤는데 그런 걸 왜 하냐는 대답이 돌아왔던 게 떠올랐다.

"한번 해 볼걸."

제네비브는 태피스트리에서 한 걸음 물러나며 아쉽다는 듯 말했다. 그땐 그랬다. 부모님이 그런 걸 왜 하냐고 하면 움츠러들었고 그녀가 베틀 앞에 앉으면 그녀의 인생이 끝나는 줄 알았다.

하지만 돌아보니 아니었다. 케이시 후작 부인이 되지 않았다면 지금처럼 부유하게 살지도, 사랑하는 남편과 아들을 만나지도 못했을 테지만 그렇다고 그녀가 비참하게 늙어 죽지는 않았을 것이다.

어쩌면 남편의 동생인 케이시 경처럼 그림 수집을 하고 화가를 발굴하면서 여유 있게 살 수 있었을지도 모르지.

거기까지 생각한 제네비브는 곧 고개를 흔들었다. 그건 아니다. 아무리 세상이 변했다지만 결혼하지 않은 그녀가 케이시 경처럼 여유롭고 부유하게 사는 건 불가능했을 것이다.

제네비브는 한숨을 내쉬고 허리를 세웠다. 몇 번을 생각해 봐도 그녀는 케이시 후작 부인이 된 게 가장 좋은 선택이었다. 남편은 좋은 사람이고 아들은 조금 불운하긴 하지만 착하다. 조금 전에 있었던 우울한 생각에서 벗어나자 제네비브의 기분이 좋아졌다.

약간 여유까지 생긴 그녀는 방금 본 태피스트리를 사야겠다고 생각했다. 이왕 왔으니 신인 작가들의 작품 중에 마음에 드는 게 있다면 몇 점 사야겠다.

"이거 괜찮은데."

남자들이 그녀가 있는 전시실에 들어온 것은 제네비브가 벽에 걸린 모든 그림을 한차례 훑어본 뒤 가장 마음에 드는 그림 앞에 서 있을 때였다. 그들은 제네비브가 제일 먼저 감상했던 태피스트리 앞에 서서 작은 목소리로 이야기를 하기 시작했다.

"훌륭하군."

"이 정도 작품을 만들려면 시간이 꽤 오래 걸렸겠어."

"최소 세 달은 걸렸겠는걸."

그럴 것이다. 제네비브는 속으로 고개를 끄덕였다.

그때 남자 중 한 명이 그림 옆에 붙은 작품명과 작가의 이름을 확인하더니 그럴 줄 알았다는 말투로 말했다.

"소린이군. 그의 작품에는 늘 용이 들어가지."

"유명한 작가야?"

"작년에 부이 씨가 발굴해 낸 작가야. 나쁘지 않아. 신인 작가치곤 나이가 좀 있지만, 예술 활동에 나이는 별로 상관이 없지."

남자의 말에 동료가 고개를 끄덕였다. 두 사람은 그대로 그림을 감상하며 제네비브 쪽으로 다가오기 시작했다. 그리고 그녀가 자리를 옮기자 방금 전 그녀가 감상하던 그림의 제목과 작가명을 확인하고 다시 이야기를 나누기 시작했다.

"여류 화가로군."

"그래?"

동료가 호기심을 드러내자 남자가 고개를 끄덕이며 설명했다.

"최근 급부상한 화가야. 케이시 경이 발굴했는데 상당한 기대를 걸고 있는 모양이더군."

"케이시 경이?"

남자의 말에 동료가 놀랍다는 표정으로 그림을 살폈다. 어느 정원의 낮과 밤을 그린 그림이었다. 똑같은 장소임에도 시간의 차이에 따라 전혀 다른 곳처럼 보였다.

"연작인가 보군."

"난 낮 쪽이 더 마음에 들어."

"나도."

남자들의 대화를 들으며 제네비브는 저도 모르게 팔짱을 꼈다. 그녀는 밤 쪽이 더 마음에 들었다. 어둡고 거무스름한 색채 속에 언뜻 보이는 푸른 화초의 색감이 어딘지 모르게 약간은 불안하면서 동시에 그녀의 기분을 침착하게 만드는 게 좋았다.

"살 건가?"

잠시 구경하던 남자들 중 한 명이 다른 한쪽에게 물었다. 화가에 대해 잘 아는 남자는 조금 생각하는 듯하더니 태피스트리 쪽으로 고개를 돌리며 말했다.

"소린 것만."

"이쪽 연작은 안 사고?"

동료의 질문에 남자가 말도 안 된다는 듯 웃었다. 그는 아깝다는 듯 낮과 밤의 연작 그림을 한 번 쳐다보더니 어깨를 으쓱하며 말했다.

"여자치곤 너무 허황되지 않은 편이지만 좀 더 지켜봐야겠어. 나이가 너무 어리기도 하고."

흠. 동료는 남자의 말에 연작 그림을 한 번 쳐다보다가 다시 태피스트리 쪽으로 시선을 던졌다. 모르겠다. 그는 남자가 권해서 함께 왔을 뿐이다. 예술에 대해서는 문외한이나 마찬가지다.

"가지."

"작품을 산다고 어디서 말해야 해?"

"직원이 여기 어딘가 있을 텐데…… 자리를 비운 모양이군. 입구 왼편에 사무실이 있었어."

남자들이 떠나자 제네비브는 다시 낮과 밤 연작으로 돌아와서 찬찬히 그림을 살폈다. 역시 그녀는 밤 쪽이 더 마음에 들었다.

"어머니."

잠시 후, 음료를 들고 돌아온 더글러스는 입구 쪽에서 제네비브를 발견하고 다가갔다. 헤어진 장소에 없어서 찾느라 힘들었다.

"고맙다."

제네비브는 그와 헤어지기 전의 못마땅한 표정은 온데간데없이 상쾌한 표정으로 아들의 손에서 음료를 받아 들었다.

무슨 일이 있었던 걸까. 더글러스는 변한 어머니의 표정이 어리둥절했지만 일부러 무슨 일이 있었냐고 묻지는 않았다.

외전 2

어머니의 남편

밀드레드와 다니엘의 결혼식이 열린 것은 밀드레드가 작위를 수여받은 다음 날의 일이었다. 하려면 더 일찍도 할 수 있었지만 작위를 받은 뒤 결혼하고 싶다는 밀드레드의 의견에 다니엘도 동의했기 때문에 그 다음 날로 정했다.

그건 괜찮은 선택이었다. 밀드레드의 작위 수여를 축하하기 위해 지방에서 밀드레드의 친척과 친구들이 올라왔기 때문이다. 물론 지방에서 올라온다고 해도 그리 많지는 않았지만.

"왕자 전하?"

만삭이 가까워진 릴리안 머피는 아이리스와 함께 결혼식에 참석한 리안을 소개받고 깜짝 놀라서 비명을 질렀다. 그녀는 재빨리 입을 막고 아이리스를 향해 사과했다.

"어머, 미안해요. 어머님께 편지로 전해 듣긴 했는데 전하를 실제로 만나게 될 줄은 몰라서……."

"릴리안."

부인의 비명을 들은 버논이 재빨리 릴리안에게 다가왔다. 그리고 아이리스와 리안을 향해 사과했다.

"죄송합니다, 전하. 어머니께 이야기를 듣긴 했는데 저나 이 사람이나 아직도 얼떨떨합니다."

다행히 산드라를 닮아 훤칠한 키를 가지고 있는 버논을 보고 아이리스가 빙그레 웃었다. 리안은 아이리스를 보며 씩 웃은 뒤 버논과 릴리안을 향해 물었다.

"몇 개월이죠?"

리안의 질문에 사람들의 시선이 릴리안의 부푼 배로 향했다. 릴리안은 약간 당황하는 표정을 지었다가 곧 자신의 배를 쓰다듬으며 말했다.

"이제 팔 개월이요."

"출산까지 여기 계실 겁니까?"

이어지는 질문에 이번에는 버논이 대답했다.

"네. 의사도 안심해도 괜찮다고 했으니 출산 후에도 이 사람은 계속 여기 있고 저만 왔다 갔다 할 것 같습니다. 저쪽은 좀 춥거든요."

릴리안의 가족들은 모두 수도에 있다. 딸을 위해 그녀의 어머니가 머피 백작가의 영지로 오고 갔지만 이제 안심해도 되는 시기니 릴리안이 왔다는 말에 리안은 고개를 끄덕였다.

"운이 좋았습니다. 전하와 반스 양의 결혼식을 볼 수 있으니까요."

시기가 딱 맞았다. 기쁜 듯한 버논과 릴리안의 표정에 리안과 아이리스도 미소를 지었다. 리안은 자신의 결혼식에도 꼭 참석해 달라는 인사를 남긴 뒤 아이리스와 함께 몸을 돌렸다.

"원래 수도에 살았나 봐?"

리안이 작은 목소리로 물었다. 버논이나 릴리안이 이야기하는 투가 그랬다. 원래 수도에 살았는데 잠깐 영지로 내려가서 살다 올라온, 그런 느낌이었다.

"음. 릴리안이 전에 유산을 했거든."

그리고 우울증 때문에 내려갔던 영지에서 두 번째 아이가 생겼다. 릴리안은 아이를 낳을 때까지 영지에서 한 걸음도 움직이지 않겠다고 선언했고 필요한 것은 산드라와 릴리안의 어머니가 보내 주거나 직접 전달해 주었다.

"이야기 들은 적이 없는데, 안 친했어?"

이어진 리안의 질문에 아이리스는 피식 웃었다. 괜히 결혼식에 초대했냐는 에두른 질문에 그녀는 손을 들어 리안의 뺨을 가볍게 쓸었다.

"친한 건 아닌데 그렇다고 딱히 사이가 안 좋은 것도 아니었어. 버논은 몇 년 전에 결혼했고 우리도 그때 좀 정신이 없었거든. 아무래도 사촌은 결혼하면 좀 멀어지게 되나 봐."

게다가 이미 한 번 겪은 유산 때문에 다들 말조심을 하느라 버논과 릴리안에 대한 이야기를 거의 하지 않았던 것뿐이다. 아이리스의 말에 리안의 표정이 굳었다. 그는 아이리스의 손을 감싸 쥐며 물었다.

"난 외동이라 형제가 있는 게 어떤 건지 가늠이 안 돼. 다른 동생들도 그럴까? 그 애들도 결혼하면 멀어질까?"

리안의 질문에 아이리스의 움직임이 멈췄다. 그녀는 고개를 돌려 밀드레드 근처에서 서 있는 애슐리와 케이시 경들에게 둘러싸여 있는 릴리를 쳐다봤다.

"형제는 모르겠어. 근데 자매는 아닐 거 같아."

"그래?"

"어머니와 백작 부인을 봐도 두 사람은 자매는 아니지만 자매와 비슷하게 자랐다고 들었거든. 우리도 비슷하지 않을까."

그녀의 어머니는 입버릇처럼 말했다. 자매는 피를 나눈 동시에 가장 친한 친구라고. 그 이야기를 처음 들었을 때만 해도 과연 애슐리와 그녀가 가장 친한 친구가 될 수 있을지 의문이었는데 지금은 좀 알 것 같았다.

애슐리와 아이리스는 별일을 다 겪었다. 아이리스는 애슐리를 책임지려 했고 애슐리는 아이리스에게 뭐든 도움이 되고 싶어 했다. 피를 나누진 않았지만 두 사람의 감정과 관계는 자매였다.

"나는……."

말을 하려던 리안이 멈칫하더니 다시 입을 다물었다. 그는 아이리스가 왜 그러냐는 표정을 짓자 고개를 숙이며 말했다.

"잠깐 우리에게도 아이가 많았으면 좋겠다는 생각을 했거든."

아이리스와 릴리와 애슐리처럼. 그렇게 사이좋은 형제자매였으면 좋겠다. 하지만 리안은 재빨리 덧붙였다.

"그런데 생각해 보니까 그럼 네가 너무 힘들 거 같은 거야. 그래서 바로 딱 하나만 있으면 되겠다고 생각했거든."

그런데? 아이리스는 리안의 표정을 보고 그의 말이 아직 끝나지 않았음을 깨달았다. 그래서 아무 대꾸도 하지 않았다. 리안은 망설이면서 말했다.

"하지만 네가 힘들 거라는 이유로 내가 판단하면 안 되는 거지?"

아이리스의 얼굴에 놀랍다는 표정이 떠올랐다. 그 짧은 시간에 그렇게 단계적으로 생각했단 말야? 그녀의 표정을 본 리안은 부끄러운 표정을 지었다.

그도 안다. 자신이 아직 부족하다는 것을. 리안은 모든 면에서 부족함이 없이 자랐고 그렇기 때문에 오히려 어떤 면에서는 결핍을 가지고 있었다.

그는 자신의 결핍을 채우려 노력하고 있었다. 아이리스는 빙그레 웃으며 리안의 목을 끌어안았다.

"응, 맞아. 우리 둘이 의논해서 결정해야지."

안도의 한숨이 리안의 입에서 흘러나왔다. 그는 아이리스의 호리호리한 몸을 끌어안고 그녀의 어깨에 얼굴을 묻었다.

진짜로 잘하고 싶다. 아이리스에게. 그리고 언젠가 이 나라의 왕이 될 사람으로서. 태어나서 처음으로 그는 자신의 어깨에 짊어지고 있는 짐의 무게를 체감하고 있었다.

그는 자신만큼이나 아이리스의 어깨에 얹어질 짐도 무겁다는 것을 상기하며 신음을 내뱉었다. 문득 자신이 괜한 짓을 했다는 생각이 들었다.

아이리스에게 청혼하지 말걸. 그냥 그녀가 평범하게 살 수 있게 내버려 둘걸. 왕자로 자라서 왕과 왕비를 부모님으로 둔 자신과 반스가의 첫째 딸로 자라서 홀어머니를 둔 아이리스가 같은 입장과 방식으로 사람들을 대할 수 있을 리가 없다.

리안은 약간 울 것 같은 느낌이 들어서 아이리스를 꽉 끌어안았다.

"왜 그래?"

"그냥, 내가 되게 잘못한 것 같아."

"뭘?"

어리둥절해하는 아이리스에게 리안은 깊은 한숨을 내쉬었다. 그리고 천천히 말했다.

"너한테 너무 무거운 짐을 주는 거 같아서."

이건 또 무슨 소리야. 어리둥절한 표정이 떠올랐던 아이리스의 얼굴이 잠시 뒤 어이없다는 표정으로 바뀌었다. 그녀는 다른 사람들의 눈을 피해 리안의 머리카락을 잡아당겼다.

"아야!"

왜 그러냐는 표정이 리안의 얼굴 위에 떠올랐다. 그리고 아픔 때문에 눈물도. 아이리스는 아직도 자신이 무슨 실수를 한 건지 모르는 리안을 한심하다는 표정으로 쳐다보며 물었다.

"리안, 설마 나한테 청혼한 걸로 이런 헛소리를 하는 거 아니지?"

"허, 헛소리라니……."

"네가 뭔데 나한테 무거운 짐을 줬다고 생각해? 내 인생이고 내 선택이야. 솔직히 말해서……."

거기까지 말한 아이리스가 입을 다물었다. 그녀는 허리에 손을 얹으며 리안을 노려보더니 툭 내뱉었다.

"네가 청혼 안 했다고 내가 왕자비가 못 됐을까?"

리안의 입이 딱 벌어졌다.

순서가 바뀌었다. 리안이 청혼했기 때문에 아이리스가 왕자비가 된 게 아니다. 그녀가 왕자비가 되기로 결심했기 때문에 리안이 청혼할 수 있었던 거다.

아이리스는 남의 인생을 가지고 자기 잘못이니 뭐니 하면서 헛소리 하지 말라고 쏘아붙이려다 말았다. 리안이 악의적이거나 그녀를 낮춰서 보기 때문에 그런 생각을 한 게 아니라는 것을 알기 때문이었다.

대신 그녀는 한숨을 내쉬며 말했다.

"너는 내게 무거운 짐을 지게 해서 죄책감을 가질지 몰라도, 난 무거운 짐이 좋아."

그녀가 감당할 수 없었던 때에 비하면 지금의 무거운 짐은 오히려 좋았다. 그녀가 무거운 책임을 가져야 할 만큼 힘이 있다는 거니까.

아이리스는 자신의 어리석고 바보 같은, 그러면서 동시에 사랑스러운 약혼자를 쳐다보며 빙그레 웃었다.

"그러니 나는 네가 죄책감을 갖는 게 아니라 대단하다고 생각했으면 좋겠어. 난 잘할 수 있고 잘할 거거든."

천천히 리안의 얼굴에 다시 미소가 떠올랐다. 그는 이런 아이리스가 좋았다. 감히 그가 동정하거나 죄책감을 갖지 못할 당차고 책임감 넘치는 모습이.

사실 객관적으로 생각해도 왕자로 자란 그보다 아이리스가 훨씬 더 왕비로서 일을 잘할 것이라는 것을 리안도 알고 있었다.

그는 아이리스의 손을 잡고 그 손등 위에 입을 맞췄다.

"나는 평생 널 대단하다고 생각할 거야."

리안의 찬사에 아이리스의 얼굴이 달아올랐다. 그 정도는 아니다. 하지만 아이리스가 부인하기 전에 리안이 그녀의 얼굴을 바라보며 씩 웃었다.

어쩐지 아이리스는 어머니를 유혹하기 위해 월포드 남작님이 마법까지 필요할 거 같냐고 말했던 게 떠올랐다. 리안도 그의 얼굴이면 세계 평화를 이룰 수 있지 않을까. 일단 그녀의 마음이 편안해졌다.

아이리스는 리안의 뺨에 입을 맞추고 그의 팔을 끌어안았다.

"난 둘, 셋 정도가 좋아."

뭐가? 아이리스의 키스를 받은 뺨에 손을 대고 있던 리안은 난데없는 그녀의 말에 어리둥절한 표정을 지었다. 하지만 곧 두 사람의 아이를 말한다는 것을 깨닫고 빙그레 웃으며 말했다.

"난 한 명 정도면 충분할 것 같은데."

리안의 부모님도 리안 한 명만 낳았다. 그와 아이리스에게도 후계자는 한 명이면 충분하지 않을까.

하지만 아이리스의 생각은 달랐다. 그녀는 억지로 웃으며 말했다.

"내가 첫째로 아들을 낳을 거란 보장이 없으니까."

마음 같아서는 아이리스도 그녀가 낳은 첫째이자 유일한 아이에게 왕위를 물려줄 거라고 선언하고 싶다. 하지만 그건 아이리스 혼자의 힘으로 할 수 있는 것도 아니고 그녀의 세대에서 간단하게 해결될 일도 아니다.

리안 역시 아이리스가 무슨 말을 하는지 이해했다. 그는 굳은 표정으로 아이리스를 쳐다보다가 고개를 숙였다. 그리고 다시 한 번 자신이 얼마나 생각이 짧은지 상기했다.

"아이리스, 네가 원하는 아이가 우리의 후계자가 될 거야."

"하지만……."

"알아. 아직은 시기상조일 수도 있고 나도 많이 부족하다는 거."

이제 겨우 왕의 자리가 어떤 건지 깨달은 애송이 왕자가 오랜 왕실 전통과 법을 바꾸자고 해 봤자 아무도 듣지 않을 것이다.

리안은 그제야 다니엘이 왜 많이 보고 경험하고 공부하고 힘을 길러야 한다고 말했는지 이해했다. 정말 원하는 게 생겼을 때 그걸 얻기 위해 어떤 게 필요할지 모르니까.

"힘을 기를 거야. 그리고 많이 공부할게. 우리를 위해서."

리안의 말에 아이리스의 얼굴에 미소가 떠올랐다. 그녀는 다시 리안의 목을 끌어안았다.

"좋아."

*　　*　　*

"안녕히 주무셨어요?"

다음 날 아침. 식당에 나타난 다니엘을 발견한 아이리스가 벌떡 일어나며 인사를 건넸다. 어머니와 결혼했지만 그가 아버지라고 느껴지지는 않기 때문에 뭐라 불러야 할지 모르겠다.

아버지라고 불러야 하나? 릴리와 아이리스의 시선이 부딪쳤다. 그러자 망설이는 그녀의 생각을 읽은 것처럼 다니엘이 덤덤하게 말했다.

"편한 대로 불러."

"하지만 아버지라고 부르는 건……."

저도 모르게 릴리가 끼어들자 다니엘의 시선이 그녀를 향했다. 그는 어깨를 으쓱하며 말했다.

"어색하지."

프레드 밴스와 어머니가 결혼할 때는 그래도 아이리스가 열세 살, 릴리가 열두 살이었지만 지금은 열아홉 살과 열여덟 살이다.

솔직히 말하면 두 사람 다, 다니엘은 아버지라기보다는 어머니의 남편이나 애인이라는 느낌이 강했다.

그리고 그건 다니엘도 마찬가지였다. 그에게도 아이리스, 릴리, 애슐리는 밀드레드의 딸이었지 그의 딸이라는 느낌은 들지 않았다. 물론 그는 연장자고 세 사람의 어머니와 결혼하기 전에도 밀드레드를 위해 세 사람을 돌봐 줘야 한다고 생각하고 있기는 했다.

"호칭은 마음대로 해. 그보다."

그를 아이들이 뭐라고 불러도 상관없다. 윌포드 경이나 다니엘 아저씨라고 해도 괜찮을 것 같다. 남작님도 상관없고.

그러니 다니엘은 그것보다 더 중요한 이야기를 해야겠다고 생각했다. 그는 입을 열었다가 잠시 주방을 향해 고개를 돌리더니 아이리스와 릴리에게 따라오라고 고갯짓하고 걷기 시작했다.

"그보다?"

릴리가 그를 따라가며 아이리스에게 속삭였다. 호칭보다 중요한 게 어딨담? 스승님에서 아버지로 바꿀지 말지 고르는 상황인데?

하지만 다니엘은 정말로 릴리가 그를 선생님이라고 불러도 상관없었다. 그는 어쩌면 릴리가 자신을 아저씨나 할아버지라고 불러도 별 상관 안 했을 것이다.

"돌아와서 다시 이야기해 줄 거지만, 지금이 말해 줄 기회인 것 같아 서."

그렇게 운을 뗀 다니엘은 거쉰을 밀어내고 밀가루와 계란을 꺼내 조리대 앞에 놓고 섰다. 뭘 하려는 거지? 아이리스와 릴리가 그를 도와야할지 망설이는 사이, 그는 능숙하게 계란 흰자만을 분리해 빠르게 저으며 이야기를 시작했다.

"내가 증서를 만들어 둔 게 있어."

다니엘의 손안에서 달걀흰자가 순식간에 뽀얀 거품으로 변하며 부풀어 오르기 시작했다. 지금 머랭을 치는 건가? 아이리스와 릴리의 눈이 동그래졌다. 덕분에 두 사람은 증서라는 말에 반응하지 못했다.

"변호사에게 맡겨 놨다. 변호사는……."

그렇게 말하며 달걀흰자에 남은 설탕을 넣은 다니엘은 다시 빠르게 머랭을 치면서 그의 변호사가 누군지, 사무실이 어디에 있는지 설명하기 시작했다.

지금 이게 다 무슨 소리지? 아이리스와 릴리의 시선이 부딪쳤다. 때마침 식사를 하려고 내려왔던 애슐리도 다니엘의 목소리를 따라 주방으로 들어왔다가 눈을 동그랗게 떴다.

"돌아오면 변호사를 불러서 다시 한 번 이야기해 주마."

"저, 남작님."

다니엘의 이야기가 끝나는 것 같자 그제야 숨죽이며 그의 이야기를 듣고 있던 릴리가 끼어들었다. 그녀는 아이리스와 애슐리를 대신해서 물었다.

"증서라니, 무슨 증서요?"

잠시 밀가루 반죽에 머랭을 섞던 다니엘의 움직임이 멈췄다. 그는 잠시 자신이 이야기하지 않았던가? 하는 표정을 짓더니 다 섞은 반죽을 달군 프라이팬 위에 한 국자 떠서 얹었다.

그리고 허리에 손을 얹으며 말했다.

"너희에게 증서를 작성해 놨거든. 일정 조건이 되면 각각 얼마씩 지불하겠다는 내용으로."

"얼마씩이요?"

릴리의 목소리가 요상하게 꺾여서 나왔다. 그녀는 이상한 냄새를 맡은 표정을 짓고 있었다. 그리고 그건 아이리스도 마찬가지였다. 그 뒤에서 애슐리만이 지금 이 상황을 이해하지 못하고 있었다.

"저희한테 그러니까, 돈을 준다는 증서를 작성해 두신 거예요?"

"설마, 설마 유서 같은 걸 말씀하시는 건 아니죠?"

"아냐."

다니엘은 그렇게 말하고 작은 기포가 일기 시작한 반죽을 뒤집었다. 그리고 그걸 한쪽으로 밀더니 프라이팬의 빈 공간에 다시 반죽을 한 국자 떠서 얹으며 덧붙였다.

"내 죽음과는 상관없어. 아니, 그것도 조건 중 하나기는 하지만, 엄밀히 말하면 너희에게 무슨 일이 생길 때야."

"남작님."

그때 애슐리가 끼어들었다. 그녀는 아이리스와 릴리를 쳐다보더니 다시 다니엘을 쳐다보며 조심스럽게 입을 열었다.

"무슨 말씀을 하시는지 모르겠어요. 저희에게 왜 돈을 준다는 증서를 작성하신 건데요? 그리고 무슨 조건인데요?"

그제야 다니엘은 자신의 설명이 정확하지 않았다는 것을 깨달았다. 원래는 돌아와서 변호사를 불러다 차근차근 설명해 줄 생각이었다.

하지만 그는 오늘 점심때 밀드레드와 함께 신혼여행을 겸해서 밀드레드가 작위와 함께 받은 영지로 떠나야 한다. 그 전에 아이들에게 간단하게 이야기를 해 두고 싶었을 뿐이다.

"제가 할까요?"

거쉰이 끼어들었지만 다니엘은 손을 들어 거부했다. 이건 그가 만들어야 한다. 전부터 그가 꼭 만들고 싶었다.

"부인의 아침이네. 내가 만들 테니 이쪽은 신경 쓰지 말게."

저거 어머니 아침이었어? 동시에 아이리스와 릴리의 눈도 동그래졌다. 다니엘의 앞에 있는 프라이팬 안에는 어쩐지 엄청나게 크게 부풀어 오르는 팬케이크가 있었다.

"저거, 팬케이크인가?"

뒤에서 애슐리가 속삭였다. 아침에 밀가루 반죽으로 만드는 거라면 팬케이크겠지만 팬케이크는 납작하다. 저렇게 두툼하고 크게 부풀지 않는다.

"그런가 봐."

릴리가 대꾸하는 것과 동시에 다니엘이 두 번째 반죽도 뒤집더니 뚜껑을 덮었다. 그리고 아이들을 향해 완전히 돌아서서 말했다.

"예전에 만들어 둔 거야. 너희가 결혼할 경우 지참금으로 사용할 수 있도록. 하지만 내가 증서를 만들 때와 상황이 많이 달라졌으니 조건을 좀 바꾸는 것도 괜찮겠지. 변호사를 불러서 그걸 조정해 보자는 거고."

다니엘의 말에 아이들의 표정에 놀라움이 떠올랐다. 지참금이라고? 릴리가 미간을 찡그리며 물었다.

"예전이라니, 얼마나 예전에 만들어 두신 건데요?"

다니엘의 얼굴에 장난스러운 미소가 떠올랐다. 그는 아이리스를 한 번 쳐다보더니 프라이팬 쪽으로 시선을 돌리며 말했다.

"네 어머니가 웹스터 경을 쫓아낸 다음이었을 거다."

그렇게 빨리? 아이리스와 애슐리의 시선이 부딪쳤다. 그건 여름이 오기도 전의 일이다. 그 전부터 다니엘은 세 아이들의 지참금을 위해 증서를 만들어 뒀다는 거다.

우릴 그렇게 생각했다는 말인가? 애슐리의 마음이 감동으로 촉촉하게 젖어 갈 때쯤 릴리가 재빨리 물었다.

"왜요?"

다니엘은 뚜껑을 열어 안의 팬케이크가 잘 익었는지 확인하고 있었다. 며칠 전에 밀드레드에게 이런 것도 있다는 이야기를 들었을 때부터 그녀에게 꼭 해 주고 싶었다.

가능하다면 결혼 후 첫날밤을 지낸 다음 날 아침으로.

그는 접시에 커다랗게 부푼 팬케이크를 얹더니 솜씨 좋게 그 위에 버터와 과일 콤포트를 얹었다. 그리고 별것 아니라는 투로 말했다.

"그래야 네 어머니가 안심하고 나와 연애를 할 테니까."

허. 애슐리의 입이 딱 벌어졌다. 내 감동. 그녀가 약간 억울해하는 사이 아이리스가 물었다.

"그럼 어머니도 이거 아세요? 남작님이 저흴 위해 증서를 만들어 두신 거요."

"아니."

다니엘은 여전히 밀드레드의 아침을 위해 부산하게 움직이고 있었다. 그는 다른 프라이팬에 소시지를 구우며 동시에 자신이 먹을 팬케이크도 굽기 시작했다.

요리도 잘하네? 애슐리는 억울해하던 것도 잊고 다니엘이 주방에서 능숙하게 움직이는 것에 놀라고 있었다.

그리 가까운 사이는 아니지만 그가 어머니를 사랑한다는 건 안다. 그리고 아주 부유하고 잘생겼다는 것도. 하지만 요리도 잘할 줄은 몰랐다. 애슐리의 머릿속에 한 가지 의문이 떠올랐다.

대체 남작님이 못하시는 게 뭐지?

"어머니께서 모르시면 받아도 될지 모르겠어요."

아이리스의 말에 능숙하게 아침 식사를 접시에 담던 다니엘의 움직임이 멈췄다. 그는 이상하다는 표정을 짓더니 곧 피식 웃으며 말했다.

"가는 길에 네 어머니께도 이야기할 거다. 그 전에 너희들에게도 알아 두라고 말하는 거고."

"하지만 어머니께서……."

"남편이 자기 아이들에게 돈을 남긴 걸 싫어하진 않을 것 같은데?"

뭐, 그렇긴 하지. 세 아이들의 시선이 부딪쳤다. 하지만 어쩐지 미안하다. 다니엘은 어머니의 남편일 뿐이고 세 사람의 아버지가 아니다. 이미 충분히 도움을 받았는데 돈까지 받아도 되는 걸까.

사실 아이리스는 릴리나 애슐리를 생각하면 감사하다고 받고 싶은 심정이었다. 그녀가 왕자비가 된다고 해도 동생들을 위해 돈을 얼마나 쓸 수 있을지 모르니까.

하지만 그렇다고 덥석 받는 건 좀 민망하다.

그런 아이리스의 표정을 읽은 다니엘은 접시를 쟁반에 옮겨 담더니 조리대를 빙 돌아 아이들 앞으로 나왔다. 그리고 가슴 앞으로 팔짱을 끼며 말했다.

"나나 네 어머니에게 무슨 일이 있어도 너희가 결혼할 때 무조건 돈을 받을 수 있도록 해 둔 거다. 나도 손을 못 대. 무슨 말인지 이해했어?"

이해했다. 아이리스의 입이 벌어졌다. 다니엘은 프레드 반스가 밀드 레드의 재산을 허비한 것을, 그래서 아이리스가 결혼할 수 있을지 걱정했던 것을 알고 있었다. 그걸 보충해 주고 싶었던 거다.

설령 다니엘의 사업이 망하거나 밀드레드와 그가 잘되지 않아서 헤어진다고 해도 그가 만들어 둔 증서는 아이들이 결혼할 때 지참금으로 쓸 수 있도록 돈을 주게 되어있다.

감동한 나머지 아이리스의 얼굴이 붉게 달아올랐다. 곧 릴리와 애슐리의 얼굴에도 감동이 떠올랐다.

"남작님, 한 번만 안아도 될까요?"

아이리스의 요청에 다니엘은 싫다고 말하려 했다. 하지만 그가 대답하기 전에 먼저 릴리와 애슐리가 덤벼들었다.

"남작님!"

"선생님!"

릴리와 애슐리가 묻지도 않고 자신을 끌어안자 다니엘의 얼굴에 곤란하다는 표정이 떠올랐다. 다른 사람이었다면 다가오기도 전에 몸을 돌리거나 손을 내밀어서 밀어 버렸을 것이다.

하지만 이 애들은 밀드레드의 아이들이다.

곧 아이리스도 합세하자 다니엘은 한숨을 내쉬며 이마를 짚었다.

"좋아, 이제 그만."

정확히 삼 초가 지나자 다니엘은 재빨리 아이들을 떼어 냈다. 그리고 초롱초롱한 눈으로 자신을 쳐다보는 릴리와 애슐리를 무시하고 쟁반을 들어 올려 이 층으로 떠나 버렸다.

꽤 냉정한 태도였지만 감동한 아이들에게 그 정도 공격은 타격으로 들어오지도 않았다. 아이리스와 릴리, 애슐리는 떠나는 다니엘의 뒷모습을 쳐다보다가 키득거리며 몸을 돌렸다. 그리고 거쉰에게 다니엘이 만들어 둔 반죽으로 자신들도 두툼한 팬케이크를 만들어 달라고 요청했다.

"부인."

침실로 돌아간 다니엘은 쟁반을 한쪽에 내려놓고 침대에 걸터앉았다. 그리고 여전히 잠들어 있는 밀드레드에게 몸을 숙여 그녀의 어깨에 입을 맞췄다.

"아침 가져왔어요."

외전 3

반스 백작

"밀드레드 반스예요."

새로 온 영주님을 만난 순간, 칼과 윌리스는 저도 모르게 당혹스러운 표정을 지었다. 이름이 여성스럽다는 생각을 아주 잠깐 했다. 하지만 귀족의 이름이란 대부분 좋게 말하면 고풍스럽고 나쁘게 말하면 요상하기 마련이다.

당연히 두 사람은 밀드레드라는 이름의 남성이 올 줄 알았고 눈앞에 나타난 작고 아름다운 부인 앞에서 표정관리를 하기가 어려웠다.

"그리고 이쪽은 내 남편인 다니엘 월포드 남작이고요."

이어진 밀드레드의 소개에 윌리스와 칼의 머릿속에 작은 희망이 떠올랐다. 두 사람이 뭘 잘못 보거나 들은 게 아닐까. 실제 이 영지의 영주님은 다니엘 월포드 남작인 게 아닐까.

하지만 두 사람의 희망을 밟아 버리듯이 밀드레드가 덧붙였다.

"내가 이곳의 영주예요. 밀드레드 반스 백작이죠."

"헌데……."

제일 먼저 입을 연 건 칼이었다. 그는 대뜸 여자도 영주가 될 수 있냐고 물어보려다 다니엘의 시선에 움찔했다. 그 시선은 마치 말실수를 했다간 머리와 몸이 분리될 줄 알라는 것처럼 느껴졌고 그건 사실이었다.

"그러니까, 왜, 왜 혼자 오셨습니까?"

가까스로 질문을 돌린 칼이 식은땀을 닦아 냈다. 눈앞의 새 영주가 여자라 당황했지만 확실히 혼자 온 것도 이상한 일이긴 하다.

수도에서 여기까지는 마차로 일주일 정도 걸린다. 보통은 수발을 들어 줄 사용인과 호위까지 우르르 오기 마련이다.

하지만 밀드레드는 오직 다니엘과 단둘이 왔으며 어디에도 그녀의 수발을 들어 줄 사용인은 보이지 않았다. 그녀와 다니엘이 타고 온 마차도 그리 화려하지 않은 평범한 여행자용 마차였기 때문에 밀드레드가 자신이 반스 백작이라는 것을 밝히지 않았다면 아무도 알아차리지 못했을 것이다.

"저와 남편 둘만 간다고 편지에 적어 보냈을 텐데요."

밀드레드의 말에 칼과 윌리스의 얼굴에 아차 하는 표정이 떠올랐다. 그녀의 말대로 그런 편지를 받았다. 수행 없이 둘이 갈 테니 수발을 들어 줄 사람을 준비해 달라는 요청이었다.

그제야 윌리스는 솔직하게 입을 열었다.

"죄송합니다, 부인, 아니, 영주님. 여자분이실 거라는 생각을 못 해서 수행을 모두 남자로 뽑아 놨습니다."

"편지에 분명 남편과 함께 갈 거라고 적었는데요?"

그것도 뭔가가 잘못된 거라 생각했다. 윌리스와 칼은 의식적으로 새로 올 영주가 여성일 리가 없다고 생각하고 있었다. 심지어 동명의 여성이 백작 위를 받았다는 소문을 들었을 때조차도.

"흠."

밀드레드는 식은땀을 뻘뻘 흘리는 월리스와 칼을 보며 가슴 앞으로 팔짱을 꼈다. 순간 울컥 화가 났지만 그녀는 곧 앞으로 이런 일을 무수하게 겪을 것이라는 것을 깨달았다.

그러니 지금 화를 내면 안 된다. 아니, 내야 하나?

복잡한 생각이 그녀의 머릿속에 떠올랐다. 화를 내서 그녀가 이런 것을 싫어한다는 이미지를 심어야 하는 걸까, 아니면 이들과의 원만한 관계 유지를 위해 한두 번은 참아야 하는 걸까.

"당장 하녀 중에서 영주님의 시중을 들 아이를 불러오겠습니다."

월리스는 그렇게 말하며 몸을 돌렸다. 그때 밀드레드의 뒤에 뻐딱하게 서서 지켜보고 있던 다니엘이 입을 열었다.

"눈치가 빠른 아이로 해 주게."

누구나 자기 시중을 들 사용인은 눈치가 빠른 사람이길 바란다. 월리스가 알겠다고 고개를 끄덕이려는 순간 다니엘이 밀드레드의 손을 잡으며 덧붙였다.

"신혼에 방해가 되지 않도록."

신혼이라고? 다니엘의 말에 월리스는 물론 칼의 얼굴 위로도 놀란 표정이 떠올랐다. 하지만 월리스는 곧 표정을 관리하고 재빨리 축하 인사를 건넸다.

"결혼 축하드립니다."

"그럼 빨리 후계자부터 만드셔야겠군요."

잠깐 좋아질 뻔했던 분위기가 칼의 말로 무겁게 가라앉았다. 밀드레드는 다니엘을 한 번 쳐다보고 칼에게 어깨를 으쓱하며 말했다.

"걱정 말아요. 후계자는 이미 둘이나 있으니까요."

후계자가 있다고? 신혼인데? 이쯤 되자 칼은 차마 누구 자식이냐고 물어볼 수가 없었다. 다니엘이 전 부인에게서 본 자식인지, 밀드레드가 전 남편에게서 본 자식인지.

결국 두 사람은 아무 말도 못 하고 그녀를 영지로 안내했다.

"우리 영주님이 여자분 맞는 거지?"

영지 시찰이 끝나자 바로 재정 상태를 확인하겠다는 밀드레드에게 칼과 월리스가 최근 몇 년 간의 장부를 제출하고 나오자마자 하녀장이 다가와서 물었다.

오늘 아침에 마차 한 대가 저택에 들어설 때, 그녀도 월리스와 칼의 옆에 서서 영주님과 그 배우자에게 인사했다. 하지만 그녀는 아직도 자신의 영주님이 여자라는 것을 믿을 수가 없었다.

"네. 밀드레드 반스 백작님이라더군요."

월리스의 설명에 몰리가 저도 모르게 허 하고 신음을 내뱉었다. 설마 설마했는데 진짜 여자일 줄이야. 그녀는 불경스럽다는 것도 잊고 물었다.

"영지 경영은 할 줄 알고?"

"포스터 부인!"

지적하는 월리스와 달리 칼은 낄낄거리며 대답했다.

"할 줄 알겠어요? 소꿉놀이나 좀 하다 가겠지."

이번 전염병으로 죽은 전 영주도 그랬다. 그는 칼을 대리인으로 세워 놓고 몇 년에 한 번이나 올까 말까였다. 그 여자도 비슷하겠지. 어쩌면 전임 영주보다 더할지도 모른다.

차라리 그게 낫겠다. 칼은 약간 기분이 후련해져서 월리스에게 말했다.

"수도에서 고상하게 놀던 여자가 이런 시골 생활에 적응할 수 있겠어? 며칠이면 두 손 들고 떠날 테니 그때까지만 고생하자고."

"그래도 영주님이잖습니까."

윌리스가 불안하다는 표정으로 말했지만 칼과 몰리는 들은 척도 하지 않았다. 두 사람은 그들의 영주가 일주일 만에 두 손 두 발 다 들고 수도로 도망칠 것이라 믿어 의심치 않았다.

그 정도로 이 영지는 관리가 되어 있지 않은 곳이다. 영지 밖으로 나가는 길은 그래도 보수를 해서 다닐 만했지만 영지 안의 다른 길들은 제대로 닦여 있지 않아 비가 올 때면 바퀴가 진흙탕에 처박히기 일쑤였다.

당연하게도 수도라면 있을 극장이나 신문사는 물론 그 흔한 식당이나 카페도 이곳에서는 초라하고 보잘것없었다.

이런 실정이니 의상실 같은 게 제대로 있을 리가 없다. 몰리와 윌리스는 의상실 주인, 루실의 실력이 훌륭하다고 생각하고 있었지만 그게 수도에서 살다 온 백작님의 눈에도 훌륭할지는 알 수 없다.

"그렇게 걱정할 것 없어. 내가 수도에 있는 친구에게 편지를 보냈으니 곧 답장이 올 거야."

칼은 그렇게 말하며 윌리스의 어깨를 다독였다. 그는 윌리스가 왜 불안해하는지 알 것 같았다. 전임 영주의 대리자였던 그는 원래 수도 태생이다. 비록 이 영지로 내려온 지 십여 년이 지났지만 수도에 아직 친인척이 있으니 일자리를 잃어도 수도로 올라가면 된다. 근방의 아세나라는 곳에 형 가족이 있기도 하고.

하지만 이 저택의 집사로 일한 윌리스는 상황이 좀 달랐다. 그는 가까운 친척도 없었고 전임 영주의 눈에 들어 운 좋게 집사의 자리에 오른 자다.

여차하면 그가 수도로 데려가 일자리를 얻을 수 있도록 도와줘야겠다고 생각하며 칼이 덧붙였다.

"답장을 받으면 어떤 사람인지 알 수 있겠지. 보나 마나 운이 좋았던 거겠지만."

부디 그랬으면 좋겠다. 윌리스는 칼의 위로 아닌 위로에도 여전히 불안한 표정을 지으며 몸을 돌렸다.

한편 밀드레드는 영주의 집무실이라고 안내받은 황량한 방에서 다니엘과 나란히 앉아 윌리스와 칼이 건네주고 간 장부를 살펴보고 있었다.

난로에 불을 지피라고 할 걸 그랬다. 밀드레드는 그렇게 후회하며 다니엘을 쳐다봤다. 그래도 다니엘이 있어서 다행이다. 그녀는 솔직하게 생각한 것을 말했다.

"당신이 있어서 다행이에요."

"전 좀 후회하고 있는데요."

"그래요?"

"오기 전에 수행 없이 저와 단둘이 가겠다고 하셨을 때 말리지 않은 것을요."

수행 없이 단둘이 가자고 했을 때 안 된다고 했어야 했다. 그녀와 단둘이 오붓하게 여행을 즐길 수 있다는 생각에 만족해하는 게 아니라.

물론 영지로 오는 길은 즐거웠다. 두 사람 다 누군가의 도움 없이 생활하는 걸 어려워하지 않았고 선선한 날씨 덕분에 마차를 타고 달리다가 지겨우면 걷기도 했다.

때때로 숙박하기로 한 숙소에 시간 내에 도달하지 못할 것 같으면 다니엘의 힘을 이용하기도 했고 호수나 넓은 들판을 만나면 즉석에서 피크닉을 즐기기도 했다.

하지만 문제는 오는 길이 아니라 목적지인 이 영지에 있었다. 다니엘은 이 저택에서 일하는 사람들의 태도가 마음에 들지 않았다.

마음 같아서는 밀드레드의 시중을 들 하녀도 필요 없다고 거절하고 싶은 심정이었다. 하지만 그녀가 필요 없다고 하지 않는 이상, 그는 아무 말도 해서는 안 된다.

"난 당신과 단둘이 있어서 좋은데요."

밀드레드가 그렇게 말하며 몸을 기울여 그의 입술에 입을 맞추자 다니엘의 얼굴도 부드럽게 풀렸다. 그는 그녀가 키스하기 좋도록 고개를 숙였다가 손을 들었다. 그리고 조심스럽게 밀드레드의 뺨을 감싸며 말했다.

"원하신다면 이 영지는 버려 두고 다른 곳으로 여행을 떠나도 됩니다."

"하지만 영지 관리는 어떻게 하고요?"

"나중에 루인을 보내서 살펴보라고 하죠, 뭐."

다니엘의 충직한 시종이자 부하인 루인이라면 확실히 잘 해낼 것이다. 하지만 밀드레드는 그러고 싶지 않았다. 어쨌든 그녀가 받아 낸 작위와 영지다. 그녀의 힘으로 처리하고 싶었다.

게다가 당장 밀드레드의 눈에 문제점이 하나 발견됐다. 그녀는 다니엘의 어깨에 뺨을 댔다가 떼어 내며 말했다.

"그 전에 당신이 살펴봐 줘야 할 게 있어요."

기대감에 다니엘의 눈이 반짝이기 시작했다. 그가 고개를 내밀자 밀드레드는 그녀가 보던 장부를 짚으며 물었다.

"어때요?"

뭐가? 기대했던 것과 다른 이야기에 다니엘의 얼굴에 잠깐 실망스러운 표정이 떠올랐다. 하지만 그는 곧 테이블 위로 시선을 돌렸다.

"뭐가요?"

"이것 봐요."

밀드레드가 짚은 건 각 고용인의 봉급이었다. 다니엘은 심드렁하게 시선을 던졌다가 거기 적힌 금액에 눈을 크게 떴다.

"시골치고는 상당한 금액이군요."

"전 영주가 인심이 후했던 걸까요? 아니면……."

고용인들이 작당을 한 걸까. 밀드레드의 머릿속이 복잡해졌다. 어디나 경력이 있고 관리직이라면 봉급이 높아진다. 하지만 대체적으로 시골은 수도보다 낮은 편인데 이 저택의 봉급은 수도에서도 상위에 들 정도로 높았다.

"제 사람들이 모두 여기서 일하겠다고 나서겠는데요."

다니엘의 말에 밀드레드는 저도 모르게 피식 웃었다. 그리고 다시 장부로 시선을 던졌다. 전 영주는 고용인들에게 왜 이렇게 많은 돈을 주고 있었던 걸까.

그녀의 머릿속에 제대로 관리되지 않은 담이나 도로가 떠올랐다. 그리고 묘하게 그녀에게 적대적이었던 칼과 몰리의 태도도.

"이것도 이상한데요."

그때 영수증을 살피던 다니엘이 그중 한 장을 들어 올리며 말했다. 밀드레드는 그가 내민 영수증을 보고 그게 식료품값이라는 것을 확인했다.

"좀 비싸네요."

"게다가 운송비도 따로 받았군요."

이 정도 규모의 저택에서 식료품을 산다면 배달은 저택에서 일하는 하인을 시키기 마련이다. 다니엘과 밀드레드의 머릿속에 이 저택에서 일하는 사용인의 숫자가 떠올랐다. 집사와 대리인, 요리사와 하녀장과 같은 관리직을 제외하면 하녀가 넷, 하인이 셋이다.

"이야기를 좀 해 봐야겠어요."

"누구를 먼저 불러올까요?"

눈치 빠르게도 다니엘은 밀드레드가 무슨 말을 하는 건지 알아차리고 자리에서 일어나며 물었다. 그녀는 잠시 생각하다가 웃으며 말했다.

"오늘은 쉬고요. 목욕하고 쉬어야겠어요."

일어났던 다니엘이 밀드레드의 말에 씩 웃었다. 그리고 그녀의 손을 잡으며 말했다.

"제가 목욕 시중을 들죠."

＊　　＊　　＊

다음 날, 새로운 영주와 그의 남편이 마을을 구경하러 나가자 칼의 얼굴에 못마땅한 표정이 떠올랐다. 집안일이라면 집사인 윌리스의 책임이지만 영지 전체의 일이라면 칼의 문제가 된다.

뭔가 문제가 되는 건 없겠지. 그는 재빨리 머리를 굴렸지만 딱히 문제가 될 일은 없는 것 같았다. 어쨌든 그는 대리인으로서 할 만큼 했다. 주어진 예산으로 영지를 발전시키는 건 불가능하지만 유지하려고는 했으니까.

"윌리스."

칼은 마침 지나가던 윌리스를 불러 세웠다. 그리고 그에게 재빨리 물었다.

"어제 부인이 뭐라고 말한 건 없었어?"

영주를 말하는 거다. 윌리스는 영주님을 부인이라 부르는 건 이 상황에서 전혀 도움이 되지 않는다고 충고하려다가 말았다.

"도로 보수는 몇 년에 한 번씩 하는지 물어보시더군요."

도로 보수? 칼의 얼굴이 일그러졌다. 그때그때 보수해야 한다는 요구가 들어오거나 그가 보기에 보수해야 할 것 같으면 한다. 그건 윌리스도 알고 있으니 대답하는 데 별문제가 되지는 않았을 것이다.

"그걸 왜 자네한테 물었지?"

이상하다는 칼의 질문에 윌리스는 어깨를 으쓱해 보였다. 칼이 영주의 대리인이고 윌리스가 집사라는 것은 이미 반스 부인을 처음 만났을 때 설명을 했다.

"때마침 제가 근처에 있었나 보죠."

"아니면 자네와 내가 하는 일을 기억도 못 하거나."

칼의 빈정거림에 윌리스는 이번에도 그러지 말라고 하려다 참았다. 그는 한숨을 내쉬고 오늘 저녁 식사 준비가 잘되어가고 있는지 확인하기 위해 주방으로 향했다.

"윌리스, 그렇지 않아도 이야기하고 싶었는데 잘됐어."

주방 안에서 재료를 다듬고 있던 요리사 안나가 벌떡 일어나며 말했다. 그녀의 곁에서 새로 들어온 하녀가 눈물을 뚝뚝 흘리며 양파 껍질을 벗기고 있었다.

"무슨 일이라도 있습니까?"

윌리스의 질문에 안나는 손을 수건으로 닦으며 말했다.

"오늘 아침에 마님, 아니 뭐라고 불러야 하는 거야? 하여튼 영주님의 남편이 여기까지 들어왔지 뭐야."

"그분 참 잘생기시지 않았어요?"

눈물을 줄줄 흘리던 하녀가 재빨리 끼어들었다. 매워서 우는 거지 혼이 나서 우는 건 아니었던 모양이다. 윌리스가 어이가 없어서 픽 웃는 순간 안나가 냅다 핀잔했다.

"잘생기면 뭘 해. 얼굴만 번드르르해서 여자한테 잡혀 사는 꼴이던데."

윌리스는 잠시 그 얼굴만 번드르르한 남자도 남작이라는 것을 말하려다가 말았다. 그래 봤자 시골에서 평생 산 안나는 남작보다 백작이 더 높은 거 아니냐고 할 게 뻔하다.

사실 귀족의 작위라는 건 그렇게 순서대로 영향력이나 힘이 결정되는 게 아니다. 가문이 얼마나 오래됐는지, 얼마나 부유한지, 얼마나 왕권에 가까운지에 따라 결정이 된다.

하지만 윌리스도 이 영지로 온 지 꽤 된 데다가 실제로 월포드 남작이 얼마나 힘이 있는지 모르기 때문에 입을 다물었다. 어지간하면 남편에게 작위를 줄 텐데 부인이 받은 걸 보니 어쩌면 안나의 말대로 얼굴만 번지르르한 멍청이일지도 모른다.

"그런데요? 영주님의 남편분이 주방에 들어와서 안 좋은 말이라도 하던가요?"

"그건 아니고. 좀 이상하잖아. 남자가 주방에 얼쩡거리는 꼴이."

"안나, 도시에선 남자들도 요리를 해요."

뿐만 아니라 하인도 간단한 식사를 만들거나 차를 우릴 줄 알아야 한다. 스스로 복장을 정돈해야 하기 때문에 간단한 수선도 하인에게 필요한 능력 중 하나다.

하지만 월포드 남작은 하인이 아니지. 윌리스가 그렇게 생각한 순간 안나가 혀를 차며 말했다.

"우리 같은 사람들 말고 귀족을 말하는 거잖아. 우리 같은 사람들이야 남자 여자가 무슨 상관이야? 지 밥은 지가 해 먹을 줄 알아야지. 안 그래?"

"맞아요. 제 일곱 살짜리 남동생도 계란 프라이 정도는 할 줄 알거든요."

이번에도 하녀가 끼어들었다. 안나도 그것 보라는 듯 흐뭇한 표정을 짓더니 다시 윌리스에게 말했다.

"그리고 음식을 더 많이 내달래."

안나의 말에 윌리스는 웃음을 터트렸다. 그도 도시 사람들은 새 모이만큼 먹는다는 이야기를 듣긴 했다. 그리고 안나가 그래도 설마 이 정도는 먹겠지? 하고 내놓던 양도.

"영주님은 몰라도 영주님 남편분께는 좀 부족했을 겁니다."

"그런가 봐. 누가 도시 사람들은 새 모이만큼 먹는다는 헛소리를 했나 몰라."

다시 한 번, 윌리스의 입에서 웃음이 흘러나왔다. 이번에는 안나와 하녀의 입에서도.

"그리고 이상한 질문을 하던데."

잠시 뒤 웃음이 멈추자 안나는 잠시 놓았던 닭고기를 다시 손질하며 입을 열었다.

"이상한 질문이요?"

안나의 얼굴이 일그러졌다. 그녀는 처음 보는 순간 그림이 걸어 들어온다고 생각했던 윌포드 남작을 떠올렸다. 그는 무표정한 얼굴로 어느샌가 주방 입구에 서 있었다. 그리고 주방 안을 한 번 훑어보더니 당연하다는 듯 안나에게 물었다.

"식료품을 어디서 주문하는지 묻더라고."

"그래서 알려 줬어요?"

"그게 뭐 대단한 비밀이라고. 그런데 그런 걸 왜 물어보는 걸까?"

그러게. 윌리스는 자신도 모르겠다는 표정을 지었다.

"호수도 있네요."

밀드레드의 말에 다니엘이 고개를 돌렸다. 영지 외곽에 호수가 있긴 했다. 나쁘지 않다. 반대편으로는 강도 지나가고 있으니까.

그는 밀드레드의 손등에 입을 맞추며 말했다.

"좋은 땅이군요."

"사람들도 좋은 편이고요."

그녀는 자신이 영주라는 말에 눈 하나 까딱하지 않던 영지민들을 떠올리며 피식 웃었다. 오히려 저택 안에서 일하는 사람들에 비해 저택 밖의 영지민들은 여자가 영주라는 걸 꺼리거나 신경 쓰지 않는 것처럼 보였다.

하기야 이들에게 영주는 인생에 몇 번 만날까 말까 한 존재다. 거리감으로 생각하면 왕과 거의 비슷하지 않을까. 그런 존재는 사람들의 머릿속에 성별이라는 게 무관한 법이다.

오히려 영지민들은 자기 영주가 이렇게 아름다운 부인이라는 사실에 신기해하는 사람 반, 너무 예뻐서 능력을 의심하는 사람 반이었다. 그리고 밀드레드는 그 둘 다 별로 상관없었다. 서로 할 일만 다 하면 된다. 저들은 열심히 사는 거고 그녀는 영지를 부유하게 가꾸는 거고.

"여기부터는 말을 타도 될 것 같습니다."

앞에 있는 길의 상태가 조금 좋아 보이자 다니엘이 말했다. 밀드레드는 전혀 관리되지 않은 듯한 길을 돌아보고 고개를 끄덕였다. 그리고 다니엘의 도움을 받아 말에 올라탔다.

"이쪽 길은 전혀 손을 안 댄 것 같죠?"

"저택과 시내 쪽만 관리를 한 것 같습니다."

"대리인에 대해 아는 거 있어요?"

"칼 위드슨이라면 약간이요."

저택의 사람들은 거의 다 그렇지만 전 영주가 고용한 자였다. 전 영주가 젊은 시절 어느 여행길에서 도움을 받아서 영지의 대리인으로 고용했다는 말에 밀드레드는 고개를 끄덕였다.

"그리고 윌리스 애머튼은 원래 전 영주의 친구 밑에서 일하던 하인이더군요."

원래 집사란 저택 내에서 승진을 시키기보다는 다른 저택에서 일하던 자를 데려와서 시키는 게 보통이다. 그래야 하인과 집사 사이가 너무 친하지 않고 서로 지시를 내리거나 받아들이는 게 편하다고 생각하기 때문이다.

"요리사는 괜찮았어요."

밀드레드는 고개를 끄덕이며 말했다. 그녀도 오기 전에 이 영지가 어떤 곳인지 알아보긴 했다. 영지에서 나오는 수확물은 뭐가 있는지, 날씨나 계절은 어떤지 같은 것들.

하지만 전 영주가 거의 신경을 쓰지 않은 탓인지 아는 사람이 별로 없었다. 밀드레드가 아는 건 약간 서늘하다는 것뿐. 몇몇 부인들은 너무 오래 자기들끼리만 일한 사용인들은 오히려 새로운 영주와 부인을 경계하고 괴롭히려 할 수 있으니 처음부터 강하게 나가야 한다고 조언했다.

"실력이 나쁘지 않았죠. 양은 좀 적었지만요."

다니엘의 말에 밀드레드의 미간이 좁아졌다. 그녀는 고개를 끄덕이며 동의했다.

"맞아요. 재료가 부족했던 걸까요, 이 지방 사람들은 다 그렇게 먹게 먹는 걸까요?"

"아마 도시 사람은 새 모이만큼 먹는다는 루머 때문일 겁니다."

"그런 루머가 있어요?"

있다. 아마 다른 지방에서 온 사람들이 이쪽 지방의 음식이 입에 맞지 않아서 적게 먹은 게 잘못 퍼진 게 아닐까. 다니엘은 그렇게 생각하며 말했다.

"오늘 아침에 주방에 가서 이야기해 뒀으니 저녁은 제대로 나올 겁니다."

"그런 말도 했어요?"

다니엘의 얼굴에 미소가 떠올랐다. 그는 몸을 기울여 말 위에 앉은 밀드레드의 뺨에 입을 맞췄다.

"제가 수발을 든다고 했잖습니까."

밀드레드의 얼굴에도 미소가 떠올랐다. 그녀는 고개를 돌려 다니엘의 입술에 입을 맞췄다. 슬슬 돌아갈 시간이다. 하루 종일 영지를 둘러본 탓에 두 사람은 지치고 배가 고팠다.

그리고 그날 저녁 식사는 다니엘의 호언장담대로 꽤 푸짐하게 나왔다. 밀드레드는 혼자서 다 못 먹을 정도의 양을 접시에 가득 담은 스테이크와 으깬 감자, 닭튀김 같은 요리를 보고 눈을 동그랗게 떴다.

그리고 다니엘에게 재빨리 속삭였다.

"내일부터는 샐러드도 내달라고 해야겠어요."

"그것도 이야기해 뒀습니다."

두 사람이 목욕을 하느라 좀 늦게 내려온 탓에 음식은 약간 식어 있었지만 확실히 맛있었다. 밀드레드는 연하게 잘 구운 스테이크와 바삭하게 튀긴 닭튀김을 먹으며 요리사의 실력이 참 좋다고 생각했다.

수도에서 유행하는 것처럼 꽃 모양으로 꾸민 파이는 아니었지만 투박한 사과파이도 맛있었다. 파이 안의 큼직하게 썬 사과들은 적당히 씹힐 정도로 식감이 좋았고 파이 크러스트는 포크로 잘랐을 때 파삭하는 소리가 날 정도로 바삭했다.

음식 하나는 만점이다. 그녀는 그렇게 생각하며 식사 시중을 드는 하인들을 살폈다. 자세는 엉성한 편이다. 게다가 전 영주가 자주 오지 않았다는 말이 사실인지 영주의 시중을 드는 데 익숙지 않아 하는 게 눈에 보였다.

예를 들면 밀드레드와 다니엘의 잔이 비면 빨리빨리 잔을 채워야 하는데 그것조차 그녀나 다니엘이 잔을 들고 눈치를 줘야 달려왔다. 그나마도 영주인 밀드레드가 아니라 다니엘의 잔을 먼저 채웠다.

"교육이 필요하겠네요."

식사를 마친 뒤 소화를 시킬 겸 정원을 거닐며 다니엘이 말했다. 밀드레드의 눈에도 보인 하인들의 부족한 행동이 더 깐깐한 그의 눈에 보이지 않았을 리가 없다. 밀드레드는 정원을 살피며 대답했다.

"정원도 누가 관리하는지 물어봐야겠어요."

정원은 좋게 말하면 밀드레드가 가꾸기 전의 둥근 지붕 저택보다는 나았고 나쁘게 말하면 잡초만 겨우 뽑은 수준이었다. 그녀의 말을 들은 다니엘이 정원을 돌아보며 말했다.

"예산에는 정원사 급여도 포함되어 있던데요."

밀드레드도 봤다. 그녀는 잠시 멈춰 서서 어떻게 해야 할지 고민하기 시작했다.

다니엘은 말없이 자신의 재킷을 벗어 그녀의 어깨에 둘러 주었다. 저택에서 일하는 사람들에 대해 좀 더 자세히 조사할 수 있다. 하지만 그러려면 밀드레드의 곁에서 하루 이상 떨어져 있어야 한다.

여기가 수도였다면 내키지 않지만 조사하는 것을 택했을 것이다. 수도엔 별 도움 안 될 게 뻔하지만 밀드레드의 아이들이 있고 그의 하인이자 부하인 루인과 모가 있으니까.

게다가 그가 밀드레드에게 준 반지 외에도 몇 가지 마법을 걸어 두고 가면 조금은 안심할 수 있다. 하지만 여기서는 마법만으로는 안심할 수가 없었다. 그는 밀드레드의 성격을 알았고 그녀의 돌발 행동을 마법으로 커버할 수 없다는 것도 알았다.

"편지를 쓰죠."

다니엘의 말에 밀드레드가 무슨 소리냐는 듯 그를 쳐다봤다. 다니엘은 밀드레드의 어깨를 감싸 안으며 설명했다.

"여기 사람들에 대해 자세히 조사해 달라고요. 약간 시간이 걸릴 겁니다."

편지가 오고 가는 걸 생각해도 최소한 몇 주는 걸릴 것이다. 밀드레드는 어깨를 으쓱해 보였다. 상관없다. 그녀는 여기서 두 달을 지낼 예정이니까.

* * *

"전 영주님 말입니까?"

다음 날, 윌리스는 밀드레드의 질문을 받고 당황한 표정을 지었다. 전 영주가 이 영지에 얼마나 자주 왔는지를 묻는 질문에 솔직히 대답하면 어이없어할 게 뻔했기 때문이다. 그는 잠시 망설이다가 완곡하게 말했다.

"아무래도 도시에서 오신 분들은 시골 생활이 조금 답답하게 느껴지실 수가 있습니다."

자주 안 왔다는 말이다. 밀드레드는 조용히 웃었다. 그리고 다시 한 번 물었다.

"마지막으로 여길 왔던 게 언제였나요?"

"영지를 물려받으셨을 때는 오셨습니다."

그 후로는 한 번도 안 왔다는 말인가? 밀드레드는 믿을 수 없다는 표정으로 윌리스를 쳐다봤다. 전 영주는 이 영지를 작위와 함께 삼촌에게 물려받았다고 들었다. 그게 십몇 년 전의 일일 것이다.

"그리고 몇 년 전에 전염병이 심했을 때도 영지를 살피러 오셨었고요."

재빠른 윌리스의 덧붙임에 밀드레드는 다시 웃었다. 그건 영지를 살피러 온 게 아니라 수도에서 도피한 것에 가까우리라. 그녀의 머릿속에 그 당시 귀족들이 전염병을 피하거나 치료를 위해 시골로 내려갔던 게 떠올랐다.

"그렇다면 보고는 어떻게 했나요?"

"위드슨 씨가 직접 보고를 했습니다."

"전 영주에게 직접 가서요?"

"직접 간 적도 있고 보고서를 보낸 적도 있는 걸로 압니다만, 자세한 답변을 원하시면 위드슨 씨를 불러올까요?"

필요 없다. 밀드레드는 고개를 저으려다 말았다. 한 명씩 면담을 할 필요는 있었다. 여긴 이제 그녀의 영지고 그녀의 집이다. 일을 제대로 하지 못하거나 그녀의 기준에 맞지 않는 사람은 해고해야 한다.

별로 유쾌하지 않은 생각에 밀드레드는 한숨을 내쉬었다.

"영주님, 사람을 자르실 겁니까?"

그때 윌리스가 조심스럽게 물었다. 다들 모이면 그런 이야기를 했다. 딱히 영주가 밀드레드라서 그런 대화를 하는 건 아니다. 어디나 주인이 바뀌면 기존의 직원들은 물갈이가 되기 마련이기 때문이다.

어쩌면 몇몇은 남아 있을 수도 있겠지. 하지만 나이가 너무 들거나 영주의 기준에 너무 많은 급여를 받는다는 판단을 받는 사람은 제일 먼저 잘린다.

사용인들은 모이면 새로 온 영주가 몇 명이나 해고할지, 해고할 때 추천장은 써 줄지를 이야기하곤 했다. 그리고 해고는 어쩔 수 없지만 추천장이라도 잘 써 달라는 부탁을 하라고 집사인 윌리스를 쿡쿡 찔렀던 것이다.

"음, 생각 중이에요."

밀드레드가 망설이는 듯하자 윌리스가 용기를 내서 말했다.

"오자마자 사용인을 너무 많이 자르면 사람들에게 인망을 얻기 어렵지 않을까요?"

그래? 그의 말에 밀드레드의 얼굴에 미소가 떠올랐다. 그녀는 턱을 괴며 말했다.

"내가 안 자르면 과연 나를 관대하고 후한 영주라고 생각할까요?"

그렇지 않을까. 윌리스가 그렇게 생각한 순간 밀드레드가 말을 이었다.

"아니면 대충 일해도 모르는 만만한 영주라고 생각할까요?"

"그, 그렇지 않습니다."

저도 모르게 부인했지만 윌리스도 밀드레드의 말이 맞다는 것을 알았다. 이미 저택의 사람들 중에 몰리처럼 여자인 밀드레드가 경영은 할 줄 아냐고 빈정거린 자도 있다. 윌리스 역시 내심 그녀가 계산이나 똑바로 할 줄 아는지 의심하고 있던 차다.

하지만 이건 어쩔 수가 없다. 밀드레드는 장부를 보겠다면서 계산기조차 요청하지 않았다. 게다가 회계사나 개인 변호사를 데려온 것도 아니다.

같이 온 건 꽤 잘생긴 탓에 저택 내는 물론 영지민들에게까지 한동안 소란의 중심이 된 남편뿐이다.

"과연 그럴까요? 예를 들면 하인들의 자세 말인데요."

하인의 자세가 제일 먼저 밀드레드의 입에 올랐다. 윌리스는 뭐가 문제인지 몰라 눈을 동그랗게 떴다.

"혹시 물 잔을 채운 것 때문에 그러신 거라면……."

그건 실수였다. 하인도 실수라고 말했다. 영주의 물 잔을 먼저 채워야 하는지 영주의 배우자의 물 잔을 먼저 채워야 하는지 머리 빠지게 고민하다가 저도 모르게 그렇게 해 버렸다는 거다.

하지만 밀드레드가 말하는 건 그게 아니었다.

"똑바로 서 있지 못하고 다들 흐느적거리고 있더군요. 옷차림도 엉망이고요. 붉은색 머리카락을 가진 자는 소매의 단추가 떨어져 나갔는데 다시 달지도 않았고요."

"그건 바빠서⋯⋯."

"이 집의 일이 단추도 못 달 정도로 바쁘지는 않을 것 같은데요."

지금까지 주인이 오지 않던 집이다. 하인들이 하는 일은 주인 가족의 식사와 다과 시중을 들고 남자 주인의 옷과 구두를 관리하는 일이니 그동안 상당히 나태하게 지냈다는 말이다.

윌리스가 밀드레드의 지적에 입을 열지 못하자 그녀는 날카롭게 말했다.

"그리고 주근깨 있는 하인 말인데요. 왜 머리카락이 그렇게 덥수룩하죠?"

"그건, 원래 로나가 잘라 주는데 최근 로나와 톰의 사이가 안 좋아서요."

이걸 지금 변명이라고 하는 건가? 밀드레드는 어이가 없어서 얼굴을 찡그렸다. 그럼 톰은 로나와 사이가 좋아질 때까지 저렇게 눈을 가릴 정도로 덥수룩한 머리를 하고 다녀야 한다는 말인가?

"설마 지금 그걸 나한테 이유라고 말하는 건 아니겠죠?"

밀드레드의 지적에 윌리스의 표정이 새빨갛게 달아올랐다. 뭐 이런 사람들이 다 있지? 그녀는 그를 노려보다가 고개를 돌리며 말했다.

"가서 위드슨보고 오라고 해요."

살았다. 윌리스의 얼굴에 그런 표정이 떠올랐다.

맙소사. 밀드레드는 그가 나가자마자 머리를 감싸 쥐며 신음을 내뱉었다. 지금 이 순간, 그녀는 미친 듯이 수도에 두고 온 짐이 그리워졌다.

"차 한잔 마시죠."

윌리스가 나가는 것과 동시에 들어온 다니엘이 그녀의 책상에 찻잔을 내려놓으며 말했다. 밀드레드는 비명을 지르고 싶은 표정으로 고개를 들었다.

"고마워요."

인사를 하며 찻잔을 받고 보니 다니엘이 쓴웃음을 짓고 있는 게 밀드레드의 눈에 보였다. 그녀는 민망한 표정으로 말했다.

"내가 너무 혼낸 것 같아요?"

"그게 아니라, 원래는 제가 해야 할 일이잖습니까. 안주인이요."

꼭 그런 것만은 아니다. 상대가 집사나 남자 하인이라면 주인 가족 중 남자 쪽이 지적하기 때문이다. 하지만 밀드레드와 다니엘 사이에서는 당연히 다니엘이 남자고, 그가 지적하는 게 어떤 면으로는 맞다.

거기까지 깨달은 밀드레드는 한숨을 내쉬며 고개를 숙였다. 생각보다 어렵다.

"그렇게 따지면 나도 당신 영지에 전혀 신경을 못 써 주고 있는데요."

밀드레드의 미안한 말에 다니엘은 빙그레 웃었다. 그는 열 살 때부터 영지를 관리하는 법을 배웠다. 그리고 이십 대가 되자 국외로 떠돌면서 영지를 관리했다.

사실 그건 그리 대단한 방법이 아니었다. 지금 이 영지의 전 영주처럼 믿을 수 있고 일을 잘하는 대리인을 세워 두고 주기적으로 보고를 받으면 되니까.

"대리인에게 일을 시키는 방법을 알려드리죠."

다니엘은 그렇게 말하며 밀드레드를 일으켜 세웠다. 그리고 소파로 데려가 그녀를 앉힌 뒤 어깨와 목을 마사지하기 시작했다.

이 남자 진짜로 못하는 게 뭐지? 저도 모르게 신음이 나올 정도로 시원하게 마사지하는 손길에 밀드레드는 감탄을 금치 못했다. 다니엘은 한 손에 들어오는 밀드레드의 뒷목을 문지르며 여상하게 물었다.

"수도에서 편지가 왔던데요."

"아, 네. 아이들한테요."

윌리스를 불렀을 때 그가 가져왔다. 수도에서 영주님께 온 편지라 배달부가 최대한 빨리 가져온 거라는 말과 함께. 아마 그걸 읽는 건 오늘 저녁때나 되겠지.

밀드레드는 한숨을 내쉬며 주제를 바꿨다.

"대리인 하니까 생각났는데 당신이 보기에 애머튼은 어때요?"

칼이 아니라? 다니엘은 잠시 당황하다가 대답했다.

"집사 월리스 말이죠? 평가는 괜찮더군요. 사람이 너무 좋다는 평이긴 했지만요."

그건 이 저택 내부뿐 아니라 외부에서도 마찬가지였다. 다른 사람이 부탁하는 걸 거절하지 못한다고 하던가. 저택의 생활은 꽤 널널한 편이지만 그는 남들이 다 놀러 나갔을 때도 자진해서 혼자 남아 저택을 지키곤 했다고 했다.

"좋은 사람이군요."

"평가만 들었을 때는요."

다니엘과 밀드레드의 눈이 부딪쳤다. 곧 그의 눈동자가 부드럽게 휘었다. 다니엘은 몸을 숙여 밀드레드의 뺨에 입을 맞추고 그녀의 맞은편으로 돌아와서 앉았다.

그때, 밀드레드가 부른 칼이 문을 두드렸다.

"마, 영주님, 위드슨입니다. 부르셨다고 들었습니다."

다시 한 번, 밀드레드와 다니엘의 눈이 부딪쳤다.

"몰리 포스터입니다."

밀드레드가 몰리를 부른 것은 칼과 이야기를 한 뒤였다. 칼과 월리스가 새 영주와 이야기를 하고 있다는 말을 들은 덕분에 그녀는 각오할 시간을 가질 수 있었다.

하지만 멀리서 볼 때는 그냥 예쁘장하다고만 생각한 부인이 마주 앉아 보니 그냥 예쁘기만 한 게 아니라는 것을 깨닫게 되는 데는 그리 오래 걸리지 않았다.

"이 저택에서 이십 년을 일하셨다고요."

"네, 전 영주님께서 영지를 물려받기 전부터 일했답니다."

청소 하녀로 들어와서 하녀장까지 승진했다. 그 뿌듯한 감정이 딱딱한 몰리의 표정 위로 떠올랐다가 재빨리 사라졌다.

윌리스가 하인의 복장이나 태도로 혼이 났다고 들었다. 하지만 몰리는 자신이 있었다. 그녀가 가르치고 관리하는 하녀들은 모두 복장에 아무 문제가 없었고 태도도 나쁘지 않았으니까.

잠시 밀드레드의 시선이 몰리의 신상명세를 적어 둔 서류를 향했다. 스물다섯 살에 이 영지로 시집오면서 영주의 저택에서 일하게 됐다. 남편 역시 당시 이 저택에서 일하던 하인. 하지만 전염병으로 남편을 잃었고 그녀는 고향으로 돌아가지 않은 채 이곳에 남았다.

"지금 일을 좋아해요?"

뜻밖의 질문이 밀드레드의 입에서 흘러나오자 몰리는 깜짝 놀라서 눈을 동그랗게 떴다. 당연히 그녀에게도 하녀의 태도나 복장을 가지고 꼬투리를 잡을 줄 알았다.

일하는 게 즐겁냐고? 아주 잠깐 생각한 그녀는 곧바로 약간은 딱딱하게 대답했다.

"일은 일이죠."

"그럼 재미있어서 하는 건 아니라는 말이군요?"

그렇다고 하면 거짓말이다. 그녀는 자신의 일을 좋아했다. 하녀들을 가르치고 집안을 깨끗하게 유지하는 게 좋았다. 걸을 때면 자신의 허리춤에 달린 창고와 곳간의 열쇠가 짤그랑거리는 소리가 마치 그녀의 살아온 날을 인정해 주는 박수 소리처럼 들리곤 했다.

"조금은 즐거워요."

몰리의 말에 밀드레드는 고개를 끄덕였다. 그렇다면 다행이다. 이 저택에 온 후로 그녀는 몰리가 일을 처리하는 것을 가만히 지켜봐 왔다.

대체적으로 그녀는 무뚝뚝하기는 했지만 나쁘지 않았다. 물론 커튼이나 침대 시트의 센스는 좀 촌스러웠지만.

"이 저택을 떠나면 갈 곳이 있나요?"

이어진 밀드레드의 질문에 몰리의 표정이 딱딱하게 굳었다. 그녀는 입을 한 번 열었다가 어쩔 줄 몰라 하며 다물었다. 그리고 한참 뒤에야 다시 입을 열어 물었다.

"절 해고하시는 건가요?"

"오, 아니에요, 포스터 부인. 그냥 물어보는 거예요. 일 년에 한 번 휴가를 길게 받는다길래요."

몰리의 눈동자가 흔들렸다. 솔직히 말해도 될지 모르겠다. 잠시 망설이던 그녀는 딱딱하게 말했다.

"멀지 않은 곳에 친척이 있거든요. 친척집에 머물다 와요."

"그래요?"

밀드레드는 서류에서 시선을 떼지 않은 채 그렇게 대꾸했다. 그리고 곧바로 다른 질문으로 넘어갔다. 하지만 그 질문들은 모두 몰리가 듣기엔 이상한 질문이었다.

저택에서 친구라고 부를 만한 사람이 누군지, 취미 생활은 뭔지, 그런 것들.

"어땠습니까?"

다니엘이 밀드레드의 집무실에 찾아온 것은 밀드레드가 두 명의 남자 하인과 세 명의 여자 하인까지 면담을 마친 뒤의 일이었다.

더 이상은 시간이 늦어서 진행할 수가 없다. 그녀는 다니엘이 목욕물을 준비했다는 말에 빙그레 웃으며 말했다.

"좀 이상하죠."

"씀씀이가 달라진 사람도 없고요."

그 사이 다니엘은 사용인들의 씀씀이를 알아본 모양이다. 밀드레드가 놀란 표정을 짓자 그는 어깨를 으쓱하며 말했다.

"시내에 나가서 최근에 값나가는 물건을 산 사람이 있는지 물어봤죠."

발품을 팔았다는 말이다. 밀드레드의 얼굴에 미소가 떠올랐다. 그녀는 다니엘의 턱에 입을 맞추고 말했다.

"포스터 부인 말이에요. 휴가를 받으면 근방의 친척을 방문한다더군요."

다니엘의 한쪽 눈썹이 올라갔다. 그는 밀드레드의 허리를 끌어안으며 말했다.

"그거 이상하군요. 포스터 부인은 가까운 친척이 없다고 하던데요."

*　　*　　*

새 영주님의 등장으로 저택 안이 어수선해진 지 며칠이 지났다. 다들 영주라는 익숙하지 않은 존재의 등장에 어떻게 행동해야 할지 몰라 당황했고 자신의 행동에 어떤 문제가 있지 않을까 하는 생각에 겁을 먹고 있었다.

이래서야 원, 연말까지 싱숭생숭해지겠군. 칼은 그렇게 생각하며 정원을 가로질러 걸었다. 어쩌면 연말 전에 이 모든 게 다 끝날지도 모른다. 월리스의 말에 의하면, 새 영주는 모든 사용인을 다 마음에 안 들어하고 자르려 한다니까.

"위드슨."

그때 정원 저편에서 새 영주가 나타났다. 오늘은 어쩐 일로 늘 곁에 있던 번드르르한 외모의 남편이 보이지 않았다. 칼은 순간적으로 밀드레드를 알아보지 못하고 멍하니 서 있다가 재빨리 인사를 건넸다.

"좋은 아침입니다, 영주님."

그가 수도에 갔던 몇 년 전까지만 해도 수도의 여자들은 부풀린 치마를 입고 있었는데 그 사이에 유행이 지난 건지 영주의 차림새는 간단했다. 그녀는 부풀지 않은 스커트에 단순한 형태의 셔츠를 입고 있었다. 그 위에 걸친 숄은 약간 화려한 무늬긴 했지만.

"좋은 아침이에요."

그렇게 인사한 밀드레드는 곧바로 칼을 향해 다가갔다. 그녀가 인사만 하고 떠날 줄 알았던 그는 예상하지 못한 행동에 눈을 동그랗게 떴다.

"산책이십니까?"

"네. 아침을 너무 많이 먹어서 소화를 시키려고요."

밀드레드의 말에 칼의 머릿속에 안나가 기세등등해서 내놨던 음식이 떠올랐다. 양이 너무 적다는 말에 안나는 신이 나서 음식을 해대기 시작했다. 그는 킬킬거리며 말했다.

"적당히 거절하시는 게 좋을 겁니다. 안나는 끝을 모르거든요."

그런 것 같다. 밀드레드는 채소도 내달라는 말에 큰 그릇 가득 담겨 있던 채소를 떠올렸다. 채소만으로 배를 채울 수 있을 만큼 양이 많았다.

그녀는 칼을 따라 쿡쿡거리며 정원을 걷기 시작했다. 그리고 건물에서 멀어지자 입을 열었다.

"이 저택에서 가장 친한 사람을 고르자면 누굴 고를 거예요?"

친한 사람? 칼의 얼굴에 비웃는 표정이 떠올랐다. 친하고 말고가 어딨겠는가. 다 그냥 동료들인데. 그는 그렇게 말하려다 상대가 영주라는 것을 떠올리고 완곡하게 말했다.

"다 비슷합니다."

"집사는 어때요? 가깝지 않아요?"

"굳이 이 집에서 가장 가까운 사람을 꼽자면 윌리스겠죠."

그렇군. 밀드레드는 고개를 끄덕였다. 그건 칼뿐만이 아니었다. 몰리와 안나도 비슷하게 대답했다. 그녀는 잠시 먼 곳을 쳐다보다가 다시 물었다.

"애머튼은 가족이 없다고 들었는데요."

"네. 전 영주님께서 데려왔습니다. 영주님을 구해 줬다고 하더군요."

"위드슨은요? 가족이 있나요?"

"네."

그런데? 밀드레드가 눈빛으로 재촉했다. 그는 아주 잠깐 어쩔 수 없다는 표정을 짓더니 말했다.

"형 가족이 여기서 좀 떨어진 아세나에 삽니다."

"그럼 휴가를 받을 때마다 아세나로 갔겠네요."

"그렇습니다만."

뭐 문제 있냐는 표정에 밀드레드는 고개를 저었다. 그녀는 곧이어 다시 말했다.

"애머튼은 한 번도 휴가를 안 받았더군요."

"그는 자기 일에 열심이니까요. 아, 물론 다른 사람이나 제가 적당히 일한다는 건 아닙니다."

"그렇겠죠."

영주라 그런가. 칼은 다시 건물로 들어가는 밀드레드를 바라보며 인상을 썼다. 묘하게 대하기 어려운 여자였다. 그도 귀족을 몇 번 만나 봤었다. 전 영주도 귀족이었으니까.

하지만 밀드레드는 어떻게 대해야 할지 몰라서 어려웠다. 그때, 그의 옆으로 누군가가 빠르게 지나가며 인사를 건넸다.

"위드슨."

어딘가 다녀오는 모양인지 영주님의 남편이 정원을 가로질러 건물로 돌아가고 있었다. 칼의 시선에 건물로 들어가려던 영주가 남편을 발견하고 멈춰서는 게 보였다. 곧이어 두 사람이 가볍게 키스를 하자 칼은 고개를 절레절레 흔들었다.

신혼이라고 들었다. 그러니 저렇게 좋아 죽는 거겠지. 매일 저녁 남편이 영주의 목욕 시중도 든다고 들었다. 물론 그게 시중만으로 끝나지 않는 것 같다고 하녀들이 깔깔거리는 것까지.

"편지 잘 보냈어요?"

밀드레드는 구두 뒷굽을 땅에 대며 다니엘에게 물었다. 다니엘의 키가 큰 탓에 키스를 하려면 그가 허리를 숙여도 그녀도 발돋움을 해야 한다.

다니엘은 밀드레드가 넘어지지 않도록 잡았던 그녀의 허리를 약간 느슨하게 잡으며 말했다.

"네. 급행으로 보냈으니 사오 일이면 아이들이 편지를 받을 겁니다."

굳이 급행으로 보낼 필요까진 없지만 그래도 어머니와 이렇게 오래 떨어져 있는 건 처음인 아이들을 위해 밀드레드는 최대한 빨리 소식을 전하고 싶었다.

릴리 질문에 최대한 빠른 답이 필요하기도 했고.

"그자는 어떻습니까?"

다니엘은 자연스럽게 밀드레드의 허리에 팔을 감은 채 그녀를 집무실로 안내하며 물었다. 그는 이곳도 마음에 들었다. 물론 여기도 밀드레드와 그를 귀찮게 하는 사용인들이 있긴 하지만 수도와 달리 시도 때도 없이 어머니를 찾는 딸 셋은 없지 않은가.

다니엘은 좀 더 오래 여기 머물자고 할까 하다가 말았다. 돌아가면 아이리스의 결혼식을 준비해야 한다. 밀드레드가 그러자고 할 리가 없었다.

"글쎄요."

밀드레드의 시선이 막 건물 안으로 들어오는 칼과 그에게 다가가는 윌리스를 향했다. 그녀는 어깨를 으쓱하며 말했다.

"도망치지 않나 지켜보는 게 좋겠어요."

그건 어렵지 않다. 다니엘은 밀드레드와 함께 그녀의 집무실로 들어갔다. 그러면서 유능한 부인의 한량 남편 같은 생활도 나쁘지 않다고 생각했다.

물론 이것도 수도에 올라가기 전까지지만.

"영주님이 무슨 이야기를 하던가요?"

칼이 저택 안으로 들어가자 윌리스가 다가오며 물었다. 그는 어깨를 으쓱해 보이며 말했다.

"시답잖은 이야기였지, 뭐."

"집안일이나 다른 사람들에 대해서는 이야기 안 하시던가요?"

새 영주가 오는 바람에 확실히 다들 날이 서긴 선 모양이다. 칼은 물끄러미 윌리스를 쳐다봤다. 그는 새 영주가 온 뒤로 영주가 무슨 이야기를 하고 어디를 가는지 사사건건 알려고 했다.

하긴. 그건 윌리스만 그런 게 아니었다. 몰리도 그랬고 칼도 그랬다. 사실 칼은 새 영주가 해고하기 전에 먼저 그만두는 게 낫지 않을까 하는 생각을 하고 있었다.

그도 안다. 자신이 일을 조금 느슨하게 했다는 것을. 도시에서 온 깐깐한 여자라면 칼의 일 처리가 마음에 안 들 수도 있다.

"넌 어때? 영주가 네게 나나 다른 사람의 이야기를 하지는 않았어?"

칼의 질문에 윌리스의 얼굴 위로 곤란한 표정이 떠올랐다.

그의 예상대로 밀드레드는 칼에게만 질문을 하지 않았다. 그녀는 몰리나 안나에게도 다른 상급 사용인들에 대해 질문했다. 윌리스의 표정을 본 칼은 인상을 썼다. 하지만 곧 목소리를 가다듬고 말했다.

"뭐라고 해?"

"뭐, 그냥 그렇죠."

"그냥 그렇게 넘어갔다는 거야, 마음에 안 든다고 했다는 거야?"

후자다. 윌리스의 표정에 떠오른 대답에 칼의 얼굴이 다시 일그러졌다.

"더럽고 치사해서. 그냥 사표 내고 말지."

"칼."

윌리스가 곤란한 표정으로 그러지 말라는 듯 그를 불렀다. 하지만 칼은 이미 마음을 굳힌 뒤였다.

"됐어. 아세나로 가면 뭐든 되겠지. 너도 마음 있으면 따라오라구."

가족이 있는 칼과 달리 윌리스는 아무도 없다. 여기서 잘리면 보증해 줄 가족도 주인도 없는 그를 위해 칼이 제안을 해 준 거다. 하지만 윌리스는 고개를 저으며 말했다.

"저는 여기 있는 게 좋겠습니다. 아세나로 간다고 해도 칼의 짐이 될 뿐이고요."

사람 좋은 녀석. 칼의 얼굴에 못마땅한 표정이 떠올랐다가 곧 지워졌다. 그는 아쉽다는 표정으로 윌리스의 어깨에 손을 올렸다.

"저 망할 여자가 자넬 해고하면 언제든지 아세나로 오라고."

"알겠습니다. 그보다, 영주님이 무엇을 물어보시던가요?"

다시 이야기가 원점으로 돌아갔다. 칼은 턱을 문지르며 말했다.

"이것저것. 자네에 대해서도 묻고."

"저에 대해서요?"

"그런 표정 할 필요 없어. 자네의 일 처리에 대해 이야기했으니까."

"그렇군요."

월리스의 얼굴에 미소가 떠올랐다. 그는 고개를 끄덕이며 물러났다.

그리고 칼이 걱정하던 시간은 생각보다 빨리 다가왔다. 바로 다음 날, 월리스가 심각한 표정으로 그를 부르러 온 것이다.

"포스터 부인 봤어요?"

몰리? 칼의 머릿속에 그녀가 늘 그렇듯 허리춤에 찬 열쇠 소리를 즐기며 식료품실로 걸어가던 게 떠올랐다. 그는 어깨를 으쓱하며 말했다.

"식료품실에 없어? 왜?"

"영주님께서 소집하셨어요."

영주가? 칼의 표정도 월리스를 따라 심각해졌다. 그녀가 이 저택에 와서 사용인들을 한꺼번에 소집한 건 저택에 도착한 날 이후로 처음이다.

"설마……."

"별로 안 좋은 일일 것 같아요."

월리스의 기운 없는 말에 칼의 기운도 쭉 빠졌다. 결국 해고인가. 하지만 괜찮다. 그는 아세나로 가면 된다고 생각하며 몸을 돌렸다.

"집무실로 가면 되지?"

"아, 네. 전 포스터 부인을 찾아서 갈게요."

칼이 같이 가자고 했지만 월리스가 거절했다. 그는 포스터 부인을 찾기 위해 안쪽으로 들어가는 월리스를 쳐다보고 몸을 돌려 집무실로 향했다.

"영주님."

칼이 문을 두드리자 누군가 안에서 문을 열어주었다. 그는 집무실 안에 저택에서 일하는 사용인들이 모두 와 있다는 것을 확인하고 눈을 크게 떴다.

아무래도 그가 세 번째로 늦은 모양이다.

하지만 그렇게 생각한 순간 칼은 몰리를 발견했다. 어라? 윌리스가 찾으러 간다고 했는데? 그가 몰리에게 다가가 어디 있었냐고 물어보려 했을 때였다.

"다 왔군."

문 옆에 서 있던 다니엘이 그렇게 말하며 문을 닫았다. 그가 거기 서 있는 줄도 몰랐다. 깜짝 놀란 칼 옆을 다니엘이 마치 배부른 짐승처럼 천천히 지나쳐 밀드레드의 곁으로 걸어갔다.

천천히 사람들의 시선이 다니엘을 따라 책상 앞에 앉은 밀드레드에게로 모아졌다. 다니엘이 워낙 큰 탓에 밀드레드는 금세 묻힐 것 같았는데 그렇지 않았다.

모인 사용인들 앞에서 여전히 존재감을 뽐내며 밀드레드가 입을 열었다.

"내가 온 뒤로 많이들 걱정하고 심란해한 거 알아요."

영주가 온 지 거의 이 주쯤 되어간다. 밀드레드의 말대로 아직도 다들 심란해하기는 하지만 여자가 영주라는 것에 다들 조금씩 익숙해지고 있었다.

칼은 집무실 안에서 윌리스를 찾다가 톰의 붉은 머리카락이 단정하게 정돈돼 있는 것을 발견했다.

"지난 며칠간 저택을 살피면서 여러분과 면담도 하고 일 처리를 살펴봤어요."

밀드레드의 기준은 단순했다. 그녀가 요구하는 것을 이행할 수 있느냐.

옷차림은 단정하고 자세를 바르게. 행동은 침착하되 너무 느리지 않도록. 그리고 손버릇이 나쁘지 않을 것. 대부분의 사용인은 밀드레드가 바라는 대로 따라왔다.

그녀는 사용인들을 돌아보며 말을 이었다.

"상급 사용인을 제외한 사람들은 모두 그대로 채용할 거예요. 고생했어요. 혹시 여기 일을 그만두고 다른 곳으로 가고 싶다면 추천서를 써 줄게요."

전원 고용이라고? 칼은 놀랄 만한 결론에 입을 딱 벌렸다. 그가 면담을 할 때 밀드레드는 누군가를 해고할 것처럼 굴었다. 하지만 곧 그는 상급 사용인을 제외한 전원이라는 사실을 떠올렸다.

즉, 안나, 몰리, 윌리스, 칼은 어떻게 될지 모른다는 뜻이다.

이건 좀 억울하다. 칼은 일곱 명의 사용인들이 기쁜 내색을 숨기지 않은 채 집무실을 나가는 것을 지켜봤다. 그리고 자신들은 어떻게 되는 거냐고 물어보려는 순간 다니엘이 입을 열었다.

"베이커 부인, 봉급 인상해 주지. 앞으로도 고생해 주게."

예상치 못한 칭찬을 받은 안나의 얼굴이 기쁜 나머지 붉게 물들었다. 그녀는 밀드레드와 다니엘을 번갈아 쳐다보더니 곧 고개를 숙여 감사를 표했다.

해고가 아니라 봉급 인상인가? 칼과 몰리의 얼굴에 약간 긍정적인 표정이 떠올랐다. 하지만 다음 순간 밀드레드가 말했다.

"위드슨, 당신은 해고예요."

"뭐라고요?"

비명과 같은 소리는 정작 칼이 아니라 몰리에게서 나왔다. 밀드레드와 다니엘의 시선이 그녀를 향했다. 몰리는 멈칫하더니 다시 입을 열었다.

"이유가 뭐죠? 베이커 부인은 봉급 인상이었잖아요. 그런데 왜 칼은 해고되는 건가요?"

"걱정 말게, 포스터 부인. 자네도 해고니까."

이어진 다니엘의 말에 이번에는 칼의 입이 딱 벌어졌다. 어째서? 두 사람의 얼굴에 이해할 수 없다는 표정이 떠올랐다. 밀드레드는 그 모습을 가만히 지켜보다가 책상 위에 올려놓았던 장부를 펼치며 말했다.

"이 장부는 애머튼이 쓰는 거죠?"

"네."

"그리고 위드슨, 당신이 확인해서 전 영주님께 보고를 하는 거고요."

맞다. 하지만 그 순간 칼의 얼굴이 하얗게 질렸다. 왜 저러지? 몰리의 머릿속에 의문이 떠오른 순간 다니엘이 말했다.

"한 번도 확인을 안 했겠지."

장부 확인을 한 번도 안 했다. 칼은 모든 것을 윌리스에게 맡기고 말 그대로 놀기만 했다. 보고서조차 윌리스가 작성해서 칼의 이름으로 보냈을 정도다.

이어서 밀드레드가 몰리에게 말했다.

"포스터 부인, 선택하게 해 줄게요. 해고 아니면 감봉이에요."

밀드레드의 걱정대로 그 순간 몰리의 얼굴이 창백하게 질렸다. 그녀는 부들부들 떨기 시작하더니 물었다.

"어째서죠?"

하녀장의 업무는 사용인들을 관리하고 음식을 비롯한 저택 안의 비품이 충분히 있는지, 집안의 가구나 커튼 등이 낡지 않거나 계절감에 맞도록 관리하는 데 있다.

그녀는 자신이 그 업무를 완벽하지는 못해도 훌륭하게 해내고 있다고 생각했다. 하지만 다음 순간 밀드레드가 장부와 영수증을 내밀어 보여 주자 얼어붙었다.

"배달비?"

처음 보는 것이다. 그리고 한 번도 낸 적이 없다. 몰리는 장부와 영수증에 적힌 배달비와 터무니없이 비싼 고깃값을 뚫어져라 쳐다보다가 고개를 번쩍 들었다. 그리고 각오한 목소리로 말했다.

"알아차리지 못한 제 잘못이니 감봉은 당연해요. 하지만 전 배달비를 한 번도 낸 적이 없어요. 이건 조작된 거예요."

그 순간 저택 뒷문 쪽에서 엄청난 비명 소리가 들려왔다.

"으아아악!"

비명에 깜짝 놀란 칼과 몰리와 달리 밀드레드와 다니엘은 눈썹 하나 까딱하지 않았다. 두 사람은 서로를 쳐다보며 말했다.

"생각보다 빠르네요."

"예상을 어긋나지도 않고요."

지금 무슨 말을 하는 거야? 몰리는 황망한 얼굴로 영주 부부를 쳐다보다가 후다닥 뛰어나갔다. 누군가 비명을 질렀으니 하녀장인 그녀가 가 봐야 한다.

그 뒤로 칼이 어쩔 줄 몰라 하며 남아 있었다. 밀드레드는 자리에서 일어나며 말했다.

"쥐덫에 뭐가 걸렸는지 확인하러 가 볼까요?"

그런 그녀에게 다니엘이 팔을 내밀었다. 누군가의 비명에 놀라 달려가는 게 아니라 파티에라도 참석하는 듯한 태도에 칼은 정신을 차릴 수가 없었다.

밀드레드는 칼이 멍하니 자신을 바라보거나 말거나 다니엘의 에스코트를 받아 소리가 난 뒷문으로 향했다.

"도, 도와줘!"

윌리스는 거기 있었다. 뒷문에.

사용인들이 드나드는 문이었다. 밀드레드는 이미 놀라서 달려 나온 사용인들 뒤에 서서 그물에 걸려 허우적대는 윌리스의 모습을 지켜봤다. 이렇게 빨리 걸릴 줄은 몰랐는데. 그때 몰리가 옆에 있는 하녀에게 말했다.

"뭐해? 빨리 칼이나 가위 가져와!"

그리고 하인들에게 윌리스 떨어져도 다치지 않도록 이불을 가져오라고 지시하려는 참에 밀드레드가 말했다.

"그냥 둬."

"그냥 두라니 그게 무슨, 영주님!"

그제야 밀드레드의 존재를 깨달은 몰리가 깜짝 놀라서 그녀를 돌아보았다.

밀드레드는 가슴 앞으로 팔짱을 낀 채 윌리스를 올려다보고 있었다. 그녀의 눈이 그물에 갇힌 윌리스와 그를 들어 올린 나무, 그리고 바닥에 떨어진 커다란 가방을 훑었다.

"어딜 가려던 모양이지."

그동안 사용인들에게도 반존대를 해 주던 밀드레드의 모습은 온데간데없었다. 그녀의 경멸 어린 표정에 몰리는 물론 주변의 사용인들의 얼굴에 놀란 표정이 떠올랐다.

"아니, 저는……."

"말도 없이 어딜 가려고 한 건지 궁금하군."

밀드레드의 뒤에서 다니엘이 끼어들었다. 그는 그렇게 말하고 성큼성큼 걸어가 윌리스가 떨어트린 가방을 집어 들었다. 그리고 어느새 가져온 칼을 가방에 찔러 넣더니 그대로 잡아당겼다.

부욱하는 소리와 함께 꽤 무거워 보이던 가방이 찢어졌다. 그리고 동시에 요란한 소리가 들리기 시작했다.

"뭐, 뭐야……."

"잠깐……."

사람들의 눈앞에서 값나가 보이는 물건과 묵직한 주머니가 몇 개나 가방 안에서 떨어져 내렸다. 다니엘은 그중 주머니 하나를 집어 안을 확인하고는 피식 웃었다. 그리고 밀드레드에게 가져왔다.

"윌리스 애머튼, 장부를 확인해 보니 터무니없이 사용된 금액이 많더군."

밀드레드가 그렇게 말한 순간 몰리는 그녀가 지불한 적 없는 배달비 항목이 떠올랐다. 설마! 그녀가 윌리스에게로 고개를 돌린 순간 밀드레드가 주머니를 거꾸로 잡고 바닥으로 털었다.

그러자 투두둑 하고 안에서 금화가 드문드문 섞인 은화가 쏟아져 내렸다. 그건 다니엘이 밀드레드에게 준 주머니뿐만이 아니었다.

밀드레드가 주머니에서 돈을 쏟아 내는 것을 본 하인들이 우르르 달려나와 찢어진 가방에서 쏟아진 주머니를 열어보기 시작했다. 그 안에 있는 건 전부 은화와 금화였다.

"세상에……."

"잠깐, 이거 반지 아냐?"

주머니 안에 있는 건 돈뿐만이 아니었다. 사용인들이 잃어버린 단추나 반지 같은 것도 들어있었다. 몰리는 믿을 수 없다는 표정으로 걸어가서 가방에서 떨어진 작은 조각 하나를 집어 들었다.

"네 짓이었어?"

조각 역시 몇 달 전에 잃어버린 것이다. 원래는 영주의 서재에 장식돼 있던 것을 도둑맞은 거 아니냐고 한참 소동이 일어났었다.

그때 윌리스가 새파랗게 질린 얼굴로 도둑을 잡아야 한다고 난리를 쳤던 게 몰리와 다른 사용인들의 기억 속에서 되살아났다.

"너 이 자식!"

"이 나쁜 자식!"

화가 난 사용인들이 공중에 대롱대롱 매달린 윌리스를 향해 주먹을 휘둘렀다. 하지만 닿지 않자 급기야는 돌을 집어 던지는 사람도 있었다.

"말릴까요?"

그 광경을 지켜보던 다니엘이 슬그머니 밀드레드에게 다가와 물었다. 윌리스가 높이 매달려 있는 탓에 돌에 맞는 건 상대적으로 아래였지만 문제는 그의 머리가 아래에 있다는 점이다.

딱하고 부딪친 돌이 윌리스의 이마를 치고 떨어졌다. 밀드레드는 상처에서 피가 한 줄기 흘러내리는 것을 보고 눈살을 찌푸리며 물었다.

"저 상처로 죽을까요?"

"그럴 리가요."

"그럼 그냥 둬요."

괘씸한 녀석이다. 좀 더 벌을 받아야 한다는 말에 다니엘은 피식 웃으며 밀드레드의 어깨를 감싸 안았다. 그때 저 멀리서 우편배달부가 말을 타고 달려오는 게 보였다.

"다니엘 윌포드 남작님, 계십니까?"

배달부는 깜짝 놀랄 정도로 잘생긴 남자를 보고 잠시 당황했다가 편지를 주고 돌아섰다. 그리고 곧 다음 수신인을 찾았다.

"칼 위드슨 씨!"

배달부가 칼을 찾는 사이 다니엘은 편지 봉투를 찢어 안에 있는 것을 꺼내고 있었다. 밀드레드가 그게 뭐냐는 표정을 짓자 그가 웃으며 말했다.

"전에 부탁했던 조사입니다."

빨리 온 건지, 늦게 온 건지 모르겠다. 밀드레드 역시 어이없다는 듯 웃으며 물었다.

"같이 봐도 돼요?"

"물론이죠."

밀드레드의 예상대로 몰리와 칼, 안나에 대한 건 딱히 별다른 내용이 없었다. 하지만 윌리스는 달랐다.

"애머튼은 본명이 아니었군요."

본명은 빌리 덴트. 사기꾼에 도둑, 협잡꾼이었다. 그걸 알아내는 건 어렵지 않았다. 윌리스 애머튼은 몇 달에 한 번씩 빌리 덴트라는 사람에게 돈을 보냈고 그 돈은 수도의 우편 관리소에 차곡차곡 쌓여 있었으니까.

그건 윌리스라는 가명으로 살아가는 빌리의 퇴직금이었던 거다. 밀드레드는 믿을 수 없다는 표정 반, 감탄하는 표정 반으로 여전히 매달려 있는 윌리스를 쳐다봤다.

"적어도 십몇 년을 가짜 신분으로 산 거네요. 대단하네요."

"우리에게 걸리지 않았다면 계속 이 짓을 했겠죠."

처음 계획은 이렇게 오래 있을 생각이 아니었을 것이다. 전 영주를 도와준 것으로 속여 돈이나 받아 떠나려 했겠지. 하지만 전 영주는 윌리스를 자신의 영지 저택의 집사로 임명했고 집사 일을 하던 윌리스는 이 저택의 사람들이 속이기 쉽다는 것을, 그리고 더 많은 돈을 훔쳐낼 수 있다는 것을 알아차린 것이다.

"맙소사."

한편, 칼은 자신에게 온 편지를 뜯어 내용을 보고 신음을 내뱉었다. 그가 부탁했던 새로운 영주 부부에 대한 정보였다. 칼의 신음을 들은 다니엘이 힐끔 그를 쳐다봤지만 곧 다시 밀드레드에게 시선을 돌렸다.

그는 칼이 감히 자신과 밀드레드에 대해 조사를 하려 했다는 것을 알았다. 하지만 굳이 방해하지 않은 건 저들이 알아야 할 건 알아야 정신을 차릴 거라 생각했기 때문이었다.

게다가 세간에 퍼진 밀드레드와 다니엘의 이야기는 딱 그가 원하는 수준으로만 퍼져 있다.

"왜 그래?"

몰리가 무슨 일이냐는 듯 다가왔다가 굳어 버린 칼이 읽고 있던 편지를 힐끔 보고 입을 딱 벌렸다. 세상에. 그녀는 편지 속 영주 부부의 화려한 이력에 저도 모르게 두 사람에게로 시선을 돌렸다.

얼굴만 번드르하다고 생각한 남편 쪽은 남작일 뿐 아니라 어마어마한 부자에 왕족과 연이 있다는 말이 있다고 적혀있었다. 그리고 영주 쪽은 힘 있는 친구들을 많이 가지고 있을 뿐 아니라 딸이 왕자의 약혼녀라고 적혀 있었다.

"칼."

몰리는 재빨리 칼의 어깨를 잡고 흔들었다. 정신 차려. 그런 의도에 칼 역시 눈을 깜빡였다. 지금 그는 형이 있는 곳으로 가면 되는 수준이 아니다. 나태함에 대해 용서를 빌어야 한다.

어쩔 줄 몰라 하는 칼을 보며 몰리는 자신이 감봉으로 끝난 것에 감사했다.

외전 4

릴리의 세계

릴리는 고민에 빠져 있었다. 화가 모임에 들어가는 건 필립 아저씨 덕분에 어려움 없이 넘길 수 있었지만 살롱이라는 또 다른 문제가 남아 있기 때문이었다.

사교계에서 남자들에게 클럽이라는 곳이 있다면 여자들에게는 살롱이 있었다. 식사나 때로 숙박까지 제공해 주는 클럽은 별다른 행사 없이도 사교할 수 있는 공간이었지만 남자들 한정이다. 여자들은 자신의 집 응접실이나 다과실에 지인을 불러 사교를 하기 시작했고 그게 살롱으로 발전했다.

재미있게도 예술가들을 발굴하고 후원해 주는 데는 클럽보다 살롱의 힘이 더 컸다. 그렇기 때문에 릴리의 주변에 있는 화가들은 힘 있는 부인의 살롱에 초대받기를 고대했다.

"어머니한테 부탁하면?"

고민하는 릴리 옆에서 애슐리가 물었다. 사교계에서 힘 있는 부인이라고 하면 두 사람의 어머니인 밀드레드 반스를 빼놓을 수 없다. 물론 그녀는 사교 쪽보다는 사업 쪽에 더 영향력이 있었지만.

하지만 릴리는 다른 이유로 어머니를 배제하고 있었다.

"안 되지. 어머니 살롱에서 소개된다니. 얼마나 우습겠어?"

살롱에 소개받는다는 건 살롱의 주최자에게 인정받았다는 뜻이다. 그 주최자가 얼마나 힘이 있고 예술에 안목 있느냐에 따라 소개받은 사람의 능력도 판가름되기 마련이다.

릴리는 어머니의 영향력과 안목을 믿었지만 거기서 소개받는 예술가가 자신이 될 생각은 없었다. 아무리 어머니가 영향력이 있다고 해도 어머니의 살롱에서 예술가 데뷔라니, 그건 너무 우스꽝스럽다.

"그럼 아이리스는?"

아이리스도 부인은 아니지만 영향력 있는 여성 중 하나다. 그녀가 여는 살롱에 초대받은 사람은 모두 한 명도 빠지지 않고 참석하는 걸로 유명했다.

그건 아이리스가 예비 왕자비이기 때문이기도 했지만 그녀의 행보가 사람들의 지지를 받고 있기 때문이기도 했다. 아이리스는 상급 아카데미에서 여성을 받는 것을 가장 열정적으로 추진한 사람 중 하나였고, 노동자를 위한 처우 개선이나 고아와 환자를 위한 교육과 복지에 힘을 쏟았다.

"말도 안 되지."

릴리는 이번에도 애슐리의 질문을 단칼에 잘랐다. 아이리스의 살롱도 유명하지만 그녀도 가족이다. 어머니의 살롱보다는 낫겠지만 언니의 살롱에서 데뷔하는 건 릴리의 자존심이 허락하지 않았다.

애슐리는 그럼 케이시 후작 부인에게 부탁하면 어떻겠냐고 물어보려다 말았다. 이건 그녀가 생각해도 말이 안 된다.

릴리는 동생이 그녀와 같이 고민하기 시작하자 피식 웃으며 말했다.

"걱정 마. 소개해 줄 사람이 없어서 고민하는 건 아니니까."

"없는 게 아냐?"

"내가 누군데."

소개해 줄 사람은 많다. 두 사람의 숙모인 머피 백작 부인도 있고 애슐리에게 사과하고 가까워진 스튜워드 백작 부인도 있다. 로완 후작 부인도 있고.

"그런데 아는 사람이 소개하면 사람들이 내 능력을 의심할까 봐 걱정돼."

이어진 릴리의 말에 애슐리는 말없이 언니를 쳐다봤다. 릴리는 자신이 아이리스와 다르다고 생각하지만, 이럴 때면 애슐리는 릴리와 아이리스가 피를 나눈 자매라는 것을 실감했다.

두 사람 다 자존심이 엄청 강하다. 남의 도움이 동정이나 단순한 친분이라면 전혀 기꺼워하지 않았다. 자신의 능력에 자부심이 있었고 그걸 더럽히는 것을 허락하지 않았다.

누군가의 도움을 받아들이는 데 익숙한 애슐리와는 다르다. 그녀는 자신이 할 수 있는 게 뭔지 가만히 생각했다. 살롱은 그녀도 열 수 있다. 아마 아이리스 정도는 아니겠지만 초대한 사람 대부분이 와 줄 것이다.

하지만 아이리스가 안 되는 것과 같은 이유로 그녀의 소개도 거절하겠지. 어떻게 해야 하는 걸까. 고민하는 애슐리에게 릴리가 주제를 바꿔 물었다.

"애슐리, 내일 나랑 화가 모임에 갈 거지?"

릴리는 주기적으로 화가 모임에 참석하고 있었다. 교류도 하고 정보를 얻기 위해서였다. 문제는 매번 더글러스가 데리러 온다는 것이다.

처음 시작은 필립이었다. 그는 화가 모임이 열리는 커피숍이 귀족 영애가 혼자 돌아다니기 위험한 거리라는 이유로 그녀를 바래다주고 데려 왔다. 그리고 어느 순간, 그걸 더글러스가 하기 시작했다.

혼자서 갈 수 있다는 릴리와 위험하니 그럴 수 없다는 더글러스의 의견 충돌은 애슐리의 기준으로 끔찍할 정도였다. 심지어 릴리가 그녀를 데리러 온 더글러스를 무시하고 삯마차를 타고 돌아온 적도 있었다. 그걸 애슐리와 아이리스가 어떻게 알았냐면 그 마차 뒤로 더글러스의 마차가 따라왔기 때문이다.

더글러스는 릴리가 아무리 뭐라고 해도 그것만은 양보하지 않았다. 그는 그녀가 자신을 무시하고 다른 사람의 마차를 얻어 타고 돌아가면 뒤따라가서라도 그녀가 안전하게 집으로 돌아가는지 확인하고 떠났다.

솔직히 말하면 애슐리는 둘 다 어지간히 고집이 세다고 생각했다. 아이리스와 리안의 싸움은 화를 내는 아이리스와 잘못했다고 싹싹 비는 리안으로 끝난다면, 릴리와 더글러스의 싸움은 더글러스를 무시하는 릴리와 그런 릴리를 아랑곳하지 않고 묵묵히 뒤에서 따라오는 더글러스로 이어졌다.

"릴리, 내가 같이 간다고 케이시 경이 마중을 안 하지는 않을 것 같은데."

떨떠름한 애슐리의 대답에 릴리 역시 떨떠름한 표정을 지었다. 그녀도 그렇지 않을까 생각하고 있었다. 하지만 그렇다고 더글러스의 마차를 타고 돌아가는 것도 싫다.

애슐리는 그런 릴리를 가만히 쳐다보다가 제안했다.

"짐이나 필립 아저씨한테 데려와 달라고 부탁하면 되지 않을까? 그럼 케이시 경도 안심할 거 같은데."

"싫어."

"왜?"

"그 사람들은 더글러스의 인정을 받은 사람들이잖아. 왜 내가 행동하는 데 더글러스의 인정을 받은 사람들의 보호를 받아야 해? 난 더글러스의 소유물이 아닌데?"

엇. 그것도 생각해 보니 그렇다. 애슐리의 얼굴에 놀란 표정이 떠올랐다. 그리고 그녀는 사람들이 릴리를 두고 까다롭게 군다고 하는 것을 일부 이해했다.

여자는 남자의 보호를 받아야 한다고 생각하는 사람들이 보기에 릴리는 확실히 까다롭고 성가신 여자일 것이다. 애슐리는 약간 어두운 표정으로 말했다.

"하지만 케이시 경의 걱정도 말이 되긴 하잖아. 그 거리에 소매치기나 용병들이 많은 건 사실이니까."

"그럼 거리를 안전하게 만들면 되잖아? 왜 자기들이 위험하게 만들어 놓고 보호라는 명목으로 나에게 제한을 두려고 하는 건데?"

그것도 그렇네. 애슐리는 문득 어머니가 한 말이 떠올랐다.

— 우리 집 여자들은 약간 반골 기질이 있지.

기분 좋은 표정으로 한 말이라 그게 칭찬이라고 생각했었다. 그리고 자신에게도 반골 기질이 있을지 고민했었다.

그리고 자연스럽게 그녀의 공방으로 생각을 옮겼다. 그녀의 비누 공방은 도시의 외곽에 위치해 있다. 직원들은 출퇴근을 하기 위해 꽤 오랜 시간을 걸어서 오거나 돈을 주고 마차를 사용해야 한다.

지금까지 애슐리는 거리가 멀면 직원들이 일찍 일어나서 출근하면 되는 거 아니냐고 생각하고 있었다. 하지만 그들은 그녀의 공방에서 일하는 사람들이다. 거리를 줄일 수는 없지만 직원들의 출퇴근길을 도와줄 방법은 있겠지.

"안녕하십니까."

다음 날, 애슐리의 예상대로 더글러스는 화가 모임이 있는 커피숍 맞은편에 마차를 가지고 나와 있었다. 그녀는 더글러스를 발견하자마자 표정이 굳는 릴리를 대신해서 인사를 건넸다.

"안녕하세요, 케이시 경."

"릴리를 걱정해서 따라온 건가요?"

그 반대다. 릴리가 끌고 왔지. 하지만 애슐리는 말없이 웃었다. 억지로 끌려 온 거긴 했지만 재미있었다. 오늘 모임은 화가뿐 아니라 시인이나 음악가, 소설가 같은 다양한 예술가들이 모인 모임이었기 때문이다.

그리고 거기서 그녀가 좋아하는 시를 쓴 시인도 만났다.

애슐리는 시인 헨리와 좀 더 이야기를 하고 싶어서 그를 힐끔 쳐다본 뒤 더글러스에게 말했다.

"릴리를 짜증 나게 만들지 말아 봐요."

더글러스의 표정이 일그러졌다. 그도 그러고 싶다. 하지만 어떻게 해야 릴리가 짜증 나지 않게 그녀를 보호할 수 있는지 모르겠다.

"그녀는 모든 보호를 다 싫어하잖습니까."

더글러스의 대답에 애슐리는 고개를 끄덕이며 생각에 잠겼다. 그녀는 더글러스가 마음에 들었다. 나이 차가 있고 릴리에게 구혼하는 입장임에도 자신에게 꼬박꼬박 존대하는 것도 그렇고 약간 융통성 없긴 하지만 그 행동의 근간이 릴리를 향한 걱정이라는 것도 마음에 들었다.

"남작님 말인데요."

뜬금없이 애슐리의 입에서 다니엘이 나오자 더글러스의 눈썹이 올라갔다. 그자가 왜? 지금 월포드 남작은 부인인 반스 백작과 함께 신혼여행 중이다.

반스 백작의 영지인 할포드에서 두 달 정도 지내다 온다고 들었다.

"어머니께서 조금, 아주 조금 드러난 드레스를 입은 적이 있거든요. 그러니까 어깨가 이렇게 드러난 거요."

그렇게 말하며 애슐리는 자신의 손을 이용해서 자신의 어깨를 가리켰다. 무슨 드레스를 말하는지 알겠다. 더글러스는 어느 귀족가에서 열린 음악회에 반스 백작이 어깨가 드러난 드레스를 입고 왔던 것을 떠올렸다.

그가 그걸 기억하는 이유는 간단했다. 그날 월포드 남작이 기분 나쁠 정도로 자신을 노려봤기 때문이다.

"어머니가 방에서 나오실 때 남작님이 하인들을 쫓아내셨거든요."

정확히 말하면 쫓아냈다기보다는 일을 줘서 멀리 보내 버렸다. 사실 애슐리는 몰랐다. 나중에 아이리스와 릴리가 깔깔거리며 하는 이야기를 듣고 알았다.

"케이시 경도 그렇게 하는 게 어때요?"

뭘? 더글러스는 이해할 수가 없어서 멍하니 애슐리를 쳐다봤다. 그는 그녀의 이야기를 듣고도 월포드 남작이 뭘 했다는 건지 알 수가 없었다.

하인들을 쫓아내라는 건가? 하지만 여기서 하인이 왜 나오지? 어리둥절한 그를 위해 애슐리가 다시 설명했다.

"그러니까 남작님은 어머니께 사람들이 보니까 어깨를 가리라고 하는 게 아니라 보는 사람들을 치워 버린 거잖아요."

응? 그제서야 더글러스는 다니엘이 자신을 노려본 이유를 깨달았다.

그건 다니엘이 이상한 사람이라서가 아니라 반스 백작을 쳐다보지 말라는 협박이었던 거다.

당연히 밀드레드에게는 아무 관심도 없는 더글러스는 그가 왜 쳐다보는지 이해하지 못했고.

"지금 제게 릴리가 안전하게 다닐 수 있도록 거리를 정리하라는 말을 하는 건가요?"

바로 그거다. 애슐리는 고개를 끄덕였다. 그녀의 순진한 표정을 맞닥트린 더글러스는 그게 그렇게 쉬운 일이 아니라는 것을 설명하려다 말았다.

그녀의 어머니는 나라 최고의 부자이자 요정인 윌포드 남작과 결혼했고 그녀의 첫째 언니는 유일한 왕위 계승자인 왕자와 약혼했다. 어쩌면 애슐리의 기준으로는 그게 당연한 건지도 모른다.

거리를 정리하면 릴리와 부딪칠 일도 없다. 간단하잖은가.

"그렇군요."

더글러스는 잠시 애슐리를 쳐다보다가 고개를 끄덕였다. 그녀의 말이 맞다. 릴리에게는 그녀의 움직임을 제한하려는 남자가 아니라 그녀가 자유롭게 움직일 수 있도록 거리를 정리할 수 있는 사람이 어울린다.

그리고 그걸 윌포드 남작이 할 수 있다면 그도 할 수 있다.

더글러스는 고개를 들어 거리를 살폈다. 이 거리는 힘이 약한 사람들이 돌아다닐 만한 거리가 아니다. 거리에 문제가 있다면 사랑하는 사람을 억압하는 게 아니라 거리의 문제를 해결하는 게 옳다.

"가르침 감사합니다, 반스 양."

더글러스는 애슐리의 앞에서 허리를 숙여 인사했다. 정말로 고마웠다. 그렇지 않아도 싫다는 릴리에게 자신이 억지를 부린다는 생각에 기분이 안 좋던 차다.

그는 약자를 보호하고 옳지 않은 것과 싸워야 한다고 배우고 자란 케이시가의 사람이다. 싸워야 한다면 죄 없고 그보다 약한 릴리가 아니라 약간 버거워도 잘못한 쪽이 더 마음 편했다.

"어, 아니, 괜찮아요."

애슐리는 더글러스가 자신의 앞에서 허리를 숙이자 당황해서 손을 내저었다. 그러고 나서 곧장 이야기하고 싶었던 시인에게 떠나 버렸다.

더글러스는 다른 사람들과 인사를 하는 릴리를 쳐다보고 한숨을 내쉬었다. 애슐리의 이야기를 듣고 어떻게 행동해야 할지 알았지만 그래도 릴리와 애슐리만 두고 돌아가는 건 내키지 않았다. 어쨌든 두 아가씨만 돌아가게 하기엔 이 거리는 위험하다.

처음으로 윌포드 남작이 부러워졌다. 그는 요정이니까 이럴 때 자신이 없어도 사랑하는 여자를 보호해 줄 마법 같은 걸 걸 수 있지 않을까.

하지만 더글러스는 요정이 아니고 지금 릴리는 그가 눈앞에 있는 걸 보고 싶어 하지 않는다. 그게 꽤 둔하다 생각했던 더글러스의 가슴을 아프게 만들었다.

심지어 두 번의 파혼도 그를 이렇게 아프게 만들지는 못했다. 더글러스는 억지로 발걸음을 돌렸다. 사람을 시켜 애슐리와 릴리가 무사히 집으로 돌아갔는지 확인하라고 해야겠다.

"더글러스."

그때 놀랍게도 릴리가 그에게 다가왔다. 깜짝 놀라 돌아선 더글러스는 재빨리 사과했다.

"귀찮게 해서 미안합니다. 저는 그만 돌아갈 테니 신경 쓰지 말고 즐거운 시간 보내세요."

가는 거였어? 릴리의 눈동자가 흔들렸다. 그녀는 그가 매일 당연하다는 듯 그녀를 데리러 오는 게 싫었을 뿐이다. 어쩌다 한두 번 정도 같이 돌아가는 건 상관없었다. 그건 친구 사이에도 할 수 있는 일이니까.

무슨 바람이 분 거지. 그녀의 미간에 주름이 생겼다. 하지만 곧 릴리는 더글러스에게 말을 건 이유를 떠올리고 입을 열었다.

"고마워요. 그것보다 갑자기 생각이 나서요. 혹시 전람회에서 제 그림을 산 게 당신이에요?"

크리스털 궁에서 열린 전람회가 끝난 지도 거의 두 달이 되어간다. 거기서 전시했던 릴리의 그림은 모두 팔렸다. 자랑스러운 일이지만 아직도 릴리에게는 풀리지 않는 의문이 하나 있었다.

그녀가 전시한 그림은 모두 다섯 점. 그중 세 점이 첫날 구매 의사를 내보인 한 명에게 모두 팔렸는데 구매자가 누구인지 아직도 모른다는 점이었다.

처음엔 필립일지도 모른다고 생각했었다. 하지만 필립은 확실히 아니다. 분명 그도 구매 의사를 표하긴 했지만 구매 금액이 점점 올라가길래 릴리가 그러지 말라고 부탁했었다.

"그랬으면 정말 좋겠지만, 아닙니다."

더글러스는 진심으로 아쉽다는 표정으로 말했다. 그 역시 릴리의 그림을 사고 싶었다. 하지만 그러지 않은 건 그림에 문외한인 그가 사겠다고 나서 봤자 릴리가 기뻐하지 않을 것이라고 생각했기 때문이었다.

"그렇군요. 고마워요."

릴리는 한 번에 세 점이나 산 사람이 누구일지 궁금해 하며 고개를 끄덕였다. 누군지 몰라도 정말 그녀의 그림이 마음에 든 모양이었다. 그게 릴리에게 자부심을 불어넣어 주었다.

"그럼, 이만."

돌아서는 더글러스를 보면서 릴리는 그를 붙잡아야 할지 잠시 망설였다. 그래도 그 나름대로 그녀를 걱정해 주는 거였다. 그러니까 그냥 못이기는 척 넘어갔어야 하는 걸까.

하지만 그렇지 않다는 걸 릴리는 감으로 알았다. 그녀를 걱정한다는 이유로 구속하는 건 옳지 않다.

떠나는 더글러스의 뒷모습을 보면서 릴리는 그녀가 이런 것에 익숙해져야 한다는 것을 깨달았다. 앞으로 만나게 될 모든 사람은 자기 나름대로의 이유로 어떤 부분이든 릴리를 구속하려 할 것이다. 그녀가 그 구속을 거부하려면 당연히 그녀도 그녀에게 유리한 대로만 관심이나 도움을 받길 원해서는 안 된다.

릴리는 더글러스가 마차에 올라타는 것까지만 쳐다보고 다시 몸을 돌렸다. 어딘지 모르게 홀가분하면서 동시에 너무나 두렵게 느껴졌다.

*　　*　　*

"릴리 아가씨, 크레이그 후작가에서 편지가 왔습니다."

릴리가 전혀 예상하지 못한 편지를 받은 것은 더글러스가 더 이상 릴리의 눈앞에 보이지 않게 된 지 일주일이 지난 뒤의 일이었다. 하루가 멀다 하고 찾아오던 더글러스가 보이지 않자 릴리는 놀랍게도 약간의 초조함을 느끼고 있었다.

텅 빈 캔버스 앞에서 뭘 그려야 할지 몰라 멍하니 앉아있던 릴리는 루인의 말에 깜짝 놀라서 고개를 들었다.

"누구라고?"

"크레이그 후작가요. 로레나 크레이그라고 적혀 있습니다만."

루인의 자세한 설명에 릴리는 입을 딱 벌렸다. 로레나라고? 그게 누군지는 알지만 그녀가 릴리에게 편지를 보낼 이유가 없었다. 아이리스라면 또 모르겠지만.

그녀는 붓을 내려놓고 자리에서 일어나며 다시 물었다.

"아이리스가 아니라 나한테 보낸 거 맞아?"

맞다. 루인은 편지 봉투를 확인하고 고개를 끄덕였다. 로레나 크레이그. 받는 사람은 릴리 반스가 맞았다. 편지를 건네받은 릴리는 로레나가 자신에게 편지를 보낼 이유를 찾지 못해 고개를 갸웃하며 봉투를 뜯었다.

"응?"

편지 내용은 상당히 짧았다. 사실 그건 편지라기보다는 방문 허락을 구하는 요청이었다. 날 만나고 싶다고? 릴리는 다시 한 번 편지 머리말에 적힌 이름을 확인했다.

'친애하는 릴리 반스 양에게'라고 적혀 있다.

어쩐지 그 부분에서 로레나의 성격을 알 것 같아서 릴리는 저도 모르게 픽 웃었다. 그녀와 로레나는 친애하는 관계가 아니다. 릴리라면 '친애하는'이라고는 쓰지 못했을 것이다. 친하지도 않은데 그렇게 쓴다는 건 좀 민망하니까.

하지만 로레나에게 '친애하는'이라는 문구는 그냥 편지 문구 중 하나였을 뿐이다. 반사적으로 로레나를 더글러스와 비슷한 타입인 모양이라고 생각한 릴리는 잠깐 멈칫했다가 한숨을 내쉬었다.

그리고 종이와 펜을 꺼내 방문을 허락하는 답장을 적어 기다리고 있던 루인에게 내밀었다.

"방문을 허락해 줘서 고마워요."

로레나는 릴리가 마지막으로 봤을 때보다 약간 더 말라있었다. 그때가 언제였더라. 그녀는 그게 아이리스와 로레나가 연회 준비를 하는 자리였다는 것을 떠올리고 고개를 끄덕였다.

그때 로레나의 행동이 좀 충격적이긴 했다. 갑자기 후보직을 내려놓겠다고 했으니까. 그리고 아이리스가 왕자비로 결정된 뒤 로레나에 대한 몇 가지 안 좋은 소문이 릴리의 귀에 들어왔다.

릴리는 아이리스와 어머니가 그 소문에 대해 아무 반응도 보이지 않았기 때문에 마찬가지로 아무 반응도 보이지 않았다. 비록 그녀가 참석하는 예술가 모임에서 다들 엄청난 관심을 갖고 질문을 해댔지만 전부 무시했다. 그 덕분에 릴리를 마음에 안 들어 하는 사람이 몇 명 있는 모양이지만 상관없다.

"절 만나고 싶다고 하셔서 놀랐어요. 그래서 무슨 일인지 들어 봐야겠다고 생각했죠."

릴리의 대답에 로레나의 얼굴에 희미한 미소가 떠올랐다. 그녀 역시 릴리가 어떤 성격인지 약간이나마 파악했다. 로레나는 하인이 가져온 찻잔을 만지작거리며 말하기가 조금은 쉬울 것 같아서 다행이라고 생각했다.

"전 그림을 참 좋아해요. 물론 더 좋아하는 건 음악이지만요."

그런데? 릴리는 아무 말 없이 찻잔을 들어 올렸다. 로레나는 조심스럽게 말을 이었다.

"음악가는 살롱에 데뷔를 할 때 후원자나 친분 있는 사람이 소개를 해주는데 화가도 그렇잖아요."

"맞아요. 화가도 그렇게 해요."

릴리의 말에 로레나의 얼굴이 밝아졌다. 릴리는 로레나가 찻잔을 만지작거리기만 할 뿐 아직 한 모금도 마시지 않았다는 것을 깨달았다.

설마. 릴리가 로레나의 방문 목적에 대한 가설을 떠올렸을 때 로레나가 조심스럽게 입을 열었다.

"비록 화가는 경험이 없지만 음악가는 올해만 두 명 소개했어요. 둘

다 좋은 후원자를 만났고요. 그래서 말인데, 반스 양도 살롱에 데뷔할 시기가 됐다고 들었거든요."

"지금 저를 크레이그 양의 살롱에서 소개해 주겠다고 제안하시는 건가요?"

"반스 양이 괜찮다면요."

릴리는 자신의 추측이 맞았다는 충격보다 로레나가 그녀를 자신의 살롱에서 데뷔시켜주려 한다는 사실에 더 놀라 입을 딱 벌렸다.

다른 사람도 아니고 로레나 크레이그가? 크레이그가와 반스가는 왕자비 후보로 다툰 사이다. 릴리뿐 아니라 누구도 로레나가 이런 제안을 할 거라고는 생각하지 못했을 것이다.

"왜요?"

이윽고 릴리의 입에서 직설적인 질문이 흘러나왔다. 로레나는 대놓고 왜냐고 묻는 질문에 좀 놀랐지만 거절이 아니라는 사실에 안심하며 미소를 지었다.

"그게 우리 두 가문에 도움이 될 테니까요. 반스 양도 반스가와 우리 집이 반목한다는 소문을 들었을 거예요."

릴리의 머릿속에 아이리스가 왕자비로 결정된 뒤 들려왔던 소문이 떠올랐다. 크레이그 후작가에서 아이리스를 방해하기 위해 치사한 수를 썼다는 소문부터 크레이그 후작이 아이리스에 대해 사사건건 트집을 잡고 있다는 소문까지 다양했다.

물론 반스가에 대한 소문도 약간이지만 있었다. 원래 왕자와 로레나가 약혼할 사이였는데 중간에 끼어든 아이리스가 왕자를 유혹했다는 소문이라거나 반스 백작이 사실은 요정 대모라 자기 힘을 이용해서 딸을 왕자비로 만들었다는 소문도 있었다.

당연히 반스가는 물론 크레이그도 그 모든 소문에 아무 대응도 하지 않았다. 그런데 지금, 로레나가 릴리를 찾아와서 소문을 입에 올린 것이다.

로레나는 릴리가 고개를 끄덕이는 것을 보고 말을 이었다.

"제가 반스 양을 살롱에 소개하고, 후원을 하면 반스가와 우리 집안이 반목한다는 소문은 잦아들 거예요. 그러니 우리 모두 이득이죠."

"거기서 저와 크레이그 양이 얻는 이득은 뭔데요?"

"집안의 불명예를 씻을 수 있죠."

당연하지 않냐는 로레나의 대답에 릴리는 고개를 저었다. 그녀가 말하는 건 집안의 이득이 아니다. 그녀 자신의 이득이다.

"전 집안보다 제가 더 중요하거든요."

그렇지 않으면 왕자비 후보가 된 언니를 두고 화가가 되겠다고 할 수 있을 리가 없다. 릴리의 말에 로레나의 표정이 굳었다.

그런 생각을 할 수도 있구나. 로레나에게 집안의 명예는 그녀의 명예다. 그녀는 로레나 크레이그이고 크레이그 후작가에서 태어나 자랐다는 게 자랑스러웠으니까.

"친분이 없는 사람의 살롱에서 소개받는 건 괜찮은 이득이잖아요."

곧이어 로레나의 입에서 흘러나온 말에 릴리의 눈썹이 올라갔다. 과연 크레이그 양. 후작가의 영애로 살아왔으니 누구보다 사교계의 생리에 통달해 있다.

"후원자도 될 수 있어요."

로레나는 릴리가 반응하자 진지한 표정으로 말했다. 그녀도 릴리에게는 케이시 경이라는 부유한 후원자가 있다는 것을 안다. 하지만 부유한 후원자는 많을수록 좋은 게 아닐까.

그녀는 그림에 대해서는 음악보다는 잘 모르고 릴리의 그림이 어떤지도 잘 모르지만, 크레이그 후작가는 후원하는 예술가를 한 명 정도 더 늘

릴 능력이 된다.

"물론 반스 양이 원한다면요."

재빨리 덧붙인 로레나의 말에 릴리는 저도 모르게 피식 웃었다.

괜찮은 제안이다. 릴리 혼자였다면 바로 그러자고 했을 것이다. 하지만 로레나는 집안 간의 영향을 생각해서 제안한 것이니 그녀도 집안을 생각하지 않을 수가 없었다.

"생각해 볼게요."

릴리는 그렇게 말하고 다시 찻잔을 들었다. 오늘은 답변을 하지 않겠다는 태도에 로레나도 찻잔을 들어 올렸다. 당연히 릴리가 좋다고 할 줄 알았다.

하지만 집안보다 자기 자신이 더 중요하다고 하는 릴리의 말에 거절당할 수도 있다는 것을 깨달았다.

상관없다. 로레나는 거절당할 수도 있다는 생각에 빠르게 뛰기 시작하는 심장을 다스리기 위해 천천히 숨을 쉬며 생각했다. 그녀는 집안을 위해 노력을 했다. 가문의 명예를 찾는 방법은 또 있을 것이다.

"그림을 좋아하신다고요?"

약간의 침묵이 흐르고 릴리가 먼저 손을 내밀었다. 그녀는 화가가 되기로 결심한 뒤로 같은 흥미를 가진 사람이 곁에 있다는 게 얼마나 중요한지를 깨닫고 있었다.

로레나가 미술에 흥미가 있다니 약간 호감이 생겼다.

"네. 사실 그림보다는 조각 쪽을 더 좋아하긴 해요."

릴리는 로레나의 대답에 빙그레 웃었다. 그녀도 조각을 보는 걸 좋아한다. 아직 직접 조각을 하는 건 생각만 하고 있지만.

"남작님 소장품 중에 라슨의 작품이 몇 점 있어요. 어머니께서 돌아오시면 부탁해서 보여드릴게요."

루푸스 라슨의 작품을 보여 준다는 릴리의 말에 로레나의 눈이 반짝였다. 그녀는 고개를 끄덕이며 말했다.

"저희 집에도 언제 오세요. 저도 라몬 작품을 몇 점 소장하고 있거든요."

크레이그 후작가도 유명한 작품을 몇 점 소장하고 있다는 말을 들은 적이 있다. 릴리의 눈이 반짝였다.

외전 5

애슐리의 선택

릴리가 크레이그 후작 영애의 살롱에서 데뷔를 한 것은 밀드레드가 다니엘과 함께 수도로 돌아온 지 일주일째 되는 날이었다. 이미 편지로 아이리스와 릴리에게 상황을 설명받은 그녀는 마음대로 하라는 말로 허락했다.

"괜찮을 겁니다."

국왕 부부와 왕대비에게 신혼여행을 다녀왔다는 인사를 하고 집으로 돌아오는 길에 다니엘이 말했다. 밀드레드는 오랜만에 꾸민 게 불편해서 창틀에 팔을 괴고 멍하니 앉아 있었다.

"뭐가요?"

"크레이그 후작가 말입니다. 크레이그 양이 먼저 손을 내민 거니까요."

"오, 그건 걱정하지 않아요."

밀드레드는 창틀에서 팔을 내리며 빙그레 웃었다. 감히 크레이그가에서 아이리스와 왕자비 자리를 두고 싸울 때처럼 릴리를 괴롭히려 하지는 않을 거라 생각했다.

그녀는 허리를 세우며 덧붙였다.

"가만히 당하고 있을 릴리도 아니고요."

그런 면이 아이리스와의 차이점이다. 아이리스라면 주변의 눈과 자신의 입장을 생각해서 참을 테지만 릴리는 참지 않을 것이다. 다니엘은 씩 웃으며 몸을 내밀었다.

"아이리스와 릴리는 더 이상 걱정할 일이 없겠군요."

두 사람 다, 자기가 하고 싶은 일을 찾았고 잘 해내고 있다. 밀드레드는 그게 절대 쉬운 일이 아니라는 것을 알았기 때문에 고개를 끄덕이며 말했다.

"그 애들은 운이 좋았죠."

그건 다니엘도 동의했다. 그도 하고 싶은 일과 좋아하는 것을 찾기 위해 이십 대의 대부분을 국외를 떠돌며 살았으니까.

"시간이 지나면 또 생길 수도 있습니다."

다니엘의 말에 밀드레드는 빙그레 웃었다. 그 말도 맞다. 사람의 인생은 십 대 이십 대에 완전히 결정되는 게 아니니까. 사람이 사는 한 새로운 관심과 재능이 발견되기 마련이다.

밀드레드는 릴리와 아이리스가 또 다른 관심과 재능을 찾았을 때 그것에 도전할 수 있기를 바랐다. 그녀가 이곳에서 다니엘을 만나고 새로운 도전을 할 수 있었던 것처럼.

"애슐리도 빨리 찾았으면 좋겠네요."

밀드레드의 말에 다니엘의 표정이 잠시 멈칫했다가 다시 미소로 돌아갔다. 그는 고개를 기울이며 말했다.

"애슐리는 이제 겨우 열일곱 살이니까요. 릴리와 아이리스가 굉장히 빨랐던 겁니다."

"그렇긴 한데 가끔 애슐리가 초조해하는 게 보이거든요."

스무 살도 되기 전에 뭔가를 해낸 언니들을 보면 애슐리는 자기도 뭔가를 해내야 한다는 강박을 느끼곤 했다. 언니들은 다 저렇게 잘났는데 그녀만 모자라고 부족하게 느껴졌다.

어머니와 언니들이 그녀에게 잘 대해 주기 때문에 더 그랬다. 차라리 못되게 굴었다면 마음이라도 편했을 것이다. 그런 그녀를 구해 준 건 릴리의 부탁으로 함께 참석한 예술인 모임에서 만난 시인이었다.

"뭘 하고 싶다고?"

왕궁에서 돌아온 밀드레드는 기다리고 있던 애슐리의 말에 한참을 굳어 있다가 되물었다. 애슐리는 손을 맞잡은 채 밀드레드의 뒤에 선 다니엘의 눈치를 살피며 다시 말했다.

"결혼하고 싶어요."

애슐리가? 결혼? 지금? 밀드레드의 머릿속이 복잡해지더니 새까맣게 어두워졌다. 다니엘은 그녀의 몸이 흔들리는 순간 재빨리 뒤에서 밀드레드를 끌어안았다.

다행히 밀드레드는 기절한 건 아니었다. 당황해서 다리에 힘이 풀렸을 뿐이다. 그녀는 다니엘이 자신을 부축해 주는 것도 깨닫지 못하고 애슐리에게 물었다.

"누구랑? 지금?"

"부인."

당황한 밀드레드의 목소리가 높아지자 다니엘이 재빨리 그녀를 불렀다. 그는 뒤에서 밀드레드를 끌어안은 채 고개를 숙여 나직하게 속삭였다.

"들어가서 이야기하죠."

덕분에 밀드레드의 정신이 약간 돌아왔다. 그녀는 긴장한 표정의 애슐리를 쳐다보고 다니엘을 돌아보았다. 말도 안 된다. 열일곱 살이 무슨 결혼이란 말인가.

고함을 치고 싶은 심정과 왜 그런 끔찍한 생각을 했냐고 묻고 싶은 심정이 밀드레드의 안에서 소용돌이쳤다. 하지만 그녀는 다니엘의 말대로 애슐리를 데리고 응접실로 들어갔다.

"누군데?"

먼저 말을 꺼낸 건 다니엘이었다. 그는 하인에게 밀드레드를 위해 차를 가져오라고 지시한 뒤 무슨 말을 해야 할지 망설이는 밀드레드를 대신해서 물었다. 두 사람의 눈치를 살피던 애슐리는 그의 태도에 용기를 얻어 대답했다.

"시인이에요. 헨리라고, 유명한 사람이에요."

"그 사람이 유명한 건 상관없어."

긴장한 나머지 밀드레드의 말이 날카롭게 나왔다. 애슐리가 어깨를 움츠리자 다니엘이 재빨리 밀드레드의 손을 잡았다.

그렇게 날카롭게 굴면 안 된다. 밀드레드가 한숨을 내쉬자 다니엘이 잘하고 있다는 의미로 그녀의 손등을 다독였다. 그녀는 최대한 침착하게 말했다.

"상대방이 유명하고 말고는 아무 상관없어. 애슐리, 넌 이제 겨우 열일곱 살이야. 결혼은 너무 일러."

말도 안 된다고 애슐리가 생각했다. 사교계의 귀족 영애들은 열일곱 살에도 많이 결혼한다. 오히려 스무 살이 넘어가면 노처녀라는 말을 듣는 실정이다.

그녀는 약간 불만스러운 기분으로 대답했다.

"하지만 아이리스는 결혼했잖아요."

아주 작은 반항이었지만 반항이었다. 아이리스나 릴리라면 모를까, 애슐리의 반항은 처음이었기 때문에 다니엘조차도 조금 놀랐다. 그는 밀드레드가 충격받았을까 봐 재빨리 그녀를 쳐다보고 그녀의 얼굴이 약간 굳긴 했지만 충격받지는 않았다는 것을 확인했다.

"올해 초만 해도 결혼하기 싫다고 했잖아."

밀드레드의 지적에 애슐리의 얼굴이 달아올랐다. 그건 그렇다. 그녀는 망설이다가 조그마한 목소리로 대답했다.

"마음이 변했어요."

솔직한 거 하난 좋다. 밀드레드는 어이가 없어서 한숨을 내쉬었다. 그리고 다시 물었다.

"좋아, 결혼하고 싶을 수 있지. 하지만 꼭 지금 해야 하는 건 아니잖아."

"꼭 지금 하고 싶어요."

"어째서?"

그 질문에 애슐리가 머뭇거리기 시작했다. 밀드레드와 다니엘의 눈이 마주쳤다. 밀드레드는 목소리를 낮춰 애슐리에게 물었다.

"애슐리, 혹시라도 결혼해야 한다고 생각될 만한 일이 있었니?"

"어떤 거요?"

"그러니까, 그 남자가 널 책임진다고 말했다거나……."

"오, 헨리가 절 책임지고 싶어 하긴 해요."

설마. 밀드레드의 심장이 쿵 하고 떨어지는 순간 애슐리가 덧붙였다.

"저도 그의 도움이 되고 싶고요."

응? 다시 밀드레드와 다니엘의 시선이 부딪쳤다. 아무래도 밀드레드가 걱정할 만한 일은 일어나지 않은 모양이다. 그녀는 다시 애슐리를 쳐다보다가 조심스럽게 물었다.

"그렇다면 왜 결혼하고 싶어 하는 거니?"

"서로 좋아하니까요. 헨리가 나이도 있고요."

"나이도 있다고?"

밀드레드의 눈이 가늘어졌다. 애슐리는 재빨리 변명했다.

"결혼할 나이가 됐다는 뜻이에요."

"몇 살인데?"

다시 애슐리가 밀드레드와 다니엘의 눈치를 살피기 시작했다. 그녀는 도와달라는 듯 다니엘을 쳐다보더니 기어들어 가는 목소리로 말했다.

"서른다섯이요."

"절대 안 돼!"

그 순간 밀드레드가 벌떡 일어나며 소리쳤다. 덕분에 애슐리는 물론 다니엘조차 깜짝 놀랐다. 밀드레드는 분이 풀리지 않은 것처럼 쿵쿵거리며 주변을 돌아다니기 시작했다.

"미쳤니? 서른다섯? 그 남자는 네가 몇 살인 줄 알고 결혼하자고 하는 거야?"

"아, 알아요. 그리고 미친 거 아니에요. 진짜 좋은 사람이에요."

"진짜 좋은 사람은 스무 살이나 차이 나는 여자애한테 결혼하자고 하지 않는 법이야!"

"스무 살이 아니라 열여덟 살이에요."

이 와중에도 지적은 잘한다. 하지만 밀드레드가 노려보자 애슐리도 입을 다물었다. 그리고 스커트를 꽉 쥐며 말했다.

"어머니, 전 정말로 헨리를 좋아해요."

"그 남자가 정말 널 좋아한다면 결혼하자는 말을 네게 하지 말았어야지!"

"하지만 케이시 경도 릴리에게 구혼했잖아요."

말도 안 되는 소리다. 다니엘은 밀드레드가 열 받아서 쓰러질 것 같자 재빨리 나섰다.

"애슐리, 케이시 경은 릴리와 일곱 살 차이잖아. 넌 열여덟 살 차이고."

"사랑에 나이 차이는 상관없잖아요! 남작님도 어머니보다 다섯 살 어리고요."

그건 그렇지. 다니엘은 그것도 그렇다는 표정으로 입을 다물었다. 물론 그 행동은 밀드레드를 더욱 화나게 만들었다. 그녀는 다니엘을 한 번 노려보고 다시 애슐리에게 말했다.

"그 남자가 널 정말 좋아했다면, 그리고 널 존중했다면 네게 결혼하자고 회유하는 게 아니라 날 찾아왔어야지!"

"하지만 결혼은 저랑 그 사람 둘이 하는 거잖아요."

"하지만 결혼하기 전에 부모에게 허락은 받아야지!"

애슐리는 어머니도 부모님은 물론 머피 백작님한테도 허락 안 받지 않았냐고 말하려다 말았다. 확실히 귀족의 결혼은 남자가 여자의 아버지나 보호자에게 결혼 허락을 구하는 게 먼저다.

하지만 헨리는 그건 여성을 가부장의 소유로 두는 불합리한 행위라고 말했고 애슐리는 그의 말이 맞다고 생각했다. 그래서 그가 직접 어머니한테 허락받지 않은 거다. 그걸 어머니가 이렇게 화낼 줄은 몰랐다.

"헨리가 말하기 전에 제가 먼저 여쭤보려고 그런 거예요."

애슐리가 침착하게 말하자 밀드레드의 움직임도 멈췄다. 그녀는 다시 자리로 돌아가서 앉으며 말했다.

"먼저 물어본다는 건 내가 시키는 대로 한다는 말이니?"

그건 아니다. 애슐리는 어머니가 당연히 허락할 줄 알았다. 그는 굉장히 진취적인 생각을 가진 사람이니까. 그녀는 다니엘을 한 번 쳐다보고 다시 입을 열었다.

"헨리가 어머니께 허락을 구하지 않은 건, 여자의 부모에게 결혼 허락을 구하는 건 가부장적인 세상에서 여자를 소유물로 보는 나쁜 행위라 그런 거예요. 그는 저를 존중하기 때문에 저한테 바로 구혼한 거고요."

말은 그럴듯하다. 다니엘은 어이가 없다는 듯 헛웃음을 지었고 밀드레드는 입술을 깨물었다. 그런 사람들이 있다. 자기에게 유리한 부분만 쏙 뽑아서 사람을 혼란스럽게 만드는 작자들.

그리고 그런 작자들은 당연하게도 자기보다 훨씬 어리거나 잘 모르는 사람들을 속이기 마련이다.

"좋아, 애슐리. 네 말대로 헨리라는 사람이 여자의 부모에게 허락을 구하는 게 여자를 존중하지 않는 행위라 생각해서 그런 거라고 보자. 이 나라에서 부모에게 허락받지 못하면 결혼하기 어렵다는 건 일단 치워 두고 말이야."

사회 통념이라는 건 절대 다수가 동의하고 따르기 때문에 생긴 것들이다. 밀드레드는 그것에 반발하는 걸 나쁘다고 생각하지는 않았다.

때로는 그게 한계를 깨는 방법일 수도 있다. 문제는 그 피해를 받는 사람이 헨리가 아니라 애슐리라는 점이다.

"내가 허락하지 않는다면 헨리라는 사람은 무슨 피해를 입지? 그리고 너는?"

밀드레드의 질문에 애슐리의 눈동자가 데굴 굴렀다. 어느 쪽이어도 피해는 애슐리가 더 많이 본다. 결혼을 포기하면 헨리는 실연의 상처를 입겠지만 사회적으로나 재산적으로 문제가 생기지는 않는다.

억지로 결혼을 강행한다 해도 그는 여자 쪽 가족과 안 보면 그만이다. 젊고 예쁜 부인을 얻었고 재산상으로 피해도 없다. 그는 가족이나 친구조차도 잃지 않는다.

하지만 애슐리는? 반대에도 불구하고 결혼을 강행한다면 그녀는 가족도, 돈도, 운이 나쁘면 친구까지 모두 잃게 된다. 얻는 건 사랑하는 남자 하나다.

"그게 사랑이잖아요."

애슐리의 대꾸에 밀드레드는 어이가 없어서 말을 잃었고 다니엘이 나섰다.

"그래. 네가 그 남자를 사랑한다는 증거가 될 거다. 하지만 그 남자가 널 사랑한다는 증거는 어디 있지?"

없지 않냐는 태도에 애슐리가 재빨리 헨리를 변명하기 위해 입을 열었다.

"헨리도 절 사랑해요. 만나 보시면 아실 거예요. 저한테 얼마나 잘해 주는데요."

"하지만 여기 없지."

"제가 먼저 설득한다고 했어요. 그다음에 같이 와서 인사하기로 했고요."

"그러니까 널 사랑한다는 그 남자는 결혼은 둘이 하기로 했는데 가족을 설득하는 건 네게만 맡겼다는 거군? 그리고 네가 상황을 처리하면 뒤에 와서 인사만 한다는 거고?"

다니엘의 말에 애슐리의 입이 닫혔다. 그건 너무 치사한 말이다. 각자의 가족은 알아서 설득하자는 헨리의 말이 맞다고 생각했을 뿐이다. 하지만 그녀는 곧 다시 입을 열었다.

"하지만 어머니는 케이시 경에게도 가족을 먼저 설득하고 오라고 하셨다면서요."

"왜냐면 릴리가 케이시 경의 구혼을 거절했으니까. 구혼하려면 가족부터 설득하라고 한 거지."

더 반박할 말이 없자 애슐리는 못마땅한 표정을 지었다. 그리고 자리에서 일어나며 말했다.

"두 분은 그냥 헨리가 나이가 많아서 싫으신 거잖아요."

그가 그렇게 말했다. 그의 나이가 많아서 가족들이 싫어할 거라고. 헨리는 가엾게도 그동안 많은 여자들에게 상처를 받아 진정한 사랑을 찾지 못했을 뿐이다.

애슐리는 그녀가 헨리의 진정한 사랑이라는 것을 꼭 증명하고 싶었다.

"그건 맞아."

밀드레드가 솔직하게 인정하자 애슐리의 얼굴에 허탈한 표정이 떠올랐다. 어머니가 그럴 줄은 몰랐다. 어머니와 헨리는 나이도 비슷하고 어머니도 젊어서 사랑에 실패를 했으니 당연히 이해해 줄 줄 알았다.

그녀는 말없이 몸을 돌렸다.

"맙소사."

애슐리가 나가자 밀드레드는 한숨을 내쉬며 소파에 등을 기댔다. 당장은 이야기가 끝난 것처럼 보이지만 이게 완전한 끝이 아니라는 느낌이 들었다.

"밀드레드."

그때 다니엘이 그녀를 불렀다. 그는 밀드레드의 손을 잡더니 진지한 표정으로 말했다.

"제가 처리할까요?"

처리한다니, 뭘? 밀드레드의 얼굴 위로 어리둥절한 표정이 떠올랐다. 요정의 힘으로 애슐리의 마음을 바꾸기라도 한단 말인가?

하지만 다니엘이 말하는 처리는 훨씬 단순했다. 그는 어깨를 으쓱하며 다시 말했다.

"평생 애슐리와 부인 눈앞에 안 보이게 하죠."

어렵게는 국외 추방이 있고 아예 이 세상에서 존재 자체를 지워 버리는 방법도 있다. 밀드레드의 입이 딱 벌어졌다.

"할 수 있어요?"

그녀의 질문에 다니엘의 얼굴에 미소가 떠올랐다. 그는 부드럽게 말했다.

"물론이죠. 바라시는 게 있다면 뭐든지요."

그랬으면 좋겠다. 얼굴도 모르는 헨리라는 작자를 저 멀리 치워 버렸으면 좋겠다. 밀드레드는 대뜸 그러라고 대답하려다 멈칫했다. 그리고 물끄러미 다니엘을 쳐다보다가 고개를 떨궜다.

"아니요, 아니에요."

"아, 혹시 죽이는 게 좀 꺼림칙하다면 국외로 추방할 수도 있어요."

"제일 쉬운 게 죽이는 거였어요?"

믿을 수 없다는 밀드레드의 질문에 다니엘이 어리둥절한 표정을 지었다. 그리고 당연하다는 듯 말했다.

"그럼요. 다시는 이 나라에 못 들어오게 하는 거니까요."

그거 무척 끌리는 제안이다. 다니엘의 제안은 악마의 속삭임 같았다. 밀드레드의 초록색 눈동자가 다니엘을 뚫어져라 응시했다.

"어때요?"

마치 유혹하는 것처럼 들린다. 밀드레드가 좋다고 한마디만 하면 바로 헨리라는 작자는 애슐리와 밀드레드의 눈앞에서 사라진다.

하지만 다음 순간 밀드레드는 한숨을 내쉬며 말했다.

"안 돼요."

"안 됩니까?"

"네. 무척 끌리는 제안이고 아주 고맙지만, 안 돼요."

왜 안 된다는 건지 모르겠지만 다니엘은 알겠다는 듯 자세를 바로 했다. 밀드레드는 두 손에 얼굴을 묻고 끙하고 신음을 내뱉은 뒤 말했다.

"이건 애슐리의 인생이고 선택이잖아요. 우리가 모든 것을 그렇게 우리 판단에 맞춰서 애슐리의 인생에서 치워 줘서는 안 돼요."

무슨 말인지 알겠다. 다니엘은 진지한 표정으로 다시 밀드레드를 향해 몸을 기울였다.

"그 과정은 최소한 당신에게는 굉장히 귀찮고 피곤할 텐데요. 상처도 받을 거고요."

"할 수 없죠."

밀드레드는 어깨를 으쓱하고 다니엘을 향해 웃어 보였다.

"내가 엄마고 보호자니까요. 난 애슐리가 무슨 짓을 해도 내가 언제나 곁에 있다는 걸 알았으면 좋겠거든요."

그리고 그건 말만으로는 절대 믿을 수 없는 법이다. 밀드레드의 말에 다니엘은 한숨을 내쉬었다. 그는 밀드레드의 이런 점이 좋았다. 외모나 돈 같은 게 아니라 그녀의 생각이. 그리고 마음가짐이.

*　　*　　*

"너 미쳤니?"

이튿날, 애슐리가 헨리를 데리고 둥근 지붕 저택으로 들어오자 아이리스가 나직하게 윽박질렀다. 애슐리는 깜짝 놀라서 어머니와 이야기 중인 헨리를 돌아보고 아이리스에게 말했다.

"그러지 마."

"뭘 그러지 마? 저 남자 서른다섯이라며? 스물다섯도 아니고 서른다섯!"

마지막은 밀드레드와 헨리에게도 들렸다. 두 사람이 돌아보자 애슐리는 재빨리 아이리스의 손을 잡고 일어났다. 그리고 차를 가져오겠다며 그녀와 릴리를 끌고 응접실 밖으로 나갔다.

"너 알았어?"

응접실로 나오자마자 아이리스의 화살이 이번에는 릴리에게로 돌아왔다. 릴리는 가슴 앞으로 팔짱을 낀 채 한숨을 내쉬며 말했다.

"난 분명 말렸어."

"더 말렸어야지! 애 다리를 분질러서라도 못 만나게 했어야지!"

"아이리스!"

아이리스의 비난에 애슐리가 소리쳤다. 그녀는 분노로 새빨갛게 물든 얼굴로 아이리스를 노려보고 있었다.

진짜 너무하다. 아이리스가 잘난 건 알겠다. 그녀가 왕자님과 약혼해서 이 집안에서 제일 잘났다는 것도 알겠다. 하지만 애슐리는 자신을 어린애 취급하는 걸 견딜 수가 없었다.

바로 몇 달 전까지만 해도 그게 좋았는데 지금은 싫어졌다.

"우리 두 살밖에 차이 안 나. 언니가 결혼할 수 있다면 나도 할 수 있어."

"지금 내가 결혼 때문에 이래?"

"헨리 나이가 좀 많다고 이러는 거야? 헨리가 나이를 먹고 싶어서 먹은 것도 아니잖아."

"하지만 자기보다 스무 살이나 어린 애랑 결혼하겠다고 쫓아온 건 저 남자가 선택한 거지."

애슐리는 스무 살이 아니라 열여덟 살이라고 말하려다 말았다. 그리고 처음으로 아이리스가 유치하다고 생각했다. 고작 나이가 많아서 반대라니, 자기는 나이를 안 먹을 줄 아나 보지?

그녀는 가슴 앞으로 팔짱을 끼고 헨리가 얼마나 대단한지 설명하기 시작했다.

"헨리는 유명한 시인이야. 자기 이름으로 시집도 다섯 권이나 냈다고. 그중 한 권은 엄청 유명해서 전국에 팔리고 있을 정도야."

애슐리의 말에 아이리스와 릴리가 시선을 부딪쳤다. 두 사람은 '얘 뭔가 단단히 착각하고 있네.'라는 표정을 지었다. 이윽고 릴리가 한숨을 내쉬며 입을 열었다.

"미안하지만 애슐리, 이번 일은 나도 어머니와 아이리스 편이야. 그리고 그 성과 말인데. 난 서른 전에 내 작품이 전국에 팔릴 거라고 생각해."

릴리뿐만이 아니라 그녀가 애슐리와 함께 참석한 모임에서 그 정도 나이에 자기 작품을 발표한 사람은 꽤 많았다.

아이리스가 어이가 없다는 듯 말했다.

"굳이 비교하려면 그 남자랑 비슷한 나이 또래의 남자를 비교해야 하는 거 아냐? 왜 남작님이 아니라 우리랑 비교하는 건데?"

다니엘과 헨리를 비교하면 다니엘이 월등하게 잘났다. 정곡을 찌른 지적에 애슐리의 얼굴이 분노와 부끄러움으로 달아올랐다.

그녀는 아이리스와 릴리를 노려보다가 짜증 난다는 듯 말했다.

"언니들은 잘나서 좋겠어."

맙소사. 릴리는 몸을 돌려 떠나는 애슐리를 보고 한숨을 내쉬었다. 그리고 아이리스를 향해 말했다.

"언니 말이 심했어."

"이 정도면 엄청 참은 거야. 정신 차리라고 소리 지르고 싶었다고."

그건 그렇다. 릴리는 아이리스 성격상 꽤 참은 것이라는 걸 인정했다. 그리고 다시 가슴 앞으로 팔짱을 끼며 말했다.

"애슐리 말 중에 맞는 것도 있어."

"숨 쉬는 거 말고?"

그러지 말라니까. 릴리가 아이리스를 흘겨보자 아이리스는 한숨을 내쉬었다. 화가 나서 너무 예민해져 있었다. 그녀가 미안하다는 표시로 팔짱을 풀고 손을 들어 올리자 릴리가 다시 입을 열었다.

"적어도 헨리는 결혼 먼저 하자고 했잖아."

"그게 무슨 소리야?"

귀족 영애에 왕족의 사회로 들어선 아이리스로서는 이해가 안 되는 이야기일 것이다. 하지만 귀족 사회에서 일반 사람들, 그중에서도 예술가 사회에 들어선 릴리는 이것보다 훨씬 나쁜 상황도 많이 봤다.

"여자를 먼저 임신시키는 사람도 있어."

"설마……."

릴리의 말에 아이리스의 얼굴이 새파랗게 질렸다. 그녀가 왜 그렇게 놀라는지 잠시 알아차리지 못한 릴리는 어리둥절한 표정을 지었다가 화들짝 놀라 대답했다.

"아냐! 애슐리는."

그녀가 데려간 모임이다. 애슐리가 남자와 단둘이 있도록 두지 않았다.

릴리의 부인에 아이리스의 얼굴에 안도의 표정이 떠올랐다. 그녀는 한숨을 내쉬더니 얼굴을 감싸 쥐며 그대로 주르륵 주저앉았다.

"아이리스."

걱정스러운 릴리의 부름에도 아이리스는 한참을 아무 말도 하지 않았다. 그녀는 릴리가 따라서 쪼그리고 앉아 자신을 들여다보자 그제야 한숨을 내쉬며 말했다.

"나 때문인가 봐."

"그게 무슨 소리야?"

"내가 애슐리를 살폈어야 했어."

어머니가 남작님과 신혼여행을 갔을 때 일어난 일이니 그녀의 책임이다. 아이리스의 말에 릴리는 어이가 없어서 입을 딱 벌렸다.

책임감이 너무 큰 것도 문제라는 말이 릴리의 머릿속에 떠올랐다. 정작 그녀는 애슐리가 자신이 데려간 모임에서 헨리를 만났지만 자기 책임이라는 생각은 하지 않았다.

사람 마음은 그렇게 누가 막는다고 안 되는 게 아니다. 그녀는 아이리스의 옆에 쪼그리고 앉은 채 어떻게 언니를 위로해야 할지 고민하기 시작했다.

"애슐리와 결혼하고 싶다고요."

한편, 응접실에서 밀드레드는 헨리라는 남자와 대화를 나누고 있었다. 그녀는 대체 이 남자의 뭘 보고 애슐리가 반했는지 모르겠다고 생각하며 헨리를 살폈다.

약간 말랐는데 생긴 건 그냥 평범한 삼십 대 중반의 남자였다. 자세는 다니엘의 기준까지 갈 것도 없이 밀드레드의 기준으로도 탈락이었다. 허리를 똑바로 세우지 않은 거나 다리를 제대로 모으지 않은 것까지 그리 성실해 보이지도, 예의 바르게 보이지도 않았다.

"네, 반스 부인. 저희가 만난 지 얼마 안 됐다고 생각하신다는 걸 압니다. 하지만 사랑에 만난 시간은 그리 중요하지 않으니까요."

"나이 차도 있고요."

밀드레드의 지적에도 헨리는 당황하지 않았다. 그는 그녀가 그걸 지적할 줄 알았다는 표정으로 피식 웃더니 말했다.

"사랑에 빠지는 나이는 제 마음대로 할 수 있는 게 아니니까요. 저도 또래의 여성과 사랑에 빠졌다면 얼마나 좋겠습니까. 하지만 애슐리는 또래보다 생각이 깊고 성숙한 편이죠."

그 순간, 밀드레드의 옆에 앉아 있던 다니엘이 콜록하고 기침을 내뱉었다.

또래보다 생각이 깊은 게 아니라 네가 또래보다 수준이 낮은 거겠지. 그는 그렇게 생각했지만 아무 말도 하지 않았다.

"그래서 애슐리와 결혼을 생각하고 있다고요."

밀드레드의 말에 헨리의 얼굴에 미소가 떠올랐다. 그는 당당하게 대답했다.

"사랑하는 사이에 결혼을 약속하는 건 당연한 거니까요. 마음 같아서야 둘이서만 결혼해서 살고 싶지만 반스 부인께서 걱정이 많으시겠죠."

밀드레드를 위해서 찾아왔다는 태도에 다니엘의 눈이 가늘어졌다. 그는 밀드레드가 뭐라고 하건 오늘 저녁에 이 녀석을 처리해야겠다고 생각했다.

하지만 그때 밀드레드가 입을 열었다.

"그렇군요. 맞아요. 아무래도 애슐리가 막내고 어려서 걱정이 많거든요. 그래서 말인데, 결혼하면 어디서 살 생각이죠?"

"이 집만큼 크지는 않지만 집이 있습니다."

"자가인가요?"

밀드레드의 질문에 헨리가 멈칫했다. 당연히 그의 집이 아니다. 월세를 내고 있다. 그는 애슐리에게 말했던 것과 똑같이 대답했다.

"제가 자유로운 성격이라 한 곳에 못 박혀 있는 걸 견디지 못하거든요."

"그래요? 그런데 결혼을 하겠다고요?"

"이제 정착할 때도 됐죠."

말은 청산유수다. 밀드레드는 잠시 헨리를 물끄러미 쳐다봤다. 이런 녀석들은 흔하다. 아무것도 없으면서 입만 산 녀석들. 그녀는 찻잔을 들어 올리며 물었다.

"정착할 때가 됐다니, 준비가 다 됐나 보죠?"

"물론입니다. 사실 제 친구들은 이미 결혼해서 자식을 봤거든요. 하지만 저는 신중한 성격이라서요. 마음의 준비가 필요했죠."

그래? 밀드레드는 다니엘을 한 번 돌아보더니 씩 웃었다. 그 표정에 다니엘이 억울하다는 표정을 지어 보였다. 그와 헨리는 전혀 다르다.

다니엘은 결혼하려면 할 수 있도록 준비가 다 되어 있었지만 할 생각이 없었을 뿐이다.

하지만 그가 그렇게 말하기 전에 밀드레드가 찻잔을 내려놓으며 헨리에게 물었다.

"그렇다면 어떻게 애슐리를 부양할 생각인가요?"

"부끄럽지만 제가 그럭저럭 알려진 시인이라 약간의 돈이 있습니다. 물론 이런 부잣집에서 자란 애슐리에게는 부족할 테지만 그건 그녀도 노력해 보겠다고 했으니까요."

그 부분에 대해서는 이미 다니엘이 조사해 봤다. 그는 찻잔을 들어 올려 어이없다는 미소를 감췄다. 헨리의 수중에 있는 돈은 올해를 간신히 버틸 수준이다.

그런 놈이 결혼이 어쩌고저쩌? 다니엘은 헨리가 반스가의 돈을 노리고 애슐리에게 접근했다고 생각했다. 사실 그건 그리 어려운 결정이 아니었을 것이다.

애슐리는 젊고 예쁘고 착하니까. 어떤 사람이 그런 여자를 싫어할까. 게다가 부유한 집안에 첫째 언니가 왕자비가 될 테니 애슐리를 노릴 남자들은 앞으로도 아주 많을 게 분명하다.

밀드레드 역시 비슷한 생각을 하고 있었다. 어차피 헨리는 애슐리가 살면서 언젠가는 당하거나 겪게 될 고난일 뿐이다. 지금 다니엘이 헨리를 처리해 준다 해도 애슐리에게 또 다른 헨리가 나타날 것이다.

"그렇군요. 그렇다면 그 노력은 노먼 씨, 당신도 하는 거겠죠?"

"설마 제가 노력하지 않는다고 말씀하시는 건 아니겠죠?"

헨리의 대답에 밀드레드는 속으로 씩 웃었다. 저렇게 대꾸하면 질문한 사람은 둘 중 하나로 대답하게 된다. 그렇다고 하거나 그렇지 않다고 하거나. 어느 쪽으로 대답하더라도 헨리가 원하는 방향으로 대화를 이끌어 갈 수 있다.

밀드레드는 일부러 어리둥절한 표정으로 찻잔을 들어 올리며 물었다.

"전 노력하지 않는다고 말한 적 없는데요. 왜 그런 질문을 하시는 거죠?"

"죄송합니다. 결혼을 허락받는 자리라 예민해진 모양입니다."

다행히도 헨리는 빠져야 하는 때와 장소를 잘 알았다. 그때 애슐리가 상기된 표정으로 다시 응접실로 돌아왔다. 밀드레드는 그녀의 표정을 보고 애슐리가 아이리스와 싸웠다는 것을 눈치챘다.

여기서 밀드레드까지 애슐리의 적이 되면 안 된다. 그건 헨리를 기쁘게 만들 뿐이다. 오히려 그는 반스가에서 이 결혼을 반대하기를 바랄 것이다.

그래야 애슐리와 비운의 사랑 놀이를 하며 사랑의 도피를 하자고 설득할 수 있으니까.

그것만은 절대로 안 된다. 밀드레드는 차를 한 모금 마시고 찻잔을 내려놓은 뒤 애슐리와 헨리를 바라봤다. 누가 봐도 부녀관계로 보이는 두 사람의 모습은 오직 애슐리에게만 연인으로 느껴지는 모양이었다.

"결혼을 허락받으러 왔다니 허락해 줘야죠."

"정말요?"

"정말입니까?"

밀드레드의 대답에 기쁜 표정을 짓는 애슐리와 달리 헨리는 믿을 수 없다는 표정이었다. 밀드레드는 자세를 바로 하고 빙그레 웃었다. 그리고 애슐리를 향해 말했다.

"남자가 싫다던 네가 처음으로 결혼하고 싶다고 데려온 남자니까 나도 최대한 공정하게 봐야지, 안 그래?"

"맞아요."

어머니의 말에 애슐리는 기쁨을 감추지 못하고 고개를 끄덕였다. 어머니라면 허락해 줄 줄 알았다. 그런 애슐리를 한참을 바라보던 밀드레드는 다시 헨리를 향해 고개를 돌렸다.

"노먼 씨, 나는 당신이 애슐리와 결혼한다면 내 딸을 잘 돌봐 주길 바라요. 모든 부모가 다 같은 마음이겠죠. 그러니 당신이 내 딸을 잘 돌볼 수 있도록 나도 뭔가 해야 한다고 생각해요."

설마. 헨리의 얼굴 위로 잠시 놀랍다는 표정이 떠올랐다가 곧 미소로 바뀌었다. 결혼 잘하라고 돈을 주려는 건가. 그는 밀드레드의 옆에 앉은 무표정한 얼굴의 다니엘을 보고 피식 웃었다.

엄청 대단한 소문이 나서 긴장했는데 결국 반스 부인도 딸을 둔 어쩔 수 없는 엄마였던 모양이다.

하긴, 자기 딸이 내 손에 있는데 어쩌겠어. 그는 그렇게 생각하며 들어오면서 봤던 저택을 떠올렸다. 잘하면 이 집이 그의 것이 될 수도 있을 것 같다.

모든 남자의 꿈 아니던가. 젊고 예쁘고 돈도 많은 부인을 맞이해서 편하게 사는 거. 여자 잘 만나 인생역전하고 싶은 건 당연한 꿈이다.

"어디 보자. 공방은 반스가의 소유니까 그건 안 되겠네요. 그럼 이 집만 애슐리에게 줄 수 있는 건가?"

밀드레드의 계산에 다니엘이 고개를 끄덕이며 말했다.

"애슐리가 결혼한다면 자동으로 작위를 받을 자격이 사라지는 거니까요."

응? 헨리의 얼굴에 어리둥절한 표정이 떠올랐다. 이게 무슨 소리지? 그가 애슐리를 쳐다봤지만 애슐리는 당연하다는 표정이었다.

백작 위는 어차피 릴리의 것이다. 그녀는 처음부터 꿈도 꾸지 않았었다.

"그렇다면 애슐리에게 줄 수 있는 건 이 집뿐인데, 이 집은 당장 우리가 살고 있으니까⋯⋯."

그렇게 중얼거린 밀드레드는 곧 헨리를 쳐다보고 웃으며 말했다.

"잘됐네요. 집이 자가가 아니라니 이 집에 들어와서 살아요. 집세를 아껴야죠."

"아니, 그래도 신혼인데⋯⋯."

헨리가 반박하려 했지만 밀드레드는 그렇게 호락호락하지 않았다. 그녀는 놀랍다는 듯 눈을 동그랗게 뜨고 말했다.

"신혼이라뇨? 애슐리는 아이리스가 결혼을 한 다음에 결혼시킬 거예요. 아이리스가 내년 봄에 결혼이니 애슐리는 내후년에 하면 되겠네. 그렇지, 애슐리?"

"네."

애슐리의 대답에 헨리는 속으로 혀를 찼다. 내후년이라고? 너무 늦다. 그는 몸을 내밀며 말했다.

"반스 부인, 죄송하지만 내후년이면 제 나이는 서른일곱인데요."

"그런데요?"

"결혼하기에 너무 늦지 않을까요?"

"서른다섯은 적당하고요?"

말도 안 된다는 밀드레드의 지적에 헨리는 입을 다물었다. 그때 애슐리가 해맑게 말했다.

"걱정 말아요. 어머니도 서른일곱에 결혼하셨으니까요. 서른일곱은 전혀 늦은 나이가 아니에요."

그리고 애슐리는 열아홉이 되겠지. 밀드레드는 그렇게 생각하며 빙그레 웃었다. 그리고 다시 입을 열었다.

"난 노먼 씨, 당신을 위해서 제안하는 거예요. 당신과 애슐리가 이대로 결혼하면 사람들 소문이 어떻겠어요?"

나이 많은 남자가 순진하고 어린 여자애 유혹해서 결혼했다고 소문이 나겠지. 어떤 사람은 헨리를 능력 있다고 말할 것이다. 특히 그가 어울리는 부류의 남자들이 그렇게 말하겠지.

하지만 밀드레드가 어울리는 부류의 사람들은 헨리를 사기꾼으로, 애슐리는 순진하고 생각이 짧은 아가씨로 말할 것이다.

밀드레드는 헨리와 애슐리가 생각할 시간을 둔 뒤 다시 입을 열었다.

"이 집에서 노먼 씨가 하숙을 하는 거죠. 그러다가 애슐리와 사이가 깊어진 걸로 하면 소문도 덜할 거예요. 그렇지, 애슐리?"

밀드레드의 질문에 애슐리의 눈이 반짝였다. 이건 마치 어머니와 남작님의 이야기 같다. 너무 로맨틱하게 들렸다. 그리고 어머니가 헨리를 위해 이런 생각까지 해 줬다는 게 너무 감사하게 느껴졌다.

"맞아요, 어머니. 그렇게 해요, 헨리."

애슐리까지 동의하고 나서자 헨리는 당황해서 어쩔 줄 몰랐다. 그는 당연히 반대할 줄 알았다. 반스 부인이 그를 쫓아내면 쫓아온 애슐리와 함께 반대당하는 사랑을 하고 있으니 지방으로 도망쳐서 결혼하자고 할 생각이었다.

그렇게 일이 년쯤 보내다 애슐리가 임신하면 반스가에서 뭘 어쩌겠냐는 계산이 깔려 있었다.

하지만 반스가에서 허락했을 뿐 아니라 임시 사위로 인정할 테니 들어와 살라는 제안이 돌아오자 어떻게 이 제안을 거절해야 할지 그의 머릿속이 복잡해졌다.

"그럼 방을 준비하는 걸로 하죠. 다니엘."

밀드레드의 부름에 다니엘이 미소를 지으며 고개를 돌렸다. 그는 헨리가 눈에 띄게 당황하는 모습을 즐기고 있었다.

"당신 예비 사위가 되겠네요. 헨리, 장인어른이니 잘 모시도록 해요."

"걱정 마세요, 부인. 제가 반스가에 어울리게 잘 교육시키도록 하겠습니다."

다니엘의 말에 헨리의 얼굴이 새하얗게 질렸다. 그리고 반대편에 앉은 다니엘 얼굴에는 먹잇감을 앞에 둔 맹수의 표정이 떠올랐다.

다니엘의 교육은 바로 이튿날부터 시작됐다. 아침 일찍 하인을 시켜 헨리를 깨운 그는 거쉰을 내보내고 직접 주방 조리대 앞에 서 있었다.

그의 앞에 놓인 것은 밀가루와 계란, 그리고 버터. 헨리는 어리둥절해서 다니엘과 그의 앞에 놓인 재료들을 번갈아 보다가 물었다.

"뭘 하라고요?"

"핫케이크. 핫케이크 정도는 만들 줄 알겠지?"

자기보다 어려 보이는데 자연스럽게 말을 놓는 다니엘의 태도에 헨리의 얼굴이 일그러졌다. 하지만 그는 다니엘이 장인이 될 사람이라는 것을 떠올리며 억지로 참았다.

"핫케이크 못 만드는 사람이 어디 있습니까?"

헨리는 그렇게 큰소리를 쳤다. 하지만 다니엘이 만들라는 듯 손짓하자 당황해서 물었다.

"저보고 만들라고요?"

"오늘 아침은 자네가 만든 핫케이크를 먹어 보지."

이게 무슨 소리야? 그는 어이가 없어서 주방을 돌아보았다. 한쪽에 자기 주방을 빼앗긴 거쉰이 가슴 앞으로 팔짱을 끼고 다니엘과 헨리를 지켜보고 있었다. 그는 거쉰을 가리키며 말했다.

"요리사가 있는데 왜 제가 해야 합니까?"

"거쉰은 내 요리사지, 자네 요리사가 아니잖아."

그러니 하라는 말이다. 헨리는 어이가 없어서 벌컥 화를 내려다 참았다. 그깟 핫케이크 가지고 치사하게 군다. 그는 억지로 그릇 안에 밀가루를 부으며 말했다.

"그렇게 잘하지는 못합니다."

"그럼 평소에 뭘 먹고 살았는데?"

"사 먹죠. 누가 요리를 합니까."

"그거 다행이군. 애슐리는 요리를 그리 잘하지 못하거든."

무슨 여자가 요리도 못하냐고 한소리 하려던 헨리는 입을 다물었다. 그랬다간 분명 다니엘이 너도 못하지 않냐고 받아칠 게 뻔했다.

그리고 헨리가 그런 생각으로 입을 다물었다는 것을 눈치챈 다니엘은 말없이 미소 지었다.

*   *   *

"부족한 실력이지만 아침을 준비해 봤습니다."

아침 식사를 위해 내려온 반스 자매는 식탁 위에 놓은 핫케이크와 삶은 달걀을 보고 서로를 쳐다봤다. 진짜로 부족한 실력이었다. 핫케이크는 어떤 건 타고 어떤 건 덜 익은 것처럼 보였다.

"눈사람 모양이네."

애슐리가 애써 긍정적으로 말했지만 아이리스와 릴리는 아무 말도 하지 않았다. 모양 정도는 동그랗게 구울 수 있었을 텐데 일그러지거나 애슐리의 말대로 서로 붙어서 눈사람 모양으로 구워진 게 대부분이었다.

"난 달걀 하나 더 줘요."

아이리스가 예의상 핫케이크를 한 장만 가져가며 거쉰에게 말했다. 그럴 줄 알고 미리 반숙과 완숙으로 삶아 뒀다. 거쉰이 어떤 걸 가져다주냐고 묻는 사이 밀드레드가 식당으로 내려왔다.

"안녕히 주무셨어요?"

릴리와 애슐리가 인사하는 소리에 아이리스는 어머니가 들어온 것을 알았다. 그녀가 고개를 돌리며 인사를 하자 그제야 헨리가 고개를 까딱하며 말했다.

"좋은 아침입니다."

"좋은 아침이에요."

밀드레드는 그녀의 자리인 가장 상석에 앉으며 인사를 받았다. 그리고 다니엘이 가져온 접시를 받아 들었다.

"그건 남작님이 만드신 거예요?"

어쩨 어머니의 접시에 담긴 것만 모양이 다르다. 동그랗고 살짝 부풀게 구워진 핫케이크는 심지어 표면에 윤이 나는 것처럼 보였다. 릴리의 질문에 다니엘은 밀드레드의 뺨에 입을 맞추고 대답했다.

"네 어머니 아침은 내가 만들어 주고 싶어서."

간단히 말해서 헨리가 만든 처참한 음식을 먹게 하고 싶지 않다는 뜻이다. 하지만 그걸 알아들은 사람은 아이리스와 밀드레드뿐이었다.

밀드레드는 자신의 접시와 다른 사람들의 접시를 확인하더니 빙그레 웃으며 다니엘에게 말했다.

"고마워요. 하지만 예비 사위가 들어왔으니 사위가 차린 음식도 받아 봐야 하지 않겠어요? 내일 아침은 노먼이 차린 아침을 먹어 볼까요?"

그러니까 이 짓을 내일 아침에 또 해야 한다는 뜻이다. 얼굴이 일그러지는 헨리 옆에서 애슐리가 해맑게 속삭였다.

"어머니께서 당신이 마음에 드시나 봐요."

헨리의 얼굴이 일그러졌다. 그건 절대 아니다. 그는 식사를 마친 뒤 애슐리만 불러내서 말했다.

"애슐리, 네 어머니는 날 싫어하시는 게 분명해."

"어째서요? 당신이 만든 음식도 먹고 싶다고 하셨잖아요?"

"아침 식사로? 점심이나 저녁도 아니고? 그리고 굳이 내가 만든 음식을 먹어 봐야 할 필요가 뭐가 있어? 요리사도 있는데."

"우리 집 사람들은 원래 다들 요리를 해요. 아이리스도 머리가 복잡하면 쿠키를 굽는걸요."

"그건 여자들이니까 하는 행동이지."

"어머, 헨리."

애슐리는 헨리의 말에 말도 안 된다는 듯 깔깔대고 웃었다. 그리고 그것도 모르냐는 표정으로 말을 이었다.

"요리는 남자가 하는 거예요."

"무, 무슨 소리야?"

"유명한 요리사는 전부 남자잖아요. 왕궁에서 일하는 요리사도 남자고요."

그건 그렇긴 하다. 하지만 헨리는 못마땅한 표정으로 대꾸했다.

"그건 네가 부유하게 살았기 때문이지. 우리 같은 평범한 사람들은 하인이나 요리사를 둘 수가 없으니 부인이 하는 게 보통이야."

그런가. 애슐리의 표정이 가라앉았다. 그녀는 헨리의 이런 점이 대단하다고 생각했다. 그녀가 모르는 것을 날카롭게 집어 주는 모습. 자신보다 더 많은 것을 알고 있는 게 멋있어 보였다.

"웃기는 자식이네."

복도 뒤에서 애슐리와 헨리의 대화를 들은 릴리가 혀를 차며 말했다. 아이리스 역시 굳은 표정으로 가슴 앞으로 팔짱을 낀 채 서 있었다.

"뭐가 평범이야, 평범이. 우린 이게 평범인데."

"보통이 좋으면 그 보통인 여자를 만나면 되잖아? 지가 좋아서 보통이 아닌 애슐리를 만나는 거 아냐?"

"차라리 고리타분한 귀족이 낫지."

"그런 말 마, 아이리스. 예술 하는 애들도 한 고리타분해."

릴리의 난데없는 비난에 아이리스는 피식 웃었다. 하지만 그녀는 여전히 헨리가 싫었다. 처음엔 나이 많은 남자가 자기보다 열여덟 살이나 어린 애슐리와 결혼하겠다고 나서서 싫었는데 지금은 좀 더 구체적으로 싫어졌다.

"어머니는 왜 허락하신 거지?"

아이리스가 어머니였다면 당장 쫓아냈을 것이다. 릴리는 가슴 앞으로 팔짱을 낀 채 어깨를 으쓱하며 말했다.

"설마 진짜 허락하시려는 건 아니겠지?"

"당연히 아니지."

두 사람의 뒤로 밀드레드가 다가오며 말했다. 엄마야! 깜짝 놀란 릴리와 달리 아이리스는 침착했다. 그녀는 자세를 바로 하며 물었다.

"그럼 왜 저자를 집에 들이신 건데요?"

"눈앞에 두고 봐야 감시하기 편하니까."

"굳이 감시를 해야 해요? 그냥 쫓아내면 되잖아요."

"그럼 애슐리가 우리가 원하는 대로 노먼을 안 만날까?"

그렇지는 않을 것이다. 애슐리는 아주 어릴 때부터 이 집에 살았고 빠져나갈 구멍을 잘 알았다. 가족들이 못 만나게 한다면 도망쳐서 헨리를 만나러 갈 수도 있다.

릴리가 못마땅한 표정을 지으며 물었다.

"애슐리가 설마 겁도 없이 어머니 허락도 없이 저 남자를 만나러 가겠어요?"

"오, 릴리."

밀드레드는 씩 웃으며 릴리를 끌어안았다. 그녀는 한쪽 팔을 벌려 아이리스를 끌어안으며 말했다.

"사랑의 힘을 무시하면 안 돼. 아무리 겁 많은 사람이라도 용기를 만들어 주는 마법의 힘이거든."

"어머니는 그게 사랑이라고 생각하세요?"

"그럼 뭔데?"

"뭘 몰라서 속는 거죠."

"그것도 사랑은 사랑이지. 모든 사람이 완벽하게 현명하고 올바른 방법으로 사랑에 빠지는 건 아니잖아."

사랑은 그냥 사랑이다. 그 후에 어떻게 행동하느냐에 따라서 그 사람이 올바른 사람인지 아닌지가 결정되는 것뿐.

"그럼 애슐리를 그냥 둬요?"

릴리의 질문에 아이리스가 한숨을 내쉬었다. 그녀도 궁금해 죽겠다. 헨리를 감시하는 이유는 알겠다. 그가 애슐리를 데리고 도망쳐서 결혼이라도 하면 그게 더 문제니까 당장 인정해 주겠다는 말로 이 집에 들인 거겠지.

하지만 이대로 가면 진짜로 애슐리와 헨리가 결혼하게 생겼다.

"일단은 지켜봐야지."

밀드레드는 그렇게 말하고 아이들을 품에서 떼어 냈다. 지금 애슐리가 속고 있다고, 어리다고 무시하고 싶지 않았다. 다섯 살짜리도 좋아하는 감정을 안다. 사람은 잘못을 하고 그 잘못에서 뭔가를 배우면서 성장하는 법이다.

어느 날 뿅하고 완벽한 마음가짐과 판단을 갖게 되는 사람은 아무도 없다. 그녀는 아이리스의 머리를 쓰다듬으며 물었다.

"아이리스, 네가 예전에 웹스터 경과 결혼하려 했던 게 잘못된 판단이었다고 생각해?"

덕분에 아이리스의 얼굴이 달아올랐다. 그녀는 우물우물거리며 말했다.

"네. 솔직히, 그렇잖아요."

"정말 그래? 그때 네가 선택할 수 있는 가장 최선의 선택이었으니까 한 거 아냐?"

"그건, 그렇지만요."

"애슐리도 그래. 걔도 지금 당장 자기가 할 수 있는 가장 좋은 선택을 하고 있다고 생각할 거야."

모든 사람이 그렇다. 릴리도 더글러스와 결혼하는 게 가장 나은 선택이 아닐지 고민하지 않았던가. 다들 나중에 뒤돌아봤을 때 후회할지언정 그 당시에는 할 수 있는 최선의 선택을 하고 산다. 같은 조건으로 다시 돌아간대도 아이리스는 웹스터 경과 결혼하려 할 테고, 릴리는 더글러스의 구혼을 망설일 것이다.

애슐리 역시 헨리의 어떤 부분을 매력적으로 느꼈을 것이고 그것에 반했을 것이다. 그건 잘못된 것도, 그녀가 멍청한 것도 아니다.

"하지만, 어머니도 저자와 애슐리를 결혼시킬 생각은 아니시라면서 요?"

밀드레드의 말에도 릴리는 이해할 수 없다는 듯 물었다. 밀드레드는 어깨를 으쓱하고 말했다.

"아무리 강렬한 감정이라도 시간이 지나면 가라앉기 마련이거든. 아이리스가 결혼한 다음에도 애슐리의 마음이 그대로일까?"

밀드레드는 아닐 것이라고 생각했다. 아이리스 역시 고개를 끄덕였지만 릴리는 아니었다. 그녀는 걱정스러운 표정으로 다시 물었다.

"그대로면요?"

그녀도 비슷한 생각으로 더글러스의 구혼을 거절했지만 아주 조금씩 그가 좋아지고 있다. 어머니와 남작님도 처음 만났을 때보다 서로를 더 사랑하고 있지 않은가.

"이 년이 지나도 그대로라면 결혼시켜 줘야지. 혹시 알아? 우리가 노먼의 진면목을 발견하고 그를 인정하게 될 수도 있지."

그럴 리 없다. 아이리스와 릴리는 동시에 똑같이 생각했지만 아무 말도 하지 않았다.

물론 헨리는 그 이튿날부터 아침에 일어나지도 않았다.

아침 식사를 하러 내려온 애슐리는 아침 식사를 헨리가 아닌 거쉰이 했다는 사실에 살짝 당황했고 식사가 끝날 때까지 헨리가 내려오지 않자 안절부절못했다. 밀드레드와 다니엘은 그럴 줄 알았기 때문에 아무 말도 하지 않았다.

"원래 아침잠이 좀 많대요. 새벽까지 시를 구상하느라……."

조악한 애슐리의 변명에 제일 먼저 코웃음을 친 건 릴리였다. 그녀도 새벽까지 그림을 그리지만 아침 식사는 반드시 참석한다. 반스가는 다들 바쁘기 때문에 아침 식사라도 같이하지 않으면 며칠 동안 얼굴도 못

볼 수 있기 때문이다.

　아이리스도 조찬 모임이 있는 날조차도 식당에 내려와서 차라도 한잔 마시고 나간다. 그녀는 무표정한 얼굴로 물었다.

　"어머니의 말도 무시하는 남자가 네 말은 존중할 거라고 생각해?"

　덕분에 애슐리의 얼굴이 붉게 달아올랐다.

　"아이리스."

　밀드레드가 그러지 말라는 의미로 아이리스를 불렀지만 그녀는 못마땅한 표정으로 고개를 돌렸다. 마음에 안 든다. 결혼 허락을 받으러 왔고 엄연히 장인, 장모에 처형 될 사람이 둘이나 함께 사는 처갓집인데 둘째 날부터 늦잠이라니.

　"조심해 달라고 이야기할게요."

　애슐리의 말에 밀드레드는 말없이 미소를 지었다. 이미 애슐리는 충분히 노력하고 있고 스트레스를 받고 있다. 거기에 그녀까지 가세해 봤자 애슐리는 오히려 집에 반기를 들 것이다.

　"개념도 없고 근성도 없고."

　식사를 마치고 나가면서 릴리가 아이리스에게만 들릴 목소리로 빈정거렸다. 하지만 감정적인 릴리와 달리 아이리스는 여전히 무표정한 얼굴이었다. 그녀는 릴리를 돌아보더니 그녀에게만 들리는 목소리로 속삭였다.

　"오늘 리안 만날 거야."

　"그런데?"

　"죽여 버릴 거야."

　"······리안을?"

　"싫다고 하면 리안도 죽여 버릴 거야."

　뭘 싫다고 하는 건데? 릴리는 어리둥절해서 아이리스를 바라보다가 웃음을 터트렸다. 그러니까 아이리스는 리안에게 헨리를 죽여 버리라고 시키겠다는 말이다.

릴리는 눈물을 닦으며 속삭였다.

"남작님한테 부탁하지, 왜?"

그쪽이 더 빠르지 않느냐는 말에 아이리스는 여전히 무표정한 얼굴로 고개를 저으며 대답했다.

"남작님은 어머니 편이잖아. 어머니가 두고 보겠다면 남작님도 두고 보겠지."

그건 그렇다. 릴리는 흠하고 가슴 앞으로 팔짱을 끼더니 입을 열었다.

"언니도 조금 지켜보는 게 어때?"

아이리스의 얼굴이 일그러졌다. 그녀는 화를 참는 표정으로 물었다.

"설마 너도 저 작자 편인 건 아니겠지?"

"걱정 마. 이 집에서 쫓아내도 된다는 허락만 떨어지면 내가 제일 먼저 저 멍청이 방에 뱀을 가져다 둘 거야."

재미있는 제안에 아이리스의 기분이 풀렸다. 그녀도 진짜 헨리를 죽이려던 건 아니다. 가볍게 그의 시민권을 박탈하려 했을 뿐이다.

열 살 이상 차이 나는 커플은 결혼을 못 하는 법안이라도 만들어야겠어. 아이리스는 그렇게 생각하며 물었다.

"그럼 어쩌라는 건데?"

"좀 기다려 줘. 언니한테 애슐리가 철없고 생각 없는 어린애로 보인다는 거 알지만, 걔도 열일곱이야."

"그리고 곧 열여덟이 되지."

그러니까. 릴리는 고개를 끄덕이며 말을 이었다.

"애슐리가 스스로 생각해서 답을 내릴 시간을 줘."

"걔가 스스로 생각해서 답을 내린 결과가 이거잖아. 여기서 뭘 또 주란 말이야?"

"내 말은, 애슐리가 자신의 선택을 자세히 돌아보고 고칠 기회를 주라는 거야. 언니가 평생 걔를 돌봐 줄 게 아니라면."

릴리의 지적에 아이리스의 얼굴이 딱딱하게 굳었다. 그녀는 허리에 손을 얹고 한 살 차이 나는 자신의 동생을 똑바로 쳐다봤다.

그리고 왕자비답게 엄숙한 목소리로 대답했다.

"난 평생 너와 애슐리를 돌봐 줄 거야. 너흰 내 동생이니까."

이상하게도 그 순간 릴리는 눈물이 핑 돌았다. 그녀는 억지로 아이리스가 재미있는 소리를 했다는 듯 웃어 보이며 말했다.

"알아. 난 우리가 애슐리에게 자립할 기회를 줘야 한다고 생각해."

아주 조금은 아이리스도 그녀에게 어머니가 왜 이렇게 빨리 결혼하는 거냐고 한탄하던 기분을 알 것 같았다. 항상 그녀가 하는 것을 따라 하던 릴리, 그리고 말 걸고 싶어서 주변을 맴돌던 애슐리의 어린 시절이 아이리스의 머릿속에 떠올랐다.

좀 더 잘해 줄걸. 아이리스는 두 손에 얼굴을 묻고 한숨을 내쉬었다. 처음 만났을 때, 그녀가 열세 살이고 애슐리가 열한 살일 때 살갑게 굴어 줄걸. 내가 그래도 두 살이나 많은데 가족을 모두 잃은 그 애에게 먼저 말을 걸었어야 했는데.

"아이리스."

릴리는 말을 하지 못하는 아이리스에게 다가서서 그녀를 끌어안았다. 아이리스는 릴리를 마주 끌어안고 한탄했다.

"속상해. 속상해 죽겠어."

속상한 건 릴리도 마찬가지였다. 그녀는 아이리스의 어깨에 턱을 대고 한숨을 내쉬었다. 모임에 애슐리를 데려가지 말았어야 한다는 후회가 다시 떠올랐다.

"안 됩니다."

사건은 의외의 곳에서 터졌다. 아이리스와 릴리가 어머니의 뜻대로 지켜보기로 한 지 일주일이 지난 뒤였다. 출출해서 주방을 습격하기 위해 홀을 가로지르던 릴리는 단호한 짐의 목소리에 깜짝 놀라 움직임을 멈췄다.

"안 돼? 왜 안 돼?"

이어서 헨리의 목소리가 따라왔다. 무슨 일이지? 릴리는 재빨리 벽에 붙어 목소리가 난 쪽으로 시선을 던졌다. 차렷 자세를 하고 있지만 단호한 짐과 그 맞은편에 짝다리를 짚고 선 헨리가 보였다.

"이 집은 주인님의 허락 없인 아무도 들어올 수 없습니다. 하물며 파티라니요. 도울 수 없습니다."

"도울 수 없어? 당신이 뭔데? 그래 봤자 이 집에서 일하는 하인 아냐?"

헨리는 자기보다 나이가 스무 살은 많은 집사를 향해 삿대질을 하며 소리쳤다. 그러더니 분이 안 풀린다는 듯 발을 쿵쿵거리며 말했다.

"어차피 내가 이 집 아가씨랑 결혼하면 당신도 내 하인 되는 거 몰라?"

허. 릴리는 어이가 없어서 한숨을 내쉬었다. 일주일간 헨리는 마치 반스가의 사람들을 피하는 것처럼 늦게 일어나서 나갔다가 늦게 들어오곤 했다.

당연히 나갔다가 돌아올 때 밀드레드와 다니엘에게 인사를 하지도 않았다. 아이리스와 릴리는 피하는 모양이라고 수군거렸고 애슐리는 그냥 바쁠 뿐이라고 변명했다.

"무슨 말씀을 하시는지 모르겠습니다. 절 고용한 건 반스 백작님입니다. 이 집 역시 백작님의 집이고요."

"아, 그 백작이 나한테 이 집 준다고 했다니까? 그러니까 당신도 내가 하란 대로 하란 말이야."

헨리의 억지에도 짐은 꿋꿋했다. 그는 둥근 지붕 저택의 집사고 그가 모시는 사람은 반스가의 사람들뿐이다. 그가 보기에 헨리는 아직 애슐리와 결혼하지 않았으니 기껏 해 봐야 이 집에서 무전취식하는 하숙생일 뿐이었다.

"그렇다면 백작님의 허락을 받아오십시오."

"허락? 내가 왜? 하인은 당신 아냐? 당신이 물어봐!"

그 정도는 할 수 있다. 짐은 알겠다고 고개를 끄덕이고 몸을 돌렸다. 여차하면 뛰어나갈 생각으로 지켜보던 릴리는 어머니가 당연히 허락하지 않을 거란 생각에 피식 웃었다.

하지만 그때 헨리가 짐의 팔을 낚아채며 소리쳤다.

"어디 가! 사과해!"

"어이쿠!"

몸을 돌리던 짐의 팔을 낚아채는 바람에 그의 몸이 기우뚱했다. 릴리가 헉하고 놀라는 순간 짐이 쿵 하고 바닥에 넘어졌다.

"사과하고 가야 할 거 아냐!"

그 와중에도 헨리는 짐에게 화를 내고 있었다. 뭐 저런 놈이 다 있어? 릴리는 화가 나서 그대로 튀어 나가서 소리쳤다.

"뭐 하는 거예요!"

"뭐?"

헨리는 갑자기 나타난 릴리의 모습에 깜짝 놀라서 멈칫했다. 아무도 없는 줄 알았는데? 그가 멈칫한 사이 릴리는 재빨리 짐을 부축하며 물었다.

"짐, 괜찮아요?"

"괘, 괜찮……."

괜찮지 않았다. 넘어지면서 허리를 삔 탓에 짐은 신음을 내뱉으며 그대로 다시 엎어졌다.

"세상에, 누가 좀 와 봐요!"

릴리의 고함에 헨리는 흠칫 놀라 물러섰다. 그녀가 사람을 부르자 흩어져서 자기 일을 하던 사용인들이 일 층 계단으로 우르르 몰려왔다.

그리고 그중에는 애슐리도 있었다.

"괜찮습니까?"

"허, 허리가 좀……."

허리를 잡으며 일어나지 못하는 짐의 모습에 모가 그를 업어 들었다. 애나가 재빨리 짐의 침실 문을 열기 위해 앞섰다. 그사이 루인은 의사를 부르기 위해 밖으로 달려나갔다.

"무슨 일이야?"

가장 늦게 다가온 애슐리는 놀란 표정으로 물었다. 화가 난 릴리가 헨리를 노려보는 게 보였다. 그러자 헨리가 곤란한 표정으로 말했다.

"혼자 넘어졌어."

"거짓말!"

릴리는 화가 머리끝까지 나서 삿대질을 하며 소리쳤다.

"당신이 짐을 잡아당겨서 넘어진 거잖아! 어디서 거짓말이야!"

"짐을 잡아당겼어요? 왜요?"

놀란 애슐리의 질문에 헨리는 어쩔 줄 몰라 하는 표정으로 릴리와 애슐리를 번갈아 쳐다봤다. 그는 릴리가 어디부터 봤는지 몰라서 당황하고 있었다.

"아니, 나한테 무례하게 굴고 그냥 가려고 하길래……."

"거짓말하지 마! 입에서 나오는 건 다 거짓말이지, 아주!"

릴리의 고함에 애슐리의 눈이 동그래졌다. 거슨까지 무슨 일인가 하고 나오자 헨리는 어쩔 줄 몰라 하며 애슐리에게 설명했다.

"진짜야. 당신 언니가 뭘 오해하나 본데, 내가 집사에게 부탁을 했는데 절대 안 된다고 하더라고."

"뭘 부탁했는데요?"

"그냥 친구 두어 명 불러서 식사를 해도 되냐고……."

입에 침도 안 바르고 거짓말을 잘도 한다. 릴리는 어이가 없어서 허리에 손을 얹었다. 어디 얼마나 거짓말을 하나 보자.

그러자 헨리가 애슐리에게 돌아서서 곤란하다는 표정과 말투로 설득하기 시작했다.

"애슐리, 나 못 믿어? 진짜로 친구 두어 명 불러서 식사하고 싶다고 말했을 뿐인데 이 집 사람도 아닌 주제에 감히 손님을 초대하냐고 뭐라고하지 뭐야. 날 모욕하는 건 괜찮지만 날 모욕하는 건 널 모욕하는 거나 마찬가지라 화가 났을 뿐이야."

릴리의 눈이 가늘어졌다. 이런 놈이었군. 모임에서 떠들어 대던 그의자기 자랑이 다 이런 거짓말일지도 모른다는 생각이 들었다.

어쩌면 전국에 팔린다는 그의 시집도.

"애슐리."

헨리는 애슐리가 아무 말도 하지 않자 다시 그녀의 팔을 잡으며 애원하듯 그녀를 불렀다. 진짜로 억울하다는 표정은 릴리가 기가 찰 정도로그럴듯했다.

애슐리는 어쩔 줄 몰라 하고 있었다. 그녀는 헨리와 릴리를 번갈아 쳐다보며 뭐라고 말해야 할지 망설였다. 그러자 다시 헨리가 말했다.

"이 집 사람들 다 날 싫어하잖아. 내 편은 너밖에 없다고. 애슐리, 날

버리려는 건 아니겠지?"

그게 애슐리의 심정을 자극했다. 그녀도 이 집에 아무도 자신의 편이 아닐 때가 있었다. 애슐리는 멍하니 헨리를 쳐다보다가 릴리에게 시선을 돌렸다.

그리고 혼란스러운 표정으로 말했다.

"그래요, 헨리. 나는 당신 편이에요. 걱정 말아요."

"고마워, 애슐리. 그렇게 말해 주니 마음이 놓여."

저 자식이? 릴리의 눈초리가 올라갔다. 그녀는 헨리가 자리를 뜨면 애슐리에게 진짜로 저 녀석을 믿는 거냐고 물어보려고 했다.

하지만 헨리는 자리를 떠나지 않았다. 그는 릴리를 한 번 쳐다보더니 애슐리에게 말했다.

"네가 내 편이라니까 꼭 받고 싶은 게 있는데."

"뭐, 뭔데요?"

눈에 띄게 당황하는 애슐리에게 헨리는 씩 웃으며 말했다.

"그냥 넘어가려 했는데 역시 안 되겠어. 날 무시하는 건 널 무시하는 거잖아. 저 집사가 나한테 무례하게 군 걸 사과받아야겠어."

"뭐라고?"

릴리가 발칵 화를 냈지만 헨리는 아랑곳하지 않았다. 이미 애슐리가 그의 편이다. 그리고 애슐리와 결혼만 하면 이 집을 주겠다고 반스 부인이 말하지 않았던가.

어차피 그가 굽실거려야 하는 건 애슐리뿐이다. 헨리는 자기보다 한참이나 어린 계집애 셋 모두에게 굽실거릴 생각은 추호도 없었다. 그가 자존심 굽히고 굽실거려야 하는 건 애슐리로 충분했다.

"그 늙은 하인에게 내게 사과하라고 말해 줘."

헨리의 명령에 가까운 말에 애슐리의 눈동자가 흔들리기 시작했다.

짐에게 가서 헨리에게 무례하게 군 것을 사과하라고 하라고? 어쩔 줄 몰라 하는 그녀에게 릴리가 재빨리 다가가서 말했다.

"적당히 해. 왜 그런 곤란한 걸 애슐리에게 시키는 거야?"

이것 봐라? 헨리는 자신에게 말을 놓는 릴리의 모습에 허리에 손을 얹었다. 그리고 애슐리에게 말했다.

"이것 봐. 네 언니도 날 이렇게 무시하잖아. 아무리 그래도 내가 나이가 훨씬 많은데 이렇게 함부로 하는 건 너무하지 않아?"

"당신이 짐을 넘어트린 건 괜찮고?"

릴리의 반박에 헨리의 얼굴에 답답하다는 표정이 떠올랐다. 그는 가슴 앞으로 팔짱을 끼며 말했다.

"그건 실수였다는 데도 이러네. 애슐리, 이렇게 너희 가족들은 내 작은 실수 하나하나 다 꼬투리를 잡고 있다고."

자기가 얼마나 고생하는지 아냐는 헨리의 말에 애슐리의 표정이 흔들렸다. 이상한 기분이 들었다. 뭔가가 잘못되고 있다는 느낌.

그녀가 뭔가를 잘못 생각하고 있다는 불편한 느낌과 동시에 헨리가 낯설게 느껴졌다. 이런 점도 있었나? 새로운 발견을 한 거였지만 그리 즐겁지 않은 발견이었다.

그 순간, 헨리가 재빨리 애슐리의 어깨를 감싸며 말했다.

"하지만 애슐리, 이번은 네 얼굴을 봐서 참을게."

불편하게 느껴졌던 헨리의 태도가 다시 원래대로 돌아왔다. 애슐리는 헨리를 쳐다보고 억지로 미소를 지었다. 그녀가 뭔가를 착각한 모양이다.

헨리는 좋은 사람이다. 그녀를 많이 생각해 주고 많이 가르쳐 준다. 그가 그녀에게 나쁘게 할 리가 없다.

"가지."

헨리는 그대로 애슐리의 어깨를 감싸 안고 몸을 돌렸다. 저걸 진짜……. 릴리는 어쩔 줄 모르겠다는 표정으로 릴리를 돌아보며 헨리에게 끌려가는 애슐리를 보며 한숨을 내쉬었다.

아이리스를 설득하긴 했지만 지금은 그녀도 아이리스와 똑같은 생각이었다. 오늘 저녁 헨리의 침실에 두꺼비와 뱀을 풀어놔야겠어!

"헨리."

애슐리는 헨리에게 이끌려 정원에 나오자마자 그의 품에서 벗어났다. 그리고 애써 단호하게 말했다.

"릴리가 할 말이 있어 보였는데 그렇게 날 끌고 나오면 어떻게 해요?"

"너도 거길 벗어나고 싶어 하는 줄 알았는데? 내가 도와준 거 아니었어?"

"아니에요. 릴리가 할 말이 있어 보였다고요."

"그래 봤자 꼬투리를 잡아서 날 비난하려는 거였겠지. 내가 말했잖아. 이 집 사람들은 날 싫어한다고."

"그렇지 않아요. 어머니는 당신을 좋아한다고요."

"좋아하는 사람이 나한테 이른 아침부터 일어나서 식사를 준비하라고 하나?"

"평범한 집 사람들은 다 그렇게 한다면서요."

"그건 평범한 집 이야기지. 이 집은 아니잖아."

전과 말이 다르다. 애슐리는 그렇게 말하려다가 입을 다물었다. 그녀가 그렇게 말해 봤자 헨리는 또 다른 논리적인 말로 그녀의 의견을 반박할 게 분명했다.

애슐리는 잠시 생각하다가 다시 입을 열었다.

"하지만 당신이 아침 식사를 준비한 건 첫날뿐이었잖아요. 어머니는 그걸로 뭐라 하지도 않으셨고요."

"너는 그럼 내가 부당한 일을 겪고도 수긍해야 한다고 생각해? 네 어머니가 그렇게 대단한 사람이야?"

대단한 사람이다. 여자 혼자서 딸 셋을 길러냈고 종내는 최초로 작위까지 받아냈으니까. 하지만 그런 사람의 말이라고 부당한 일을 겪어도 수긍해야 하는 건 아니다. 애슐리의 어머니뿐 아니라 어느 누구라도 그렇다.

애슐리는 멍하니 헨리를 쳐다보다가 고개를 저었다. 뭔가 안 맞는다는 생각이 들었지만 헨리의 말이 틀린 건 아니었다.

애슐리가 고개를 젓는 모습에 헨리의 얼굴에 미소가 떠올랐다. 그는 다시 그녀의 어깨를 끌어안으며 말했다.

"내가 얼마나 고생하고 있는지 네가 알아줬으면 좋겠어. 이 집은 내게 적뿐이고 난 너 때문에 이 모든 걸 참고 있는 거야."

헨리의 말에 애슐리의 가슴에 죄책감이 차올랐다. 동시에 또다시 이상한 느낌이 들었다. 그건 어딘지 모르게 어색하고 그녀의 마음을 불편하게 만드는, 그런 느낌이었다.

"미안해요. 친구들을 부르고 싶다고 했죠? 그건 내가 어머니께 부탁드려 볼게요."

애슐리의 말에 헨리의 얼굴에 짜증 섞인 표정이 떠올랐다. 기껏 부잣집 여자와 결혼할 수 있게 됐다고 생각했는데 뭐 하나 그의 마음대로 할 수 있는 게 없다.

"친구를 부르는 것조차 네 어머니의 허락을 받아야 하는 거야?"

"이 집은 어머니 집이니까요."

"하지만 네 집이기도 하잖아. 원래 네 아버지의 집이었고. 저 여자, 아니 반스 부인이 들어온 거라며. 애슐리, 너 속고 있는 거 아냐? 네 아버지가 돌아가시면서 이 집을 너한테 물려준 게 아닌 게 확실해?"

헨리의 질문에 애슐리의 마음속에 다시 아까 전의 감정이 떠올랐다. 그건 죄책감과 닮아 있어 죄책감이라 생각하기 쉬웠지만 지금은 확실히 구분할 수 있었다. 애슐리는 자신이 실수를 했다는 생각에 멍하니 헨리를 쳐다보다가 말했다.

"헨리, 이건 확실하게 할게요. 이 집은 어머니의 집이고 어머니는 아버지가 돌아가셨을 때 절 이 집에서 쫓아내도 되는 상황이었어요. 그러지 않고 절 길러 주셨고요."

처음 보는 애슐리의 단호한 태도에 헨리의 움직임이 움찔했다. 그는 곧 미소를 지어 보이며 애슐리를 끌어안았다.

"미안해, 애슐리. 다 네가 걱정돼서 그런 거야. 넌 너무 순진하고 착해서 사람들에게 속을까 봐 걱정돼. 내가 널 보호해 주고 싶어서 그래."

그제야 애슐리가 처음 만난 헨리의 모습이 돌아왔다. 애슐리는 안도의 한숨을 내쉬며 그를 마주 끌어안았다. 괜찮다. 어머니와 헨리가 있으니까 괜찮을 거라는 생각이 들었다.

정말 괜찮아? 아주 잠깐 애슐리의 머릿속에 불안한 생각이 스쳐 지나갔다. 하지만 그녀는 재빨리 머리를 털어 생각을 지워 냈다.

"친구들을 초대해요. 어머니께 말씀드릴게요."

애슐리의 제안에 헨리는 억지로 빙그레 웃었다. 반스 부인의 허락을 받아야 한다는 건 못마땅하지만 곧 그의 집이 될 이 집에 친구들을 불러서 자랑할 수 있는 좋은 기회였다.

헛짓할 시간 있으면 시 쓸 궁리나 하라고 그를 비판하던 녀석들도 곧 이 소식을 들을 것이다. 헨리 노먼이 애슐리 반스와 결혼해서 이 큰 집을 물려받았다고.

어쩌면 반스가의 재산을 모두 물려받을 수 있을지도 모른다. 어차피 첫째는 왕자비가 될 테니 재산이 필요 없을 테고 둘째는 그림 좀 끄적거리다가 후작가로 시집을 갈 테지.

운이 좋아. 헨리는 그렇게 생각하며 억지웃음을 진짜 웃음으로 바꿨다.

"애슐리."

이틀 후, 릴리는 주방에서 정신없이 움직이는 애슐리를 발견하고 다가왔다. 시끌벅적한 소리가 식당에서 나기에 내려와 봤더니 헨리와 그의 친구들이 앉아서 술을 마시고 있었다.

"릴리, 잠깐만. 나 이것 좀 하고."

애슐리는 릴리를 발견하고도 오븐에서 음식을 꺼내는 것에 여념이 없었다. 릴리는 어느새 검댕이 잔뜩 묻은 애슐리의 옷차림을 보고 눈살을 찌푸리며 물었다.

"이걸 왜 너 혼자 해?"

"어머니께서 손님을 대접하는 연습을 하라고, 사용인 도움 없이 해 보라고 하셨거든."

그렇게 말하느라 오븐 안에 있는 파이를 꺼내는 애슐리의 주의가 흐트러졌다.

"앗, 뜨거!"

뜨거운 틀에 손가락이 데어버린 애슐리가 화들짝 놀라며 소리치자 릴리가 재빨리 그녀의 손을 잡고 수도를 틀었다. 쏴아 하고 쏟아지는 차가운 물에 동생의 손가락을 가져다 대며 릴리는 명백하게 화가 난 표정으로 물었다.

"내 말은, 이걸 왜 너 혼자 하냐고. 노먼은 어디 가고?"

"그 사람은 친구들을 상대해야지."

"넌 이 뒤에서 재투성이로 음식 준비를 하고?"

"음식은 거원은 해 줬어. 난 꺼내기만 하면 돼."

"꺼내기만 하는 쉬운 일도 노먼은 안 한 거네?"

릴리의 비난에 애슐리의 움직임이 멈췄다. 그녀는 물끄러미 릴리를 쳐다보다가 말했다.

"왜 자꾸 그렇게 내가 좋아하는 사람을 욕해? 릴리는 내가 케이시 경을 욕하면 기분 좋을 거 같아?"

릴리 역시 입을 다물었다. 그녀는 애슐리를 가만히 쳐다봤다. 왜 애슐리에게 애슐리를 좋아하는 사람을 욕하냐고? 그녀는 동생을 쏘아보며 말했다.

"왜냐면, 내가 널 더 좋아하니까. 난 저 식당에서 네가 고생하는 걸 쳐다도 안 보는 멍청한 자식보다 네가 고생하는 게 가슴 아프니까."

"나, 난 괜찮아. 헨리가 다들 이렇게 사는 거라고 했어. 그동안 내가 너무 편하게 살았던 거야. 앞으로 할 고생의 연습이라고 생각하지, 뭐."

"왜?"

릴리는 정말로 이해가 되지 않아서 저도 모르게 날카롭게 물었다. 왜? 왜 고생을 연습해? 왜? 행복을 연습해도 될까 말까인데 왜 불행을 연습해야 하는 건데?

"왜라니? 헨리랑 결혼하면 이렇게 살 테니까……."

"앞으로 고생할 테니 미리 고생하라고? 널 사랑한다는 남자가 너한테 그렇게 말했단 말이야?"

릴리의 목구멍까지 그게 사랑이냐는 말이 기어 올라왔다가 내려갔다. 고생시키지 않겠다고, 행복하게 해 주겠다고 하는 게 사랑 아니야? 나랑 같이할 고생을 미리 연습하라고 하는 게 어떻게 사랑이야?

그녀는 아무 말도 하지 않는 동생의 손을 잡았다. 그리고 진지하게 말했다.

"아이리스가 왜 처음에 리안의 구혼을 거절한지 알아?"

"웹스터 경하고 결혼하려고 거절한 거잖아."

"아니야. 웹스터 경하고 결혼하지 않았어도 아이리스는 리안을 거절했을 거야. 왜냐면 리안을 너무너무 좋아했으니까. 리안은 혼자서도 그럭저럭 먹고살 수 있지만 자기랑 결혼하면 간신히 먹고살 게 분명하니까. 아이리스는 리안이 고생하는 게 싫었던 거야."

천천히 애슐리의 시선이 떠올랐다. 그녀는 릴리를 보며 말했다.

"나도 그래, 릴리. 나도 헨리가 안 팔리는 시집으로 고생하는 게 싫어. 적어도 나랑 결혼하면 집은 생기는 거잖아. 돈을 벌려고 머리를 쥐어짜서 시를 쓸 필요가 없는 거잖아."

"노먼이 그래? 돈 때문에 머리를 쥐어짜서 시를 쓰는 게 싫다고?"

그렇게 말했다. 여유 있고 느긋하게 이삼 년에 한두 작품이나 발표하면서 살고 싶다고. 애슐리의 말에 릴리의 얼굴이 일그러졌다.

헨리의 말은 애슐리뿐 아니라 릴리나 다른 예술가들을 향한 모욕이나 다름이 없었다. 릴리는 그림을 그리고 싶어서 인생의 한 부분을 포기했다. 그녀는 느긋하게 즐기고 싶어서 그림을 그리기 시작한 게 아니었다.

"너는 내가 옆에서 얼마나 그림으로 돈을 벌려고 애를 썼는지 봤으면서도 저 남자가 예술 놀음하는 걸 이상하게 생각하지 않았어?"

"뭐?"

그제야 애슐리도 자신이 무슨 실수를 저질렀는지 깨달았다. 하얗게 질린 동생의 얼굴을 보고 릴리는 조금씩 화를 가라앉혔다. 애슐리는 모를 수도 있다. 그녀는 그림을 그리거나 시를 쓰거나 음악을 하지 않으니까.

하지만 그래서 릴리는 헨리를 향한 혐오가 깊어졌다. 자기보다 열여덟 살이나 어린 여자애가 자길 편하게 살게 해 주려고 어린 나이에 결혼을 결심하고, 남자친구의 기를 세워 주려고 주방에서 재투성이가 되고 화상을 입어가며 고군분투하는 동안 돕지도 않는다고?

"애슐리!"

그때 식당에서 헨리의 목소리가 들려왔다. 릴리는 애슐리의 손을 잡은 채 식당 쪽으로 고개를 돌렸다. 이윽고 헨리의 말이 이어졌다.

"왜 파이가 이렇게 늦어?"

애슐리는 릴리의 얼굴이 하얗게 질렸다가 분노로 새빨갛게 달아오르는 것을 지켜보고 있었다. 릴리는 헨리를 죽여 버리겠다던 아이리스를 말린 것을 처음으로 후회했다.

아니, 후회할 것도 없다. 그녀가 죽여 버려야겠다. 릴리가 서랍을 뒤져 칼을 찾기 시작하자 애슐리는 깜짝 놀라서 릴리를 말렸다.

"하지 마, 하지 마."

"뭘 하지 마? 저 자식 죽여 버리고 내가 감옥에 가는 한이 있어도 너 이렇게 사는 꼴은 못 보겠어."

"릴리, 제발."

"아이리스는 울었어! 자기가 널 챙기지 못해서 저런 남자한테 속아 넘어갔다고! 아이리스가 죽여 버린다는 걸 내가 말렸었다고!"

그때 말리지 말았어야 했다는 릴리의 말에 애슐리의 눈이 커졌다. 그녀는 멍하니 릴리를 쳐다보다가 물었다.

"아이리스가 나 때문에 울었어?"

리안과 더글러스조차도 헨리를 손봐 주겠다고 펄펄 뛰었었다. 그걸 말린 건 일단 지켜보라는 어머니의 지시 때문이었다. 릴리는 식칼을 손에 쥔 채 이를 악물고 말했다.

"어머니가 널 믿고 기다리자고 하셔서 우리 다 참고 있는 거야."

밀드래드의 허락만 떨어지면 헨리의 신상에 위해를 가할 사람이 다섯 명이나 된다. 지금 헨리의 팔다리가 멀쩡하게 붙어 있는 건 오로지 애슐리 때문이었다.

아이리스가 자기 때문에 눈물을 보였다는 말에 애슐리의 생각이 흔들렸다. 그녀는 흔들리는 눈동자로 릴리를 바라보다가 몸을 돌려 파이를 집어 들었다. 그리고 숨을 깊게 내쉰 뒤 말했다.

"생각할 시간을 줘."

이렇게까지 모든 사람이 반대를 한다면, 그녀가 뭔가 잘못하고 있는 게 아닐까. 애슐리의 머릿속에 헨리와 이야기할 때면 가끔씩 떠오르던 그 찝찝한 감정이 다시 떠올랐다.

그녀는 일단 파이를 가져다줘야겠다고 생각하며 주방에서 나와 식당으로 들어섰다.

"그래서 이번에 짐이 돈을 좀 만졌다더군."

"그 녀석 여자 때문에 인생 망칠 뻔했는데 잘됐군."

식당은 한창 헨리와 친구들의 이야기로 불이 붙어 있었다. 다들 살짝 취한 탓에 이야기가 가감 없이 흘러나왔다.

"인생을 망칠 뻔했다고요?"

파이를 식탁 위에 얹으며 애슐리가 물었다. 방금 전 주방에서의 충격적인 이야기 때문에 굳은 얼굴을 가리느라 억지로 미소를 짓고 있었지만 그걸 알아차린 사람은 없었다.

"아, 그 녀석이 어떤 여자한테 홀려서 말이야."

헨리는 가만히 앉아서 애슐리가 파이를 잘라 주길 기다리며 말을 이었다. 그의 옆에 앉은 친구는 애슐리가 자르기도 전에 포크를 파이에 가져다 대고 있었다.

"힐다였나 젤다였나. 부모가 꽤 부자였는데 어찌나 독종이던지, 자기 딸이 결혼해서 임신했다는 데도 한 푼도 못 주겠다고 했다지 뭐야."

"여자 쪽 부모님이 말이에요?"

"그래, 그렇지. 그렇게 보면 난 참 운이 좋아. 그래도 집이라도 얻었잖아?"

헨리가 그렇게 말하며 파이를 자르는 애슐리를 덥석 끌어안았다. 엄마야! 깜짝 놀란 애슐리가 헨리의 손을 떼어 내며 말했다.

"헨리, 위험하잖아요."

"아, 그래, 그래. 칼 든 여자는 건드리면 안 되지. 안 되고말고."

그게 꽤 재미있는 농담이었는지 헨리뿐 아니라 그 친구들도 낄낄대며 웃음을 터트렸다. 애슐리는 한숨을 내쉬며 파이를 각자의 접시에 덜어 주었다. 그리고 냅킨으로 손을 닦으며 말했다.

"그래도 다행이네요. 큰돈을 벌었다니 임신한 부인도 안심했겠어요."

"뭐? 어, 아냐."

애슐리의 말에 헨리가 웃음을 터트렸다. 그의 친구들도 말도 안 되는 소리라는 듯 웃음을 터트리는 모습에 애슐리는 어리둥절한 표정을 지었다.

헨리는 킬킬거리며 말을 이었다.

"어느 시골에서 헤어졌다더군. 잘됐지. 여자 때문에 창창한 인생 하나 날릴 뻔했으니."

"맞아. 애랑 부인까지 건사하면서 어떻게 글을 쓰겠어?"

남자들의 믿을 수 없는 말에 애슐리의 얼굴에 경악이 떠올랐다.

그녀는 헨리를 들여다보며 물었다.

"그럼 애랑 부인은요? 임신한 채로 헤어졌다고요?"

"서로 합의했으니 헤어졌겠지."

"그럼 그 여자는 집으로 돌아갔어요?"

애슐리의 질문에 아무도 대답하는 사람이 없었다. 알 게 뭔가. 관심도 없다. 그들은 서로의 얼굴을 쳐다보다가 곧 유쾌한 웃음을 터트렸다.

그리고 애슐리를 향해 말했다.

"어디선가 잘 살고 있을 겁니다."

"맞아요. 덕분에 짐도 새 출발 하고 인생 종 치지 않게 됐으니 다행이죠."

그럼 그 여자는? 힐단가 젤단가 이름조차 제대로 기억해 주지 않는 임신한 여자는?

애슐리는 믿을 수가 없어서 헨리를 멍하니 쳐다봤다. 이게 우스운가? 순진한 아가씨가 남자한테 잘못 걸려서 임신하고 시골에서 버림받은 이야기가 버린 남자의 인생을 종 치지 않게 된 해피엔딩인가?

"그럼 짐이라는 사람은요? 헤어진 자기 부인을 찾겠죠?"

애슐리의 질문에 식당 안의 분위기가 싸늘해졌다. 헨리는 아까부터 자꾸 초를 치는 애슐리의 태도가 마음에 들지 않았다. 그는 애슐리를 잡아당기며 농담처럼 말했다.

"세상에 여자가 반인데 싫다고 헤어진 여자를 찾아서 뭐하겠어?"

"그럼 애는요? 자기 애를 임신한 부인이잖아요?"

예상보다 격한 애슐리의 반응에 헨리와 친구들의 움직임이 굳었다. 헨리는 친구들이 서로를 쳐다보며 일어날 채비를 하자 인상을 쓰며 말했다.

"무슨 상관이야? 남의 이야기에 열 올리지 말자고."

"애가 아빠 얼굴도 모르고 자라는 건데 불쌍하지 않아요?"

헨리는 애슐리의 질문에 억지로 웃음을 지었다. 이래서 부잣집 아가씨는. 그는 속으로 애슐리가 분위기 파악도 못 한다고 욕하며 말했다.

"애 걱정을 하는 걸 보니 애가 좋은가 봐. 우리도 빨리 애를 가져야겠어."

마치 그게 엄청난 농담이라도 되는 것처럼 식당 안에 웃음이 터졌다. 하지만 애슐리는 아니었다. 그녀는 세상에서 가장 징그럽고 흉측한 생물체를 보는 기분으로 헨리와 그의 친구들을 쳐다보고 있었다.

이런 상황에서 저런 저급한 농담을 한다는 게 애슐리의 상식으로는 이해가 되지 않았다.

"애슐리."

애슐리가 인상을 쓰고 있자 헨리가 그녀의 옆구리를 쿡 찌르며 속삭였다.

"웃어. 분위기 흐리지 말고."

그 순간 애슐리의 머릿속이 새빨갛게 물들었다. 그녀는 파이를 자르기 위해 가져온 칼을 집어 던지며 소리쳤다.

"나가!"

그녀가 던진 칼이 식탁에 튕겨 헨리의 친구 중 한 명의 팔을 긁고 떨어졌다. 사람들은 갑자기 폭발한 애슐리의 모습에 깜짝 놀라 자리에서 벌떡 일어났다.

헨리는 폭력적인 애슐리의 모습에 눈을 부릅떴다가 엄한 목소리로 소리쳤다.

"애슐리! 건방지게!"

"건방? 건방진 건 너겠지!"

애슐리는 남은 파이를 헨리의 얼굴에 뭉개며 소리쳤다.

"놀고먹는 주제에 아침에 일어나지도 않아서 내가 얼마나 창피했는 줄 알아? 나이 많고 무능하면 착하기라도 하든가!"

애슐리의 고함에 식당에 있는 모든 사람들의 움직임이 멈췄다. 그녀는 파이로 끈적이는 손을 헨리의 머리카락에 문질러 닦았다. 그리고 그의 친구들을 돌아보며 말했다.

"너희도 똑같아. 다 나가."

"어디서……."

애슐리의 말에 헨리가 벌떡 일어나며 고함치려 했을 때였다. 그는 자신의 친구들이 흠칫 놀라는 것을 보고 뒤를 돌아보았다. 식당 입구에 릴리가 식칼을 들고 서 있었다.

"빨간 물감 필요한데. 피가 남아돌아서 곤란한 사람?"

이게 무슨 소리야. 다들 놀라서 얼어붙었다. 그러자 릴리가 깔깔대고 웃으며 말했다.

"농담이야. 피는 물감으로 쓰기 별로 안 좋거든. 하지만 이 집 사람 모두가 노먼을 죽이고 싶어 했으니 같이 죽을 사람은 남아도 좋아."

"뭐?"

헨리가 그게 무슨 소리냐고 물어봤을 때였다. 루인과 모가 릴리의 양옆에 서더니 조용히 물었다.

"이젠 손봐도 됩니까?"

그 순간 헨리의 친구들이 우르르 빠져나갔다. 릴리는 친구들이 나가는 건 가만히 지켜보다가 헨리가 은근슬쩍 빠져나가려 하자 루인에게 눈짓했다.

그리고 재빨리 애슐리에게 다가가 그녀를 끌어안았다.

"괜찮아?"

애슐리는 실망감과 자기혐오, 죄책감으로 기분이 엉망이었다. 그녀는 릴리를 마주 끌어안고 조용히 눈물을 흘렸다. 자신이 너무 멍청하게 느껴졌다. 주변 사람 모두가 헨리를 나쁘게 보고 있었는데 그녀만 눈에 콩깍지가 씐 것처럼 못 보고 있었다는 게 한심했다.

"난 정말 바보인가 봐."

"넌 그냥 경험이 적은 거지 바보인 게 아냐."

그래서 어머니도 많이 보고 많이 겪어야 한다고 말했던 거다. 릴리는 애슐리를 끌어안고 한숨을 내쉬다가 외출을 마치고 돌아온 아이리스가 무슨 일인가 하고 들여다보는 것을 발견했다.

이리 와. 릴리가 손짓하자 아이리스도 장갑과 모자를 벗고 애슐리를 끌어안았다.

"언니들이 부러웠어."

약간의 시간이 지나고 진정이 된 애슐리가 속삭였다. 그녀는 고개를 떨군 채 손가락을 꼼지락거리며 말을 이었다.

"둘 다 평생 함께할 걸 찾았잖아. 난 아무것도 못 찾았고."

릴리에게는 그림이, 아이리스에게는 왕비 자리가 있다. 하지만 애슐리는 아직 아무것도 없었다. 그게 그녀를 더욱 초조하게 만들었다.

가족들에게 뭔가를 보여 주고 싶었다. 최소한 지금 아이리스의 나이 전까지 뭐라도 하나 이루고 싶었다.

"애슐리, 넌 이미 뭔가를 보여 줬어."

아이리스는 꼼지락거리는 애슐리의 손가락을 잡으며 말했다. 이미 그녀에게 애슐리는 놀라운 모습을 보여 주고 있었다.

"내가 시험을 위해 공방이 필요했을 때 네가 선뜻 나섰잖아. 공방에 나쁜 사람들이 침입했을 때도 활을 들었고."

"맞아. 아까 전에도 헨리를 쫓아냈잖아."

칼을 집어 던졌고 파이를 헨리의 얼굴에 뭉갰으며 남자들에게 나가라고 소리쳤다. 예전의 조용하고 소심한 애슐리라면 꿈도 못 꿀 일이다.

"넌 이미 뭔가를 이루고 있어. 우리는 생각도 못 한 대단한 일을 하나씩 해내고 있다고."

"빵도 못 굽던 애가 파이도 훌륭하게 완성했지!"

릴리가 끼어들자 아이리스의 눈이 커졌다. 그녀는 고개를 두리번거리며 말했다.

"파이를 만들었어? 어디?"

"아냐, 거쉰이 도와줘서……."

"굽는 건 네가 다 했잖아."

"세상에! 성공했어?"

아이리스가 뛰어오를 듯 기뻐하자 애슐리는 민망한 표정을 지었다. 하지만 릴리는 오히려 자신이 더 잘난 척하며 말했다.

"색도 훌륭해. 냄새도 끝내주고."

고작 파이 하나에 자랑스러워하는 언니들을 보니 어쩐지 애슐리는 웃음이 나왔다. 그녀는 방금 전까지 울었다는 것도 잊고 키득키득 웃으며 말했다.

"주방에 아직 두 개 더 있어."

세 개나 구웠다. 그중 하나는 헨리의 얼굴에 뭉갰지만. 세 사람은 차나 한잔하자며 신이 나서 주방으로 들어갔다.

그리고 그날 저녁, 애슐리는 헨리와 결혼하지 않겠다고 말하기 위해 어머니의 귀가를 기다렸다. 성에 갔다가 돌아오는 길에 다비나와 커시 부인을 만난 밀드레드는 저녁 식사까지 마치고 들어왔다.

다행히 집에 들어오자마자 짐에게 오늘 있었던 소동을 들었기 때문에 그녀는 애슐리가 뭐라고 말할지 예상하고 있었다. 하지만 애슐리가 말을 꺼내기 전까지는 아무 말도 하지 않았다.

"오늘 헨리를 내보냈어요."

"그래?"

별거 아니라는 어머니의 대꾸에 애슐리의 기분이 조금 나아졌다. 그녀는 한숨을 내쉬며 말했다.

"저랑 가치관이 좀 안 맞더라고요."

"그래?"

여전히 밀드레드는 '그렇구나.'라는 태도였다. 그럴 줄 알았다거나 그럴 줄 몰랐다는 태도가 아니라 그냥 그렇구나라는 태도라 애슐리는 안심이 됐다. 그녀는 손가락을 꼼지락거리며 물었다.

"어머니께선 이렇게 될 줄 아셨던 거죠? 그래서 그냥 지켜보신 거고요."

"그렇다기보다는 네가 좋다고 한 남자니까 지켜보자고 생각했을 뿐이야."

"만약 제가 끝까지 결혼한다고 했으면 어쩌시려고 했어요?"

"결혼시켜야지."

"하지만 그럼, 그러면 저는, 그러니까 실패하는 거잖아요."

"뭐가?"

"그러니까…… 인생을 실패하는 거잖아요."

놀라운 애슐리의 고백에 밀드레드의 눈이 커졌다. 그녀는 피식 웃으며 말했다.

"애슐리, 결혼 좀 잘못했다고 인생을 실패하진 않아. 넌 고작 열일곱이고 결혼을 잘못했으면 이혼하면 돼."

"하지만 이혼하면 사람들이 수군거릴 거 아니에요? 평생 재혼도 못 할 테고요."

"남들이 네 인생을 살아 주는 것도 아니잖아. 이혼해도 인생은 계속되고. 살면서 또 다른 사랑이나 재능을 발견할 수 있어. 내가 노먼과의 결혼을 반대한 건 그 결혼이 네 인생의 실패라거나 이혼할 거라고 생각해서가 아니야."

밀드레드는 그렇게 말하고 애슐리의 눈을 들여다봤다. 순수하고 순진했던 애슐리의 눈동자는 사람들을 겪고 여러 상황을 헤쳐 나가면서 조금씩 인생의 색이 더해가고 있었다.

"나는 네가 지금보다 더한 상처를 입을까 봐 반대를 한 거야."

어머니의 말에 애슐리는 한숨을 내쉬었다. 그녀만 빼고 모든 사람이 다 알았다. 헨리가 그녀에게 상처를 줄 거라는 것을.

"왜 저는 항상 나쁜 선택만 할까요?"

"무슨 소리야?"

"늘 그러잖아요. 이번에도 모임에 있는 그 많은 남자들 중에서 하필이면 헨리를 좋아했잖아요."

릴리와 함께 간 모임에는 더 잘생기고 더 젊고 더 유능한 남자도 있었다. 하지만 애슐리는 그중에서 하필이면 헨리를 선택했다.

아이리스와 릴리는 언제나 옳은 선택만 하는데 그녀는 잘못된 선택만 한다는 생각이 들었다. 그런 애슐리의 말에 밀드레드의 얼굴이 굳었다.

"애슐리, 난 네가 잘못된 선택을 했다고 생각하지 않아. 선택은 그냥 선택일 뿐이야. 그다음에 어떻게 행동하느냐에 따라 그 선택이 좋은 선택도 되고 나쁜 선택도 되는 거지."

어머니가 그렇게 말해도 못 믿겠다는 표정이 애슐리의 얼굴에 떠올랐다. 밀드레드는 자리를 옮겨 애슐리의 옆에 앉은 뒤 다시 입을 열었다.

"만약 네가 지금이 아니라 훨씬 나중에, 나랑 다른 가족들이 없을 때 노먼을 만났다면 어땠을까?"

그땐 말려 줄 사람도, 헨리와 헤어지고 싶어도 도와주는 사람이 없을 수도 있다. 밀드레드는 끔찍한 상상에 어두워지는 애슐리의 얼굴을 보고 그녀를 끌어안았다.

"너는 네가 수습할 수 있는 때에 감당할 수 있는 경험을 한 거야. 그리고 그건 앞으로 살아갈 때 네게 도움이 되는 좋은 선택이 될 거라고 생각해."

정말 그럴까? 애슐리의 얼굴이 아주 약간 밝아졌다. 밀드레드는 그녀의 어깨를 쓰다듬으며 말했다.

"선택은 그냥 선택이야. 릴리의 화가가 되겠다는 선택도 자칫하면 아주 나쁜 선택이 될 수도 있었잖아."

밀드레드가 지지해 주지 않았다면, 릴리가 선택만 하고 아무 노력도 하지 않았다면 그건 아주 나쁜 선택이 됐을 것이다. 선택은 선택자가 어떻게 행동했는지, 선택자의 주변이 어땠는지에 따라 결과가 달라지기 마련이다.

"하지만 아이리스와 릴리는 자신에게 필요한 남자를 잘 선택했잖아요."

애슐리의 질문에 밀드레드는 과연 그걸 선택이라 할 수 있을지 잠시 고민했다. 리안은 그냥 아이리스가 선택한 자리에 딸려 오는 존재일 뿐이다. 릴리는 결혼을 안 하는 것을 선택했으니 더글러스를 선택한 건 아니고.

"음, 걔들이 아이리스와 릴리에게 필요할지 방해가 될지는 지켜봐야 아는 거지."

뭐라고? 애슐리의 입이 딱 벌어졌다. 한 명은 왕이 될 사람이고 한 명은 후작이 될 사람이다. 그런데 필요할지 방해가 될지 봐야 안다고?

믿을 수 없다는 표정에 밀드레드는 피식 웃었다.

결혼은 누가 필요하거나 도움받을 수 있어서 하는 게 아니다. 온전히 혼자서 살 수 있을 때 하는 거다. 하지만 이 나라는 여자가, 특히 귀족 여성이 혼자 살 수 없도록 사회 시스템이 만들어져 있고 지금 애슐리에게 그런 이야기를 할 수 있을 리가 없다.

밀드레드는 애슐리를 위로하기 위해 주제를 바꿨다.

"애슐리, 나는 이렇게 생각해. 너는 가능성이 아주 많아서 네 앞에 놓인 선택지도 아주 많은 거야."

남자도, 하고 싶은 것도 애슐리의 앞에 아주 많이 놓여 있고 그중에 헨리 같은 안 좋은 남자도 섞여 있는 거다. 애슐리에게 필요한 건 안 좋은 것을 골라낼 수 있는 안목이다.

"걱정하지 마. 너는 살면서 많은 선택을 하고, 또 많은 경험을 할 거야. 그건 모두 네게 차곡차곡 쌓여서 너라는 사람을 만들어 주는 좋은 거름이 되어 줄 거고."

성공만큼이나 많은 실패와 좌절도 사람을 자라게 한다. 애슐리에게 필요한 건 실패했을 때 포기하지 않을 주변 사람들의 지지다.

밀드레드는 그걸 얼마든지 줄 수 있었다. 그녀는 애슐리가 고개를 끄덕이는 것을 보고 그녀를 끌어안았다.

외전 6

프리실라 무어 경

아이리스의 결혼식은 화려했다. 둥근 지붕 저택에서 성까지 가는 길이 꽃과 레이스로 꾸며졌으며 아이리스는 특별 제작한 창이 큰 마차를 타고 성을 향해 나아갔다.

마차 뒤로는 아이리스가 재단을 통해 후원한 고아원의 아이들과 내년 봄에 상급 아카데미로 입학이 결정된 여학생들이 꽃을 뿌리며 따라갔다.

뿐만 아니라 행렬 좌우로도 사람들이 나와서 깃발을 흔들거나 꽃을 뿌렸다. 역대 가장 사랑받은 왕자비의 혼례길이라고 호사가들의 입에 오를 결혼식이었다.

그날의 기억은 두 달 뒤 릴리가 웨딩드레스를 입은 아이리스의 초상화를 그려 온 날까지도 이어졌다. 아이리스는 커다란 액자에 넣은 그림을 받고 눈을 동그랗게 떴다.

"릴리, 날 너무 예쁘게 그린 거 아냐?"

그림 속의 아이리스는 정말로 미인이었다. 차라리 아이리스와 전혀 달랐다면 잘못 그렸다고 생각했을 텐데 그림 속의 여자는 아이리스를 닮아 있어서 누가 봐도 아이리스의 초상화라는 것을 알 정도였다.

이렇게 닮게 그리면서 미화시키는 것도 능력이다. 순수하게 감탄하는 아이리스 앞에서 릴리가 어깨를 으쓱해 보이며 말했다.

"초상화는 원래 그래. 없는 눈이나 팔도 그리는데 뭐."

"그래도, 이렇게까지 예쁘게 그리는 건……."

아이리스가 민망해하고 있을 때 릴리가 왔다는 소식을 들은 리안이 다실을 방문했다. 왕자 전하의 방문을 들은 아이리스와 릴리가 그를 맞이하기 위해 자리에서 일어나자 리안은 웃으며 말했다.

"왜 이래? 앉아, 앉아. 앞으로도 제발 일어나지 마."

그러시다면야. 릴리는 어깨를 으쓱해 보이며 재빨리 의자에 앉았고 아이리스는 그대로 서서 리안의 키스를 받았다. 그는 아이리스의 뺨에 입을 맞춘 뒤 시종이 꺼내 주는 의자에 앉아 물었다.

"초상화를 가져왔다며?"

"응. 얼굴만 그리고 웨딩드레스는 나중에 따로……."

설명하던 릴리가 갑자기 리안과 시종의 눈치를 보기 시작했다. 그래도 성에 오기 전까지는 리안은 왕자님이고 왕이 될 사람이며 언니의 남편이니 존대해야 한다고 생각하고 있었는데 그의 얼굴을 보자마자 잊어버렸다.

아이리스는 얘가 왜 이러나, 하는 표정을 지었고 리안 역시 어리둥절한 표정을 짓다가 피식 웃으며 말했다.

"이제 와서 무슨 존대야. 너랑 애슐리는 그냥 내 동생들이야. 그냥 전처럼 말해."

그건 엄청난 특권이다. 리안의 뒤에 서 있던 시종들이 놀라는 표정을 짓자 아이리스가 재빨리 중재했다.

"우리끼리 있을 때만. 공식적인 자리에서는 존대하는 거야."

그렇지 않으면 문제가 생길 수 있다. 릴리는 고개를 끄덕이고 초상화를 그리기가 얼마나 힘들었는지 설명하기 시작했다.

"아이리스는 바빠서 모델로 서 주지도 않고 그리느라 힘들었어."

"그래도 드레스는 가져가서 그릴 수 있게 빌려줬잖아. 그래서 드레스만 똑같이 그려 냈네."

아이리스의 얼굴은 미화시켜 놓고 드레스만 똑같이 그렸다는 우스갯소리에 리안이 고개를 들어 아이리스의 얼굴을 쳐다봤다. 그러더니 다시 그림으로 시선을 떨어트리며 말했다.

"똑같은데?"

"드레스는 똑같아. 진짜 잘 그렸어."

"아니, 얼굴도. 똑같이 잘 그렸어. 이거 홀에 걸어 놔야겠다."

아이리스의 얼굴이 달아올랐다. 그녀는 초상화를 홀에 걸어 두라고 지시하는 리안의 손을 잡으며 웃는 얼굴로 말했다.

"그렇게 위로 안 해도 돼."

"응? 무슨 위로?"

진짜로 초상화가 아이리스와 똑같다는 태도에 릴리는 킥킥거리며 웃기 시작했다. 아이리스는 부끄러운 마음에 괜스레 손부채질을 시작했다.

시종이 초상화를 가져가자 리안은 시종이 가져다준 차를 마시며 릴리에게 물었다.

"그런데 왜 애슐리는 안 왔어? 오랜만에 애슐리도 보고 싶었는데."

"걔 요새 공방 때문에 바빠. 이번에 뭘 또 했다던데 그게 반응이 좋았나 봐."

"비누를 새로 만들었어?"

"아니, 그건 아니고. 직원들이 출퇴근하기 힘들어하니까 마차를 아예 샀더라고."

그게 무슨 소리야? 리안의 미간이 좁아졌다. 그러자 아이리스가 차를 홀짝이며 설명했다.

"공방 건물이 수도 외곽에 있으니까 반대쪽에 사는 직원들은 출퇴근하기가 힘들었나 봐."

걸어서 두세 시간쯤 걸린다. 마차를 이용하면 관통하는 마차 전용 도로가 있어서 삼십 분 정도로 줄어들지만 매일 마차를 타는 것도 부담이라 반대쪽에 사는 직원들이 지각하기 시작하더니 하나둘 그만두겠다고 나섰다.

애슐리는 기껏 일을 가르쳐 놓은 직원들이 그만둔다는 사실이 아까워서 고민을 하다가 큰 마차와 마부를 한 명 고용했다. 그리고 반대쪽에 사는 직원들을 대상으로 출퇴근 마차를 제공하기 시작했다.

"반응이 좋아?"

"좋대. 집에 가는 시간이 단축되니까 사람들이 지각도 안 하고 일찍 퇴근하려 하는 사람도 없고."

"공방에서 하루 종일 일하고 하루 네 시간씩 걸으면 지쳐서 효율이 떨어지긴 하지."

아이리스의 말에 리안이 몰랐다는 듯 고개를 끄덕였다. 그러고 보니 월포드 남작에게 교육을 받을 때 그도 수도를 가로질러 걸었던 게 기억난다.

그에게는 가끔 있는 그냥 좀 긴 산책이었지만 일자리가 걸린 사람들에게는 매일 반복되는 고행에 가까웠을 것이다.

"백작님은 뭐라셔?"

리안은 정작 다니엘은 남작이라고 부르면서 밀드레드는 꼬박꼬박 백작님이라고 부른다. 그가 얼마나 밀드레드를 존경하고 또 어려워하는지 보여 주는 한 단면이었다.

릴리는 차를 홀짝이다가 킥킥거리며 말했다.

"애슐리가 사업에 재능이 있다고 칭찬하시던걸."

"그게?"

리안이 이해가 안 된다는 듯 물었다. 사업은 돈을 벌기 위해서 하는 거다. 하지만 지금 그가 들은 이야기는 돈을 버는 데는 별 도움이 될 것 같지 않았다.

릴리는 그가 어리둥절해하는 것을 보고 고개를 끄덕였다.

"나도 똑같이 반응했어. 근데 사업을 오래 잘하려면 사람이 가장 중요하다는 걸 잊지 말아야 한대."

그리고 애슐리는 그걸 누가 가르쳐 주지 않아도 스스로 생각해서 실천에 옮겼다. 밀드레드가 보기에 애슐리는 충분히 재능이 있었다.

차를 홀짝이던 아이리스가 끼어들었다.

"유모도 고용한다던데."

"어디에?"

리안이 어리둥절해서 물었다. 반스가에는 지금 임신한 사람이 없다. 설마 백작님이? 그가 흠칫 놀라자 아이리스가 남편을 흘기며 입을 열었다.

"공방에 말이야. 애가 있는 여자들이 애를 맡길 데가 마땅치 않나 봐."

부유한 집은 유모를 고용하고 그렇지 않은 집은 집에서 돌본다. 하지만 그건 어디까지나 부인이 일을 하지 않고 살림을 할 때의 일이다. 그리고 동서고금으로 여자가 집에서 집안일만 한 적은 거의 없다.

집안일을 마치고 나면 숲으로 가서 땔감으로 쓸 나뭇가지를 주워 오거나 키우는 닭에게 먹이를 주고, 때로는 남의 집 빨래를 해 주거나 삯바느질로 가정 경제를 충당하는 경우가 많았다.

애슐리의 공방에서 일하는 여자들도 마찬가지였다. 근처의 유모 일을 하는 노파에게 약간의 돈을 주고 아이를 맡기는 게 대부분이었다. 하지만 제대로 된 육아 개념이 없는 이 나라에서는 말 그대로 그냥 지켜보는 것에 불과했다.

아이가 아프지 않은지는 물론, 제대로 식사를 하는지조차 알 수가 없다.

어차피 사람들이 유모에게 아이들을 맡긴다면 차라리 공방에서 그 유모를 고용해서 직원들이 아이들을 확인할 수 있게 하면 어떨까.

그게 애슐리가 떠올린 생각이었다. 물론 거기에 밀드레드의 조언이 없었다고 한다면 거짓말이겠지만.

"그거, 진짜 괜찮은 생각이네?"

아이리스의 설명을 들은 리안은 턱을 괴고 있다가 감탄하며 말했다. 그렇지 않아도 최근 아카데미에 들어갈 나이보다 어린아이들을 대상으로 교육기관이 하나둘 생기고 있다는 보고를 들었다. 2살에서 7살 사이의 유아들을 위한 교육 기관이라는 말에 리안이 혀를 찼다.

"그렇게 어린 애들까지 무슨 교육이냐고 뭐라고 했는데 부모가 모두 일을 하면 돌보는 목적으로 필요하겠구나."

리안이 새삼 깨달았다는 듯 중얼거리는 것을 본 릴리와 아이리스의 시선이 부딪쳤다. 리안은 여전히 배우고 있다. 물론 반스가의 사람들 눈에는 아직도 좀 부족하긴 하지만 그래도 배우고 점점 더 발전하고 있었다.

그리고 아이리스는 그걸로 충분하다고 생각했다. 그녀도 부족한 부분이 있다. 리안과 그녀가 서로를 보완해 주고 함께 성장하면 된다.

"그런데 나 좀 웃긴, 아니다. 놀라운 소식을 들었는데."

잠시 말 끊긴 틈을 타서 릴리가 입을 열었다. 무슨 소식? 아이리스가 찻잔을 쥔 채 눈을 동그랗게 뜨자 릴리는 리안을 한 번 쳐다보고 다시 물었다.

"프리실라 무어가 돌아왔다며?"

무어 백작가에 마차가 한 대 들어갔다는 소식이 어제 릴리의 귀에 들려왔다. 물론 그것만으로는 릴리의 귀에 들어갈 만한 이야기는 아니다. 그녀의 귀에까지 들어간 건 마차에 탄 사람이 잘 꾸민 갈색 머리카락의 아가씨라는 것 때문이었다.

무어 백작가에 들어갈 잘 꾸민 갈색 머리카락의 아가씨라면 제일 먼저 생각나는 건 프리실라 무어밖에 없다. 릴리의 질문에 아이리스와 리안의 시선이 부딪쳤다.

"맞아?"

아이리스와 리안이 아무 말도 하지 않자 릴리가 재촉했다. 프리실라는 아이리스와 왕자비 자리를 두고 시험을 보다가 비열한 짓을 저질러서 쫓겨났다.

사람들은 반스가에서 프리실라를 수도원으로 쫓아내라고 항의한 것을 무어 백작이 싹싹 빌어서 외갓집으로 보냈다고 알고 있지만 사실은 그 반대에 가까웠다.

무어 백작은 프리실라를 시집보내거나 수도원으로 보내려 했고 아버지의 계획을 알아차린 프리실라가 외갓집으로 도망가 버린 것이다.

"소문 한번 빠르네."

아이리스의 한숨 같은 말에 릴리의 얼굴에 놀라움이 떠올랐다. 그 소문이 사실이었다니. 그녀는 입까지 딱 벌리고 아이리스를 쳐다보다가 리안에게 물었다.

"그냥 둘 거야?"

"그냥 안 두면?"

릴리의 질문에 대답한 건 아이리스였다. 릴리는 곤란한 표정을 짓는 리안을 쳐다보고 아이리스에게 말했다.

"걔가 우릴 방해하려고 무슨 짓을 했는지 잊었어? 별다른 벌도 안 받고 흐지부지 도망쳤잖아. 지금이라도 벌을 내려야지."

"됐어. 어머니랑 나한테 와서 용서를 빌었으니 그걸로 끝이야."

"리안."

아이리스가 꿈쩍도 하지 않자 릴리의 화살이 리안에게 돌아갔다. 리안은 움찔하고 놀라더니 아이리스를 한 번 쳐다보고 릴리에게 속삭였다.

"전에 무어 양에게 벌을 내리려다 아이리스한테 혼났어."

적어도 리안도 릴리와 의견이 같았던 모양이다. 릴리는 프리실라에게 벌을 내리려 한 리안을 혼냈다는 말에 아이리스를 쳐다보았다.

그 시선에 모른 척 찻잔을 들어 올리던 아이리스가 입을 열었다.

"난 누구나 인생을 바꿀 기회가 있어야 한다고 생각해."

"그래서 언니 덕분에 무어 양의 인생이 바뀌었어?"

"내 덕분은 아니지. 그녀는 정말 엄청나게 노력했거든."

그게 무슨 소리야? 릴리의 얼굴 위로 다시 어리둥절한 표정이 떠올랐다. 잠시 리안과 시선을 교환하던 아이리스는 한숨을 내쉬고 프리실라가 어떤 일을 했는지 릴리에게 설명하기 시작했다.

　　　　*　　　*　　　*

"역시 여자에게 작위를 주면 안 되는 거였습니다!"

같은 시각, 밀드레드는 귀족 회의에 참석해 반절이 넘는 귀족의 눈총을 받고 있었다. 그럼에도 그녀는 크게 개의치 않는 것처럼 보였다.

사실 개의치 않는다기보다는 이럴 줄 알았다는 쪽에 더 가까웠지만.

"이것 보십시오, 전하! 결국 또 작위를 달라는 여자가 등장했잖습니까!"

"이러다 이 방 안이 여자로 가득 차겠습니다!"

잭슨 백작의 말에 다시 사람들의 시선이 밀드레드를 향했다. 찻잔의 무늬를 멍하니 보고 있던 밀드레드는 사람들의 시선을 깨닫고 나서야 왕을 쳐다봤다. 그리고 잭슨 백작을 쳐다보며 물었다.

"그러면 안 됩니까?"

"안 되지! 안 되고말고요!"

"왜요?"

"여자들이 국정을 논하는 중요한 자리에 들어와서 무엇을 한단 말입니까? 정치 이야기를 이해나 할까요?"

"오, 잭슨 백작."

밀드레드의 얼굴에 미소가 떠올랐다. 그녀는 손으로 찻잔의 무늬를 덧그리며 말을 이었다.

"백작의 어머니께 꼭 그 이야기를 들려드리고 싶군요. 전에 만났는데 아드님을 아주 자랑스러워하시더라고요."

너네 엄마한테 가서 이른다는 완곡한 표현에 잭슨 백작의 입이 닫혔다. 밀드레드는 그대로 국왕을 쳐다보며 말했다.

"전하, 저는 이분들이 뭐가 그리 무서워서 이리 야단인지 모르겠습니다. 무어 양이 원한 건 영지도, 계승되는 것도 아닌 단승 작위 하나뿐 아니었습니까?"

맞다. 왕은 턱을 쓰다듬으며 웃었다. 프리실라 무어. 파딜라 지역의 성녀. 전염병이 휩쓸자 제일 먼저 병원으로 달려가 자기 안전을 신경 쓰지 않고 환자들을 돌본 무어 백작가의 영애.

국왕은 전염병 사태 때 전국에서 활동한 사람들에게 상을 주겠다며 그들을 수도로 불러 모았다. 먼 지방에서 오는 사람도 있었기 때문에 모든 사람이 모인 건 아이리스와 리안의 결혼식이 끝난 다음이었다. 그리고 그중에 프리실라 무어도 있었다.

"나라를 위해 목숨을 던졌다면, 그에 상응하는 상을 받아야죠. 이올린 지역의 의사에게도 작위를 내리신다 들었는데요."

밀드레드의 지적에 귀족들이 에헴 하고 헛기침을 하며 고개를 돌렸다. 전염병에 걸린 사람들을 돌봤다고 상으로 작위를 받은 건 이올린의 의사뿐만이 아니었다.

이미 앞서 세 명의 남자가 단승 작위를 받았다. 그렇다면 프리실라도 받을 수 있는 거 아닌가.

"하지만 너무 건방지더군요. 대놓고 작위를 달라고 한 건 무어 양, 한 명뿐이었습니다."

크레이그 후작의 못마땅하다는 말에 다른 귀족들이 한마디씩 얹었다. 그들 중 몇몇은 오직 남자들만 들어올 수 있는 이 회의에 밀드레드라는 여자가 들어와 앉아 있는 것도, 그리고 그녀의 작위가 계승 작위라는 것도 마음에 들지 않았다.

앞으로 이 회의에서 무조건 한 자리는 여자가 차지한다는 말 아닌가. 오직 남자들에게만 허락된 성스러운 공간이 깨어졌다는 느낌에 투덜거리는 사람도 있었다.

밀드레드는 꿍얼꿍얼거리는 남자들의 빈약한 투덜거림을 무시하며 입을 열었다.

"건방진가요? 제가 보기엔 타당한 이유였는데요."

프리실라가 작위를 요구한 이유는 전염병에 걸린 사람들을 도우려 했을 때 그녀에게 아무 권한이나 힘이 없었다는 거였다. 사람을 모으라거나 치료를 위해 환자를 분류해서 격리하라는 제안을 하기는커녕, 병원에 들어가는 것조차 막혔다고 했다.

심지어 그 마을의 의사를 제외한 어느 누구도 프리실라보다 지식이 많지 않았음에도 그녀의 의견은 무시되었다.

사실 그건 마을 사람들 입장으로는 어쩌면 당연한 것인지도 모른다. 그들이 보기에 프리실라는 소란을 피우고 자중하러 내려온 철없는 귀족 영애였으니까.

하지만 프리실라는 그녀가 작위를 이어받을 후계자거나 준남작이어도 작위가 있었다면 상황이 달랐을 것이라 주장했다. 그리고 그건 누가 봐도 진실이긴 했다.

"그렇다면 반스 백작은 찬성이군?"

이윽고 국왕이 물었다. 밀드레드는 사람들을 둘러본 뒤 대답했다.

"공평해야죠. 똑같은 일에는 같은 상을 줘야 앞으로도 무어 양 같은 영웅이 나오지 않을까요?"

"그랬다가 여자들이 무어 양처럼 무모한 짓을 하면?"

크레이그 후작은 이번에도 국왕과 밀드레드의 대화라는 것을 잊어버리고 끼어들었다. 또 이러는군. 국왕은 잠시 불쾌한 표정을 지었지만 반스 백작이 뭐라고 대답할지 궁금해서 그녀를 쳐다보았다.

밀드레드는 누군가 그런 질문을 했다는 게 기뻐서 활짝 웃고 있었다.

"무어 양이 받은 것과 같은 상을 받겠죠?"

밀드레드의 대답에 크레이그 후작의 얼굴에 할 말을 잃었다는 표정이 떠올랐다. 그는 어떻게 해 보라는 표정으로 무어 백작을 돌아봤지만 무어 백작은 머리를 굴리느라 정신이 없었다.

왕자비 후보 시험에서 큰 실수를 하고 쫓겨난 그의 딸이 금의환향을 했다. 여기서 준남작이라는 작위를 받는 게 과연 그에게 도움이 될까?

딱히 계승이 되는 것도 영지가 있는 것도 아니니 어지간히 모자란 남자가 아니면 그걸 위협적으로 느끼지는 않을 것이다. 하지만 어쨌든 준남작이라는 작위가 있으니 적어도 남편감 역시 작위를 이어받을 남자여야겠지.

무어 백작이 딸을 다시 결혼 시장에 내놓기 위해 머리를 굴리느라 아무 말도 하지 않자 크레이그 후작은 하는 수 없이 입을 열었다.

"다른 여자들이 무어 양을 따라 하다가 아이라도 못 낳게 되면 어쩔 겁니까?"

"어머, 후작님."

밀드레드는 크레이그 후작의 말이 엄청난 농담이라도 되는 것처럼 깔깔대고 웃었다. 놀랍게도 그 웃음소리는 회의실 안의 사람들을 움찔거리게 만들었다.

하지만 이번에도 밀드레드는 그러거나 말거나 신경 쓰지 않고 대꾸했다.

"남의 집 여자들이 아이를 낳는지 못 낳는지에 그렇게 지대한 관심을 가지고 계실 줄은 몰랐어요."

크레이그 후작은 반사적으로 당연하지 않냐고 버럭 고함을 치려다 몇몇 사람이 헛기침을 하며 고개를 돌리는 것을 보고 입을 다물었다. 저도 모르게 말려들어 갈 뻔했지만 자신의 배우자나 자식이 아닌 이상 타인의 생식 능력에 의문을 갖는 건 굉장히 무례할 뿐 아니라 몰지각한 짓이다.

"그리고."

아무 말도 나오지 않자 밀드레드는 어깨를 으쓱해 보이며 다시 말을 이었다.

"목숨 걸고 전염병 환자를 돌본 사람의 생식 능력을 걱정해 주시다니, 후작님은 참 세심한 분이군요."

크레이그 후작의 얼굴이 새빨갛게 달아올랐다. 일견 칭찬같이 들리지만 그건 모욕이나 다름이 없었다. 그가 아무 말도 하지 못하는 사이, 밀드레드는 회의실을 돌아보며 물었다.

"어디, 타인의 생식 능력에 이렇게 관심이 많은 분이 또 있는지 한번 볼까요?"

국왕은 회의실 안의 사람들이 밀드레드의 눈길을 피하느라 허둥대는 재미있는 장면을 유쾌하게 지켜보고 있었다.

재미있다. 그에게 지금 이 상황은 살면서 몇 안 되는 재미있는 상황이었다. 역시 반스 백작에게 작위를 내리길 잘했다. 사람들의 반대에도 불구하고, 하다못해 남작이나 준남작 정도만 내리라는 요청을 전부 무시하고 백작 위를 내린 게 가장 잘 내린 판단이었다.

"그렇다면 프리실라 무어 양에게 준남작 작위를 내리는 걸로 하지."

국왕이 그렇게 말하며 자리에서 일어나자 남자들은 입을 벌리고 그를 쳐다봤다. 때때로 왕을 말리려는 듯 따라 일어나는 사람도 있었지만 다들 더 그럴듯한 반대 이유를 찾지 못했다.

"어떻게 됐습니까?"

밀드레드가 성 밖으로 나오자 다니엘이 기다리고 있다가 물었다. 오늘 회의는 백작 이상의 상급 귀족들만 모이는 회의였기 때문에 다니엘은 참석할 수 없었다.

이것 때문에 국왕과 왕대비가 몇 번이나 작위를 하나 더 받으라고 권했지만 그는 필요 없다고 거절했었다. 하지만 지금 밀드레드의 얼굴을 보니 저 안에서 얼마나 재미있는 상황이 펼쳐졌을지 상상이 돼서 다니엘은 약간 후회하고 있었다.

"조만간 무어 양은 무어 경이 될 거예요."

밀드레드의 말에 다니엘은 웃음을 터트리며 그녀를 향해 팔을 내밀었다. 밀드레드가 그의 팔에 자신의 손을 얹었을 때 그녀의 뒤를 따라오던 남자 한 명이 밀드레드를 불렀다.

"반스 백작."

허쉬 후작이었다. 지팡이를 짚고 힘겹게 걸어오는 모습에 밀드레드가 손을 내밀었지만 그는 빈손을 들어 휘휘 저으며 말했다.

"됐어. 아직 혼자 힘으로 걸을 수 있네."

그러시다면. 밀드레드는 두 번 권하지 않고 재빨리 자세를 바로 했다. 그런 그녀의 모습에 허쉬 후작은 슬며시 웃었다. 그의 모습을 본 대부분의 사람은 그가 거절을 해도 억지로 부축하려 하거나 몇 번 더 권하기 마련이다.

하지만 모든 사람이 도움을 필요로 하는 건 아니다. 허쉬 후작은 노령이지만 아직 지팡이의 도움을 받아 혼자 걸을 수 있다는 것에 자부심을 느끼고 있었고 귀찮은 도움 따위는 질색이었다.

"안에서 벌어진 활극 잘 봤네. 아주 재미있었어."

이게 칭찬인지 비난인지 모르겠다. 밀드레드가 어리둥절한 표정을 짓자 허쉬 후작은 껄껄 웃으며 덧붙였다.

"진심이야. 난 자네가 아주 잘했다고 생각해."

"정말로요?"

밀드레드의 시선이 크레이그 후작보다 훨씬 더 꼬장꼬장하고 융통성 없어 보이는 허쉬 후작의 얼굴을 향했다. 후작은 밀드레드의 반응이 당연하다고 생각하며 입을 열었다.

"믿기 어렵겠지만 저 안에 있던 모든 사람들이 다 멍청한 건 아니거든."

"그런가요?"

밀드레드의 얼굴에 미소가 떠올랐다. 회의를 하던 사람들을 멍청하다고 일컫는 게 마음에 들었다. 심지어 후작은 국왕을 제외한다는 말조차 하지 않았다.

"개중에는 자네와 비슷한 생각을 하는 사람도 있어. 자신이 소수라 생각해서 목소리를 내지 않았을 뿐이지."

"대단히 신사답네요."

신랄한 대꾸에 허쉬 후작이 한숨을 내쉬었다. 그는 못마땅하다는 듯 지팡이로 바닥을 탁탁 치며 말했다.

"어쩌다 다들 이렇게 용기가 없어졌는지 모르겠지만, 그래도 다행이군. 내가 죽기 전에 진짜 신사다운 행동을 하는 사람을 볼 수 있어서 말이야."

밀드레드는 나이 지긋한 노인의 입에서 자신의 죽음에 대해 나오는 것에 잠시 당황했지만 침착하게 대꾸했다.

"신사다운 행동이 아니라 숙녀다운 행동인데요."

허쉬 후작은 밀드레드의 대꾸에 잠시 그녀를 물끄러미 보다가 말했다.

"까다롭구만."

"안 까다로웠다면 제가 지금 이 자리에 있었을까요?"

그것도 맞는 말이다. 밀드레드가 술에 술 탄 듯 물에 물 탄 듯 살았다면 백작이라는 작위를 받을 일도, 지금 여기서 후작과 이야기를 나눌 일도 없었을 것이다.

후작은 까다로울 뿐 아니라 되바라진다고 말하려다가 말았다. 그것 역시 같은 대답이 돌아올 것이다. 되바라지지 않았다면 그녀가 지금 이 자리에 있을 수 있었을까.

그는 피식 웃었다. 어쩐지 자신의 딸이 생각났다. 그는 밀드레드에게 악수를 청하며 말했다.

"언제 한번 우리 집에 놀러 오게."

그게 무슨 의미인지 모르는 밀드레드는 고개를 끄덕이며 허쉬 후작의 손을 잡았다. 두 사람이 헤어지고 나서야 다니엘은 다시 밀드레드의 손을 자신의 팔에 얹으며 나직하게 말했다.

"이십 년 동안 허쉬 후작가에 초대받은 손님은 없었는데 말입니다."

"그래요? 왜요?"

깜짝 놀란 밀드레드는 그러고 보니 허쉬 후작을 본 것도 오늘이 처음이라는 것을 떠올렸다. 그는 어떤 파티나 연회에도 참석하지 않는다. 이런 귀족의 의무인 자리라면 모를까 사교가 목적인 자리라면 거기가 성이라 해도 참석하지 않는 걸로 유명했다.

당연히 밀드레드는 허쉬 후작의 나이가 나이인만큼 거동이 불편해서 그런 줄 알고 있었다. 하지만 다니엘은 어깨를 으쓱하며 말했다.

"세상을 별로 안 좋아하시거든요."

"뭔가를 아는군요?"

알다마다. 들었고 느꼈다. 하지만 다니엘은 그렇게 말하지 않았다. 그는 단어를 골라 나직한 목소리로 말했다.

"가족을 잃었다는 것만 압니다."

"세상에."

그러고 보니 허쉬 후작가의 사람들에 대한 이야기도 들은 기억이 없다. 결혼하지 않고 평생을 산 줄 알았는데 아니었던 모양이다. 밀드레드의 마음속에 허쉬 후작을 향한 안쓰러운 마음이 피어올랐다.

다니엘은 충격받은 표정의 밀드레드를 보고 미안하다는 듯 웃었다. 그는 그녀를 위로하기 위해 밀드레드의 손을 잡아 손등에 입을 맞추고 말했다.

"따님이 살아 있었다면 지금쯤 우리 또래였겠군요. 아주 영리한 분이 었다고 들었습니다."

*   *   *

프리실라 무어 백작 영애가 프리실라 무어 경이 되자 질투한 것은 남 자들만이 아니었다. 밀드레드가 백작이 되고 이어서 준남작이긴 하지만 프리실라가 경이라는 독자적인 작위를 얻게 되자 사교계의 귀족 여성들 도 술렁이기 시작했다.

"정말 탐욕스럽죠."

아이리스는 그녀의 맞은편에 앉은 왓슨 자작 부인의 말에 깜짝 놀라 저도 모르게 입을 딱 벌렸다. 그들은 막 프리실라 무어 양이 무어 경이 된 것에 대해 이야기를 시작한 참이었다.

다들 무슨 말을 해야 할지 몰라 망설이던 차에 왓슨 자작 부인이 제일 먼저 그렇게 운을 뗀 것이다. 아이리스가 그게 무슨 소리냐고 대꾸하기 전에 다른 부인이 말했다.

"맞아요. 작위를 받으려고 위험을 무릅쓰다니, 전부터 보통 독한 아가 씨는 아니라고 생각했지만 그 정도로 독할 줄은 몰랐어요."

아이리스는 모두가 그런 생각인지 당황해서 주변을 둘러보았다. 그녀 는, 아니, 적어도 반스가 프리실라를 싫어하는 사람은 있을지언정 그 녀가 독하다거나 탐욕스럽다고 생각하는 사람은 없었다.

프리실라가 작위를 받았다는 소식에 대놓고 싫다는 신음을 내뱉은 릴리조차도 그녀가 작위를 받았다는 것 자체는 당연하다고 생각하고 있었다.

아이리스는 지금 이 자리에 릴리가 있었다면 얼마나 좋았을까 하고 생각하며 자신을 둘러싼 여자들의 얼굴을 하나하나 살펴보았다. 안타깝게도 릴리는 그녀의 작품 발표회를 위해 지금쯤 필립, 로레나와 함께 의논 중일 것이다.

릴리가 있다면 그녀의 의견에 동의해 줄 텐데. 아이리스는 한숨을 내쉬며 생각했다.

"결국 아무 말도 못 했어요."

이튿날, 친정 식구들과 함께 식사를 하는 자리에서 아이리스는 전날 있었던 당황스러운 상황에 대해 이야기했다. 다수의 대화는 순식간에 수위가 높아지기 마련이다.

아이리스가 할 수 있는 건 사람들의 대화가 프리실라에 대한 비난과 루머로 점철되기 전에 주제를 바꾸는 것뿐이었다. 하지만 그녀는 그것도 신경이 쓰였다.

"언니가 제일 높은 사람이잖아. 그냥 대놓고 무어 양, 아니, 무어 경 욕하지 말라고 하지 그랬어."

튀긴 닭고기를 먹던 릴리가 툭 말했다. 닭을 토막 내서 튀긴 뒤 매콤달콤한 소스를 버무린 양념 튀긴 닭은 최근 수도에서 인기를 끌고 있는 밀드레드의 신제품이었다.

물론 밀드레드는 이 요리의 이름을 양념치킨이라고 붙이고 싶어 했지만 안타깝게도 이미 양념치킨이라는 요리가 있었기 때문에 이름을 새로 만드는 수밖에 없었다.

"네 말대로 내가 제일 높은 사람인데 그러면 안 되지. 사람들의 발언을 제한해 버리는 거잖아."

"남 욕 정도는 제한해도 돼."

그렇긴 하다. 아이리스는 릴리의 지적에 어깨를 축 늘어트렸다. 동생에게 지적받고 나니 그녀가 잘못 행동했다는 생각이 다시금 죄책감에 무게를 더했다.

하지만 그때 애슐리가 아이리스의 편을 들었다.

"하지만 사람들이 다 누군가의 욕을 하는데 나만 그런 소리 듣기 싫다고 하면 분위기가 어색해지잖아. 나도 그럴 땐 뭐라 말해야 할지 모르겠어."

"제일 좋은 건 아무 말도 안 하는 거긴 하지."

결국 릴리도 애슐리의 말에 이해한다는 듯 고개를 끄덕이며 말했다. 하지만 남들과 대화하는데 혼자만 아무 말도 안 할 수는 없는 거 아닌가.

"남작님은 어떻게 하세요?"

아이리스가 조용히 앉아 식사를 하고 있던 다니엘에게 화살을 돌렸다. 밀드레드의 옆에 앉아서 자기 그릇을 싹싹 비우고 있던 그는 갑자기 자신을 향한 화살에도 당황하지 않고 씩 웃으며 말했다.

"난 듣기 싫다고 하지."

"남자들은 그래도 분위기가 괜찮나 봐요."

"아니."

냅킨을 들어 입가를 닦은 다니엘은 자신만만한 미소를 지어 보였다. 당연히 남자들도 뒷말을 한다. 어쩌면 여자들보다 더 심하게.

아마 여기 있는 반스가의 사람들 귀에 남자들의 뒷담화 수위가 어떤지 들어가면 기절할지도 모른다. 당연히 거기서 그런 소리 듣기 싫다고 하면 너만 잘난 줄 아냐고 욕이 날아온다.

이건 딱히 남자나 여자만의 특성이 아니다. 모든 인간은 조금씩 뒤에서 욕을 하기 마련이고 수위가 올라가느냐 올라가지 않느냐의 차이가 있을 뿐이다.

"뒤에서 욕 안 먹는 사람은 없거든. 난 내 귀에만 안 들리면 된다는 주의라."

이어진 다니엘의 말에 아이리스는 한숨을 내쉬었고 릴리는 동의한다는 듯 고개를 끄덕였다. 놀라서 눈을 동그랗게 뜬 애슐리가 다시 물었다.

"만약 남작님 귀에 들리면요?"

"아직까지 그 정도로 목숨이 아깝지 않은 녀석은 본 적이 없는데."

"다니엘!"

다니엘의 말이 끝나자마자 밀드레드가 재빨리 그를 힐난했다. 애슐리는 순순히 잘못했다고 말하는 다니엘과 어머니를 돌아보다가 아이리스에게 말했다.

"남작님처럼 하면 되지 않을까?"

"그것도 괜찮네."

릴리가 동조하자 아이리스는 어이없다는 표정으로 동생들을 쳐다보았다. 괜찮긴 뭐가 괜찮아? 그녀는 자신의 접시에 담긴 음식을 깨작거리며 말했다.

"퍽이나 괜찮겠다. 앞으로 무어 경 욕하는 사람은 모두 사형이에요, 이래 봐."

"에이, 사형은 너무했고."

"그냥 벌을 내리면 어때? 한 일주일 말 안 하는 벌 같은 거."

어휴. 아이리스는 이마를 감싸 쥐며 밀드레드에게 도움을 구했다.

"어머니, 그냥 보고만 계실 거예요?"

그냥 보고만 있던 건 아니었다. 웃음을 참으며 보고 있었지. 밀드레드는 입술을 깨물다 못해 손으로 입을 가리고 있었다. 그녀는 한참을 웃음을 참다가 간신히 입을 열었다.

"이런 게 그리웠어."

어머니의 말에 아이들의 표정이 가라앉았다. 맞다. 잊고 있었지만 바로 몇 달 전까지만 해도 반스가는 이런 분위기였다. 아이리스의 결혼과 릴리의 화가 데뷔로 둥근 지붕 저택은 순식간에 조용해졌다.

밀드레드는 식탁 위에 두 손을 얹어 놓고 딸들을 천천히 둘러보았다. 다들 자기 분야에서 한 자리씩 차지하고 있지만 여전히 밀드레드의 눈에 아이들은 처음 빵 만드는 법을 배우던 그때의 딸들이었다.

"나는 너희가 사이가 좋아서 참 좋아."

이어진 밀드레드의 말에 아이리스는 감정에 북받쳐서 입술을 깨물었다. 어머니가 입버릇처럼 하던 말이 떠올랐다.

자매는 서로에게 가장 친한 친구라고 했다. 그녀는 동생들을 돌아보고 미소 지었다. 그리고 손을 뻗어 어머니의 손을 잡았다.

"저도요. 릴리와 애슐리가 있어서 좋아요."

아주 예전엔 분명 애슐리가 동생인 게 싫었을 때도 있었다. 하지만 지금은 애슐리라는 동생을 만들어 준 어머니께 감사했다.

"그리고 아까 그 이야기로 돌아가자면."

밀드레드는 아이리스의 손을 잡고 빙그레 웃으며 입을 열었다.

"너는 잘 헤쳐 나갈 거야."

"어떻게 하면 좋을지 조언해 주시지는 않는 거예요?"

약간 서운한 듯한 딸의 질문에 밀드레드는 반대편 손을 들어 아이리스의 뺨을 감쌌다. 언제까지나 그녀가 알려 줄 수는 없다.

"내가 알려 주지 않아도 너는 어떻게 하면 될지 알아낼 거야. 티 파티

때도 그랬잖아."

대화 정도는 아이리스도 조절할 수 있다. 밀드레드는 아이리스에게 그녀가 왕자비 후보로 시험을 볼 때 티 파티에서 얼마나 잘 해냈는지를 상기시켰다.

"제가 뭘 잘못하면요? 그래서 사람들이 절 비난하면요?"

약간 불안한 표정으로 아이리스가 물었다. 그와 똑같은 의문을 릴리와 애슐리도 품고 있었다.

"너희를 싫어하는 사람은 너희가 무엇을 해도 싫어할 거야."

불쑥 끼어든 다니엘의 말에 밀드레드의 미간에 주름이 생겼다. 틀린 말은 아니다.

다니엘은 마치 허락을 구하듯 밀드레드를 한 번 돌아보더니 그녀가 아무 말도 하지 않자 다시 입을 열었다. 그리고 밀드레드의 손을 잡으며 계속해서 말을 이었다.

"그렇다면 결국 너희가 신경 써야 할 사람들은 그 외의 사람들이겠지."

자신을 싫어하지 않고, 더 나아가 좋아하는 사람들. 다니엘은 아이리스와 릴리, 애슐리를 한 명, 한 명 쳐다보았다.

자신을 싫어하는 사람들에게 휘둘릴 필요는 없다. 그건 다니엘이 살면서 가장 먼저 깨달은 거였다. 그는 밀드레드에게 시선을 돌리며 아까전보다 좀 더 부드러운 어조로 덧붙였다.

"그리고 그 사람들은 너희가 성장하는 걸 즐거운 마음으로 지켜봐 줄거다. 사람은 누구나 실수를 하면서 성장하는 법이니까."

식당 안의 분위기가 천천히 부드러워졌다. 밀드레드는 아이들이 서로를 돌아보며 웃는 것을 보고 다니엘을 향해 미소를 지었다.

　　　　*　　　*　　　*

아이리스가 그날의 대화를 다시 떠올린 것은 정확히 삼 일 뒤에 열린 데뷔탕트에서였다. 사교계에 처음으로 데뷔하는 열일곱 살 이상의 아가씨들이 저마다 예쁘게 차려입고 참석해 있었다.

하지만 매년 노란색 드레스로 점철되었던 것과 달리 올해의 데뷔탕트는 색색 가지 드레스로 훨씬 화려했다. 아이리스는 리안과 함께 국왕 부부의 뒤에 서 있다가 국왕의 덕담이 끝나자 몸을 돌렸다.

"폐하! 폐하!"

당연하다는 듯 어떻게든 왕족과 대화를 하기 위해 사람들이 우르르 따라왔다. 아이리스는 리안의 손을 잡고 눈을 맞췄다. 이제 각자 사람들과 대화를 해야 한다.

리안은 아이리스의 뺨에 입을 맞추고 속삭였다.

"요리사한테 샌드위치 만들어 놓으라고 했어."

"정말?"

아이리스의 얼굴이 환해졌다. 바빠서 식사를 제대로 하지 못했다는 것을 그가 알아차린 것이다. 리안은 웃으며 말했다.

"밤에 네 방으로 갈게."

"좋아."

사이좋은 왕자와 왕자비의 모습에 주변에 있던 사람들의 얼굴에도 미소가 떠올랐다. 좋을 때다. 아이리스의 손을 잡고 손등에 입을 맞춘 리안은 아이리스가 다른 사람들에게 몸을 돌리는 것까지 지켜보다가 자신도 몸을 돌렸다.

"올해는 드레스 색이 화려하네요."

"매년 노란색이었는데 말이에요."

"색이 다양해서 보기 좋긴 하네요."

"하지만 데뷔탕트는 전통적으로 노란색이었는데 이런 식으로 전통이 사라지는 건 좀 그렇지 않나요?"

그런가? 어느 부인의 말에 사람들이 서로를 쳐다보기 시작했다. 확실히 아주 가끔 다른 색 드레스를 입는 사람이 있긴 했지만 데뷔탕트하면 노란색 드레스가 기본이었다.

"그게 전통이었어요?"

그때 누군가 질문을 던졌다. 전통이었나? 아니었나? 아이리스가 기억을 더듬는 사이 먼저 전통이 사라지는 건 아쉽다고 말했던 부인이 입을 열었다.

"그럼요. 아주 오래전부터 노란색 드레스를 입어 왔는걸요. 어쩌다 한 번 다른 색을 입는 사람이 있긴 했어도 대다수가 노란색 드레스를 입었잖아요."

그랬던 것 같다. 아이리스가 고개를 끄덕이려는 순간 그녀의 옆에서 노부인이 끼어들었다.

"그건 아닌데."

"아니에요?"

아이리스의 질문에 노부인이 빙그레 웃었다. 그녀는 아이리스와 다른 사람들을 천천히 돌아보더니 입을 열었다.

"내가 사교계에 데뷔했을 때는 다들 파란색 드레스를 입었답니다. 그땐 파란색 천이 고급이었거든."

그래서 그때 귀족 영애들은 사교계에 데뷔하거나 결혼할 때 파란색 드레스를 입었다. 노부인은 잠시 기억을 더듬었다가 말을 이었다.

"내 어머니는 흰 드레스를 입었다고 하셨지요."

천은 처음부터 흰색으로 만들어지는 게 아니라 흰색으로 염색을 해야 한다. 그렇기 때문에 당시에는 가장 티 없이 하얗게 염색할수록 고급이었다.

문득 아이리스는 노부인의 말에 사람들이 고개를 끄덕이며 경청하는 것을 보고 자신이 무엇을 해야 하는지 깨달았다.

결국 데뷔탕트 드레스 색은 노란색으로 정해지지도, 전통도 아니었던 것으로 이야기가 결론이 나자 잠시 침묵이 찾아왔다. 아이리스는 그녀가 먼저 나서서 대화 주제를 바꿀까 하다가 말았다.

누군가 하고 싶은 이야기가 있을 것이다. 그녀는 높은 자리에 앉았다면 의견을 말하기보다는 의견을 듣는 게 더 중요하다는 생각이 들었다.

"오, 그러고 보니 무어 양을 본 사람 있나요?"

프리실라 무어의 이름이 그리 멀지 않은 곳에 선 어느 부인의 입에서 흘러나왔다. 아이리스는 저도 모르게 고개를 들어 프리실라를 찾았다.

왔을까? 사람들의 머릿속에 오늘 이 자리에 과연 프리실라가 왔을지 궁금증이 떠올랐다. 오늘 이 파티는 사교계에 처음 데뷔하는 데뷔탕트이기도 하지만 동시에 아직 결혼을 하지 않은 미혼 남녀가 인사를 나누는 장소기도 했다.

"결혼할 생각이라면 왔겠죠?"

누군가의 질문에 또 다른 사람이 정말로 궁금하다는 듯 물었다.

"결혼할 생각이 있긴 할까요?"

"그 전에, 누가 무어 양과 결혼하려 할까요?"

왕자비 후보 시험을 치르다 부정한 짓을 저지르고 쫓겨난 아가씨. 운 좋게 전염병이 번지자 그 기회를 틈타 작위를 얻어 금의환향한 욕심 많은 아가씨. 프리실라를 향한 사람들의 의견은 딱 그 정도였다.

"무어가는 부유하니까요. 무어 양과 결혼하려는 사람은 많겠죠."

"하지만 준남작이잖아요? 어느 남자가 작위를 가진 여자와 결혼하려

하겠어요?"

어느 중년의 부인이 그렇게 말한 순간 주변이 조용해졌다. 그리고 다들 아이리스의 눈치를 살피기 시작했다.

적어도 눈치를 살피긴 하는군. 아이리스는 그렇게 생각하며 속으로 한숨을 내쉬었다. 그녀도 사람들이 다음 반스 백작이 누가 될지, 그게 이어지긴 할지 궁금해한다는 것을 알고 있었다.

평범한 작위라면 사람들의 관심이 이 정도로 높지는 않았을 것이다. 하지만 반스 백작이라는 작위는 오직 여성에게만 이어지며 서른까지 미혼이어야 한다는 조건 때문에 작위가 오래가지 않을 거라 생각하는 사람이 많았다.

서른까지 미혼이라니, 결혼을 포기하라는 말이나 마찬가지다. 결국 후계자 역시 포기하는 수밖에 없다.

하지만 아이리스는 어떻게든 되지 않을까 하고 생각하고 있었다. 작위는 릴리가 잇고 그 후계자는 애슐리의 딸이 하면 되지 않을까. 그리고 그때쯤이면 아이리스가 왕비가 되었을 테니 반스 백작 위를 이어받으려면 서른까지 미혼이어야 한다는 조건을 없애면 되지 않을까.

그녀는 그렇게 생각하며 천천히 입을 열었다.

"여자들도 이왕이면 작위가 있는 남자를 원하잖아요. 남자도 비슷하지 않을까요?"

그럴까. 사람들의 시선이 부딪쳤다. 그리고 아이리스와 가장 먼 쪽에 서 있던 젊은 여자가 손을 들며 말했다.

"작위를 가진 여자를 위협적으로 느끼지 않을까요? 그러니까, 그건 너무 파격적이잖아요."

"어때요, 머튼 경?"

아이리스는 재빨리 대화를 근처에 서 있던 머튼 경에게 돌렸다. 아직 결혼하지 않은 젊은 귀족 중 하나다. 리안 쪽이 아니라 아이리스 쪽에 서 있는 걸 보니 여기 있는 여자 중에 좋아하는 사람이 있는 게 아닐까.

아이리스의 생각대로 머튼 경은 그에게서 그리 멀지 않은 곳에 서 있는 한 아가씨를 멍하니 쳐다보다가 깜짝 놀라서 그녀를 쳐다보았다.

그리고 사람들을 돌아보며 말했다.

"확실히 파격적이긴 하지만 그걸 위협적으로 느끼지는 않습니다. 적어도 저는요."

"그래요?"

머튼 경은 말을 고르기 위해 잠시 입을 다물었다. 그 역시 프리실라가 독하다고 생각한다. 하지만 그렇게 생각하는 것과 사교적인 자리에서 그렇게 말하는 건 다른 법이다.

지금 이 자리에서 무어 양이 독하다고 한다면 너무 옹졸해 보이지 않겠는가. 그는 좋아하는 사람 앞에서 옹졸해 보이는 모험은 절대로 하고 싶지 않았다. 그래서 최대한 돌려서 말했다.

"작위 자체는 상관없습니다. 여자 몸으로 작위를 받는 건 대단한 거지요. 다만, 집안일이 아니라 집 밖의 일에 너무 열성적인 건 조금 걱정이 되긴 하죠."

"만약 무어 양과의 결혼을 생각한다면 말이죠?"

아이리스의 질문에 머튼 경의 얼굴이 달아올랐다. 그는 깜짝 놀라서 그가 좋아하는 아가씨를 쳐다봤다가 허둥지둥 수습했다.

"네, 맞습니다. 물론 저는 무어 양에게 아무 관심도 없지만 말입니다."

이 시점에서 눈치 빠른 부인들은 머튼 경이 누굴 좋아하는지 눈치챘다. 하지만 다들 친절하게도 그 사실을 입에 올리지 않았다.

대신 또 다른 젊은 아가씨가 말했다.

"대단하긴 대단하죠. 환자로 가득 찬 병원에 혼자 뛰어들어서 사람들을 돌봐줬다면서요."

"의사도 대부분 도망쳤다고 들었는데 대단하죠."

"그 정도로 독하다는 말이잖아요. 작위 하나 얻으려고 목숨을 던지다니, 참……."

누군가의 비아냥에 다시 사람들의 대화가 끊어졌다. 아이리스는 그때까지 조용히 대화를 듣다가 끼어들었다.

"그렇게 하면 작위를 받을 수 있을 거라는 확신이 있었던 걸까요?"

"그건, 아닐 거예요."

파딜라 지역에 전염병이 퍼진 것은 수도의 전염병이 가라앉고 난 다음이긴 했다. 물론 파딜라에 전염병이 퍼진 게 먼저인지, 밀드레드가 상으로 작위를 달라고 요청한 게 먼저인지는 알 수 없다.

하지만 한 가지 확실한 것은 밀드레드가 반스 백작이 된 것은 프리실라가 파딜라의 성녀라 불리기 시작한 다음의 일이라는 점이었다. 그러니 그녀가 작위를 노리고 행동했다는 건 말도 안 되는 소리다.

"그렇다면 무어 경은 그냥 의로운 사람인 거네요."

아이리스의 말에 사람들은 그녀가 프리실라에게 적대적이지 않다는 것을 알았다. 프리실라를 의로운 사람이라고 말한 것도 그랬지만 모두가 그녀를 무어 양이라고 부를 때 아이리스만은 무어 경이라 부른 것 때문이기도 했다.

왕자비는 무어 양을 싫어할 줄 알았는데? 사람들의 얼굴 위로 아주 잠깐 당황스러운 표정이 스쳐 지나갔다. 그들은 당연히 아이리스가 프리실라를 적대시할 거라 생각했다.

사람들 앞에서 말조심을 하는 걸까. 아이리스에게서 그리 멀지 않은 곳에 서 있던 남자가 조심스럽게 끼어들었다.

"하지만 그녀가 정말 좋은 의도로 그런 일을 했다고만 보기는 어렵지 않을까요? 사교계로 돌아오기 위해 그런 무모한 짓을 했을 수도 있잖아요."

"그렇다고 누가 그녀를 비난할 수 있을까요?"

아이리스의 대꾸에 남자의 얼굴이 벌게졌다. 그러자 이번에는 아이리스와 평소 친분이 있던 부인이 조심스럽게 물었다.

"그 목적이 좋은 의도가 아니었다 하더라도요?"

친분 있는 얼굴을 알아차린 아이리스의 얼굴이 부드러워졌다. 그녀는 부인의 손을 잡으며 다정하게 물었다.

"위선은 선이 아닐까요?"

세상을 돌아가게 하는 건 결국 위선이다. 그녀의 어머니도 전염병이 창궐했을 때 사람들에게 비누를 나눠준 건 선해서가 아니라 그럴 때 베풀지 않으면 나중에 사람들이 기억하기 때문이라고 하지 않았던가.

아이리스의 생각은 확고했다. 행동하는 위선이 가만히 있는 선보다 낫다. 그녀의 말에 주변에 있던 사람들의 행동과 말이 바뀌었다.

사람들은 아이리스가 프리실라에게 적대적이지 않음을 깨닫고 프리실라에 대해 안 좋게 이야기하는 것을 멈췄다. 대신 프리실라가 준남작이 된 것에 대해 이야기를 나누기 시작했다.

"궁금한 게 있는데, 그럼 무어 양과 결혼한 사람은 어떻게 되는 거죠? 남자의 성이 바뀌는 건가요?"

"그건 아닐걸요."

"하지만 남편도 귀족이긴 한 거죠? 그러니까, 내 말은, 그 사람이 귀족이 아니라면요."

사람들의 말이 멈췄다. 그런가? 확실히 지금까지 귀족과 결혼한 여자는 평민일지라도 결혼과 동시에 귀족 사회에 진입이 가능했다. 그건 아주 드문 일이지만 당연한 일이고 전례가 있었다.

그렇다면 남자도 마찬가지인 걸까.

"무어 양이, 아니 무어 경이 평민과 결혼하진 않을 것 같은데요."

누군가의 말에 사람들의 분위기가 누그러졌다. 콧대 높은 무어 백작가에서 평민 사위를 볼 리가 없다는 말에 어떤 사람은 안도하고 어떤 사람은 재미있다는 듯 웃었다.

프리실라의 작위는 계승되는 작위가 아니다. 그녀가 준남작이 됐다고 해서 세상은 크게 바뀌지 않는다. 사람들은 그 사실에 안도했다.

"왕자 전하, 왕자비 전하."

아이리스가 더글러스를 만난 것은 그녀가 리안과 함께 제일 먼저 춤을 추고 난 다음이었다. 더글러스는 누구에게도 춤을 권하지 않고 서 있다가 아이리스와 리안에게 다가와 인사를 건넸다.

"안녕하세요, 케이시 경."

아이리스는 릴리가 누군가와 춤을 추는 것을 봤지만 아무 말도 하지 않았다. 제일 먼저 릴리에게 춤을 청할 줄 알았는데.

마치 그녀의 그런 생각을 읽은 것처럼 더글러스가 입을 열었다.

"첫 춤은 삼촌께 양보했습니다."

과연. 그제야 리안과 아이리스는 릴리가 춤을 추는 상대가 필립 케이시 경이라는 것을 확인했다. 그럼 그렇지. 아이리스는 피식 웃으며 물었다.

"두 번째는 허락하던가요?"

힘들게 받아냈다. 더글러스는 말없이 씩 웃었다. 릴리는 결혼할 생각 없는 자신과의 춤이 무슨 의미가 있냐고 투덜거렸지만 더글러스에게는 아니었다.

그는 그녀와 꼭 춤을 추고 싶다고 주장했고 지금이 아니면 춤을 출 기회가 없지 않느냐는 훌륭한 이유까지 들어 릴리의 허락을 받아낼 수 있었다.

"아, 전에 이야기한 그 예산 말인데."

그때 리안이 생각났다는 듯 입을 열었다. 그 예산? 아이리스는 어리둥절한 표정을 지었고 더글러스는 반색했다. 리안은 손가락을 들어 올리며 말했다.

"예산을 책정할 좋은 방법이 생각이 났습니다. 다른 예산에서……."

거기까지 말한 리안은 여기가 사람들로 가득한 홀이라는 것을 깨닫고 멈췄다. 그리고 더글러스를 향해 빙그레 웃으며 말했다.

"내일 아침 식사를 하며 이야기를 하면 어떨까요?"

"전하께서 그리 신경 써 주시니 그저 감사할 따름입니다."

"좋습니다."

리안은 그렇게 말하고 아이리스와 함께 돌아섰다. 그녀는 더글러스가 필립과의 춤을 끝내고 돌아오는 릴리에게 다가가는 것까지 확인한 뒤 리안에게 속삭였다.

"전에 요청한 그 예산?"

그게 무슨 소리냐는 질문에 리안 역시 목소리를 낮춰 설명했다.

"피에트 거리 정리 건 말이야."

"아."

무슨 말인지 알겠다. 당연히 아이리스도 알고 있는 안건이었다. 리안은 모든 것을 그녀와 의논한다. 아이리스는 며칠 전 더글러스가 찾아와 피에트 거리를 정리하려 하는데 허락해 줄 수 있는지 물었다는 것을 떠올렸다.

치안이 좋지 않은 거리에 가난한 예술가들이 모여들면서 예술 거리가 된 피에트 거리. 더글러스는 그 거리를 정리하고 싶다고 말했다. 치안을 유지하고 거리와 건물을 깨끗하게 청소해서 안전한 예술 거리로 만들고 싶다는 것이다.

물론 더글러스는 필요한 경비는 모두 케이시가에서 처리할 테니 성에서는 허가만 내리면 된다고 말했다. 하지만 리안은 허가뿐 아니라 도움을 주고 싶어 했고, 피에트 거리를 위해 집행할 예산이 남았는지 찾았지만 찾지 못했다.

"예산이 없었잖아?"

이미 사교 시즌이 시작됐다. 당연히 올해 상반기 예산은 모두 집행됐고 피에트 거리를 위한 예산을 찾기엔 이미 늦었다. 그래서 리안은 더글러스에게 몇 달 뒤, 하반기 예산을 책정할 때 피에트 거리를 위해 예산을 빼놓겠다고 약속했었다.

그 자리에 아이리스도 있었기 때문에 그녀는 똑똑히 기억하고 있었다. 리안은 아이리스의 질문에 뒷목을 문지르며 말했다.

"오늘 여기 오는 길에 생각난 건데, 내 개인 예산을 좀 쓰면 어떨까?"

"내탕금?"

모든 왕족에게는 그 위치에 따라 매달 내탕금이 나온다. 아이리스 역시 왕자비가 되자마자 받은 교육 중 하나가 바로 내탕금이었다.

매달 나오는 돈이라 그 돈을 매달 다 써 버리는 사람도 있지만 그걸 투자하거나 모아 두는 사람도 있었다. 그리고 리안은 놀랍게도 그 돈을 모아 두는 사람에 속했다.

"음, 얼마 전에 확인해 봤는데 꽤 모였더라고."

리안이 돈을 모은 건 그가 검소하거나 훌륭한 투자 능력이 있어서가 아니었다. 그냥 부족함 없이 자라다 보니 크게 돈에 연연하지 않은 덕분에 그런 것뿐이다. 하지만 그게 지금 더글러스에게는 꽤 도움이 될 것 같았다.

"아깝지 않겠어?"

아이리스의 질문에 리안은 그녀의 손에 입을 맞췄다. 더글러스가 와서 허락을 구하기 전에 그가 먼저 했어야 하는 일이다.

"내 나라니까 내가 나서야지. 그리고 케이시 경이 나선 건 릴리 때문이잖아."

그런데? 아이리스는 리안의 다음 말을 기다리며 서 있었다. 리안은 그녀의 얼굴을 들여다보고 빙그레 웃었다.

"릴리는 내 동생이기도 하니까 내가 나서야지."

리안의 기특한 말에 아이리스의 얼굴에 미소가 떠올랐다. 그녀는 활짝 웃으며 팔을 벌려 리안을 끌어안았다.

사이 참 좋다는 사람들의 부러움 섞인 칭찬을 들으며 리안도 아이리스의 몸을 끌어안았다. 그는 지금 이 순간 자신이 세상에서 가장 행복할 것이라 확신했다.

외전 7

육 년의 연애

"드레스 잘 어울립니다."

더글러스의 칭찬에 릴리는 잠시 말을 잃었다. 그 말은 오늘 세 번째다. 오늘 그녀를 만나자마자 빤히 쳐다보더니 대뜸 드레스가 잘 어울린다고 말했었다. 그리고 두 번째로 춤을 청하려고 다가와서 또 그렇게 운을 뗐다.

"제 드레스가 마음에 안 드나 봐요."

긴 침묵 끝에 릴리가 말하자 더글러스의 몸이 움찔하고 멈췄다. 하지만 그리 오래 지속되지는 않았다. 그는 릴리를 품에 안고 재빨리 두 스텝을 뛰어넘어 다른 사람들과 속도를 맞췄다.

그리고 다분히 침착한 목소리로 말했다.

"아닙니다. 정말 잘 어울린다고 생각합니다."

거짓말이다. 릴리는 오늘 그녀를 보자마자 더글러스의 눈이 커지는 것을 봤다. 마음에 안 드는 게 분명하지만 감히 그녀에게 마음에 안 든다고 말할 수는 없을 것이다.

덕분에 릴리는 심술을 부릴 마음이 들었다. 그녀는 더글러스를 노려보며 물었다.

"뭐가 가장 잘 어울리나요?"

릴리의 질문에 더글러스는 잠시 말을 잃었다. 뭐가 가장 잘 어울리냐고? 그의 흔들리는 시선이 릴리의 충격적으로 파격적인 드레스를 향했다. 색은 릴리에게 가장 잘 어울리는 노란색이었다. 하지만 그가 충격을 받은 것은 색 때문이 아니었다.

릴리가 입은 드레스는 어깨가 드러나 있었다. 그동안 어깨가 드러난 드레스는 아주 많았다. 그러니 더글러스가 충격받은 건 어깨가 드러나서도 아니었다.

그가 충격받은 건 소매가 없기 때문이었다.

소매가 없다니! 릴리의 드레스는 오른쪽 소매만 붙어 있었다. 그러니까 그냥 띠도 소매라고 할 수 있다면 말이다.

지금까지 드레스는 어깨가 얼마나 드러나고 얼마나 깊게 파여 있는지와 상관없이 소매는 반드시 붙어 있었다. 하지만 릴리의 드레스는 소매가 한쪽만 달려 있었고 그게 더글러스의 눈에는 자칫하면 벗겨질 것처럼 느껴졌다.

그는 마음 같아서는 자기 재킷을 벗어 릴리의 어깨에 덮고 싶었지만 꾹 눌러 참았다. 그리고 혹시라도 자기 손에 걸려 릴리의 드레스가 내려갈까 봐 두려운 마음에 살짝 손을 떼며 말했다.

"이 드레스의 어떤 부분이 마음에 들어서 골랐습니까?"

"경이 할 말을 잃게 만드는 부분이요."

장난스러운 릴리의 대답에 더글러스는 끙하고 신음을 내뱉었다. 솔직히 좀 억울하기도 했다. 다른 사람이 입었다면 별로 신경 쓰지 않았을 것이다.

클럽에 가서 친구들이 그때 그 아가씨의 드레스 봤냐고 킬킬거려도 고개만 끄덕이고 말았을 것이다. 하지만 입은 사람이 릴리라면 이야기가 달라진다.

"농담이에요."

다행히 릴리는 흔들리는 더글러스의 시선을 보고 재빨리 도움의 손길을 내밀었다. 그리고 진짜 마음에 든 이유를 설명했다.

"원래는 아이리스가 입고 싶어 했거든요. 그래서 내가 입었죠."

왕자비 전하가 입고 싶어 한 것과 릴리가 입은 게 무슨 상관인지 모르겠다. 더글러스는 결혼한 지 오 년이 지났음에도 여전히 신혼처럼 사이가 좋은 리안과 아이리스를 떠올렸다.

최근 아이리스 왕자비는 아들을 낳았다. 그리고 지금까지 아이가 없었던 건 왕자비의 어머니인 반스 백작 때문이라는 소문이 돌았다.

딸이 스무 살에 결혼하는 것도 못마땅해한 그녀가 사위인 왕자에게 아이를 갖는 것은 왕자비가 스물세 살이 넘은 뒤로 해야 한다고 단단히 약속을 받았다는 것이다.

늦은 왕자비의 임신에 어머니를 핑계로 댄 것 아니냐는 사람도 있었지만 더글러스는 반스 백작이 그러고도 남을 사람이라는 것을 알았기 때문에 소문을 믿는 사람 중 하나였다.

"다른 사람이면 몰라도 아이리스는 왕자비잖아요. 이런 파격적인 드레스를 최초로 입는 건 구설수에 휘말릴 수가 있으니까요."

그러니 릴리가 먼저 입어서 사람들에게 먼저 충격을 주겠다는 뜻이다. 하지만 더글러스가 제일 먼저 생각한 건 그게 아니었다.

"그럼 당신은?"

"뭐가요?"

"당신은 구설수에 휘말려도 됩니까?"

응? 더글러스의 말에 릴리의 눈이 동그래졌다. 그는 화를 눌러 참느라 딱딱한 얼굴로 말했다.

"왕자비 전하께서 동생에게 그런 가혹한 짓을 지시하실 줄은 몰랐습니다."

"네에?"

릴리의 입이 딱 벌어졌다. 이 남자가 지금 뭐라는 거야? 그녀는 멍하니 더글러스를 쳐다보다가 재빨리 어깨에 손을 얹으며 말했다.

"언니가 시킨 거 아니에요."

"시키지는 않았지만 암묵적으로……."

"아이리스는 내가 이 드레스를 입을 줄 몰랐어요."

이건 또 무슨 말이지? 더글러스의 미간이 좁혀졌다. 설마 언니를 위해 자신을 희생했다는 말인가? 그가 반스가의 자매애에 감동하려는 순간 릴리가 다시 덧붙였다.

"왜냐면, 자기가 못 입는 걸 내가 입은 걸 보면 언니가 얼마나 부러워하겠어요? 부러워하라고 입은 거라구요."

이게 대체 무슨 말인지 모르겠다. 더글러스의 눈이 가늘어졌다. 그는 물끄러미 릴리를 쳐다보느라 음악이 끝난 것도 모르고 있다가 부랴부랴 그녀를 벽 쪽으로 인도하며 물었다.

"부러워하라고 입은 거라고요?"

"그럼요. 자기가 못 하는 걸 내가 하는 걸 보고 얼마나 부러워하겠어요?"

감동스러운 자매애에 대한 환상이 더글러스의 안에서 와장창 무너지는 순간이었다. 그는 믿을 수 없다는 듯 입을 뻐끔거리며 릴리를 보다가 말을 더듬었다.

"그, 그러면, 아니, 사이좋잖습니까?"

"아이리스와요? 그럼요. 남들에 비해 사이좋은 편이죠."

"그런데 일부러 부러움을 사려고 이런다고요?"

릴리는 더글러스가 외동이라는 것을 떠올리고 미소 지었다. 그는 이해하지 못할 것이다. 형제자매간의 감정을.

"원래 자매가 그래요. 영원한 라이벌이죠."

릴리의 대답은 더글러스에게 그는 절대 알 수 없는 어떤 감정을 가진 자만의 여유로 느껴졌다. 그는 물끄러미 릴리를 쳐다보다가 시선을 피하며 말했다.

"왕자비 전하에게 경쟁심을 느끼고 있을 줄은 몰랐습니다."

릴리와 아이리스는 가는 길이 아예 다르다. 그래서 더글러스는 지금 릴리의 이야기가 더더욱 새롭게 느껴졌다. 릴리는 어깨를 으쓱해 보이며 말했다.

"내가 동생이라 그런가 봐요. 뭐 하나라도 아이리스를 이기고 싶거든요."

릴리가 어깨를 으쓱하는 바람에 그녀의 가느다란 어깨가 더 도드라졌다. 더글러스는 그러지 말라고 말하려다 입을 다물었다. 대신 그는 몸을 움직여 아까부터 릴리를 빤히 쳐다보는 남자의 시선을 차단한 뒤 말했다.

"제가 보기엔 당신은 모든 면에서 왕자비 전하를 뛰어넘었습니다."

"그래요?"

믿을 수 없다는 릴리의 표정에 더글러스는 저도 모르게 미소를 지었다. 한쪽 눈을 찡그리는 것조차 사랑스럽다. 그는 그녀를 만지지 않기 위해 가슴 앞으로 팔짱을 낀 뒤 천천히 입을 열었다.

"그럼요. 당신은 재능 있고 성공한 화가잖습니다. 그리고……."

그리고? 릴리가 계속 말하라는 표정을 짓자 더글러스는 어쩔 수 없다는 표정으로 말을 이었다.

"전하께서 부러워하신 드레스를 입고 있죠."

맙소사. 릴리는 저도 모르게 소리 내어 웃음을 터트렸다. 맞다. 지금 이 드레스를 입고 있다는 것만으로 아이리스는 릴리를 부러워할 것이다. 그녀는 키득거리며 더글러스와 함께 사람의 시선을 피해 복도로 나갔다.

"고마워요. 기분이 좀 나아졌어요."

그 말은 릴리의 기분이 좋지 않았다는 뜻이다. 더글러스는 릴리가 기분이 안 좋을 이유가 뭐가 있는지 떠올려 봤지만 딱히 짚이는 건 없었다.

심지어 지난주에 처음으로 조각을 발표했는데 그것도 반응이 좋았다. 더글러스는 음악이고 미술이고 예술은 아무 관심도 없지만 릴리에 한해서만은 반응을 살피고 있었기 때문에 확실히 말할 수 있었다.

릴리의 조각은 반응이 좋았다.

"무슨 일 있습니까?"

더글러스의 질문에 릴리는 콧잔등을 잔뜩 찡그렸다. 그런 모습도 귀엽다. 더글러스가 팔짱을 낀 채 주먹을 쥐는 것도 모르고 릴리는 한숨을 내쉰 뒤 투덜거리기 시작했다.

"난 내가 관심받는 걸 좋아한다고 생각했거든요. 그런데 내가 잘못되길 바라는 사람이 많다고 생각하니까 좀 그래요."

그건 당연한 거 아닌가? 더글러스는 어리둥절해서 물었다.

"누가 당신이 잘못되길 바랍니까?"

"사람들이요. 얼마 전에 작품을 발표했거든요."

"압니다."

뭔지 안다. 릴리가 조각을 해 보고 싶다고 제일 처음 고백한 것도 더글러스였다. 그는 조각의 모델이 되어 주는 조건으로 그녀가 시험 삼아 만들어 본 첫 작품을 받아 갔다.

"반응이 좋은 게 언니 덕분이라는 사람들이 있어요."

더글러스는 반사적으로 대꾸했다.

"말도 안 되는 소리군요."

"그렇게 생각해요?"

"당연하죠. 그쪽 사람들은 자기들 안목에 대단한 자부심을 가지고 있잖습니까. 당신이 왕자비 전하 덕분에 반응이 좋다고 말하는 건 그들의 안목을 무시하는 거나 다름이 없는 말일 텐데요."

생각보다 꽤 구체적인 이유에 릴리의 얼굴에 놀란 표정이 떠올랐다. 더글러스는 민망한 표정으로 설명했다.

"숙부님이 그림을 수집하기 시작하셨을 때를 이야기해 주셨거든요."

처음 경매에 참가한 필립을 기존의 수집가와 화가들은 돈과 가문의 힘으로 안목도 없이 뛰어든 애송이라고 비웃었다. 그 시선은 필립의 열정을 보고 사그라지더니 그가 수준 높은 안목으로 유망한 신인 화가를 발굴해 내기 시작하자 인정의 시선으로, 그리고 존경의 시선으로 바뀌었다.

지금은 케이시 재단에서 후원하는 화가라고 하면 분명 재능이 있다고 생각할 정도다.

"어떤 녀석이 그런 말을 한지 몰라도 분명 당신을 질투해서 그런 말을 한 겁니다."

이어진 더글러스의 위로에 릴리는 한숨을 내쉬었다. 이상하게 다른 사람보다 더글러스가 그렇게 말해 주면 더 기분이 나아지곤 했다. 그녀는 더글러스의 손을 잡으며 말했다.

"알아요. 그 바보들이 날 질투한다는 거."

릴리는 화가로 데뷔한 지 벌써 오 년이나 되었다. 이 정도면 기성 화가라고 말하기에 충분하고 그동안 그녀의 업적을 생각하면 상당한 인기 화가다.

당연히 질투하는 사람도 있기 마련이다.

하지만 그래도 기분이 상하는 건 어쩔 수 없다.

"질투하게 두세요."

이어진 더글러스의 말에 릴리의 눈이 커졌다. 그는 자신의 손을 잡은 릴리의 손을 감싸 쥐며 씩 웃었다. 그도 그런 질투를 받았었다. 물론 지금도 받고 있다.

그가 아카데미에서 검술 수업을 받았을 때부터 지금까지 그의 뒤로는 무수히 많은 질투하는 사람들이 따라붙었다. 그들은 집안 덕분에 과분한 평가를 받고 있는 거라고 그를 깎아내리려 했고 비난했다.

"결국 가장 중요한 건 실력이니까요. 돈과 가문이 당신을 화가로 만들 수는 있어도 그걸 유지시켜 주지는 못하죠."

살면서 더글러스가 깨달은 건 그거였다. 케이시가의 막강한 힘과 돈이 그에게 훌륭한 검술 훈련을 시켜 줄 수는 있어도 그 훈련을 따라가고 자기 실력으로 받아들이는 건 결국 더글러스의 노력에 달렸다.

돈이 그와 릴리의 능력을 보통 이상으로 끌어 올려줄 수는 있어도 그 이상의 어느 선을 넘은 수준으로 가기 위해서는 스스로의 노력이 반드시 필요하다. 그리고 더글러스는 릴리가 얼마나 노력했는지 지켜봐서 알고 있었다.

"당신은 재능이 있고 노력도 했어요. 그런 저열한 질투심은 당신의 이름에 작은 흠집 하나 내지 못할 겁니다."

단호하고 확고한 더글러스의 말에 릴리의 얼굴 위로 놀란 표정이 떠올랐다. 그 표정은 천천히 안도와 기분 좋은 표정으로 변해갔다.

"고마워요, 더글러스."

"당연한 말을 한 것뿐입니다."

"그래도 곁에 있어 줘서 고마워요. 나는……."

거기까지 말한 릴리는 입을 다물었다. 그 이상은 말할 수 없다. 더글러스가 함께 있으면 아무것도 걱정되지 않는다거나 그의 위로가 다른 사람의 위로보다 훨씬 위로가 된다거나.

그런 말은 그녀가 줄 수 없는 것을 줄 것처럼 느끼게 만들 수 있다. 그건 옳지 않았다. 릴리는 잠시 입을 다물었다가 고개를 들었다.

그리고 발돋움으로 더글러스의 뺨에 입을 맞추고 미소를 지었다.

"고마워요."

더글러스는 반사적으로 릴리의 팔을 잡았다. 그는 하고 싶은 말이 있는 것처럼 릴리를 쳐다봤지만 결국 입을 다물었다. 그리고 조심스럽게 그녀의 팔을 놓으며 미소 지었다.

"당신의 도움이 되는 게 내 기쁨이죠."

*　　　*　　　*

"왕자비 전하께서 오셨습니다."

짐의 말에 작업실에 앉아 그림을 그리고 있던 릴리가 벌떡 일어났다. 언니가 왔다고? 연락도 없이? 그녀는 무슨 일이라도 있나 싶어서 옷도 갈아입지 않고 허둥지둥 일 층으로 내려갔다.

"아이리스."

아이리스는 응접실에 앉아 있었다. 약간 늘어진 자세로. 허둥지둥 달려왔던 릴리는 소파에 늘어지듯 앉은 아이리스를 보고 멈춰 섰다. 그 뒤로 서재에 있던 애슐리가 뒤따르듯 응접실로 들어왔다.

"무슨 일 있어?"

제일 먼저 입을 연 건 애슐리였다. 그녀는 걱정스러운 표정으로 아이리스의 옆에 앉으며 물었다. 지친 표정으로 소파에 길게 앉아 있던 아이리스는 애슐리와 릴리를 보더니 힘없이 웃었다. 그리고 두 팔을 벌리며 말했다.

"이리 와, 내 동생들."

"무슨 일인데?"

"안 좋은 일 있어?"

애슐리와 릴리가 앉을 수 있도록 아이리스가 다리를 오므렸다. 두 사람은 아이리스의 양옆에 앉아 평소보다 지친 표정의 언니를 들여다보았다.

별일이 있는 건 아니었다. 아이리스는 양옆에 동생들을 끼고 고개를 젖혔다. 아이고, 편하다. 절로 그런 소리가 흘러나왔다.

"예전에는 어머니께서 신발을 벗고 계시는 걸 이해를 못 했는데."

세 자매의 어머니인 반스 백작은 가족끼리 있을 때면 종종 슬리퍼까지 벗고 맨발로 있곤 했다. 그땐 그게 편하다는 말을 들어도 편하다는 걸 몰랐는데 나이를 먹으니 알겠다.

아이리스는 내친김에 신발까지 벗고 발을 테이블 위에 올려놓았다.

"아이리스!"

애슐리는 깜짝 놀라서 소리쳤지만 릴리는 킬킬대며 아이리스를 따라 신발을 벗었다. 두 언니가 똑같이 신발을 벗고 발을 테이블 위에 올리자 애슐리도 어쩔 수 없다는 듯 신발을 벗고 테이블 위에 발을 올렸다.

"집이 좋긴 좋아."

아이리스의 말에 릴리와 애슐리의 시선이 부딪쳤다. 진짜로 무슨 일이 있었던 모양이다. 릴리가 조심스럽게 물었다.

"성에서 무슨 일 있었어?"

"평소랑 똑같지, 뭐."

"그런데 왜 그래?"

그냥. 아이리스는 별거 아니라는 듯 입을 다물었다. 그리고 짐이 차를 가지고 들어오자 재빨리 발을 내렸다. 아이리스가 입을 다물자 릴리와 애슐리는 그녀의 눈치를 보다가 이야기를 시작했다.

애슐리의 비누 공방은 점점 더 발전된 비누를 만들어 내고 있었다. 반스 백작은 세탁용으로 비누를 가루를 내어 팔아 보자고 제안했고 그게 엄청난 호응을 불러일으켰던 것이다.

덕분에 반스 비누는 굉장히 세분화된 비누를 팔 수 있었다. 세탁과 미용, 목욕용으로 크게 분류된 비누는 거기서 또 재료의 종류나 모양, 향 등으로 분류가 되었다.

아이리스가 다시 입을 연 것은 애슐리가 세탁용 가루비누에서 고안한 목욕용 가루비누에 대해 이야기하고 있을 때였다.

"남들은 결혼하면 친정이 낯설어진다는데 난 아닌 거 같아."

대뜸 아이리스의 입을 통해 나온 말에 애슐리와 릴리의 대화가 멈췄다. 왕자비가 된 후로 아이리스는 점점 말수가 줄었다. 사람이 어두워졌다기보다는 좀 더 침착하고 남의 말에 귀를 기울이게 됐다는 것에 가까울 것이다.

릴리는 애슐리와 눈을 마주친 뒤 조심스럽게 대꾸했다.

"그래?"

"이야기를 들어보면 그래. 친정이 어색하고 결혼해서 살게 된 집이 자기 집이 된다더라고."

그런가. 여기서 결혼한 건 아이리스뿐이라 릴리와 애슐리는 아무것도 말할 게 없었다. 어머니가 이 자리에 계셨다면 좋을 텐데. 릴리는 아이리스에게 자신이 아무 도움이 되지 못한다는 사실에 한숨을 내쉬며 말했다.

"언니는 더 좋은 거 아냐? 이 집도 집으로 느껴지고 성도 집으로 느껴지는 거잖아."

"그렇지."

아이리스는 릴리를 돌아보며 빙그레 웃었다. 그런 면에서 그녀는 운이 좋았다. 아이리스는 이번에는 애슐리를 돌아보고 입을 열었다.

"성이 내가 사는 집이긴 한데 거긴 내가 왕자비이자 엄마란 말이야. 그런데 이 집은……."

그런데 이 집은? 릴리와 애슐리의 시선이 부딪쳤다. 아이리스는 두 동생을 돌아보고 약간은 아쉬우면서 동시에 속 시원하다는 표정을 지었다.

"여전히 내가 반스가의 아이리스인 것처럼 느껴지거든."

"언니는 언제나 반스가의 아이리스야."

릴리의 대꾸에 아이리스의 미소가 환해졌다. 그게 좋았다. 언제 어디서나 엄마이자 왕자비인 그녀가 그 두 개의 옷을 모두 벗고 있을 수 있는 곳이라는 게.

"혹시라도 너희가 오해할까 봐 하는 말인데 난 내가 왕자비인 것도 엄마인 것도 좋아."

알고 있다. 애슐리는 걱정하지 말라는 의미로 고개를 끄덕였다. 릴리와 애슐리는 아이리스가 왕자비로서 얼마나 잘해나가는지, 그리고 자신의 일과 자리를 얼마나 좋아하는지 알고 있었다.

처음엔 아이리스의 조건이 왕자비가 되기엔 조금 떨어지는 것 아니냐고 걱정하던 사람들도 그녀가 왕자비 업무를 누구보다도 잘 처리해 나가자 점차 그녀를 인정했다.

물론 아직까지 반스가 사람들의 행보를 두고 아이리스의 자질을 의심하는 사람이 약간은 남아 있지만 아이리스는 그들을 무시할 정도로 영리했다.

"하지만 가끔은 내가 왕자비라서 너희가 받는 피해를 생각하면 좀 미안하거든."

그제야 아이리스의 입에서 오늘 방문한 진짜 이유가 흘러나왔다. 릴리는 그녀가 들었던 말과 비슷한 말을 아이리스도 들었다는 것을 직감했다.

그리고 그건 애슐리도 마찬가지였다. 그녀 역시 릴리와 비슷한 이야기를 듣고 있었다. 그녀의 사업에 왕자비인 언니 도움을 받고 있지 않느냐는 그럴듯한 의혹이었다.

애슐리는 재빨리 어깨를 으쓱하며 별거 아니라는 듯 말했다.

"왕자비인 언니를 둬서 받는 이득에 비하면 피해는 새 발의 피지."

그런 게 있나? 릴리는 동생의 말에 잠시 기억을 더듬었다. 생각해 보니 있었던 것도 같다. 예를 들면 왕립 극장에서 로얄석에 끼어서 공연을 관람할 수 있다는 것도 이득이라면 이득이다.

물론 반스가의 좌석이 따로 있다는 걸 생각하면 그게 과연 이득일까 하는 의문이 들지만.

"그래?"

아이리스 역시 그런 게 있냐는 표정으로 물었다. 왕족이 아닌 사람들에게 왕족인 가족이 있다는 건 이득보다는 피해가 많을 것 같은데.

하지만 애슐리는 진지했다. 그녀는 대단히 해맑게 대답했다.

"그럼. 이상한 남자들이 짜증 나게 굴 때 언니 이름을 대면 되거든."

그거 뭔지 안다. 릴리는 저도 모르게 애슐리를 향해 몸을 내밀며 외쳤다.

"맞아!"

비슷하게 어머니 이름 대기도 있다. 어리둥절해하는 아이리스에게 릴리가 킬킬대며 말했다.

"그런 애들 있잖아. 이야기할 생각 없다는데 자꾸 치대는 남자들."

생각도 할 겸 산책하고 싶은데 어느 순간 나타나서 주절주절 떠드는 녀석들이 있다. 공연을 보러 가자고 하거나 차를 마시자거나. 핑계는 다양하다.

그런 남자들 중 어떤 이들은 나중에 이야기하자고 해도 눈치 없이 달라붙는다. 자기 마차로 가서 이야기를 하자는, 씨알도 안 먹힐 소리를 하는 녀석도 있다.

"우리가 나이가 있으니까 아쉬울 거라고 생각하나 봐."

애슐리는 어깨를 으쓱해 보이며 말했다. 릴리와 애슐리 둘 다 스물넷, 스물셋으로 사교계의 결혼 적령기에서 좀 멀어졌다.

어찌할 바 없는 노처녀 취급을 받는 스물다섯이 일이 년밖에 남지 않았으니 생각 없는 녀석들은 두 사람이 자기가 말을 걸면 기뻐하며 달라붙을 줄 아는 것이다.

"말도 안 돼!"

아이리스는 어이가 없어서 소리쳤다. 릴리는 원한다면 언제든지 결혼할 수 있다. 여전히 그녀의 곁을 더글러스가 맴돌고 있으니까.

설령 더글러스가 아니라고 해도 릴리를 추앙하는 남자들은 많았다. 대부분 예술가거나 예술 쪽에 관심이 많은 사람이었지만.

애슐리 역시 마찬가지였다. 아이리스는 애슐리에 대한 소문을 떠올리며 콧잔등을 찡그렸다.

연애에 관심이 없어 보이는 릴리와 달리 애슐리는 꽤 많은 남자를 만난다는 소문이 있었다. 심지어 그녀는 자신에게 구혼하는 남자 셋을 동시에 만난 적도 있었다. 물론 셋 모두에게 동의를 얻고.

"그럴 때 사용하는 마법의 단어가 언니거든."

맞아. 릴리의 말에 애슐리가 킬킬거리며 동의했다. 생각이 없다고 해도 짜증 나게 매달리면 이렇게 말하면 된다. 그래도 되는지 언니에게 물어보도록 하죠.

"그럼 떨어져 나가?"

어이없다는 아이리스의 질문에 애슐리와 릴리는 배를 잡고 웃으며 고개를 끄덕였다. 놀랍게도 통한다. '당신을 만나도 되는지 왕자비 전하께 여쭤봐도 되나요?'라고 물어보면 열 명 중 예닐곱 명은 그건 좀…… 하면서 도망쳐 버린다.

릴리의 설명을 들은 아이리스는 황당하다는 표정으로 물었다.

"그러다가 진짜 괜찮은 남자도 도망치면 어쩌려고?"

"오, 아이리스."

애슐리가 한숨을 내쉬며 고개를 저었다. 릴리는 소파 등받이에 몸을 기대며 설명했다.

"언니 이름에 도망칠 남자가 괜찮을 확률이 얼마나 되겠어?"

"하지만 사사건건 내 허락을 받아야 한다고 생각해서 도망치는 걸 수도 있잖아."

"아이리스, 우릴 만나는 남자들은 우리 어머니가 나라 최초의 여백작이고 언니가 왕자비라는 걸 받아들여야 해. 허락 정도는 감수해야지."

그것도 맞는 말이긴 하다. 아이리스는 애슐리와 릴리의 설명에 한숨을 내쉬며 다시 소파 등받이에 몸을 기댔다. 그리고 동생들을 번갈아 돌아보며 물었다.

"열 명 중 예닐곱 명이 도망친다고? 내 이름에?"

"얼마나 고마운지 몰라."

"이 나라에 그렇게 괜찮은 남자가 없단 말이야?"

아이리스의 한탄에 애슐리와 릴리의 시선이 부딪쳤다. 솔직히 말하면 두 사람은 아주 많을 거라고 생각한다. 문제는 두 사람의 기준이 다니엘과 리안, 더글러스에 맞춰져 있다 보니 어지간한 남자는 눈에 차지도 않는다는 점이다.

여기서 문제는 애슐리다. 릴리는 결혼할 생각이 없고 아이리스는 결혼했으니까.

"없어. 내 주변에는 없는 거 같아."

애슐리는 한숨을 내쉬며 말했다. 그녀는 헨리라는 실패를 겪고 일 년쯤 지나자 용기 있게 사람들과 교제를 시작했다. 사람 보는 눈을 길러야 한다는 어머니의 조언을 받아들인 것이다.

독서 모임이나 음악회, 연극 등등에도 참석했고 그럭저럭 괜찮은 사람이면 데이트 신청도 받아들였다. 그중에 두 번쯤 더 만난 남자도 있긴 했다. 하지만 여전히 애슐리는 마음에 차는 남자가 없었다.

"사업하는 남자들은 다 꽝이야. 언니들 쪽은 어때?"

애슐리의 질문에 아이리스와 릴리의 시선이 부딪쳤다.

제일 먼저 입을 연 건 릴리였다.

"예술 하는 남자도 꽝이야."

시인은 말할 것도 없고 그중에서 특히 화가는 더 별로였다. 그녀보다 경력이 더 많은 사람은 그렇다 치지만 이제 갓 데뷔한 신인 화가가 릴리를 가르치려 드는 꼴을 보면 우스울 정도다.

"애슐리, 이미 알겠지만 예술 하는 남자는 만나는 거 아냐."

정작 예술 하는 언니의 입에서 그런 말이 나오자 애슐리는 어이가 없어서 피식 웃었다. 그리고 아이리스를 쳐다봤다.

"언니는 어때?"

"음, 귀족도 별로야."

"그건 너무 범위가 넓어지잖아!"

애슐리의 타박에 응접실 안에 웃음이 터져 나왔다. 그러게. 귀족도 빼고 예술가도 빼고 사업가도 빼면 남아나는 남자가 없다. 어휴. 애슐리는 소파에 몸을 기대며 한숨을 내쉬었다.

그리고 푸념처럼 말했다.

"제일 피해야 하는 남자는 귀족이고 사업가에 예술 하는 남자란 말이지."

"그렇지도 않아."

릴리의 말에 애슐리가 어리둥절한 표정을 지었다. 누구? 동생의 의문에 릴리가 씩 웃으며 대답했다.

"남작님은 훌륭하잖아."

남작님? 누굴 말하는 거지? 아이리스와 애슐리의 얼굴이 아주 잠시 어리둥절한 표정이었다가 곧 경악하는 표정으로 바뀌었다.

"으윽."

"릴리!"

세 사람의 머릿속에 어머니의 남편이자 세 사람의 보호자인 다니엘 월포드 남작이 떠올랐다. 오 년이 지났음에도 그는 전혀 변하지 않았다.

나이를 먹지 않은 것처럼 여전히 젊고 잘생겼으며 어머니인 밀드레드를 제외하면 모든 사람에게 찬바람이 쌩하니 불었다. 그건 아이리스와 릴리, 애슐리에게도 크게 다르지 않았다.

그는 어디까지나 밀드레드의 딸이기 때문에, 밀드레드를 기쁘게 해주고 싶어서 세 사람과 어울리는 게 눈에 보였다. 즉, 세 사람이 부탁을 하면 기꺼이 들어줬지만 먼저 개인적인 연락을 하거나 필요 이상으로 거리를 좁히지 않는다는 말이다.

그에게서 오는 연락이라고 할 수 있는 건 한 달에 한 번씩 세 사람의 계좌로 들어오는 용돈뿐이었다. 그 용돈은 세 사람이 더 이상 용돈을 받을 필요가 없고, 세 사람 다 주지 않아도 된다고 했음에도 불구하고 다니엘이 반스 백작의 남편이며 세 사람의 또 다른 보호자라는 이유로 꼬박꼬박 들어오고 있었다.

오죽하면 릴리는 그 용돈을 다니엘이 살아 있다는 증거거나, 세 사람과 어머니를 공유하는 대가인 거 아니냐고 반농담으로 말했을 정도다.

"세상에 남은 유일한 남자가 남작님이라 해도 싫어."

애슐리는 재무제표를 봐줄 때의 다니엘을 떠올리고 몸을 부르르 떨며 말했다.

"또 한 명 있긴 한데."

"누구?"

다니엘과 비슷한 조건을 가진 남자가 또 있다는 말에 이번에는 아이리스도 귀를 기울였다. 릴리는 킬킬거리며 대답했다.

"필립 아저씨."

"릴리!"

사업하는 귀족 남자에 예술에 관심이 있으니 필립도 다니엘과 비슷한 조건이긴 하다. 아이리스는 진절머리난다는 표정으로 릴리에게 고함을 치고 곧 깔깔거리며 웃음을 터트렸다.

결혼 전으로 돌아간 기분이 들었다. 응접실에 동생들과 앉아 릴리의 실없는 농담을 듣고 있자니.

그건 릴리 역시 마찬가지였다. 유명 화가도, 사교계의 이단아도 아닌 그냥 반스가의 릴리로 돌아간 기분이 들었다. 그녀는 소파 위에 발을 올려 무릎을 끌어안았다. 그리고 아이리스를 쳐다보며 말했다.

"아까 언니가 한 말이 이해가 된다."

"무슨 말?"

"반스가의 아이리스와 왕자비이자 엄마인 아이리스는 다르다는 거."

그리고 이 집에 오면 반스가의 아이리스로 돌아간다는 것도.

릴리도 방금 그렇게 느껴졌다. 그녀는 늘 어머니의 자리였던 일인용 소파를 쳐다보며 말을 이었다.

"우리가 저 자리에 앉지 않는 것도 같은 이유인 거 같아."

응접실에 들어오면 여전히 세 자매는 아이리스가 왕자비가 아니고 릴리가 화가가 아니며 애슐리가 사장이 아닌 그때로 돌아간 기분이 들었다. 그때는 늘 세 자매의 어머니가 저 일인용 소파에 앉았다.

"어머니 언제 올라오신대?"

아이리스의 질문에 애슐리가 어깨를 으쓱하며 말했다.

"다음 달쯤에. 사교 시즌 시작되고 올라오실 건가 봐."

지금 밀드레드와 다니엘은 밀드레드의 영지와 다니엘의 영지를 다스리고 있었다. 아이리스는 호기심에 물었다.

"영지는 어때? 많이 변했어?"

애슐리와 릴리는 매년 사교 시즌이 끝나면 어머니의 영지에 가서 한두 달 지내고 온다. 아이리스도 몇 년 전에 가 봤지만 최근엔 바빠서 전혀 가질 못했다.

"음. 거의 수도 수준이야."

"나쁘지 않아."

애슐리와 릴리의 입에서 전혀 다른 대답이 흘러나왔다. 수도 수준이라면 아주 좋다는 말인데 나쁘지 않다는 건 그것보다는 못하다는 말이다.

누구 말이 맞는 거야? 아이리스가 눈을 동그랗게 뜨자 나쁘지 않다고 말한 릴리가 어깨를 으쓱해 보이며 말했다.

"그림 그리기엔 좋아. 근데 극장도 작은 거 하나뿐이고 공연도 거의 없어."

지극히 문화 예술적인 측면에서 본 평가였던 모양이다.

"그건 어쩔 수 없지. 수도보다 규모가 작잖아. 다른 건 어때?"

아이리스의 질문에 이번에는 애슐리가 대답했다.

"거의 수도 수준이야. 도로도 깨끗하게 정비돼 있고 수도 시설도 잘돼 있어."

그 정도면 시골 마을치고는 훌륭하다. 놀라는 아이리스를 보고 애슐리가 씩 웃으며 덧붙였다.

"음식도 괜찮아."

"아, 거기 요리사, 실력 괜찮더라."

"아니, 저택 요리 말고 거기 사는 사람들 음식 말이야. 어머니 신조가 모든 사람이 적어도 일주일에 두 번은 고기를 먹어야 한다 거든."

그건 몰랐다. 애슐리의 설명에 아이리스는 입을 딱 벌리고 애슐리를 쳐다봤다. 영지의 모든 사람이 일주일에 두 번 이상 고기를 먹어야 한다고?

너무나 어머니다워서 납득이 되면서 동시에 그게 가능하냐는 생각이 들었다. 가장 가난한 집조차 일주일에 두 번은 고기를 먹을 수 있어야 한다는 건 절대 쉬운 일이 아니다.

"진짜 그래?"

아이리스는 릴리를 쳐다보며 물었다. 하지만 릴리 역시 아이리스와 비슷한 얼굴을 하고 있었다.

그녀도 그 정도까지일 줄은 몰랐다. 영지 관리에 통 관심이 없었기 때문이다. 릴리에게 그 영지는 어머니의 영지였고 매년 한두 달 정도 머물며 그림을 그릴 수 있는 장소일 뿐이었다.

"작년에 양계장을 만들었는데 꽤 좋아."

"양계장?"

그게 뭐냐는 릴리의 질문에 아이리스가 대신 대답했다.

"닭 목장 같은 거야."

보통 닭은 가정집에서 몇 마리 정도 소소하게 키우는 경우가 대부분이라 닭 목장이라는 개념은 그쪽으로는 관심이 없는 릴리에게는 생소했다.

하지만 애슐리는 어머니가 영지를 어떻게 꾸려나가는지 관심을 가지고 돕고 있었다. 그녀는 밀드레드가 축산 전문가들을 고용해 연구를 장려하는 과정을 지켜보고 있었다.

막냇동생의 입에서 어머니의 영지가 어떻게 운영되는지 물 흐르는 것처럼 이야기가 나오자 아이리스와 릴리의 시선이 부딪쳤다.

두 사람은 지금까지 어머니의 작위를 잇는다면 그건 당연히 릴리가 될 것이라고 생각하고 있었다. 나라 최초의 여백작이다. 설령 서른까지 미혼이어야 한다는 조건이 없더라도 릴리와 아이리스는 마음 약한 애슐리가 감당하기 힘든 자리일지도 모른다고 생각하고 있었다.

어려운 상황에서도 첫째 딸을 왕자비로 만든 독한 여자. 감히 폐하의 앞에서 작위를 달라고 요구한 뻔뻔한 여자. 두 번이나 남편이 죽었음에도 부끄러움도 없이 다섯 살이나 어린 남자와 결혼한 기 센 여자. 사교계의 이단아인 둘째 딸을 두고도 부끄러움을 모르는 철면피.

아이리스와 릴리는 어머니를 향한 무수한 루머와 손가락질과 비난, 열등감을 알았다. 그걸로 상처받을지언정 무너지지 않는 어머니를 대단하다고 생각했다. 그리고 동시에 어머니가 손가락질받는 이유 중 하나를 제공한다는 사실에 죄책감을 가지고 있었다.

"나 필립 아저씨랑 약속 있는데."

애슐리의 이야기가 끝나자 릴리가 자리에서 일어나며 말했다. 재단 일로 의논할 일이 있다. 아이리스 역시 슬슬 돌아가야 할 시간이라 애슐리를 한 번 끌어안고 둥근 지붕 저택을 빠져나왔다.

"난 네가 다음 반스 백작이 될 줄 알았어."

마차를 타자마자 아이리스가 그렇게 말했다. 그녀는 진심으로 그렇게 생각했다. 반스 백작은 거의 결혼을 포기해야 하는 자리나 마찬가지다. 할 거라면, 그리고 순서로 봐도 릴리가 다음 반스 백작이 될 거라 생각하는 건 당연했다.

그리고 그건 릴리 자신도 마찬가지였다.

"음, 나도."

"애슐리가 작위를 잇고 싶은 걸까?"

"솔직히 말해도 돼?"

릴리의 질문에 아이리스가 고개를 끄덕였다. 릴리는 다리를 꼬며 당당하게 말했다.

"난 작위 잇기 싫어."

그럴 줄 알았다. 아이리스의 입에서 한숨이 흘러나왔다. 그림을 그리는 데 방해된다고 케이시 후작 부인의 자리도 거절한 동생이 백작 위를 달가워할 리가 없다.

"난 영지 관리도 관심 없고 영지민들이 뭘 먹고 사는지도 관심 없어. 그런 거에 머리 쓰고 눈이 빠져라 장부 계산하는 것도 딱 질색이야."

하지만 그럼에도 그녀는 다음 반스 백작이 되려고 생각했다. 그게 그녀의 의무라면, 당연히 짊어지는 게 어머니와 자매들을 향한 최소한의 예의라고 생각했기 때문이다.

케이시 후작 부인 자리와 마찬가지로 릴리는 자신이 반스 백작이 되어도 못하지는 않을 거라 생각했다. 하지만 할 수 있는 것과 하고 싶은 것은 엄연히 다른 법이다.

"애슐리가 하고 싶다고 해도 문제야."

아이리스의 말에 릴리의 눈이 가늘어졌다. 그녀도 동의한다. 반스 백작이라는 자리는 사람들의 집중도가 높은 자리다. 서른까지 미혼이어야 하고 유일한 여성의 계승 작위라는 점에서 그렇다.

심지어 귀족 회의에 들어갈 수 있는 유일한 여자이기도 하다.

"솔직히 말하면 난 네가 반스 백작이 된다고 하면 별로 걱정 안 될 거 같거든."

이어진 아이리스의 말에 릴리는 이번에는 쓴웃음을 지었다. 분명 그녀도 이런저런 비난과 루머에 시달릴 것이다. 하지만 애슐리보다는 견딜 수 있을 것이다.

"난 별로 상관 안 할 테니까."

거기에 애정이 없으니까. 작위나 영지 관리에 책임을 다할 테지만 애정이 없으니 사람들의 비난이 덜 아플 것이다. 하지만 애정이 있는 애슐리에게는 훨씬 아프게 다가올 것이다.

말도 안 되는 비난이라고 해도 릴리가 그녀의 화가 생활에 대한 비난에 괴로워했던 것처럼.

"그럼 언니는 반대야?"

릴리의 질문에 아이리스는 얼굴을 두 손안에 묻었다. 문득 어머니가 대단하다는 생각이 들었다. 어떻게 그렇게 주저 없이 지지해 줄 수 있었을까.

아이리스는 그녀의 아이들이 어려운 길을 간다고 한다면 선뜻 지지해 줄 자신이 없었다.

"난 애슐리가 더 이상 상처 입지 않았으면 좋겠어."

솔직한 아이리스의 고백에 릴리는 손을 내밀어 아이리스의 손을 잡았다. 애슐리는 충분히 상처를 받았다. 아버지에게, 아버지를 빙자한 사기꾼에게.

그리고 잠시 동안은 아이리스와 릴리에게도 상처를 받았고 그녀에게 접근한 사람들에게도 상처를 받았다.

애슐리는 반스가의 가장 아픈 손가락이라 해도 과언이 아니었다.

"그리고 너도."

릴리는 이어진 아이리스의 말에 무슨 소린가 하고 어리둥절한 표정을 지었다. 아이리스는 릴리의 손을 맞잡은 채 몸을 내밀어 동생의 얼굴을 걱정스레 들여다보고 있었다.

"미안해, 릴리."

"뭐, 뭐가?"

"너는 재능 있는 훌륭한 화가야. 나는 그쪽으로는 잘 모르지만⋯⋯."

거기까지 말한 아이리스가 씩 웃고 재빨리 덧붙였다.

"궁정화가가 그러더라고."

정확히 말하면 필립 케이시 경이 부럽다고 했다. 그런 재능있는 여성 화가를 발굴해서 키워 낸 업적이. 릴리는 재능도 있고 주변의 시기와 질투에 무너지지 않을 만큼의 기개와 지지해 주는 가족들이 있었다.

그건 단순히 운이 좋은 수준이 아니다. 궁정화가는 릴리를 두고 예술계의 판도를 바꾸기 위해 신이 내린 천재일지도 모른다고 말했다.

"언니한테 잘 보이려고 그러는 거 아냐?"

릴리의 장난스러운 질문에 아이리스의 표정이 진지해졌다. 그녀는 잠시 인상을 쓰다가 말했다.

"아냐. 나한테 잘 보일 생각은 별로 없어 보여."

"그래?"

그래도 유일한 왕자의 부인인 왕자비 아닌가? 잘 보이는 게 좋을 텐데? 어리둥절한 릴리를 보면서도 아이리스는 말없이 입을 다물었다.

왕자비가 되어 보니 알겠다. 세상은 눈에 보이지 않는 촘촘하게 세분화된 조건으로 사람의 계급을 결정한다. 귀족이냐 평민이냐는 계급은 눈에 보이는 가장 큰 계급일 뿐이다.

궁정화가나 악사에게 아이리스는 자기 능력으로 왕자비가 되었지만 예술 쪽으로는 별 관심이 없는 여자일 뿐이다. 그녀가 왕비가 된다면 모를까 아직까지 그들에게 아이리스는 그다지 가치가 없었다.

하지만 괜찮다. 모든 사람에게 가치가 있어야 하는 게 아니니까. 아이리스는 그렇게 생각하며 릴리에게 집중했다.

"어쨌든, 내 말은 말이야. 나는 네가 재능이 있고 더 잘될 화가라는 걸 알아. 그 길에 내가 방해가 되는 거 같아서 말이야."

아이리스의 말에 릴리의 눈이 커졌다. 그녀는 곧 언니가 방금 그 말을 하기 위해 오늘 집에 왔었다는 것을 깨달았다.

그녀는 멍하니 아이리스를 보다가 피식 웃었다. 그리고 몸을 내밀며 말했다.

"그거, 내가 해야 할 말 아냐?"

릴리가 아이리스 덕분에 유명세를 타는 거 아니냐는 시기에 시달리는 것처럼 아이리스도 귀족 영애이자 왕자비의 동생인 릴리와 애슐리가 사업을 하고 화가로 일을 하는 것을 두고 보고만 있다는 비난을 받고 있었다.

하지만 아이리스는 상관하지 않았다. 그녀는 어깨를 으쓱하며 말했다.

"그 사람들은 뭐든 핑계를 잡아서 날 비난할 사람들이야. 그 핑계가 운 나쁘게 너인 것뿐이지."

다시 말하지만, 모든 사람에게 그녀의 가치를 인정받아야 하는 건 아니다. 어차피 그녀를 비난할 사람이라면 그 사람들의 비난을 잠재우려

하는 건 헛수고라는 것을 아이리스는 이미 어머니께 배웠다.

"나도 마찬가지야. 그 사람들이 언니를 핑계로 날 비난한다는 건 나한 테는 꼬투리 잡을 게 없다는 뜻이잖아?"

릴리는 삐딱하게 웃으며 말했다. 그만큼 그녀가 잘났다는 뜻이다. 더 글러스가 그렇게 말했다. 그녀가 그녀 자체만으로 온전히 완벽하기 때 문에 사람들은 릴리의 외부에서 흠집을 내려는 거라고.

"다음에 또 그 사람들이 내 핑계를 대면 내가 구제불능이라 언니도 어 쩔 수 없다고 말해 버려."

릴리의 말에 아이리스는 동생의 자부심 넘치는 얼굴을 물끄러미 처다 봤다. 그녀는 이런 점이 자신과 릴리의 차이라고 생각했다. 둘 다 자존심 이 강하지만 릴리는 자부심 역시 강했다.

"네가 내 동생이라 참 좋아."

솔직한 아이리스의 고백에 릴리의 눈이 커졌다. 오늘따라 솔직하네. 릴리는 빙그레 웃으며 대꾸했다.

"나도. 언니가 내 언니라서 좋아."

아이리스가 리안과 결혼했을 때 얼마나 속상해했는지 모른다. 그녀는 여전히 릴리의 언니일 테지만 같은 집에서 살던 언니가 누군가의 부인이 되어 다른 집에 살게 된다는 게 섭섭했다.

아이리스가 바라는 자리를 얻게 되어 잘됐다고 생각하는 한편, 릴리 는 진심으로 아이리스와 멀어질까 봐 두려워하고 또 속상해했었다.

하지만 여전히 아이리스는 릴리의 언니였고 릴리는 아이리스의 동생 이다. 두 사람은 서로를 끌어안고 한숨을 내쉬었다.

"그래서, 작위는 어떻게 할 거야?"

필립의 집 앞에 마차가 멈춰 섰을 때 아이리스가 물었다. 내릴 채비를 하던 릴리는 그녀의 질문에 잠시 생각하다가 말했다.

"나도 몰라."

"아까는 작위를 잇기 싫다며?"

"맞아. 하지만 작위는 내 거가 아니잖아. 어머니 거지."

아이리스의 미간에 주름이 생겼다. 릴리의 말대로 반스 백작이라는 작위는 세 자매 중 누구의 것도 아니다. 세 사람의 어머니가 쟁취한 것이다.

"하지만 어머니는 네가 받기 싫다고 하면 애슐리에게 주실걸?"

"그건 그래."

마차 안에 웃음이 터져 나왔다. 어머니라면 분명 그럴 것이다. 받기 싫어? 그럼 애슐리에게 물어보지, 뭐.

＊　　　＊　　　＊

"그러고 보니 전하, 전하의 두 동생분께서 아직도 일을 하고 있다면서요?"

왔다. 아이리스는 찻잔을 들어 올려 한숨을 가렸다. 잦으면 하루에 두어 번, 드물어도 이틀에 한 번꼴로 아이리스는 이런 질문을 받고 있었다.

그래도 며칠 전 릴리와 대화를 한 덕분에 기분이 조금 나아지긴 했다. 이 사람들은 아이리스의 왕자비로서의 언행에 트집을 잡을 게 없으니 릴리와 애슐리로 트집을 잡는 것이다.

"네, 맞아요."

마음을 굳힌 아이리스는 찻잔을 내려놓으며 미소를 지었다. 애슐리는 여전히 비누 공방을 운영하고 있고 릴리는 유명한 화가로 이름을 날리고 있었다. 얼마 전에는 다른 나라까지 릴리의 그림이 유명해졌다는 이야기를 들었다.

"그냥 두고 보실 건가요? 아, 물론, 요즘 젊은 사람들 사이에 취미로 일을 하는 게 유행이 되어 가고 있다는 말은 들었지만요."

그렇게 운을 뗀 부인은 아이리스에게 몸을 내밀며 속삭였다.

"두 동생분의 일은 더 이상 취미라고 말하기 어렵지 않을까요?"

끝까지 들어 보니 트집이 아니라 걱정스러운 말이었다. 이거면 아이리스도 화를 낼 수가 없다. 대놓고 빈정거리는 말이었다면 알아서 할 테니 네 일이나 하라고 핀잔했을 것이다.

그녀는 가만히 말을 건 부인을 쳐다보다가 한숨을 내쉬었다. 그리고 침착하게 말했다.

"저도 그걸로 생각을 해 봤는데요."

생각을 해 봤다는 말에 테이블 앞에 모여 있던 사람들의 시선이 아이리스를 향했다. 사람들은 왕자비가 동생들의 사회생활에 대해 어떤 생각을 한 건지 매우 궁금해했다.

"저는 아주 오랜 시간이 지난 다음에도 이름이 남겠죠. 아이리스 챠클레어로요."

아이리스 챠클레어 왕비. 32대 왕 쥬세페 아드리안 챠클레어 왕의 부인. 아이리스는 자신의 묘비에 그렇게 적힐 거라고 생각했다.

하지만 오랜 시간이 지난 다음에도 이름이 남을 거라고 생각한다는 건 거짓말이다. 이 세상에 이름을 알리는 건 왕과 왕비가 아니다.

그녀는 초대 왕과 왕비의 이름은 알지만 그다음부터는 모른다. 똑같은 이유로 아이리스는 그녀의 이름이 오래 남지는 않을 거라고 생각했다. 딱히 그런 걸 원하지도 않았고.

"제 어머니도 역사에 이름이 남을 거예요. 그렇죠?"

최초의 여백작, 밀드레드 반스. 그렇게 이름이 남을 것이다. 어쩌면 역사서에 기록돼 후대의 역사가들이 밀드레드가 어떻게 살았는지 분석하고 연구할지도 모른다.

"제 동생들도 마찬가지예요. 릴리가 유명한 화가라는 건 다들 인정하실 테니까요."

애초에 릴리가 유명하지 않았다면 다들 이렇게 릴리의 일을 가지고 트집을 잡지도 않았을 것이다.

모든 게 그렇다. 더 유명한 사람이 더 공격을 받기 마련이다. 그 사람이 공격하기 쉽다면 사람들의 공격은 더 거세어진다.

"전하?"

지금 무슨 소리를 하고 있는 거냐는 어리둥절한 의문이 테이블 저편에서 날아왔다. 하지만 아이리스는 꿈쩍도 하지 않고 계속해서 말을 이었다.

"릴리는 오래도록 이름을 알릴 거예요. 오, 아시는지 모르겠는데 옆나라에서 릴리의 그림을 빌려 가고 싶다는 요청까지 들어왔답니다. 어쩌면 릴리가 우리나라를 빛낸 화가가 될지도 몰라요."

전 세계가, 대륙이 사랑한 예술가가 태어나면 그건 나라의 영광이다. 아이리스가 무슨 말을 하려는지 어렴풋이 이해한 사람들은 입을 다물기 시작했다.

"지금 동생들에게 하던 일을 그만두라고 하는 건 너무 이기적인 행동이 아닐까요? 제 동생 개인에게뿐만 아니라 이 나라에도 말이에요."

역사적으로 유명한 화가를 배출해낼 기회를 이렇게 걷어차 버릴 거냐는 아이리스의 반박에 사람들의 입이 닫혔다. 몇 달 전이라면 사람들은 릴리가 유명해져 봤자 얼마나 유명해지겠냐고 대꾸했을 것이다.

하지만 외국까지 릴리의 그림이 유명해졌다는 증거 앞에서 감히 그렇게 말할 수 있는 사람은 없었다.

"하지만 전하."

약간의 침묵 끝에 가장 끝에 있던 남자가 입을 열었다. 그는 중요한 사실을 지적한다는 표정으로 말을 이었다.

"애슐리 반스 양은 그렇다 치더라도 릴리 반스 양은 노동을 하고 있잖습니까. 그림을 그려서 돈을 받고 팔고 있지요."

그것 역시 릴리와 아이리스를 꾸준히 공격하는 말이었다. 애슐리야 사업을 하는 다른 남자들의 선례가 있으니 노동이 아니라는 눈 가리고 아웅인 핑계가 통하지만 릴리는 아니다.

그녀는 자신의 그림을 돈을 받고 팔고 있으니 노동이라는 말이다.

아이리스는 잠시 입을 다물고 어떻게 해야 할지 고민에 잠겼다. 이들은 릴리가 화가를 그만두고 애슐리가 사업을 그만두길 바라는 것이다. 그게 얼마나 손해인지도 모르고.

정말 모를까?

문득 아이리스의 머릿속에 한 가지 의문이 떠올랐다. 릴리의 그림은 사랑받고 있다. 수집가들은 물론이고 예술에 관심이 있다고 하는 사람이면 누구나 릴리의 그림을 손에 넣으려 한다.

그리고 왕자비와 차를 마실 수 있는 사람들이야말로 예술에 관심이 있고 예술에 돈을 쓰는 사람들이다.

그녀는 한숨을 내쉬고 말했다.

"맞아요. 릴리에게 당장 모든 작업을 그만두라고 해야겠어요. 지금 무슨 작업을 하는지 모르겠지만 역시 노동을 하는 건 옳지 않죠."

아이리스의 대답에 지적을 던진 남자의 표정이 뿌듯해졌다. 하지만 그의 주변에 앉은 다른 사람들은 아니었다. 그들은 곤란한 표정으로 서로를 쳐다보더니 조심스럽게 나섰다.

"전하, 그렇게 당장 결정하실 필요는 없습니다."

"맞습니다, 전하. 반스 양도 작업 중인 그림은 끝내고 싶을 테니까요."

이게 무슨 일이야? 지적을 던진 남자의 표정에 어리둥절한 표정이 떠올랐다.

"하지만 노동이잖아요. 귀족이 노동이라니, 말도 안 되죠."

아이리스의 지적에 사람들의 얼굴에 곤란한 표정이 떠올랐다. 몇몇은 지적한 남자를 노려보기까지 했다.

당연하다. 여기 있는 사람 중 반 이상이 릴리의 다음 작품을 기대하고 있기 때문이다. 정말로 릴리의 그림을 좋아해서 기다리는 사람도 있었지만 지금 가장 인기 있는 화가의 그림을 가지고 싶어서 기다리는 사람도 있었다.

릴리의 작업이 중단되면 안 된다. 사람들은 동시에 그렇게 생각했다.

"외국에서도 관심을 보이고 있는데 지금 작업을 멈추게 하면 외교 문제로 발전할 수 있습니다."

"맞습니다, 전하. 우리나라의 예술이 얼마나 발달했는지 보여 줄 기회이기도 하고요."

그거 방금 내가 한 말이잖아. 아이리스의 머릿속에 제일 먼저 그런 생각이 떠올랐다. 하지만 그녀는 대신 빙그레 미소를 지었다.

* * *

"거리가 참 깨끗해졌어요."

마차에서 먼저 내린 수잔이 릴리에게 말했다. 릴리는 그녀보다 세 살 어린 신예 화가의 얼굴을 내려다보다가 마저 마차에서 내리며 대답했다.

"그러게. 예전엔 몇 년 전까지만 해도 여기에 마차를 가지고 올 엄두도 못 냈는데."

반스가의 마차를 그대로 타고 오기엔 좀 위험한 거리였다. 고급스럽고 비싼 마차는 소매치기나 강도의 타깃이 되기 때문이다. 릴리는 처음 거리에 필립과 함께 들어서던 때를 떠올렸다.

그때도 필립은 약간 낡은 마차에 그녀를 태워서 왔었다. 그에게는 목적지에 맞는 마차가 여러 대 있었는데 이 거리에 올 때마다 탄 마차는 그중 가장 낡고 오래된 마차였다.

"이 거리를 정리한 게 케이시 경이라고 하던데요."

수잔이 호기심이 가득한 얼굴로 물었다. 릴리는 모자를 고쳐 쓰다 말고 그녀의 얼굴을 다시 쳐다보았다. 수잔은 최근 케이시 재단에서 발굴한 사람 중에서 가장 뛰어난 기량을 보이는 조각가였다.

태어나서 한 번도 어떤 종류의 수업도 받지 않았음에도 그녀는 혼자 조각을 시작했고 그 작품을 발견한 건 바로 릴리였다. 그녀는 첫눈에 수잔이 재능이 있다는 것을 깨달았다. 그리고 그 천재적인 재능에 처음으로 시기와 질투를 느꼈으며 동시에 동질감을 느꼈다.

하지만 수잔이 릴리에게 느끼는 감정은 전혀 달랐다. 그녀는 자신보다 고작 세 살밖에 많지 않은 이 젊은 스승님이 이 나라는 물론 대륙으로 퍼져 나가는 유명 화가라는 사실에 감동했고 존경하고 있었다.

심지어 유명한 케이시 후작가의 후계자로부터 몇 년에 걸친 구애를 받고 있다는 사실에도.

"왕자님께서 도움을 주셨지."

그렇게 말하는 릴리 역시 더글러스가 먼저 리안에게 가서 피에트 거리를 정리하고 싶다고 요청했다는 것을 알고 있었다. 그리고 그가 그렇게 한 이유도 알았다.

피에트 거리는 이제 눈에 띄게 안전해지고 깨끗해졌다. 예전이라면 릴리처럼 부유한 집의 아가씨는 혼자 돌아다닐 수 없었을 것이다.

하지만 지금 피에트 거리는 고급스러운 드레스를 입은 여자들도 한가롭게 산책을 하며 거리를 구경하고 있었다. 망가진 건물이나 무너진 담, 계절을 불문하고 구석에 나뒹구는 취객의 모습은 전혀 보이지가 않았다.

거리는 깨끗하게 단장되고 보수되었으며 일정한 거리마다 설치된 가로등 덕분에 밤에도 낮처럼 환했다. 몇몇 예술가들은 예전의 더럽고 음침한 거리가 작품 구상을 위해 좋았다고 투덜거렸지만 릴리는 지금 이 상태에 만족했다.

더럽고 음침한 거리에 영감을 얻는다면 또 다른 더럽고 음침한 곳을 가면 된다. 모든 예술적인 장소는 가장 약한 사람도 접근할 수 있어야 한다는 게 릴리의 지론이었다.

"안녕하십니까, 반스 양."

그때 두 사람의 대화의 주제가 나타났다. 훤칠한 키와 잘생긴 얼굴을 가진 남자의 등장에 수잔은 저도 모르게 긴장했다. 그리고 재빨리 릴리를 쳐다보았다.

"안녕하세요, 케이시 경."

당연하다는 듯 더글러스는 릴리의 손을 잡아 손등에 입을 맞췄다. 그 태도에 수잔의 눈이 커지는 것을 알아차린 릴리의 얼굴 위로 아주 잠깐 짜증이 떠올랐지만 곧 사라졌다.

그냥 악수로 충분하다고 몇 번이나 말했지만 이건 더글러스가 양보하지 않는 것 중 하나였다. 모든 사람이 릴리를 유명 화가 릴리로 대할지라도 더글러스에게 릴리는 언제나 그가 사랑하는 반스가의 영애 릴리였다.

그게 릴리를 편안하게 만들면서 동시에 짜증 나게 만들기도 했다. 그런 의미에서 더글러스는 릴리의 인생에서 한 축을 담당하고 있었다.

"어디 가시는 길입니까?"

"화랑에요. 여기 클레망 양을 소개하려고요."

더글러스의 시선이 호기심 반, 수줍음 반으로 가득한 수잔을 향했다. 더글러스는 그제야 발견했다는 듯 수잔에게 인사를 건넨 뒤 다시 릴리에게 물었다.

"제가 함께해도 괜찮을까요?"

"어디 가시는 길 아니었어요?"

"어머니 심부름으로 저도 화랑에 가는 길이었습니다."

그렇다면. 릴리가 고개를 끄덕이자 더글러스가 그녀를 향해 팔꿈치를 내밀었다. 자연스럽게 그녀의 손이 그의 팔 안쪽으로 올라가자 수잔의 얼굴 위에 동경의 표정이 떠올랐다.

너무 멋있다. 유서 깊은 집안의 후계자인 기사님과 떠오르는 신흥 가문의 후계자인 화가라니.

물론 그녀가 그런 생각을 한다는 것을 안다면 릴리는 질색을 할 게 분명했기 때문에 수잔은 마음속으로만 그렇게 생각하고 말았다.

그렇게 세 사람은 조용히 화랑을 돌며 케이시 후작 부인의 심부름을 하고 수잔을 인사시켰다.

"거리가 많이 깨끗해졌네요."

차 한잔하고 싶다는 더글러스의 요청에 조용한 커피숍에 앉은 릴리가 입을 열었다. 보통은 일 층이 커피숍이고 이 층이 다른 가게로 사용되는데 이 커피숍은 특이하게 이 층에 위치해 있었다.

덕분에 사람이 적어서 릴리는 이 커피숍이 아주 마음에 들었다. 수잔도 같이 왔다면 좋았을 텐데. 릴리는 아쉬워했지만 수잔은 더글러스가 차를 마시자고 권하는 순간 집으로 돌아가야겠다고 마음을 먹었었다.

"괜찮습니까?"

막 나온 커피를 한 모금 마신 더글러스는 인상을 쓰지 않으려 애를 쓰며 물었다. 숙부를 따라 화방과 화랑을 다니다 보니 그도 커피를 몇 번 마셔 보긴 했지만 그는 여전히 이 쓰기만 한 음료가 뭐가 좋아서 마시는지 이해하지 못하고 있었다.

"뭐가요?"

커피에 익숙한 릴리가 뜨거운 커피를 한 모금 마시며 물었다. 더글러스는 같이 나온 우유를 커피잔에 가득 부으며 대답했다.

"얼마 전에 당신의 동료들이 자주 다니는 카페가 문을 닫았다고 들었거든요."

그건 어찌 보면 당연한 일이었다. 거리가 깨끗해지자 건물의 임대료가 올라갔기 때문이다. 예술가들이 모이는 좁고 싼 카페가 문을 닫고 환하고 깨끗한 화랑과 찻집이 들어서기 시작했다.

그것 역시 몇몇 사람들이 투덜거리는 이유 중 하나였다. 하지만 릴리는 그 역시 나쁘지 않다고 생각했다.

"괜찮아요. 사실, 그 자리에 새로운 카페를 직접 차릴까 생각하는 중이거든요."

"당신이요?"

놀랍다는 더글러스의 표정에 릴리의 눈초리가 날카로워졌다. 그러자 더글러스가 재빨리 덧붙였다.

"사업에 관심이 있는 줄은 몰랐습니다."

"없어요. 하지만 가난한 예술가들이 모일 저렴한 카페는 필요하니까요."

반스가는 부유하고 릴리는 그 부유함을 이용할 수 있다. 그러니 동료 예술가들을 위해 저렴한 카페를 차리겠다는 거다.

거기까지 말한 릴리는 어깨를 으쓱하며 덧붙였다.

"애슐리나 남작님께 부탁드려 볼 생각이에요."

괜찮은 생각이다. 더글러스는 애슐리와 다니엘을 떠올리고 둘 다 릴리의 요청을 기꺼이 받아들일 거라 생각했다. 어쩌면 아예 그 건물을 사려고 할지도 모른다.

아니, 잠깐. 그제야 더글러스의 머릿속에 한 가지 생각이 떠올랐다.

"그거, 제가 하면 안 됩니까?"

릴리의 눈이 동그래졌다. 더글러스가? 그녀는 인상을 쓰지 않으려 애쓰며 물었다.

"당신도 사업에는 관심 없잖아요?"

아니, 있나? 릴리의 머릿속에 더글러스가 아버지의 일을 이어받아 몇 개의 투자를 진행하고 있다는 게 떠올랐다. 케이시 후작 부부는 하나뿐인 후계자에게 후작 위를 물려주는 단계를 밟고 있었다.

하지만 수익을 얻기 위해 하는 투자와 릴리가 원하는 카페는 다르다. 이 카페는 가난한 예술가를 대상으로 저렴한 커피를 팔아야 하니 수익이 나기 어려울 것이다.

"저 때문에 그러는 거라면……."

릴리의 얼굴에 거절의 표정이 떠올랐다. 그러지 말라고 하고 싶다. 이미 더글러스는 그녀를 위해 거리 하나를 완전히 바꿔 버리는 엄청난 일을 해냈다.

하지만 더글러스의 생각은 달랐다.

"솔직하게 말하겠습니다. 당신 때문이 아니라고 하면 거짓말이겠죠. 하지만 반쯤은 제 만족이기도 합니다."

"만족이요?"

"이 거리가 깨끗해진 데 제 노력도 어느 정도는 들어 있으니까요. 제가 정리한 거리에 커피숍 하나 정도는 가지고 싶거든요. 뿌듯할 것 같아서요."

릴리는 그녀의 동료들이 들으면 이를 갈며 부러워할 말을 아무렇지도 않게 하는 더글러스를 멍하니 쳐다봤다. 그리고 웃음을 터트렸다.

"다행이에요."

한참을 웃은 뒤 릴리가 입을 열었다. 더글러스는 가만히 앉아 그녀가 웃음을 멈추길 기다리고 있었다. 그녀는 잔을 들어 커피를 한 모금 마신 뒤 다시 말을 이었다.

"이 거리를 정리한 걸로 당신이 보람을 가져서요."

"제가 한 일이잖습니까. 당연히 보람을 갖죠."

"하지만 전……."

그녀에게 그 대가를 원할까 봐 두려웠다. 그럴 사람이 아니라는 것을 알지만 그래도 부채감이 들었다. 그녀가 가질 필요가 없는 것이라고 어머니께 이야기를 들었지만 그래도 여전했다.

"당신을 위해 한 일이니 내게 보상을 해야 한다고 생각했겠죠."

그때 더글러스가 입을 열었다. 그는 우유를 가득 넣은 커피를 한 모금 마시고 조금 낫다는 표정을 지었다. 그리고 천천히 말했다.

"릴리, 이 거리를 정리한 이유가 당신 때문이 아니라는 거짓말은 하지 않겠습니다. 당신이 안전하길 원해서 한 일이니까요."

릴리는 마치 홀린 것처럼 커피잔을 들고 있는 더글러스의 손을 쳐다보고 있었다. 그의 커다란 손에 들린 잔은 분명 그녀의 것과 같은 잔인데 터무니없이 작게 보였다.

"내가 바라는 보상은 당신의 안전뿐입니다. 이 거리가 안전해진다고 해서 당신의 인생을 바라는 건 너무 염치가 없는 짓이에요."

"그런가요?"

릴리의 물음에 더글러스의 얼굴에 미소가 떠올랐다.

어떤 사람은 그럴 것이다. 고작 여자 하나를 위해 거대한 거리 하나를 오 년에 걸쳐 깨끗하게 정리한 거냐고. 하지만 더글러스는 반대로 생각했다.

"고작 거리 하나 때문에 인생의 계획을 바꿀 순 없는 거 아닙니까?"

거리를 정리한 건 더글러스 혼자만의 생각이었다. 그게 아무리 엄청난 일이라 해도 혼자 좋아서 한 일로 대가를 요구할 수는 없다.

그의 대답에 릴리의 표정이 빠르게 가라앉았다. 그녀는 더글러스의 얼굴을 물끄러미 쳐다보았다.

처음 만난 뒤로 꽤 시간이 지났다. 어차피 릴리는 결혼할 생각이 없지만 더글러스는 아니다. 그럼에도 그동안 이성과 데이트를 한 건 더글러스가 아니라 릴리였다.

그녀는 꽤 많은 남자와 데이트를 했고 한두 명은 몇 달 정도 만나기도 했다. 하지만 그동안 더글러스는 그 누구와도 데이트를 하지 않았다.

결국 먼저 포기한 건 더글러스도 릴리도 아닌 케이시 후작 부부였다. 릴리가 아니면 누구와도 결혼하지 않겠다는 아들의 의지에 두 손을 다 든 후작 부부는 더글러스에게 작위와 재산을 물려주는 단계를 밟기 시작했다.

"난 반스 백작이 되지 않을 거예요."

뜬금없는 릴리의 말에 더글러스는 한쪽 눈썹을 들어 올렸다. 그런데?

"애슐리에게 넘겨주기로 했어요. 그 애는……."

거기까지 말한 릴리는 잠시 한숨을 내쉬었다. 어머니에게 묻기 전에 애슐리에게 먼저 물었다. 반스 백작이 되고 싶으냐고.

애슐리는 반짝이는 눈으로 아무 말도 하지 못했다. 갖고 싶지만 감히 가져서는 안 된다고 생각한 것이리라. 릴리는 애슐리에게 한 가지 조건을 내걸었다.

— 네가 직접 어머니께 말씀드리는 거야. 작위를 물려받고 싶다고.
나랑 아이리스는 널 도와주지 않을 거야. 네가 어머니를 설득해야 해.

뭔가를 갖고 싶다면 필사적으로 손을 뻗어야 하는 법이다. 애슐리를 가로막는 건 그녀의 죄책감이겠지만 그녀는 원하는 것을 갖기 위해 좀 더 뻔뻔해져야 할 필요가 있었다.

"나랑 달리 백작이 되고 싶어 하거든요."

릴리의 말에 더글러스는 의외라는 표정을 지었지만 아무 말도 하지 않았다. 그가 아는 애슐리는 수줍음이 많고 조용한 아가씨라, 백작이 되고 싶어 할 줄은 몰랐다.

하지만 그럴 수 있지. 그가 아무 말도 하지 않자 릴리가 계속해서 말을 이었다.

"그래서 그 애는 서른 전엔 결혼 못 해요."

안 하는 거에 가깝지만. 그렇게 덧붙인 릴리는 어깨를 으쓱해 보였다. 그리고 자신의 이야기로 돌아왔다.

"그리고 나도 서른 전까지 결혼 안 할 거예요. 사람들이 내가 결혼하는 바람에 애슐리가 어부지리로 백작이 됐다고 생각하게 하고 싶지 않거든요."

무슨 소린지 모르겠다. 더글러스는 한쪽 눈을 찡그리며 물었다.

"하지만 릴리, 당신은 어차피 결혼할 생각이 없잖습니까."

그건 그렇다. 릴리는 테이블 위에 두 팔을 얹고 몸을 내밀었다. 그리고 더글러스를 바라보며 미소 지었다.

"맞아요. 하지만 연애는 할 수 있잖아요."

설마? 더글러스의 가슴속에 아주 가느다란, 실오라기 같은 연기가 피어올랐다. 그건 희망의 불꽃이 태어난 순간이었다.

"더글러스, 나 사랑해요?"

"당신은 내 심장이죠. 내 말은……."

반사적으로 대답한 더글러스는 헛기침을 하고 재빨리 덧붙였다.

"네. 사랑합니다."

"그럼 나랑 연애해요. 내가 서른 될 때까지."

거기까지 말한 릴리가 멈칫했다. 그녀는 잠깐 진지한 표정을 짓더니 덧붙였다.

"그러니까, 당신이 원한다면요."

릴리는 스물넷이다. 서른이 되려면 앞으로 육 년이나 남았다는 뜻이다. 그리고 더글러스 역시 육 년이나 결혼을 약속하지 않은 연애를 해야 한다.

그건 어쩌면 더글러스에게 더 가혹한 짓이 될지도 모른다. 그렇게 생각한 릴리는 조심스럽게 말했다.

"물론 나랑 연애하다 질리면 헤어……."

"릴리."

더글러스는 릴리가 말을 다 하기도 전에 그녀의 손을 잡았다. 그리고 혼란스러운 표정으로 말했다.

"당신은 내 심장이라고 했잖습니까."

그 표정은 자신이 받은 선물을 믿을 수 없어 하는 표정을 닮아 있었다. 그리고 자신이 지금 꿈을 꾸는지 아닌지 의심하는 표정이기도 했다.

더글러스는 잡은 릴리의 손을 들어 천천히 입을 맞췄다. 작고 따뜻한 그녀의 손등이 입술에 닿자 이게 꿈이 아니라는 확신이 들었다.

"심장에게 질린다는 건 있을 수 없어요."

릴리의 얼굴에 다시 미소가 떠올랐다. 그녀는 남은 손을 들어 자신의 손을 잡은 더글러스의 손을 감쌌다. 그리고 웃음기 띤 목소리로 말했다.

"오, 더글러스. 당신이 시인이 아니라 다행이에요."

이렇게 끔찍한 시적 표현은 처음이다. 하지만 릴리는 그래서 마음에 들었다.

더글러스의 남은 손이 다시 릴리의 손 위를 감쌌다. 그는 그녀의 손가락 하나하나에 입을 맞춘 뒤 행복하게 말했다.

"진짜로요. 당신은 내 심장이에요."

외전 8

새로운 시대

레너드는 긴장한 채로 잘 꾸며진 응접실에 앉아 주변을 둘러보고 있었다. 다들 바빠 보인다. 그리고 그를 여기로 안내해 준 여자는 잠시 기다리라는 말만 남기고 어딘가로 가 버린 참이었다.

왜 비서나 그와 비슷한 사람이 오지 않은 걸까. 레너드는 누군가에게 다시 한 번 자신의 방문과 방문 목적을 알려야겠다고 생각했지만 누구에게 말해야 할지 몰라 고민하기 시작했다.

그때 그의 눈에 마치 하인처럼 보이는 남자가 들어왔다. 신기한 일이다. 저택이라면 모를까 이런 공방에 하인처럼 차려입은 남자라니.

하지만 어쨌든 남자였다. 레너드는 손을 들어 올린 뒤 남자가 다가오자 입을 열었다.

"레너드 웹스터입니다. 반스 백작님과 만나기로 했는데요."

"백작님께서는 회의가 있으셔서 조금 기다리셔야 할 것 같습니다. 차를 드릴까요?"

그가 조금 일찍 방문하기는 했다. 그게 예의니까. 레너드는 남자의 말에 고개를 끄덕이며 물었다.

"바쁘시면 내일 다시 찾아와도 됩니다만."

반스 백작이 아주 바쁜 사람이라는 것은 그도 알고 있었다. 반스 비누는 수도뿐 아니라 대륙 전체에 수출하는 거대한 회사로, 판매되는 품목만 해도 비누뿐 아니라 목욕용품과 세제, 화장품 등 다양했다.

그래서 레너드는 사업 제안을 하고 싶다는 그의 요청에 이렇게 빨리 만나 준 게 상당히 운이 좋은 일이라는 것을 알았다. 반스 백작은 아예 그를 무시할 수도 있었으니까.

하지만 내일 다시 와도 된다는 레너드에게 남자가 잠시 멈칫하더니 다시 빙그레 웃으며 말했다.

"그건 비서인 그린 씨께서 말씀해 주실 겁니다. 저는 차 담당이라서요."

차 담당이 무슨 소리지? 레너드는 멍하니 멀어지는 남자를 쳐다보다가 그가 무슨 말을 한 건지 깨달았다. 공방에는 공방 직원과 손님들에게 차를 가져다주는 차 담당 직원이 있기 마련이다. 그건 보통 젊은 여자가 하는 일이었고.

귀족 출신이라 그런가? 레너드는 잘 차려입은 젊은 남자에게 차를 내오는 일을 시킨 반스 백작이 무슨 생각인지 궁금해하며 자세를 바로 했다.

신기한 여자다. 그렇지 않아도 그가 살던 지방까지 반스 백작에 대한 갖가지 소문이 전해졌었다. 하지만 그 소문은 모두 상반된 소문이었기 때문에 다들 어떤 소문이 진짜인지 궁금해하곤 했다.

수많은 자선 단체에 기부를 하고 가난한 사람들을 돕는 마음씨 착한 사람이라는 소문이 있는가 하면, 상대가 누구든지 마음에 들지 않으면 그게 직원이건 거래처건 가차 없이 해고하거나 계약 해지를 해 버린다는 소문도 있었다.

아주 친절하고 예의가 바른 사람이라는 소문이 있는가 하면 어떤 남자와 그 친구를 칼로 찔러 죽여 버리려 했다는 소문도 있었다.

그 수많은 상반된 소문 중에서도 유일하게 공통적인 소문이 하나 있었다. 바로 보는 순간 저도 모르게 벌떡 일어나게 된다는 외모였다.

어떤 사람인 걸까. 레너드는 양손을 무릎 위에 가지런히 놓은 채 너무 긴장하지 않기 위해 애를 썼다. 혹시라도 반스 백작을 만났을 때 너무 긴장해서 추태를 부리고 싶지 않았다.

"레너드 웹스터 남작님?"

한참을 기다리자 작은 문에서 어떤 여자가 나와서 그의 이름을 불렀다. 반사적으로 고개를 돌린 레너드는 상대의 머리카락 색이 갈색인 것을 보고 반스 백작이 아닐 거라는 생각에 안심하고 자리에서 일어났다.

"이젤다 그린이에요. 반스 백작님의 비서랍니다. 이쪽으로 오시겠어요?"

그린 씨가 여자였어? 이번에도 놀라운 일이 있었지만 레너드는 애써 고개를 끄덕이며 이젤다의 뒤를 따랐다. 그리고 조심스럽게 물었다.

"백작님께서 바쁘신 것 같은데요."

"네. 사실 남작님과의 만남도 급하게 결정된 거라 십 분 정도밖에 시간을 드릴 수가 없어요. 이다음에도 약속이 있으시거든요."

"아, 그렇다면 다음에 만날 약속을 잡겠습니다."

"아니에요. 백작님께서는 내일 본가로 돌아가실 예정이거든요. 거기서 한 달 정도 머무실 계획이라 지금 잘 오셨어요."

그건 몰랐다. 자신이 운이 좋은지 아닌 건지 고민에 빠진 레너드를 보고 피식 웃은 이젤다는 사장실 앞에 있는 대기실에 멈췄다.

"잠시만 기다려 주세요."

반스 백작과 먼저 이야기 중인 사람이 있다. 곧 떠날 예정이지만. 그녀가 상황을 확인하기 위해 몸을 돌린 순간 문 안에서 커다란 소리가 들려왔다.

"그 여자가 먼저 꼬셨다고!"

쾅 하는 소리와 함께 레너드는 깜짝 놀라서 벌떡 일어났다. 무슨 일이지? 당황하는 그와 달리 이젤다는 침착했다. 그녀는 다시 레너드를 향해 몸을 돌려 걱정하지 말라고 말하려 했다.

하지만 그보다 먼저 레너드가 사장실 문을 벌컥 열고 들어갔다.

"괜찮습니까?"

사장이 여자라서 걱정돼서 그런 행동을 한 건 아니었다. 그의 근처에서 사건이 일어났고 위험에 처한 사람이 있을 수 있기 때문이었다.

하지만 방 안에 들어선 레너드의 눈에 들어온 것은 바닥에 엎어진 남자와 그를 위에서 내리누르고 있는 어떤 여자의 모습이었다.

"뭐야?"

남자를 내리누른 여자의 기분 나쁜 듯한 질문에 레너드는 움찔했다. 그러자 방 안쪽에서 누군가 웃음 띤 목소리로 말했다.

"그러지 마, 로즈. 웹스터 경이 우리가 걱정돼서 들어오신 모양이야."

목소리를 따라 고개를 돌린 레너드는 소문 중 하나는 확실하게 진실이라는 것을 알 수 있었다. 반스 백작. 소문보다 훨씬 더 아름다운 여자가 책상 앞에 앉아 있었다.

마치 금실로 자아낸 듯한 아름다운 금발과 보석을 닮은 푸른색의 반짝이는 눈동자. 책상에 두 손을 얹고 이쪽으로 몸을 내밀고 있는 모습은 당장이라도 그림 속에서 튀어나온 것처럼 아름다웠다.

"레너드 웹스터 남작님이시죠?"

백작의 질문에 레너드는 멍하니 고개를 끄덕였다. 그 사이, 소란을 듣고 달려온 사람들이 바닥에 엎어진 남자를 끌어내기 시작했다.

"제가 애슐리 반스 백작이에요. 사업 제안을 하셨던데요."

레너드가 멍하니 애슐리의 얼굴을 쳐다보는 사이 로즈는 남자를 다른 사람들에게 넘기고 조용히 애슐리의 뒤로 돌아갔다. 그리고 이젤다를 향해 고개를 절레절레 흔들어 보였다.

그녀가 아는 한 남자들은 백이면 백, 반스 백작 앞에서 이런 모습을 보였다. 멍한 표정으로 그녀의 얼굴을 쳐다보는 것.

그리고 그건 예의가 없을수록 길어지곤 했다.

다행히 레너드는 예의가 바른 사람이었고 상대방의 얼굴을 물끄러미 쳐다보는 게 상당히 예의 없는 행동이라는 것을 잘 알고 있었다. 그는 깜짝 놀라 정신을 차리더니 곧 고개를 숙이며 사과했다.

"죄송합니다. 네. 제 농장 건으로 거래를 하고 싶어서 찾아왔습니다."

"앉아요."

애슐리는 오른손으로 어느새 직원들이 원래대로 세워 둔 의자를 가리키며 말했다. 곧 레너드가 처음 봤던 남자 직원이 레너드의 차를 가지고 안으로 들어왔다.

레너드는 직원이 차를 내려놓고 나갈 때까지 기다렸다가 침착하게 말했다.

"좋은 생각인 것 같습니다. 차 담당으로 남자 직원을 고용하신 게요."

"그래요?"

정말 그렇게 생각하느냐는 애슐리의 표정에 레너드는 빙그레 웃었다. 그는 찻잔을 들어 올리며 말했다.

"때로 차 담당 직원에게 치근거리는 손님도 있으니까요."

뿐만 아니라 분위기가 험악해지면 차 담당이 남자 직원인 만큼 조용히 들어와서 손님을 내보내기도 쉽다. 진짜 괜찮은 생각이다.

하지만 생각만으로 실현이 되지는 않는다. 레너드는 여성들이 하는 일로 생각되는 차 나르는 일을 남자 직원들이 하겠다고 나선 것과 나서도록 독려한 애슐리가 대단하다고 생각했다.

"맞아요."

레너드의 말에 분위기가 누그러졌다. 애슐리는 빙그레 웃으며 고개를 끄덕였다. 그의 말대로 차 담당 직원을 젊은 남자로 바꾼 이유는 하도 치근거리는 손님이 많아서였다.

하지만 정작 치근거린 사람들은 자기들 때문에 직원을 남자 직원으로 바꿨다는 것도 모르고 헛소문을 퍼트려댔다. 반스 백작이 자기보다 젊은 여자가 곁에 있는 걸 싫어한다거나 남자를 너무 좋아한다는, 말도 안 되고 시기심이 가득한 소문들이었다.

여자라면 몰라도 남자가 정확하게 이유를 알아차린 건 처음이라 이젤다와 로즈의 시선이 부딪쳤다. 생각보다 멍청한 남자는 아닌 모양이네.

"아까 비서 말이, 십 분 정도밖에 시간이 없다더군요."

레너드는 그렇게 말하며 시간을 확인했다. 벌써 오 분이나 지났다. 그가 하고 싶은 말은 따로 있지만 이렇게 급하게 사람들 앞에서 할 생각은 없었다.

그는 다시 애슐리를 쳐다보며 말을 이었다.

"그래서 단도직입적으로 말씀드리겠습니다. 제게 농장이 있습니다. 이 회사와 거래를 하고 싶습니다."

반스 비누의 원료로 레너드의 농장에서 나는 과일을 사용하지 않겠냐는 말이다. 애슐리는 턱을 괴고 레너드를 물끄러미 쳐다봤다. 그의 이름을 본 순간 만나고 싶었다.

검은색 머리에 갈색 눈을 가진 잘생긴 남자였다. 어떻게 살았는지도 대충 조사했었다. 열일곱 살에 아버지가 돌아가시고 두 살 많은 누나와 함께 살다가 삼촌이 돌아가시면서 작위와 재산을 물려받았다고 들었다.

그 작위가 웹스터 남작. 재산은 건물과 지금 그가 말한 농장이었다.

"품질은 자신할 수 있습니다. 부끄럽지만 제가 직접 관리했으니까요. 어디에 내놔도 훌륭한 품질을 자랑합니다."

"직접 관리했다고요?"

놀랍다는 애슐리의 질문에 레너드의 눈동자가 빛났다. 그는 자랑스럽다는 표정을 감추지 않은 채 말했다.

"네. 저희 집안 모토거든요. 자신의 땅은 자신이 직접 관리하는 겁니다."

"집안 모토라는 건, 아버님의……?"

애슐리의 조심스러운 질문에 레너드는 그녀가 자신의 아버지를 기억하고 있다는 것을 깨달았다. 그렇군. 그의 얼굴에 씁쓸한 미소가 떠올랐다.

그는 궁금했다. 반스 백작이 그의 아버지를 기억하고 있는지. 기억하고 있지 않다면 그게 더 좋다고 생각했다. 그리 좋은 기억은 아닐 테니까.

하지만 기억하고 있다면…….

"사실은, 사과를 하고 싶어서 찾아왔습니다."

"제게요?"

느닷없는 레너드의 말에 애슐리는 눈을 크게 떴다. 그가 누군지 그녀도 알고 있다. 조사해서가 아니라 예전부터.

다렐 웹스터. 이십 년쯤 전에 그녀와 그녀의 언니이자 현 왕비인 아이리스에게 추잡한 제의를 한 남자. 그 남자는 고향으로 쫓겨나다시피 돌아가서 이 년 뒤 사망했다고 들었다.

그리고 그가 그렇게 자랑하던 목장에 당시 열아홉이던 딸과 열일곱이던 아들이 남았다. 그 열일곱 살짜리 아들이 지금 애슐리의 눈앞에 있는 레너드 웹스터 남작이었다.

"저를 기억하지 못하신다면, 그게 더 좋다고 생각했습니다. 제 아버지의 행동은 어떤 말로도 옹호받지 못할 저열하고 추잡한 짓이었으니까요."

사망한 아버지에게 하는 것치곤 거친 평가였다. 하지만 애슐리는 아무 말도 하지 않았다. 그의 말이 사실이었으니까.

레너드는 한숨을 내쉬고 말을 이었다.

"아버지를 대신해서, 누님과 제가 함께 사과를 드리고 싶습니다. 죄송합니다."

이십 년 전의 일이다. 애슐리가 열일곱 살이었을 때의.

그때의 일을 눈앞의 남자는 마치 어제 일처럼 사과하고 있었다. 애슐리는 뭐라고 말해야 할지 몰라 물끄러미 그를 쳐다보다가 조심스럽게 물었다.

"왜 이제 와서 사과할 생각이 들었어요?"

놀랍게도 레너드의 얼굴이 달아올랐다. 그는 부끄럽다는 듯 고개를 숙였다가 들며 말했다.

"사실은, 저와 누님은 수도에서 무슨 일이 일어났는지 몰랐습니다. 아버지께서 뭔가 잘못을 하셨다고만 들었죠."

그게 무슨 잘못인지, 피해자가 그와 누나 또래의 여자들인지도 몰랐다. 그와 누나 에스텔이 상황을 알게 된 건 그로부터 이 년 후, 아버지가 낙마 사고로 사망하고 나서 일 년쯤 지난 다음이었다.

"상황을 알고 나서는, 변명이지만 정신이 없었습니다."

거짓말이 아니다. 레너드는 아카데미 졸업반이었고 혼자 남은 에스텔이 아버지의 유산인 목장을 돌봐야 했다. 하지만 레너드는 거짓말은 아니어도 핑계라고 생각했다.

먹고살기 바빴지만 먹고살기 바쁘다는 감각을 이해하는 귀족은 그리 많지 않다. 게다가 어느 정도 궤도에 오른 뒤에도 그와 에스텔은 얼마든지 사과를 하러 올 수 있었다.

결국 바빴다는 것도 변명이다. 레너드는 그렇게 생각하고 한숨을 내쉬었다. 에스텔도 그렇게 말하지 않았던가. 그들이 무슨 말을 해도 그건 결국 변명일 뿐이니 사과만 해야 한다고.

"하지만 이렇게 늦게 사과를 하러 온 것 역시 잘못입니다. 죄송합니다."

레너드의 솔직한 사과에 이젤다와 로즈의 시선이 다시 부딪쳤다. 애슐리는 당황한 나머지 입을 딱 벌리고 레너드를 바라보다가 손을 내저으며 말했다.

"사과가 늦었다고 화를 내는 게 아니에요. 그냥 왜 사과를 할 생각이 들었는지 묻는 거지."

"사과는 전부터 해야겠다고 생각했습니다. 저와 누님, 둘 다요."

특히 에스텔이 그랬다. 레너드는 피식 웃고 덧붙였다.

"사실 제 누님은 오히려 감사하고 있을 겁니다. 반스 백작가의 분들께요."

"감사라고요?"

"누님은 목장을 관리하는 걸 아주 좋아하거든요. 실력도 탁월하고요."

그제야 애슐리는 웹스터 목장의 소유주가 웹스터 경의 아들인 레너드가 아니라 딸인 에스텔 웹스터인 것을 떠올렸다. 그녀가 아는 웹스터 경이 딸에게 목장을 물려줬을 리 없으니 레너드가 물려받아 누님에게 준 것이리라.

놀라운 사실에 애슐리의 눈이 동그래졌다.

물론 가끔 그런 사람도 있다. 재산이 많으면 여자 형제에게 건물이나 농장 같은 걸 하나씩 떼어 주기도 한다. 하지만 그녀가 받은 조사 보고서에 의하면 레너드가 가지고 있는 건 남작이라는 작위와 저택, 농장뿐이었다. 심지어 그 농장도 아주 작았던 것을 레너드가 소유주가 된 뒤로 착실하게 크기를 키운 거였다.

"제가 삼촌께 작위를 물려받고 나서 누님께 사교계에 나가 보시면 어떨지 권해 봤는데 싫다고 하시더군요. 자신은 목장과 결혼했다고요."

웃음기 띤 레너드의 말에 방 안의 분위기가 다시 누그러졌다. 애슐리는 웃음을 참으며 물었다.

"그렇다면 남작의 누님은 아직……."

"네, 웹스터 양입니다."

결혼을 하지 않았다는 말이다. 물론 애슐리도 아직 미혼이지만 이게 그리 쉬운 일이 아니라는 것을 안다.

사회가 많이 변했다고는 하지만 여성이 서른이 넘도록 미혼으로 산다는 건 쉽지 않은 일이다. 작위와 돈을 가진 애슐리조차도 가끔은 호락호락하지 않았다.

하지만 레너드는 그런 누나를 부끄러워하지도 않았고 있는 그대로의 사실을 담담하게 말할 뿐이었다.

"조금 놀랍네요. 저는 웹스터가에서 저흴 별로 좋아하지 않을 거라 생각했거든요."

솔직한 애슐리의 말에 레너드는 소리 내어 웃었다. 맞다. 다들 그렇게 생각했다. 아버지가 돌아가신 뒤 그도 아주 잠깐 반스가를 원망했었다.

하지만 다렐 웹스터와 그의 자식들이 사교계의 눈총을 받게 된 건 반스가의 사람들 탓이 아니다. 다렐 웹스터의 추잡한 행동 때문이다.

또한 그의 아버지가 사망한 것 역시 반스가와는 아무 상관없다. 다렐 웹스터는 목장을 소유하기만 했을 뿐 성질이 거친 말을 함부로 타면 안 된다는 것도 모를 정도로 관심이 없는 자였다. 그러니 그의 아버지의 죽음은 자업자득이다.

그걸 레너드에게 가르쳐 준 건 고작 두 살 위의 누님이었다.

"누님이 반스가에 고마워한다는 건 거짓말이 아닙니다. 지금도 누님은 반스가에 사과와 감사를 하고 싶어 하거든요."

하지만 어쩌면 반스가는 이미 웹스터 경에 대한 기억을 잊어버렸을 수도 있다. 괜히 그의 자식이라는 레너드와 에스텔이 나타나서 기억을 불러일으키는 건 또 다른 상처를 후벼 파는 행위일 수도 있다고 생각했다.

그래서 레너드가 먼저 찾아왔다. 사업 제안이라는 핑계로.

"괜찮으시다면, 시간이 나실 때 제 누님을 만나 주셨으면 합니다."

레너드의 요청에 애슐리는 고개를 끄덕였다. 그녀도 궁금했다. 웹스터 경의 자식들이 어떻게 살았는지. 그녀의 어머니는 살면서 쫓아낸 수많은 남자들이 아무도 어떻게 됐는지 궁금하지 않지만 그의 딸과 부인들은 어떻게 됐는지 궁금하다고 말했었다.

그건 애슐리도 마찬가지다.

"좋아요. 연락처를 알려주시면 제가 웹스터 양께 편지를 쓸게요."

"아닙니다. 만나겠다는 허락을 해 주셨으니 제가 누님께 편지를 쓰라고 알리겠습니다."

그게 마음 편하다면 그것도 상관없다. 애슐리가 이젤다를 쳐다보자 그녀가 재빨리 어디로 편지를 보내면 될지 주소를 적어 레너드에게 건넸다.

"잘생겼네요. 옷도 깔끔하니 공작새처럼 입지 않았고요."

레너드가 떠나자 이젤다가 말했다. 그녀는 공작새처럼 입는 남자들은 딱 질색이었다. 그녀의 전남편이 그렇게 입는 작자였기 때문이다.

하지만 레너드는 괜찮았다. 너무 꾸미지 않은 하얀 셔츠에 짙은 색 조끼와 재킷이 잘 어울렸다. 손톱도 깨끗했고 머리카락도 단정하게 잘 다듬어 놨다.

"잘생긴 게 무슨 상관이에요."

애슐리는 자리에서 일어나며 타박하듯 말했다. 하지만 이젤다의 의견은 달랐다. 그녀는 어깨를 으쓱하고 애슐리의 책상을 정리하며 말했다.

"매번 아저씨들만 보다가 잘생긴 남자를 보니 좋아서 그렇죠. 열 살만 어려도 데이트 신청했을 텐데."

이젤다의 말에 애슐리는 어이가 없어서 웃음을 터트렸다. 말은 그렇게 하지만 이젤다는 레너드보다 그렇게 나이가 많지도 않다. 애슐리보다 세 살 많으니 레너드보다는 고작 다섯 살 정도 많을 뿐이다.

그녀는 배를 잡고 웃으며 말했다.

"하지 그랬어요. 전에 열 살 어린 남자랑도 데이트해 봤잖아요."

그게 이젤다의 대단한 점이다. 그녀는 전남편과 안 좋은 추억을 가지고 있음에도 사랑을 하는 것을 두려워하지 않았다. 마음에 드는 남자가 데이트 신청을 하면 머뭇거리지 않고 만났고 아니다 싶으면 재빨리 헤어졌다.

애슐리는 이젤다의 그런 점이 대단하다고 생각하고 있었다. 그녀가 꽤 많은 남자들과 데이트를 할 수 있었던 것도 이젤다의 행동에 용기를 얻은 덕도 있었다.

"백작님께 양보한 거죠."

유머러스한 이젤다의 말에 애슐리는 물론 로즈까지 웃음을 터트렸다. 그녀는 애슐리를 위해 겉옷을 가져다주며 물었다.

"결혼은 생각이 없으셔도 후계자는 있어야 하지 않을까요?"

그렇지 않아도 애슐리는 다음 백작 위 후계자를 어떻게 할 거냐는 질문을 받고 있었다. 애슐리는 로즈의 도움으로 겉옷을 입으며 덤덤하게 말했다.

"릴리 덕분에 결혼하지 않고 애를 낳아도 다들 크게 놀랄 거 같지 않긴 해."

사교계의 이단아. 행동 하나하나가 사람들의 구설수에 오르는 반항아 릴리. 릴리에 대한 사람들의 평가는 간단히 말하면 그랬다.

더글러스 케이시 공작과 교제하던 화가 릴리 반스는 서른 살이 되도록 결혼은커녕 약혼도 하지 않아서 세간의 관심을 불러일으켰다.

그 관심은 릴리 반스가 케이시 후작의 아이를 낳았을 때 정점을 찍었다. 하지만 그럼에도 그녀는 서른 살이 될 때까지 결혼하지 않겠다고 선언했고 사람들은 거기서 충격을 받았다.

다들 당연히 반스 백작이 될 여자는 결혼을 한 뒤 후계자를 낳을 거라 생각했던 거다. 하지만 애초에 반스 백작의 조건은 서른까지 미혼이라는 것과 딸이어야 한다는 것뿐이지 결혼 후에 자식을 봐야 한다는 말은 없었다.

어떻게 보면 그 당시 조건을 달았던 두 후작의 생각이 짧았다는 말이기도 했지만 반대로 생각하면 결혼 전에 임신과 출산을 한다는 건 말도 안 되는 사회였다는 뜻이기도 했다.

그걸 릴리가 깨버렸다. 게다가 예전이라면 모든 사람이 한목소리로 릴리를 비난했을 텐데 반스 백작이 되기 위한 조건과 얽혀서 사람들의 의견이 갈라져 버렸다.

반스 백작은 서른까지 미혼이어야 한다. 그때까지 당연히 릴리가 백작이 될 거라 생각한 사람들은 백작 위에 걸린 조건을 비난하거나 릴리의 행동이 어쩔 수 없었다고 옹호했다.

물론 결혼도 안 한 아가씨가 아이를 낳았다는 사실에 릴리를 비난하는 사람도 있긴 했다. 케이시 후작의 귀에 들리지 않는 곳에서만.

"그리고 보니 이틀 후면 전시를 마치고 돌아오시네요."

이젤다의 말에 애슐리는 고개를 끄덕였다. 서른한 살이 되자마자 더글러스 케이시 후작과 결혼해 케이시 후작 부인이 된 릴리는 여전히 케이시 후작 부인이 아니라 화가 릴리로 불린다. 그리고 남편의 내조 아래 활발하게 작품 활동을 펼치고 있었다.

이번 전시도 케이시 후작이 함께 갔다. 초청한 단체에서 숙소를 제공했는데 케이시 후작이 최고급 호텔의 가장 좋은 방을 따로 계산해 버린 것도 사교계에서 소소한 이야깃거리가 됐었다.

"돌아오면 본가로 온댔어."

애슐리의 자랑스러운 표정에 이젤다와 로즈의 얼굴에도 미소가 떠올랐다.

많은 사람들이 릴리와 애슐리가 사이가 좋지 않을 거라고 생각하지만 두 사람의 최측근들은 두 사람이 얼마나 사이가 좋은지 알았다.

릴리는 애슐리를 사랑하는 내 작은 백작님이라고 불렀고 애슐리는 릴리를 세상에서 제일가는 화가님이라고 불렀으니까.

사람들이 두 사람의 사이가 좋지 않을 거라고 생각하는 이유는 단순했다. 릴리가 서른까지 더글러스의 아이를 낳고도 결혼하지 않은 이유가 작위를 받기 위해서라고 생각하기 때문이다.

그들은 밀드레드 반스 백작이 막내딸인 애슐리에게 백작 위를 물려주자 한바탕 또 시끄러워졌다. 혼전 임신을 한 딸이 부끄러워서 막내에게 작위를 물려줬다고 떠들어대는 사람도 있었고 막내인 애슐리가 욕심이 많아서 언니의 작위를 빼앗았다고 떠들어대는 사람도 있었다.

작위를 둔 자매간의 싸움.

여자들은 작위에 관심이 없다고 굳건하게 믿던 사람들의 믿음이 깨어진 사건이었다. 물론 그 와중에도 반스가의 여자들은 남자를 잡아먹는 독한 악녀들이라 그렇다는 헛소리를 지껄이는 사람도 있었지만.

"웹스터가의 재산에 대해 좀 더 조사해 줘."

마차에 올라타며 애슐리가 생각났다는 듯 요청했다. 사과를 하기 위해서 왔다고 하지만 정말 그런지는 두고 봐야 아는 법이다. 몇 년 전에 그녀에게 부인은 도망치고 병든 어머니와 굶는 자식이 있다며 절절하게 구걸하러 온 남자가 있었다.

진짜로 병든 어머니가 있었고 부인은 없었기 때문에 애슐리는 그를 믿고 돈을 빌려줬었다. 하지만 알고 보니 남자는 사기꾼이었고 부인은 남편의 사기에 질릴 대로 질려 자식을 데리고 친가로 돌아간 상황이었다.

지방으로 도망친 그를 로즈가 잡아 왔을 때 애슐리는 몇 개의 교훈을 얻었다. 가족 핑계를 대는 남자는 믿지 말자. 차라리 주고 말지, 빌려주지는 말자.

그렇다고 사람을 믿고 좋아하는 것을 잃지는 말자.

"이미 간단한 조사를 해 놨어요. 목장과 농장, 둘 다 겉보기엔 큰 문제는 없어 보여요. 하지만 우리가 모르는 문제가 있을 수 있으니 이번 주까지 좀 더 알아보고 보고서 보내드릴게요."

이젤다의 말에 애슐리는 고개를 끄덕였다. 레너드 웹스터 남작. 어떤 사건을 일으키거나 사고를 쳤다는 이야기를 들어본 적은 없다.

별문제는 없을 거 같다는 생각이 들었다. 분명 애슐리의 어머니는 남몰래 웹스터 남매에 대해 조사를 해 봤을 것이다. 그리고 그녀가 나서지 않더라도 문제가 될 것 같으면 월포드 남작님이 가만히 뒀을 리가 없다.

문득 남작님은 후계자를 남길 생각이 없다는 사실을 떠올린 그녀는 저도 모르게 한숨을 내쉬었다. 어떻게 보면 그건 다니엘의 대단함이기도 했다.

굳이 작위를 물려줘야 한다는 압박감을 느끼지 않는다는 게.

하지만 애슐리는 아니다. 그녀는 반드시 작위를 물려줘야 한다고 생각하고 있었다. 아주 먼 후손까지 반스 백작이라는 작위는 이어져야 한다.

"후계자 말이야."

잠시 덜컹거리는 마차 안에 침묵이 흐르다 애슐리가 입을 열었다. 서류를 확인하던 이젤다와 조용히 앉아서 눈을 감고 있던 로즈의 눈이 동시에 애슐리를 향했다.

"제네비브는 안 되겠지?"

릴리와 더글러스의 딸이다. 제네비브 케이시. 빨간 머리카락을 가진 올해 열 살 난 케이시 후작가의 공주님. 제네비브가 닮은 건 아버지의 머리카락 색뿐만이 아니었다. 얼굴도 더글러스를 빼닮았다.

이젤다는 가끔 놀러 오는 케이시 후작 영애를 떠올리고 피식 웃었다.

"어렵지 않을까요? 후작가에서 여성 작위 계승을 추진하고 있다면서요?"

릴리가 힘들게 딸을 낳은 것을 본 더글러스는 더 이상의 자식은 필요 없다고 선언했다. 많은 자식을 원한 아이리스와 달리 릴리도 딱히 자식 욕심은 없었기 때문에 케이시가의 아이는 제네비브 한 명뿐이다.

애슐리는 으음 하고 신음을 내뱉으며 말했다.

"작위를 두 개 가진 사람도 있잖아."

"그렇긴 한데 지금 백작님이 케이시 양에게 작위를 주겠다고 해 버리면 후작가에서 추진이 어려울 수 있죠."

"그것도 그러네."

그때 이젤다와 애슐리의 대화를 가만히 듣고 있던 로즈가 끼어들었다.

"왜 어려운데요?"

"지금 케이시 후작가의 후계자가 제네비브 케이시 양뿐이잖아."

물론 방계 쪽에는 후작 위를 받고 싶어 안달이 난 남자들이 가득일 것이다. 하지만 필립은 자식이 없고 더글러스는 외동에 그의 자식은 제네비브뿐이니 가장 가까운 후계자는 제네비브뿐이라는 말이다.

이젤다는 서류철을 덮으며 말을 이었다.

"케이시가에서는 그 핑계로 여성 작위 계승을 추진하고 있는 거거든."

그것도 더글러스와 릴리가 시작한 게 아니라 더글러스의 부모인 선대 후작 부부가 먼저 추진하기 시작한 거다. 외모는 아들을, 성격은 며느리를 쏙 빼닮은 손녀에게 홀딱 빠진 두 사람은 작위를 반드시 손녀에게 물려줘야 한다고 판단했다.

"그런데 지금 백작님이 후계자로 케이시 양을 지목하면 사람들이 시비를 걸 수 있거든."

밀드레드 반스 백작의 탄생 이후 여성이 작위를 받는 일이 조금씩 늘어났다. 하지만 여전히 백작은 반스 백작뿐이다. 그리고 두 개의 작위를 가진 사람 역시 아직은 남자들뿐이었다.

애슐리가 지금 제네비브를 후계자로 지목하면 케이시가의 방계 쪽 남자들이 그렇다면 후작 위는 자신에게 달라고 달려들 수도 있다.

"둘 다 가지면 안 되나요?"

다시 로즈가 질문을 던졌다. 둘 다 가지면 안 돼? 그 질문으로 애슐리는 전혀 변하지 않았던 세상이 많이 변했다는 것을 깨달았다.

그녀가 처음 공방의 사장으로 남고 싶다고 했을 때가 떠올랐다. 그때 그녀의 어머니는 결혼과 사업 중 하나를 선택해야 할 수도 있다고 말했다.

그때는 그런 시대였다. 고작 이십 년 전이지만 그녀의 어머니가 유독 답답하거나 고리타분한 사람이어서 그런 말을 한 게 아니다.

아니, 오히려 당시에도 그녀의 어머니는 시대를 앞서나가는 사람이었지.

둘 다 가지면 안 되냐는 질문조차 떠올릴 수 없는 시대에서 지금은 둘 다 가지면 안 되냐는 질문이 당연히 나오는 시대가 되었다. 아직도 작위를 가진 여자는 열 손가락 안에 꼽고 여성 작위 계승은 걸음마를 시작한 단계지만 이십 년 전에 비하면 바뀌긴 바뀌었다.

"둘 다 가져도 되지."

애슐리는 로즈를 바라보며 미소 지었다. 왜 안 되겠는가. 제네비브는 릴리가 낳았으니 의심할 여지 없이 반스가의 피가 흐르고 있다.

"하지만 시끄러워질 테니까. 그걸 이제 열 살인 제네비브가 원하는지 원하지 않는지 모르잖아."

사람은 관심을 받지 않고 조용히 살고 싶은 사람이 있고 관심을 받고 싶은 사람이 있으며, 필요 이상의 관심과 비난을 받아도 원하는 것을 얻고 싶어 하는 사람이 있다.

어느 쪽이 더 옳고 그르지 않다. 셋 다 성향 차이일 뿐이니까.

게다가 제네비브가 반스 백작이 되고 싶은지도 아직 알 수 없다. 애슐리는 가만히 생각에 잠겨 있다가 다시 입을 열었다.

"아드리안도 있어."

올해 열두 살 난 아드리안 공주님. 아이리스와 리안은 아이리스가 낳은 둘째인 딸에게 아드리안이라는 이름을 주었다. 어차피 왕위는 첫째인 밀드레드 왕자가 이을 테니 아드리안이 반스 백작이 되는 것도 괜찮을 것이다.

"그것도 괜찮죠. 공주님이 원하신다면요."

이번에도 이젤다는 침착하게 말했다. 그녀 역시 반스 백작 위가 오래 이어지길 바란다. 가능하면 애슐리의 딸이었으면 좋겠지만 애슐리가 자식을 갖고 싶지 않다면 할 수 없다.

그래도 아쉬운 것만은 어쩔 수 없어서 이젤다는 한숨을 내쉬며 덧붙였다.

"하지만 백작님을 닮은 여자아이가 없다는 건 아쉽네요."

이렇게 예쁜 얼굴은 인류를 위해 남아야 한다. 이젤다의 한탄에 로즈와 애슐리가 웃음을 터트렸다.

"전부터 궁금했는데요."

한차례 웃음이 가라앉자 이번에는 로즈가 입을 열었다. 그녀는 남자처럼 짧은 머리카락을 쓸어 넘기더니 애슐리와 이젤다 중 누구에게랄 것도 없이 물었다.

"전하께서는 왜 왕자님 이름을 사장님의 어머님 이름으로 지으신 건가요?"

"리안은 어머니를 존경하거든."

애슐리의 대답에 로즈와 이젤다의 얼굴에 그럴 것 같다는 표정이 떠올랐다. 현 국왕이 선대 반스 백작에게 깍듯하다는 소문은 두 사람도 들었다.

사람들은 단순히 그녀가 장모고 그녀의 남편이 스승님이기 때문에 그럴 거라고 추측하지만 딱히 그런 것만은 아니다.

"하지만 존경한다고 해도, 여자 이름이잖아요?"

로즈가 궁금했던 건 왜 하필 밀드레드의 이름을 왕자에게 붙여 줬느냐가 아니었다. 왜 여자 이름을 왕자에게 붙여 줬냐는 뜻이었다.

그녀가 정확하게 무엇을 묻는지 알게 된 이젤다가 피식피식 웃으며 대꾸했다.

"원래 왕족 이름은 그렇게 지어. 아주 촌스럽게 짓거나……."

거기서 애슐리가 풋 하고 웃음을 터트렸다. 쥬세페 아드리안 챠클레어. 그게 현 국왕의 풀네임이다. 그녀도 릴리와 둘이 촌스럽다고 웃었던 기억이 난다.

"아니면 아예 다른 성별의 이름을 붙여 버려. 특히 왕이 될 가능성이 높다면 더더욱 그래."

"왜 그런 거예요?"

"왕의 이름은 존귀한 거거든. 일반 사람들이 겹쳐선 안 돼. 하지만 존 같은 이름이면 엄청나게 겹칠 거 아냐?"

그러니 아예 겹치기 어려울 정도로 촌스럽거나 이성의 이름을 붙여 버린다는 말이다. 적어도 남자 중에서는 밀드레드라는 이름을 쓰는 사람은 거의 없을 테니까.

로즈는 이젤다의 설명에 무슨 소린지 알겠다는 듯 고개를 끄덕였다. 그러다가 다시 눈썹을 찡그리며 물었다.

"아드리안 공주님도 왕족이라 아버지의 이름을 받은 건가요?"

"그건 좀 상황이 달라."

왕족이라 해도 왕이 될 가능성이 적다면 평범하게 예쁜 이름을 지어 준다. 역대 공주님들의 이름을 보면 쉽게 알 수 있다. 이젤다는 애슐리의 얼굴을 힐끔 쳐다보고 그녀가 아무 반응도 보이지 않자 허락이라고 판단해서 말을 이었다.

"그만큼 현 국왕 부부께서 공주님을 아끼신다는 말이지."

"왕위를 주고 싶다는 은근한 의미기도 하고."

애슐리의 말에 마차 안에 정적이 내려앉았다. 이젤다는 애슐리가 그렇게 말할 줄 몰라서, 로즈는 그게 가능할지 몰라서.

여성 백작이나 남작이 나오긴 했지만 여전히 기존의 작위들은 여성 계승을 허락하지 않았다. 운이 좋다면 케이시 후작가가 그 첫 번째가 되겠지.

그건 왕위도 마찬가지였다. 여성의 왕위 계승은 법제화되지 않았다. 물론 그동안 공주에게 왕위를 주고 싶었던 왕이 없었던 건 아니다.

"그게 가능해요?"

조심스러운 로즈의 질문에 그녀의 첫 번째 질문을 떠올린 애슐리가 피식 웃었다.

"왕이 되면 안 돼?"

"하지만……."

그건 너무 반역적이다. 아닌가? 저도 모르게 그렇게 생각한 로즈는 움찔하고 멈췄다. 아드리안은 왕의 딸이다. 왕의 자식이 왕이 되려는 게 왜 반역이란 말인가.

"백작님은 공주님이 왕이 될 수 있다고 생각하세요?"

다시 로즈의 질문이 이어졌다. 애슐리는 자세를 바로 한 뒤 다리를 꼬았다. 그리고 어머니를 떠올렸다.

예전에는 어머니의 세상이 바뀔 거라는 확고한 믿음이 신기하고 대단하게 느껴졌었다. 하지만 살아보니 알겠다. 바뀌지 않는 것 같아도 세상은 착실하게 바뀌고 있다. 오히려 바뀌지 않는 게 더 어려울 것이다.

"바로 당장 될 거라고 생각하진 않아."

그녀가 공방의 사장이 되고 아이리스가 왕자비가 된 다음에도 비난은 이어졌었다. 어머니가 최초의 여성 백작이 된 뒤에도 또 다른 여성 작위 수여자를 막기 위한 시도는 지금까지도 계속되고 있다.

하지만 직접 사업에 뛰어들거나 결혼 전까지 상급 귀족의 비서로 일하는 여자 귀족들이 늘어났다. 최초의 여성 준남작인 프리실라 무어 경을 필두로 작위를 수여받는 여성들이 늘어났다.

그중에는 로레나 크레이그 경도 있다.

"하지만 시도는 계속할 수 있잖아. 그리고 시도가 당연해지면 언젠가 성공하는 사람도 나올 테고."

언젠가, 지금 아이리스와 리안의 손자의 손자쯤 되면 공주가 왕이 되는 시대도 올 수 있겠지. 애슐리의 말에 로즈는 생각하는 표정으로 고개를 끄덕였다.

"여자가 왕실 주치의가 되는 것처럼 말이죠."

이젤다의 말에 애슐리는 빙그레 웃었다. 엘리자베스 로저스 교수는 현재 단 두 명뿐인 왕실 주치의 중 하나로 왕실 여성들의 건강을 책임지고 있다.

"아, 참. 여기 어머님 선물이요."

마차가 멈추자 이젤다가 품에서 상자를 내밀며 말했다. 얼마 전에 애슐리가 발견한 보석을 가공한 거다. 밀드레드의 초록색 눈동자 색과 똑같은 보석이었다.

"좋아하셨으면 좋겠는데."

"좋아하실 거예요. 이렇게 예쁜 보석인걸요."

"이젤다가 몰라서 그래. 남작님이 어머니한테 얼마나……."

"오, 알아요, 알아. 하루가 멀다 하고 선물을 한다고요?"

그 이야기는 질리도록 들었다. 대륙에서 나오는 가장 비싼 보석은 모두 밀드레드 반스가 가지고 있다는 말이 있을 정도다.

그녀의 남편인 월포드 남작은 여전히 아침마다 부인에게 갓 꺾은 꽃한 송이와 아침 식사를 준비해서 가져간다. 부풀어 오른 팬케이크와 소시지, 그리고 오렌지 주스와 꽃 한 송이는 밀드레드 반스 아침 식사라는 이름으로 사람들의 아침 식사로 사랑받고 있다.

결혼식 이튿날 아침에 남편이 반드시 부인에게 해 줘야 할 아침 식사로 불리기도 한다.

"하지만 딸이 주는 선물이잖아요. 뭘 드려도 기뻐하실 거예요."

이젤다는 올해 스물둘이 된 자신의 딸을 떠올리며 그렇게 말했다. 애슐리 반스 백작님을 동경해서 자신도 결혼하지 않고 사업을 하겠다고 우기는 딸이긴 하지만 영리하니까 뭘 하든 잘할 것이다.

그랬으면 좋겠다. 애슐리는 이젤다의 말에 빙그레 웃었다.

외전 9

다니엘

"안녕."

눈을 뜨자 아무것도 없는 세상이 펼쳐져 있었다. 이게 뭐지? 나는 멍하니 선 채로 주위를 둘러보며 그렇게 생각했다.

여기가 어디지가 아니라 이게 뭐지라고.

"맞아. 여긴 아무 데도 아니야. 굳이 말하자면 뭔가에 가깝지."

그 순간 마치 내 생각을 읽은 것처럼 뭔가가 말했다. 나는 그제야 내 눈앞에 환하게 빛나는 뭔가가 서 있는 것을 발견하고 인상을 썼다.

사람처럼 보였다. 빛 때문에 정확히 뭔지는 모르겠지만 네 발이 아니라 두 발로 서 있으니 사람이겠지.

다음 순간, 빛이 웃음을 터트렸다. 이거 기분이 좀 이상한데. 진짜로 내 생각을 읽는 건가?

"맞아. 생각을 읽고 있어."

남의 생각을 읽는 건 무례한 행동인 거 같은데. 안 하려고 노력할 수는 없는 건가? 나는 그렇게 생각했고 곧바로 입을 열어 그렇게 말했다.

"안 하려고 노력할 수는 없어?"

이번에도 빛이 웃음을 터트렸다. 내가 엄청 재미있나 본데. 어린아이가 된 기분이다. 그리고 그건 너무 오랜만이라 생소하기까지 했다.

나는 화를 내야 할지 같이 웃어야 할지 몰라 망설이며 서 있었다. 손주까지 본 나이에 어린아이 취급을 받게 될 줄은 몰랐는데.

그 순간, 머릿속에 어떤 생각 하나가 번개처럼 스치고 지나갔다. 이런.

"맞아."

이번에도 빛은 내 생각을 읽고 대답했다. 슬슬 기분 나빠지기 시작했다. 나는 한숨을 내쉬며 물었다.

"사신이야?"

아무래도 여긴 저승 같은 덴가 보다. 눈앞에 있는 건 사람이 아니라 사신이나 뭐, 그런 거 아닐까.

내 질문에 빛이 말했다.

"아니. 너희는 나를 요정이라고 부르지."

여기서 요정이 나올 줄은 몰랐는데. 나는 내가 꿈을 꾸고 있는 건지 아니면 요정이 사실은 사신 같은 거였는지 진지하게 고민하기 시작했다.

하지만 이건 좀 말이 안 된다. 만약 요정이 사신 같은 거라면 다니엘도 사신이라는 말이잖아. 그제야 나는 주변을 둘러보며 다니엘을 찾았다.

언제나 근처에 있었는데 보이지 않았다. 그런 내 모습에 요정이 다시 입을 열었다.

"그는 없어. 이곳엔."

"나한테 할 말이 있는 모양인데, 감질나게 하지 말고 솔직하게 말하지 그래?"

이번에도 웃으면 걷어차 줄 테다. 다행히 이번에도 요정은 내 생각을 읽은 모양인지 웃지 않았다. 처음부터 그랬어야지. 예의라는 걸 안다면 말이야.

그렇게 생각하는 순간 나는 또 한 가지 끔찍한 사실을 깨달았다. 요정이 생각을 읽을 수 있다면 다니엘도 내 생각을 읽을 수 있는 건가?

"오, 그건 아니야."

"어허."

남의 생각 마음대로 읽지 말라니까 그러네. 내가 흘겨보자 요정은 미안하다는 듯 손을 들어 올렸다. 그리고 재빨리 설명했다.

"네 생각을 읽을 수 있는 건 여기가 가호의 안이라 그래. 그리고 가호는 내 거지."

가호라니, 너무 오랜만에 들은 단어라 순간 그게 뭔가 하는 의문이 들었다. 하지만 바로 다음 순간 나는 그게 뭔지 떠올렸다.

그러자 마치 다니엘에게 가호에 대해 설명을 듣던 그 순간이 바로 방금 전인 것처럼 생생하게 떠올랐다.

이상한 기분이었다. 내가 아주 젊게 느껴지는 한편 손주를 둔 원래 나이로 느껴졌다. 내가 두 명의 사람인 것처럼 느껴졌다. 그때 다시 요정이 입을 열었다.

"내 이름을 들어 봤을 거야. 그쪽 사람들은 나를 벨라라고 부르거든."

요정 여왕. 나는 내 양손을 내려다보다가 깜짝 놀라서 고개를 들었다. 영웅 제다와 요정 벨라의 건국 신화에 대해서는 잘 알고 있다. 반짝이는 금발이 진짜로 빛을 말하는 건 줄은 몰랐지만.

당연하게도 내 생각을 읽은 벨라는 웃음을 터트렸다. 그래, 웃어라,

웃어. 약간 체념한 채 그녀가 웃음을 멈추기를 기다리고 있자니 벨라는 곧 다시 말했다.

"그리고 여긴, 아니, 이건 내 가호지. 내가 허락한 요정만 이걸 이용할 수 있어. 인간은 물론 요정도 쉽게 경험하기 힘든 경험이야."

아무래도 벨라는 내가 새로운 경험을 좋아한다는 것도 알고 있는 모양이다. 나는 새삼 내가 있는 공간을 둘러보았다.

하지만 딱히 뭐라고 말해야 할지 모르겠다. 여긴 그냥 텅 빈 곳이었다. 요정 하면 생각나는 숲 속 같은 것도 아니고 무너진 고대 유적 같은 것도 아니었다.

그 순간 내가 있던 공간이 숲 속으로 변했다. 어라? 내가 놀라서 두리번거리자 벨라는 내게 나무 둥치를 권하며 말했다.

"너희 인간은 주변에 뭔가가 차 있는 걸 좋아하지."

부인하고 싶지만 쉽지 않은 말이다. 나는 대답하지 않기로 결심하고 나무 둥치에 앉았다. 그리고 벨라에게 물었다.

"내가 가호와 한 계약이 끝난 거지?"

꽤 오래전 일인데 어제 일처럼 생생하게 떠오른다. 내가 가호의 힘으로 이쪽 세상에 불려 왔다는 게. 놀랍게도 그 순간 잊고 있었던 기억이 하나둘 떠오르기 시작했다.

원래의 나는 스물일곱 살이었다. 내가 밀드레드가 됐을 때는 무려 열 살이나 더 먹은 서른일곱 살이었지.

벨라는 내가 기억을 떠올리는 것을 가만히 지켜보고 있었다.

나는 가호와 어떤 계약을 하고 이쪽 세계로 와서 밀드레드가 되었다. 밀드레드가 되어 내 아이들을 키우는 것. 아이리스, 릴리, 애슐리.

한 명, 한 명의 얼굴을 떠올릴 때마다 나는 미소를 지었다. 갓 태어난 아이들의 모습과 다 큰 모습이 겹쳐졌다.

"기억이란 신기하지."

그때 벨라가 말을 걸었다. 나는 고개를 들어 그녀를 쳐다봤다. 맞다. 이 기억 중 일부는 내 기억이 아니다. 나는 내 딸들을 낳지 않았으니까.

그제야 나는 놀라운 사실을 깨달았다. 내가 방금 떠올린 기억 중에는 애슐리가 갓난아기일 때의 기억도 있었다. 이건 내 기억도, 밀드레드의 기억도 아니다.

"형태가 있는 것도 아닌데 감정을 불러일으키니까 말이야."

문득 의문이 들었다. 아주 오래전에 들었어야 했던 의문이었지만 내 기억과 밀드레드의 기억이 뒤섞이는 바람에 들지 않았던 의문이었다.

나는 벨라를 물끄러미 쳐다보다가 조심스럽게 물었다.

"내가 밀드레드의 기억을 가졌기 때문에 아이들을 사랑했던 걸까?"

"처음에는."

벨라는 그렇게 말하고 내게 다가왔다. 여전히 그녀는 빛이었지만 가까이 다가왔음에도 눈이 부시지 않았다. 그녀는 내게 다가와 내 앞에 앉더니 빙그레 웃었다.

어떻게 알았는지 모르겠다. 벨라는 몸 전체가 빛나고 있어서 무슨 옷을 입었는지, 어떤 얼굴인지도 보이지 않았다. 당연히 표정도 보이지 않았는데 방금 그녀가 빙그레 웃었다는 게 느껴졌다.

"처음에는 그랬지. 가호는 너를 강제하려 했거든. 하지만 그 뒤로부터는 네 자유의지였어."

"그 뒤가 언제부터인데?"

"음……."

잠시 생각하던 벨라가 고개를 들었다.

"네가 다니엘과 만난 다음부터. 그가 너와 가호의 사이에 끼어들었거든."

왜 그랬냐고 물을 필요는 없었다. 다니엘이 왜 그랬는지 알고 있었으니까. 나는 한숨을 내쉬고 버릇처럼 말했다.

"다니엘이 보고 싶어."

"방금까지 함께 있었는데도?"

"응."

어쩌다 그가 나를 깨우기 전에 먼저 눈을 뜨면 다니엘이 아픈 건 아닌지 걱정이 됐다. 물론 그는 한 번도 아픈 적이 없었지만.

우리는 매일 밤에 한 침대에 누워서 그날 있었던 일들을 이야기했다. 신문에서 본 아이들의 이야기나 지인에게 받은 편지, 사용인들의 실수 같은 것들.

별것 아닌 일상을 그와 공유하는 게 좋았다. 나는 그를 사랑했고 그도 나를 사랑한다는 걸 알 수 있었다. 늘, 매 순간 우리는 서로에게 표현했으니까.

이제 다시는 그를 볼 수 없겠지. 그렇게 생각하자 놀라울 정도로 서글퍼졌다. 동시에 다니엘을 만나 그를 사랑할 수 있어서 참 좋았다는 생각이 들었다.

"계약이 끝났으니 이제 대가를 받아야지."

약간 침울한 채로 다니엘을 생각하는데 벨라가 벌떡 일어나며 말했다. 무슨 대가? 잠깐 어리둥절했던 나는 곧 가호와 나의 계약을 떠올렸다.

내가 밀드레드로 살면서 아이들을 키우는 것에 대한 대가.

"이상해."

"어떤 계약을 하고 어떤 대가를 받기로 한 건지 생각나지 않는 게? 그건 어쩔 수 없어. 가호는 내가 흡수해 버렸거든."

"왜?"

생각해 보니 가호라는 건 원래 요정이 이 세계에 남기고 간 힘이라고 했으니 벨라가 흡수하는 것도 어렵지 않을 것이다.

하지만 왜 이제 와서? 내 의문에 벨라가 말했다.

"나는 그게 인간들에게 도움이 될 거라고 생각했어. 내 가호가 어려운 사람을 돕고 세상을 좀 더 좋게 해 줄 거라고 생각했거든."

다니엘이 예전에 한 말이 떠올랐다. 가호가 절망에 빠진 사람을 구했는지는 몰라도 그것 때문에 이 세상이 더 가혹해지고 게을러졌다고.

어려운 사람을 돕는 건 신비로운 힘이나 어떤 개인의 희생이 아니라 사회가, 모든 사람이 다 함께해야 하는 거라고 했었다.

"그의 말이 맞아. 세상이 좋아지려면 가호나 누군가 한 명의 희생으로는 소용이 없지. 대다수의 사람이 동의하고 노력해야 해."

벨라의 말에 나는 고개를 끄덕였다. 나도 그의 말에 동의한다. 아무리 대단한 사람이 나서도 그 사람 혼자서만 나서서는 아무것도 이뤄지지 않는다.

세상을 바꾸는 건 영웅이 아니다. 영웅을 보고 동감한 공감력 있는 사람들이다.

"게다가 그 멍청이가 널 위해서 가호의 강제력을 전부 다 막아 내고 있었거든."

벨라가 그렇게 말하면서 어이없다는 듯 웃었다는 느낌이 들었다. 그 멍청이가 누구지? 나는 어리둥절해서 그녀를 쳐다보다가 조심스럽게 물었다.

"다니엘을 말하는 거야?"

"그래. 꽤 힘들었을 텐데 잘도 막아 내고 있더라고. 적당히 벌 받을 만큼 받았을 때 흡수해 줬지."

세상에. 나는 깜짝 놀라서 두 손을 꽉 쥐었다. 다니엘이 날 위해 그러고 있었다고? 전혀 몰랐다. 그는 내게 아무것도 말하지 않았다.

다니엘답다는 생각이 들었다. 맙소사. 나는 두 손에 얼굴을 묻고 그를 떠올렸다. 미친 듯이 다니엘이 보고 싶었다. 지금 당장 그를 끌어안고 고맙다고, 사랑한다고 말하고 싶었다.

"잠깐, 벌이라고?"

문득 떠오른 생각에 불쑥 질문을 던지자 벨라는 그럴 줄 알았다는 듯 소리 내어 웃었다. 그리고 당연하다는 듯 말했다.

"그 녀석은 거기서 삼십 년 넘게 살도록 아무도 돕지 않았어. 벌을 받을 만하지."

벨라는 요정이라는 말이 딱 어울렸다. 나는 어째서 사람들이 이들을 요정이라고 부르는지 확실히 이해했다. 아름답거나 신비로운 힘을 가져서가 아니었다. 인간과 닮은, 인간 같은 생명체였다면 다르게 불렀을 것이다.

성녀나 마녀 같은 것으로.

하지만 이들은 확실히 인간이 아니었다.

"궁금증이 다 풀렸으면 이제 대가를 줄게."

당연하게도 내 생각을 읽은 벨라가 흡족하다는 듯 말했다. 하지만 내 궁금증은 다 풀린 게 아니다. 내가 질문을 하기도 전에 벨라가 다시 입을 열었다.

"오, 그래. 네가 선택된 이유 말이지."

그래. 그게 궁금했다. 가호는 왜 하필 나를 선택한 걸까. 내가 아무 말없이 고개를 끄덕이자 벨라는 별것 아니라는 듯 어깨를 으쓱하며 말했다.

"밀드레드가, 진짜 밀드레드가 죽을 때 말이야. 그때 가장 절망에 빠져 있으면서 동시에 가장 사랑이 많은 사람이 너였거든."

사랑이 많다고? 그게 무슨 소린지 모르겠다. 내가 어리둥절해하자 벨라는 한숨을 내쉬었다. 그리고 다시 내 앞에 앉았다.

"우리는 인간의 그런 점이 좋거든. 사랑 말이야. 좀 다른 말로 하면 공감력, 동정심 이런 거 말이야."

그건 꽤 신선한 충격이었다. 말도 안 된다는 생각과 동시에 그럴듯하다는 생각이 들었다. 나는 무슨 말을 해야 할지 몰라 벨라를 쳐다봤다.

뭔가를 더 묻고 싶은데 뭘 물어봐야 할지 모르겠다. 마음은 급한데 오히려 머릿속은 느리게만 돌아갔다.

그러자 벨라가 웃으며 말했다.

"이제 널 원래대로 돌려줄게. 약속대로 수술은 성공할 거야. 아주 잘해 줬으니 덤으로 약간의 행운도 줄게."

그게 나와 가호의 계약이었던 모양이다. 내가 살아남는 것. 나는 머리가 희끗희끗한 의사가 애써 희망적으로 설명하던 것을 떠올렸다.

나이가 젊으니 수술 성공 가능성이 더 높다고 했던가.

"아이들은 어떻게 돼?"

나는 마지막으로 벨라에게 물었다. 내 아이들. 아이리스, 릴리, 애슐리가 어떻게 될지 궁금했다. 그야 뭘 해도 잘할 것이다. 제네비브와 아드리안 역시 뭘 해도 잘할 거라고 믿어 의심치 않지만 솔직히 말하면 내 아이들은 아이리스와 릴리, 애슐리뿐이라 나는 그 세 명이 더 궁금했다.

"어차피 기억하지 못할 텐데 알아서 뭐 하려고?"

벨라가 그렇게 말하는 것과 동시에 그녀의 빛이 커졌다. 뭐라고? 눈이 부셔서 눈을 뜰 수가 없었다. 하지만 그럼에도 나는 반사적으로 물었다.

"잊어버린다고? 어째서?"

"이쪽에서 죽을 때까지 산 기억을 가지고 돌아가면 오히려 곤란할 거야."

벨라의 목소리가 점점 멀어지는 바람에 그녀의 마지막 말은 거의 들리지 않았다. 너 나랑 장난해? 나는 발칵 화를 내며 소리쳤다.

이 나쁜⋯⋯.

"환자분, 입원실로 이동할게요."

흐릿했던 정신이 가물가물하게 돌아오기 시작했다. 무거운 눈꺼풀을 들어 올리자 너무 환한 빛이 나를 덮치는 것처럼 느껴졌다.

여기가 어디지? 방금 전까지 내가 뭘 하고 있었는지 기억나지 않았다. 내가 누워 있다는 건 알겠다. 이불이 나를 덮고 있는 게 느껴졌다. 그럼에도 코끝은 이상하게 차가웠다.

드르륵하는 소리와 함께 내가 누워 있던 곳이 움직이는 게 느껴졌다. 그리고 가까이에서 나를 따라 움직이는 사람들의 기척도.

입 안이 바짝 말라 있었지만 혀를 움직이는 것도 피곤해서 나는 가만히 누워 있었다. 그러자 천천히 여기가 어딘지, 내가 무엇을 하고 있었는지 떠오르기 시작했다.

마지막으로 기억나는 건 수술대 위에서 약간 춥다고 느끼던 거였다. 머릿속에 마치 썰물처럼 뭔가가 마구 밀려 올라왔다가 서서히 가라앉았다. 그게 뭔지 모르겠다. 멍하니 간호사가 시키는 대로 수술실용 침대에서 병실용 침대로 몸을 옮기고 나자 그녀가 내게 언제부터 물을 마실 수 있는지, 식사를 할 수 있는지 설명하기 시작했다.

기분이 이상했다. 뭔가가 꽉 차 있었다가 손가락 사이로 흘러내린 듯한 느낌이 들었다. 굉장히 이상하면서 좋은 꿈을 꿨던 것도 같다.

수술해서 그런가. 이상하게 허탈한 기분이 들었다. 그리고 굉장히 외로웠다.

"조금 이따가 선생님이 오셔서 설명해 주실 거예요."

간호사가 그렇게 말을 하고 병실을 나가자 나는 다시 눈을 감았다.

시간이 얼마나 지난 걸까. 아주 오래된 것 같으면서 눈 깜짝할 사이인 것도 같았다. 이렇게 허탈하고 외로운 게 수술 때문인 걸까.

진통제 때문인지 졸음이 몰려왔다. 조금 이따가 의사 선생님 온다고 했는데. 자도 되는지 안 되는지 모르겠다. 간호사에게 물어봐야 하나.

망설이면서 눈을 뜨는데 문 옆에 누군가 서 있는 게 보였다. 설마 저 승사자는 아니겠지. 좋아. 아직 농담이 멀쩡한 걸 보니 내가 살아 있긴 한 모양이다.

나는 실없게 웃고 눈을 가늘게 떴다. 졸린 탓에 앞이 잘 보이지 않았다. 하지만 다음 순간, 나도 모르게 눈이 번쩍 뜨였다.

세상에. 진짜 잘생겼네. 태어나서 이렇게 잘생긴 남자는 처음 봤다. 끝내주게 잘생긴 남자는 이상한 표정으로 나를 처다보고 있었다. 불안하면서 초조한 듯한 표정이었다.

"다니엘."

눈이 확 뜨일 정도의 미남을 본 탓에 잠이 확 깼다. 잠깐, 내가 지금 저 남자 이름을 불렀나?

그 순간 남자의 표정이 환해졌다. 그는 한걸음에 내 곁으로 다가오더니 내게 몸을 숙이며 말했다.

"네."

외전 10

모든 것

알마는 깜짝 놀라서 눈을 떴다. 지각이다. 그녀는 그대로 벌떡 일어나서 세면실로 달려갔다. 막 씻고 나온 룸메이트 세실리아가 수건을 건네주며 물었다.

"오늘 학교 가는 날 아냐?"

맞다. 알마는 이를 갈며 재빨리 머리를 감았다. 이런 날 늦잠이라니. 알마 무어, 부끄러운 줄 알아라!

"늦어서 미안합니다."

드디어 왔다. 건물 앞에 모여 있던 쉰 명의 학생들은 소집 시간보다 늦은 교수의 도착에 한숨을 내쉬었다. 아무래도 눈이 내릴 모양인지 날이 꽤 쌀쌀했던 탓이다.

알마는 익숙한 얼굴을 확인하고 미안한 표정을 지었다. 쉰 명 중 서른 이상이 아는 얼굴이다. 모르는 얼굴은 아마도 다른 나라에서 유학을 왔거나 아카데미 밖에서 교육을 받다가 편입한 학생일 것이다.

"추우니까 얼른 들어갈까요?"

그녀는 그렇게 말하며 건물 안쪽으로 몸을 돌렸다. 그렇지 않아도 작년과 올해는 국가적인 행사가 많아서 아카데미 부지 안은 방문객으로 북적이고 있었다.

아마도 외국에서 유학 온 듯한 남학생 하나가 건물에 길게 걸린 현수막을 보고 알마에게 물었다.

"백 주년 기념이라니, 뭘 기념하는 건가요?"

알마의 얼굴에 뿌듯한 표정이 떠올랐다. 그녀는 학생들을 돌아보며 말했다.

"올해가 아카데미에 여학생의 입학을 허가한 지 백 년째 되는 해거든요."

그것도 의학부가 최초였다. 철학이나 경제 쪽은 의학부보다 최소 몇 년씩 늦었으니까. 그 사실을 알고 있는 학생들은 자랑스러운 표정을 지었다.

남들이 다 따라 하는 뭔가를 누구보다 먼저 한다는 건 자랑스러운 일이다. 알마는 문을 열고 건물 안으로 들어가며 오른쪽 벽을 가리켰다.

"이 사람이 엘리자베스 로저스예요."

학생들의 시선이 오른쪽 벽에 걸린 초상화를 향했다. 액자 밑에는 '엘리자베스 로저스. 12대 의학대학 총장.'이라고 적혀 있었다.

약간 고집 있어 보이는 표정으로 정면을 쳐다보고 있는 중년의 여성은 어딘지 모르게 쳐다보는 사람을 움츠러들게 만드는 강렬한 힘이 있었다.

"대단한 분이죠."

알마의 말에 가장 가까운 곳에 서 있던 남학생이 말했다.

"최초의 여성 총장이었죠."

그것도 맞는 말이긴 하다. 알마는 학생을 쳐다보고 씩 웃었다. 하지만 최초의 여성 총장이라는 건 로저스의 행적 중 가장 보잘것없는 행적이었다.

"뿐만 아니라 최초로 왕실 주치의 자리를 박차고 나오기도 했죠."

알마의 바로 옆에 서 있던 여학생이 뿌듯한 표정으로 남학생의 말을 이어받듯 말했다. 그것 역시 사실이다. 왕실 주치의란 어마어마한 부와 명예를 가져다주는 자리다. 그전까지 왕실 주치의였던 사람들은 아침에 일어나기 힘들 때까지 그 자리를 지켰다.

하지만 로저스는 아니었다. 그녀는 최소 기간인 삼 년을 딱 채운 뒤 가난한 사람을 위해서도 의학을 펼쳐야 한다고 주장하며 자리에서 물러났다.

그 후로 엘리자베스 로저스는 전국을 돌며 의학을 펼쳤고 학생들을 가르쳤다. 그녀 덕분에 이 나라의 의학 수준이 올라갔다고 해도 과언이 아니다.

"맞아요. 엘리자베스 로저스는 반귀족파에 가까웠거든요. 하지만 그럼에도 당시 왕비인 아이리스 챠클레어와 아주 가까운 사이였다고 하죠."

이번에는 알마가 왼쪽 벽을 가리켰다. 거기엔 왕족으로 보이는 여성의 초상화가 걸려 있었다. 학생들은 그 밑에 적힌 이름을 확인하고 고개를 끄덕였다.

〈아이리스 챠클레어. 32대 왕비.〉

"엘리자베스 로저스가 의사가 될 수 있었던 건 당시 왕자비였던 아이리스 챠클레어 덕분이었다고 해요. 다들 알겠지만 대단한 분이죠."

알마는 거기까지 말하고 다시 걷기 시작했다. 신입생들에게 학교 건물을 소개해줘야 한다. 물론 대다수의 학생이 하급생 시절을 이 아카데미에서 보냈기 때문에 필요 없겠지만 편입한 학생들을 위해서는 필요하다.

"당대 쟁쟁한 집안과 경쟁해서 실력으로 왕자비가 된 분이거든요. 왕자비가 된 뒤에도, 그리고 왕비가 된 뒤에도 많은 업적을 남겼고요."

최초의 아동 학교를 만든 것도 아이리스 챠클레어였다. 조세 제도를 개편하고 복지 제도를 만들어 냈다. 그녀는 살아 있을 때 이미 국모라 불렸다.

학생들은 아이리스 챠클레어의 업적에 대해 들으면서 건물을 구경했다. 증축된 탓에 상당히 큰 건물이었다. 특히 여학생용 기숙사는 아이리스가 개인 돈을 들여 새로 지었다.

엘리자베스 로저스가 전국을 돌며 사람들을 도울 수 있었던 것도 아이리스의 남모른 후원 덕분이었다. 알마는 건물을 빠져나와 다음 건물로 향하며 말했다.

"어느 정도였냐면 국왕인 쥬세페 챠클레어가 회의는 물론 외국 사신들과 만나는 자리에서도 반드시 왕비와 함께했다고 하죠."

"그림에도 나와 있지 않나요?"

가까이에서 따라오던 여학생의 질문에 알마는 그게 무슨 소리냐는 표정을 지었다.

아는 이야기가 나와서 흥분했다. 여학생은 부끄러운 표정을 짓더니 침착하게 설명했다.

"가족 초상화 말이에요. 국왕이 왕비 쪽을 향하고 있는 거요."

무슨 소린지 알겠다. 알마는 빙그레 웃었다. 그림에도 관심이 많은 학생인 모양이다. 아니면 왕족에 관심이 많거나.

"맞아요. 아까 그 초상화를 그린 왕실 화가가 그린 가족 초상화인데 특징이 두 가지 있죠."

국왕이 왕비 쪽으로 몸을 살짝 틀고 있고 후계자인 공주와 왕자가 왕비 옆에 좌우로 서 있는 초상화였다. 보통 왕족의 가족 초상화는 국왕을 중심으로 왕비와 그 자녀들이 국왕을 쳐다보고 있는 경우가 많다.

하지만 쥬세페 왕과 아이리스 왕비의 가족 초상화는 왕이 왕비 쪽으로 몸을 살짝 틀고 있었다. 그건 왕이 그만큼 왕비를 존경했다는 뜻이다.

"왕실 화가라면 혹시 릴리의 그림인가요?"

그때 외국에서 유학 온 학생이 끼어들었다. 그녀가 자란 나라에서 아이리스 챠클레어나 엘리자베스 로저스에 대해서는 들은 적이 별로 없지만 릴리는 많이 들었다. 그만큼 유명한 화가였기 때문이다.

"오, 아니에요. 릴리는 왕실 화가가 된 적이 한 번도 없어요. 대신 그녀의 제자이자 친구인 수잔 클레망을 왕실 화가로 추천했죠."

수잔 클레망의 이름도 안다. 학생들은 고개를 끄덕였다. 릴리와 동시대를 살았던 유명한 화가였다.

알마는 다음 건물 문을 열며 설명했다.

"제일 처음에 본 왕비의 초상화도 릴리가 그린 것을 보고 그린 거라고 해요."

얼굴만 보고 그렸다고 한다. 옷과 자세는 따로 그렸고. 왕비가 너무 바빠서 모델을 오래 서기가 어려웠기 때문이다.

"그 시대에는 릴리보다 수잔이 더 유명했나 보죠?"

학생의 질문에 알마는 씩 웃었다. 그녀는 앞으로 자신이 할 이야기를 할 때가 가장 즐거웠다. 사람들의 놀라는 표정을 보는 게 재미있었기 때문이다.

"그건 아니에요. 릴리가 왕비의 동생이었기 때문에 많은 시기와 질투를 받았거든요."

그래서 거절했다. 그리고 제자인 수잔 클레망을 추천했고 그녀가 왕실 화가가 되었다.

하지만 학생들은 다른 이유로 놀란 표정을 지었다.

"릴리가 왕비의 동생이었어요?"

다들 깜짝 놀란 사이 알마와 가장 가까이에 있던 여학생이 물었다.

"아, 그래서 케이시 후작 부인이 될 수 있었던 거군요?"

뭐라고? 이번에는 학생들의 시선이 그녀를 향했다. 릴리가 케이시 후작 부인이었다는 것도, 왕비의 동생이었다는 것도 그리 유명하지 않다.

아니, 당시에는 상당한 가십이었을 것이다. 하지만 백여 년이 흐른 지금은 그 사실은 점차 사라져 릴리와 아이리스를 아주 좋아하는 사람이 아니면 잘 모르는 이야기였다.

"사실 그건 아니에요. 당시 케이시 후작의 부모님은 릴리를 상당히 반대했다고 하거든요."

"왕비의 동생을요?"

말도 안 된다는 학생들의 표정에 알마는 웃음을 터트렸다. 그녀의 대답을 들으면 이들은 더 말도 안 된다는 표정을 지을 것이다.

"당시에 화가는 노동자였고 귀족 영애가 할 일은 더더욱 아니었거든요. 화가를 하겠다고 나선 귀족 영애를 받아들이기 어려웠을 테죠."

"그래도, 릴리인데요?"

전 세계적으로 유명한 화가다. 그녀의 그림은 부르는 게 값일 정도였다. 이 자리에 있는 학생들 중 일부는 상당한 부잣집이었기 때문에 릴리의 그림이 얼마나 비싼지 알았다.

하지만 그렇지 않은 학생이라 해도 릴리가 얼마나 유명한지는 알았다.

"백 년 전이니까요."

알마의 말에 학생들이 고개를 끄덕였다. 지금과는 다른, 옛날의 일이다. 하지만 그때 가장 뒤에 서 있던 남학생이 불쑥 말했다.

"하지만 선구자들이 없었다면 여전히 여자는 의사도, 화가도 될 수 없었을 테죠."

깜짝 놀랄 정도로 잘생긴 남학생이었다. 알마는 이렇게 잘생긴 학생을 처음부터 알아보지 못했다는 사실에 놀라 눈을 크게 떴다. 키도 남들보다 최소 머리 하나는 커서, 맨 뒤에서도 혼자 쑥 올라와 있었다.

"맞아요. 여전히 여자는 귀족도, 왕도 될 수 없었을 거예요."

알마는 빙그레 웃으며 그렇게 말했다. 백 년 전에는 공주가 왕이 되는 것도, 여자가 작위를 받는 것도 불가능했다. 그녀는 곧 재미있는 사실을 떠올리고 말을 이었다.

"다음 장소는 전시실인데 좋은 걸 볼 수 있을 거예요. 최초의 여백작인 밀드레드 반스가 사용하던 보석을 전시해 놨거든요."

물론 평소에는 반스가에 잘 보관되어 있는 것들이다. 하지만 작년 말에 아카데미에서 여학생의 입학을 허가한 지 백 년째 되는 해를 기념해서 밀드레드 반스의 생애를 전시할 수 있는 물품을 대여했다.

밀드레드 반스가 왜? 학생들은 어리둥절한 표정을 지었다. 사실 그녀가 최초의 여백작이라는 걸 모르는 사람도 많았다.

이미 이 나라 귀족의 반은 여성이다. 올해 나라의 명예를 높여 준남작 작위를 받은 사람의 수는 모두 일곱 명. 그중 네 명이 여성일 정도로 이 나라는 백 년 만에 여성이 작위를 받는 게 당연시되어 있었다.

"아이리스 챠클레어, 릴리 케이시, 애슐리 반스. 모두 밀드레드 반스 백작의 딸이죠."

이번에도 가장 뒤에 서 있던 남학생이 씩 웃으며 말을 던졌다. 알마는 그가 그 사실을 안다는 사실에 신이 나서 손뼉을 치며 말했다.

"맞아요!"

"애슐리 반스는 누군데요?"

이번에는 아까보다 모르는 학생이 더 많았다. 알마는 어떻게 그걸 모를 수 있냐는 표정으로 말했다.

"반스 회사의 창립자요."

"포장지에 그려진 사람이 애슐리 반스죠."

잘생긴 남학생의 말에 학생들은 깜짝 놀라서 수군거리기 시작했다. 이 나라에서 반스 회사의 제품을 안 써 본 사람은 없다. 외국인조차도 써 보지는 못했어도 엄청난 미인의 옆모습이 그려진 포장지는 알고 있었다.

"그 사람들이 한 가족이었어요?"

"이 나라의 역사는 반스가가 바꿨다고 해도 과언이 아니죠."

남학생의 말에 그를 정신없이 쳐다보던 학생들의 얼굴에 놀랍다는 표정이 떠올랐다. 알마는 고개를 끄덕이며 말했다.

"밀드레드 반스가 최초의 여백작이 된 후로 당시 많은 여자들이 작위를 요구했거든요. 그때까지만 해도 여자는 어떤 공을 세워도 작위를 가진 남자와 결혼하는 상을 받거나 남편이 대신 작위를 받았죠."

"말도 안 돼!"

중간쯤에서 억울하다는 탄성이 터져 나왔다. 알마는 대체 저 남학생의 이름이 뭘까 궁금해하다 말고 학생들의 탄성에 웃음을 터트렸다.

신기한 학생이다. 저렇게 잘생기고 역사에 통달한 학생을 그녀가 모를 리가 없다. 저 정도면 역사 교수나 도서관 사서 사이에서 말이 나왔을 것이다.

유학생인가? 그녀는 그렇게 생각하며 전시실의 문을 열었다. 최초로 작위를 요구한 밀드레드 반스는 사업에도 재능을 보였고 그녀의 남편도 상당한 부자였기 때문에 눈이 휘둥그레질 보석을 많이 가지고 있었다.

하지만 여기 전시된 보석은 전부 의미가 있는 보석만 선별했다. 알마는 들어가자마자 보이는 두 줄짜리 루비 목걸이를 가리키며 말했다.

"이건 밀드레드 반스가 그녀의 손녀인 제네비브 케이시 후작이 아버지로부터 작위를 물려받았을 때 선물한 루비를 가공한 목걸이에요."

제네비브 케이시는 반스가를 제외하고 최초로 작위를 물려받은 여성이었다. 그녀는 작위를 호시탐탐 탐낸 친척들의 음모에 시달렸는데 이미 작위를 딸 애슐리에게 넘긴 밀드레드는 필요할 때 쓰라고 가공하지 않은 루비 원석을 마차 두 대에 가득 채워 보냈다고 한다.

"이 이야기에는 여러 가지 설이 있는데 원석을 팔아 경제적 보탬이 되라는 의미라는 설과 원석으로 적을 때려죽이라는 의미라는 설이 있어요."

말도 안 된다. 알마의 설명에 학생들이 웃음을 터트렸다. 하지만 알마는 전혀 웃지 않고 말을 이었다.

"하지만 당시 케이시 후작가는 나라에서 제일가는 부자였기 때문에 두 번째 설이 유력하죠."

덕분에 학생들 사이의 웃음이 뚝 끊겼다. 사실 진짜로 때려죽이라는 의미라기보다는 제네비브가 짜증 나게 구는 친척들을 어떻게 처리해도 밀드레드가 지지한다는 의미였다고 한다.

덕분에 제네비브 케이시는 그 후로 꽤 강한 의지를 보이기 시작했다. 그녀의 의견에 사사건건 트집을 잡는 친척들을 호되게 혼을 냈으며 가

주의 의견을 따르지 않는 자는 거침없이 가문 밖으로 내쳐 버렸다.

알마는 맨 뒤의 잘생긴 남학생만이 유쾌하다는 듯 미소를 짓는 것을 보고 다시 입을 열었다.

"그리고 훌륭하게 자기 자리를 노린 친척들을 처리한 제네비브 케이시 후작은 할머니가 보낸 원석을 가공해 이 두 줄짜리 목걸이를 만들어서 선물했다고 해요."

알마는 밀드레드 반스 백작의 이런 점이 좋았다. 그녀는 몸을 돌려 전시실 안에 있는 보석 중 가장 특이한 유래를 가진 것들을 설명하기 시작했다. 예를 들면 최상급 다이아몬드만으로 만든 작은 왕관. 이건 밀드레드 반스가 비밀리에 만들어 둔 왕관으로 자신이 죽은 뒤 최초의 여왕이 탄생하면 선물하라고 지시했다고 한다.

그리고 삼십 년 뒤 왕관을 선물받은 여왕은 감격해서 자신이 받은 왕관의 1/2 사이즈로 축소한 복제품을 만들어 반스가에 선물했다.

"그리고 이건 제가 가장 좋아하는 건데요."

알마는 그렇게 말하며 자개 보석함을 가리켰다. 우르르 몰려든 학생들은 밑에 달린 설명문을 읽기 시작했다.

프리실라 무어 남작의 선물.

알마와 성이 같다. 학생들의 시선이 다시 그녀를 향했다. 알마는 뿌듯한 표정으로 말했다.

"제 증조모 되시는 분이 선물한 거예요."

"남작님이었어요?"

"최초로 작위를 두 번 받은 여성이었죠."

처음에는 준남작 위를, 십 년 후에는 남작 위를 받아 프리실라 무어 남작이 되었다. 그녀는 평생 전국을 돌며 어려운 사람들을 도왔고 재해로 피해를 입은 지역이 있으면 제일 먼저 달려가 사람들의 도움을 호소했다.

"수도를 돌아다니다 보면 오래된 기둥이나 타일에 꼭짓점에 점이 찍힌 별이 새겨져 있는 걸 볼 수 있을 거예요. 그건 각 분야의 발전을 이룬 다섯 명의 여성을 표현한 거예요."

그걸 본 사람도 있고 보지 못한 사람도 있었다. 학생들은 어디서 별을 봤는지 수군거리다가 알마에게 물었다.

"교수님의 중조모와 엘리자베스 로저스 말고 다른 세 명은 누구인가요?"

"애슐리 반스, 릴리 케이시, 그리고……."

또 한 명이 누구더라? 알마가 기억을 떠올리기 위해 눈살을 찌푸렸을 때였다. 맨 뒤에 서 있던 남학생이 툭 내뱉듯 말했다.

"로레나 크레이그."

맞다. 알마는 손뼉을 치며 활짝 웃었다. 잊고 있었다. 예술가를 발굴하고 후원한 귀족. 릴리를 귀족 살롱에 소개한 사람도 로레나 크레이그였다.

하지만 그녀가 더 좋아하고 능력이 뛰어난 쪽은 음악이었는데 지금 국가를 작곡한 음악가도 로레나 크레이그가 발굴했다.

"이제 그만 다음 건물로 갈까요?"

가장 중요한 몇 가지만 설명한 알마가 그렇게 말하며 나가는 문 쪽으로 다가갔을 때였다. 가장 끝에 있던 여학생이 그녀에게 물었다.

"저건 뭔데 비어 있는 건가요?"

비어 있다고? 깜짝 놀란 알마는 여학생이 가리킨 곳으로 서둘러 다가갔다. 이 전시실에 비어 있는 건 없다. 그녀는 비어 있는 장식장을 발견하고 그 밑에 적힌 설명문을 확인했다.

〈밀드레드 반스 백작에게 남편 다니엘 윌포드 남작이 처음으로 선물한 반지〉

"맙소사!"

알마의 얼굴이 새하얗게 질렸다. 그녀는 반사적으로 결혼반지가 아니라 처음으로 선물한 반지라는 사실에 약간 안도했다.

그녀가 알기로 그 반지는 보석이 아니었다. 하지만 밀드레드 반스의 물품은 보석의 등급으로 값어치가 결정되는 게 아니다. 알마는 유리로 된 장식장의 덮개를 밀어 보고 그게 여전히 꽉 잠겨 있다는 것을 확인했다.

*   *   *

"다니엘."

나는 고개를 돌렸다가 내 옆에 앉은 남자가 눈을 감고 있는 것을 보고 조용하게 그를 불렀다. 자나? 피곤했을 것 같다. 퇴근하고 돌아와서 날 위해 저녁 식사를 차려 주었으니까.

하지만 다니엘이 눈을 뜨자 졸린 눈이 아니라 또렷한 눈동자가 보였다. 어쩌면 이렇게 잘생겼지. 나는 살짝 색이 밝은 그의 갈색 눈동자를 바라보며 미소 지었다.

"졸려요?"

내 질문에 그는 말없이 내 손을 잡았다. 그리고 손등에 입을 맞추더니 씩 웃으며 말했다.

"아니요. 그냥 당신을 느끼고 있었어요."

다니엘과 사귄 지 일 년이 됐지만 여전히 나는 그가 이럴 때마다 어쩔 줄 몰라 하게 된다. 한국에서 이런 말과 손등 키스가 그렇게 자연스러운 건 아니잖아.

물론 그는 자신이 외국에서 살다 와서 그렇다고 하지만 모든 외국인이 이렇지 않다는 것도 나는 알고 있다.

"눈을 감고요?"

내 장난스러운 질문에 다니엘은 다시 씩 웃었다. 그리고 다시 의자 등받이에 몸을 기대더니 내 쪽으로 슬쩍 머리를 기울였다.

그리고 창밖을 쳐다보며 나직하게 말했다.

"이 순간을 즐기고 있죠."

가끔 나는 이 남자가 정말 서른둘이 맞는지 궁금해지곤 한다. 인생 다 산 사람처럼 말할 때가 있다니까. 나는 그의 어깨에 머리를 기댄 채 창밖으로 시선을 던졌다.

야경이 근사했다.

처음 그의 집에 왔을 때 그 넓이에 말을 잇지 못했던 기억이 난다. 그리고 밤이 돼서 창밖의 불빛이 하나둘 켜진 뒤에는 야경에 감탄했지.

야경을 감탄하는 나를 위해서 다니엘은 베란다에 소파를 두 개 놓아주었다. 우리는 여기서 꽤 많은 시간을 보냈다. 식사를 하기도 했고 와인을 마시기도 했다. 나는 테이블 위에 놓인 와인 잔을 쳐다보며 말했다.

"그거 알아요? 레드 와인이 튀었을 때 화이트 와인으로 지울 수 있대요."

내 말에 다니엘의 눈이 커졌다. 그는 놀랍다는 표정으로 웃으며 말했다.

"신기하네요. 실험해 본 거예요?"

그럴 리가. 내가 와인을 본 건 마트를 지나다닐 때뿐이다. 사실 와인이 이렇게 맛있다는 것도 다니엘 덕분에 알았다.

나는 깔깔거리며 대답했다.

"병원에 입원해 있으면 오락거리가 티비나 핸드폰 정도밖에 없거든요."

특히나 다인실이면 같은 병실에 있는 어머님들이 보는 프로그램을 강제로 같이 봐야 한다. 덕분에 나는 혼자서 앞머리 자르는 방법도 알고 운동화를 깨끗하게 빠는 방법도 안다.

다니엘은 내가 지루한 병실 생활을 어떻게 버텨 냈는지 이야기하는 것을 조용히 들었다. 그리고 진지한 표정으로 내 손을 잡으며 말했다.

"당신과 좀 더 일찍 만날 수 있었다면 좋았을 텐데."

정말로 안타깝다는 말에 나는 저도 모르게 웃어 버렸다. 그를 만나기 전에 내가 혼자 병실에 있었던 게 가슴 아픈 모양이다.

나는 몸을 내밀어 다니엘의 입술에 입을 맞췄다. 그리고 장난스럽게 말했다.

"그러게요. 나도 이십 대의 당신을 보고 싶었는데."

그가 이십 대의 나를 본 것처럼 나도 이십 대의 다니엘을 보고 싶었다. 정말 안타까운 게 그는 부모님도 어렸을 때 돌아가셨고 사진도 한국으로 오기 전에 화재로 전부 타 버렸다고 한다.

"나도 이십 대로 당신을 보고 싶었는데요."

다니엘이 장난스럽게 입을 열었다. 이십 대로가 아니라 이십 대 때겠지. 그는 한국어가 엄청 유창한데 가끔 이렇게 이상하게 쓸 때가 있다.

"서른둘이 내게 의미가 있는 나이거든요."

이게 무슨 소린지 모르겠다. 나는 다니엘의 손을 잡은 채 눈을 가늘게 떴다. 그러자 그는 빙그레 웃더니 다시 말했다.

"내겐 어떤 나이보다 당신을 만난 서른둘이 가장 의미 있는 나이에요."

지금 우리 대화랑 별 상관없는 이야기 같은데. 나는 그렇게 생각했지만 말없이 다니엘을 끌어안았다. 어쨌든 그가 나를 만나서 좋다는 게 기쁘다.

"주고 싶은 게 있어요."

잠시 후 다니엘이 나를 밀어내며 말했다. 줄 거? 나는 그가 주머니에서 뭔가를 꺼내는 것을 어리둥절한 표정으로 지켜봤다. 그리고 그게 반지 상자라는 것을 알아차리자마자 입을 딱 벌렸다.

"당신 거예요."

다니엘이 그렇게 말하면서 상자를 열었을 때 나는 차마 반지를 쳐다볼 수가 없었다. 그는 내게 상자째로 반지를 내밀며 말했다.

"비싼 거 아니에요. 사실 보석도 아니고요."

비싸지 않다는 말은 못 믿겠다. 다니엘은 내가 수술하고 입원한 병원의 병원장이고 이 집만 봐도 그가 상당한 부자라는 것을 알 수 있다.

그런 사람이 비싼 게 아니라고 말했을 때는 진짜로 비싸지 않다는 게 아니라 자기 기준으로 비싸지 않다는 말이다. 하지만 나는 보석이 아니라는 말에 반지로 시선을 던졌다. 투명한 보석이 박힌, 약간 오래된 디자인의 반지였다.

설마. 내가 다시 눈을 가늘게 뜨자 다니엘은 그럴 줄 알았다는 표정으로 말했다.

"진짜로요. 오래돼서 그렇지 값어치는 없어요. 특히 여기선."

반지 같은 게 나라가 달라지면 값어치가 떨어지기도 하나? 나는 여전히 반지를 받지 않은 채 물었다.

"설마 집안 대대로 내려오는 가보, 이런 거 아니죠?"

"오래됐을 뿐이지 그런 건 아니에요."

진짜? 나는 의심스럽다는 표정으로 그를 쳐다보다가 한숨을 내쉬며 반지 상자를 받아 들었다. 그러자 다니엘이 장난스럽게 말했다.

"걱정 말아요. 청혼할 때는 다른 반지를 쓸 거니까."

저도 모르게 움직임이 딱 멈췄다. 그는 내가 무엇 때문에 망설이는지 꿰뚫고 있었던 거다.

아, 진짜. 내가 얄밉다는 표정을 짓자 다니엘은 쿡쿡대고 웃으며 반지를 내 손가락에 끼워 주었다.

"이건 그냥, 당신 거예요."

반지는 이상하게 열기를 품고 있는 것처럼 느껴졌다. 나는 내 손가락에 낀 반지를 물끄러미 쳐다보다가 물었다.

"진짜로 내가 받아도 되는 거예요?"

척 보기에도 오래된 디자인에 비싸 보인다. 그냥 오래됐을 뿐이고 가보는 아니라니, 가보가 별건가. 대대로 전해져 내려오면 가보지.

"네, 진짜로요. 이건 당신 거예요."

다니엘은 그렇게 말하며 고개를 들었다. 나는 반지에서 그에게로 시선을 돌리며 물었다.

"나중에 친척들한테 혼나는 거 아니에요?"

그러자 다니엘의 얼굴에 재미있다는 표정이 떠올랐다. 친척과 별로 사이가 안 좋은 걸까. 부모님 이야기는 그렇다 쳐도 친척 이야기도 전혀 없는 걸 보면 친척과 사이가 안 좋거나 없는 게 아닐까.

"날 혼낼 수 있는 사람은 아무도 없어요."

그럼 됐다. 나는 다니엘의 목을 끌어안았다. 그리고 장난스럽게 물었다.

"청혼은 다른 반지로 한다고요?"

다니엘의 입술이 부드럽게 휘었다. 그는 내게 자신의 이마를 대고 말했다.

"세상에서 가장 좋은 반지를 준비해야죠."

그게 말도 안 된다는 걸 알지만, 그래서 기분이 좋았다. 말도 안 된다는 것을 나도 알고 그도 알지만 내 기분을 좋게 해 주기 위해 이런 말을 한다는 게 나를 행복하게 만들었다.

나는 다니엘의 입술에 내 입술을 살짝 댔다가 떼어 냈다. 그리고 웃으면서 물었다.

"그럼 나는 뭘 준비할까요?"

"사랑이요."

다니엘의 손이 내 허리에 닿았다. 그는 부드럽게 나를 끌어안으며 말을 이었다.

"그것만이 내가 원하는 모든 것이죠."

〈끝〉